ARABSKA KRUCJATA

TANYA VALKO

ARABSKA KRUCJATA

Prószyński i S-ka

Projekt okładki
Agencja Interaktywna Studio Kreacji
www.studio-kreacji.pl

Zdjęcie na okładce
© Laila Jihad

Redaktor prowadzący
Anna Derengowska

Redakcja
Anna Płaskoń-Sokołowska

Korekta
Grażyna Nawrocka

Łamanie
Alicja Rudnik

ISBN 978-83-8069-328-9

Warszawa 2016

Wydawca
Prószyński Media Sp. z o.o.
02-697 Warszawa, ul. Rzymowskiego 28
www.proszynski.pl

Druk i oprawa
Drukarnia POZKAL Spółka z o.o.
88-100 Inowrocław, ul. Cegielna 10-12

Jesteśmy świadkami trzeciej wojny światowej w kawałkach.

Homilia papieża Franciszka
na placu Rewolucji w Hawanie, Kuba, wrzesień 2015

Przedmowa

Drodzy Czytelnicy,

Oto składam w Wasze ręce ciąg dalszy *Arabskiej sagi*, lecz książka ta jest zupełnie inna niż *Arabska żona* i pozostałe części. Świat się zmienia, a wraz z nim zmieniają się bohaterowie moich powieści. Jestem z nimi bardzo zżyta, więc można ich oczywiście znaleźć również na kartach najnowszej książki. Do akcji wraca Hamid Binladen, były bojownik z Al-Kaidą, a obecnie antagonista dżihadystów z Państwa Islamskiego. Karim, azjatycko-arabski doktor Judym, znów będzie ratował zdrowie i życie potrzebujących, tym razem pod patronatem Lekarzy bez Granic. Zaś kobiety z rodu Salimich, Dorota, Marysia i Daria, spróbują odnaleźć się we współczesnym groźnym świecie.

Arabska krucjata to thriller pełen momentów mrożących krew w żyłach, miłosnych perypetii, bogactwa i ubóstwa oraz skrajnych uczuć – miłości i nienawiści. To kryminał ukazujący, jak łatwo znaleźć się w złym miejscu o złej porze i jak ciężko później z takiej sytuacji wybrnąć. Świat przedstawiony w mojej powieści jest opanowany przez islamski fundamentalizm, ogarnięty strachem i paranoją. Nie piszę tylko o odległych sprawach, dalekich krajach i problemach obcych Europejczykowi. Obecna sytuacja dotyczy już bezpośrednio nas wszystkich, bo uderza w nas i w nasz spokój, coraz częściej zagląda do naszych domów. Czy jednak zastanawiamy się, co się dzieje w samym sercu zła? Jak zwykli mieszkańcy arabskich krajów funkcjonują podczas wojny, jak bardzo się boją, drżą o życie swoich najbliższych i swoje, a często są wyniszczani przez własnych braci, przez rodaków? Co czują zwyczajni damasceńczycy? Czy marzą o uchodźstwie? O ucieczce do obcych krajów i życiu na obczyźnie? Czy to takie proste – opuścić własny dom?

Europa otworzyła granice dla milionów uchodźców z Bliskiego Wschodu, wierząc w to, że jej potencjał zasilą szeregi nieszczęsnych, ale uczciwych uciekinierów, którzy pomogą w budowie dobrobytu i ją odmłodzą. Po wstępnym zalewie współczucia i euforii Europejczycy popadli jednak w strach i przerażenie. Trudno się dziwić uczuciom ludzi, których serca na co dzień są przepełnione litością, skoro zamiast wdzięczności spotykają się z agresją, niezrozumieniem i wyobcowaniem przybyszy. Nie pomoże tu argument, że to pojedyncze przypadki, kiedy pośród potężnej, milionowej rzeszy muzułmańskich uciekinierów przemknie do nas groźny terrorysta, człowiek, który nas nienawidzi i którego życiowym celem jest zabijanie niewiernych. Każdy z chęcią przygarnąłby pokrzywdzonego przez wojnę bliźniego, bo przecież i nas w okresach licznych burz, które przetaczały się przez

Polskę, przyjmowano i goszczono, do nas też obcy ludzie wyciągali pomocną dłoń. Opanowały nas jednak panika i niechęć, bo na światło dzienne wychodzą historie oczerniające i szkalujące wszystkich przybyłych. Nikt nie traktuje złych poczynań jako incydentu, lecz uogólnia się je, przekreślając tym samym większość dobrych, życzliwych i przyjacielskich osób.

Chcąc naświetlić ten problem, ukazuję w *Arabskiej krucjacie* zarówno zwykłych muzułmańskich ludzi, którzy są zaszczuci i wyniszczani we własnym kraju, jak też przebiegłe lisy, które dostają się do Europy tylko po to, by ją zniszczyć. Czy ktoś znajdzie złoty środek, aby temu zapobiec? Aby nie skrzywdzić potrzebującego, a zarazem nie wpuścić za swój próg zabójcy? Przedstawiam dwie strony medalu: walczących z terroryzmem, kalifatem i Państwem Islamskim Arabów, Syryjczyków zabijanych przez swoich rodaków we własnym kraju oraz przebiegłych dżihadystów, ogarniętych niewytłumaczalną nienawiścią do innowierców i żądzą mordu, którą realizują już na całym świecie. Współczesny terroryzm nie zna granic.

W powieści *Arabska krucjata* tragiczną prawdę, jak zawsze, umieszczam w kokonie literackiej fikcji. Opowiadam o terrorystycznych aktach przedstawicieli Państwa Islamskiego, przeprowadzanych pod różną długością i szerokością geograficzną. Moja wyobraźnia podsunęła mi wizje przebiegu zamachów, które miały miejsce w Paryżu czy w Bejrucie, imaginację fikcyjnego ataku w Tadż Mahal oraz przeniesionego na grunt egipski mordu dokonanego na turystach w Tunezji. Kiedy zobaczyłam zdjęcia i przeczytałam relacje z ludobójczego ataku bronią chemiczną w Damaszku i okolicach, nie mogłam pominąć w mojej powieści opisu masowych zbrodni przeciwko ludzkości oraz wyroków śmierci wykonywanych na niewiernych w syryjskiej Palmirze. W starożytnym teatrum zabito trzysta osób! Kto chciałby zostać w takim kraju? Kto chciałby tam żyć?

Jak zawsze staram się dogłębnie ukazać ludzkie charaktery i uczucia, bowiem osobiście angażuję się w perypetie swoich bohaterów, których czasem stawiam w ekstremalnej sytuacji bez wyjścia czy szans ratunku. Zawsze usiłuję zrozumieć każdego i każdego wytłumaczyć i to samo czynię w mojej książce. Zastanawiam się, co wpływa na człowieka – bo przecież każdy rodzi się dobry – że staje się on zbrodniarzem i katem? Czemu nie ma w nim ludzkich uczuć, gdzie i pod jakim wpływem je stracił lub kto go ich pozbawił?

Na te i wiele innych pytań, nawiązujących do obecnej sytuacji na świecie, znajdziecie Państwo przynajmniej częściową odpowiedź na kartach mojej powieści, którą trzymacie w ręku. Życzę ciekawej lektury, choć wiem, że nie będzie ona łatwa.

I

BOLESNE WSPOMNIENIA

Zaprawdę, Bóg nie czyni ludziom niesprawiedliwości, lecz ludzie sobie samym wyrządzają niesprawiedliwość[1].

[1] Koran, sura X, wers 44, tłumaczenie J. Bielawski, PIW, Warszawa 1986.

Prolog

Przed wyjazdem z Indonezji cała rodzina zebrała się w apartamencie Karima al-Nadżdiego w Dżakarcie. Chcą wspólnie omówić swoją przyszłość, choć decyzje już zostały podjęte. Zawsze jednak lepiej podzielić się nimi z najbliższymi i skonsultować. Są tu Nowiccy – para po przejściach związanych z kryzysem wieku średniego – w osobie Doroty, którą trawi nieznana choroba, oraz Łukasza, psychicznie zniszczonego swoim niefortunnym związkiem z młodą Indonezyjką Adindą. Ich syn Adaś, który musiał szybko dorosnąć, oraz dwie córki Doroty: młodsza Daria, wydoroślała po tragicznych przeżyciach, i Marysia Salimi, była pani Binladen, a obecna Al-Nadżdi. Jej twarz przypomina maskę, bez uczuć, obojętną na wszystko, ale serce trzepocze w jej młodej piersi jak zraniony uwięziony ptak.

– Zaprosiłem jeszcze jedną osobę, która jest nierozłącznie związana z naszą rodziną – informuje Karim. – Hamida Binladena[1].

[1] Bin Laden lub Binladen – pisownia oddzielna jest tradycyjna, obecnie coraz częściej łączy się dwa człony nazwiska.

Słysząc to, Dorota wybałusza wielkie błękitne oczy i chwyta się za włosy, Marysia zaś spod ściągniętych brwi rzuca na męża szybkie strwożone spojrzenie.

– Człowieku, czyś ty oszalał?! – wykrzykuje teściowa. – Po co rozgrzebywać stare rany? To już przeszłość!

– Nie tak do końca – spokojnie oświadcza Indonezyjczyk. – Hamid i Marysia mają syna, którego moja żona kocha ponad życie. To chyba zresztą jest naturalne.

– Ale już przepadło! – Dorota nie daje za wygraną, uważając pomysł zięcia za wyjątkowo głupi. – Oddała swoje dziecko jego ojcu, nie wiem, dlaczego i jak mogła to zrobić, ale tak się stało. Koniec, kropka, szlus.

– Zrobiła nieprzemyślany krok, ale to nie powód, żeby miała cierpieć do końca życia. Teraz chłopiec nie ma matki, nawet tej przyszywanej, bo urocza Zajnab zginęła w zamachu terrorystycznym na Bali, z którego my sami cudem uszliśmy z życiem. Dlatego też jedziemy do Arabii Saudyjskiej, by Marysia mogła zachować kontakt z dzieckiem – ogłasza mężczyzna zdecydowanym głosem.

– Co?! Saudia?! Znowu?!

Teraz już wszyscy się dziwią, a w ich oczach pojawiają się nieoczekiwane błyski. Jedynie Marysia siedzi niewzruszona i nie zabiera głosu, tak jakby cała ta sprawa jej nie dotyczyła.

– Ale bajzel! – stwierdza Daria. – Choć w sumie ja wspominam Rijad jako miejsce mojej szczęśliwej młodości. Nie było tam tak źle… – zamyśla się.

– Fajnie było. – Adaś popiera przyrodnią siostrę. – I w szkole, i na osiedlu, gdzie mieszkaliśmy. I kumpli miałem super, nie to co tutaj.

– Doroto, może pomyślelibyście o dołączeniu do nas... – Sygnał domofonu przerywa wypowiedź Karima.

Po chwili słychać dzwonek do drzwi i gospodarz wprowadza do salonu przystojnego wysokiego Araba, któremu po ostatnich tragicznych przejściach na niby rajskiej wyspie Bali posiwiały skronie.

– Witam. – Mężczyzna jest zszokowany, widząc całą swoją byłą rodzinę w komplecie. – Nie mówiłeś, że będzie tu tak liczne grono...

– Gdybym powiedział, zapewne byś nie przyszedł. A uważam, że konieczna jest wspólna szczera rozmowa.

– Cóż, masz rację – przyznaje Hamid.

– Dość już tych kłamstw! – Nad wyraz spokojny i zawsze pogodny Indonezyjczyk jest w tej chwili niezwykle poważny. Marysia tymczasem błądzi niewidzącym wzrokiem po twarzach zebranych. Dochodzi do wniosku, że biedny Karim nie ma pojęcia, co mówi i na co się porywa. *Jakbyś wiedział, że cię z nim zdradziłam i że nadal kocham tego człowieka, największą miłość mojego życia, to nie wypowiadałbyś takich słów,* dyskutuje z mężem w duchu. *Nie chciałbyś takiej szczerości!* Ciężko wzdycha i z całej siły usiłuje nad sobą zapanować, żeby się nie rozpłakać. *Kolejny dobry facet, którego nabijam w butelkę. Kolejny, którego niechybnie skrzywdzę.* – Dlatego siadaj, przyjacielu, i posłuchaj, co już uradziliśmy. – Indonezyjczyk uśmiecha się uprzejmie, wskazując staremu koledze fotel.

– Może przekażemy Adila naszej niani, która zajmuje się Nadią? – Bierze z jego rąk roześmianego, zadowolonego bobasa i zanosi go do drugiego pokoju. Całe towarzystwo czeka na niego w milczeniu. – My z Marysią wyjeżdżamy, a w zasadzie wracamy do Saudi – oznajmia Karim po powrocie, patrząc Hamidowi prosto w oczy. Ten szybko przenosi wzrok na swoją byłą żonę, która tylko zaciska usta.

– Dlaczego? – pyta Hamid. – Nie rozumiem.

– No właśnie! Dlaczego?! – wtrąca Dorota, która jest przeciwna szalonym planom, bowiem czuje matczynym sercem, że Marysia zgotuje tym porządnym mężczyznom piekło na ziemi, a już na pewno nie wytrzyma dłużej w związku z niekochanym Karimem, który – o dziwo – niczego się nie spodziewa.

– Dlatego że czuję się bardziej Saudyjczykiem niż Indonezyjczykiem. Od trzeciego roku życia aż do niedawna mieszkałem w Królestwie Arabii i mam ojca Saudyjczyka. Może nie wyglądam, ale bardziej jestem Arabem niż Azjatą – kończy, uśmiechając się smutno, a jego ciemne brązowe oczy w kształcie półksiężyców patrzą na wszystkich z taką szczerością i powagą, że słuchacze już nie oponują, tylko ze zrozumieniem kiwają głowami. – Marysia też jest pół-Arabką. Dobrze się czuje wśród nawoływań muezzinów do modlitwy, wśród pustynnego pyłu w powietrzu. Azja zdecydowanie nam nie służy.

– Mnie też nie – dołącza Dorota.

– I mnie – popiera Daria. – Uwielbiam kraje arabskie. Spędziłam tam większą część życia.

– A co byście powiedzieli, moi drodzy teściowie... – Karim waha się przez chwilę, czy to na pewno dobry plan, ale jednak decyduje się skończyć myśl – ...żeby razem z nami powrócić na stare saudyjskie piaski?

– Ja wiem... Może to nie jest głupi pomysł? Dobrze się tam pracowało, wśród kompetentnych ludzi, którzy mnie doceniali. – Łukasz delikatnie się uśmiecha. – Nie mówiąc już o zawrotnej pensji. – Aż nabiera kolorów, wspominając dobrobyt i stabilizację, jaką jego rodzina osiągnęła podczas pobytu na Bliskim Wschodzie.

– Czyżbyś zapomniał, mój drogi, że jakieś nieznane choróbsko żre mnie od środka? – Dorota blednie na twarzy i aż cała drży, bo czuje, że tym razem nie wywinie się kostusze.

– Właśnie, pamiętam o tym.

– W Rijadzie mamy szpitale na najwyższym światowym poziomie – dorzuca milczący dotąd Hamid. – W jednym z nich długie lata pracował Karim i zapewne tam powróci.

– Tak właśnie! W Szpitalu Gwardii Narodowej dokonuje się rzeczy niemożliwych. Przecież to tam rozdzielono polskie bliźniaczki syjamskie Olgę i Darię. Operację przez osiemnaście godzin prowadził sześćdziesięcioosobowy zespół medyczny, w tym dwudziestu siedmiu chirurgów. Za etap plastyczny odpowiedzialny byłem ja i operowałem wraz z trzema innymi kolegami.

– Nigdy się tym nie chwaliłeś. – Dorota nie kryje szoku. – Wiedziałam, że zajmujesz się plastyką, ale myślałam, że raczej powiększasz piersi – żartuje, a wszyscy, dotychczas spięci do granic możliwości, wybuchają rozładowującym śmiechem.

– Nie ma czym się pysznić. Różne rzeczy w życiu robiłem i naprawiałem.

– Oto cały Karim – skromny jak nastolatka – podsumowuje Hamid. – Jeśli mógłbym doradzić, to pomysł z pobytem w Saudi, szczególnie z uwagi na ciebie, Doroto, jest znakomity.

– Tak, tak, wracajmy do domu! – wykrzykuje Adaś i aż skacze na równe nogi.

– Może jeszcze ja bym się was uczepiła, choć jestem dorosła i powinnam pójść własną drogą... – Daria błagalnie patrzy na matkę.

– Co ty mówisz? Zostań z nami!

– Zostań z nami! Zostań z nami! – zebrani skandują niczym uliczni demonstranci.

– Poleć zatem z naszą dwójcą, bo zanim rodzice załatwią kontrakt i wszystkie formalności, to może trochę czasu upłynąć i stracisz kolejny rok nauki. – Marysia odzyskuje werwę i głos, bo widzi, że może nie będzie aż tak tragicznie, kiedy znowu wszyscy będą razem, całą rodziną, rozumiejącą się i wspierającą na dobre i na złe.

– Naprawdę? – Daria nie może się nadziwić i spoziera na Karima, chcąc poznać jego opinię, a on tylko potakuje. – Razem zaczniemy studia, co ty na to? Co ty na to, Maryniu?

– Na Uniwersytecie Księżniczki Nury. – Marysia z rozmarzeniem wypowiada nazwę największego na świecie uniwersytetu dla kobiet. – Może ostatecznie uda mi się je skończyć?

– Oczywiście! Teraz będziesz miała darmowego domowego korepetytora – zupełnie naturalnie dodaje Karim, raniąc tym samym serce Hamida.

– To świetnie… – Saudyjczyk powoli podnosi się z fotela, zastanawiając się, co miał na celu Karim, zapraszając go na ten rodzinny mityng. Przecież on nie ma już z nimi nic wspólnego. *Czyżby chciał mnie urazić?*, zastanawia się w duchu. *Chce mi pokazać, że Marysia jest jego i tylko jego, że już dla mnie przepadła? Przecież doskonale o tym wiem! Zdaję sobie z tego sprawę!*, krzyczy w duchu, mocno zaciskając szczękę, żeby nie dać ujścia emocjom. – Ja już się z państwem pożegnam – mówi chłodno. – Do zobaczenia w Rijadzie. Jakbyście mieli jakiekolwiek kłopoty, to służę pomocą – oferuje na koniec.

– Człowieku, siadaj jeszcze na chwilkę, bo wszystko pięknie ładnie, ale nie doszliśmy do meritum sprawy dotyczącej ciebie. – Indonezyjczyk, który w ogóle nie czuje niezręcznej sytuacji, w jakiej postawił swojego przyjaciela, znów słodko się uśmiecha. – *Zaraz mu ten uśmiech do gęby przybiję!* W Hamidzie gotuje się już arabska krew. *Najchętniej rozwaliłbym mu łeb! Azjatycki śliski skurwysyn!* Z wielkim trudem panuje nad sobą, gryząc aż do krwi wargi, lecz pokornie opada na fotel. – Zdecydowaliśmy się na pobyt w Arabii Saudyjskiej głównie z jednego bardzo istotnego powodu… – Karim zawiesza głos, a Hamid patrzy na niego uważnie. – Macie z Marysią wspólne dziecko, które ona w przypływie honoru, czy nie wiem czego, dobrowolnie ci oddała. Jednak teraz okazuje się, że nie może żyć bez swojego syna.

– Ja go nie oddam! – wybucha mężczyzna.

– Wiem i nie żądam tego od ciebie – włącza się sama zainteresowana. – Chciałabym tylko czasami móc go widywać, pobawić się z nim, pomóc w chorobie... Gdyby żyła twoja żona Zajnab, nie wtrącałabym się, nie wpychała w wasze życie, ale teraz maluszek pozostał bez matki, bez kobiecego uczucia i ciepła. Dziecku jest to niezwykle potrzebne!

– Doskonale zdaję sobie z tego sprawę. Adil płacze całymi nocami, a ja mogę wyskoczyć ze skóry, a i tak nie jestem w stanie go utulić, podobnie jak profesjonalna niania. Dla dobra dziecka... – Hamid nie ma pojęcia, jak miałoby to wyglądać, ale teraz nie chce wdawać się w szczegóły. Jedno dla niego jest pewne i istotne: Marysia, jego ukochana, będzie gdzieś w pobliżu, będzie mógł ją widywać, słyszeć jej głos, czuć zapach jej ciała i lawendy, której od lat używa. Jak on to przeżyje? Jak przetrzyma? Czy uda mu się zachowywać honorowo? Nie wie, ale obecnie może zrobić tylko jedno. – Dla dobra dziecka zgadzam się na twój kontakt z nim, na wizyty tak częste, jak tylko będziesz chciała.

– Zatem lecimy razem?! – Krępującą ciszę, która zapadła po wyznaniu Hamida, przerywa lekkoduszna Daria. – Ja, Marysia, jej dwaj mężowie... – Wybucha śmiechem, na co wszyscy spozierają na nią spode łba. – No i dwójka jej dzieci – dodaje już ciszej, trochę jednak przestraszona, że jak dalej będzie się tak obcesowo zachowywać, to do Saudi nie dotrze.

– Tak byłoby najlepiej – kończy organizator spotkania. – Dzieci łatwiej przetrzymają długą drogę, a i nam w kompanii będzie raźniej. Teraz jednak zapraszam wszystkich na obiad.

Karim odwraca się i kieruje swe kroki w stronę jadalni. Pozostali wciąż spoglądają na siebie w osłupieniu. Marysia rzuca przelotne spojrzenie na swojego byłego męża, paląc go wzrokiem, a w odpowiedzi otrzymuje żar i namiętność płynące z jego oczu.

Utracona miłość

Duża wielonarodowościowa rodzina przyjeżdża na lotnisko w Dżakarcie trzema samochodami i z typową dla podróżnych nerwowością wypakowuje z bagażników stosy walizek. Jednym autem jechali Nowiccy z Adasiem i Darią, drugim Marysia z Karimem i małą Nadią, a trzecim Hamid z Adilem. Wszyscy mają bilety w klasie biznes, więc nie muszą się przejmować ilością bagażu czy komfortem lotu. Emirackie Linie Lotnicze są wygodne nawet w klasie ekonomicznej, a co dopiero przy podniesionym standardzie. Wszyscy razem lecą do Dubaju, lecz tam ich drogi się rozdzielą. Według ustaleń Dorota z Łukaszem i Adasiem skierują się w stronę Polski, cała reszta zaś prosto do Rijadu – stolicy Arabii Saudyjskiej.

Na pokładzie samolotu po podaniu szampana i lekkich przekąsek podenerwowani podróżni zaczynają się kręcić. Koniec końców kobiety siadają razem, Karim z Łukaszem i Adasiem zajmują miejsca obok siebie, Hamid zaś izoluje się od reszty, wciąż nie mogąc zaakceptować sytuacji. Sześć godzin lotu, podczas których nikt nie zmrużył oka, mija jak z bicza trzasł. Wreszcie samolot płynnie schodzi do lądowania w stolicy Emiratów Arabskich.

– Musicie się spieszyć, mamuś! – Marysia łapie *reisefieber*[1] i goni z obłędem w oczach. – Macie tylko półtorej godziny. Jak na to lotnisko to bardzo mało. To największy port lotniczy na Bliskim Wschodzie, a chyba i na świecie, bo wielkością przerósł nawet Heathrow. Szybciutko!

– To może państwo pognacie swoją drogą, a my spotkamy się już na pokładzie. – Hamid wypisuje się z tej wariackiej grupy, bo nie wie, w imię czego ma z nimi pędzić na złamanie karku.

– Pięć godzin oczekiwania na następny lot przeczekamy w *lounge*[2] Marhaba. Jest bardzo dobry i wygodny – informuje go Karim. – Może jeszcze tam zdążymy się spiknąć?

– Tak, na pewno. – Saudyjczyk oddala się z pochyloną głową. Jego serce krwawi, a umysł wciąż podsuwa mu wspomnienia z czasów, kiedy to on był mężem Marysi i osobiście był zaangażowany we wszystkie perypetie tej szalonej polsko-arabskiej rodzinki. *To jest nie do wytrzymania*, wzdycha. *A będzie jeszcze gorzej.*

Aby dostać się na lot do Europy, trzeba zmienić terminal. Tak jak mówiła Marysia, zajmuje to dużo czasu. Najpierw jadą windą, przez której oszklone ściany obserwują płynące po ścianach budynku na wysokości trzech pięter kaskady wody, później czeka ich bezzałogowy pociąg, a następnie

[1] *Reisefieber* (niemiecki) – gorączka podróżna.
[2] *Lounge* (angielski) – foyer, hol, lobby, poczekalnia; część lotniska przeznaczona do odpoczynku.

serie ruchomych schodów. Po drodze przechodzą jeszcze przez odprawę dokumentów i bezpieczeństwa. Kiedy docierają do swojej bramki, wszyscy są nieźle umordowani i spoceni, a Dorota po prostu leci z nóg. Rany, które odniosła w zamachu bombowym na Bali, jeszcze się dobrze nie zabliźniły, a niezdiagnozowana choroba też niezwykle ją osłabia. Dumna kobieta nie chciała jednak się zgodzić na wynajęcie wózka inwalidzkiego, na którym mogłaby wygodnie i bez wysiłku pokonać długą trasę. „Mam dopiero czterdzieści parę lat!", krzyczała, potrząsając swoją blond czupryną. „Nie będą mnie wozić jak jakiegoś paralityka albo starego dziadunia. Nie ma mowy!".

Przez swój upór teraz ledwo trzyma się na nogach, a jej czoło zrasza zimny pot.

– Jak tylko wylądujecie w Warszawie, dajcie znać – prosi zmartwiona Marysia. – To już żabi skok, bo ponad połowa trasy za wami.

– I od razu idźcie do lekarza – napomina również zaniepokojona Daria, która ma wyrzuty sumienia, że nie leci z nimi i nie pomaga matce w trudnej dla niej chwili. – A ty zaraz zabieraj się do szukania pracy w Arabii! – ostro nakazuje swojemu ojczymowi, bo już chciałaby mieć ich przy sobie.

– Nic się nie martw, niedługo powinniśmy wylądować na starych saudyjskich śmieciach – pociesza Łukasz, na co wszystkim rozjaśniają się twarze.

– Trzymajcie się! Uważajcie na siebie! Kochamy was! – Ostatnie okrzyki rozlegają się na sali, kiedy Polacy zmierzają do odprawy.

* * *

– Idę zapalić – oznajmia Marysia, która na siedząco i tak nie jest w stanie się zdrzemnąć, pomimo że sofy i fotele są wygodne i miękkie, a podnóżki pozwalają wyprostować nogi. – Zostaniesz z Nadią? – pyta Karima, który i tak nie może się ruszyć, przygnieciony ciałkiem śpiącej dziewczynki, ale widać, że nie sprawia mu to kłopotu, wręcz przeciwnie – daje ogromne szczęście.

– Idź, idź – szepcze, machając do niej ręką. – Tylko nie kurz za dużo – napomina jako dobry mąż i lekarz.

– W porządku. – Marysia uśmiecha się pod nosem na taką troskliwość. *Może jednak wszystko jakoś się między nami ułoży?*, myśli, lecz gdy po chwili jej wzrok pada na śpiącego Hamida, który tuli w objęciach ich synka, Adila, serce jej trzepoce i już wie, że nie ma takiej możliwości. *To, co wymyślił Karim, jest chore!* Kobieta błyskawicznie wpada w złość. *To nie do zniesienia! Jak niby mam się widywać z moim synem?! W moim byłym domu i pod okiem Hamida, którego nadal kocham?! Jak mam utrzymywać poprawne stosunki z byłym mężem, kiedy wystarczyłoby jedno jego skinienie, a już bym za nim poleciała. Rzuciłabym wszystko, całe moje dotychczasowe życie, pogrzebałabym Karima, jego miłość do mnie, cały świat, byleby być z pierwszym i jedynym mężczyzną, którego obdarzyłam ogromnym, dozgonnym uczuciem. A po drodze oczywiście wszystko spieprzyłam! Jak to ja!* Wzdycha i ma już dość, bo nie potrafi sobie poradzić z przerastającą ją sytuacją.

– Heja! – Kiedy Marysia wchodzi do palarni, Daria wita ją głupkowatym uśmiechem, zaprawiona nadmierną ilością wypitego alkoholu, serwowanego gratis w ramach wejściówki do ekskluzywnej poczekalni. – Ty widziałaś, jakie tu mają gatunki win? I jakie piwa? Cała galeria! A dżin tylko z najwyższej półki! Niesamowite!

– Może jednak trochę byś wyhamowała, bo nie dojdziesz do samolotu. – Marysia zaciska usta, zawstydzona zachowaniem swojej siostry, na którą międzynarodowe towarzystwo patrzy z pobłażaniem i lekką ironią, arabscy mężczyźni zaś, których tutaj nie brakuje, na dnie oka mają wypisane pogardę i złość.

– Ty patrz, jaki zbieg okoliczności! – Młoda niczym się nie przejmuje. – Spotkałam mojego byłego szefa i zarazem przyjaciela z Anglii. – Przechodzi na angielski, wskazując przystojnego Pakistańczyka o ciemnej karnacji. – Leci do Karaczi, a jego kumpel Brytol z nami do Rijadu. Ale heca, no nie?

– Nie wiem, co w tym zabawnego, ale okej – Marysia szepcze po polsku do swojej niesfornej siostry, besztając ją wzrokiem. – Kończ już i idź odpocząć – nakazuje surowym tonem.

– Nie bądź taką mniszką, Maryniu! Najpierw poznaj moich znamkosi. Oto John Smith. – Wskazuje na typowego mieszkańca Wysp, krępego mężczyznę, na oko trzydziestolatka, o jasnoróżowej karnacji, ryżych włosach i błękitnych jak bławatki oczach.

– Miło mi. – Marysia kurtuazyjnie wyciąga rękę, a niewychowany mężczyzna, nie ruszając się z miejsca i nadal trzymając stopę na kolanie, odwzajemnia uścisk.

– A to brytyjski Pakuś[1] Moe. – Elegancki Pakistańczyk wstaje i usłużnie wyciąga dwie dłonie na przywitanie.

– Pani siostra była moją najlepszą pracownicą – chwali Darię. – Nie dość że szybka, solidna, to zawsze uśmiechnięta. Jak widzę, poczucie humoru nie opuściło jej do dzisiaj. – Schyla głowę w ukłonie i składa ręce na piersi.

Typowy Azjata, służalczy aż do bólu. Ale tacy, z pieprzonym uśmiechem przyklejonym do twarzy, też podkładają bomby. Marysia po dwuletnim pobycie w Azji już nie da się zwieść. *A w Pakistanie to już masakra, co wyprawiają! Są bardziej muzułmańscy od Arabów. Tacy religijni, sami ortodoksi, a ten pseudo-Brytyjczyk pakistańskiego pochodzenia nawet podał mi rękę, co według ich zasad jest przecież kategorycznie zabronione. Oto zakłamanie i podwójne oblicze!*

– Daria, idziemy – postanawia, zdecydowanie ciągnąc siostrę za sobą.

– John, widzimy się w samolocie. – Dziewczyna zwraca się do nowo poznanego mężczyzny, który widać bardzo jej się spodobał.

– Mhm – odburkuje zagadnięty, biorąc duży łyk whisky i głęboko zaciągając się papierosowym dymem.

W samolocie Daria robi takie zamieszanie, tyle szumu i hałasu, że koniec końców John zamienia się miejscem z jakimś uprzejmym Saudyjczykiem i ląduje na siedzeniu koło młodej rozrabiary.

[1] Pakuś (slang) – Pakistańczyk.

– Szampana? – pyta uśmiechnięta stewardesa, pochylając się z tacą nad każdym pasażerem klasy biznes.

Hamid odmawia gestem dłoni, bowiem usiłuje uspokoić wrzeszczącego rozpaczliwie Adila, który za nic nie da się przypiąć pasami do siedzenia. Zawodzenie dziecka jest rozdzierające i rani serce Marysi, ale postanawia się nie wtrącać, bo sama wie, jak upokarzające jest takie ingerowanie. Poza tym zdaje sobie sprawę, że ona też nic tu nie wskóra. Chłopiec jest tragicznie zmęczony i rozdrażniony i podróż z nim na pewno nie będzie lekka. Nadia siedzi pomiędzy rodzicami i ze zdziwieniem przygląda się niegrzecznemu maluchowi, zastanawiając się, czy sama też nie powinna zacząć płakać. Jej zamiary hamuje jednak obsługa, ofiarowując dziewczynce spory plecaczek z dziecięcymi skarbami – kolorowankami, kredkami, puzzlami, a nawet małym modelem samolotu.

Daria, pogrążona w rozmowie z Johnem, co chwilę wybucha niepohamowanym śmiechem.

– Ja poproszę szampana! – Macha do stewardesy, a ta patrzy na nią z pewnym niezdecydowaniem, zaciskając wargi.

– Czy pani jest pełnoletnia? – pyta grzecznie, widząc młodą buzię, sugerującą, że dziewczyna ma nie więcej niż szesnaście lat.

– Ha! No pewnie! – Uprzednio wypity alkohol daje się Darii we znaki, bo zachowuje się głośno, oczy jej błyszczą, a język trochę się plącze. – Hej, mój *mahramie*[1]! – zwraca się do Karima. – Jestem dorosła czy nie? – Znów chichocze,

[1] *Mahram* (arabski) – męski opiekun muzułmańskich kobiet; ojciec, brat, kuzyn, dziadek.

na co Indonezyjczyk tylko kiwa głową, zastanawiając się w duchu, czy opieka nad tą podfruwajką go nie przerośnie.

Po starcie, który przy wrzaskach Adila przedłużał się w nieskończoność, Marysia postanawia jednak zainterweniować.

– Chcesz, żeby ci pomóc? – pyta Hamida, widząc jego spoconą twarz, przerażone oczy i niezdarne ruchy.

– Zajnab nigdy nie dopuszczała do małego żadnej opiekunki – wyznaje, po raz pierwszy od śmierci żony wypowiadając na głos jej imię. – Uważała, że wszystkie są złe i że nie ma to jak opieka matki. W sumie miała rację. Na miejscu będę jednak musiał kogoś wynająć, bo sam sobie nie dam rady. – Uśmiecha się blado.

– Lecz teraz może mnie uda się go uspokoić, choć też nie obiecuję.

Biologiczna matka, której chłopiec praktycznie nie zna, bierze zapłakanego, zasmarkanego i roztrzęsionego dwuletniego bobasa na ręce, a malec od razu składa swoją małą spoconą główkę na jej ramieniu, delikatnie chwyta za długie, pachnące henną i jaśminem włosy i uspokaja się. Wszyscy wtajemniczeni są w szoku i spuszczają oczy, bo nagle dochodzi do nich, jak silna jest naturalna więź pomiędzy matką a jej dzieckiem. Marysia ostrożnie siada na wielkim wygodnym fotelu, oddzielona tylko wąskim przejściem od byłego męża. Daje chłopcu butelkę z mlekiem, a ten opróżnia ją jednym tchem i błyskawicznie zapada w ciężki sen. Jeszcze tylko od czasu do czasu nerwowo wzdycha, jednak po paru minutach wycisza się całkowicie. Marysia czuje w piersi palącą kulę ognia, a za gardło chwyta ją niewidoczna dławiąca dłoń. Patrzą sobie z Hamidem w oczy, tak jakby zagłębiali się w czarnej studni bez dna. *Nie oddam ci tego dziecka*, mówi kobieta bez słów. *Nigdy ci go nie zabiorę, kochana*, odpowiada bezgłośnie mężczyzna.

* * *

Hamid drży na całym ciele, a w głowie ma pustkę. Nie może myśleć o niczym innym, jak tylko o swojej byłej żonie, o kobiecie, w której zakochał się od pierwszego wejrzenia. *Dlaczego nasze losy musiały się potoczyć taką pokrętną drogą?*, pyta sam siebie. *Dlaczego nie dana nam była szansa na szczęście i długie wspólne życie? Kto to wszystko tak poukładał? Jesteśmy marionetkami w czyichś rękach, lecz czy Bóg może być tak perfidny?* Wierzący wahabita zwątpił w swoją religię po latach nieszczęść, których doświadczał. Ma mnóstwo czasu, a ponieważ sen do niego nie przychodzi, rozmyśla nad swoim losem, zastanawiając się, gdzie i kto popełnił błąd. A może cała jego rodzina jest potępiona i klątwa przechodzi z pokolenia na pokolenie?

Wszystko zaczęło się od dziadka, Mohammeda bin Awad bin Ladena, który przyjechał do Arabii Saudyjskiej z Południowego Jemenu jako biedny robotnik budowlany. Był to bardzo sprytny człowiek. Osiadł w Dżeddżie[1] nad Morzem Czerwonym, blisko Mekki i Medyny, i założył przedsiębiorstwo budowlane, które z czasem stało się największą tego typu firmą w państwie. Wybudowała

[1] W polskiej transliteracji nazwa podawana jest błędnie jako „Dżudda", na całym świecie jednak przyjęta jest nazwa Dżedda.

ona między innymi pałac królewski, a sam Mohammed nawiązał bliskie stosunki z rodziną rządzącą. Miał niesamowitą głowę do interesów, ale też był straszliwie bogobojnym muzułmaninem. W rodzinie wprowadził surową dyscyplinę, był religijny aż do przesady, a w domu non stop przyjmował pielgrzymów z całego świata, którzy przybywali na *hadż* do Mekki. Jego syn, Osama bin Laden, od dziecka stykał się z wybitnymi, czasami nawiedzonymi, duchownymi i przedstawicielami najróżniejszych odłamów muzułmańskich. Już w szkole przyłączył się do konserwatywnego, ortodoksyjnego Bractwa Muzułmańskiego powstałego w Egipcie, które walcząc ze wszelką „zgnilizną" Zachodu, niejednokrotnie dopuszczało się aktów terroru, choć ponoć organizacja ta nie uznaje przemocy. Wszyscy w rodzinie, tak jak każdy Saudyjczyk, wyznawali wahabizm[1], który jest najbardziej radykalnym odłamem

[1] Wahabizm (arabski) – islamski ruch religijny i polityczny powstały w XVIII wieku na terenie Arabii. Opiera się na fundamentalizmie – tj. głosi powrót do źródeł: pierwotnej czystości islamu, prostoty i surowości obyczajów. Za podstawy wiary wahabici uznają Koran i hadisy, interpretowane dosłownie. Nazwa „wahabizm" pochodzi od imienia twórcy tego ruchu, muzułmańskiego teologa Muhammada Ibn Abd al-Wahhaba. Wahabizm jest szczególnie popularny w Arabii Saudyjskiej, gdzie w XVIII wieku wahabici zawarli sojusz z dynastią Saudów, co wywarło znaczny wpływ na późniejszy kształt tego najbardziej konserwatywnego z państw muzułmańskich. Ponieważ wahabici sprzeciwiali się zazwyczaj wprowadzaniu innowacji technologicznych i modernizacji, od dziesięcioleci trwa w tym państwie spór między ortodoksyjną i reformatorską frakcją elit saudyjskich. Wahabizm uznaje wyższość islamu nad wszystkimi religiami oraz potrzebę uzyskania dominacji nad nimi.

islamu – opiera się na fundamentalizmie i głosi powrót do źródeł, to znaczy pierwotnej czystości religii, prostoty i surowości obyczajów. Osama połączył różne ortodoksyjne ruchy i efekt był piorunujący. Przez jakiś czas jednak nikomu to nie przeszkadzało.

Dziadek Mohammed, pomimo że był bardzo religijny, miał ogromne potrzeby seksualne. Poślubił dwadzieścia dwie kobiety, które dały mu mnóstwo synów i córek, w tym ojca Hamida, który był przyrodnim bratem Osamy. Babcia Hamida była niezwykłą pięknością, ale też nieźle wykształconą jak na tamte czasy intelektualistką, a nie dziewczyną do zabawy, dlatego niczym oprócz urody nie zaimponowała staremu bogatemu lubieżnikowi. Ani ona go nie kochała, ani on nie kochał jej, więc po krótkim okresie małżeństwa rozstali się bez żalu. Mohammed był honorowym bogatym draniem, więc alimenty płacił regularnie, dawał na szkoły i studia ojca Hamida, ile było potrzeba. Po rozwodzie babcia wyjechała z nadmorskiej Dżeddy do Rijadu, gdzie wyszła za mąż za mężczyznę, którego pokochała. Byli bardzo szczęśliwi i wychowali swojego syna zupełnie inaczej, niż było to w zwyczaju w Saudi, to znaczy dawali mu swobodę wyborów, pokazali szeroki świat i inne kultury oraz narody. W domu nie panowała szalona religijność, babcia chodziła nawet w nowoczesnych sukniach czy garsonkach szytych na europejską modłę.

Dziadek Hamida, Mohammed, był nieźle pokręcony, bowiem swojemu pupilowi, Osamie, zostawił największą część ze swego majątku – aż dwieście pięćdziesiąt milionów dolarów. W ten sposób zasponsorował fundamentalistów i całą Al-Kaidę[1]. I tu pojawia się pierwsza wątpliwość Hamida Binladena – dlaczego jego nowoczesny ojciec, człowiek światowy, wysłał swojego nastoletniego syna do wujaszka Osamy walczącego w Afganistanie? Po co? Pamięta, jak jechał w góry wielką rozklekotaną ciężarówką i jak później przebrano go w narodowy strój, ni to jemeński, ni afgański, który potraktował jak teatralny kostium. Taki był dumny i szczęśliwy, kiedy dostał starego wysłużonego kałasznikowa, lecz zupełnie nie może sobie przypomnieć, co stało się później, że wydzwaniał do ojca jak szalony ze starej poczty w małym miasteczku. „Masz mnie stąd zabrać! I to natychmiast!". Po raz pierwszy i ostatni w ten sposób zwrócił się do ojca, którego szanował i kochał ponad życie.

Może dlatego tam się znalazł, że w latach osiemdziesiątych wszyscy hołubili Osamę, saudyjskiego bogacza, i bardzo chętnie z nim współpracowali, bo występował on przeciwko Związkowi Radzieckiemu. CIA samo dostarczało broń i pieniądze do obozów mudżahedinów[2] szkolonych przez Bin Ladena. To właśnie wojna w Afganistanie uczyniła go takim, jakim ukazał się światu 11 września 2001 roku – bezwzględnym terrorystą, świetnym organizatorem

1 Al-Kaida (arabski) – dosłownie baza; sunnicka organizacja posługująca się metodami partyzanckimi czy terrorystycznymi. Początkowo miała się przeciwstawiać radzieckiej inwazji na Afganistan, z czasem przekształciła się w panislamskie ugrupowanie, którego głównym celem stało się zwalczanie wpływów Izraela, USA i szeroko pojętego Zachodu w krajach muzułmańskich.

2 Mudżahedin (arabski, dosł. święty wojownik) – uczestnik ruchu religijnego, społecznego lub wyzwoleńczego w krajach muzułmańskich lub zamieszkanych przez muzułmanów. Zwani są bojownikami.

i umiejącym się ukryć partyzantem. Bez niej być może pozostałby nieznanym synem multimilionera, żyjącym w dostatku w bogatej Arabii Saudyjskiej.

Dostarczonej przez CIA nowoczesnej broni afgańscy bojownicy już nigdy nie wypuścili z ręki, a w przyszłości mieli ją wykorzystać przeciwko swoim dawnym protektorom. Hamid wspomina, że z Afganistanu uciekł w ostatniej chwili. Nie mógł wybaczyć ojcu, że naraził go na tak ekstremalną przygodę. Po powrocie do Rijadu od razu, bez pożegnania, wyjechał do Ameryki na studia. Rzadko dzwonił do domu, bo czuł zadrę w sercu. A kiedy doszło do ataku na WTC w Nowym Jorku, czuł się współwinny tragedii. Od tej chwili postanowił walczyć z terroryzmem islamskim i wszystkimi fundamentalistami, którzy staną na jego drodze lub na drodze światowego pokoju. Wówczas doszło też do pierwszej tragedii w jego prywatnym życiu. Zapoczątkowała ona kaskadową lawinę nieszczęść, które nieoczekiwanie runęły na głowę młodego człowieka. Nagle na atak serca zmarł jego ojciec – tak po prostu. Zdrowy człowiek, w sile wieku – jest, a po chwili pozostaje po nim tylko wspomnienie. Najgorsze dla Hamida było to, że nigdy szczerze go nie zapytał, dlaczego wysłał go na pole walki, i to po złej stronie, po stronie terroru i zniszczenia. Niedługo po tym zginęła w karambolu jego ukochana młodsza siostrzyczka, a zaraz za nią podążyła ich matka, która popełniła samobójstwo, nie mogąc znieść utraty dziecka. W ciągu paru lat Hamid stracił wszystkich, których kochał, i pozostał na świecie sam, bez najbliższej rodziny, bo paru setek krewniaków nie mógł zaliczyć do ludzi bliskich jego sercu.

Wyjechał więc do Jemenu, o którym słyszał wiele dobrego, ale i złego. Stamtąd, było nie było, wywodziła się jego familia. Tam odmieniło się jego życie i znów poczuł wiatr w żaglach, bowiem na jego drodze stanęła Marysia. Ależ ona wtedy była młoda, głupiutka i zabawna! Mała rozrabiara, jednak zupełnie innego pokroju niż zeuropeizowana Daria. Jej inność polegała na wyemancypowaniu, rezolutności, nieustępliwości i odwadze, której brak arabskim kobietom. Bo jego Miriam nie jest żadną pół Arabką, pół Polką, żadnym miksem – tak z ducha, jak i z ciała jest czystej krwi Arabką.

Saudi Binladen Group Construction Holding Marysia znalazła w Sanie bezproblemowo. W końcu to jedna z największych firm na Bliskim Wschodzie. Razem z kuzynką Leilą chciały zgłosić ich stary dom wieżę, znajdujący się na terenie *mediny*[1], do konserwacji i dowiedzieć się, czy został ujęty w planach. Żartowały, że firma należy do tego Bin Ladena, który 11 września wysadził World Trade Center. Kpiły, że przyjechał z Saudi do Jemenu i robi tu totalnie nieopłacalne interesy. Zastanawiały się, czy może taki dostał wymiar kary? A może firma specjalizuje się w ekspresowej rozbiórce za pomocą ładunków wybuchowych, bo pierwsza robota w Nowym Jorku tak dobrze mu poszła? Obie pamiętały, że dwie wieże siadły, jakby ktoś podciął im fundamenty, a nie wypikował w nie samolotem. Dyskutowały o tym wystarczająco długo, jak na ich wiek i poczucie humoru, żartując i śmiejąc się do rozpuku.

[1] *Medina* (arabski) – miasto, stare miasto.

Marysia, która potrafiła walczyć o swoje, od razu zaczęła się handryczyć z urzędnikiem w biurze.

– Ale co znaczy: projekty? Jakie pisma, co za podania? Przecież chyba macie jakiś plan konserwacji budynków? – Pomimo swojego młodego wieku była przebojowa i nie do przegadania. – To chyba jest odgórnie zatwierdzane, a nie że każdy właściciel indywidualnie przychodzi i przynosi papierek? Może jeszcze sam z własnej kiesy ma płacić za waszą robotę? A co robicie z pieniędzmi UNESCO? – Dziewczyna podniosła głos.

– Ty mi tu, panienko, nie podskakuj! – Wielki jak szafa młody mężczyzna wstał zza biurka, ewidentnie chcąc wyrzucić petentki za drzwi. – Czego tu w ogóle szukasz, hę? To nie może być twój dom, bo jak widzę, nosisz spódnicę! Gdzie zgubiłaś *mahrama* i cóżeś taka pyskata?! – Naparł swym potężnym cielskiem, aż dziewczyny skuliły się w sobie.

– Chcę tylko się dowiedzieć, kto zatwierdza plan robót i kwalifikuje budynki. – Marysia nie odpuszczała. – Potem do waszego biura przyjdzie właściciel domu. On nie ma czasu, żeby się z wami użerać, a budynek się wali. Będziecie się tłumaczyli przed sponsorem, czemu opuściliście nasz dom.

– Wynocha mi stąd, gówniary! Bo wezwę policję! – wrzasnął ordynarnie mężczyzna i wypchnął dziewczyny za drzwi.

– Co za cham! Co za gbur, ignorant! – Marysia darła się na odchodnym, zbiegając po schodach.

Z nerwów, nie widząc nic wokół siebie, potrąciła młodego Araba w elegancko skrojonym garniturze, a Leila, poprawiając nikab[1], wpadła na parę przed sobą. Marysia straciła równowagę, wywróciła się i kiepsko umocowana chusta spadła jej z głowy, odsłaniając pukle długich do połowy pleców, kręconych włosów w kolorze oberżyny z niesamowitym złotym połyskiem. Hamid Binladen zbaraniał. Patrzył na nią jak cielę na malowane wrota. Jak tylko się dowiedział, z czym przyszły, kajał się, jak mógł, za swojego współpracownika, a następnie zaprosił dziewczyny do biura. I tak to się zaczęło.

Mężczyzna ze skronią przyprószoną siwizną ukradkiem spogląda spod długich czarnych rzęs na tę Miriam, którą lata temu pokochał. Widzi jej piękne, migdałowe, rozżarzone oczy w kolorze ciemnego bursztynu. Ona także wpatruje się w niego.

– Coś dobrego ci się śniło, bo się uśmiechałeś – szepcze kobieta, by nie obudzić ich syna, śpiącego na mamusinym brzuchu.

– Tak, śnił mi się Jemen... – mężczyzna zawiesza głos. – Nasz Jemen sprzed lat.

– Nasza *Arabia Felix* – wzdycha ona, patrząc na niego wymownie.

Do czasu, kiedy spotkała Hamida Binladena, Marysia nie znała takiego stanu ducha. Nie miała pojęcia, co to jest miłość przez duże „M" – prawdziwa, a nie wymyślona,

[1] Nikab (arabski) – tradycyjna muzułmańska zasłona zakrywająca twarz kobiety; odsłania jedynie oczy, czasami kawałek czoła; używany głównie w Arabii Saudyjskiej i Jemenie.

z filmów czy książek, lub nie daj Bóg aranżowana. Teraz zaś nie wiedziała, co ma ze sobą począć. Całymi dniami snuła się jak cień, nie spała, nie jadła, nie mogła na niczym się skoncentrować. Myślała tylko o jednym: czy Hamid zadzwoni, czy Hamid przyjdzie, czy Hamid choć trochę ją lubi? Spotykali się potajemnie, bez wiedzy i zgody któregokolwiek z opiekunów dziewczyny. We wszelkie tajemnice była wtajemniczona tylko Leila, która im kibicowała. Taka sytuacja w tradycyjnym kraju arabskim była i jest nie do pomyślenia. Sama Marysia źle się z tym czuła – odnosiła wrażenie, że popełnia grzech z powodu kontaktów z obcym mężczyzną, nawet jeśli były one całkowicie niewinne. Kiedy wyznała wszystko swojej babci, Nadii, ta zaakceptowała związek z miłym, dobrze ułożonym i przystojnym facetem i odtąd spotykali się pod jej okiem, spędzając czas w bezpiecznym miejscu – na dachu domu wieży, skąd rozpościerał się oszałamiający widok na starą Sanę.

Pewnego razu Hamid wręczył swojej dziewczynie saudyjską gazetę.

– Dla rozweselenia przeczytaj ciekawy artykuł z saudyjskiej gazety, który specjalnie dla ciebie przyniosłem. – Uśmiechnął się pod nosem. – Jeśli jesteś taką znawczynią islamu, jak twierdzisz, to powinnaś to wszystko wiedzieć.

– *Pięćdziesiąt siedem sposobów na zdobycie miłości swojego męża* – przeczytała na głos Marysia. – A cóż to? Jakiś dowcip? Czemu akurat pięćdziesiąt siedem, a nie siedemdziesiąt trzy?

– Te wszystkie metody redaktorka zebrała z bloga islamskich kobiet. To doświadczenia saudyjskich zawoalowanych damulek. Bardzo pouczające. – Hamid zrobił zabawną, tajemniczą minę.

– Czegoś takiego jeszcze nie widziałam! – Zaciekawiła się Marysia. – „Zachowuj się jak dziewczyna… ubieraj się atrakcyjnie i uwodzicielsko, a jeśli siedzisz w domu, nie chodź cały dzień w koszuli nocnej”… Zaraz, zaraz, po co twoim rodaczkom supermodne ciuchy, skoro i tak wkładają na nie czador[1] czy *abaję*[2]?

– No właśnie. – Hamid złożył usta w ciup. – Chyba chodzi o to, żeby w domu dla męża tak się stroiły. Jest to jakieś wytłumaczenie zakupoholizmu babek w Arabii.

– „Dobrze pachnij”! – Młodzi razem wybuchnęli śmiechem. – „Nie truj mężowi, nie strofuj go, nie indaguj, o czym myśli”… O niczym! – zaśmiała się Marysia. – Ups! Sorry, to nie do ciebie. – Poklepała ukochanego po kolanie, ale zaraz cofnęła dłoń. – „Poznaj wszystkie prawa i obowiązki żony muzułmańskiej. Zaspokajaj męża zawsze, kiedy tylko tego zażąda”… Ho, ho! Nieźle macie z tymi waszymi żonami! – Zwróciła twarz w stronę Hamida, czerwieniąc się po same uszy. – „Naucz się sztuczek i technik, aby zadowalać swojego męża”… Hmm… „Mów mu wielokrotnie, że go kochasz. Dawaj mu prezenty”… Uf! To jest życie! Po co wam zatem raj, panowie Saudyjczycy?! – Coraz bardziej zażenowana,

[1] Czador (perski) – zewnętrzny strój noszony przez muzułmańskie kobiety (głównie w Iranie); jest dużą połówką koła z materiału, noszoną otwarciem z przodu, nie ma otworów na ręce ani zamknięć, ale jest utrzymywany na ciele za pomocą rąk lub zębów lub przez owinięcie końcówek wokół pasa.

[2] *Abaja* (arabski) – wierzchnie tradycyjne okrycie w krajach muzułmańskich; szeroki, luźny płaszcz noszony przez kobiety i mężczyzn.

Marysia usiłowała obrócić wszystko w żart. – „Szczotkuj włosy. Nie zapominaj o praniu". – Na koniec już wybiórczo czytała punkty. – „Nie opuszczaj domu bez zgody męża i bez opieki. Dobrze się zachowuj; nie śmiej się, nie mów i nie chodź za głośno"… Ale jaja! – Wyrwało się dziewczynie. – I takie bzdury w gazecie publikują?

– Muszą dać jakiś temat swoim obywatelom, żeby nie zaczęli interesować się czymś poważniejszym – stwierdził Hamid, chcąc usprawiedliwić głupotę własnego narodu. – Zresztą to przecież brukowiec. – To mówiąc, chciał zabrać gazetę, ale Marysia na to nie pozwoliła.

– Czekaj, czekaj! – zawołała, żywo zainteresowana tematem. – Najciekawsze zostawiłam na koniec: „Bądź sprawna i dbaj o swoje zdrowie, bo przecież musisz być silną matką, żoną, kucharką i gosposią". Ha! – Zaśmiewała się w głos i pukała zwiniętą gazetą w głowę, w której przeczytane głupoty nie chciały się pomieścić.

– Czy teraz, po zapoznaniu się z wszystkimi zasadami dobrej muzułmańskiej i tym samym saudyjskiej żony, zechcesz za mnie wyjść? – zapytał nagle Hamid. Marysia, dokumentnie zszokowana, zamilkła, gapiąc się na niego szeroko otwartymi oczami. – *Hey, you!* Zadałem ci pytanie!

– Zaskoczyłeś mnie… Dopiero kończę szkołę średnią… Nie znamy się za dobrze… Tak nagle… Szybko… – Dziewczyna całkiem się pogubiła.

– To nie nastąpi jutro ani pojutrze, ale w przyszłości. Mam jednak nadzieję, że nie bardzo odległej. Bo wiesz, ja już sobie życia bez ciebie nie wyobrażam. – Hamid pochylił się w jej stronę i po raz pierwszy delikatnie pocałował ją w usta.

– Jeśli nie za chwilę, tylko za jakiś czas, to... – Marysia spontanicznie zarzuciła mu ręce na szyję. – Tak, Hamidzie Binladenie! Wyjdę za pana, zostanę pańską arabską żoną z gromadą wrzeszczących dzieciaków, wspólnie się zestarzejemy i będziemy wspierać w każdej chwili i każdej sprawie!

Klamka zapadła, młodzi byli sobie przyrzeczeni. Babcia Nadia, choć boczyła się na swoją wnuczkę, kiedy ta oznajmiła jej, że zaraz po maturze wychodzi za mąż, nie mogła jednak zaprzeczyć, że kandydat jest najlepszy pod słońcem, mądry, przystojny, bogaty i zakochany po same uszy.

Ślub był jak z *Baśni tysiąca i jednej nocy*, na miarę kraju, religii i zamożności pana młodego. Po podpisaniu wstępnego kontraktu ślubnego mężczyźni z obu rodzin spotkali się w domu wieży w *medinie*, by ostatecznie ustalić warunki. Wuj Hamida oraz sam pan młody zaproponowali ogromną wysokość *mahru*[1].

– Ja nie chcę tych pieniędzy! – buntowała się narzeczona. – Nikt nie będzie mnie kupował, do cholery! – Złościła się nie na żarty.

– To zabezpieczenie twoje i twojej babci na wypadek, gdyby coś mi się stało. Rozwodu nie przewiduję – zdecydowanym, a zarazem rozbawionym głosem obwieścił wtedy

[1] *Mahr* (arabski) – wiano narzeczonej, które otrzymuje ona od przyszłego męża. Dzieli się na dwie części: pierwsza – tzw. *Muqaddim* – zostaje wypłacona żonie bądź zaraz po podpisaniu kontraktu małżeńskiego, bądź, w ostateczności, przed nocą poślubną. Druga część – zwana *muachchar* – jest zabezpieczeniem dla kobiety w razie porzucenia przez męża lub na wypadek jego śmierci. Kwota ta jest znacznie wyższa od pierwszej.

Hamid. W ten sposób udobruchał dziewczynę i zmusił ją, żeby wzięła przynajmniej połowę ofiarowanego posagu.

– Rozwodu nie przewiduję... – szepcze do siebie Hamid, wspominając podczas długiego lotu odległe szczęśliwe dni. *A jednak to ja nie potrafiłem przełamać pychy i dumy. Kiedy dowiedziałem się, że Nadia nie jest moją biologiczną córką, odszedłem*, rozmyśla gorzko. *To ja załatwiłem ten rozwód! Nie potrafię przebaczać, bo jestem zatwardziałym draniem! Zawsze z każdej osobistej sytuacji, kiedy zaczynała się komplikować i nie była łatwa i przyjemna, wycofywałem się rakiem. Nigdy szczerze nie porozmawiałem z ojcem, załamaną matkę zostawiłem samą, nie przejmując się jej rozpaczą i depresją, nie mam żadnego bliskiego sobie krewnego spośród ponad dwustu skoligaconych ze mną ludzi. Nie mam wśród nich nawet jednego przyjaciela! Jestem wyprany emocjonalnie, żyję na pustyni, którą sam siebie otoczyłem. Jedyne, w czym jestem dobry, to w mojej wywiadowczej pracy, bo tam przydają się moje lodowate serce i zimna natura. Teraz mogę płakać nad rozlanym mlekiem, ale prawda jest taka, że tę najbliższą memu sercu kobietę tylko na chwilę dopuściłem do siebie, a potem znów zamknąłem moje uczucia na głucho.*

Jego czarne smutne oczy zachodzą łzami, więc zamyka je i wpada w ramiona Morfeusza. Sen nie daje mu jednak odpoczynku ani relaksu. Hamid cały czas widzi widmowe postaci z przeszłości, tych, którzy odeszli czy zginęli lub którzy nadal są przy nim, a jakby ich nie było. A w każdej marze odbija się twarz jego ukochanej byłej żony. Twarz Miriam.

Wieczne wyrzuty

Kiedyś tak bardzo się kochali, wspomina Marysia. I to ona wszystko zepsuła, ona zdradziła, ona zawiodła! *Nigdy sobie tego nie wybaczę!*, mówi w duchu, spoglądając na śpiącego Hamida. *Jakże ja mogłam tak postąpić? Nic mnie nie tłumaczy: ani młodość, ani ekstremalne okoliczności, ani samotność i strach! Moja nieodpowiedzialność owocuje sytuacją, w jakiej się teraz znalazłam.* Ciężko wzdycha i chce jej się płakać. *Karma wraca*, podsumowuje na azjatycką hinduistyczną modłę. *Złe czyny wracają do nas z podwójna mocą i los odpłaca nam pięknym za nadobne. Wszystko przez ten mój arabski fatalny, buńczuczny, uparty, zawzięty i pamiętliwy charakter!*, złości się i z mocno bijącym sercem odświeża w pamięci obrazy z przeszłości, a wydaje się jej, jakby wszystko to wydarzyło się wczoraj.

„*Jak nie chcesz tu wracać, to ja cię nie zmuszam. Jesteś wolna*", przeczytała list od Hamida, napisany wąskim, kaligraficznym pismem. Nic więcej nie dodał do tych paru zimnych słów. Marysia tak chciała odzyskać wolność i możliwość wyboru, a później jakoś jej to za bardzo nie cieszyło i z wyjątkiem smutku i żalu nie czuła nic. Przecież pokochała tego mężczyznę całym swoim młodzieńczym sercem, chciała z nim być do końca życia, mieć dzieci i szczęśliwy dom. Podziwiała go za jego niebezpieczną działalność, za zdeterminowanie, za nowoczesność i tolerancję. Gdzie to wszystko się podziało, kiedy rozmyło? Po przyjeździe z Jemenu do Rijadu Hamid zaczął zachowywać się jak typowy arabski samiec, który nie rozmawia z żoną, nie dyskutuje na temat podejmowanych decyzji, nie ceni zalet jej umysłu. *On po prostu jest zwykłym męskim szowinistą i nie ma potrzeby mieszać do tego Arabów. Na całym świecie takich facetów jest na pęczki*, dumała, lecąc z matką w sentymentalną podróż do Libii na początku 2011 roku.

– Może trzeba było przełożyć naszą wyprawę? – Jak zawsze niepokoiła się Dorota. – Wy z Hamidem macie drobny małżeński kryzys i w takiej sytuacji nie najlepiej jest uciekać i czekać, że wszystko jakoś samo się ułoży.

– Mamuś! Znowu coś kombinujesz?! Znowu się zamartwiasz! – Marysia zmarszczyła brwi i spojrzała na matkę spod oka.

– Poza tym teraz wszędzie w krajach arabskich są jakieś zamieszki, rozruchy, niepokoje… Najbezpieczniej jest jednak w ortodoksyjnej Saudi – oświadczyła ta, która na co dzień krytykowała kraj, w którym mieszkała od dobrych kilku lat.

– Coś ty! – Córka usiłowała rozwiać obawy matki i oczywiście upierała się przy swoim wspaniałym pomyśle. – Za długo planowałyśmy i czekałyśmy na ten moment.

Popatrz sama. Jaśminowa rewolucja w Tunezji przeszła zupełnie bezboleśnie, a nawet w Egipcie było całkiem spokojnie, choć zapowiadano rzezie i mordy. To są zmiany społeczne, a nie rewolucje religijne, jak co poniektórzy straszyli. Przecież wiesz, że w Libii nic się nie ruszy, bo wszyscy uwielbiają Muammara Kaddafiego – jak ojca, brata, kochanka. I to nie tylko kobiety pokroju ciotki Maliki, ale każdy jeden Libijczyk. Tam jest młode społeczeństwo i mało kto pamięta dawne czasy sprzed rewolucji 1969 roku. Libijczycy są wychowani w tym reżimie i jest im z tym dobrze.

Klamka zresztą i tak już zapadła. Upór Marysi przeważył i kobiety leciały do kraju, z którym wiązały się ich dobre i złe wspomnienia. Marysia była żądna przygód i spotkania z rodziną oraz szczęśliwa, że wyrwała się ze swojego małżeństwa, które ją dusiło, Dorota zaś chciała zrobić wszystko, żeby dogodzić swojej z trudem odzyskanej córce. Spotkały się po tylu latach i matka traktowała to jak cud, lecz żeby teraz bliżej się poznać i dogadać, potrzebowały czasu, i to najlepiej spędzonego razem. Padło na Libię, bo właśnie tam kobiety przeżyły wspólne lata.

Kiedy po przybyciu na pierwszą noc Dorota pojechała do swojej przyjaciółki Baśki do Ainzary, Marysia została sama w wielkim rodzinnym domu Salimich, w centrum Trypolisu. Dom należał obecnie do wujka Muaida, który niestety miał niecierpiące zwłoki obowiązki w swojej klinice. Przez długą chwilę młoda kobieta krążyła po salonie, dotykając starych sprzętów, a później wyszła do ogrodu.

Był mniejszy, niż wydawał jej się w dzieciństwie, i bardziej zarośnięty. W kącie podwórka znalazła pozostałości po piaskownicy, w której kiedyś bawiła się z dziećmi ciotki Miriam. Serce ściskała jej żałość, że tak potoczyły się losy niektórych z ich rodziny, ale pozostali jej członkowie jak dotąd wiedli szczęśliwy żywot. Weszła do apartamentu na piętrze, w którym kiedyś mieszkała z rodzicami. Z całego wyposażenia pokoju pamiętała tylko wielką szafę z ogromnym lustrem. Późno w nocy, już mocno zmęczona, wzięła prysznic, siadła na łóżku i aż ją dreszcz przeszedł. *Matka miała rację, że nie chciała zostać tu na noc*, pomyślała. *Ten dom jest jak grobowiec. Czuje się jeszcze obecność ciotki Miriam, która młodo zginęła w wypadku drogowym, słyszy się śmiech zawsze rozbawionej Samiry, od lat leżącej w śpiączce, i władczy głos Maliki, która wszystkimi dyrygowała. Moja kochana babcia Nadia, zabita w zamachu terrorystycznym w Jemenie, na pewno by ze mną posiedziała i zabawiła rozmową. Zawsze dociekała, co mnie gnębi, dawała dobre rady i wspierała na duchu.* Oczy Marysi zaszły łzami. Tak bardzo potrzebowała teraz rozmowy z kimś bliskim, tak bardzo czuła się przybita, ale jak zazwyczaj w jej życiu bywało, z całym cierpieniem i niewypowiedzianymi pytaniami została sama.

Kolejny dzień pobytu był już lepszy od pierwszego, bo rano, jak zawsze w tej części świata, słońce zalało cały Trypolis i okolice. Wszyscy dzięki temu budzili się w radosnym nastroju z nowymi nadziejami na przyszłość. Matka i córka w ramach odświeżenia wspomnień postanowiły udać się w swoje ulubione miejsca z przeszłości: na plac Zielony, ulicę Omar Muchtar, gdzie Dorota chodziła na fitness, na szawormy pod Różowy Meczet, do Dżanzuru na pizzę oraz koniecznie na Regatę popatrzeć na morze!

Plac Zielony zawsze był zatłoczony i gwarny. Objeżdżające go samochody trąbiły jak zwykle i smrodziły spalinami, blokowały jeden drugiego, co chwilę zajeżdżając sobie drogę, co powodowało liczne stłuczki, a tym samym korki. Marysia rozglądała się z zaciekawieniem. Słoneczko przypiekało całkiem ostro, powietrze pachniało ziemią, rozkwitającymi roślinami, jaśminem i ciepłą *chobzą*[1]. Mama poszła na plotki do swojej dawnej koleżanki, która mieszkała blisko centrum, więc młoda miała trochę czasu dla siebie.

– *Ahlan wa sahlan*[2]! – usłyszała tuż nad uchem i aż podskoczyła, zaskoczona.

– *Wallahi!*[3] Tak się nie robi! Chcesz mnie przyprawić o zawał serca!? Znam cię... tak jakby, ale jakoś nie kojarzę... – Przyznała się, patrząc pod słońce na stojącą naprzeciwko niej postać.

– Jestem Raszid, syn twojej ciotki, Chadidży. – Kawaler uśmiechnął się od ucha do ucha.

– No tak! *Ahlan!* – w końcu odpowiedziała na przywitanie.

– Co tu porabiasz? Zwiedzasz? Sama? – zarzucił ją pytaniami. – Trzeba było powiedzieć, że nie masz towarzystwa, to byśmy się umówili.

[1] *Chobza* (arabski) – chleb.
[2] *Ahlan wa sahlan* (arabski) – Cześć.
[3] *Wallahi!* (arabski) – Na Boga, na Allaha!

– W zasadzie czekam na mamę i tak się plączę bez sensu, a poza tym nie chciałam się narzucać. – Marysię zdziwiła taka śmiała oferta mężczyzny, którego wczoraj pierwszy raz od czasów dzieciństwa widziała na oczy. – Każdy jest zajęty, ma swoje obowiązki. Nie można przyjechać i wszystkim powywracać życia do góry nogami.

– Jakże to, opieka wam się należy, przecież jesteśmy rodziną! – wykrzyknął Raszid i znów się uśmiechnął, prezentując galerię równych białych zębów. Marysi dreszcz przechodził po plecach i z trudem łapała oddech. *Jakiż on jest przystojny*, roztkliwiała się w duchu i czerwieniła przy tym po same uszy. Spuściła wzrok, chcąc opanować rozpalone zmysły. – Chodź ze mną! – Raszid bezpardonowo chwycił ją za rękę. – Pokażę ci cudne i nieznane zaułki na starym mieście, na pewno jeszcze nigdy tam nie byłaś. Masz aparat? Zrobisz świetne zdjęcia!

Marysia nie chciała odmawiać i zrażać chłopaka, mówiąc, że to miejsce zna jak własną kieszeń. Zresztą uwielbiała je, a przede wszystkim bardzo lubiła tego młodego zapaleńca, więc cieszyła się na miłe chwile.

– Wspaniale tutaj, prawda? – Raszid przybliżył się do Marysi i objął ją opiekuńczym ramieniem, a ona aż zesztywniała w czułym uścisku. – Tak zacisznie, bezpiecznie i ten przytulny mrok… – Z rozbawieniem spojrzał jej w oczy, a ona czuła, jak ciarki rozkoszy przebiegają jej po podbrzuszu.

Po chwili wyszli na maleńki skwerek przed białym meczetem i przysiedli na ławce w cieniu morwy, w której ptaki z piskiem walczyły o dojrzałe czarne owoce. Marysia patrzyła na chłopaka, na jego przystojną arabską twarz, i porównywała go do Hamida. Jakiż ten Raszid był beztroski, jaki zabawny i uśmiechnięty! *Możliwe, że to losy, a nie rodzina i przyjaciele, kształtują charakter*, przyszło jej do głowy. *Mój ponury i zasadniczy mąż wiele przeszedł, w młodości tragicznie stracił najbliższych, zaangażował się w walkę z terroryzmem w Jemenie, uczestniczył w strasznych i okrutnych akcjach, a to czyni człowieka twardym i nieprzychylnym dla otoczenia, co coraz bardziej było widoczne w zachowaniu Hamida,* podsumowała wojującego z terroryzmem i fundamentalistami. *Jeśli jednak idzie o wygląd, to Raszid przebija go o głowę!*, skonkludowała w typowo babski sposób. Atrakcyjna aparycja kuzyna definitywnie zadecydowała o zauroczeniu dziewczyny. Raszid był nie tylko szczupły i wysoki, ale też miał piękną twarz, okoloną długimi, opadającymi aż do ramion kędzierzawymi czarnymi włosami, które na wietrze spinał gumką tuż nad karkiem. Czoło miał wysokie, brwi wygięte jak skrzydła kruka, a jego migdałowe oczy były otoczone tak gęstym wachlarzem długich rzęs, że aż się plątały. Nos oczywiście posiadał semicki, jednak nie mięsisty i regularny jak mieszkańcy Bliskiego Wschodu, lecz wąski, garbaty, o dużych głęboko wyciętych chrapkach. Był on typowym przedstawicielem arabskiej północnej Afryki, którego przodkowie wywodzą się od Berberów zamieszkujących piaski Sahary i mają po nich ostre, drapieżne rysy. Najbardziej działały na Marysię usta Raszida – duże i szerokie, lecz jednocześnie namiętne, z delikatnie zadartą górną wargą, nad którą mężczyzna hodował modny wąski wąsik. Najcudowniejsze dla dziewczyny były chwile, kiedy się uśmiechał, bo robił to w taki szczery i naturalny sposób, że zupełnie traciła nad sobą kontrolę. *Raszid jest niesamowicie sexy*, myślała tylko o tym, bo zupełnie straciła dla niego rozum, duszę i serce. *Najważniejsze i najcudowniejsze jest to*, mylnie twierdziła zakochana młódka, *że on ze mną rozmawia i mnie słucha, interesuje się mną i opiekuje. Jakaż ja byłam w Saudi samotna!*, wzdychała raz za razem.

Marysi wydaje się, że przez delikatny szum silników wielkiego luksusowego samolotu słyszy melodyjne wezwanie do modlitwy, wyśpiewywane przez muezzina i płynące z wież minaretów w Trypolisie; czuje bryzę wiejącą od Morza Śródziemnego, a w tle jak z zaświatów dociera do niej łagodny i namiętny szept kochanka. Masuje sobie pulsujące skronie, bo od tej nawałnicy myśli pęka jej głowa. Z perspektywy czasu inaczej podchodzi do swojej grzesznej miłości i nie uważa swoich czynów za niewinny wybryk młodości, za wynik romantycznej chwili i tęsknoty za niezwykłym uczuciem. Teraz już wie, że zdradzając męża, zrobiła fałszywy krok, popełniła straszny grzech, który jak klątwa zawisł nad całym jej późniejszym życiem. *Nigdy sobie tego nie wybaczę! Takie rozpustnice słusznie karze się ukamienowaniem!* Po latach surowo się oskarża. *Powinni mnie byli zabić podczas tej strasznej bratobójczej libijskiej wojny, w której uczestniczyłam z własnego głupiego wyboru i z powodu nieprzemyślanych decyzji. Zostałam tam tylko i wyłącznie dlatego, że chciałam być blisko Raszida. Oszalałam na jego punkcie! Zatraciłam się! Skończona idiotka!* Zaciska zęby i powieki, bo tak jej się chce płakać, że dosłownie wyła by jak zwierzę. *Jakże ja mogłam tak postąpić?! Wszystko postawić na jedną haniebną i nieuczciwą kartę, odrzucić całą przeszłość, odepchnąć od siebie najbliższych i kochających mnie ludzi? Dlaczego? Co mnie opętało?! I to dla kogo? Dla młodocianego fircyka?!*

Podczas pobytu Marysi i Doroty w Libii wydarzenia toczyły się kaskadowo, tak jakby na głowy przyjezdnych kobiet spadła lawina. Pamiętny dzień na starym mieście w Trypolisie, który Marysia spędziła w uroczym towarzystwie przystojnego kuzyna Raszida, był ostatnim dniem pokoju i beztroski i zarazem początkiem końca narodu libijskiego oraz tysięcy ludzkich istnień. Zaczęło się od „dnia gniewu", kiedy niezadowoleni Libijczycy – sami cywile, w tym kobiety, dzieci i starcy – wyszli w pokojowych manifestacjach na ulice miasta. Tysiące z nich oddały w tym dniu życie, a drugie tyle zostało rannych, uwięzionych lub potajemnie zabitych w więzieniach stolicy. Każda sekunda, minuta i godzina opływały krwią niewinnych ofiar, a ci, którzy przebywali w tym czasie w Libii, utknęli w niej na dobre. Życie toczyło się teraz z zawrotną szybkością i było na wagę złota, bo tak niewiele wystarczyło, żeby je utracić. Jak podczas każdej wojny, tak i tutaj ludzie w pełni wykorzystywali każdy moment. Nie mieli czasu do stracenia i nic nie odkładali na jutro, bowiem jutra mogli nie doczekać.

Dorota, specjalistka od nieprzemyślanych decyzji, ponownie dała się zwieść swojemu byłemu mężowi

Ahmedowi, który przypadkowo natknął się na nią w Trypolisie. Przez swoją głupotę została rozdzielona z córką i wylądowała setki kilometrów od niej w Nalucie – górskim miasteczku. Marysia zaś rzuciła się w wir pracy – podjęła wolontariat jako sanitariuszka najpierw w przepełnionym szpitalu kuzyna Muaida, a później w ukryciu na ich starej małej farmie pod miastem. Wydawało się, iż wojna toczy się daleko, gdzie indziej, że ich nie dotyczy. Gdyby nie tłumy rannych, którymi się zajmowali, nic nie świadczyłoby o tym, że gdzieś obok prowadzone są działania zbrojne. Wieś zdawała się idylliczna i przyniosła Marysi mnóstwo ukrytych wspomnień z dzieciństwa. Tam też ostatecznie przekroczyła granicę uczciwości, bowiem zapomniała o bożym świecie oraz o tym, że jest kobietą zamężną. Gdyby nie nadarzyła się okazja i nie poznała tego przystojniaka, to nigdy nie zdradziłaby swojego dobrego męża. Gdyby nie znalazła się w ekstremalnych warunkach, gdzie uciekała jak zaszczute, ścigane zwierzę razem ze swoimi rodakami, w życiu nie wpadłoby jej do głowy, by łapać każdą chwilę pełnymi garściami, nie zważając na konsekwencje i niestosowność. W normalnych warunkach przenigdy nie zdecydowałaby się na romans! W końcu ona również była wychowana w porządnym domu przez dobrą wykształconą i tolerancyjną babcię, która wpajała jej najlepsze zasady tak z Koranu, jak i z Biblii. Jednak wtedy, podczas libijskiej rewolucji, nie pamiętała o żadnych regułach – ani muzułmańskich, ani chrześcijańskich. Pragnęła tylko tego mężczyzny, był jej potrzebny jak powietrze i woda, jak bicie serca, ceniła go bardziej od życia, bo przez swoje zaślepienie była przekonana, że życie bez niego nie ma dla niej żadnej wartości.

Teraz za to już do końca moich dni będę się wstydzić mojego czynu. Marysia na wspomnienie namiętnych chwil nie czuje uniesienia, tylko wstyd, żal i skruchę. *Do końca życia będę odpokutowywać te ulotne momenty i przeklinać człowieka, który był mniej winny ode mnie. To ja go kusiłam, ja pozwoliłam mu na zbliżenie i ja jak szalona tego pragnęłam. Sama sobie jestem winna, bo dopuściłam się zdrady i grzechu. Jeden błędny krok pociąga za sobą lawinę nieszczęść*, konkluduje swoją niedojrzałą decyzję pozostania w ogarniętej wojną Libii. *Jakaż ja wtedy byłam niedoświadczona, bezmyślna, dziecinna… Wszystko brałam za dobrą monetę i uważałam, że jakoś się ułoży. Zapomniałam, że w moim życiu nic się nie układa! Nic! Jestem przeklęta, tak jak cała moja libijska rodzina Salimich!*

Jej kochający mąż Hamid Binladen podjął jednak ryzyko przypłynięcia do Libii – i to tylko z jednego powodu: nie mógł sobie podarować ochłodzenia stosunków z Marysią i że tak łatwo oddał jej wolność. Dlaczego od przyjazdu do Arabii Saudyjskiej tak się na nią złościł, czemu odtrącał, czemu zaczął na nią krytycznie patrzeć? Tego sam już nie wiedział, ale jedno stało się dla niego jasne: bez tej pięknej kobiety nie wyobrażał sobie dalszego życia. Szkoda, że zrozumiał to dopiero po jej wyjeździe, ale póki sił mu starczy, będzie próbował to naprawić.

Dzięki swoim kontaktom z amerykańskimi tajnymi służbami zaaranżował swoją podróż katarskim statkiem wiozącym pomoc charytatywną do Libii. Hamid musiał jeszcze wypełnić na terenie ogarniętego wojną kraju ryzykowną misję, ale nie był to pierwszy i zapewne nie ostatni raz. Kiedy weszło się w wywiadowczą działalność, to nie tak łatwo było się z niej wyplątać. Hamid nie miał pojęcia, jak odnajdzie żonę i czy ona w ogóle jeszcze żyje, lecz kiedy usłyszał, że najcenniejszą przesyłkę ma dostarczyć do Trypolisu panu Muaidowi Salimiemu, od razu wiedział, że jest w tym palec boży. *Miriam, tak za tobą tęsknię, tak mi ciebie brakuje, moja śliczna, moja piękna*, w duszy rozmawiał z żoną. *Jeśli tylko chodzisz jeszcze po tym świecie, to cię odnajdę*, obiecywał. I tak też się stało, choć jego żona była już nieczystą i na dokładkę brzemienną kobietą, o czym on nie wiedział. Hamid nie zadawał jej żadnych pytań. *Nie chcę nic wiedzieć i niczego dociekać. Chcę tylko z nią być i już nigdy się nie rozstawać.*

Marysia walczyła ze swoim poczuciem przyzwoitości i odpowiedzialnością. O każdej porze dnia i nocy zadręczała się myślą, jak rozwiązać swój wstydliwy problem. *Hamid nie da się oszukać, zbyt dobrze zna moje ciało. A zresztą, czy ja chciałabym go okłamywać w tak ważnej, wręcz kluczowej kwestii, której efekty będą nam towarzyszyć do końca życia?*, zastanawiała się. *Ale z drugiej strony, jak mu powiedzieć prawdę?* Była całkowicie zagubiona, bo wiedziała, że jeśli zdecyduje się na szczere wyznania, to raz na zawsze straci tego uczciwego, kochającego ją człowieka.

– Powiedz mi w obliczu śmierci, przyjacielu. – Hamid pochylił się nad bladym i mokrym od potu Muaidem

Salimim, kuzynem Marysi, który szedł na samobójczą śmierć, chcąc zabić tyrana narodu libijskiego i swojego biologicznego ojca, Muammara Kaddafiego. – Czy przysięgniesz w obliczu Allaha, że moja żona Miriam zachowywała się w twoim domu godnie? – Wyczekująco patrzył mu w oczy.

– Jak mi Bóg miły... – Muaid zawiesił głos. Brakowało mu tchu, gdyż w żołądku pełnym materiałów wybuchowych czuł palenie i piołun. – Mogę trochę wody? – Usiłował odsunąć moment odpowiedzi, głęboko zastanawiając się nad sensem prawdy i kłamstwa. *Ja już jestem jedną nogą na tamtym świecie i jeśli Allah jest litościwy, to wybaczy mi to małe kłamstwo*, stwierdził. *A moja nierozsądna kuzynka ma całe życie przed sobą i teraz w moich rękach leży, czy przejdzie przez nie szczęśliwa, z dobrym człowiekiem u boku, czy odrzucona i pogardzana, jako samotna zhańbiona kobieta. Nie ma nad czym dumać, sza'a Allah*[1]. – Drogi posłanniku pokoju... – zaczął ze śmiertelną powagą na twarzy – twoja żona, piękna kobieta, mieszkała przez cały czas pobytu w Libii pod moim dachem i była pod moją opieką. Ja w twoim zastępstwie byłem jej *mahramem* i gwarantuję ci, że jej postępowanie zawsze było nienaganne – skłamał bez mrugnięcia powieką, ale był zadowolony z podjętej decyzji, bo zobaczył, jak napięcie pierzchło z twarzy prawego Hamida Binladena.

– Dziękuję ci za wszystko. – Zakochany mąż odetchnął z ulgą. – Wierzę twoim słowom. Życzę ci powodzenia

[1] *Sza'a Allah* (arabski) – Allah tak chce; Jak Bóg da.

w twojej bohaterskiej misji. Niech przyniesie takie skutki, jakich się spodziewasz.

Wszyscy jesteśmy przeklęci, cały ród Salimich, Marysia powtarza to stwierdzenie jak mantrę. *Zginęła prawie cała moja libijska rodzina, ciotka Malika zamordowana w Ghanie przez głupiego nastolatka, babcia Nadia – w ataku terrorystycznym w Sanie, mój ojciec Ahmed z rąk mojej, prawej skądinąd, mamy, Doroty, ciotka Chadidża i jej mąż Abbas popełnili samobójstwo po tym, jak rządowe wojsko przez pomyłkę wystrzeliło w stronę ich czwórki dzieci armatni pocisk, porządny filantrop Muaid, który w samobójczej misji wysadził się w powietrze, oraz kuzyn Raszid, mój namiętny kochanek i ojciec mojej córki Nadii... O reszcie nie mam pojęcia, ale zapewne też już sczeźli. Kto, gdzie i kiedy popełnił jakiś karczemny, straszliwy grzech, że jesteśmy potępieni? Co będzie z moimi dziećmi, Nadią, która jest owocem grzechu, i Adilem, zrodzonym z nieszczęsnej tragicznej miłości mojej i Hamida. Na Allaha, czy ta zła passa kiedyś się skończy? Czy klątwa wisząca nad nami od lat kiedyś nas opuści?!*

– Samolot za pół godziny schodzi do lądowania. Prosimy zapiąć pasy i wyrównać oparcia foteli – z głośników rozchodzi się miły głos stewardesy. – Witamy w Królestwie Arabii Saudyjskiej. Temperatura w Rijadzie…

Poszukiwanie swojego miejsca

Karim spod oka obserwuje swoją żonę Marysię, którą kocha ponad życie, ale doskonale zdaje sobie sprawę, że nie jest w tym uczuciu odosobniony. Hamid, jego przyjaciel z dawnych lat, wbrew oczekiwaniom Indonezyjczyka nadal pała miłością do swojej byłej żony, co biedny Karim pojął dopiero teraz, widząc ich razem z ich dzieckiem. *Alеż ze mnie głupiec!*, wyrzuca sobie w duchu. *Ale osioł! Przecież mogłem się domyślić po ich gwałtownej reakcji, kiedy po latach pierwszy raz się spotkali w Dżakarcie. Jakiż ja byłem ślepy!* Ze złości i zgryzoty aż zaciska zęby. *I co teraz będzie? Jak my ten problemik rozwiążemy?*, ironizuje, czując przez skórę, że to on będzie musiał się wycofać. *Jak zawsze! Jak zawsze ja dostanę w dupę! Mnie się zrani, bo co taki azjatycki gnojek czuje?! Przecież i tak ciągle się kłania, uśmiecha i przeprasza, że żyje.* W czarnych barwach widzi swoją przyszłość. *Czy kiedyś zaznam spokoju i zwykłego rodzinnego szczęścia?*, pyta sam siebie. *Czy kiedyś w ogóle byłem szczęśliwy? Może i tak, ale to były dawne czasy i trwały dosłownie przez mgnienie oka. Całe moje życie to pasmo niepowodzeń i udręki,* podsumowuje, oddając się wspomnieniom, do których od lat nie wracał i które w swoim przekonaniu wieki temu wymazał z pamięci.

W dzieciństwie Karim wiódł beztroskie życie w Indonezji, w miejscowości Tugu, na zboczach gór Puncak. Miał kochającą mamę Meilę, babcię, dziadka i wielką rodzinę, przez którą był hołubiony. Wszyscy w miasteczku go uwielbiali i nosili na rękach, śmiali się do niego i zagadywali, kiedy przesiadywał razem z Meilą przy *warungu*[1], w którym ona pracowała. Większość czasu spędzał właśnie tam – bawiąc się przy ruchliwej drodze i pluskając w kanale na poboczu. Czasami przesiadywał też na *gazebo*[2] z babcią i kobietami żującymi betel[3] i wyplatającymi kosze z *rutengu*[4]. Nie prze-

[1] *Warung* (indonezyjski, wym. uarung) – mały rodzinny biznes, restauracja, kawiarnia, sklep; często wózek na kółkach oferujący sprzedaż owoców oraz dań kuchni azjatyckiej. W Indonezji, Malezji i Tajlandii nieodzowna część życia i element kultury.

[2] *Gazebo* (indonezyjski) – dosł. balkon; tradycyjny podest na palach charakterystyczny dla indonezyjskiego pejzażu; stawiany z drewna, ma zadaszenie i czasami specjalne zasłony; na podium kładzie się maty lub materace i poduszki; miejsce odpoczynku.

[3] Betel (indonezyjski) – pieprz żuwny, rodzaj używki stosowanej w krajach Dalekiego Wschodu przeważnie przez kobiety (mężczyźni głównie palą papierosy, co w Indonezji wśród kobiet nie jest przyjęte). Ma działanie orzeźwiające, lekko podniecające (przy dużej ilości otumaniające) i lecznicze – zabija pasożyty i odkaża przewód pokarmowy. Ubocznym skutkiem jest barwienie zębów na czarno, a śliny i ust na czerwono. W wyniku regularnego żucia mogą też wypadać zęby i następuje sztywnienie szczęki. Betel zwiększa ryzyko zachorowalności na raka jamy ustnej, astmę i podnosi ryzyko ataku serca.

[4] *Ruteng* (indonezyjski) – rattan; liana z rodziny palm o wiotkich pędach.

szkadzało mu, że nie miał ojca. Zapytał o niego matkę tylko raz. Odpowiedziała mu półgębkiem i to mu wystarczyło. Dzieciństwo Karima było przepełnione słońcem, przeplatającym się z ulewnymi deszczami, otaczały go wielobarwne kwiaty i misy słodkich owoców. Przede wszystkim jednak był obdarzany niekończącą się czułością i miłością ze strony matki, kojarzącą mu się z zapachem oleju kokosowego, którym namaszczała swoje ciało i włosy.

Nastała jednak pewna jesienna przełomowa noc, kiedy ciężkie szare chmury wisiały już nisko nad ziemią, ale jeszcze nie wylewały z siebie nagromadzonej wody. Ulewa wisiała w powietrzu, było parno i gorąco, lecz Karim obudził się zlany zimnym potem i szczękający zębami. Tulił się do mamy, licząc, że ona go ogrzeje, lecz nic nie pomogło. Meila usiłowała ratować synka ludowymi metodami, które polecały jej wiejskie kobiety, jednak nic to nie dało. Chłopiec bredził w gorączce i cierpiał z powodu ogromnego bólu w kościach, a szczególnie w jednej nodze, która dziwnie się wykręciła. Z dnia na dzień dolegliwości się nasilały. Szarpały nim wymioty, wyniszczała biegunka, wstrząsały dreszcze. Kiedy gorączka podniosła się prawie do czterdziestu stopni Celsjusza, Karim zaczął majaczyć o ciepłych źródłach na zboczu gór, o legendarnych kochankach – Ramajanie i Sicie lub o upiorze pięknej dziewczyny Dewi, którą zły człowiek ukamienował w głębokiej studni na niedalekim polu. Jego krzyki rozchodziły się po całym *kampungu*[1].

[1] *Kampung* (indonezyjski) – wieś; osada.

W końcu matka z babcią i dziadkiem zawieźli chorego chłopca do regionalnego szpitala w Bogor. Trzylatek miał tak silny organizm, że do częściowej rekonwalescencji wystarczyło mu dobre jedzenie i regularnie podawane witaminy. Chorobowe objawy, które były wynikiem duru brzusznego, ustąpiły, jednak pozostałe symptomy, które trawiły Karima i były efektem głównego schorzenia, pogłębiły się. Choroba Heinego-Medina niszczyła jego system nerwowy i deformowała nogę. Jako że lekarze nie mieli ani wiedzy, ani środków na skomplikowaną terapię, wypisali chłopca do domu, chcąc pozbyć się problemu. Polecili Meili metody zaradcze na utrzymanie malca przy życiu, takie jak wysokokaloryczne jedzenie i bogata w witaminy dieta, których ona, biedaczka, nie była w stanie wprowadzić w życie. Matka była w czarnej rozpaczy, bo czuła, że utraci swego ukochanego synka, jedyną radość życia.

Rodzina uradziła, że ostatnią deską ratunku dla Karima jest jego biologiczny ojciec, Saudyjczyk Fajsal al-Nadżdi, bo tylko on będzie w stanie pomóc im finansowo. Ku zaskoczeniu wszystkich Fajsal niespodziewanie przyjechał do Tugu i zabrał niczego niespodziewającego się chłopca do siebie. To była ta chwila, w której Karim stracił bezpowrotnie swoje kruche dziecięce szczęście, dom i bliskich. Odtąd był traktowany jak zwierzę albo nawet jeszcze gorzej, bo znienawidzone zwierzę.

Tak mnie traktował, zawsze z góry, zawsze z wyższością jaśnie pana, zawsze mną pogardzał, a kiedy jego stosunek do mnie się zmienił, to było już za późno, podsumowuje po ponad trzydziestu latach Karim. *A może ja naprawdę byłem wtedy małym dzikim zwierzątkiem?* Z trudem przypomina sobie detale, a przed jego oczami pojawiają się tylko wyrwane z kontekstu obrazy.

– Co ty tu robisz?! – Fajsal darł się z obłędem w oczach. – Co ty, prymitywie jeden, wyprawiasz?! – Lał Karima, gdzie popadło, swoją nieodłączną skórzaną rózgą *mutawwy*[1].

Kiedy zatrzymali się w hotelu Bukit Indah w górach Puncak, maluch przeżył szok. Jeszcze nigdy nie był w tak pięknym i eleganckim miejscu. Chłopiec w ogóle nie znał zdobyczy techniki, bowiem do tej pory mieszkał w drewnianej chacie z wychodkiem w formie dziury w ziemi lub na świeżym powietrzu pod krzaczkiem, a mył się w zbiorowej łaźni przy głębinowej studni. Prąd był w domu *bupatiego*[2], meczecie, domach zamożnych, a on z mamą żył w ubogiej chatce na obrzeżach wioski i oprócz maty, paru krzeseł i grubych *ikatów*[3] do przykrycia zimą nie mieli nic. A zresztą czego było im trzeba? Od świtu do zmierzchu siedzieli przy *warungu*, a jak wracali, to tylko po to, żeby się przespać. I dlatego pierwsza noc w nowoczesnym hotelu była dla chłopca straszna. Do dziś pamięta, że zrobił kupę na lastriko w łazience, a spał na lodowatej gołej podłodze w kącie sypialni, owijając się jedynie wełnianym pledem, który dała mu matka. Bał się nawet zbliżyć do pięknego łoża z baldachimem, które potraktował jako wielce

[1] *Mutawwa* (arabski) – policjant obyczajowo-religijny.
[2] *Bupati* (indonezyjski) – starosta.
[3] *Ikat* (indonezyjski) – (dosł. wiązanie), specjalnie barwiony materiał; tradycyjnie nitki niefarbowane lub farbowane na inny kolor obwiązuje się łykiem.

ekskluzywne *gazebo* dla wyjątkowych gości. Drżał, że mógłby je zabrudzić lub pomiąć posłanie. Był zagubiony i zrozpaczony. Co noc usypiał we łzach.

– Ty zwierzaku! Ty plugawa, brudna świnio! – Ojciec określał go tylko takimi epitetami, a karę chłosty wymierzał mu wielokrotnie w ciągu dnia.

– Nie wejdę tam! Nie! – Karim wrzeszczał, a po chwili dosłownie wył, kiedy po raz pierwszy został wsadzony do wanny, a z kranu zaczęła płynąć ciepła woda. Machał rękami, usiłując odegnać od siebie spienioną gąbkę, przez co mydliny dostały mu się do oczu i ust. Na koniec zwymiotował.

– Błagam cię, uspokój się! – Wynajęty przez Fajsala służący nie mógł sobie dać rady z dzieciakiem. – W końcu ponownie dostaniesz baty. Czy ty, gnojku, nie masz żadnego instynktu samozachowawczego? – Dziwił się, drżąc również o własną skórę.

– Nie siądę na tym! Co to? Nie chcę! – Karim nie zgadzał się załatwiać do muszli klozetowej, obawiał się bowiem, że go pochłonie, a kiedy słyszał spuszczaną wodę, padał na ziemię, wijąc się jak piskorz.

Kiedy podawano śniadanie, jak zawsze sięgał po jedzenie palcami, nie wiedząc, do czego służy łyżka, nie wspominając już o widelcu czy nożu, szklana zastawa zaś napawała go przerażeniem i nawet jej nie dotykał. Na co dzień jadał przecież na liściu bananowca, szarym papierze lub gazecie. Dlatego też porywał w garść jakiś kąsek i uciekał z nim w kąt pokoju, krusząc na podłogę i brudząc tłuszczem obicia mebli i dywan. Fajsal obserwował chłopca i wytrzeszczał oczy, lecz przeważnie długo nie wytrzymywał w spokoju i wściekle reagował, wyzywając go i notorycznie wymierzając karę. Zdarzało się, że od niechcenia uderzał go w głowę lub w twarz, i to tak mocno, że maluch dławił się jedzeniem i krztusił tak długo, aż zwymiotował. Czasami ze strachu sikał pod siebie. W ten sposób ojciec „tresował" swojego syna przez cały okres oczekiwania na wyrobienie mu paszportu, co spowodowało nie tyle lepsze obycie malca, ile pogłębiającą się z dnia na dzień nerwicę.

– To niewyobrażalne! – Fajsal wpadał w ciągłą furię i darł się na dzieciaka po arabsku, z czego ten nic a nic nie rozumiał. – Ja nie wiem! Żeby w dwudziestym wieku tak się zachowywać?! Jakby był chowany w jaskini, i to przez zwierzęta. Co za prymitywny naród! Po co mi to było? Co za durne sentymenty!

Nie chodziło tu bynajmniej o żadne sentymenty, a dumny i zadufany w sobie mężczyzna tylko się okłamywał. Przyczyna jego przyjazdu była bardziej prozaiczna. Do tej pory Fajsal nie doczekał się ze swoją saudyjską żoną syna, a tym samym dziedzica, dlatego zdecydował się na przygarnięcie swojego przypadkowego dziecka, a nawet na danie mu nazwiska. Spodziewał się czegoś zupełnie innego, lecz teraz nie miał już odwrotu – mógł jedynie złagodzić skutki podjętej decyzji.

Karim zaś od pierwszej chwili czuł do Fajsala niewypowiedzianą niechęć, jako bezbronny malec tylko się go bał i nie lubił, jednak z czasem to uczucie zaczęło się pogłębiać i przeradzać w szczerą nienawiść.

* * *

Fajsal nie zdecydował się na zabranie indonezyjskiego syna do swojego domu, lecz od razu załatwił mu długoterminowy pobyt w Szpitalu Gwardii Narodowej w Rijadzie. Karim mówił tylko w *bahasie*[1], i to w gwarze góralskiej z Tugu, więc jego porozumienie z otaczającym światem było żadne. W roli tłumaczki i opiekunki ojciec zatrudnił Indonezyjkę, która do tej pory pracowała w szpitalu jako salowa i pomywaczka i trochę znała angielski i arabski. Dzięki temu lekarze mieli jakikolwiek kontakt z przerażonym małym pacjentem. Susu stała się przewodniczką Karima, który nadal zachowywał się jak dzikie zwierzątko i za nic nie chciał korzystać z dobrodziejstw cywilizacji. Możliwe, że był to jego bunt przeciwko rozłące z matką i wyrwaniu go z rodzimych pieleszy, ale jego zachowanie utrudniało życie nie tylko jemu, ale wszystkim dookoła. Po krótkim czasie Susu na tyle przełamała nieufność malca, że stali się nierozłączni. Oficjalnie starali się zachowywać w miarę poprawnie, bo przecież Karim był synem szefa policji obyczajowo-religijnej i tym samym bardzo ważnego człowieka, a kobieta jego pracownicą, lecz kiedy tylko mogli, chowali się przed oczami wścibskich

[1] *Bahasa* (indonezyjski) – (dosł. język), często używa się tej nazwy w formie skrótu od Bahasa Indonesia – język indonezyjski; od 1949 r. urzędowy język indonezyjski powstały na bazie języka malajskiego. Sztucznie skonstruowany jako zlepek dialektów (z przewagą jawajskiego) z licznymi zapożyczeniami z języków holenderskiego, malajskiego i arabskiego (30%). Zapisywany za pomocą alfabetu łacińskiego.

w klitkach na środki czystości. Siedząc tam, na ziemi, opowiadali sobie historie o Azji i palcami wcinali *nasi goreng*[1] czy *mie goreng*[2] przygotowane w domu przez Indonezyjkę i serwowane na gazecie. Jak to w życiu Karima bywało, idylla nie mogła jednak trwać wiecznie. Malec nie miał apetytu na zdrowe, wzmacniające jedzenie, nie tykał świeżych jarzyn i soków, zaczął opuszczać zajęcia rehabilitacyjne i nigdy nie można go było znaleźć, co wzbudziło coraz większe podejrzenia pracowników szpitala. W końcu Karim i Susu zostali przyłapani w swojej kryjówce. Susu błyskawicznie deportowano do Dżakarty, a Karim rozpoczął regularną bolesną rekonwalescencję, leczenie oraz naukę w przyszpitalnej szkółce koranicznej dla chłopców. Skok na głęboką wodę dobrze mu zrobił. Już po paru miesiącach chłopiec biegle władał arabskim, wykorzystując trzydzieści procent arabskich słów występujących w języku indonezyjskim, a z cudzoziemcami coraz sprawniej porozumiewał się po angielsku. Malec od razu zauważył, że zagraniczni lekarze byli bardziej czuli, cierpliwi i lecząc, zadawali mu mniej bólu, Saudyjczycy zaś to bezwzględni i niekompetentni ludzie, którzy brak umiejętności pokrywali wrodzoną pychą. Pod każdym względem przypominali mu jego zniena-

[1] *Nasi goreng* (indonezyjski) – ryż smażony, podstawowe danie kuchni indonezyjskiej; może być z kurczakiem, rybą, owocami morza lub warzywami; kupiony w warungu zawsze będzie zawierał śladowe ilości mięsa. Obecnie porcja kupiona z wózka na ulicy kosztuje ok. 1 dolara.

[2] *Mie goreng* (indonezyjski) – zasmażany makaron z kurczakiem, rybą, owocami morza lub warzywami. W *warungu* kosztuje ok. 1 dolara.

widzonego ojca, z jednym małym wyjątkiem – nie bili małego pacjenta, możliwe że tylko dlatego, iż było to niedozwolone.

Chłopiec został poddany skomplikowanej operacji, polegającej na złuszczaniu stawu kolanowego, skróceniu wygiętej kości i połączeniu jej dwóch części tytanowymi śrubami. Zabieg wymagał ogromnej znajomości sztuki lekarskiej i wieloletniej praktyki w białej chirurgii. Podjął się go pyszałkowaty saudyjski lekarz, który z niechlujstwa doprowadził do zakażenia rany.

– Cóżeś ty zrobił, ośle jeden? – bezpardonowo zapytał saudyjskiego konowała walczący o życie i zdrowie Karima polski doktor, któremu został przekazany ten beznadziejny przypadek. – Chcesz tego malca zabić?

– No i co? – gburowato odpowiedział medyk, pogardliwie wykrzywiając przy tym wargi. – Obetnie mu się tę wygiętą część gicy, to nawet będzie miał wygodniej i skończy się ta bezsensowna, nieprzynosząca żadnych efektów terapia.

– On jest bliski śmierci! To też dobrze?! – Andrzeja takie podejście doprowadzało do szewskiej pasji.

– Słuchaj! Nie pyszcz mi tutaj! – Saudyjczyk jak zawsze przeszedł do ataku, bo wiadomo było, że jest u siebie i na wszystko może sobie pozwolić, lecz Polak nigdy nie przejmował się groźbami. – Jego tatuś zostawił go u nas bezterminowo, a to oznacza, iż nie ma ochoty oglądać tego azjatyckiego bękarta. Nawet jakby zdechł, to chyba tylko wyrządzimy mu przysługę – stwierdził Arab bez najmniejszego poczucia etyki lekarskiej.

– No dobra… – Andrzej wziął parę głębszych oddechów, żeby opanować nerwy. – Teraz jednak chcesz naszemu pacjentowi obciąć nogę i odesłać go do domu. Czy sądzisz, że jego ojciec nam za to podziękuje?

Saud zmarszczył brwi, bo dopiero teraz doszło do niego, że sytuacja jest paradoksalna. Zastanawiał się, co by tu wykombinować, żeby się wykręcić od odpowiedzialności.

– Cóż… – zawiesił głos – …jakbyśmy tego zasrańca z postępującą gangreną jeszcze jakiś czas zostawili samemu sobie, to chyba byłoby najlepiej. – Przełknął głośno ślinę, bo po wypowiedzeniu tych słów doszedł do wniosku, że chyba przesadził ze szczerością wobec cudzoziemca.

– Proszę na piśmie przekazać mi pacjenta Karima al-Nadżdiego. Od dzisiaj ja będę jego lekarzem prowadzącym. I nie wpychać mi swoich paluchów w jego terapię! – Andrzej podniósł głos, bo ogromnie było mu szkoda ślicznego rezolutnego dzieciaka. Na jego oczach zmienił się on z małego dzikuska w chłopca rokującego ogromne nadzieje na przyszłość, której ten łapiduch chciał go definitywnie pozbawić.

Żona Andrzeja pracowała w tym samym szpitalu, jako wysoko wykwalifikowana pielęgniarka instrumentariuszka, i razem z mężem otoczyła opieką biedne, niechciane i na dokładkę chore dziecko. Para mieszkała na terenie kampusu szpitalnego, w małej willi z ogródkiem. Po tym, jak Polak uratował chłopcu życie i uchronił go przed amputacją nogi, coraz częściej zabierali dziecko do siebie i troszczyli się o nie dwadzieścia cztery godziny na dobę. Małżeństwo było bezdzietne, a uroczy, choć zastraszony

Karim od pierwszej chwili skradł ich serca. W domu bawili się z nim, grali w edukacyjne gry i uczyli czegoś więcej niż w przyszpitalnej szkółce, gdzie uczniom wbijano do głowy tylko wersety Koranu. Tak jak przewidywali, malec okazał się nad wyraz zdolny.

– Skoro jego ojciec go nie chce, to może pozwoliłby nam go zaadoptować? – Łudziła się poczciwa Krysia. – Rozwiążemy jego problem.

– Kochanie, nie oszukuj się. – Andrzej znał Arabów jak zły szeląg. – On wolałby pewnie, żeby chłopak umarł, niż wylądował w niemuzułmańskim domu. Zwłaszcza taki oszołom jak *mutawwa*! – Wylał na głowę żony kubeł zimnej wody.

– Może jednak by z nim porozmawiać, bo głupio się czuję, kiedy bez zgody rodziny zabieramy dziecko do siebie. Tak nie wolno! – Kobieta była uczciwą i prostolinijną osobą.

– Od razu ci mówię, że odmówi. A my jeszcze możemy mieć z tego powodu kłopoty. Daj sobie spokój z informowaniem kogokolwiek, a jeśli chcesz być taka prawa, to przychodź odwiedzać dzieciaka do kliniki.

– Andrzejku… załatw to… – Krysia patrzyła na męża błagalnym wzrokiem, a ten cierpiał na równi z nią, zwłaszcza kiedy słyszał w nocy jej nieutulony płacz. Kobieta obdarzyła Karima całą niespełnioną matczyną miłością.

Fajsal coraz mniej interesował się synem. Regularnie płacił wysokie rachunki za opiekę i leczenie, zadowolony, że pozbył się problemu. Wpadał do szpitala sporadycznie, a już nigdy w weekendy, kiedy to spędzał czas ze swoją despotyczną saudyjską żonką i dwiema córkami, jeżdżąc za miasto, na pustynię, nad jeziora i tam piknikując na piachu jak typowy beduiński koczownik. Pewnego razu jednak, kiedy szpital zmienił numer rachunku bankowego, a Fajsal nie odebrał listu z tą informacją i wysłał należność nie na to konto, co trzeba, musiał w końcu osobiście się pofatygować i porozmawiać z kierownictwem. Dyrektor administracyjny kliniki chciał go widzieć po piątkowej modlitwie i dowiedzieć się, co wielmożny pan ma zamiar począć z ładnym, inteligentnym i ustabilizowanym zdrowotnie chłopcem. Sam menedżer chciał zaadoptować Karima, bo nie mieli dzieci ze swoją ukochaną żoną, a innej, młodszej, nie miał zamiaru poślubić.

– Co?! Pan chce mi porwać dziecko?! – Kiedy dumny Fajsal usłyszał taką propozycję, oburzył się. Zachowywał się jak szaleniec, krążąc po gabinecie z kąta w kąt.

– Ależ skąd… – Mężczyzna aż skulił się w sobie na takie straszne oskarżenie.

– Ja pana do więzienia wsadzę! – straszył funkcjonariusz. – Zaraz zarządzę tu kontrolę policji obyczajowo-religijnej, bo widzę, że w szpitalu pracują cudzoziemscy lekarze razem z lekarkami, i to czasami nawet Saudyjkami!

– Jest odgórna zgoda na to… Jaśnie wielmożny nam panujący… – bronił się liberalny Saudyjczyk, który studia skończył w Ameryce i tam też zaczynał swoją karierę.

– Niech mi tu nie opowiada o królu i nie zasłania się jakimiś nieprzemyślanymi ustawami! – Ortodoks zapienił się i wymachiwał rękami, jakby chciał uderzyć Bogu ducha winnego człowieka. – W tej placówce medycznej nie jest przestrzegana segregacja płciowa, a zagraniczne doktorki i pielęgniarki nie zasłaniają twarzy, a czasem, o zgrozo, nawet włosów! Ja wam jeszcze kota popędzę! – Straszył, sam tłukąc siebie po nodze swoją rózgą. – Zamknę tę klinikę, bo to dom rozpusty! – wrzeszczał jak obłąkany.

Kiedy trochę ochłonął i zorientował się, że rzuca groźby bez pokrycia, podkasał swoją długą białą *tobę*[1] i popędził do pokoju syna. Zdecydował się wziąć go do siebie, ale tylko z tego względu, że chłopiec należy do niego i jest jego własnością. Niechcianą i niepotrzebną, ale jego. Nikt mu go nie zabierze i nie będzie adoptować! Jak to zazwyczaj w weekendy, Karima nie było jednak w szpitalnej sali. Wszyscy wiedzieli, gdzie malec spędzał każdą wolną chwilę. Zastraszony stary cieć pokazał Fajsalowi drogę do domu Polaków. Saud już z daleka słyszał beztroski śmiech dziecka i radosne pokrzykiwania dorosłych, co sprawiało, że krew jeszcze bardziej się w nim gotowała.

– Ciociu Krysiu, popatrz, jak jadę, popatrz! – Karim robił pierwsze rundki na małym trzykołowym rowerku, a polskie małżeństwo z rozrzewnieniem biło mu brawo.

– Dawaj, syneczku, jedź do mnie! – Krystyna wyciągnęła ręce do uśmiechniętego ślicznego malca.

Fajsal przeszedł boczną ścieżką na tyły domostwa i jego oczom ukazał się sielski obrazek. Jego Karim, ze stelażem opasującym chorą nogę, usiłował pedałować, a zachwyceni opiekunowie go dopingowali, patrząc na niego z nieukrywanym podziwem i miłością.

[1] *Toba* (*thoba*) (arabski) – rodzaj długiej do ziemi męskiej koszuli, z tradycyjnym kołnierzykiem lub stójką i manszetami, zapinana na guziki tylko do pasa.

Jak burza wpadł między nich. Chwycił przerażonego dzieciaka, wziął go pod pachę, a zastępującą mu drogę kobietę na odlew uderzył w twarz.

– Deportacja! – darł się wniebogłosy. – Deportacja w ciągu dwudziestu czterech godzin! Bez możliwości powrotu! Ani słowa! – Zagroził Andrzejowi, który postąpił dwa kroki w jego kierunku. – Jedno „ale" i lądujecie w kryminale za porwanie. W najlepszym wypadku czeka was długoletnia odsiadka, ale ja wam załatwię karę śmierci!

Zszokowani i przerażeni Polacy nie wykonali już ani jednego ruchu, Fajsal zaś wrzucił wijącego się i wrzeszczącego syna na tylne siedzenie dżipa, usiadł za kierownicą i ruszył z piskiem opon.

Po drodze do domu doszedł do wniosku, że zareagował zbyt gwałtownie. Nie miał pojęcia, co teraz zrobić, bo przecież jego żona nic nie wiedziała o istnieniu jego azjatyckiego dziecka. Czekała go ciężka przeprawa, a Karima kolejne lata nieszczęść i upokorzeń. Zawzięty Saud nie odpuścił Polakom i musieli oni wyjechać z Arabii Saudyjskiej. Ich znajomość z Karimem jednak się nie zakończyła, choć wtedy byli przekonani, że już nigdy go nie zobaczą.

* * *

Madżida, żona Fajsala, była wredną, zazdrosną i despotyczną kobietą. Cierpiała od lat, ponieważ nie dała swojemu mężowi upragnionego syna, jedynie dwie córki – Amal i Munę. Kiedy więc Fajsal przyprowadził do domu swojego potomka, mieszańca z matki Azjatki,

Madżida chciała się wściec. Jeszcze gorsze dla niej było to, że chłopiec był urokliwy i bardzo podobny do ojca. Po matce odziedziczył ładną miodową karnację i nieco skośne oczy, lecz z semickim sporym nosem i pociągłą twarzą bardziej przypominał Araba niż Azjatę.

Od pierwszej chwili Karim był w domu szkalowany, poniżany i dręczony. Dobrze, że Fajsal nie przywiózł go tu od razu, bowiem wtedy chory i słaby chłopiec nie miałby szans na przeżycie. Teraz, ułomny, ale zdrowy i silny, mówiący już biegle po arabsku i angielsku, próbował dać sobie radę. Macocha, kiedy tylko miała okazję, potajemnie go biła, wykręcała mu ręce, miękką rózgą uderzała w zdeformowaną nogę, a jej córki zdobyły się nawet na to, że dolewały chłopcu do napojów lekarstwo na przeczyszczenie lub kruszyły aspirynę do jedzenia. Dlatego też Karim prawie nic nie spożywał w ich towarzystwie, tylko wpadał od czasu do czasu do kuchni i kradł stamtąd jedzenie, które pałaszował za zamkniętymi drzwiami swojego pokoju.

Służba też nie była przychylnie do niego nastawiona, bo wszyscy byli Azjatami. Zamiast się cieszyć, że jednemu spośród nich się udało i żyje na salonach jak paniczyk, oni również pragnęli go zniszczyć albo przynajmniej zrównać do swojego poziomu. Jedyne wsparcie Karim znalazł w starym służącym, który pracował w domu al-Nadżdich od lat, kiedyś nawet zajmował się młodym Fajsalem. Teraz staruszek zaczął adorować i strzec Karima, bo widział w jego oczach dobroć, inteligencję i zagubienie. Tłumaczył też Fajsalowi, który, o dziwo, miał do niego szacunek i go słuchał, że powinien chłopca chronić, bo to niezwykły dzieciak, a dla niego prawdziwy skarb. Po ciężkim zatruciu, spowodowanym dużą dawką mocnego leku uspokajającego, który macocha dodała do jedzenia Karima, co zakończyło się płukaniem żołądka, ojciec zezwolił synowi na zamieszkanie w służbówce starego sługi, która znajdowała się w dalekim kącie w ogrodzie rezydencji. Groźba śmierci chwilowo została odsunięta.

Karim rozpoczął naukę w koranicznej szkole dla chłopców, lecz sam nauczyciel, stary dobry imam[1], skontaktował się z Fajsalem i przekonał go, żeby dać chłopcu szansę i posłać go do normalnej, świeckiej szkoły. Pochwały podłechtały pychę Fajsala, tak więc przystał na propozycję. Fakt ten postanowił jednak ukryć przed swoją wredną żoną, żeby z zazdrości nie zabiła chłopaka, bo jej córeczki, nie dość że były głupie jak but z lewej nogi, to na dokładkę brzydkie jak maszkary. W ich przypadku kwef[2] był zbawieniem.

W końcu Fajsal podjął decyzję i wziął sobie młodą żonę, Afrę. Z Madżidą się rozwiódł i z niezłym finansowym uposażeniem odesłał ją razem z niechcianymi córkami do jej rodziny, przekazując pod opiekę niezbyt zadowolonego brata. Karim, będąc już nastolatkiem i mężczyzną niespokrewnionym z Afrą, był zmuszony na stałe zamieszkać

[1] Imam (arabski) – w tradycyjnym znaczeniu osoba, która przewodniczy rytualnej modlitwie muzułmańskiej, czyli salatowi. W ogólności może to być osoba świecka bądź przełożony meczetu.

[2] Kwef (francuski – *coiffe* oznacza czepek, nakrycie głowy) – zasłona na twarz noszona przez muzułmanki.

w domku w ogrodzie rezydencji, zwłaszcza że stary opiekun umarł i lokal stał teraz pusty. Ojciec zadbał o to, żeby wszystko zostało wyremontowane, dostawił dobudówkę, kupił nowoczesny sprzęt elektroniczny i podłączył internet. Od tej pory nastolatek nie mógł nawet wejść do kuchni w domu ojca, bo groziło to spotkaniem z niespokrewnioną kobietą, a samo spojrzenie na nią by ją zhańbiło, tak że nawet jedzenie przynoszono mu do jego samotni.

Fajsal obchodził się z nową żoną podobnie jak z Meilą, bowiem była ona dobrą i potulną kobietą. Odgłosy katowania było słychać nawet w ogrodzie i znów wszyscy służący udawali, że nic nie widzą i nic nie słyszą. Afra co roku zachodziła w ciążę, a poród odbierała zielarka – ludowa położna. Dlaczego? Czyżby Fajsala nie było stać na szpital? Nie. Mężczyzna zdecydował po prostu, że tym razem problem z córkami będzie rozwiązywał „od ręki" – nowo narodzone dziewczynki były topione w misce wody jak kocięta. Trzecia ciąża zakończyła się komplikacjami, a poród przebiegał bardzo ciężko. Afra wykrwawiła się na śmierć, a akuszerka, pod nieobecność Fajsala, nie wiedząc, co ma zrobić z noworodkiem, utopiła go tak jak poprzednie. Kiedy Fajsal wbiegł do sypialni żony, spostrzegł leżące na łóżku zakrwawione zwłoki kobiety, a na stoliku zawinięte w ciasny pakunek martwe dziecko. Odsunął ręcznik i zobaczył, że był to wymarzony syn. Wpadł w taką furię, że tylko cudem nie zabił przerażonej starej baby. Nie odpuścił jej jednak – jako *mutawwa*, policjant religijno-obyczajowy, oskarżył niewinną, zmuszaną przecież do zbrodni akuszerkę o czary i doprowadził do zasądzenia najwyższego wyroku – kary śmierci. Podczas jego publicznego wykonania na Placu Ścięć w Rijadzie, naprzeciwko centralnego biura i uniwersytetu Komisji do spraw Szerzenia Cnoty i Zapobiegania Występkom, wśród podnieconej tłuszczy był również Karim, którego ojciec zmusił do pójścia na ten żałosny spektakl. Chłopak był oburzony, zniesmaczony, a widząc euforię ojca, jeszcze bardziej go znienawidził. Wtedy jednak opanował już do perfekcji przywdziewanie azjatyckiej uśmiechniętej maski i nikt by się po nim nie spodziewał takich skrajnych uczuć.

W wieku piętnastu lat Karim w końcu dostąpił zaszczytu i przeprowadził się do pustego obecnie domu ojca, gdzie zostało mu wydzielone całe piętro o powierzchni trzystu pięćdziesięciu metrów kwadratowych. Fajsal obdarował go także terenowym ekskluzywnym samochodem i co miesiąc zaczął dawać ogromne kieszonkowe. Chłopiec nie wiedział, dlaczego tak się dzieje, skąd zmiana frontu i czego ma się spodziewać po wrednym i zboczonym ojcu. W Fajsalu jednak z dnia na dzień dokonała się diametralna zmiana. Mężczyzna autentycznie zaczął zabiegać o względy swojego jedynego syna. Ale było już za późno.

Od szkoły podstawowej Karim miał dwóch najbliższych przyjaciół: Samira, Pakistańczyka z kanadyjskim obywatelstwem, którego ojciec był generałem i od ponad dwudziestu lat pracował dla armii saudyjskiej, oraz Adnana, pół Saudyjczyka, pół Syryjczyka, którego ojciec również zajmował się zbrojeniówką. Obaj chłopcy pochodzili z dobrych, zamożnych rodzin, ale przez „obce” lub „mieszane” pochodzenie znajdowali się na marginesie społeczeństwa saudyjskiego i nie byli akceptowani w szkole. Tak jak Karim, po którym widać było jego azjatyckie korzenie, choć nosił stare dobre saudyjskie nazwisko, a jego ojciec był jedną z najważniejszych postaci w Królestwie i wszyscy czuli przed nim nie tyle respekt, ile strach. Samir był chłopakiem z chorobliwą nadwagą, Adnan zaś, przez to że od lat był uzależniony od narkotyków, anorektykiem. Karim ze swoją niepełnosprawnością pasował do nich jak ulał. Byli nierozłączni. Razem przechodzili przez trudne dzieciństwo i ciężki okres dojrzewania w nieżyczliwym dla młodych wahabickim kraju. Dusili się w nim, ale nikt nie miał ochoty im pomóc.

W szkole Karim, Samir i Adnan byli pokorni jak baranki. Nie chcieli narażać się srogim nauczycielom i kolegom, którzy nie tolerowali ich z powodu odmienności. Uczyli się dobrze, Karim nawet celująco, bo byli wybitnie inteligentnymi, a jedynie nadwrażliwymi, zagubionymi nastolatkami. Przyszedł rok maturalny. Chłopcy coraz rzadziej się spotykali, w pełni poświęcając się nauce. Samir chciał iść w ślady ojca i zostać wojskowym. Dzięki żywieniowemu reżimowi i ciężkiej pracy w klubie sportowym zrzucił trzydzieści kilogramów i miał już zagwarantowane miejsce w amerykańskiej akademii wojskowej. Adnan, artystyczna dusza, poeta i pisarz, chciał wyjechać do Syrii, kraju swojej matki, i tam, na uniwersytecie w Damaszku, studiować literaturę i sztukę. Karim zaś nie wiedział, czego chce, bo z każdego przedmiotu był celujący, ale żaden jakoś nadzwyczajnie go nie pociągał.

Na zakończenie pierwszego semestru podczas rozdania arkuszy z wynikami egzaminów nieoczekiwanie doszło do scysji pomiędzy szczupłym już teraz Samirem a jednym z saudyjskich kolegów, którego marzeniem było zostać przywódcą pokroju Osamy bin Ladena. Do walki podjudzili ich znudzeni klasowi kompani. Młodzież wybiegła na szkolne podwórze i utworzyła krąg. Wszyscy dopingowali do konfrontacji, a jedynie Adnan i Karim za wszelką cenę chcieli ostudzić gniew przyjaciela i namawiali, żeby się uspokoił i nie dał sprowokować. W ruch poszły jednak przekleństwa, epitety obraźliwe wobec matek, obelgi rzucane na siostry i babcie – czyli najcięższe wulgaryzmy w krajach arabskich. Fanatyk religijny skoczył na Samira, który opędzał się od niego jak od natrętnej muchy, lecz mur uczniów stojących za nim popychał go w stronę przeciwnika. Nie wiadomo, jak w całym tym zamieszaniu w ręce niedoszłego lidera fundamentalistów trafił nóż. Karim wstrzymał oddech i zamarł jak sparaliżowany, a chudy jak szczapa Adnan skoczył do przodu, idąc na odsiecz koledze. Pociągnął szalonego religijnego oszołoma za szeroką *tobę*, dzięki czemu Samir jednym ruchem podbił rękę atakującego i wyrwał mu kindżał. Wtedy obłąkany napaleniec rzucił się na niego i sam nadział na ostrze. Adnan w bezmyślnym impulsie wyciągnął nóż z piersi umierającego kolegi. Karim był przerażony, tak jak wszyscy pozostali uczniowie, bo nikt nie rozumiał, jak mogło dojść do takiej tragedii. Nikt przecież tego nie chciał.

Po niedługiej chwili na miejsce zdarzenia przyjechał ambulans. Przybyli też koroner, policja, przedstawiciele

Komitetu Cnoty, prasa i rodziny uczniów zaangażowanych w bijatykę. Płaczące matki czekały na zewnątrz za murem, bo nie mogły przekroczyć progu szkoły dla chłopców. Fajsal pojawił się jako jeden z pierwszych, bowiem wywiad *mutawwów* działał najszybciej. Spojrzał tylko na swojego zszokowanego syna, chwycił go pod rękę i pociągnął przez tłum do wyjścia. Nikt nie stanął im na drodze, widząc czarną pelerynę ze złotymi lamówkami, będącą strojem wysoko postawionych ludzi w państwie.

Samir i Adnan zostali aresztowani i osadzeni w więzieniu o zaostrzonym rygorze. Nikogo nie obchodziło, że nie byli jeszcze pełnoletni. Ich rodzice nie mogli się z nimi nawet zobaczyć, podczas przesłuchań nie był obecny nikt z dorosłych, a chłopcy nie dostali chociażby obrońców z urzędu. Po błyskawicznym procesie został im zasądzony najwyższy wymiar kary – śmierć przez publiczne ścięcie na placu w Rijadzie. Nie pomogły interwencje obrońców praw człowieka, oburzenie społeczeństwa, krytyczne artykuły w prasie saudyjskiej i międzynarodowej ani zagraniczne naciski. Ostatecznie ojcowie chłopców, wysoko postawieni w biznesie wojskowo-wojennym, znaleźli dojście do samego króla i wysłali do niego petycję z prośbą o ułaskawienie. Sprawa uległa odroczeniu, lecz nie było mowy o zwolnieniu z najsroższego więzienia w królestwie czy chociażby przeniesieniu do łagodniejszego aresztu. Karim błagał o pomoc swego ojca, lecz ten tylko patrzył na niego z pogardą, zaciskając wargi. W końcu Fajsal wyrzucił z siebie wszystko, co miał w tej kwestii do powiedzenia:

– Ciesz się, że im nie towarzyszysz, bo jak sam widzisz, Adnan nic nie zrobił, a podzielił los kolegi. Wiele mnie kosztowało, żeby cię z tego wyplątać, więc zamknij pysk i zajmij się swoimi sprawami.

* * *

Ojciec Karima dzięki swoim koneksjom przeniósł go do American School w Rijadzie. Chłopak gorzej nie mógł trafić, bo szkoła ta była siedliskiem wszelkiego rodzaju zepsucia i rozpusty. Fajsal, nie chcąc wysyłać go za granicę, usiłował ukryć syna pod latarnią, doskonale wiedząc, co to za jednostka edukacyjna i co się tam dzieje. Miał świadomość, że nikt nigdy tam nie interweniował i się nie wtrącał. W tej szkole nie przeprowadzało się żadnych obyczajowych kontroli czy religijnych nalotów, bo jednak Amerykanie to poplecznicy i Saudyjczycy musieli dać im choć trochę swobody. Przecież i tak wszystko działo się za wysokim czterometrowym ogrodzeniem, a czego oczy nie widzą, tego sercu nie żal.

Przystojny, smukły pół-Azjata znający perfekcyjnie angielski, łatwo odnalazł się w nowym środowisku, uczestnicząc w młodzieżowych imprezach czy to u młodego księcia, czy na amerykańskim osiedlu mieszkaniowym. Za zamkniętymi drzwiami picie alkoholu to normalka, tak jak domowa produkcja bimbru, wina i piwa przez cudzoziemców. Często też młodzież żuła żywicę z konopi indyjskich i paliła marihuanę. Karim nie mógł się nadziwić wszystkiemu, z czym zetknął się po raz pierwszy w życiu.

Dlaczego rówieśnicy w amerykańskiej szkole o podobnym programie nauczania, z takimi samymi marzeniami i problemami, mogą żyć w tak swobodnym i radosnym świecie? Dlaczego mogą tańczyć, a dla Saudyjczyka muzyka jest zakazana i grzeszna? Dlaczego wolno im obejmować dziewczyny, które, o zgrozo, noszą minispódniczki i przykuse koszulki na ramiączkach? Dlaczego nie sieją zgorszenia ich głośny śmiech, dowcipy i przekleństwa? Wiele tego typu pytań pojawiało się wtedy w jego głowie. Początkowo nie znajdował na nie odpowiedzi, jednak będąc mądrym młodzieńcem, szybko doszedł do jedynego logicznego wniosku: Saudyjczycy sami robią ze swojego życia piekło.

Dobre układy Karima w nowej szkole skończyły się w momencie, kiedy nieopatrznie po zajęciach odebrał go ojciec ubrany w charakterystyczny strój *mutawwy*. Chłopak, odizolowany przez zniesmaczonych i oburzonych zagranicznych kolegów, którzy odtąd uważali go za szpicla, czuł się straszliwie samotny i opuszczony. Przez cały swój dotychczasowy pobyt w Saudi miał tylko dwie bliskie sobie i życzliwe dusze w dzieciństwie i następne dwie za młodu. Co się z nimi stało? Polacy, jego doraźni opiekunowie, zostali bezprawnie deportowani, a jego kolegów uwięziono. Chłopak zrozumiał, że w tym kraju nie da się żyć, i zaczął marzyć o wyjeździe i definitywnym opuszczeniu saudyjskiego piekiełka. Wtedy po raz pierwszy zapytał ojca o swoją matkę i poprosił o kontakt do niej. Fajsal zbył go, tłumacząc, że nie ma od niej żadnych wieści. Karimowi nie pozostało nic innego, jak tylko z determinacją oddać się nauce. Na efekty nie trzeba było długo czekać. Amerykańskie świadectwo maturalne zdobył z wyróżnieniem i stanęły przed nim otworem wszystkie uniwersytety tak w Saudi, jak i na świecie. Ojciec jednak przekonał go, by naukę przynajmniej zaczął w kraju, a dopiero potem wyjechał na zagraniczne stypendium. Chłopak, będąc od niego uzależniony finansowo, musiał się zgodzić. Podjął decyzję o studiowaniu medycyny, bo ze szpitalami był za pan brat, gdyż spędził w nich większą część swojego dzieciństwa. Doszedł też do wniosku, że jego powołaniem jest pomoc innym i ratowanie życia. Staż co roku odbywał w znanym sobie doskonale Szpitalu Gwardii Narodowej, gdzie czuł się jak w domu. W końcu podpisał z nimi kontrakt, zgodnie z którym za sponsorowanie przez szpital jego nauki za granicą po ukończeniu studiów młody doktor będzie musiał odpracować zainwestowane w niego pieniądze. W ten sposób zagrał na nosie ojcu, dobitnie pokazując, że nie potrzebuje jego pieniędzy i sam potrafi sobie doskonale poradzić. W umowie zgodził się na wszystkie stawiane mu warunki, gdyż jedyną ucieczką przed strasznymi myślami, zgryzotą, wściekłością, rozpaczą i depresją oraz tym przeklętym krajem był dla niego zagraniczny wyjazd. Po dwóch latach dostał ufundowane przez szpital stypendium do Polski. Wybrał już specjalizację – onkologia i rekonstrukcja organów.

Jeszcze przed wyjazdem Karim odszukał w szpitalnym rejestrze swoich przyjaciół i wybawicieli z dzieciństwa, polskie małżeństwo – doktora Andrzeja i pielęgniarkę Krysię. Wybrał uniwersytet, na którym wykładał teraz świetny lekarz, oraz praktyki w szpitalu, gdzie Andrzej był ordynatorem. Lata w Polsce zaowocowały ich długoletnią, dojrzałą już przyjaźnią. Po powrocie do Arabii Saudyjskiej Karim był jeszcze bardziej przytłoczony jej klimatem i prawami w niej panującymi. Nie mógł się odnaleźć w kraju, w którym nawet śmiech jest zabroniony, a wszelka radość – grzeszna. Zgodnie z umową musiał teraz odpracować otrzymane stypendium.

Dostał mieszkanie na terenie kompleksu szpitalnego, co spowodowało przypływ wspomnień z dzieciństwa i ciągłą depresję. Skupił się na pracy i poszerzaniu swojej wiedzy. Z czasem stwierdził jednak, że aby być dobrym transplantologiem, potrzeba mu większej praktyki. Zatrudnił się więc dodatkowo w klinice chirurgii plastycznej Obaya, w centrum Rijadu, gdzie zaczął zarabiać jeszcze większe pieniądze. Zdecydował się na wynajęcie domu na osiedlu dla ekspatriantów, który po dwóch latach kupił na własność. Zaczął wieść spokojne i dostatnie życie. Egzystencja samotnego mężczyzny w Saudi jest jednak równie beznadziejna, jak życie kobiety zniewolonej przez rodzinę. Dzielił dni na jednostki czasowe, które przeważnie nie chciały mijać. Ile czasu w weekend mężczyzna może robić zakupy w centrum handlowym, zwłaszcza że od siedemnastej są już godziny dla rodzin i samotny samiec nie ma tam czego szukać? Ile jednostek czasowych potrzeba na fitness? Ile na spacer? I gdzie spacerować w Rijadzie? Po wspaniałym pobycie w Europie, gdzie zaznał wolności i swobody, Karim czuł, że się dusi.

Pomimo całej niechęci i złych wspomnień regularnie odwiedzał ojca, który mieszkał już od lat ze swoją filipińską ni to służącą, ni żoną. Nie chcąc ryzykować, że urodzi mu się kolejna córka, wysterylizował się podczas pobytu za granicą. Teraz Karim był jego jedynym synem i spadkobiercą, co wiązało się z coraz większą miłością, jaką ojciec mu okazywał. Dorosły mężczyzna był już jednak całkowicie niezależny i nie potrzebował ani miłości, ani przyjaźni Fajsala.

* * *

Po kolejnym zagranicznym stypendium, tym razem już doktoranckim, Karim objął wysokie stanowisko w sponsorującym go szpitalu. Można by powiedzieć, że osiągnął wszystko, czego może zapragnąć ambitny człowiek, lecz nie było to do końca prawdą. Nigdy nie doświadczył prawdziwej miłości – ani rodzicielskiej, ani damsko-męskiej. Jego liczne flirty, czy to w Polsce, czy w Saudi, kończyły się szybko i nie były przyszłościowe. To on nie potrafił otworzyć dla nikogo swojego zamkniętego azjatyckiego serca. Będąc jednak normalnym mężczyzną, potrzebował stałej partnerki, przynajmniej ze względów czysto cielesnych i zdrowotnych. Mieszkając w Rijadzie, na międzynarodowym osiedlu, nie miał zbyt wielkiego wyboru, bowiem do Saudi na kontrakty w dziewięćdziesięciu dziewięciu procentach przyjeżdżają mężczyźni, a kobiety to albo ich córki, albo żony. Dlatego Karim tylko sporadycznie podejmował ryzykowne przelotne romanse.

Kobiety saudyjskie są pruderyjne, ale też bardzo gorące. Kiedy swojemu doktorowi w prywatnej klinice Obaya pokazywały twarz, to zaraz chciały pokazać wszystko. Nie raz i nie dwa życzyły sobie też zabiegu *full service*[1], z regeneracją i odbudową waginy włącznie. Jednak romansowanie z nimi nie było bezpieczne. Karim wplątał się w związek z zamężną, niezależną i wyemancypowaną Saudyjką, która ostatecznie rozwiodła się ze starym mężem i ponownie wyszła za mąż, ale nie za swojego kochanka, lecz za Egipcjanina.

Będąc specjalistą od chirurgii plastycznej i rekonstrukcji organów, Karim poznał Hamida Binladena i jego narzeczoną Zajnab, której przywrócił dawny wygląd. Była ona ofiarą ataku terrorystycznego, mającego miejsce w centrum Rijadu, kiedy to wyleciał w powietrze samochód pułapka. Nawet się nie zorientowali, gdy zawiązała się między nimi przyjaźń i trójca stała się nierozłączna. Miło spędzali czas, o ile w Saudi jest to w ogóle możliwe. Zajnab traktowała Karima jak brata, bo był on jedynym mężczyzną z nią niespokrewnionym, który widział jej twarz i włosy, tak drażliwe dla muzułmanów, bo według ortodoksyjnych reguł ich widok obraża Allaha i przez to muszą być koniecznie zakryte.

Karim żył w długotrwałym wielkim stresie i czuł, że dłużej już tak nie da rady. Potrzebował odpoczynku i relaksu, a chwile spędzane ze szczęśliwą rodziną Binladenów coraz mniej mu pomagały. Udał się więc na polecane przez kolegów z pracy azjatyckie masaże do SPA, które mieściło się w centrum Rijadu. Bardzo

[1] *Full service* (angielski) – pełny przegląd.

go bawiło, kiedy piękne półnagie Azjatki zabawiały się z klientami pod samym nosem goniących w poszukiwaniu ofiar *mutawwów*. To tam poznał Kanyę, tajską kobietę o urodzie i figurze modelki, która mamiła go miłością i wyuzdanym perwersyjnym seksem. Nie wiadomo, kto komu się oświadczył, ale para postanowiła się związać i w podróż poślubną pojechać na podbój Azji: do Tajlandii, Malezji, Indonezji i Singapuru. Planowana trasa była imponująca, przeloty i rezerwacje w najlepszych pięciogwiazdkowych hotelach wyniosły krocie, ale Karim po raz pierwszy w życiu nie liczył się z funduszami. Jego małe azjatyckie szczęście zupełnie przewróciło mu w głowie. Przy okazji miał zamiar osobiście zająć się poszukiwaniem swojej matki. Kiedy oznajmił to ojcu, ten nieoczekiwanie wręczył mu cały plik listów od Meili oraz numer jej telefonu komórkowego. Patrząc na daty, syn zorientował się, że matka usiłowała skontaktować się z nim już od lat. Powodowany impulsem, natychmiast zadzwonił do niej, a kiedy się przedstawił, usłyszał tylko jej przerywany oddech i ciche łkanie. Potem rozmowom nie było końca, choć mentalnie i obyczajowo matka i syn całkowicie się od siebie różnili. Pozwoliło to Karimowi złapać wiatr w żagle. Miał przed sobą cel – Saudi zawsze go dusiła, zawsze był tam nieszczęśliwy, więc teraz, mając azjatycką żonę, zaplanował osiąść na stałe w Azji.

Karim i Kanya polecieli najpierw do Tajlandii, gdzie zaplanowali zwiedzić Bangkok. Kiedy poszli do dzielnicy Czerwonych Latarni, okazało się, że młoda żona Karima ma tam od groma starych znajomych. Zaślepiony mężczyzna nagle doznał olśnienia, bo na własne oczy zobaczył, czym zajmowała się przed wyjazdem do Arabii jego wybranka. Jedyne, co mógł zrobić, to przeklinać swoją łatwowierność i pecha. Kłótniom nie było końca, a kiedy doszło do rękoczynów, Kanya zaczęła straszyć Karima bangkockim gangiem i poderżnięciem gardła. Ostatecznie zdecydowała się na inne rozwiązanie. Zabrała świeżo upieczonemu mężusiowi wszystko, co wpadło jej w ręce, po czym uciekła z kolejnym naiwniakiem, Amerykaninem z Teksasu. I tyle Karim ją widział. Okazało się, że jego uczucie nie było zbyt głębokie, bo wcale nie odczuwał żalu, jedynie ulgę. Postanowił wykorzystać wykupione bilety lotnicze i zarezerwowane świetne hotele i kontynuować trasę już w pojedynkę. Udał się do Phuket, gdzie spotkał brzemienną Marysię. Kiedy tylko ją zobaczył, oniemiał z zachwytu. Wyglądała jak klasyczna arabska piękność o regularnych, czystych rysach i niezwykłych, niesfornych włosach – jakby wyjęta z opowieści o dawnych czasach kalifatu. Był nią zauroczony, lecz zdawał sobie sprawę, że nie jest mu ona przeznaczona.

Wyruszył więc dalej i w końcu wylądował w Dżakarcie, gdzie z lotniska odebrała go matka i zaprosiła do siebie. Mężczyzna nie był jednak na to gotowy, uparł się, że zostanie w hotelu, tłumacząc swoją decyzję ogromną kwotą, jaką zapłacił za rezerwację. Meila i Karim obserwowali się i lustrowali. Matka patrzyła na niego z tęsknotą i żalem, syn raczej taksująco. Zastanawiał się, w jakich warunkach żyje teraz jego rodzicielka, bo przecież pamiętał Meilę jako biedaczkę. Jej drogocenna biżuteria i elegancki strój dały mu jednak do myślenia. Rozmawiali ze sobą po angielsku, bo Karim nie znał indonezyjskiego, a Meili obcy był arabski. Oboje byli rozczarowani, bo wyobrażali sobie, że wpadną sobie w ramiona, jednak po tylu latach wyrósł między nimi wysoki mur.

Nie wiadomo czemu, Karimowi spodobało się w zadymionej i zatłoczonej Dżakarcie. Zauroczyli go przede wszystkim ludzie. Porównywał ich do dumnych Saudyjczyków i chciało mu się śmiać z pyszałkowatych Arabów. Czuł całym sercem, że mógłby tu żyć, i wiedział, że właśnie odnalazł swoje miejsce na ziemi. Postanowił jednak przygotować się do poważnego życiowego kroku i diametralnych zmian i dobrze wszystko zaplanować. Udał się do paru dużych znanych szpitali w Dżakarcie i zaoferował swoje usługi. Właściciele i dyrektorzy byli przeszczęśliwi, ale nie mogli się nadziwić, że ktoś z takimi kwalifikacjami chce u nich pracować za marne grosze. W porównaniu z saudyjską indonezyjska pensja była nikczemnie niska. Karimowi nie zależało na pieniądzach. Zrozumiał, że może tu być bardziej przydatny i pomocny chorym. W Arabii, która zatrudniała setki najlepszych światowych specjalistów, był jednym z wielu.

Po powrocie do Rijadu wysłał oficjalne aplikacje z całym swoim dossier i indonezyjskie szpitale dosłownie biły się o niego, jednak załatwienie formalności trwało bardzo długo, bowiem biurokracja, która nakręca korupcję, jest w tej części świata poważną plagą. Po prawie roku wszystko zostało sfinalizowane. Karim napisał wypowiedzenie ze Szpitala Gwardii Narodowej, obiecując, że w miarę możliwości będzie przyjeżdżał do Rijadu na niezbędne konsultacje do prowadzonych przez siebie pacjentów. Postanowił polecieć do Indonezji przez Tajlandię i wyspę Phuket, by po drodze odwiedzić restaurację Hansa Christiana Andersena, gdzie spotkał tamtą piękną kobietę, pół Polkę, pół Arabkę, która podbiła jego serce. Pomimo upływu czasu i braku kontaktu nie mógł o niej zapomnieć.

Okazało się, że Marysia jest wolna, nie ma też dziecka, które oddała jego arabskiemu ojcu, i pragnie, tak jak Karim, odmienić swoje życie. Pobyt Karima w Phuket przedłużył się do miesiąca, który spędził wspólnie z Marysią. Nie wiadomo, jak zrodziło się między nimi uczucie – u niego miłość szalona, u niej zachowawcza i ostrożna. Kobieta zdecydowała się na wyjazd z uroczym mężczyzną do Indonezji. Postanowili dać sobie szansę.

Ona nigdy tak naprawdę mnie nie kochała, dochodzi do wniosku zraniony mężczyzna podczas długiego lotu do Arabii Saudyjskiej. *Chciała jedynie uciec przed marami przeszłości i swoją największą miłością, Hamidem Binladenem. Teraz widzę ich uczucie jak na dłoni, ale trochę za późno to do mnie dotarło,* stwierdza Karim i nie ma pojęcia, co począć ze swoim zmarnowanym, nieszczęśliwym życiem i złamanym sercem.

Ech, ta młodość!

Daria nie wie, czemu John przypadł jej do gustu. Jest taki tatusiowaty i bezbarwny, ale jest w nim coś, co działa na nią jak magnes i powoduje, oprócz przyspieszonego bicia serca, totalne zamieszanie w głowie. Zdaje sobie sprawę, że zachowuje się głupio, dziecinnie i wyzywająco, ale nie potrafi nad sobą zapanować. Chce go bawić, chce słyszeć jego głośny niepohamowany śmiech. John jest na takim luzie; sama chciałaby tak niczym się nie przejmować i robić to, co jej się żywnie podoba. Jego noga założona na nogę, ze stopą spoczywającą na kolanie, nie jest w dobrym guście, a w krajach arabskich pokazywanie podeszwy buta jest całkowicie nie do przyjęcia. Facet pije whisky z taką zachłannością, jakby był odwodniony, i mówi tak głośno, jakby wokół nie było nikogo albo wszyscy byli głusi. Dla Brytyjczyka Daria jest rozbrykanym zabawnym podlotkiem, na jakiego zresztą wygląda. Spięte gumką, cienkie mysiobure włosy i brak makijażu powodują, że sprawia wrażenie szesnastolatki. Przyczyniają się do tego jasna karnacja oraz brwi i rzęsy w brązowawym odcieniu. Mężczyzna patrzy na nią z zaciekawieniem, zastanawiając się, co jeszcze zbroi albo głupiego powie ta dziewuszka.

– Mieszkałam pod Londynem niecałe dwa lata, ale to było maksimum, które mogłam tam wytrzymać – wyznaje Daria. – Nie poszło mi ani ze studiami, ani z samodzielnym życiem i utrzymaniem się, więc nie było sensu tego przedłużać – mówi oględnie.

– A co, nie lubisz się uczyć? – indaguje John, pijąc kolejnego whiskacza.

– Tak! Bo jestem debilką! – Burmuszy się młoda i składa usta w ciup zupełnie jak jej siostra.

– Nie no! Po angielsku mówisz jak rodowita Brytyjka. – Dla udobruchania facet rzuca jej komplement.

– Tego to już się wyuczyłam w międzynarodowej szkole w Rijadzie. Ale w UK nie chciało mi się studiować głupot o królowej i jej rodzince: co piją, co jedzą i czym srają! – Zgodnie wybuchają śmiechem. – Miałam być dziennikarką, najlepiej zagraniczną korespondentką, a takie informacje w tym fachu są psu na budę.

– Nie lubisz koronowanych głów? – interesuje się John, patrząc na nią całkiem poważnie. – Czyżby przemawiała przez ciebie niechęć do zgniłego Zachodu?

– Nie wiem, jaki on zgniły, bo większe zepsucie widziałam tak w krajach arabskich, jak i w Azji. Nawet w królestwie wahabitów dopuszczają się takich rzeczy, że nie mieści się to w głowie. Ale oczywiście wszystko pod przykrywką ich wspaniałego prawa szariatu[1], ot co! Im wolno zabijać kobiety w imię zbrodni honorowej, dyskryminować je i poniżać, zamykać w domach na całe życie, a mężczyźni sami siebie ustanowili ich wątpliwymi opiekunami.

– Co w tym złego? Na całym świecie faceci powinni troszczyć się o was, bo przecież jesteście słabą płcią. – Uśmiecha się przymilnie.

– Tak, ale nie więzić fizycznie i duchowo. Czy uważasz za normalne, że dojrzała kobieta nie ma prawa sama wyjść do miasta, ale może to zrobić ze swoim dwunastoletnim synem jako opiekunem. Na dokładkę ten gówniarz, co ma siano w głowie, prowadzi samochód, bo ona, matka dzieciom, która ma cały dom na głowie, nie jest na tyle odpowiedzialna, żeby mogła usiąść za kółkiem!

John wybucha śmiechem, a Daria aż dyszy z oburzenia.

– Teraz już wiem, z kim tak naprawdę mam do czynienia. Jesteś małą feministką, robaczku. – Delikatnie głaszcze ją po ręce, a dziewczynie aż ciarki przechodzą po plecach – tak na czułe słówko, jak i na męski dotyk.

[1] Szariat (arabski) – dosł. droga prowadząca do wodopoju; prawo kierujące życiem wyznawców sunnickiej, jak i szyickiej odmiany islamu. Islam nie uznaje rozdziału życia świeckiego i religijnego, dlatego reguluje zarówno zwyczaje religijne, organizację władzy religijnej, jak i codzienne życie muzułmanina. Szariat opiera się na założeniu, że prawo musi dostarczać wszystkiego, co potrzebne dla duchowego i fizycznego rozwoju jednostki. Wszystkie czyny muzułmanina są podzielone na pięć kategorii – konieczne, chwalebne, dozwolone, naganne oraz zakazane. Podstawą określenia czynów koniecznych jest pięć filarów islamu.

– Nie powiem, z takiej już jestem bojowniczej rodzinki.

– Lecisz do Rijadu z przyjaciółmi czy z rodziną? Czemu tego Azjatę nazwałaś *mahramem*?

– Bo to mąż mojej siostry, Miriam. – Daria używa arabskiej wersji imienia. – Wracamy do Arabii Saudyjskiej po kilku latach nieobecności. Poza tym to nie czystej krwi Azjata, lecz saudyjsko-indonezyjska mieszanka z przewagą arabskich genów.

– Saudyjczyk związał się z Azjatką?! Jego ojciec musiał chyba pochodzić z biednej rodziny i być bardzo zdesperowany. – John znów chichocze, ale tym razem z wyraźną kpiną w głosie.

– Akurat nie. Jego stary to wyjątkowa szycha w kraju wahabitów, a matka była przepiękną kobietą.

– No, no, w takim razie to odważny człowiek. Ale na pewnych stanowiskach można sobie pozwolić na wiele. A przynajmniej była muzułmanką? – indaguje mężczyzna, a Daria w ogóle nie czuje się skrępowana, snując opowieści o swojej rodzinie.

– Pewnie, w Indonezji prawie dziewięćdziesiąt procent to wyznawcy Koranu, ale nie tacy zwariowani jak w innych, na przykład arabskich krajach, choć i tam nie idzie ku lepszemu, lecz ku gorszemu. Pętla islamu zaciska się na ich biednych szyjach.

– Nie dość, że jesteś emancypantką, to jeszcze rewolucjonistką i ateistką?

– Nie, mój drogi. Ja po prostu nie lubię przesady, ot co! I nie lubię się bać, a obecnie wyznawcy tej religii na całym świecie sieją zniszczenie, przez co wzbudzają strach.

– Wracając do Miriam... – John zmienia temat i bezczelnie wychyla się z fotela, wlepiając oczy w Marysię, która udaje, że śpi. – Nie możecie być siostrami, chyba że przyrodnimi albo raczej mlecznymi[1]. – Lustruje typową Arabkę od stóp do głów.

– Jesteś w błędzie. – Daria zdecydowanie kręci głową. – Mamy wspólną mamę, polską blondynę, i tatuńcia, Libijczyka, świeć Panie nad jego duszą. – Dziewczyna robi kwaśną minę. – Gryzie już piach, wiec niech mu będzie wybaczone.

– A co takiego zrobił oprócz was, dwóch diametralnie różnych córek?

– Wiele złego. Toksyczny drań! – Na ten temat nie chce się rozwodzić, bo zamierzchłe poczynania jej ojca nadal wzbudzają w niej gniew.

– Można powiedzieć, że darzysz go głębokim uczuciem...

– Nienawiści – kończy Daria i ze ściśniętymi ustami obraca się do okna.

John nie spodziewał się, że tę zabawową kokietkę cokolwiek będzie w stanie wyprowadzić z równowagi, i dochodzi do wniosku, że młoda zgrywa się perfekcyjnie, a tak naprawdę jest zupełnie inną osobą. Ciekawość i skłonność do wścibstwa nie dają mu spokoju. Jak wiejska plotkara nadal ciągnie dziewczynę za język.

– Długo mieszkałyście w Libii? – pyta, delikatnie dotykając ramienia sąsiadki.

– Jakiś czas. – Daria odpowiada enigmatycznie, bo czuje, że zagalopowała się z tą szczerością.

[1] Mleczna siostra – niemowlęta bez związków krwi karmione piersią przez tę samą kobietę.

– Jakim cudem znalazłaś się w Saudi? Chyba jeszcze jako dziecko, no nie? – Mężczyzna nie daje za wygraną.

– Mój ojczym dostał tam pracę. Nieźle nam się wiodło.

– A jak taka emancypantka jak ty dawała sobie radę z *abają* i hidżabem[1]?

– Jakim hidżabem?! – Obrusza się młoda i obraca z powrotem w stronę natarczywego rozmówcy. – Zagraniczne kobiety nie muszą go nosić, a przynajmniej z tym walczą. Chustę lub szal trzyma się w torbie. Jak się spotka *mutawwę*, luźno zasłania się włosy, a i to dopiero wtedy, kiedy zaczyna wrzeszczeć.

– Twoja siostra też tak robi? Nie wygląda na cudzoziemkę, raczej na stuprocentową Arabkę. – John wraca do drażliwego tematu.

– Wcześniej jakoś dawała sobie radę, to i teraz nie będzie źle. Myślisz, że panie z wyższych wahabickich sfer zakrywają się od stóp do głów? Niektóre Saudyjki prowadzą samochody, ale tylko te nietykalne!

– Jak to? Coś bredzisz, młoda!

– Czy ty dopiero zaczynasz pracę w Saudi, czy już tam mieszkałeś?

– Byłem krótko, ale…

– Ale nic nie wiesz. – Teraz Daria pozwala sobie na kpinę. – Lepiej urodzone kobitki jeżdżą autami z całkowicie zaciemnionymi szybami. Jak drogówka widzi takie wozy,

[1] Hidżab (arabski) – noszona przez kobiety muzułmańskie kwadratowa chusta, zakrywająca włosy, uszy i szyję, jednak nie ramiona i twarz; może być kolorowa.

to nie ma ochoty ich zatrzymywać, bo nie chce sobie robić kłopotów. Ot co!

– Mhm, to ciekawe. Rzeczywiście chyba będę musiał uzupełnić informacje o tym kraju. Może ty zechcesz mnie uświadomić? – przymila się John.

– Zobaczy się. – Daria znów jest zadowolona, bo nie potrafi długo chować urazy. – A skąd ty właściwie znasz mojego znajomego z Anglii, Pakistańczyka Muhamada? Pracowałeś u niego w hotelarstwie czy w cateringu, tak jak ja?

– Nie, kochana. Jestem informatykiem i zakładałem mu oprogramowanie do prowadzenia tych biznesów oraz sieć internetową w hotelu pod Londynem.

– To niezły masz fach. W Saudi też będziesz się tym zajmował? – Teraz ona przejmuje pałeczkę w inwigilacji.

– Tak – krótko odpowiada mężczyzna.

– W jakiej firmie i na jakim stołku będziesz robił? W Rijadzie, Dżeddzie czy w Khobar, w Prowincji Wschodniej? Tam jest najlepiej, bo żabi skok do Bahrajnu i normalnego życia. Niektórzy nawet wynajmują domy czy apartamenty po drugiej stronie granicy i co rano jeżdżą do pracy za żelazną saudyjską kurtynę. Wtedy ich rodzinom żyje się lepiej, bo żony swobodnie oddychają i są wolnymi osobami, a córki też nie muszą się zakrywać i mogą chodzić do koedukacyjnych zwykłych szkół.

– Cóż, niestety, fuchę złapałem w Rijadzie, samym gnieździe wahabickiej rodziny Saudów. – John uśmiecha się pod nosem, bo znów widzi, jak mylnie na początku osądził inteligentną dziewczynę. – Jestem zatrudniony w telefonii komórkowej…

– Jakiej? Może kupię sobie u ciebie telefon?

– Ericsson – odpowiada niechętnie, a Daria przypomina sobie, nie wie już czyje słowa, że w tej firmie pracują sami szpiedzy. *Zabawne*, myśli.

– Nieźle płacą. A gdzie będziesz mieszkał?

– Gdzieś w centrum, jeszcze nie wiem. W jakimś mieszkaniu, bo do tej pory byłem na wizie biznesowej i płacili mi za hotel.

– Apartamenty w Saudi są do bani, bo jesteś więźniem czterech ścian. Nawet najpiękniejszy będzie zwykłym pierdlem. Nie masz basenu, restauracji, kina i całego luzu, jaki daje ci osiedle mieszkaniowe dla cudzoziemców, gdzie za wysokim murem możesz żyć, jak chcesz i jak jesteś przyzwyczajony.

– Mhm, ale to musi kosztować krocie. Poza tym bezpieczniej mieszkać między Arabami, no nie?

– Nie! – zaprzecza żywo młoda, ale zaprawiona w życiu w kraju arabskim dziewczyna. – Wśród nich jesteś jak na widelcu. Nie masz ochrony, więc każdy sąsiad, również ten z Al-Kaidy czy z ISIS[1], może do ciebie przyjść, wejść

[1] ISIS – ang. *Islamic State of Iraq and Sham, ISIS; Islamic State of Iraq and the Levant, ISIL* – salaficka organizacja terrorystyczna oraz samozwańczy kalifat pod nazwą Państwo Islamskie ogłoszony w czerwcu 2014 r. na terytorium państwowym Iraku i Syrii. Państwo Islamskie to nie tylko ugrupowanie, to również dżihadystyczne quasi-państwo. Jego nazwa i idea są szeroko krytykowane i potępiane zarówno przez ONZ, różne rządy, jak i duże grupy muzułmanów. Celem ugrupowania, które jest spadkobiercą sunnickich ekstremistów z okresu okupacji Iraku przez siły USA i ich koalicjantów, jest ustanowienie hierokracji opartej na zasadach szariatu.

do mieszkania i na przykład obciąć ci głowę maczetą. – Wybucha niepohamowanym śmiechem.

– A wy gdzie będziecie mieszkać?

– Na osiedlu Teksas. Miejsce super! Dawniej z rodzicami też tam wynajmowaliśmy dom, ale Karim swój ma na własność.

– To rzeczywiście nieźle dziany... gość. – Z zazdrości John chce powiedzieć „dupek", ale w ostatniej chwili gryzie się w język.

– Już ci mówiłam, że z dobrej rodziny, a bogaty to przy okazji. – Daria jest dumna ze swojego szwagra, bo teraz widzi, że w Indonezji jego pozycja, wykształcenie i bogactwo nie były nic warte, a przecież ten facet reprezentuje najwyższy poziom pod każdym względem.

– Jest z rodu Saudów? – pyta mężczyzna z niedowierzaniem. – Oni chyba nie mogą sobie pozwolić na legalne związki z Azjatkami?

– Jest z Nadżdich, tych, którzy byli jeszcze przed Saudami, i to dzięki nim ród panujący doszedł do władzy. Słyszałeś tę historię?

– A skąd? – Brytyjczyk stwierdza, że naprawdę będzie musiał nadrobić braki w edukacji.

– Jest tak niesamowita, jak wszystkie arabskie opowieści, włącznie z *Baśniami tysiąca i jednej nocy*.

– Dobra, dajesz. – John usadawia się wygodnie, bo zna niektóre legendy z tego regionu i wie, że są one bardzo długie. – Mam dość czasu, żeby czegoś się dowiedzieć.

Daria bierze głęboki oddech, zanim zaczyna opowieść:

– Al-Nadżdi to plemię, które od wieków zajmowało się wypasem wielbłądów na wielkiej saudyjskiej pustyni Rub al-Chali. Lider ich rodu, pradziad Karima, pomimo że był analfabetą, wiedział, do kogo się przyłączyć i kogo popierać. To dzięki takim jak on, fanatycznym islamskim *ichwanom*[1], którzy byli zbrojnym ramieniem rodziny Saudów, podbiła ona ogromne terytorium Arabii i była w stanie zyskać plemienną i militarną przewagę na terenach Półwyspu Arabskiego. O paradoksie, to przy pomocy grup beduińskiego pochodzenia Saudowie zwalczyli beduiński styl życia, który funkcjonował do momentu, gdy zrealizowali swoje wielkie ambicje, to znaczy do uzyskania przez nich władzy absolutnej. W tamtych odległych czasach, kiedy pradziad Karima był bojownikiem, a dziad młodym mężczyzną, radykalizm religijny *ichwanów* był wygodnym pretekstem do tego, by przekonać zasadniczo odmienne klany do zjednoczenia się. Sam ruch miał na celu zastąpienie prymitywnej bałwochwalczej kultury radykalnym islamem. Za pośrednictwem żarliwych kazań oraz przy użyciu brutalnej, budzącej grozę siły lokalne społeczności nomadów zostały podporządkowane i zachęcone do tego, by podążać ścieżką proroka Muhammada, nawet jeśli rekomendowano im to pod przymusem. Fanatyzm religijny stał się tkanką spajającą rozdrobnione lenno we wspólne królestwo. W ten sposób ogromne społeczności koczowniczych Beduinów z saudyjskich stepów przekształciły się w ludność osiadłą. Siła i brutalność były dobre, jednak stały się niedopuszczalne, w momencie kiedy Arabia Saudyjska zechciała

[1] *Ach, ichłan* (arabski) – brat, l.mn. bracia; oznacza też bractwo.

funkcjonować na arenie międzynarodowej. Po pewnym czasie główne narzędzie, które doprowadziło Saudów do władzy, zostało przez nich odrzucone i potępione. Okrutni *ichwani*, na czele których stał protoplasta rodu Al-Nadżdich, poczuli się głęboko urażeni, zwłaszcza że uważali się za Armię Boga. Wtedy też skończyła się ich cierpliwość i już nie wykazywali niezachwianej lojalności wobec swojej monarchii i władcy. Ówczesny król dzięki brytyjskiemu wsparciu uporał się z narastającą bolączką. Przywódcy *ichwanów* zostali uwięzieni i przetransportowani do Rijadu. Ci, którzy byli konformistycznie nastawieni, zostali wcieleni do Komisji Krzewienia Cnoty i Zapobiegania Występkom i występowali pod nazwą *mutawwa*. Zajmowali się oni nadzorem państwa i zapewniali bezpieczeństwo słabej monarchii, która ich pobiła, znieważyła i odsunęła. Zatwardziali bojownicy nie mogli jednak podarować zdrajcom, że porzucili swoich braci, i zamiast ich wspierać w niedoli, zajęli się ich wychwytywaniem i osadzaniem w więzieniach, a potem przeciąganiem na rządową stronę. Tak to trochę niehonorowo wygląda, ale to samo życie i smutna rzeczywistość. Niejednokrotnie wielkie rodziny czy nawet państwa, chcąc się utrzymać na powierzchni, muszą się zaprzedać. Mamy z tym do czynienia na całym świecie.

– Nieźle. Można powiedzieć, że ten ród to sól ziemi saudyjskiej – kwituje John.

– Tak, od nich pochodzi dialekt *nadżdi*, którym posługują się mieszkańcy królestwa – wyjaśnia Daria.

– A ten drugi gość to kto? – Brytyjczykowi zamykają się już oczy, ale chce jak najwięcej wyciągnąć od gadatliwej dziewczyny. – Też należy do waszej familii?

– Nie, to przyjaciel. – Daria postanawia nie opowiadać o kompromitującej i skomplikowanej przeszłości Marysi.

– Dlaczego zatem twoja siostra opiekuje się jego dzieckiem? Nie rozumiem.

– Czyż przyjaciele nie powinni sobie pomagać? Facet stracił żonę w zamachu na Bali i jak sam widzisz, nie ma opiekunki do dziecka, więc może liczyć tylko na nas.

– Przynajmniej jeden normalny średnio zamożny – ironizuje John.

– No tak, jak na rodzinę Binladenów, to nie ma zbyt wiele, bo najwięcej dostał w schedzie Osama, ale przepierdolił wszystko na Al-Kaidę i zniszczenie świata. – Polka nie przebiera w słowach, bo szczerze nienawidzi terrorystów, ale przy okazji wymienia nazwisko, na dźwięk którego John wytrzeszcza oczy.

– Nie wiem, czy teraz mogę wymienić się z tobą numerem telefonu. – Mężczyzna zaciska wargi. – Za wysokie progi na biedne brytyjskie nogi – oświadcza, biorąc naiwną dziewczynę pod włos.

– Nie widzę nic, co stałoby na przeszkodzie. – Daria uśmiecha się radośnie, bo pomimo że jedzie z rodziną i wraca w znane i lubiane stare kąty, to zdaje sobie sprawę, że w Rijadzie może nie odnaleźć już starych przyjaciół, bo wszyscy cudzoziemcy przebywają tam tylko czasowo. Zanim odświeży kontakty i zdobędzie nowych znajomych, będzie już miała jednego. *I to całkiem przystojnego*, podsumowuje Johna, który również się cieszy, że przez nieoczekiwany zbieg okoliczności wszedł jak w masło w życie najwyższych saudyjskich sfer.

II

ŻYCIE PO ARABSKU

Każdy ma jakiś kierunek, ku któremu się zwraca. Starajcie się więc wyprzedzać w dobrych dziełach![1]

[1] Koran, sura II, wers 144, PIW 1986, tłumaczenie J. Bielawski.

Nareszcie w domu

Wszyscy wysiadają z samolotu, jakby byli z krzyża zdjęci. Pierwszy dłuższy odcinek przegadali, a trwający zaledwie dwie godziny lot z Dubaju do Rijadu minął im jak z bicza trzasł, bowiem oddali się rozmyślaniom i rozliczeniom z przeszłością. Jedynie młodziutka Daria nadal tryska humorem i jest w pełni sił witalnych. Marysia idzie noga za nogą, niosąc swojego synka Adila, który nie da się zabrać z matczynych ramion, Karim prowadzi śpiącą i marudną Nadię, a Hamid rzuca tylko na boki rozwścieczone spojrzenie, bo nie ma pojęcia, co zrobić w tej patowej i poniżającej dla niego sytuacji. Saudyjczyk już w samolocie przebrał się w *tobę* i na głowę założył chustę, wtapia się więc w tłum lokalnej ludności, jednak Karim, mając azjatyckie rysy, może sobie pozwolić na europejski przyodziewek[1]. Marysia, o urodzie typowo

[1] Saudyjczycy u siebie w kraju powinni nosić tradycyjny strój: białą *tobę* i *ghutrę* w biało-czerwoną kratę. Jeśli ktoś się z tego nie wywiązuje, może zostać ukarany grzywną, a młodzież nawet karą chłosty. Jedynym wyjątkiem jest garnitur, który mężczyźni wkładają na prywatne międzynarodowe spotkania. Kobiety, miejscowe czy przyjezdne, bez względu na wyznanie i narodowość muszą nosić czarną *abaję*.

arabskiej, zakrywa się czarną *abają*, a włosy zasłania długą chustą. Nie jest to dla niej komfortowy strój, zwłaszcza po długim pobycie w Azji, gdzie mogła nosić skąpe ubrania i nikogo to nie obchodziło ani nie gorszyło.

– To ja będę się już zbierał. – John ściąga walizkę z taśmy, która wynurzyła się z luku w pierwszej transzy bagaży. – Było mi miło i mam nadzieję, że się jeszcze z państwem spotkam...

Mówiąc te słowa, stoi jak zamurowany i wcale nie ma zamiaru się ruszyć. Widać, że liczy na natychmiastowe zaproszenie. Kiedy pojawia się wózek Adila, zmęczona Marysia usiłuje wsadzić do niego synka, lecz mały kurczowo trzyma ją za włosy i wije się jak piskorz. Oderwany od niej, zaczyna żałośnie zawodzić.

– Mama! – wykrzykuje między jednym a drugim szlochem. – Mama!

Całe wtajemniczone towarzystwo zamiera, bowiem jest wstrząśnięte tak silnym zewem krwi i instynktem dziecka.

– Co?! Coś mu się chyba potentegowało! – John wybucha głośnym wulgarnym śmiechem, na co Karim i Hamid jedynie zaciskają szczęki, Daria baranieje, a Marysia spoziera na bezczelnego faceta czarnymi jak węgiel oczami, pełnymi nienawiści i pogardy.

– Daria, wkładaj *abaję*, do cholery! – Rzuca w stronę siostry czarny płaszcz i patrzy na nią z takim wyrzutem, jakby to ona była wszystkiemu winna.

– To jakoś się zdzwonimy – młoda zwraca się do nowo poznanego faceta, bo też wolałaby, żeby już poszedł. Wie, że zbyt popuściła sobie cugli, i nie ma zamiaru od razu narażać się siostrze, bo to z nią ma mieszkać i dzięki niej może w końcu poskładać swoje życie do kupy. – Masz mój numer, to tyrknij kiedyś. – Taksuje Brytyjczyka, pragnąc, żeby w końcu się oddalił. *Po co ja mu tyle o sobie i mojej rodzinie nagadałam?*, żałuje poniewczasie. *Ależ ze mnie niepoprawna idiotka!*

– Oki doki. Do zobaczyska! – John mówi slangiem, co nikogo nie bawi. Nikt też nie żegna się z nim i jak na arabską modłę przystało, odwracają się do niego plecami.

– Musisz wynająć nianię. – Marysia pochyla się w stronę Hamida i doradza cicho. – Sam nie dasz sobie rady.

– Wiem – przyznaje mężczyzna. – Jutro od razu rozpuszczę wici. Może pomogłabyś mi w naborze? – proponuje słabym głosem.

– Dobrze. Nie ma sprawy.

Karim, stojący na uboczu, obserwuje swoją żonę i jej byłego męża spod oka. Nie ma ochoty dopytywać, o czym szepczą. Sam wymyślił taki idiotyczny scenariusz, to i sam musi wypić piwo, którego nawarzył.

– Poinformowałem ojca, że wracam, ale przyjadą po nas moi starzy przyjaciele, Polacy – informuje Marysię, delikatnie się przy tym uśmiechając, co jest mimowolne i absolutnie nie wiąże się z radością, lecz stanowi odruch typowy dla azjatyckiej nacji. – Mam nadzieję, że mają duży samochód. – Patrzy na ich liczne bagaże i czuje, że nie obejdzie się bez drugiego auta.

– Po mnie wyjedzie kierowca, więc jakbyście się nie zmieścili, to mogę wam coś zabrać. – Hamid natychmiast oferuje pomoc.

– Świetnie – włącza się Daria, bo zauważa wzajemną niechęć do tej pory przyjacielsko do siebie nastawionych mężczyzn. *Co im się stało? Nic z tego nie rozumiem*, podsumowuje w duchu, bo była zbyt zajęta sobą i flirtowaniem, żeby zauważyć, co się działo dookoła niej.

– *Salam alejkum!*[1] *Salam alejkum!* – Wychodzący po odprawie na płytę lotniska słyszą rozlegające się wokół pozdrowienia.

– *Alejkum as-Salam!*[2] – odpowiada Karim, widząc w tłumie wyciągnięte do siebie ramiona swojego ojca. – Co tu robisz, *baba*[3]? – Jest zdziwiony i niezadowolony, ale stara się tego po sobie nie pokazać.

– Jak to?! Syn wraca po tak długim czasie i ja miałbym go nie przywitać? – Stary mężczyzna czule tuli do piersi Karima, a ten lekko poklepuje go po plecach.

– Witaj, młody! – Siwy mężczyzna podchodzi do nich i zwraca się do przybyłego po polsku, na co Fajsal aż odskakuje i ze złością lustruje intruza. – Jak się masz? – Polak wyciąga na powitanie wielką jak bochen chleba dłoń. Za nim stoi ubrana w *abaję* mała kobietka o bardzo jasnej karnacji i niezakrytych farbowanych blond włosach.

– Witaj, syneczku! – Staje na palcach, przyciąga głowę wysokiego pół-Azjaty i bez skrępowania całuje go w czoło.

Hamid, widząc taką rozczulającą scenkę zupełnie nie w saudyjskim stylu, uśmiecha się pod nosem, Daria

[1] *Salam alejkum* (arabski) – dzień dobry, witaj (dosł. pokój z tobą).
[2] *Alejkum as-Salam* (arabski) – z tobą (także) pokój; odpowiedź na powitanie.
[3] *Baba* (arabski) – tata.

cichutko chichra, Fajsal zaś obrzuca białą kobietę szalonym wściekłym wzrokiem spod mocno ściągniętych brwi.

– Pani musi być Krysia, prawda? – Marysia wyrywa blondynkę z objęć Karima i cmoka w oba policzki. – Tak się cieszę, że panią poznałam. Słyszałam o was same dobre rzeczy.

– A my o tobie.

Polacy witają się z Hamidem, jakby byli dobrymi znajomymi. Ich twarze jaśnieją szczęściem, dobrze im patrzy z oczu i od razu widać, że to porządni i uczciwi ludzie, więc każdy się cieszy z ich obecności, z wyjątkiem Fajsala, który stoi z zaciśniętą szczęką.

– Przygotowałem małe powitalne przyjęcie, więc pozwolę sobie wszystkich państwa zaprosić. – Stary Saudyjczyk ostatecznie zapanowuje nad sobą i swoją krewką naturą i skłania głowę nawet w kierunku nieproszonych gości.

– Nie będziemy przeszkadzać! – Krysia i Andrzej zbierają się do odejścia. – My z przyjezdnymi możemy równie dobrze spotkać się jutro. – Patrzą wymownie na Marysię i Darię.

– Nie ma tak! Jesteście moimi najlepszymi przyjaciółmi i dzisiaj pojedziecie z wizytą do domu mojego ojca, człowieka, który kiedyś, wieki temu, deportował was z tego cudownego kraju – bez pardonu wypala Karim, na co wszyscy wstrzymują oddech, Fajsal zaś gwałtownie popielacieje. – Chyba nie boicie się, że teraz też może was to spotkać?

– Karimku, nie bądź niegrzeczny. – Krysia patrzy na niego z naganą. – Sam mówisz, że to dawne dzieje. My nie umiemy tak długo chować urazy, więc i ty daj sobie spokój.

– Zapraszam ponownie i bez obawy. Już nie pracuję ani w tej branży, ani dla tej firmy – ironizuje Fajsal, który wyraźnie posmutniał i jakby zmalał.

– Do widzenia. Mój kierowca już nadjeżdża – żegna się Hamid, a mały Adil znów zaczyna płakać.

– Nie wygłupiaj się. Ty to już na pewno nie masz do mnie daleko, bo przecież mieszkasz po sąsiedzku, po drugiej stronie ulicy. – Starzec widać lubi Hamida, bo patrzy na niego ciepło. – Moja żona kiedyś zawodowo opiekowała się dziećmi, to pomoże ci z maluchem. Wiem o wszystkim, co cię spotkało, i głęboko ci współczuję.

– Dziękuję, *ja said*[1].

– To pakować się do aut i ruszamy! – Andrzej, widząc rozdarcie i zagubienie przybyłych oraz smutek starego Saudyjczyka, postanawia wziąć sprawy w swoje silne ręce. – Nie opieprzamy się, bo czas leci. Na pewno jesteście głodni!

Marysia od razu zostaje rzucona na głęboką wodę, bowiem okazuje się, że rezydencja Fajsala al-Nadżdiego znajduje się dosłownie naprzeciwko pięknej willi Hamida Binladena, w której przeżyła szczęśliwe i tragiczne dni u boku człowieka, którego ukochała nad życie. Wtedy jednak jeszcze tego nie wiedziała. Potrzebne było rozstanie, tragedia za tragedią, aby prawda do niej dotarła. Tak więc kiedy wjeżdża wielkim terenowym autem do dzielnicy

[1] *Ja said* (arabski) – Panie (wołacz).

Mudżamma Nachil, serce jej krwawi i nie wie, jak ma opanować napływające do oczu łzy.

– Nic się tu nie zmieniło – stwierdza drżącym głosem i mocno chwyta pod rękę Darię. Młoda dziewczyna czuje, że musi być dojrzała i wspierać siostrę, która znów znalazła się w beznadziejnej sytuacji.

Jakąkolwiek decyzję by podjęła i w którąkolwiek stronę by poszła, pociągnie to za sobą cierpienie i ból ludzi, którzy ją kochają. Zrani albo jednego, albo drugiego mężczyznę, podsumowuje Daria.

– Wszystko jest jak dawniej… – wzdycha Marysia, chłonąc widoki całą sobą.

– Cóż, jest perfekcyjnie, to co zmieniać – niezbyt mądrze wypowiada się młoda, bo zupełnie nie wie, co ma powiedzieć. – To jedno z najbardziej ekskluzywnych osiedli willowych w Rijadzie, tylko dla najbardziej dzianych Saudyjczyków.

– Zawsze byłam przekonana, że w tej rezydencji mieszka jakiś księciunio – wyznaje Marysia, przekraczając próg rodzinnego domu Karima, bardziej przypominającego pałac niż przytulne lokum do mieszkania.

– Dlaczego? – dziwi się Fajsal, sadzając gości w wygodnych fotelach i na sofach. – Owszem, budynek jest okazały, ale chyba nie widziałaś ciepłych gniazdek łaskawie nam panujących. Jedna panna postawiła sobie domek cały z marmuru – opowiada beztrosko, a Marysia szybko rzuca okiem na Hamida, zastanawiając się, czy pamięta jeszcze podłą księżniczkę Lamię. Ich spojrzenia łączą się na krótką chwilę. Rozumieją się bez słów.

– Dobrze, że ją stamtąd wyrzucili i oddali to miejsce do publicznego użytku.

– O ile się nie mylę, to ma pan na myśli obecną kantynę dla wojskowych i policjantów, blisko marketu Euro Marché? Więc powiedzmy sobie szczerze – nie przekazano tego na użytek publiczny, lecz dla wybrańców – docina łagodna skądinąd Krysia.

– Co to za kantyna, w której nie można się wódki napić? – łagodzi wypowiedź Andrzej i dopiero po chwili gryzie się w język, bo przypomina sobie, że ten potulny obecnie dziadunio był swego czasu nie tylko postrachem Rijadu, ale krzewił cnotę w całej Saudi.

– Ma pan rację – śmieje się gospodarz i podchodzi do pięknego kredensu w kolonialnym stylu. – Czego się napijecie? Wina, whisky czy wódki? – Otwiera zakryte skrzydło, za którym ukazuje się rząd równiutko stojących butelek o wyborze tak wielkim, jak w sklepie monopolowym.

– Eeee… tak więc… no nie… – Goście są w szoku i nie wiedzą, co odpowiedzieć, zastanawiają się bowiem, czy to prowokacja, czy zwyczajna ludzka gościnność.

– Fajsal! Co ty głupio się pytasz? – Mała kobietka o azjatyckich rysach wparowuje do pokoju, niosąc na tacy pojemnik z lodem oraz szklanki. – Dawaj! Dla facetów whisky, a dla dziewczyn dżin z tonikiem. Sama chętnie się napiję. – Wybucha perlistym śmiechem i podchodzi do gości, podając na powitanie małą rączkę.

– Retno jestem. Żona tego ponuraka – żartuje, wskazując na speszonego Saudyjczyka. – A opiekunkę do dziecka już załatwiłam – zwraca się do umęczonego Hamida. – Dziewucha jest w drodze.

– Ale… – Hamid się waha, bo nie chce oddawać syna niesprawdzonej piastunce.

– Słuchaj! To moja kuzynka! Ma dobrze płatną pracę u Amerykanów, ale dla ciebie ją rzuci. Tamte bąki zresztą są tak nieułożone i nieusłuchane, że nie do wytrzymania. Ty jej spadłeś z nieba, a ona tobie.

– Jednak…

– Gwarantem jest mój mąż. Jeśli cokolwiek stałoby się z dzieckiem, dostałoby kataru lub, nie daj Bóg, złamało nogę, to nasz domowy policjant obyczajowo-religijny osobiście wymierzy karę nieudolnej niańce. Sam widzisz, jak wszyscy się go boją! – Swoją poważną wypowiedź kwituje szelmowskim uśmieszkiem, poklepuje uspokojonego już ojca po plecach i rozsiada się wygodnie, przekonana, że sprawa jest zamknięta.

Marysia dochodzi do wniosku, że nawet w tym ortodoksyjnym muzułmańskim kraju ludzie się zmieniają, i oddycha z ulgą. Ma siostrę przy boku, a teraz jeszcze Krysię i przebojową Retno. Nie będzie źle.

Osiedle mieszkaniowe Teksas zalicza się do najlepszych w Rijadzie. Nie ma się czemu dziwić, w końcu budowało je największe konsorcjum w Arabii Saudyjskiej – Binladen Group. Powstało ono w 1931 roku i zaczynało od budowlanki, lecz teraz stało się międzynarodową wielobranżową organizacją działającą z wielkim rozmachem w całym arabskim świecie, a szczególnie na Bliskim Wschodzie.

Osiedle Teksas różni się zasadniczo od dzielnic dla saudyjskich bogaczy rozlokowanych w mieście. Tam każdy jeden pałac czy rezydencja otoczone są trzy- lub czterometrowym murem i mają prywatną ochronę, natomiast Teksas opasuje takim murem, a dodatkowo jeszcze fosą, cały teren. Domy znajdujące się w środku mają jednak otwartą przestrzeń i nie są klaustrofobicznie zamknięte betonowym ogrodzeniem. Strzegą ich Gwardia Narodowa oraz eskorta z najlepszej prywatnej firmy ochroniarskiej w mieście. W tym miejscu można się czuć bezpiecznie i swobodnie, co dla cudzoziemców żyjących w najbardziej ortodoksyjnym państwie na świecie jest ogromnie ważne.

Daria i Marysia następnego dnia po przyjeździe rozpakowują swoje przewiewne, cienkie ciuszki, które nosiły w Azji. Ubierają się na luzie, skąpo okrywając swoje ciała, i z samego rana wraz z hasającą Nadią udają się na rekonesans.

– Nie jest źle, no nie? – Daria pociesza tak siebie, jak i siostrę, która ma bardzo ponurą minę. – Będzie dobrze. – Chwyta ją pod rękę i mocno ściska.

Kobiety bez żadnych uzgodnień kierują swoje kroki w jednym kierunku – do domu, w którym Daria spędziła cudowną młodość z rodzicami i Adasiem i gdzie Marysia przyjeżdżała w odwiedziny ze swoim ówczesnym mężem Hamidem Binladenem. Siadają na ławeczce przy głównej alejce i obserwują budynek, w którym teraz mieszkają obcy ludzie. Pomimo wysokiej temperatury ponad czterdziestu stopni Celsjusza – nie czuje się upału i człowiek się nie poci. Może dlatego że wilgotność powietrza w Rijadzie nie przekracza pięciu procent, a także ze względu na otaczające to osiedle zielone pola golfowe, każdego ranka nawadniane przez długie godziny, oraz dobrze zadbane trawniki i ogródki, jak i cień rzucany przez strzeliste palmy, których jest tu zatrzęsienie. Osiedle jest idealne dla cudzoziemców, tęskniących za normalnym życiem, do jakiego są przyzwyczajeni, bo to miejsce gwarantuje im wszystkie przyjemności, zabronione w wahabickim państwie. Tak więc oprócz pól do golfa są tutaj korty tenisowe i boisko do squasha, dwa baseny, gdzie kobiety mogą nosić nawet bikini i pływać razem z mężczyznami, oraz kawiarnia i restauracja, serwujące grzeszne napoje alkoholowe domowej produkcji oraz oryginalne. Znajduje się tu również mały amfiteatr, w którym występują zapraszani z całego świata soliści czy grupy muzyczne, grające zarówno pop, jak i muzykę klasyczną. Ewenementem jest sala kinowa, ponieważ jak Arabia Saudyjska długa i szeroka, nie uświadczy się w tym kraju kina, gdyż rządzi tu prawo szariatu, według którego wszelka przyjemność jest grzeszna, a tym samym zakazana.

– Wszystko jakoś się ułoży – pociesza Daria, spoglądając w oczy swojej starszej siostry, lecz zaraz odwraca wzrok, widząc w nich łzy i bezgraniczny smutek.

– Na pewno… – Marysia czuje, że decyzja powrotu była jeszcze gorsza od wszystkich, które dotychczas podjęła, i sytuacja całkowicie ją przerasta.

– Kochana! Nie wiem, co powiedzieć – wyznaje w końcu speszona dziewczyna. – Komplikujesz sobie życie, tak że jest to niewyobrażalne.

– Wiem…

– Musimy jednak jakoś z tego wybrnąć i nie dać się zwariować. – Daria przytula Marysię mocno i czuje, jak siostra drży. – Nie potrafię ci nic doradzić, jeśli idzie o rozwiązanie twojego węzła gordyjskiego, ale powiem jedno: trzeba działać, iść do przodu, zapisać Nadię do szkoły, nas na uniwersytet, pójść na fitness lub do restauracji, odświeżyć lub nawiązać nowe kontakty, a życie samo pokaże, czy twoje problemy cię zabiją, czy rozmyją się w natłoku codziennych spraw. Ktoś tam na górze szykuje dla nas coraz to nowe próby i wszystko komplikuje, ale my się nie damy, no nie?

– Masz rację – potwierdza Marysia, ocierając łzę spływającą jej po policzku. – Zresztą już dzisiaj jesteśmy zaproszeni do Andrzeja i Krysi. To wspaniali ludzie! – Cień uśmiechu maluje się na jej wymizerowanej twarzy.

– Super! – wykrzykuje entuzjastycznie Daria. – To fajnie od razu mieć jakichś rodaków na podorędziu. Na pewno będą nam mogli doradzić w wielu sprawach.

– Zwłaszcza że pracują w branży medycznej, bo ja jednak chciałabym kontynuować studia na kierunku, który zaczęłam. A ty podjęłaś już decyzję? Dziennikarstwo czy coś innego?

– Wiesz, siostrzyczko… – Dziewczyna milknie na chwilę, poważniejąc. – Cały czas nie mogłam znaleźć swojej drogi w życiu, ale po tym strasznym zamachu na Bali, w którym uczestniczyliśmy, tak sobie myślę, że chciałabym umieć pomagać ludziom, ratować życie, mocować się z Bogiem i czasami go przechytrzyć swoimi umiejętnościami.

– To co? Też idziesz na medycynę?! – Marysia aż podskakuje. – Będzie nam łatwiej! Będziemy razem się uczyć! Będzie świetnie!

– Wolałabym wybrać ratownictwo medyczne, bo tam wystarczy uzyskać licencjat, a wiesz, że ja do nauki, zwłaszcza długoterminowej, za bardzo się nie garnę.

– Nie opowiadaj głupot! Mądra z ciebie dziewczyna i zawsze miałaś same piątki. Nie zmarnuj swojej kolejnej szansy!

– To ty jesteś ta mądra, a ja wszystko musiałam wypracowywać i oceny wykuwać, jakbym rzeźbiła w kamieniu. Ale dobrze, najpierw musimy dokładnie się dowiedzieć, jakie tam są kierunki. Niestety, będę mogła wziąć tylko taki, który jest prowadzony po angielsku.

– Przecież mówisz po arabsku. Nie żartuj!

– Jasne, jak uczniak piątej klasy podstawówki. Teraz twoja kolej na dawanie mi prywatnych lekcji – śmieje się Daria, szczęśliwa, że tak dobrze dogadują się z siostrą.

– Pamiętasz, jak uczyłaś mnie polskiego? – wspomina Marysia. – Szczególnie łatwo wchodziły mi do głowy brzydkie słówka.

Przybijają sobie piątkę i wspominają swój pierwszy kontakt przed laty, kiedy to Marysia odnalazła rodzinę właśnie tutaj, w Rijadzie. Siedzą tak długie godziny, zapominając o lękach i wszelkich obawach, i czują coraz mocniej zawiązującą się między nimi więź. Pomimo tak różnego wyglądu, innych doświadczeń oraz wcześniejszych żalów i uprzedzeń, znów czują zew krwi i ogarniające je ciepłe siostrzane uczucie.

Powrót na stare śmieci, uf!, myśli Karim, przekraczając bramę Szpitala Gwardii Narodowej, z którym wiążą się jego dobre i złe wspomnienia. Rozgląda się dookoła i oprócz przepychu i kosmicznej nowoczesności widzi też mankamenty, które występują tylko tutaj. Jednym z tych najgorszych i najbardziej utrudniających życie – zarówno pacjentom, jak i lekarzom – jest segregacja płci. Pamięta, jak nie uratował życia młodej kobiety przywiezionej z wypadku, bowiem tak się złożyło, że dosłownie przez parę minut na ostrym dyżurze tylko on był lekarzem prowadzącym, a jako mężczyzna nie mógł tknąć rannej. Kiedy chciał wykonać badania i rozpocząć reanimację, rodzina rzuciła się na niego jak wściekła w obawie, że pokala ciało muzułmanki i ją zhańbi. Później mąż i krewniacy wylewali potoki łez i wyrywali sobie włosy z głowy, a on, jako medyk, patrzył na nich z pogardą, nie mogąc zrozumieć fanatyzmu religijnego, który zabił ich krewną. To wydarzenie zaciążyło na całej jego zawodowej pracy oraz ostatecznie przeważyło szalę niechęci do życia w Saudi. *Jeśli nadal nic się nie zmieniło, a z tego co widzę, to marne szanse, sam nie wiem, jak tu wytrzymam*, wątpi w słuszność swojej decyzji.

Kieruje kroki do skrzydła administracji, bowiem przede wszystkim musi odbyć spotkanie z dyrektorem, o którym nic nie wie i którego jeszcze nie widział. Po nazwisku orientuje się, że jest on oczywiście czystej krwi Saudyjczykiem. *Obcy takich stanowisk nie obejmują*, podsumowuje lokalne zwyczaje. *Choćby facet był największym debilem w okolicy, to według dumnych mieszkańców tej piaszczystej krainy ma święte prawo kierować największą placówką medyczną w tym kraju,* stwierdza z goryczą.

– Karim al-Nadżdi – przedstawia się, stając przed niewiele od siebie starszym, przystojnym i szczupłym mężczyzną w *tobie*.

– Bardzo mi miło. Mustafa al-Bahri. – Dyrektor podaje mu wypielęgnowaną, ale mocną dłoń. – Niech pan siada. – Wskazuje miejsce na wygodnej skórzanej sofie. – Czego pan się napije? Kawy, herbaty, wody czy może… whisky? – Żartuje, a przybyły unosi brwi i rzuca na niego zszokowane spojrzenie, na co szef wybucha niepohamowanym śmiechem.

– Nieźle pana nabrałem – mówi zadowolony z siebie dowcipniś, lecz Karim oprócz chochlika widzi w jego oczach również dojrzałość i inteligencję. – Kiedy dowiedziałem się, że chce pan u nas pracować, byłem trochę zdziwiony, ale też bardzo zadowolony.

– Miło mi to słyszeć.

– Proszę poczekać, aż wyłuszczę dlaczego. Po pierwsze, zdziwiło mnie, że chciało się panu tu wracać. Po pobycie w swobodnej obyczajowo Azji to trochę szok, nieprawdaż? – Karim potwierdza skinieniem głowy. – Poza tym to zaszczyt dla naszej placówki mieć człowieka o tak głębokich saudyjskich korzeniach. Al-Nadżdi to ród wywodzący się aż od proroka, a pana ojciec rozsławił was we współczesnych czasach… – zawiesza głos i patrzy figlarnie na Karima, a ten nie wie, co ma odpowiedzieć. *Sława mojego tatusia przerasta najśmielsze oczekiwania i snuje się za nim, nawet kiedy jest już na emeryturze. Ale dlaczego musi to dotyczyć również mnie?*

– Tak? – bąka. – A więc…

– Powiedziałem to dla hecy, niech pan nie myśli, że jestem zgryźliwy i że będę oceniał człowieka po dokonaniach jego przodków. – Dyrektor podchodzi do szafki zamkniętej na klucz i otwiera ją. Słychać, jak wbija kod szyfru, brzdęka szkłem, a następnie obraca się do Karima z butelką Jaśka Wędrowniczka w dłoni. – To na dowód mojego zaufania do pana. Dzisiaj już nie będziemy operowali, no nie? – rzuca szelmowskim tonem, a świeżo zatrudniony doktor unosi tym razem tylko jedną brew, a potem chichocze w kułak. *Oj, chyba będzie mi się z nim dobrze współpracowało,* oddycha z ulgą ucieszony normalnością Saudyjczyka i w końcu odzyskuje głos:

– Cieszę się, że pan nie generalizuje.

– Przez dwanaście lat studiowałem i robiłem specjalizacje w Los Angeles. Przywykłem do trochę innego stylu życia niż ten, który panuje tutaj. Ale damy radę, nie? Może przy okazji, skoro już mamy czym, przepijemy brudzia?

– Karim jestem.

Stukają się szklankami.

– Mustafa. A wracając do pana… do twojego angażu, powiem tak: mam zagranicznego specjalistę, których obecnie coraz trudniej mi zatrudniać, o naszych korzeniach, z dobrym saudyjskim nazwiskiem, ale wyszkolonego w europejskim kraju i z praktyką zagraniczną. Masz, mam nadzieję, zachodnią mentalność, ale też muzułmańską świadomość. Zatem nie będziesz robił głupot jak lekarze z Europy czy Ameryki, nie będziesz usiłował zmienić panującej od wieków w Saudi tradycji i będziesz wiedział, jak ją sprytnie obejść, aby nikogo nie urazić. Nadal mamy cholerne problemy z ludźmi starej daty i o jeszcze starszych przekonaniach, którzy trafiają do naszej placówki albo jako pacjenci, albo jako kuratorzy czy religijni nadzorcy.

– Oj, znam to doskonale! Nie raz ja lub moi koledzy przez głupie wymogi religijnych oszołomów traciliśmy pacjenta, a najczęściej pacjentkę. – Karim smutno kiwa głową.

– Moja żona również jest po fachu, ale nie pracujemy w tej samej klinice, bo to nie jest dobrze widziane. Zaraz zaczęłyby się plotki o kumoterstwie, patrzyliby na nas przez szkło powiększające. – Mustafa mówi o prywatnych sprawach całkiem swobodnie, choć żaden Saudyjczyk obcemu mężczyźnie nawet nie wspomni o swojej małżonce, która jest tematem tabu.

– A moja żona, Miriam, chce podjąć studia medyczne na Uniwersytecie Księżniczki Nury – chwali się Karim. – Ma zrobiony pierwszy rok, lecz przerwała naukę. Nie wiem, czy jej uznają…

– Kochany! Dobrze, że mówisz. Zina jest tam rektorką i wykładowczynią. Ha! Już masz załatwione!

– Dziękuję, *ja sadiki*[1]!

– Nie ma za co. Przecież musimy współpracować ręka w rękę, na sali operacyjnej to dosłownie – śmieje się dyrektor. – Jakbyś nie wiedział, jestem ordynatorem

[1] *Ja sadiki* (arabski) – Przyjacielu (wołacz).

transplantologii i nadal praktykującym chirurgiem, a nie tylko dyrektorem administracyjnym tego ośrodka. Nie wyobrażam sobie, że mógłbym porzucić zawód, który kocham, na rzecz biurokracji, której nienawidzę.

– Znakomicie! – Cieszy się Karim, coraz bardziej ceniąc tego medyka z powołania. – Są jakieś ciekawe przypadki? Wiem, że każdy jest niezwykły i odosobniony, ale…

– Słyszałem, że brałeś udział w rozdzieleniu polskich syjamskich bliźniaczek z prowadzącym doktorem Ridą, późniejszym ministrem zdrowia. To był niezły wyczyn, ale teraz mam też poważne wyzwanie i z chęcią bym się go podjął razem z tobą i sztabem naszych wyśmienitych lekarzy.

– Co to takiego? Słyszałem, że macie kolejne bliźniaczki, ale tym razem z Ameryki i złączone wspólnym sercem. – Karim jest na bieżąco w branży transplantologów, pomimo że w Indonezji przez ostatnie dwa lata pracował jako lekarz ogólny i w zasadzie nic nadzwyczajnego nie zdziałał.

– Przypadek beznadziejny. Niestety, jedna musi odejść i już widać która, lecz jeśli ich nie rozdzielimy, stracimy obie dziewczynki. Nadal czekamy na zgodę rodziców na przeprowadzenie zabiegu o najwyższym stopniu zagrożenia życia. Nie wiem, czemu uznali oni, że my, muzułmanie, dokonamy cudu, a niestety, musimy im powiedzieć to samo, co w Ameryce. Operacja pozwoli uratować tylko jedno dziecko.

– Mamy dobrych kardiochirurgów… – Karim jest niepoprawnym optymistą.

– Zawsze robimy, co w naszej mocy, i nigdy nie mówimy, że Allah tak chciał. My, jako jedyni w tym kraju, bierzemy się z Bogiem za bary. Wiesz, że pójdziemy za to do piekła i będziemy się tam smażyć w ogniu? – pyta z błyskiem kpiny w oku, po czym podnosi się z fotela.

– „Jego miejscem schronienia będzie Gehenna! A jakże to złe miejsce przybycia"[1]! – Karim cytuje Koran, na co obaj robią głupie miny, a następnie wsadzają gumę do żucia do ust i wychodzą na oddział.

– Przypadek, który chcę ci pokazać, nie jest jakoś szczególnie niezwykły, jeśli idzie o kraje arabskie, ale interesujący ze względu na rozległość obrażeń, zachowanie pacjentki i jej losy, które znamy fragmentarycznie. Nadal nie ma ochoty nam zbyt wiele ujawnić, ale trudno jej się dziwić – tylko tyle zapowiada Mustafa, a Karim nie prosi o więcej. Jako lekarz woli się oprzeć na własnych wnioskach, wyciągniętych po oględzinach chorej.

– Nieźle – szepcze, stojąc przy szybie, przez którą obserwuje leżącą. – Kto ją do was przywiózł?

– Sam ją znalazłem w państwowym szpitalu na Bacie[2]. Jeszcze ci nie mówiłem, że w wolnej chwili działamy z żoną w organizacji Lekarze bez Granic. Oboje z Ziną lubimy się nurzać nie w bogactwie, które oferuje Arabia Saudyjska, lecz w jej biedzie, ciemnocie i upokorzeniu.

Karim swobodnie przypatruje się chorej czy raczej poszkodowanej. Na pierwszy rzut oka widzi, że została ona oblana kwasem solnym, i to w najbardziej typowym i widocznym miejscu. Całą twarz ma zdeformowaną.

[1] Koran, sura VIII, wers 16, PIW 1986, tłumaczenie J. Bielawski.
[2] Bata – uboga dzielnica Rijadu.

Miękkie fragmenty, takie jak czubek nosa i małżowina jednego ucha, odpadły, usta zaś wyglądają, jakby uległy stopieniu. Nie widać warg, jedynie linię nacięcia, które ktoś dokonał niewprawną ręką. Lekarz zastanawia się, czy kobieta widzi, bowiem po jednym oku pozostał jedynie głęboki oczodół, a drugie jest zakryte cienką zdeformowaną skórą. Obraz pacjentki przedstawia się strasznie, a jej ogólny stan pozostawia wiele do życzenia. Pod cienkim szpitalnym pledem widać chorobliwie wychudzone ciało, ze sterczącymi kośćmi bioder, kolan i ramion. Można by pomyśleć, że to szkielet człowieka został nakryty prześcieradłem, gdyby nie pikająca aparatura podłączona do wyniszczonego ciała, sygnalizująca, że te ludzkie szczątki wciąż jeszcze żyją.

– Co chciałbyś zdziałać w jej przypadku? – pyta po chwili Karim. – Jeśli się jej nie odżywi i nie wzmocni, to nasza praca, jako transplantologów, na nic się tu zda.

– Przebywa w naszej placówce dopiero od tygodnia – wyjaśnia Mustafa. – Myślisz, że łatwo jest ulokować tu kogoś z biedoty?

– Na pewno nie.

– Musiałem załatwić mnóstwo papierków i przekonać zebrane gremium, że to dla nas idealny przypadek, aby bezkarnie szkolić się w dokonywaniu przeszczepów.

– Ale granda! – oburza się Karim. – A nie powiedziałeś im czasami, że to wina systemu, pieprzonej tradycji i wychowania, że ktoś w ten sposób potraktował tę kobietę?

– Człowieku, jakbym im coś takiego wygarnął, to już bym tu nie pracował, a ona umarłaby w barłogu.

– Co o niej wiemy? Miała przy sobie jakieś dokumenty? Znamy jej rodzinę, opiekuna? A w ogóle to kiedy miało miejsce to okaleczenie? Widzę, że rany są już zabliźnione...

– Po kolei. Rzeczywiście, atak miał miejsce jakieś trzy, cztery lata temu. Wtedy po raz pierwszy wylądowała w państwowym szpitalu, jednak była w stanie zapaści i nikt nie łudził się, że przeżyje choćby jeden dzień. Jednak i tam, a może szczególnie w takich placówkach, pracują lekarze z powołaniem, więc walczono o jej życie, nie szczędząc sił. A i ona wykazała się ogromną siłą woli i chęcią przetrwania.

– Może po prostu ma mocny organizm – sugeruje Karim.

– Możliwe. Kiedy jednak po pół roku doprowadzono ją do stanu stabilnego, ciupasem trafiła do poprawczaka dla kobiet i nieletnich dziewczyn. – Mustafa wzdycha, wyraźnie zdegustowany.

– Świetne miejsce dla pokrzywdzonej słabej płci. Rzeczywiście, my saudyjscy mężczyźni troszczymy się o nasze kobiety – smutno ironizuje Karim.

– Tak więc w tragicznych, prawie więziennych warunkach przebywała naprzemiennie z kolejnymi pobytami w szpitalu, bo niestety głębokie rany nie chciały się goić, nie wykupywano zalecanych antybiotyków i antyseptyków, a przede wszystkim nie żywiono jej w odpowiedni sposób.

– To akurat widać.

– Nie masz pojęcia, co kwas zdziałał w jej jamie ustnej. Prawie to samo, co na zewnątrz, przez co można ją karmić jedynie rurką doustnie, lecz wywołuje to ciągłe zakażenia, lub wlewami dootrzewnowymi, które muszą być robione profesjonalnie.

– Wiem już, jak przedstawia się stan jej zdrowia. A co z rodziną? – dopytuje oburzony Karim. – Nie podała rodowego nazwiska? Dlaczego nie wskazała... Głupoty gadam! – Sam się poprawia.

– No właśnie. Prawdopodobnie, tak jak w większości przypadków, aktu przemocy musiał dokonać jej *mahram*, więc dlaczego miałaby go informować, że nadal żyje? Podpisałaby na siebie wyrok śmierci, bowiem na pewno ten zbrodniarz chciałby dokończyć swego dzieła.

– Była w ciąży, kiedy przywieziono ją do szpitala?

– Nie.

– A czy była dziewicą? Może ją zgwałcono?

– Ze wstępnych oględzin z dnia przyjęcia wynika, że defloracji dokonano dużo wcześniej, dużo, dużo wcześniej, więc dziewczyna pozwalała sobie na rozwiązłe życie. Może przyłapano ją in flagranti[1] z kochasiem dopiero po pewnym czasie? Cóż, możemy jedynie gdybać.

– A nie próbowaliście zidentyfikować jej po liniach papilarnych? – Lekarz wpada na dobry pomysł.

– Niestety, nie ma opuszków palców. Albo zasłaniała się rękami w czasie ataku, albo po oblaniu kwasem solnym próbowała zetrzeć płyn z palącego się ciała.

– Tragedia! Czy chcesz, żebym pomógł ci odrestaurować jej twarz i doprowadzić do stanu, w którym będzie mogła godziwie żyć? – pyta na koniec pół-Indonezyjczyk.

– Liczę na to, kolego.

[1] In flagranti (łacina) – na gorącym uczynku.

Mężczyźni ściskają sobie dłonie i już wiedzą, że będzie im się dobrze razem pracowało.

– Jak wspaniale, że zechcieliście nas odwiedzić! – Krysia stoi w progu ich skromnego domku na kampusie Szpitala Gwardii Narodowej. – Nawet nie wiecie, jak się z Andrzejem cieszymy. Nie dość, że odzyskaliśmy naszego synka, to jeszcze z piękną żoną i jej siostrą.

– A my jesteśmy szczęśliwe, że w tym nieżyczliwym dla kobiet kraju od razu mamy takie dwie dobre dusze. – Marysia czule obejmuje kobietę i czuje bijące prosto z jej serca ciepło.

– Wchodźcie już! – Andrzej rozdziela rozczulone kobiety. – Czym chata bogata! Siadajcie, a ja będę was raczył domowej produkcji aperitifami. – Szelmowsko się uśmiecha.

– Oj, już się boję! – Karim zna hobby swojego długoletniego przyjaciela i wie, że mężczyzna zawsze pasjonował się robieniem domowych nalewek i win. – Co ty wytworzyłeś w tym kraju posuchy?

– Kochany! Polak potrafi! – Chichocze rozradowany gospodarz. – Teraz zresztą taka produkcja jest rozpowszechniona na całym świecie, ale w Europie ludzie bawią się w to dla hecy lub z oszczędności, a tutaj to jest konieczność.

Podchodzi do szafy wnękowej w kącie salonu i wygrzebuje z jej dna półtoralitrową butelkę coca-coli.

– Colę będziemy pili? – Zdziwiona Daria wybałusza oczy, bo nie wie, co jest grane.

– Pyszne domowe winko, moja panno. Susz owocowy przywiozłem aż z Anglii, do tego w zestawie są drożdże i specyfik do klarowania napoju. Wierzcie mi, że mój produkt jest na tym samym poziomie, co wina kalifornijskie. Taki sam sikacz! – Andrzej cieszy się jak dziecko.

– To można do Arabii takie rzeczy wwieźć? – Daria dalej nie może uwierzyć, że komuś udaje się przechytrzyć uważne, wręcz przewrażliwione służby celne.

– A cóż mi mogą zarzucić? Że mam suszone owocki? I drożdże do wypieku chleba?

– Ale numer! – Młoda jako pierwsza podstawia swój kieliszek.

– A ty już jesteś pełnoletnia, moja panienko? – Andrzej nie ma zamiaru rozpijać dziecka, bo Daria przecież wygląda jak nastolatka.

– Mój *mahramie*, zaświadcz za mnie, jak zawsze. – Daria z kpiną zwraca się do Karima, choć powoli zaczyna ją to denerwować.

– Stara krowa z niej, tylko tak młodo wygląda – żartuje szwagier. – Już dawno powinna mieć zrobiony licencjat i pracować, a nie udawać dziewczątko.

– A co byś chciała studiować, moja mała? – indaguje Krysia, wygodnie sadowiąc się w fotelu. – Tutaj jest mnóstwo uniwersytetów dla kobiet, więc masz szansę całkiem nieźle się wyedukować.

– Chciałabym zrobić ratownictwo medyczne. Strasz-liwie mnie to ostatnimi czasy zaczęło jarać – odpowiada żywo Daria.

– Świetnie, to aktualnie bardzo przydatny kierunek. – Andrzej ze zrozumieniem kiwa głową. – W tym pojebanym kraju traci się mnóstwo kobiet, które ulegają drogowym wypadkom, nieprawdaż, Karimie? – zwraca się do kolegi medyka.

– Prawda, aż wstyd się przyznać, że mamy takie warunki i środki do ratowania życia, a niektórych zostawia się na pewną śmierć.

– Dlaczego? Nie rozumiem? – Daria jeszcze nie jest wtajemniczona w te arkana tutejszych zwyczajów.

– Bo nie ma takich jak ty, moja droga! – uświadamia ją Krysia. – Nigdy, przenigdy nie zapomnij, gdzie żyjesz. W Arabii kobieta jest kimś wyjątkowym, pod stałą ochroną, więc nie może być dotknięta przez obcego mężczyznę. Lepiej, żeby umarła, niżby pohańbił ją dotyk lekarza. Faceci z rodziny decydują o tym, czy można ją zbadać, ale przeważnie medykowi płci męskiej mówią „nie".

– „Mężczyźni stoją nad kobietami ze względu na to, że Bóg dał wyższość jednym nad drugimi, i ze względu na to, że oni rozdają ze swojego majątku"[1] – z ironią w głosie cytuje Karim, a wszyscy tylko z wściekłością zaciskają usta.

– Cóż… wracając do meritum, to bardzo fajnie, że chciałabyś studiować ten kierunek, ale obawiam się, że Saudyjczycy jeszcze do tego nie dorośli i nie ma takiego wydziału na żadnym uniwersytecie – podsumowuje Krysia.

– Cholera jasna! – wścieka się Daria. – To jakie są?

– Na Uniwersytecie Księżniczki Nury jest instytut nauk humanistycznych z pedagogiką, sztuką, lingwistyką i socjologią, jest wydział akademii nauk, gdzie można studiować informatykę, biznes i administrację, i…

[1] Koran, sura IV, wers 34, PIW 1986, tłumaczenie J. Bielawski.

– To mnie w ogóle nie bawi! – złości się młoda i marszczy gładkie czoło.

– Jest też akademia medyczna, kochanieńka. – Krysia śmieje się z zapalczywości dziewczyny. – Są tam ciekawe i w zasadzie wszystkie kluczowe wydziały, takie jak medycyna ogólna, pielęgniarstwo, farmacja, stomatologia i rehabilitacja. A może na to byś poszła? Kobieta znająca profesjonalne metody rewalidacyjne to rzadkość w tym kraju.

– Ech! Wszystko do dupy! – Daria jest zagubiona i nie panuje nad słownictwem.

– To może pielęgniarstwo? Od tego już żabi skok do ratownictwa, którego kurs możesz zrobić gdzieś w Europie – podpowiada Andrzej.

– No ale właściwie czemu nie medycyna, co? Powiedz ty mi, siostrzyczko? – Do rozmowy włącza się Marysia, a panowie przechodzą do kuchni pilnować gotującego się obiadu, bo widzą, że temat tak szybko się nie wyczerpie, a atmosfera staje się coraz bardziej napięta.

– Za trudne, wymaga za dużo czasu i poświęcenia. Mam studiować pięć lat, a nawet po obronie papier, który się dostaje, nie jest wart funta kłaków. Trzeba robić ze dwa lata stażu, potem specjalizacje. Nie! Te studia zabiorą mi z dziesięć lat życia, jak nie lepiej, a potem i tak przez całą zawodową karierę będę musiała się uczyć i doszkalać.

– Prawda. – Andrzej przez cienką ściankę kuchni swoim tubalnym głosem potwierdza fakt. – To niewdzięczna harówka, rzadko kiedy dająca satysfakcję. Ten, kto chce pójść w tym kierunku, musi mieć powołanie, bo inaczej nie wytrzyma.

– Przepraszam bardzo. To ja osobiście już w ogóle nie powinnam się do tego zabierać – mówi zagubiona Marysia. – Po pierwsze, jestem za stara, po drugie, mam rodzinę i dziecko... dzieci – poprawia się szybko – którym też muszę poświęcić trochę czasu, a poza tym wcale nie jestem przekonana co do pasji do medycyny.

– Nie mów tak! Pierwszy rok masz już za sobą – przekonuje Karim, który właśnie staje w drzwiach.

– Rok, który szedł mi jak po grudzie.

– Ale teraz będziesz miała domowego korepetytora, a i my z Andrzejem służymy pomocą. – Krysia wspiera załamaną kobietę. – Wiesz, co jest najważniejsze? Chęci.

– Dobrymi chęciami piekło jest wybrukowane – ironizuje Marysia, bo widzi, że znów minęła się z powołaniem i w zasadzie sama nie wie, gdzie ma go szukać. *Tak krytykuję niedojrzałą Darię, a sama nie jestem od niej dużo lepsza*, podsumowuje w duchu.

– Zapraszamy do naszej kliniki. – Andrzej postanawia pomóc młodym kobietom. – Najlepiej o wszystkim przekonać się samemu. Wizualizacja, moje panie.

– Masz u siebie na stażu taką fajną Saudyjkę, Afrę, to poznaj z nią dziewczyny – proponuje Krysia. – Za rok ta młoda lekarka pojedzie na stypendium do Polski, a teraz postanowiła poświęcić czas na wytężoną zawodową pracę i lekcje polskiego. Mówię wam, jaki ona ma zapał!

– Dzisiaj jest piątek, więc spokojnie możemy z Karimem was przemycić. W święty dzień żadnego Saudyjczyka w pracy się nie uświadczy. Wszyscy od rana do wieczora walą czołami w meczecie. – Polak wybucha zaraźliwym śmiechem, klepiąc się po udach.

– Najpierw jednak zjedzmy obiad, bo wszystko nam się spali. A dopiero potem wiwisekcja. – Krysia bardzo się cieszy z przyjazdu tej wielonarodowościowej rodziny, bo liczy na to, że będzie miała w tych młodych dziewczynach nie tyle przyjaciółki, ile przyszywane córki.

* * *

Hamid chodzi po pustym domu i nie wie, w co ma ręce wsadzić. Czym się zająć, jak dalej żyć? Na szafkach i etażerkach, dosłownie wszędzie, porozkładane są zdjęcia Zajnab – a to z małym Adilem, a to w trójkę, a na szafce nocnej stoi śliczna portretowa fotografia z ich ślubu. Mężczyznę boli serce, kiedy na nie patrzy. Postanawia schować je do pudła i zamknąć na cztery spusty. *Tak jak z pamiątkami po Miriam*, wspomina kolejny tragiczny okres w swoim życiu. *Pech mnie nie opuszcza. Jedną żona mnie porzuciła, a druga odeszła na wieki*. Ściskając dłonie w pięści, idzie schodami na piętro, wchodzi do sypialni swojej zmarłej matki i podchodzi do wielkiej szafy. Wyciąga stamtąd pudła z napisem „Miriam" i stawia je na niskiej ławie.

– Muszę oddać jej wszystkie dokumenty, które zostawiła – mówi sam do siebie. – Zapewne będzie ich potrzebować. – Wyciąga ich wspólną *iqamę*[1] i trzyma przez chwilę

[1] *Iqama* (arabski) – legitymacja, ID; w Arabii Saudyjskiej kobieta nie ma własnego dowodu osobistego, lecz jest dopisana do ID męża.

w palcach. – Na pewno jej się przyda, gdyby chciała gdzieś pójść razem z Adilem…

Później już szybko przerzuca papiery, odkładając na bok akt urodzenia ich syna, akt ślubu, świadectwo ukończenia przez Marysię pierwszego roku studiów, wyciąg bankowy z założonego dla niej przez Hamida konta, na którym nadal znajduje się sto tysięcy dolarów, podarowane jej w wianie przez męża.

– To też może jej się przydać. – Uśmiecha się z przekąsem. – Ja na pewno tego z powrotem nie przyjmę.

Potem sięga po kolejne, większe pudło i wyciąga z niego fotografie. Część jest z ich wizyty w Polsce, część z Londynu, a najwięcej oczywiście z Saudi. Mężczyźnie ręce się trzęsą i coraz mocniej zaciska szczęki. *Czemu ona mnie zdradziła, czemu tak zraniła, czemu na koniec bez słowa zostawiła…? Przecież mogła wtedy prosić o wybaczenie, a ja na pewno darowałbym jej winę. Złe czyny pociągają za sobą inne, jeszcze gorsze. Każde kłamstwo wyjdzie na jaw! Mój Boże, za dużo tych doświadczeń jak na jednego faceta. Oddam jej te papiery, a potem muszę gdzieś się zaszyć, muszę dokądś pojechać i odmienić mój los i moje życie. Tylko dokąd? Co mam robić?*, rozpacza, a po jego zapadniętych, wymizerowanych policzkach spływają niekontrolowane łzy. *Miriam, Miriam, jak mogłaś?! Jak mogłaś mi to zrobić?! I choć wiem, że nadal mnie kochasz, teraz już nie potrafię ci przebaczyć. Moja męska godność, mój honor mi na to nie pozwalają*, rozmawia z byłą żoną w duchu. *Nie mogę!* Pada na podłogę, obejmuje twarz rękami i głośno łka. *Miriam!*

Palec boży

Hamid, chcąc uspokoić skołatane nerwy, postanawia odbyć *umrę*, tak zwaną małą pielgrzymkę, gdyż do *hadżu*[1] pozostało jeszcze trochę czasu, a mężczyzna tak mocno zwątpił w Allaha, że uważa, iż jedynym miejscem, gdzie ponownie będzie mógł go odnaleźć, jest Mekka. Zrobi to również dla swojej tragicznie zmarłej żony, Zajnab, która była żarliwie wierzącą muzułmanką i zapewne pragnęłaby, aby jej mąż osiągnął spokój ducha. Postanawia przy okazji odwiedzić swego kuzyna, Fahda, i jego uroczą żonę Fatimę, mieszkających w Dżeddzie, których od lat nie widział. Zarezerwował ten sam luksusowy hotel – Raffles Makkah Palace, tak jak wtedy, gdy był w Mekce z Marysią. Teraz nie myśli już o tym, że osaczą go tam wspomnienia, lecz przypomina sobie piękny widok z okien pokoju na świętą Kaabę[2] i fakt, że do Wielkiego Meczetu ma stamtąd

[1] *Hadż* (arabski) – obowiązkowa dla każdego muzułmanina pielgrzymka do Mekki, jeden z filarów islamu.

[2] Al-Kaaba (arabski) – sześcian, kostka; świątynia i sanktuarium w Mekce, najważniejsze święte miejsce islamu.

zaledwie dwie minuty drogi. Postanowił rozpocząć *umrę* 11 września, w rocznicę zamachu na WTC[1], aby podyskutować z Allahem o tym, jak to możliwe, że jego wyznawcy dopuścili się takiej zbrodni. Uznał tę datę za dobrą również ze względu na swoją antyterrorystyczną działalność – aby Bóg ją pobłogosławił.

– Witaj, Fatimo – dzwoni do żony swojego kuzyna, Fahda, bo zawsze miał z nią lepszy kontakt niż ze swoim krewniakiem. – Co tam u was?

– Hamid! Jak dobrze słyszeć twój głos! – Radość niesie się przez eter. – Słyszałam o kolejnych nieszczęściach, które cię dotknęły. Jakże mi przykro!

– Hm... Rodzina nie ma o czym mówić, tylko plotkuje na temat kataklizmów dotykających krewnych? – obrusza się mężczyzna, bo przecież usiłuje uciec od gnębiących go myśli, a nie nurzać się w nich bez końca.

– Kochany! Przecież to naturalne, że łączymy się z tobą w bólu, a modlitwę za Zajnab też należy odmówić.

– No tak... – Hamid już chce się rozłączyć, ale Fatima błyskawicznie zmienia temat.

– U nas wszystko w porządku. A kiedy do nas przyjedziesz?

– Właśnie chcę się udać na *umrę* do Mekki, więc może przy okazji spotkalibyśmy się w Dżeddzie.

[1] WTC – World Trade Center – wieże w Nowym Jorku zburzone przez samoloty 11 września 2001 r.; do zamachu przyznała się terrorystyczna organizacja Al-Kaida, której przywódcą był Osama bin Laden.

– Rewelacyjnie! A nie chcesz tym razem odbyć *hadżu*? Już niedługo mamy Eid al-Adha[1].

– Może. Pomyślę o tym. Mam otwartą rezerwację hotelu, więc na miejscu, u was, mogę jeszcze zmienić termin. Na razie chcę wyjechać z Rijadu i zmienić klimat.

– To świetnie!

– Fahd w domu czy w delegacji? – Hamid pyta o kuzyna, bowiem nie będzie mógł się u nich zatrzymać, jeśli nie będzie gospodarza.

– Mój małżonek już od paru ładnych lat kursuje między swoimi dwoma domami – odpowiada Saudyjka lodowatym głosem. – Między Mekką a Dżeddą. Ale bez obaw, jest ze mną moja siostra Salma i młodszy brat Fahda Omar. Kojarzysz go? Taki był chudy siusiek-majtek, a teraz jest już prawie dorosłym mężczyzną.

– No to świetnie. – Hamid oddycha z ulgą. Nie wie, czemu Fahd ma teraz dwa miejsca zamieszkania, ale nie pyta, bo nigdy nie interesował się plotkami i historiami ogromnej rodziny, uważając, że każdy powinien martwić się o siebie. – Tak więc przylatuję jutro.

Hamid nie może się nadziwić zmianom, jakie zachodzą w ludziach – tak w ich usposobieniu, jak i w wyglądzie. Fatimy w życiu by nie poznał. Zniknęła kokieteryjna,

[1] Eid al-Adha (arabski) – muzułmańskie święto ofiarowania; największe święto w islamie na pamiątkę ofiarowania przez Abrahama swojego syna Izaaka w imię miłości i wiary w Allaha, który zamienił ofiarę na baranka; obchodzone podczas miesiąca *zu al-hidżdża*, w którym odbywa się większą pielgrzymkę do Mekki, tzw. *hadż*.

atrakcyjna i zadbana kobieta, wyzwolona emancypantka, nosząca się w domu w seksownych zagranicznych ciuszkach, a na ulicy w drogich ozdobnych *abajach*. Teraz stoi przed nim w burej tradycyjnej domowej sukni otyła arabska matrona, której jedyną ozdobą jest *kohl*[1], podkreślający czerń jej wielkich smutnych oczu.

– Jak to dobrze, że mamy gościa! – cieszy się gospodyni. – Ulokowałam cię na piętrze, w gościnnym apartamencie, więc będziesz miał wygodnie.

– Dziękuję, nie trzeba było. – Hamid jest trochę skrępowany. – Wystarczyłby mi pokój z łazienką.

– Daj spokój! Po śmierci ojca Fahd odziedziczył tę wielką rezydencję, a że prawie wcale tu nie mieszka, to jedynie hodujemy w niej pająki.

– A co się stało? Rozwiedliście się? – pyta mężczyzna, jednak zaciekawiony, czując w tym wielkim domostwie smutek i pustkę wyzierającą z kątów.

– Siądźmy przed kolacją w salonie, to sobie spokojnie pogadamy. Czaj jest już gotowy.

Gospodyni prowadzi gościa słabo oświetlonym korytarzem i otwiera wielkie drewniane odrzwia. Wchodzą do ogromnych rozmiarów pokoju, wyposażonego w ciężkie tradycyjne arabskie sprzęty, które aż uginają się od złotych zdobień, frędzli i wielkich poduch w wyszywanych ręcznie powłoczkach. Na stołach, stoliczkach i etażerkach

[1] *Kohl* (arabski) – barwnik do oczu zawierający wyselekcjonowane mieszanki ziół, dobrane tak, że nie tylko służą do upiększania oczu, ale również naturalnie je pielęgnują. Działają leczniczo na zapalenie spojówek, jęczmień czy jaglicę.

ustawiono stare srebra, a ściany pokryte są perskimi lub afgańskimi dywanami i kilimami.

– Rozwody w naszym kraju są coraz częstsze, tak jak i tobie się przydarzyło... – Fatima zawiesza głos. – Ale rozstają się głównie ludzie młodzi, których na siłę połączono węzłem małżeńskim, spryciarze, którzy związali się, bo chcieli ze sobą po prostu przez jakiś czas pomieszkać, i małżeństwa przechodzące kryzys wieku średniego. My zaliczamy się chyba do tych ostatnich... Ale rozwodu nie było. Nie było nawet separacji.

– No to czemu Fahd mieszka teraz w Mekce?

– Ma drugą żonę – wypala Fatima, a po jej spiętej twarzy i zrozpaczonych oczach widać, że strasznie to przeżywa.

– Dlaczego się na to zgodziłaś! Przecież mogłaś odmówić! – Hamidowi żal nowoczesnej kobiety, której życie zostało paskudnie zmarnowane. – To granda! Cywilizowani ludzie tak nie postępują!

– Ale nasze islamskie prawo daje taką możliwość. A nadziane dupki ją wykorzystują – oświeca go rozmówczyni. – Koran na to pozwala i już.

– Czemu nie zażądałaś rozwodu, kobieto?! Musiałby cię spłacić. Byłabyś wolna i urządzona do końca życia.

– Tak, jakbym mieszkała w Australii czy Ameryce, zapewne wiodłoby mi się całkiem nieźle, ale nie w Arabii Saudyjskiej. Czasami myślę, że urwałeś się z księżyca! Przecież nie mogłabym sama mieszkać, no nie? Nawet kiedy ty, członek rodziny, chciałeś nas odwiedzić, to od razu pytałeś, czy w domu jest mój mąż.

– Rzeczywiście – przyznaje Hamid. – Ale przecież zawsze można sobie załatwić fikcyjnego opiekuna. Tysiące kobiet tak robią. Dają jakiemuś ubogiemu krewnemu pensję i mają spokój.

– Mój ojciec nie żyje, nie mam żadnego kuzyna, tylko jednego brata, nieszczęśnika. Tak więc jeden *mahram* na wszystkie baby. Mieszkają z nim już żona, moja mama i dwie siostry, które były szybsze i rozwiodły się przede mną. Biedak jest damskim krawcem i na domiar złego ma pięć córek. – Fatima wybucha histerycznym śmiechem i nie może się opanować, aż w końcu wraz ze łzami wypływa z niej cały żal, który tak długo tłumiła w sercu.

– Przykro mi... – Hamid głupio się czuje, ale też jest mu trochę lżej, kiedy widzi, że nieszczęścia dotykają nie tylko jego.

– W sumie mam święty spokój, bo on tam, a ja tu... Nie wpieprza się w moje życie, mam cudną rezydencję, niezłą pensję i tak sobie wegetuję, czekając na śmierć. Nic mi się już nie chce, Hamidzie. – Kobieta głośno wyciera nos i patrzy przed siebie niewidzącym wzrokiem. – Nie mogliśmy mieć dzieci, a wiesz, to dla was, arabskich facetów, jest najważniejsze na świecie. Oto przyczyna naszego rozstania.

– Bez przesady – neguje rozmówca, jednak nie obraża się na takie uogólnienie.

– Taka jest smutna prawda. – Fatima wydyma swoje namiętne usta. – Mieszkają ze mną moja najmłodsza siostra i brat Fahda, Omar, jako *mahram*. Taki lewy opiekun, o którym wspominałeś. Możemy więc wyjść na miasto, bezsensownie włóczyć się po centrach handlowych czy pójść na obiad do restauracji. Ale powiem ci, że nie jest to towarzystwo, o jakim bym marzyła.

– Nadal uważam, że powinnaś się rozwieść i urządzić sobie normalne życie – upiera się Hamid. – Taka wegetacja nikomu nie służy.

– W zeszłym roku już nawet o tym myślałam, bo Salma wyjechała na stypendium do Londynu, a że nie mogła sama, to oddałam jej Omara – opowiada żywo Fatima, zapominając na chwilę o rozpaczy, która trawi jej serce.

– Przecież on nie jest jej krewnym. Nawet dalekim – dziwi się słuchacz.

– Namieszałyśmy w papierach, dałyśmy, komu trzeba, bakszysz[1] i klepnęli. – Fatima śmieje się beztrosko, zupełnie jak dawniej. – No chyba nie wyobrażasz sobie, że dołączyłby do niej nasz brat z dziewięcioma swoimi podopiecznymi – chichocze.

– I co się stało? Wróciła?

– Właśnie! Zanim ja zdążyłam stanąć na nogi, podjąć decyzję i ją zrealizować, ona była już z powrotem.

– Nie podobał jej się kierunek studiów? Nie zna angielskiego? Nie dawała rady sama daleko od domu i rodziny? – Mężczyzna snuje przypuszczenia co do przyczyny postępowania młodej dziewczyny. – A może czuła się wyobcowana w dalekim kraju, wśród nieznajomych ludzi, którzy czasami na nas, Arabów, patrzą z podejrzliwością i niechęcią, a niekiedy wręcz ze strachem.

[1] Bakszysz (arabski) – łapówka.

– Ależ ty masz czyste i dobre serce, Hamidzie! – rozczula się Fatima. – Że też ja nie mogłam spotkać na mojej drodze takiego mężczyzny. Ani żadna z moich biednych, porzuconych sióstr. Wiesz, wszystkie mamy przechlapane życie – podsumowuje.

– Miła jesteś, ale w takim razie musisz mnie uświadomić, co też zbroiła twoja najmłodsza siostrzyczka. – Podłechtany, postanawia wysłuchać do końca ciekawej historii, spodziewając się, że będzie pikantna.

– Wszystko, co ode mnie teraz usłyszysz, oczywiście pozostaje między nami – zastrzega kobieta, a Hamid tylko niemo potakuje. – Mówię ci to wyłącznie dlatego, że mam do ciebie pełne zaufanie, bowiem ujawnienie takiej tajemnicy w naszym kraju może być brzemienne w skutki.

– Teraz naprawdę mnie zaciekawiłaś. No mówże szybko dalej! – popędza Hamid.

– Moja głupia, ale piękna jak obrazek dziewiętnastoletnia siostrzyczka zbłądziła i… – Fatima przerywa, bo ciężko jest jej wyznać tak kompromitujący i straszny sekret – Salma jest w ciąży – wypala na jednym tchu.

– No to ładnie... – Hamid poważnieje, bo przecież zdaje sobie sprawę, że w wahabickim kraju panna w ciąży może się mieć z pyszna. – I co teraz?

– Nie mam pojęcia. Można by zaaranżować małżeństwo, zapłacić nawet wielką kasę, ale żaden wierzący muzułmanin nie pójdzie na taki numer. Można by też ubrać jakiegoś faceta bez jego wiedzy, ale Salma absolutnie nie chce tego zrobić. Dziewczyna wydaje na siebie wyrok śmierci! Nie znasz Fahda, nie wiesz, jak się zmienił! On pierwszy z wielką ochotą zgłosi się do wykonania na niej zbrodni honorowej. Hamidzie! Doradź coś! Pomóż! – błaga zrozpaczona kobieta.

– Dlaczego ja? – dziwi się Hamid, domyślając się najgorszego.

– Bo jesteś dobry i porządny chłop i sam przechodziłeś już przez coś takiego. Ty nigdy nie skrzywdziłbyś kobiety.

– Nie wiem, o czym mówisz… – zawiesza głos i zaciska usta. Nie spodziewał się, że rodzina może znać sekret jego i Marysi.

– Twoja córka Nadia też była jakaś inna…

– To znaczy?!

– Niearabska. Rude włosy, błękitne oczy…

– Jej matka jest pół-Arabką, a mała wygląda jak odbitka swojej polskiej babci. Zresztą im starsza, tym bardziej ujawniają się jej arabskie rysy.

– W każdym razie, jakbyś mógł zadecydować o życiu lub śmierci, jakbyś trzymał los niewinnej, a jedynie trochę zagubionej osoby we własnych rękach, to wyciągnąłbyś do niej pomocną dłoń? – Kobieta patrzy na Hamida z nadzieją.

– Do czego zmierzasz?

– Czy nie zechciałbyś ożenić się z moją Salmą? – pyta już otwarcie, a mężczyźnie opada szczęka.

– A czy ja wyglądam na aż takiego frajera?! – podnosi głos i stwierdza, że dobrze, iż jeszcze się nie rozpakował, bo zaraz przenosi się do hotelu.

– Hamidzie! Proszę cię jedynie jako uczciwego człowieka, który może uratować młodą, głupią i nierozważną

duszyczkę. Jak nie będziesz chciał z nią być, to rozwiedziecie się, gdy tylko urodzi się dziecko. – Hamid widzi, że sprytna Fatima ma już gotowy plan, ale z drugiej strony nie może winić nieszczęsnej kobiety, która usiłuje ratować swoją krewniaczkę. *To wina systemu, a nie jej. To wina naszego prawa, dyskryminującego kobiety i zmuszającego je do oszustw i matactw*, podsumowuje w duchu.
– Przemyślisz to? Daj szansę już nie tyle mojej siostrze, ile temu maleńkiemu dzieciątku, które w niej rośnie. Dusza za duszę. Jedna czysta jak łza duszyczka od ciebie odeszła, ale możesz pozwolić żyć tej nowej. – Kobieta bierze go pod włos, a jemu gardło się ściska. – Kiedy Fahd dowie się o wszystkim, to albo ją utopi w basenie, albo wrzuci do morza, albo obleje kwasem solnym. Nie wiem, jaki rodzaj haniebnej pseudohonorowej zbrodni wymyśli, ale na pewno nie pozostawi jej przy życiu. Dla takiego tradycjonalisty jej grzech jest niedopuszczalny i nie ma dla niej wybaczenia ani litości.

W tejże samej chwili trzaskają drzwi wejściowe i w długim korytarzu słychać kroki. Do salonu wchodzi mężczyzna w sile wieku, uśmiechnięty i zadowolony, i wyciąga ręce w stronę swojego kuzyna.

– Witaj, całe wieki się nie widzieliśmy! – Obejmuje krewniaka i czule całuje go w oba policzki. – Przepraszam, że musiałeś na mnie czekać, na pewno Fatima zanudziła cię swoimi babskimi sprawami.

– Nie, całkiem ciekawie nam się rozmawiało. – Hamid rzuca szybkie spojrzenie na kobietę, a ta błyskawicznie spuszcza oczy i z rumieńcem na twarzy wychodzi do kuchni. – Co tam u ciebie? Słyszałem, że polubiłeś ostatnio Mekkę. Jak można wyjechać z Dżeddy? Przecież to najpiękniejsze i najbardziej życzliwe człowiekowi miasto w całej Saudi.

– Mekka to miejsce święte i niezwykłe. Jedyny mankament stanowią pielgrzymi – śmieje się szczerze Fahd. – Ale na to nie ma rady.

W kolacji uczestniczą wszyscy domownicy – do rodziny dołączają więc Salma i Omar.

Salma jest oszałamiającą pięknością i kiedy Hamid ją widzi, nie dziwi się, że miała ogromne powodzenie za granicą. A że nie potrafiła się oprzeć adoratorom, to przecież też naturalne. Z zainteresowaniem przygląda się dziewczynie, która również jest ubrana w tradycyjną galabiję[1], jednak pomimo to nadal jest bardzo atrakcyjna. Jej twarz jest tak cudna i klasycznie arabska, że zapiera mu dech w piersiach. Gęste, pofalowane kruczoczarne włosy ma spięte na karku, lecz obramowują jej delikatne liczko, podkreślając regularne rysy. Oczy ma wielkie i czarne jak węgle, nos klasyczny – semicki, ale niezbyt duży z mocno zarysowanymi chrapkami. Usta zaś są namiętne i krwistoczerwone, choć widać, że nie używa żadnej szminki ani błyszczyka. Młoda siedzi skromnie przy stole, elegancko posługuje się nożem i widelcem, nie mlaszcze i nie chlipie, co niestety jeszcze dość często zdarza się w tej stronie świata, więc widać, że została dobrze wychowana, według światowych norm, i otarła się o salony. Salma nie

[1] Galabija (lub dżalabija) – męski lub damski strój w formie długiej sukni/płaszcza z rozcięciem pod szyją.

odzywa się, nie uczestniczy w rozmowie choćby gestem czy mimiką. Wygląda na nieobecną duchem.

Omar zaś jest typowym potomkiem bliskowschodnich Beduinów: nad wyraz chudy, średniego wzrostu, karnację ma ciemną, a twarz poznaczoną śladami po ospie lub trądziku. Nie ma w nim nic ładnego, ale rysy ma delikatne i łagodne, bez gniewu w oku czy nerwowości na twarzy. Również nie bierze udziału w dyskusji.

– W tej Azji to zupełnie inaczej, prawda? – uprzejmie pyta gościa gospodarz.

– Niby tak, ale jak ci wiadomo, fundamentalistyczne ugrupowania są teraz wszędzie i atakują niewinnych ludzi, zarówno wiernych, jak i niewiernych, czyli wyznawców innej religii niż islam.

– Tak, to już nie jest żaden dżihad[1], którym oni się niby kierują – denerwuje się Fahd. – Jeśli zabijają muzułmanów, dzieci i kobiety, to są zwykłymi mordercami, a nie bojownikami w imię Allaha. Aż mi głupio, że zasłaniają się naszą świętą księgą, popełniając tak nieludzkie czyny.

– Pod płaszczykiem wiary sieją spustoszenie na całym świecie – potwierdza Hamid. – Nie wiem, czy na Bali chcieli mnie dopaść, czy trafiłem im się przez przypadek, a celem byli cudzoziemcy z całego świata odpoczywający w pięknym ośrodku. To straszne i okrutne atakować bezbronnych ludzi. Chyba nigdy nie ustanę w tępieniu

[1] Dżihad (arabski) – walka w imię propagowania islamu – zarówno poprzez akcję zbrojną, nawracanie niewiernych, pokojowe działania, jak i wewnętrzne zmagania wyznawcy; często rozumiany przez Zachód tylko jako święta wojna.

takich zbrodniarzy. Lecz teraz muszę trochę doładować baterie, bowiem ostatnie wydarzenia mocno osłabiły moje ego, psychikę i jakąkolwiek chęć działania.

– Trudno ci się dziwić – smutno dorzuca Fatima. – Zajnab była tak żarliwą i dobrą muzułmanką, a przy tym po prostu dobrym człowiekiem.

– Na pewno jest już w raju, krainie wiecznej szczęśliwości – pociesza Fahd.

– To niezbyt wielka rekompensata w zamian za życie, rodzinę i możliwość wychowania ukochanego synka – bluźni Hamid, a gospodarze zamierają i tylko wytrzeszczają na niego oczy. – Cóż ma tam za pociechę? Hurysy?! Ona nigdy nie była lesbijką! – Fahd odkłada widelec i prawie dławi się jedzeniem. – Radochę ma jej dać wino, które właśnie tam można pić? Nie sądzę, żeby jej smakowało. – Salma cicho chichocze, ale oprócz tego zalega taka cisza, że słychać muchę latającą pod sufitem.

– Widzę, mój krewniaku... – Fahd odzyskuje głos – że w twoim wypadku *umra* to za mało. Potrzebujesz większego i dogłębniejszego oczyszczenia umysłu i serca, co mogą dać ci tylko *hadż* i obchody Eid al-Adha w uświęconym miejscu, jakim jest Mekka. Pozostało do niego dwa tygodnie. Nie ma sensu, żebyś spędził je w tym domu, siedząc na zmysłach i wymyślając jeszcze gorsze rzeczy, za które niechybnie mógłbyś stracić głowę. Oprócz tego, że jesteś moim krewniakiem, zawsze byłeś mi przyjacielem i proszę cię, abyś takich bluźnierstw już więcej w moim towarzystwie nie wygłaszał. Puszczę oczywiście w niepamięć to, co się rzekło, ale jeśli powtórzyłbyś coś takiego gdziekolwiek publicznie, niechybnie grozi ci śmierć.

Hamid czuje, że przesadził z tą szczerością i za bardzo dał się ponieść emocjom. Wie, że w wahabickim kraju takich słów wypowiadać nie wolno. Bezapelacyjnie zostałby za nie oskarżony o obrazę Allaha i religii i zasądzono by mu najwyższy wymiar kary. Już nieraz tak bywało.

Kolacja dobiega końca w całkowitej ciszy, bo każdy boi się zabrać głos. Kobiety po skończonym posiłku od razu udają się do swoich sypialni na piętrze, Omar bez słowa jedzie na miasto, a Fahd z Hamidem zasiadają, by napić się herbaty i wspólnie wypalić arabską szisze.

– Tak się oburzyłeś na moje wyznanie i zwątpienie, a ty, kuzynie, z tego, co wiem, też nie najlepiej postępujesz. Czyż nie lżej jest grzeszyć słowem niż uczynkiem? – podejmuje temat Hamid, bo nigdy nie lubił niedopowiedzeń.

– Widzę, że moja żona przedstawiła ci już swoją wersję zdarzeń. – Fahd pogardliwie wydyma wargi i patrzy spode łba na krewniaka.

– Wziąłeś sobie drugą żonę, co raczej nie jest w porządku w stosunku do pierwszej, nie uważasz? – Kiedy Fahd otwiera usta, oskarżyciel wstrzymująco podnosi rękę. – Chcę również nadmienić, że posiadanie po kilka żon czy nałożnic jest na calutkim świecie uważane za bigamię, a nie coś normalnego. Nawet w krajach arabskich coraz rzadziej się to zdarza, a w tych bardziej nowoczesnych i postępowych w ogóle.

– Obrzucasz mnie błotem za mój czyn, twierdząc, że jestem prymitywnym, zaściankowym tradycjonalistą i zboczonym bigamistą – wypala ze złością Fahd. – Oprócz tego oczywiście ciemiężycielem słabej płci. Fajnie!

Panowie prostują się w fotelach, jakby za chwilę mieli sobie do gardeł skoczyć.

– Nie mogłeś się po prostu uczciwie rozwieść? – pyta oskarżycielsko Hamid.

– Ja mojej żonie zrobiłem grzeczność. Może nie wiesz, ale jakbym się z nią rozwiódł, to nie miałaby takiego komfortowego życia jak teraz.

– Słyszałem, że u niej w rodzinie są same kobiety, ale przecież coś można wymyślić, wykombinować jakiegoś fikcyjnego *mahrama*. Fatima zawsze była taką kreatywną kobietą, żądną kariery, zdolną i niezwykłą – przypomina sobie Hamid, który widział ją ostatnio jakieś cztery lata temu, gdy tryskała energią i zapałem, kusiła urodą i prowokowała wyzwoleniem, tak nietypowym w ich kraju.

– Masz nieaktualne dane. – Fahd uśmiecha się kpiarsko. – Kiedyś była wręcz obsesyjnie ambitna, za wszelką cenę chciała robić karierę i ostatecznie wszystko dla niej zaprzepaściła. Wprawdzie nadal ma niezłą klinikę stomatologiczną i czerpie z niej spore zyski, ale sama już nie praktykuje. Nie chce jej się. Niby miała jeździć na szkolenia, seminaria, sympozja i co? Wszystko spełzło na niczym. Ona po prostu była wygodnicka i szukała wymówki, żeby nie mieć dzieci, ot co! – zdenerwowany, podnosi głos.

– Teraz kobiety nie mają zamiaru zamykać się w domu z pieluchami w wieku dwudziestu lat – zauważa Hamid. – Najpierw kariera, a potem bobasy. Zwłaszcza że przecież skończyła dobry uniwersytet w Ameryce. Mogłeś dać jej więcej czasu.

– Mówię ci, człowieku, tu nie chodziło o czas! Fatima, którą naprawdę bardzo kochałem, okazała się podła. Uważam, że zawsze można pogodzić pracę, naukę czy zainteresowania z rodziną, zwłaszcza w naszej komfortowej sytuacji. Przecież, do diaska, jesteśmy bogaczami! Jedyne co kobieta musi, to wynosić i urodzić dziecko, a potem może jej ono w ogóle nie obchodzić.

– Ale co to za matka!

– A co to jest za kobieta, która sama, z własnej nieprzymuszonej woli pozbywa się nienarodzonego dziecka? – Fahd zadaje pytanie, na które kuzyn nie znajduje odpowiedzi. – Nawet taka, która zbłądziła, została uwiedziona czy zgwałcona, powinna wydać na świat niewinne maleństwo. Ono niczemu nie zawiniło! Jest bezbronne! – krzyczy, nie panując już nad sobą.

Hamid dochodzi do wniosku, że często dwie strony medalu są bardzo różne od siebie. Nie ma jednak ochoty w to wnikać, nie ma chęci nurzać się w ich bagnie, bo ma dość swojego. Wie jedno – nie wolno zabijać, i to nie dlatego, że tak jest napisane w świętych księgach, Koranie czy w Biblii. Tego naucza każda religia! A człowiek, jeśli jest istotą ludzką, nigdy nie powinien dopuścić się takiego haniebnego czynu. Nie wolno nikogo pozbawiać życia!

Między mężczyznami zapada niezręczna cisza. Każdy oddaje się własnym rozmyślaniom i jedynie przekazują sobie z rąk do rąk rurkę do sziszy, z której wydobywa się ciche bulgotanie.

Żebyś nie miał wątpliwości co do prawdomówności mojej pierwszej żony – podejmuje po chwili Fahd – to powiem ci jeszcze, że kiedy nieszczęsna poroniła, przez przypadek, szukając jej telefonu komórkowego, znalazłem w bocznej kieszonce jej torebki tabletki minutki.

– Cóż to takiego? – Hamid unosi brwi.

– Tabletki wczesnoporonne, bardzo popularne w krajach, w których nie można usunąć ciąży poprzez wykonanie zabiegu. Mój ty prostolinijny kuzynie, proszę cię więc, nie wierz we wszystko, co ci opowiadają, nawet jeśli przekonywałaby cię na pozór pokrzywdzona kobieta.

– Wiem, jestem naiwny...

– Nie, mój drogi! Jesteś po prostu porządnym człowiekiem, nie podejrzewasz intryg i knowania, nie widzisz, albo nie chcesz widzieć, zła w swoich bliskich i wszystko bierzesz za dobrą monetę. Każdego chcesz wytłumaczyć i usprawiedliwić. Ale nie zawsze się da, nawet przy najszczerszych chęciach. Namawiam cię jeszcze raz do odbycia *hadżu*, żebyś odzyskał wiarę w Boga, w Allaha, bowiem jest to w obecnych czasach niezbędne i niezastąpione. W świecie wojen, przemocy, terroryzmu, wyzysku i krzywd tylko głęboka wiara pomoże nam wieść uczciwe życie i nie zwariować.

Następnego dnia, z samego rana, Fahd wraca do Mekki, lecz jeszcze przed podróżą oferuje Hamidowi pobyt na swoim luksusowym motorowym jachcie. Przekonuje, że na najbliższy tydzień nie ma rezerwacji i nie potrzebuje łodzi, która i tak będzie stała w dokach.

– Weź to i poczytaj sobie. – Wręcza krewniakowi Koran w pięknej skórzanej oprawie. – Oprócz licznych archaizmów, instrukcji i gróźb ta księga niesie wiele miłosierdzia. Czytając ją, odzyskasz spokój, bracie, a morska samotnia jeszcze go wzmocni. Zobaczysz, na bezkresnych falach poczujesz na sobie oko Allaha i jego opiekuńczą moc.

– Dziękuję. – Hamid bierze świętą księgę, choć ma ze sobą własną. Liczy na umocnienie swojej wiary, która jest mu obecnie ogromnie potrzebna, żeby stawić czoła przeciwnościom losu.

Po zaokrętowaniu, zaplanowaniu podróży i określeniu obowiązków dwóch przydzielonych mu towarzyszy, którzy będą pełnili funkcję żeglarzy, a zarazem służby czy kuchcików, mężczyzna lokuje się na deku i rozkoszuje morską bryzą. *Ten Fahd to dobry człowiek. Udzielił mi znakomitej rady i wsparcia. Nigdy nie należy wierzyć w to, co mówią o ludziach inni, lecz samemu wyciągać wnioski z ich zachowania i czerpać informacje z bezpośredniego kontaktu*, podsumowuje. Postanawia przemyśleć dręczące go sprawy oraz tu i teraz podjąć odpowiednie decyzje. Cały jego w miarę spokojny i szczęśliwy świat zawalił się wraz z ponownym, całkowicie przypadkowym, spotkaniem Miriam w Indonezji. Niestety, nadal ją kocha, choć z bólem serca i wielką niechęcią, bo ciągle pamięta, jak straszliwie go ugodziła i skrzywdziła. Kiedy zginęła Zajnab, przeżył szok, całkowicie się załamał, bowiem ta dobra, spokojna i głęboko wierząca kobieta była jego ostoją na burzliwym oceanie życia. Ona wszystko wyciszała, ona zapobiegała, wspierała i kochała go ponad wszystko. Teraz znów jest sam – z własnymi rozterkami, z gniewem i niepewnością. Znów stoi na rozdrożu i nie wie, w którą stronę ma pójść.

Kiedy wypływają na pełne morze, Hamid sięga po Koran. Księga otwiera się na najdłuższej i najważniejszej surze zwanej „Krowa", w której zawarte są wszystkie podstawowe zasady muzułmańskiej wiary. Czyta: „Lecz prawdziwie pobożny jest: kto wierzy w Boga i w Dzień Ostatni; w aniołów, w Księgę i w proroków; i ten, kto rozdaje majątek – pomimo umiłowania go – bliskim krewnym, sierotom i biedakom, podróżnemu i żebrzącym, i na wykup niewolników; i ten, kto odprawia modlitwę; i ten, kto daje jałmużnę; i ci, którzy wypełniają swoje zobowiązania, kiedy się zobowiązali; i ci, którzy są cierpliwi w nieszczęściu i przeciwności, i w czasie niebezpieczeństwa; oto ci, którzy są szczerzy w wierze. Oni są prawdziwie bogobojni!"[1].

Już po paru dniach rejsu i długich rozmyślaniach w samotności mężczyzna postanawia, że jednak ożeni się z Salmą, bowiem dzięki temu związkowi odsunie od siebie Miriam, która przypomina mu wszystkie tragiczne przejścia, jakie były związane z ich miłością: jej zdradę, porwanie córki, kłamstwa i rozłąkę. Stwierdza, że to uczucie było i jest dla niego jednym wielkim pasmem nieszczęść. A kiedy teraz ponownie chcieliby się związać, co wcześniej lub później byłoby nieuniknione, to na domiar złego skrzywdziliby jeszcze dobrego człowieka – Karima. Tak więc Hamid uratuje honor młodej dziewczyny, pozwoli nienarodzonemu dziecku żyć, da swojemu synowi matkę,

[1] Koran, sura II, wers 77, PIW 1986, tłumaczenie J. Bielawski.

uspokoi zmysły i zabije miłość Miriam do niego, co pozwoli jej pozostać w związku z obecnym mężem. *Jeden dobrze przemyślany krok niesie niezliczone korzyści dla jakże wielu osób*, podsumowuje, zadowolony z podjętej decyzji.

Piątego dnia, kiedy Hamid jest już całkowicie uspokojony i pogodzony z sobą, dzwoni jego telefon komórkowy. Zdziwiony, patrzy na wyświetlacz i dopiero po chwili odbiera.

– *Salam alejkum* – słyszy podenerwowany głos Fahda. – Bóg cię kocha, bracie!

– Co takiego znów się stało? – Mężczyzna nie rozumie, o co chodzi.

– Miałeś odbywać *umrę* jedenastego września, nieprawdaż? – upewnia się kuzyn.

– Tak, to ciekawa data i dla mnie bardzo znacząca, bowiem wtedy podjąłem bardzo istotną w moim życiu decyzję. Odtąd walczę z wszelkimi objawami ekstremizmu islamskiego, by oczyścić imię mojej rodziny oraz udowodnić, że nie każdemu psu na imię Burek.

– Pięknie! Chwali się. Ale przez twoje sentymenty mogłeś zginąć.

– Dlaczego? Mówże wreszcie, co się stało? Był zamach w Mekce? Ktoś podłożył bombę? To niemożliwe! – Hamid układa najczarniejsze scenariusze.

– Myślę, że teorie spiskowe możemy sobie odpuścić. – W do tej pory poważnym głosie Fahda słychać rozbawienie.

– Gadaj! Konkrety! – Zniecierpliwiony Hamid, słysząc takie pokrętne wywody, ma ochotę wyskoczyć ze skóry.

– Doszło do katastrofy w Mekce. Wywrócił się ogromny dźwig i runął na Wielki Meczet, zabijając ponad sto osób i raniąc około dwustu. Teoria konspiracji odpada, a w grę wchodzi zwykłe ludzkie niedopatrzenie i niechlujstwo – oburza się Fahd. – Wiał silny wiatr od pustyni, co u nas zdarza się nierzadko, a wysoka na pięć pięter maszyna miała złe umocowanie, ot co!

– Czy wykonawcą projektu nie była czasami nasza rodzinna firma Binladen Group? – docieka Hamid, bo wie, że kuzyn jest dyrektorem generalnym na ten rejon.

– Tak, nie mylisz się, bo przecież od wieków, od dziadka Muhammada Binladena, zajmujemy się rozbudową i unowocześnianiem naszych dwóch świętych meczetów w Mekce i Medynie. Ale nigdy dotąd coś takiego nam się nie przydarzyło!

– Bekniesz za to? – pyta krewniak.

– Jestem głównozarządzającym, ale nadzoruję budownictwo mieszkalne i biurowe, a nie sakralne. – Słychać, jak oddycha z ulgą.

– Głowy jednak muszą polecieć.

– Wiesz, jak jest. Nasz krewniak zrzucił wszystko na warunki pogodowe, wiarę, że Bóg tak chciał, i został ciupasem przeniesiony do Dubaju. – Fahd kpi z braku praworządności w ich ojczyźnie i bezkarności finansowych rekinów. – Też bym tak chciał! – Śmieje się szyderczo.

– Niewesoła sytuacja, ale masz rację, miałem szczęście. Zastanawiam się jednak, czy czasami ktoś w tym nie maczał paluchów. Może chciałby, żebyśmy to odczytali jako odwet Amerykanów za jedenastego września, po czym nastąpiłoby oziębienie stosunków między naszymi krajami, zerwanie kontaktów politycznych i już mamy sytuację, do której dąży ekstrema. Zła aura czy wola Allaha nie jest dobrym wytłumaczeniem tego zdarzenia. U nas burze pustynne zdarzają się dość często, bo przecież jesteśmy państwem leżącym na piachach, i jakoś do tej pory zawsze byliśmy przygotowani na taką ewentualność.

– Śledztwo trwa, ale o jego wynikach my na pewno się nie dowiemy… to znaczy ja. Nie robię w tajnościach. – Fahd podśmiechuje się, bo jako jeden z nielicznych z rodziny wie o konspiracyjnej działalności Hamida.

– Znasz opowieść o królu Abraha, który chciał zniszczyć Kaabę i osłabić islam? – nagle pyta kuzyn, który ostatnimi czasy rozczytywał się w Koranie i hadisach[1].

– Nie, nie za bardzo mam czas na bajki. O czym mówi?

– Król ze swoim wojskiem przekroczył bramy Mekki, lecz jego słonie nie chciały wejść na święty teren dookoła Kaaby – zaczyna Hamid. – Nagle na niebie pojawiła się czarna chmura ptaków, które w dziobach trzymały każdy po kamieniu. Zabiły nimi wielu żołnierzy z najeźdźczej armii, a ci, którzy pozostali przy życiu, uciekli na słoniach, aż się kurzyło. Król Abraha wrócił do Jemenu i schował się w swoim pałacu, ale nawet tam nie był bezpieczny, bo ptaki znalazły go i zabiły. Od tej pory nikt nie odważył się spojrzeć na Kaabę złym okiem.

[1] Hadis (arabski) – opowieść przytaczająca wypowiedź proroka Muhammada, jego czyn lub milczącą aprobatę. Każdy hadis składa się z tekstu i łańcucha przekazicieli. Hadisy tworzą sunnę (Tradycję). Jest to najważniejsze po Koranie źródło muzułmańskiego prawa szariatu.

– Fajne, ale już nieaktualne – podsumowuje Fahd. – Ta katastrofa pokazuje, że nie ma miejsc nietykalnych. A najważniejsze jest to, żeś ty tam nie był wśród tłumu wiernych. To palec boży, człowieku! – kończy Fahd.

Hamid wraca do Dżeddy zupełnie odnowiony – tak fizycznie, jak i psychicznie. Kondycja poprawiła mu się niebywale, bo codziennie godzinami pływał w ciepłym Morzu Czerwonym oraz z płetwami i fajką pluskał się na rafie wśród ławic kolorowych rybek, z zapartym tchem obserwując żyjące ukwiały i podziwiając kolory korali i gąbek. Jeszcze w tym miejscu morza od strony Arabii Saudyjskiej rafa jest całkowicie dziewicza i niezniszczona, bowiem brak tu przemysłu turystycznego, który dla natury często jest zabójczy. Duchowo mężczyzna również się pokrzepił i stwierdził, że będzie brał to, co szykują mu los i Allah. Nie ma sensu walczyć, *sza'a Allah*[1]. Dlatego też podtrzymuje swoją decyzję o poślubieniu Salmy, co powoduje ogromny entuzjazm i wdzięczność ze strony Fatimy. Sama zainteresowana przyjmuje to ze stoickim spokojem udzielnej księżniczki.

– To na kiedy wyznaczamy termin? – pyta Fatima, rozanielona radosnymi wieściami. – Chyba nie będziemy robić przyjęcia zaręczynowego, jedynie weselne, prawda?

– Z tego, co mówiłaś, raczej nie mamy za dużo czasu na takie konwenanse – kwituje sprawę narzeczony. – Myślałem, że zależy ci na czasie.

[1] *Sza'a Allah* (arabski) – Bóg (Allah) tak chce.

– Ależ oczywiście! – Kobieta klaszcze w dłonie. – Może jednak zrobimy dwie uczty? Jedna w domu, kameralna i wspólna – damsko-męska – a druga oficjalna w hotelu, na dwieście czy trzysta osób. Co o tym sądzisz?

– Żadne takie! – wzbrania się Hamid. – Chcesz to aż tak nagłośnić? Myślisz, że nikt z zaproszonych nie umie zliczyć do dziewięciu?

– No nie wiem... – Fatimie rzednie mina, bo pragnęłaby wydać swoją młodszą siostrę z wielką pompą.

– Chciałbym najpierw zobaczyć badania. – Mężczyzna robi kobietom grzeczność, ale nie ma zamiaru tym samym zrobić z siebie idioty.

– Przepraszam? – Starszej rzednie mina, a na twarzy Salmy pojawia się obrażony grymas, przy czym dziewczyna pogardliwie wydyma usta, co Hamidowi nie bardzo się podoba.

– Proszę o wyniki testów i badań ginekologicznych. Czy to coś niezwykłego?

– Ależ dlaczego?! – Salma wybucha i ze złości robi się bordowa na twarzy. – To dość osobista sprawa, tylko kobieca! Jeszcze nie słyszałam, żeby facet grzebał się w babskiej cytologii! – Aż głos jej się łamie.

– Moja droga! Czy troszeczkę nie przesadzasz?! – Hamid też już unosi się gniewem. – Czyżbyś zapomniała, że wyławiam cię z niezłego bagna, w które sama się wpakowałaś?! Nie mam zamiaru się ośmieszyć i okazać wobec wszystkich rogaczem albo rozpustnikiem, który będąc żonatym mężczyzną, robi pannie dziecko. Muszę wiedzieć, w którym miesiącu ciąży jesteś i na kiedy masz termin. To dość istotna sprawa!

– Kochana, biegnij po wyniki z Londynu. – Fatima twardo stąpa po ziemi i czuje, że już trochę przesadziły. Tyle zachodu kosztowało ją znalezienie kandydata na męża dla głupiej i nierozważnej siostrzyczki, że teraz nie pozwoli jej wszystkiego zaprzepaścić. – *Fisa, fisa*[1]! – pogania.

Po przejrzeniu wszystkich papierów Hamid nie jest zadowolony. Orientuje się, że kobiety dość długo zwlekały z podjęciem rozsądnej decyzji i w zasadzie jest już ostatni dzwonek.

– Wychodzi na to, że jesteś już w drugim miesiącu ciąży, czyli za siedem miesięcy urodzisz wcześniaka – podsumowuje gorzko, bo przypomina mu to sytuację, kiedy Miriam go zdradziła i okłamała, wydając na świat nie jego dziecko. Cieszy się jednak, że teraz przyjmuje bękarta z własnej woli, robiąc dobry uczynek. Ma nadzieję, że Allah pochwala jego czyn. – Od razu możemy podpisać kontrakt ślubny. A wesele, skromne – podkreśla z naciskiem – za dwa tygodnie, kiedy wrócę jako *hadżi*[2] z Mekki.

– Dobrze, kuzynie. – Fatima spuszcza głowę i na wszystko się zgadza, a Salma, nadal wściekła, gryzie tylko wargi.

– Mam nadzieję, moja narzeczono, że docenisz mój zbawczy dla ciebie gest – zwraca się do niej Hamid.

– Tak, oczywiście – odpowiada, nie patrząc mu w oczy.

– Pamiętaj jednak, że nasze małżeństwo to fikcja. Kiedy tylko urodzisz dziecko, będziesz mogła odejść. Bezproblemowo dam ci rozwód.

[1] *Fisa* (arabski) – szybko.
[2] *Hadżi* (arabski) – pielgrzym.

– Po co ty to robisz, hę? – w końcu Salma nie wytrzymuje. – Jaki masz w tym interes? Głupi jesteś czy jest w tym ukryty jakiś pokrętny plan? – naciska, jakby oskarżała faceta, który ratuje jej skórę.

– Salma, co ty gadasz?! – Starsza i mądrzejsza siostra hamuje jej temperament. – Ty temu mężczyźnie powinnaś codziennie nogi myć, głupia!

– Tego nie wymagam. Jednak biorąc pod uwagę twój charakterek, nie wróżę nam długiego i udanego pożycia małżeńskiego – kpiarsko śmieje się Hamid.

– Wszystko będzie dobrze, życzymy ci szczęśliwego *hadżu* i wracaj do nas zdrów, a my przygotujemy, co się należy. – Fatima poklepuje mężczyznę po ręce, chcąc go udobruchać. – Salma źle się czuje i stąd te jej dąsy. Kobiety w ciąży nie są sobą. Uwierz mi, ułożycie sobie wspólne, dobre życie.

Mnie tam nie zależy na szczęściu z tą rozkapryszoną, rozpustną i wredną babą, przebiega przez głowę Hamidowi. *Jedynie nie chcę zmarnować życia Miriam i skrzywdzić mojego przyjaciela Karima. Miriam znienawidzi mnie za ten ślub i spokojnie pozostanie w obecnym udanym związku. O to w tym wszystkim chodzi. Ale wy się o tym nie dowiecie.*

Hamid jedzie do Mekki z oczyszczonym umysłem. Oddaje się jedynie Bogu i modlitwie. Przerzuca między palcami koraliki *tasbih*[1], cicho recytując zapamiętane frag-

[1] *Tasbih* (arabski) – muzułmański różaniec o trzydziestu trzech koralikach, niejednokrotnie wykonany z kamieni półszlachetnych lub szlachetnych.

menty Koranu. Widząc tabuny samochodów, autokarów, a nawet pieszych pielgrzymów na drodze, stwierdza, że najwspanialsze w islamie jest to, iż wierzący stanowią wielką, nieprzebraną grupę ludzi, wielonarodową społeczność, która jest jak gigantyczna rodzina. W tym tkwi moc i kreatywność tej wiary. Kiedy praktykujący inne wyznania rezygnują i odchodzą od swoich świątyń, często kierują swe kroki ku meczetom. *Nasza liczba jest naszą siłą!*, stwierdza z zachwytem. Najważniejsze w pielgrzymce, mniejszej *umrze* czy większej *hadżu*, jest poddanie się Allahowi, zbliżenie do niego, ale też połączenie w modlitwie ze współwyznawcami i odkrycie potęgi zbiorowości. Hamid zdaje sobie jednak sprawę, że pełny *hadż* nie będzie tak prosty, jak mniejsza pielgrzymka, którą odbył razem z Miriam wieki temu, jeszcze na początku ich związku i pobytu w Arabii Saudyjskiej. Wtedy zajęło im to dosłownie parę godzin. Młodzi małżonkowie obeszli Kaabę siedem razy, po wykonaniu każdego kręgu zwracając się w jej kierunku z okrzykiem *Allahu Akbar!*[1], a następnie udali się do trzypiętrowego długiego na ponad kilometr budynku, który łączy dwa symboliczne miejsca – Safę i Marwę. Należy siedmiokrotnie przejść drogę z jednego do drugiego końca, lecz obecna technika, postęp oraz bogactwo Arabii znacznie ułatwiają pielgrzymom wykonanie tego zadania. Gmach jest zadaszony, z niezliczoną ilością klimaty-

[1] *Allahu Akbar!* (arabski) – Allah jest największy! Bóg jest wielki!; zwrot ten stanowi *takbir* – muzułmańskie wyznanie wiary; często powtarzany w wielu codziennych sytuacjach życiowych.

zatorów, nawilżaczy i nawiewów. Ścieżki prowadzące do świętych punktów nie są jak kiedyś kamieniste, lecz wyłożone marmurem. Naturalne skały pozostawiono jedynie pod koniec szlaku. Dla dodatkowej wygody zainstalowano ruchome chodniki, jak na lotnisku, więc pielgrzymi całkiem komfortowo i bez wysiłku pokonują trasę. *Wtedy to było nic*, rozmyśla Hamid. *Miriam bała się tłumów i w ogóle nie czuła związku z religią. Ona chyba w życiu nie była nawet w zwykłym meczecie, nie mówiąc już o takim wielkim i nadzwyczajnym.* Umra *nie była dla niej niezwykłym przeżyciem, lecz bardziej obowiązkiem i spełnieniem mojej prośby. Teraz będzie inaczej*, postanawia. *Chcę odbyć pielgrzymkę dla samego siebie, dla Zajnab, a przede wszystkim – by zbliżyć się do Boga. To będzie metafizyczne doznanie*. Mężczyzna aż drży z podekscytowania. Wie, że wszystko rozpoczyna się ósmego dnia miesiąca *zu al-hidżdża* kazaniem w meczecie. Przez pierwsze dni razem ze wszystkimi wyznawcami będzie wędrował po okolicy, docierając do różnych symbolicznych miejsc, takich jak dolina Miny, góra Arafat czy wzgórza Al-Muzdalifa. Odprawi wiele modlitw i obrzędów, w tym symboliczne kamienowanie szatana. Po takim maratonie w temperaturze ponad plus czterdziestu stopni Celsjusza pielgrzymi mają prawo trzy dni odpoczywać, by na koniec złożyć symboliczną ofiarę z baranka, ogolić włosy i jeszcze raz odbyć modlitwę. Później mogą już wracać do swoich domów, rozrzuconych po całym świecie, z zaszczytnym tytułem *hadżi*, którego będą używali do końca życia.

Następnego dnia o siódmej rano Hamid jest już w stanie *ihram*[1] i gotowy do odbycia *hadżu*. Wymył się i wypachnił, obciął paznokcie, przyciął trochę włosy i świeżo ogolił, a ciało okrył dwoma niezszytymi kawałkami białej materii. Jednym zawinął się dookoła bioder, a drugim okrył korpus, odkrywając, jak wymaga tradycja, jedno ramię. Pomimo tak wczesnej porannej godziny w Wielkim Meczecie już jest ogromna ciżba pielgrzymów, choć część jeszcze śpi pod jego murami lub w tysiącach namiotów, a część szykuje się do modlitwy. Ruch i zamieszanie jest jak w ulu.

Kiedy Hamid wkracza na teren meczetu, nie może uwierzyć własnym oczom. Takiego morza ludzi zebranych w jednym miejscu jeszcze nie widział. Wszyscy mężczyźni są ubrani tak jak on – na biało, a muzułmanki okryły się różnorodnie. Saudyjki są jak zwykle w *abajach*, ze szczelnie zasłoniętymi twarzami, tak że nie widać nawet ich oczu, kobiety z Afganistanu mają swoje niebieskie burki, Azjatki zaś – białe, jasnoróżowe lub niebieskie długie płaszcze czy galabije, a głowy nakrywają chustami sięgającymi im aż do pasa, lecz odsłaniającymi buzie. Przybyli wierni są w różnym wieku, lecz przeważnie koło pięćdziesiątki i starsi. Wiadomo wszem wobec, że koszt pielgrzymki jest ogromny i młodych ludzi na nią nie stać. Najwięcej jest jednak ledwo chodzących starców, czasami poruszających się o lasce albo nawet jeżdżących na wózkach inwalidzkich. Hamid nie wie, gdzie stanąć, bo nie chce przy samej Kaabie, jednak boi się, że gdy

[1] *Ihram* (arabski) – stan pełnego uświęcenia przed zasadniczą pielgrzymką *hadż* i przed małą pielgrzymką *umra*.

tłum ruszy w stronę kamienia, chcąc go dotknąć, może być tam niezły tumult. Postanawia ulokować się pośrodku. Rozgląda się, już dokładniej lustrując ludzi, bowiem w upale, harmidrze i straszliwym tłumie jakoś nie może się skupić na celu swojej pielgrzymki, by oddać myśli i uczucia Bogu. Wszystko go rozprasza. *Do diaska! Zapomniałem wziąć jakieś uodparniające leki!*, denerwuje się, widząc otaczających go chorych. Co druga osoba kaszle, prycha i kicha, nie wspominając o tych z widocznymi znamionami, pryszczami czy ranami na ciele. *Trzeba było zacząć kurację przynajmniej miesiąc przed* hadżem, *ale wtedy jeszcze nie przypuszczałem, że będę go odbywać. Przecież doskonale wiedziałem, że podczas pielgrzymek w Mekce znajduje się największe skupisko bakterii i wirusów z całego świata, przywożone tu przez wiernych. Jak już nie ma żadnego lekarstwa na jakąś zarazę, to rodzina wysyła chorego do Mekki, aby uleczył go Allah albo święta woda Zamzam.* Hamid pamięta, że wszystkie epidemie rozpoczynają się właśnie tutaj, i to po świętym miesiącu pielgrzymek, kiedy pątnicy rozjeżdżają się po kraju. Stąd rozprzestrzeniły się po Saudi ptasia i świńska grypa, choroba szalonych krów, SARS, a ostatnio krzyczy się o ryzyku wybuchu pandemii koronawirusa MERS. *Trudno, teraz jest już za późno*, reasumuje. *Nie zepsuję sobie tego niezwykłego przeżycia jakimiś głupimi babskimi lękami.*

– *Allahu Akbar! Allahu Akbar! Allahu Akbar!* – rozlega się głos muezzina, płynący z licznych megafonów. Jego echo odbija się od okolicznych wzgórz i wysokich budynków i powraca do wiernych, niektórych momentalnie wprowadzając w stan ekstazy. – *Bismi Llahi rahmani rahim!*[1]… – Prowadzący modlitwę imam pięknie recytuje *bismillę*[2], a wierni dołączają do niego. – „Chwała Bogu, Panu światów, Miłosiernemu, Litościwemu, Królowi Dnia Sądu. Oto Ciebie czcimy i Ciebie prosimy o pomoc. Prowadź nas drogą prostą, drogą tych, których obdarzyłeś dobrodziejstwami, nie zaś tych, na których jesteś zagniewany, i nie tych, którzy błądzą”[3].

Modlący się podnoszą rytualnie ręce, składają je na piersi, kłaniają się i klękają, bijąc pokłony Panu. Po modlitwie tłum rusza na pierwsze okrążenie Kaaby. Najpierw powoli, krok za krokiem, bo przecież nie jest przykazane, żeby biec. Szczególnie trudno jest ludziom chorym czy niepełnosprawnym, których są tu tysiące. Ciżba jednak napiera i stara się ominąć tych powolnych, co jest wręcz niewykonalne.

– *Allahu Akbar!* – Po pierwszym okrążeniu słychać potężny krzyk dobywający się z miliona ust, które chwalą Boga. – *Allahu Akbar!*

Przy samym narożniku jemeńskim, w którym znajduje się święty kamień, tłok jest tak wielki, że dochodzą stamtąd piski i krzyki miażdżonych, lecz wierni w euforii, nie patrząc już na nic i nikogo, pchają się w stronę muru, chcąc

[1] „W imię Boga miłosiernego i litościwego” – Koran, sura I (Otwierająca – Al-Fatiha), wers 1, PIW 1986, tłumaczenie J. Bielawski.

[2] *Bismilla* (arabski) – krótka formuła modlitewna wypowiadana przez muzułmanów przy wielu ważnych okolicznościach, takich jak narodziny, śmierć, ślub.

[3] Koran, sura I (Otwierająca – Al-Fatiha), wers 1, PIW 1986, tłumaczenie J. Bielawski.

za wszelką cenę dotknąć relikwii, bowiem Czarny Kamień to największa świętość islamu. Muzułmanie wierzą, że spadł z nieba, ukazując Adamowi i Ewie, gdzie zbudować ołtarz ofiarny. Po chwili słychać następne wezwanie i ciżba rusza na kolejne okrążenie. W międzyczasie musiało dojść sporo wiernych, bo teraz jest tak gęsto, że wszyscy idą prawie ramię w ramię. Pątnicy wpadają w coraz głębszy trans i już niemal ogarnia ich histeria. Prawdopodobnie jest to spowodowane palącym słońcem, coraz wyższą temperaturą, zmęczeniem i ciasnotą. Ich stan wywołuje również bliskość Boga i bezpośrednie z nim obcowanie oraz świadomość oczyszczenia duszy z wszystkich grzechów. Oczy pielgrzymów są niewidzące, zatopione gdzieś w przestrzeni, a niektórym widać jedynie białka, bo tęczówki i źrenice zapadły się głęboko pod powiekami. Ludzie ci nic już nie czują – ani bólu, ani upału, ani zmęczenia. Uniesienie zapanowuje nad tłumem. Hamid, który z natury jest człowiekiem mocno stąpającym po ziemi, wciąż nerwowo rozgląda się dookoła. *Teraz wystarczyłaby mała iskierka paniki, a ten milionowy tłum zadeptałby się nawzajem*, całkiem trzeźwo myśli i w miarę możliwości przepycha się do jednej z wejściowych bram. Po drodze spostrzega kobiety, którym krew poszła z nosa, jedną staruszkę leżącą obok wózka inwalidzkiego, a przede wszystkim wielu ratowników medycznych usiłujących wyrwać z ciżby poszkodowane czy omdlałe osoby. Ostatnie okrążenie Hamid wykonuje już przy samym murze meczetu, a następnie, jako jeden z pierwszych, opuszcza święte miejsce. Widzi wiernych, którzy zakończyli pierwszy etap pielgrzymki, jak wpadają sobie w ramiona, płaczą lub – nadal w transie – targają włosy i biją się po twarzy. *Miriam miała rację*, przebiega mu przez myśl, lecz zaraz odsuwa od siebie wspomnienia i udaje się do luksusowego hotelu, żeby doprowadzić się do porządku.

Następny dzień jest już łatwiejszy, bowiem pielgrzymi, a wraz z nimi Hamid, udają się do świętych miejsc szerokimi ścieżkami, wiaduktami czy kładkami, a niektóre z nich są nawet zadaszone. Co chwilę natrafiają na stanowiska z lodowatą wodą do picia, medycy rozdają zmrożone ręczniki dla ochłody, sporo przybyłych ma też duże czarne parasole, aby osłonić głowy przed palącym jak zawsze słońcem. Na traktach znów jest dużo ludzi, ale dziś ruch odbywa się już spokojniej i nikt nie wpada w stan takiego uniesienia czy euforii jak w głównym meczecie i w bliskości świętej Kaaby. Hamid ciągle obserwuje i zapamiętuje detale. Z góry mostu widzi, że przed polem namiotowym, gdzie rozbito setki białych płócien, stoją karetki pogotowia i policyjne radiowozy. Grupy ratowników, zaopatrzonych w nosze, przenośne apteczki i aparaturę ratującą życie, tylko czekają na wezwanie. Tam też zostały umieszczone punkty pierwszej pomocy medycznej oznaczone łopoczącymi na wietrze flagami z czerwonym półksiężycem. To mężczyznę uspokaja. Zastanawia się jedynie, jak miałby się tam dostać potrzebujący pomocy, skoro mosty nie mają ze sobą połączeń i bocznych zejść, a jedynie główne trakty i główne wejścia. *Na pewno są jakieś drogi ewakuacyjne*, pociesza się i dłużej nie zawraca sobie tym głowy, bo chce jak najszybciej odbyć męczący rytuał ukamienowania szatana w Minie. Zbliżając się do celu, jest coraz bardziej zmęczony, spocony i zaniepokojony, bowiem droga się zwęża. Teraz już pielgrzymi nie idą oddzielnymi traktami, każdy w innym kierunku, ale maszerują po jednej drodze, pozdrawiają się z naprzeciwka, niechcący potrącają i przeciskają w gęstniejącym tłumie. Ci, którzy wracają, są rozradowani, a idący naprzód nadal spięci i podenerwowani, bo oczekują kolejnego niezwykłego przeżycia. Widać tu wszystkie nacje, ludzi o różnym kolorze skóry – od śniadych Arabów czy Persów, poprzez czarnych Afrykanów, żółtych Azjatów, jak i białych Europejczyków, Amerykanów czy Australijczyków. *Islam jest wszędzie*, z dumą myśli Hamid i przyspiesza kroku. Nagle, tuż przed nim, kiedy jest już bardzo blisko do symbolicznych steli, dostrzega jakiś tumult.

– *Wallahi! Wallahi!*[1]– krzyczy jakiś wysoki Afrykanin, a nikt nie wie, co się dzieje i o co chodzi. Mężczyzna wyróżnia się z narodu, bo góruje nad wszystkimi co najmniej o głowę. Jego przerażona i wykrzywiona bólem twarz jest dobrze widoczna i wszystkim serca drżą z niepokoju, co też się stało.

– *Wallahi!* – dołącza inny głos, a podminowana masa ludzka zaczyna falować i jeszcze bardziej się ściskać.

– Bomba! Bomba?! – Rozlegają się pojedyncze głosy, po usłyszeniu których parę setek ludzi zaczyna przeć na siebie nawzajem. Nie wiadomo, czy chcą uciec, czy jak najszybciej dokonać kamienowania, czy zwyczajnie się przestraszyli i nie wiedzą, co robią.

[1] *Wallahi* (arabski) – Na Boga!

Hamid szybko konstatuje, że to jedyna szansa ucieczki, bo przejście coraz bardziej się zakorkowuje i za chwilę już szpilki się tam nie wciśnie, a tłum bezproblemowo może porwać każdego za sobą. Niechybnie zrobi z siebie głupca, ale woli nie ryzykować. Przeskakuje przez wysoką na osiemdziesiąt centymetrów betonową balustradę i ląduje na sąsiedniej drodze, która nie wiadomo czemu jest pusta. Czuje ból w kostce, lecz pomimo to kuśtyka na pobocze.

– Z drogi! Opuścić przejazd! Natychmiast! – Samochód Gwardii Narodowej przepędza go trąbieniem i nawoływaniem.

Mężczyzna, nie chcąc już wracać do kłębiących się tłumów, skacze jeszcze jeden poziom niżej i ląduje, padając na piach pomiędzy namiotami pielgrzymów. Żołnierz marszczy czoło, bo nie wie, co ma zrobić z człowiekiem tak dziwnie się zachowującym, jednak głupio mu strzelać do pątnika, więc tylko macha ręką i odjeżdża. W ogóle nie interesuje się sytuacją na drodze do Miny, choć dochodzą już stamtąd krzyki i zawodzenia. Widać wojak ma inne zadania i obowiązki. Do Hamida błyskawicznie doskakują ratownicy, lecz on ich tylko odpędza i wskazuje na górne trasy.

– Idźcie tam! – Ledwo dyszy z nerwów i biegu w prażącym słońcu. – Tam jest masakra! Setki ludzi stratują się na śmierć! Tragedia! – krzyczy.

– O czym ty mówisz? Nie mamy żadnych sygnałów od naszych kolegów dyżurujących w tym rejonie. Po prostu, bracie, wpadłeś w panikę – uspokajają go, kładąc na noszach.

– To ciżba pielgrzymów spanikowała, a nie ja! – tłumaczy gwałtownie Hamid. – Ja tylko wykazałem się rozsądkiem.

– Człowieku, daj nam opatrzyć twoje rany. – Ratownicy zaciągają go do punktu pierwszej pomocy. – Myślę, że lepiej będzie cię przetransportować do szpitala. Masz skręconą kostkę i chyba pękniętą kość przedramienia. Trzeba zrobić rentgen – spokojnie informuje go lekarz.

– Panie doktorze! – Hamid nie może się pogodzić z tym, że na trasie, dosłownie pięćset metrów od nich, tratują się ludzie, a tutaj nikt nie chce w to uwierzyć.

– Uwaga, uwaga, sytuacja alarmowa! – nagle rozlega się podniesiony głos dobywający się z walkie-talkie przypiętego do paska medyka. – Poziom piąty! Natychmiastowa interwencja. Zachować najwyższy stopień ostrożności.

– To wiadomość z helikoptera. – Teraz lekarz patrzy na Hamida z pełną powagą. – Co tam się dzieje? – pyta spiętym głosem.

– Pątnicy wpadli w panikę i zaczęli się tratować! – wykrzykuje podminowany Hamid. – Jest tam straszny tłum, ścisk i tłok, kobiety, chorzy, niepełnosprawni na wózkach…

– *Wallahi!* Bóg nam pomoże!

– Teraz to wy musicie pomóc tym nieszczęśnikom, ale nie będzie to ani łatwe, ani bezpieczne – konkretyzuje Hamid, widząc zagubienie w oczach przerażonego medyka i czując, że musi wziąć sprawy w swoje ręce. – Załóż mi na nogę i rękę żelowy gips, dawaj ten mundurek – pokazuje na zielony uniform wiszący na drzwiach – i idziemy!

– Ty nie możesz! – protestuje lekarz. – Nie jesteś z naszych służb!

– Jestem ze służb od dużo gorszych sytuacji kryzysowych – informuje Hamid pewnym, wręcz rozkazującym tonem.

Prawdopodobnie do wszystkich zwierzchników ochrony i pomocy sanitarnej dotarła już ta hiobowa wieść, bowiem na placu namiotowym zebrało się parę setek ludzi w uniformach i mundurach.

– Ruszamy! – Doktor opatrujący Hamida widać jest tu szefem, bo kieruje całą akcją. – Wchodzimy wejściem ewakuacyjnym numer pięć. Zachować najwyższą ostrożność. Jeśli nie damy rady bezpiecznie podjąć akcji ratowniczej od razu, będziemy musieli chwilę poczekać. Spanikowany tłum nas także może stratować, a wtedy nie udzielimy im pomocy, a przecież taka jest nasza rola.

– Jak chcesz wyciągnąć z tego kotła kilkuset ludzi? Przecież trzeba by otworzyć jakieś boczne przejścia, przerzucić kładki? – dopytuje kuśtykający w półbiegu Hamid.

– Takiej sytuacji konstruktor nie przewidział. – Lekarz zaciska usta. – Ostatni odcinek przed Miną jest najgorszy, najciaśniejszy i najbardziej niebezpieczny, bo dwukierunkowy z jednym wejściem i jednym wyjściem. My wespniemy się tam po metalowych drabinkach, ale nie można tamtędy ewakuować tłumów. Policja drogowa musi udrożnić główną arterię, na którą postaramy się spokojnie skierować naród. Nie ma innej rady.

Kiedy dostają się na wiadukt, biegnący równolegle do traktu na Minę, wszyscy zamierają w bezruchu. To, co ukazuje się ich oczom, przerasta najgorsze oczekiwania. Na asfalcie na odcinku paruset metrów leżą pielgrzymi – w potarganych, zakrwawionych szatach, z broczącymi krwią głowami, o powykręcanych członkach lub z otwartymi ranami. Niektórzy jęczą lub wręcz wyją z bólu i trwogi, część porusza się, inni zaś zastygli w bezruchu i nie wiadomo, czy są martwi, czy jedynie nieprzytomni. W środku zdarzenia znajduje się stratowana, zgnieciona masa, z której strumyczkami wycieka posoka. Tam nie widać już twarzy, rąk i ciał – jest to góra zmiażdżonego mięsa i połamanych kości. Ci, którym udało się ujść z życiem i nie odnieśli żadnej kontuzji, oddalają się z miejsca katastrofy lub stoją w bezpiecznej odległości, nie wiedząc, co robić. Nadal jest tam gęsto od ludzi, ale już nie tak, jak parę minut temu, kiedy wyrwał się stąd Hamid.

– Wkraczamy do akcji i usiłujemy oczyścić przynajmniej wąską ścieżkę do głównego wyjścia, żeby przepuścić zdrowych ludzi i móc przetransportować rannych do karetek – decyduje szef akcji, po czym zwraca się do Hamida: – Jakże szybko to się stało! Niewyobrażalne, jedna chwila nieuwagi i utraty kontroli i setki ludzi traci życie.

– Taka była wola Boga! – Na styl muzułmański pociesza go Hamid, w duchu jednak stwierdza, że przyczyną było zaniedbanie, za które ktoś powinien odpowiedzieć.

– Wierz mi, ochotniku, nie będziemy cię tu potrzebować. Włóż swój strój pątnika i kontynuuj *hadż* – namawia doktor.

– Ja już skończyłem moją pielgrzymkę – oświadcza krótko Hamid. – Sprawdzę jedynie, czy nie doszło tu do jakiegoś zamachu z użyciem materiałów wybuchowych, ale nie sądzę. Tym razem zawiniła ludzka słabość, a nie nienawiść i chęć mordu – podsumowuje, oddalając się od grupy ratowników, którzy dołączają do swoich kolegów, znajdujących się już na miejscu, i z zapałem rzucają się na pomoc poszkodowanym.

Hamid rozsiada się przed telewizorem i włącza najpopularniejszy i najbardziej wiarygodny w krajach arabskich kanał informacyjny Al-Dżazira. Chce zobaczyć, jak to straszne wydarzenie, którego był świadkiem, jest pokazywane w mediach przez obiektywnych dziennikarzy, jak jest tłumaczone i komentowane. Jemu samemu w głowie nie chce się pomieścić, jak we współczesnym świecie mogło dojść do takiej bezsensownej tragedii – i to na taką skalę.

– Najnowsze doniesienia z Mekki – spikerka beznamiętnym głosem rozpoczyna relację. – Ostatecznie podano, że liczba ofiar jest jeszcze większa. Siedemset sześćdziesiąt dziewięć osób zostało stratowanych na śmierć, a dziewięćset trzydzieści cztery odniosły obrażenia. Z dotychczasowych danych wynika, że wśród zabitych najwięcej jest obywateli Iranu. Władze w Teheranie oskarżyły Arabię Saudyjską o zaniedbania i niewłaściwą organizację, które miały przyczynić się do katastrofy. – Kobieta robi przerwę na oddech albo dla podkreślenia wagi słów. – Strażnik Dwóch Świętych Meczetów[1] Jego Wysokość Król Salman ibn Abd al-Aziz Al Saud zarządził przegląd procedur organizacji pielgrzymki. Arabia Saudyjska wszczęła śledztwo w sprawie czwartkowego wydarzenia.

Zdegustowany Hamid przełącza kanały, ale oprócz paru migawek niczego więcej nie znajduje. Zasiada zatem

[1] Tak oficjalnie mianuje się króla Arabii Saudyjskiej.

do komputera, bo teraz najwięcej informacji można znaleźć w Internecie. Dowiaduje się, że to najtragiczniejszy w skutkach incydent podczas *hadżu* od blisko dwudziestu lat. W 1990 roku tysiąc czterysta dwadzieścia sześć osób stratowano w przeludnionym tunelu dla pieszych, prowadzącym do miejsc świętych dla muzułmanów, a w 2006 roku niedaleko Miny zadeptanych zostało ponad trzystu sześćdziesięciu pielgrzymów. Co roku do Mekki w okresie *hadżu* przybywają tłumy wiernych, a w tym roku ich liczba przekroczyła aż dwa miliony. *Może to z tego powodu?*, zastanawia się poturbowany i obolały mężczyzna. *Nie rozumiem tylko, jak ci ludzie mogli kontynuować pielgrzymkę? Że też się nie bali! Ja już długo w taki tłum nie wejdę!*, obiecuje sobie. Kolejna wiadomość on-line jest przeznaczona dla niemuzułmanów, bowiem szczegółowo opisuje rytuał, podczas którego doszło do tragedii. *Dobrze, że tak dokładnie tłumaczą, żeby ludzie na całym świecie nie pomyśleli, że jesteśmy jakimiś mordującymi się wzajemnie religijnymi szaleńcami. Przecież chrześcijanie też mają swoje święte miejsca, do których odbywają pielgrzymki i udają się tam miliony wiernych, co zawsze niesie ze sobą niebezpieczeństwo stratowania*, podsumowuje Hamid, czytając relację: „Stało się to w dolinie Mina na ulicy 204 niedaleko Mekki podczas symbolicznego kamienowania szatana na znak wyrzeczenia się zła, gdy tłumy wiernych starły się ze sobą w drodze do symbolizujących szatana kamiennych steli. Według islamskiej tradycji w dolinie tej diabeł próbował nakłonić patriarchę Abrahama, uznawanego zarówno przez islam, judaizm, jak i chrześcijaństwo, by odmówił poświęcenia Bogu własnego syna Izaaka. Jednak silna wiara zwyciężyła, za co Allah zamienił ofiarę z chłopca na ofiarę z baranka. Na pamiątkę tego czynu, z okrzykiem *Allahu Akbar!* na ustach, wierni podchodzą kolejnymi falami ku obeliskowi, by rzucić w niego kamieniami. Obrzęd trwa od rana do zmierzchu, a później przez kolejne dwa dni. W pierwszym dniu pielgrzymi muszą rzucić siedem kamieni w wysoką na trzydzieści metrów jedną ze stel, a w następne dni obrzucają kolejne. Według informacji Agencji Reutera na miejscu zawsze jest ponad dwieście karetek pogotowia i cztery i pół tysiąca ratowników oraz ponad sto tysięcy policjantów. Służby próbują rozdzielać grupy ludzi i kierować ich na inne trasy, kładki czy tunele. Ulica 204 to jedna z głównych arterii komunikacyjnych prowadzących do mostu Dżamarat, miejsca, które odwiedzają pielgrzymi"[1].

Hamid rzuca okiem na kolejne straszne fotografie umieszczone bez cenzury w sieci. Jest tam również krótki film, nakręcony najprawdopodobniej telefonem komórkowym. *Wszystko pięknie ładnie, widziałem na własne oczy mnóstwo specjalnych służb, ale jak tabun tysięcy ludzi wpadnie w panikę, to miły Boże nie pomoże*, ciężko wzdycha, z przerażeniem wspominając minione chwile. Znajduje również wypowiedź naczelnego muftiego Saudi. Muzułmański teolog mówi, że to, co wydarzyło się w Minie, jest wielką tragedią, ale nie można tego odbierać jedynie w taki sposób, ponieważ każdy muzułmanin, który

[1] Na podstawie informacji serwisu www.tvn24.pl (z 24 września 2015).

spełnia *hadż* do Mekki w Arabii Saudyjskiej, marzy, by tam umrzeć. Bóg wybacza wszystkie grzechy tym, którzy zginęli podczas *hadżu*, więc to jest zarówno tragedia, jak i wielki dar od Wszechmogącego. Hamid cieszy się, że z tego nie skorzystał, bo dla niego największym darem od Boga jest życie. *Ale dlaczego, dlaczego do tego doszło?*, zadręcza się i nadal wertuje stronę za stroną. W końcu znajduje to, czego szukał. Z relacji naocznych świadków wynika, że wielki ścisk zaczął się wtedy, kiedy władze zamknęły część ulic na czas przejazdu orszaku księcia spełniającego *hadż*. To zdezorientowało tłum i spowodowało, że na jednej ulicy znalazły się wielkie grupy idące w dwóch różnych kierunkach. Zderzenie idących odbyć obrzęd z osobami, które już wypełniły rytuał, spowodowało katastrofę. *I wszystko jasne! Jakie to proste!* Hamid aż chwyta się za głowę. *Skoro ten jaśnie wielmożny księciunio chciał odbyć pielgrzymkę, to nie mógł tego zrobić jak każdy normalny śmiertelnik?*, oburza się. Krew *prawie tysiąca martwych osób jest na jego rękach, ale czy on to w ogóle zauważył?*, zastanawia się i z niesmakiem zamyka komputer. Wie, że większość pielgrzymów po zakończeniu rytuału kamienowania szatana – jeśli udało im się ujść z życiem i pozostać przy zdrowiu – udała się do Mekki, miejsca urodzenia proroka Muhammada, by na dziedzińcu Świętego Meczetu jeszcze raz siedmiokrotnie okrążyć świątynię Kaaba, którą według tradycji miał wybudować praojciec Adam i która symbolizuje jedność wszystkich wyznawców islamu. Dlatego każdy muzułmanin ma obowiązek choć raz w życiu znaleźć się w tym miejscu i oddać hołd oraz chwalić

Allaha wraz z milionami współwyznawców. Nieraz wierni wydają na *hadż* oszczędności całego życia lub zadłużają się i zapewne dlatego pomimo straszliwej tragedii chcieli dopełnić pielgrzymki, jednego z pięciu filarów islamu[1]. Hamid jednak do nich nie dołączył i poprzysiągł sobie, że już nigdy tam nie powróci – nie ze względu na brak wiary, ale z powodu lęku przed tłumem i klaustrofobii, której nabawił się właśnie w Mekce.

[1] Pięć filarów islamu: 1. Wyznanie wiary (*szahada*): „Nie ma Boga prócz Allaha, a Muhammad jest Jego prorokiem". 2. Modlitwa (*salat*) – odprawiana pięć razy dziennie z twarzą zwróconą w stronę Mekki. 3. Jałmużna (*zakat*) – określoną część swych dochodów muzułmanin ma obowiązek oddawać biednym. 4. Post (*saum*) – w ciągu miesiąca ramadanu muzułmanie muszą powstrzymywać się od jedzenia i picia od wschodu do zachodu słońca. 5. Pielgrzymka do Mekki (*hadż*) – muzułmanin musi ją odbyć przynajmniej raz w życiu, jeśli pozwala mu na to sytuacja materialna.

Damsko-męskie sprawy

Ślub Hamida i Salmy odbył się bez najmniejszych komplikacji, choć Fatima zaprosiła na ucztę weselną ponad dwieście osób, co nie wprawiło pana młodego w najlepszy humor, gdyż musiał za tę wątpliwą przyjemność zapłacić i afiszować się z żoną, z którą związek miał być w pełni fikcyjny. Od wszelkich innych zobowiązań wymigał się, uważając za szczyt bezczelności chęć wydobycia od niego *mahru*, podczas gdy robi dziewczynie grzeczność i powinien dostać za to rekompensatę. Teraz widzi, że kobiety nie są biednymi, pokrzywdzonymi przez los niewiastami, lecz osobami wyrafinowanymi, przebiegłymi i na dokładkę materialistkami. Stwierdza jednak, że te parę miesięcy wytrzyma, a potem rozwiedzie się z Salmą, która uzyskawszy status rozwódki z dzieckiem, będzie w sytuacji może nie do końca komfortowej, ale na pewno bezpiecznej dla siebie i swojego potomka. Ułatwia mu zadanie też fakt, że młoda żonka nie chce z nim od razu lecieć do Rijadu, usprawiedliwiając się ciążową słabością i obiecując, że dołączy do niego za jakiś bliżej nieokreślony czas – miesiąc, może dwa.

Zaproszenie na ślub, zgodnie z pokrętnym planem Hamida, oczywiście trafia też do Karima i Marysi.

– Ty patrz, jaki szybki Bill! – śmieje się pół-Indonezyjczyk, wchodząc do pokoju żony, która usiłuje urządzić sobie gabinet do pracy.

– Kto? Co takiego? – Marysia odrywa się od układania książek na półce i wyciąga z ręki męża ozdobny blankiet. – A niech mnie kule biją?! – Robi wielkie oczy. – Ledwo biedna Zajnab zeszła z tego świata, a ten już się pociesza inną! – Jest oburzona, lecz jednocześnie nie chce jej się wierzyć, że to możliwe, bowiem taki czyn zupełnie nie leży w naturze uczciwego, porządnego i uczuciowego Hamida.

– Widać miał swoje powody – usprawiedliwia przyjaciela Karim, który w głębi serca cieszy się, że jego rywal zniknął z pola widzenia. – Może to dobra kobieta, która zaopiekuje się…

– Moim dzieckiem?! – wykrzykuje Marysia, w której aż krew się gotuje. – To po co ja tu przyjechałam? Dla niezwykłych uroków tego cholernego kraju?! – Traci spokój, bo czyn Hamida boli ją tak, jakby ktoś wbijał sztylet w jej młode serce.

– Po to – spokojnie tłumaczy mąż – żebyś mogła widywać swoje dziecko. Czasami, przez parę godzin dziennie, żebyś nie straciła z nim kontaktu, ale nie od rana do wieczora każdego dnia.

– To był głupi pomysł! – Marysia drze się na Bogu ducha winnego faceta. – Twój kolejny durny pomysł! – Wypycha go za drzwi i zamyka je z trzaskiem. *Co za skurwysyn!*, już bez ogródek ocenia swojego byłego w myśli. *Co za cham!*

Niech mu ta chadra odpłaci pięknym za nadobne! – Jak sobie chcesz, to możesz polecieć na to wspaniałe wesele do Dżeddy, ale na mnie nie licz! – kończy, wrzeszcząc jeszcze przez ścianę, a potulny Karim już nie odzywa się ani słowem.

Kobieta rzuca się w wir pracy i razem z Darią rejestrują się na uniwersytecie. Młoda decyduje się jednak na wybór pielęgniarstwa, a Marysia chce kontynuować nauki medyczne. Chcąc przepisać pierwszy rok albo przynajmniej parę dobrze zaliczonych przedmiotów, potrzebuje jednak świadectwa jego ukończenia, które pozostało w domu Hamida. Gdy od niego odchodziła, nie miała głowy do głupich papierków. Dlatego teraz, chce czy nie chce, postanawia odwiedzić swojego byłego i zabrać resztę swoich rzeczy. Może znajdą się tam również jakieś jej zdjęcia z Jemenu czy fotki Nadii, kiedy była niemowlaczkiem?

Dla kurażu bierze ze sobą córkę i po uprzednim zapowiedzeniu wizyty jedzie pod doskonale znany sobie adres.

– *Salam*, Miriam, jak się masz? – Hamid wita ją w progu, wyciągając uprzejmie rękę, lecz Marysia, stosując się do saudyjskich reguł i chcąc zlekceważyć ten przyjacielski gest, od razu udaje się do salonu. – Nie chcesz ściągnąć *abai*? – pyta mężczyzna, bo przecież wie, jak bardzo kobieta nienawidzi tego stroju.

– Nie, dziękuję. Jak wejdziesz między wrony, musisz krakać jak i one – ripostuje, widząc gospodarza w białej długiej *tobie*.

Za moich czasów nigdy tak nie chodził po domu, przebiega jej przez myśl, lecz stwierdza, że teraz ma to w nosie. To nie jej dom i nie jej mężczyzna, więc może robić ze sobą, co chce. *Niech wkłada nawet kapelusz z piórkiem na głowę!*

– Nadia, kochanie – zwraca się do córki, która bez pardonu zmierza w stronę drzwi do ogrodu. – Nie oddalaj się, proszę. Siądź tu na chwilę, to długo nie potrwa. Zaraz idziemy.

– Nic nie szkodzi. Niech wyjdzie na dwór – zaprasza Hamid, patrząc, zauroczony, na śliczną szczupłą dziewczynkę, w której rysach nadal widzi twarz dwuletniego bobasa, choć teraz buzię ma bardziej pociągłą, karnację śniadą, a włosy upodobniły się kolorystycznie do włosów jej matki. Czupryna, w barwie połyskującej złotem oberżyny, niesfornymi kędziorami opada jej aż do ramion, nie poddając się żadnym spinkom czy wsuwkom. Jedyny niezwykły dla arabskiej dziewczynki element jej urody to oczy, choć ich barwa mocno ściemniała i teraz jest to już raczej szafir z głębi mórz i oceanów niż błękit nieba. – Nad basenem jest niania z Adilem, więc mała będzie miała okazję poznać swojego młodszego... krewniaka. – Mężczyzna zawiesza głos, nie wiedząc, czy dziewczynka już wie, kim ten chłopczyk dla niej jest.

– Masz jakieś moje rzeczy, prawda? – Kiedy córka się oddala, kobieta od razu postanawia przejść do konkretów i jak najszybciej zakończyć nieprzyjemną dla niej wizytę. – Przede wszystkim chodzi mi o dokumenty z uczelni – szybko tłumaczy.

– Tak, oczywiście. – Hamid wstaje, przynosi dość pokaźnych rozmiarów rattanowe pudło i stawia je na stole.

– Masz tu także akt ślubu z Jemenu oraz akt rozwodu z Rijadu. – Uśmiecha się gorzko. – Są dokumenty dotyczące Nadii. Załączyłem też naszą starą *iqamę*, jakbyś chciała pójść z Adilem do lekarza czy na spacer.

– Super! – Marysia czuje, jak serce podskakuje jej do gardła, a jego łomot wydaje się rozsadzać klatkę piersiową.

– Pamiętaj, że zgodnie z tym, co ci obiecałem, możesz widywać się z twoim synem tak często, jak chcesz – podkreśla Hamid, widząc, że kobieta już zbiera się do odejścia. – Nawet u ciebie w domu. Zabieraj go do siebie na weekendy, jedź z nim na wycieczkę, to dla mnie nie stanowi żadnego problemu. Zawsze byłaś dobrą matką i zapewne jesteś nią nadal.

– Dziękuję… – szepcze zdruzgotana. – A ty byłeś dobrym ojcem. Dlatego postanowiłam oddać ci Adila.

– *Salamu alejkum!* – Z krępującej ciszy wyrywa byłych małżonków donośny damski głos, niosący się od szczytu schodów. – Mamy gości, a ty mi nic nie mówisz!

Salma już dwa tygodnie temu dołączyła do Hamida i przez ten czas niczego innego nie robi, jak tylko siedzi w swoim pokoju i z rozpaczy objada się upiornie słodkimi arabskimi ciasteczkami. Teraz, słysząc zamieszanie i rozmowę w salonie, postanawia w końcu kogoś poznać, bo czuje się w Rijadzie gorzej niż na pustyni czy w więzieniu. Na piaskach człowiek jest wolny jak wiatr, a w kryminale ma współtowarzyszy niedoli. Tutaj zaś kobieta jest samiutka jak palec i ogromnie nieszczęśliwa.

– Salma jestem – uśmiecha się i podaje przybyłej pulchną dłoń. – Żona Hamida – dorzuca, żeby nie było wątpliwości.

– Miriam… znajoma… żona przyjaciela… – Marysia nie wie za bardzo, jak ma się przedstawić, bo właściwie wypadałoby powiedzieć: pierwsza żona Hamida. – Bardzo mi miło. – Taksuje młódkę krytycznym wzrokiem i od razu na jej ustach pojawia się ironiczny uśmieszek pełen niedowierzania. *Żeby Hamid wybrał sobie taką klasyczną arabską opasłą piękność rodem z haremu, to niemożliwe! To potwarz dla mnie i świętej pamięci ślicznej i zgrabniutkiej Zajnab. To coś nam urąga!* Marysia coraz bardziej gotuje się ze złości, ale zdaje sobie sprawę, że tym razem nie ma wyjścia i musi się opanować. Przecież nie rzuci się na tę lampucerę i nie wytarga jej za kłaki! – Jak ci się podoba w Rijadzie? – zaczyna grzeczną konwersację, nie odwracając wzroku od rozmówczyni, tylko po to, żeby nie patrzeć na Hamida. *Co za wredny samiec!*, określa w duchu swojego byłego. *Czemu on to zrobił? Na co się skusił? A może…*

– Dziękuję, dobrze, chociaż w zasadzie nie byłam jeszcze nawet na mieście. – Salma patrzy z wyrzutem na męża.

– W porównaniu z Dżeddą nasza metropolia to nic ciekawego. – Pół-Polka nie ma zamiaru proponować spotkania, choć w oczach kobiety widzi oczekiwanie. – A jak zdrowie? – zadaje na odczepnego kolejne zwyczajowe pytanie, ale jedyne, o czym marzy, to żeby się stąd wyrwać.

– W moim stanie powinnam się trochę poruszać, nie uważa pani?

Na te słowa Marysi wydłuża się twarz i zaciskają szczęki.

– Oczywiście, stan błogosławiony zdecydowanie wymaga szczególnej opieki. – Rozmawiają ze sobą, jakby Hamida

w ogóle tu nie było, a ten siedzi jak na szpilkach i czuje, że lada chwila grom spadnie z jasnego nieba, gdyż widzi podminowanie Marysi i głupotę swojej młodej wybranki.
– A kiedy rozwiązanie? – Celowo nie pyta o miesiąc ciąży.
– W lutym jakoś – odpowiada szczerze jak na spowiedzi Salma i nawet przez głowę jej nie przejdzie, że ujawnia swoją największą tajemnicę i grzech, który gdyby nie Hamid, kosztowałby ją życie lub w najlepszym wypadku karę chłosty i więzienie.
– To pozostało ci niespełna sześć miesięcy! – Teraz Marysia patrzy już płonącym wzrokiem w oczy swojego byłego męża. *Cóż ty wyprawiasz, do cholery?!*, pyta go bezgłośnie. *Po coś to zrobił?!*
– Salma! Lepiej dla ciebie będzie, jak trochę odpoczniesz w swojej sypialni, bo sama widzisz, jak ruch wpływa na twoje komórki mózgowe! – mężczyzna ryczy na całe gardło, a następnie zwraca się do Marysi: – Salma spodziewa się niespodziewanego porodu; u niej w rodzinie to typowe. – Mówiąc to, miażdży rękę przerażonej grubaski, która dopiero teraz odkrywa swoją gafę. – Na górę! I to już! – Hamidowi krew uderza do głowy, na co jego młoda żona ze zmartwionym wyrazem twarzy, ale bez słowa sprzeciwu, niezgrabnie jak kaczka kula się po schodach.
– I sprawa się rypła. – Marysia z dużą satysfakcją spoziera na spocone oblicze Saudyjczyka. – Jeszcze trzy miesiące temu miałeś kochającą cię, uroczą żonę, Zajnab, z którą mieszkałeś w Indonezji, więc jakim cudem mogłeś tej kobyle zrobić dziecko? – pyta teatralnym szeptem, pochylając się nad stołem.

– Miriam, decyzję o ożenku podjąłem ze względu na ciebie. – Hamid z pokorą wyznaje w końcu całą prawdę. – Pomogłem przy okazji tej małej ladacznicy, ale tym samym nie zmarnowałem ci życia…

– Jeszcze trzy miesiące temu pieprzyłeś się ze mną na Bali, po czym podjąłeś decyzję, że właśnie zmarnujesz mi życie! – Zraniona kobieta nie przebiera w słowach i nie bawi się w konwenanse. – Wtedy twierdziłeś, że masz dobrą, kochającą cię żonę, że nie możesz jej zranić i porzucić. Starałam się to zrozumieć i uszanować. Lecz kiedy Zajnab zginęła podczas zamachu na Bali, nagle straciłeś dobrą wymówkę, co?!

– Zapominasz o tym, że masz męża, mojego przyjaciela z lat młodości?! – Hamid przestaje się kajać i skoro już wykładają kawę na ławę, to i on chce coś szczerze powiedzieć. – Nie chciałem po raz kolejny budować naszego szczęścia na cudzym nieszczęściu, na kłamstwie i krętactwie. Tak nie można, Miriam!

– Więc co?! Ożeniłeś się z tą wywłoką, żebym dała ci w końcu święty spokój? Żebym się nie narzucała?!

– Raczej żebyś pozostała w swoim związku, bo jest dobry i przyszłościowy. My mamy zbyt zagmatwaną przeszłość, zbyt wiele wzajemnych pretensji i żalów. Nam już nie może się udać! – wykrzykuje łamiącym się głosem.

– Wolisz zrobić z siebie rogacza?

– To już nie pierwszy raz, nieprawdaż? – docina Marysi, wypominając jej zdradę. – Ale teraz wiedziałem o wszystkim i po prostu chciałem pomóc arabskiej kobiecie w trudnej sytuacji, bowiem jedna chwila zapomnienia mogła ją kosztować życie.

– Filantrop! Widział świat! – Marysia z przesadą wyrzuca ręce do góry. – Cóż, jeśli chciałeś, żebym cię znienawidziła, to masz to jak w banku. – Zapada między nimi cisza, która po wcześniejszych krzykach aż dzwoni w uszach. Nieszczęśni kochankowie patrzą sobie prosto w oczy i widzą rozpacz i ból, które ogarniają ich oboje. Żadne z nich nie może uchronić się przed cierpieniem, a każda kolejna decyzja tylko je pogłębia. – Będę informowała cię telefonicznie przez niańkę lub inną osobę, kiedy i gdzie chcę spotkać się z moim synem. Lecz nigdy tutaj! Moja noga więcej nie postanie w tym domu! – Marysi trzęsie się głos, a tłumione łkanie ściska za gardło. – Żegnaj, Hamidzie. Bądź szczęśliwy.

– Żegnaj, Miriam…

Podają sobie ręce i czują na skórze dreszcz rozkoszy, która zalewa ich ciała i mami dusze. Zamierają na tę krótką chwilę, jakby czas się zatrzymał, lecz zraniona kobieta szybko otrząsa się z oczarowania i postanawia zakończyć ich męki.

– Nadia, chodź no tutaj! *Imszi beit*[1]! – Marysia, rozmawiając z Hamidem po arabsku, automatycznie zwraca się do swojej córki również w tym języku, choć w domu z Karimem mówią do niej po polsku, a mała w międzynarodowym towarzystwie używa angielskiego.

– Mamusiu! *Ummi*[2]! – odpowiada dziewczynka w języku, który widać zachował się w jej najgłębszych zakamarkach

[1] *Imszi beit* (arabski) – Idziemy do domu.
[2] *Ummi* (arabski) – Mamo! (wołacz).

pamięci. – Dlaczego ja wiem, co gdzie się tutaj znajduje? – Pokazuje rączką w stronę ogrodu, z którego właśnie przybiegła. – Czemu wiem, gdzie jest basen i gdzie stoją fotele, i pamiętam tego niebieskiego delfinka na kafelkach? Czemu, mamo? Czy ja już tu kiedyś byłam?

– Kochanie... – Marysi brak słów, bo na wtajemniczanie małej dziewczynki w zawikłane koleje losu jest jeszcze za wcześnie. – Czasami mamy jakieś dziwne skojarzenia, ot co. A teraz pora już iść. – Ciągnie małą za rękę, a Hamid stoi jak zamurowany i brak mu tchu. *Może mnie też pamięta?*, zastanawia się i liczy na to, bo tak jak nie może przestać kochać Miriam, tak nie może zapomnieć o swoim głębokim ojcowskim uczuciu do jej córki.

– Zaprosisz nas jeszcze, wujku? – Nadia szarpie zszokowanego mężczyznę za *tobę*.

– Oczywiście. Możecie przychodzić o każdej porze i tyle razy, ile będziecie chciały.

– A czy na górze są jeszcze te kolorowe papużki w klatkach? – Na to pytanie nie otrzymuje już odpowiedzi, bo jej rodzice łykają łzy rozpaczy i nie są w stanie wydusić z siebie już ani jednego słowa.

* * *

Po jakim takim zagospodarowaniu się w Rijadzie Hamid odbiera niespodziewany telefon od Fahda.

– Witaj, bracie! Jak się masz? Jak zdrowie? – Rozmówca zarzuca go obowiązującymi formułkami.

– Dziękuję, dobrze – bez entuzjazmu odpowiada kuzyn.

– Wiesz co? Wyniknęła mi taka jedna mała komplikacja w Dżeddzie i zwracam się z tym do ciebie, bo jesteś facet z charakterem i oddany rodzinie.

– W co tym razem chcecie mnie ubrać? Już mam dość. Daliście mi przeuroczą żonkę – słychać ironię w jego głosie – która jest zwykłym wściekłym gderliwym jamochłonem i niczym więcej! – wyrzuca z siebie cały gniew.

– Kochany, ależ ty sam z własnej inicjatywy wziąłeś sobie tę pannicę – dziwi się Fahd. – Ja wręcz byłem zdziwiony twoją nagłą decyzją, ale nie chciałem się wtrącać. Pomyślałem sobie, że może czujesz się samotny po śmierci żony i potrzebujesz kogoś, kto pomoże ci w wychowaniu małego syna. Nie poradziłeś się mnie, który zna Salmę jak zły szeląg, więc teraz możesz mieć pretensje do samego siebie. Ale będzie dobrze, jak dziewczyna urodzi, to zupełnie się zmieni – ostatecznie pociesza biednego faceta. – Niektóre kobiety w ciąży stają się nie do zniesienia.

– A skąd ty znasz najświeższe nowinki? – Hamid nie może uwierzyć własnym uszom, bo niby wielka tajemnica lotem błyskawicy rozchodzi się po całej Saudi.

– Fatima się pochwaliła, kiedy wyjeżdżała na dobre za granicę.

– Jak to? Przecież ponoć nie chciała nigdzie się ruszyć.

– Zmieniła zdanie. Dała mi rozwód i poleciała do Londynu. Widać pozbyła się swojego słodkiego obowiązku w osobie siostrzyczki i wreszcie odetchnęła.

– Więc co masz za problem? Wszystko układa się idealnie po twojej myśli – podsumowuje Hamid, widząc, że tylko on z własnej nieprzymuszonej woli pakuje się w coraz to większe kłopoty.

– Prawie, bo kiedy chcę wynająć moją rezydencję, muszę ją całkowicie opróżnić z lokatorów. A pozostaje jeszcze Omar, mój młodszy brat, jak pamiętasz.

– Co?! Chcesz mi wcisnąć tego morfinistę?! Tego narkomana anorektyka! – łagodny jak baranek Hamid nie panuje już nad sobą.

– Słuchaj! Nie przesadzasz trochę?! – Miły jak dotąd Fahd również wybucha, a w jego głosie słychać złość i oburzenie. – Chłopak po prostu jest szczupły, a poza tym spokojny i dobrze ułożony. Czy ty kiedyś słyszałeś, żeby pyskował? Czy żeby w ogóle się odzywał? – Uspokaja się, bo wie, że jeśli chce załatwić sprawę, nie może unosić się honorem.

– No właśnie! Podczas całego mojego kilkutygodniowego pobytu w waszym domu pary z ust nie puścił. Niemowa jakiś? – drwi kuzyn.

– To nieśmiały i zagubiony nastolatek, któremu trochę nie pasuje życie w naszym wspaniałym królestwie. Nie potrafi znaleźć żadnych jego uroków.

– Jeśli taki cichutki jak trusia i dobry, to czemu nie weźmiesz go do siebie? – odbija piłeczkę nagabywany Hamid.

– Do Mekki? Jakie tu masz szkoły? Same koraniczne, muzułmańskie. Jakie rozrywki dla prawie dorosłego chłopaka? Nic, zupełnie nic!

– To normalne, jak wszędzie u nas w kraju – z przekąsem ripostuje Hamid.

– W Rijadzie są przynajmniej międzynarodowe szkoły, zagraniczne osiedla dla ekspatriantów, na których możesz złapać trochę oddechu, wielkie centra handlowe, restauracje na światowym poziomie, od groma fast foodów…

– No i co z tego? Możesz go zostawić u kogoś w nowoczesnej pięknej nadmorskiej Dżeddzie. Tam jest jeszcze lepiej niż w naszej zapiaszczonej, upalnej stolicy na środku pustyni, bo policjanci obyczajowo-religijni już prawie w ogóle się nie ujawniają. Ponoć jakaś odważna saudyjska babka wlała takiemu parę lat temu. Teraz wolą nie ryzykować i nie gnębią ludzi. Pełna swoboda!

– Nie mam nikogo bliskiego, w sile wieku, w miarę normalnego i oddanego mi w Dżeddzie. Jedyna nadzieja w tobie, bracie – mówi Fahd błagalnym tonem. – Chłopakowi został ostatni rok do matury, miejże serce. Potem wyjedzie na studia za granicę i tyle go widzieli.

– Czy ja mam wypisane na czole naiwniak, frajer pompka czy jeleń? – Kiedy Hamid kończy wyliczanie, to w sumie chce mu się śmiać, bo tym razem sam z siebie zrobił rogacza.

– Nie gadaj! Masz po prostu dobre serce…

– Miękkie serce – poprawia go kuzyn, który powoli traci cały swój upór. – I dlatego też muszę mieć twardą dupę, gdyż wszyscy mnie po niej kopią.

– Coś ty! Wszyscy cię szanują i wiedzą, że to ty niedługo będziesz niekwestionowaną głową naszej wielkiej rodziny Binladenów – kadzi mu Fahd.

– Jaka to miałaby być szkoła? – pyta w końcu zrezygnowany Hamid.

– Może amerykańska? – Uradowany Fahd nie zawiódł się na swoim krewniaku. – Pokrywam wszystkie koszty nauki oraz utrzymania Omara, jego kieszonkowe, wyjazdy, wakacje i w ogóle… – Cieszy się jak dziecko.

– Też mi coś! Na biednego nie trafiło. A poza tym mam nadzieję, że zdajesz sobie sprawę, iż wszystkiego nie można kupić. – Hamid czuje się dotknięty finansową propozycją, bo przecież forsy ma jak lodu i nie ma jej na kogo wydawać.

– Dziękuję. Allah ci wynagrodzi – kończy Fahd, nie chcąc już nic dodawać, żeby nieopatrznie nie urazić swojego wybawcy.

Po przeprowadzeniu się do domu Hamida Omar sprawia wrażenie grzecznego i ułożonego chłopca. Gospodarz cieszy się nawet, że przystał na taki układ, bo zawsze raźniej mieć jeszcze kogoś w wielkiej, prawie tysiącmetrowej, trzypoziomowej rezydencji. Salma po ostatnim występie przed Marysią całkowicie zrezygnowała z wychodzenia z pokoju i nawet obiad każe sobie przynosić do siebie. Hamidowi to na rękę. Pluje sobie tylko w brodę, że dał się wrobić w ten związek, choć jest on tylko na papierze. Mężczyzna nie może doczekać się narodzin dziecka, gdyż ma zamiar wtedy od razu rozwieść się z niechcianą i nielubianą kobietą. Jego plan i tak spalił na panewce, bo nie przestał kochać Marysi, a ona jedynie się na niego śmiertelnie obraziła. Miłości nie jest łatwo zdobyć, ale jeszcze trudniej jest ją wyrzucić z serca i o niej zapomnieć.

Hamid całkowicie poświęca się pracy – tej jawnej, w biurze projektów rodzinnej firmy Binladen Group, ale przede wszystkim tajnej działalności, gdyż sytuacja na Bliskim Wschodzie coraz bardziej się zaognia i nie wiadomo, do czego to wszystko doprowadzi. Wojna w Syrii, która ciągnie się od 2011 roku między siłami wiernymi prezydentowi Asadowi a zbrojną opozycją, długie lata nikogo nie obchodziła. Teraz zaś, kiedy problem zaczyna się przenosić na ościenne państwa, a nawet dociera do Europy przez coraz to większe fale uchodźców, świat nagle się obudził i uznał, że coś z tym fantem trzeba zrobić. Ognisko zapalne jest jednak zbyt silne i rozległe, tej lawy nie ugasi już żadna woda. Straty są ogromne, a konsekwencje mogą być jeszcze bardziej zatrważające, niż ktokolwiek się tego spodziewa. Trzeba jednak minimalizować skutki i właśnie od tego jest Hamid Binladen, specjalista do walki z terrorem, a teraz bojownik z szalonymi dżihadystami z Państwa Islamskiego.

Po zapisaniu Omara do amerykańskiej szkoły jednak zaczynają się z chłopcem problemy. Cichutki jak trusia i stłamszony przez rodzinę, błyskawicznie wtapia się w środowisko cudzoziemców i związuje z największymi rozrabiakami. Na imprezie na amerykańskim strzeżonym osiedlu mieszkaniowym pije alkohol jak wodę, błyskawicznie się odurza, a potem zachowuje wyzywająco, obscenicznie i ordynarnie w stosunku do dziewcząt. Tego nawet amerykańskie i brytyjskie zepsute nastolatki nie są w stanie zaakceptować. Omar dostaje kopa i zostaje odizolowany przez cudzoziemców. Teraz postanawia znaleźć sobie towarzystwo wśród młodych rozgoryczonych Saudyjczyków, włóczących się bez celu po ulicach stolicy, na których wszystko jest zakazane. Nie ma dla nich miejsca w ortodoksyjnym kraju i czują się we własnej ojczyźnie jak wyrzutki. Nie dla nich są bowiem międzynarodowe osiedla, gdzie można miło spędzić czas i się zabawić, nie dla nich też towarzystwo ekspatriantów, które całkowicie ich nie rozumie. Omar ma blisko do Riyadh Gallery, gdzie od razu zauważył przy McDonaldzie i na podziemnych parkingach grupy sfrustrowanych chłopaków, pijanych czy naćpanych, albo jedno i drugie, ubranych niezgodnie z saudyjskimi normami, jeżdżących na deskach lub rolkach i robiących dla popisu różnego rodzaju akrobacje. Postanawia do nich dołączyć, bo w drużynie zawsze jest raźniej i weselej, choć widzi, że oni są z nizin lub dużo niższych sfer, niż on sam pochodzi. Młokos ma dość samotności – w obcym mieście i wśród obcych ludzi. Często chłopcy bawią się w kotka i myszkę z *mutawwami* – jest to bardzo ryzykowna gra, za którą mogą trafić za kratki. Zbuntowane nastolatki w weekendy mają inne miejsce spotkań, gdyż za dnia w piątek, sobotę i niedzielę centrum miasta jest wymarłe i byliby tam jak na widelcu. Znajdują wtedy świetną kryjówkę – na obrzeżach Rijadu, w Wadi Hanifa, przy dzielnicy dyplomatycznej. Jest tam dwupiętrowy wielki opuszczony budynek, w którym gromadzą się wszystkie okoliczne męty i wyrzutki społeczeństwa. Piją tanie perfumy z outletów, wąchają klej, palą haszysz czy marihuanę, a potem wyczyniają różne szalone rzeczy. Śpiewają, zawodząc na całą dolinę, tańczą na dachu domu w świetle księżyca lub oddają się homoseksualnej miłości, która jest zabroniona, ale nie tak srogo karana, jak hetero.

Młodzi chłopcy są żałośni, co dociera do Omara, który i w tym towarzystwie źle się czuje. Przedtem dusił się w Dżeddzie pod okiem surowego brata i jego żony, ale teraz wolność jakoś go nie satysfakcjonuje. Kiedy pewnej nocy młodzi mężczyźni ostentacyjnie się masturbują, a potem oddają zbiorowej męskiej orgii, do której usiłują zmusić Omara, jeszcze prawiczka, chłopak ucieka i postanawia już nigdy więcej nie zadawać się z tymi typkami. Woli już znowu wkupić się w łaski swoich szkolnych kolegów, wśród których są również Saudyjczycy z najwyższych sfer. Włóczą się więc całą brygadą pięciu lub ośmiu zbuntowanych młokosów, którzy w szkole chodzą ubrani w eleganckie mundurki, a na zajęciach sportowych w fitnessowe stroje, a kiedy opuszczają szkolne mury, znów muszą wkładać znienawidzone i śmieszne dla nich męskie białe sukienki. W ramach protestu przebierają się najczęściej w *abaje* i paradują w nich po ulicy Tahlija w centrum Rijadu. Innym razem wkładają zabronione europejskie młodzieżowe ciuchy, szerokie dżinsy i podkoszulki z wymownymi nadrukami, co jest surowo zabronione przez *mutawwów*. Omar, dla hecy i żeby zaimponować kolegom, czasami pożycza od Hamida jego wyjściową czarną pelerynę ze złotymi zdobieniami, która do złudzenia przypomina płaszcz *mutawwy*, i chodzi tak ubrany w skupiska ludzkie, strasząc porządnych zwykłych saudyjskich obywateli. Raz nawet posuwa się do tego, że uderza młodą Saudyjkę w niezasłoniętą twarz, a kiedy indziej wylewa czerwoną farbę olejną na stopy dziewczyny w klapkach, krzycząc jak wariat: „*Haram, haram!*". Świetnie się przy tym bawi i czuje się bezkarny, bo przecież nikt nie ośmieli się wylegitymować policjanta obyczajowo-religijnego. Nocami zaś saudyjska męska elitarna młodzież ma inne rozrywki, w których Omar oczywiście uczestniczy. Hamid, darząc chłopca zaufaniem, nie sprawdza go, zresztą nie ma na to czasu, gdyż z zapałem bierze udział w kolejnych antyterrorystycznych tajnych akcjach. Młodzi organizują wyścigi samochodowe, przeważnie na autostradzie wiodącej na lotnisko, albo driftingi na trasach szybkiego ruchu wiodących przez centrum miasta. Niejeden taki rajd kończy się stłuczką czy karambolem, ale chłopcy ze szkolnej brygady mają szczęście i żaden z nich nigdy jeszcze nie ucierpiał. Zdarza się też, przeważnie podczas weekendów, że wyprawiają się na pustynię i ścigają po wydmach quadami i motorami crossowymi. Kiedy się zmęczą, to z dubeltówek lub innej broni palnej, której na czarnym rynku w Saudi jest pod dostatkiem, strzelają do pustynnych zwierząt albo do wiwatu w powietrze. Czasem spędzają też noce na skałach i piaskach Edge of the World, zwanej krawędzią świata ze względu na swój odludny charakter i położenie, gdzie piją bez opamiętania alkohol, biorą narkotyki i zawodzą smutne piosenki. Omar widzi teraz całą swoją żałosną sytuację jak na dłoni, bo nie jest głupim chłopakiem, ale i tak coraz bardziej brnie w to zakazane bagno i coraz głębiej się w nim zanurza.

Pewnego razu po szkole całą ekipą jadą do kolesia, który pochodzi w prostej linii z rodziny rządzącej i jest niepisanym liderem grupy. Chłopak może sobie na wiele pozwolić, wie o tym i czuje się bezkarny. Na terenie jego rezydencji, strzeżonej przez ochronę z automatami, wsiadają do wyprodukowanego na zamówienie wielkiego hummera, pakują do niego „prowiant" i ruszają w trasę. Tym razem po drodze zgarniają jeszcze małą śliczną Filipinkę, która na saudyjskim sponsoringu pracuje jako służąca, ale dorabia sobie w najstarszym zawodzie świata. Bogaci młodzieńcy złożyli się na jej usługi, dzięki czemu dziewczyna ma dziś dostać horrendalną kasę. Jako że szyby wozu są całkowicie zaciemnione, nikt nie widzi, co wyprawia się w środku. Po piętnastu minutach jazdy są już na obrzeżach Rijadu i skręcają w pustynny trakt. Dojeżdżają do odludnego terenu, na którym znajduje się mała oaza pełna palm i gęstej roślinności. Rozsiadają się wygodnie na tylnych siedzeniach samochodu i włączają film na DVD. Jest to produkcja przywieziona prosto z Azji i chodząca na saudyjskim rynku za ogromne sumy, najmodniejszy film *snuff movie*, co oznacza film ostatniego tchnienia. Widzowie ekscytują się wulgarnymi pornograficznymi scenami i śmieją z naiwnego, wręcz durnego scenariusza, lecz kiedy zostaje zabita filmowa uczestniczka seksualnej orgii, ich podniecenie sięga zenitu. Młody książę, przywódca grupy i organizator najbardziej ekstremalnych przygód, oczywiście jako pierwszy odbywa stosunek seksualny z Filipinką, a cała reszta żywo mu dopinguje. Tym razem jednak młodzian chce popróbować czegoś ekstremalnego – rosyjskiej pornoruletki, którą przed chwilą oglądali w pornosie. Nie wiadomo skąd w aucie znajduje się rewolwer. Zaspokojony saudyjski ogier zakręca bęben kolta i wsadza małej kobietce lufę broni do ust.

Ona, niczego się nie spodziewając i myśląc, że to kolejna wyuzdana heca, wykonuje jeszcze lubieżne ruchy i pieści metal, lecz po naciśnięciu spustu przez kochanka okazuje się, że nie miała szczęścia. W pierwszej przypadkowo wybranej komorze znajdował się nabój, który roztrzaskuje jej małą śliczną główkę na kawałki. Mężczyźni baranieją, zamierają w bezruchu i nie wiedzą, co ze sobą począć. Mózg, połamane i zmiażdżone kości oraz fragmenty ciała oblepiają zarówno wnętrze samochodu, jak i ich samych. Wszystko dookoła pokrywa jasnoczerwona krew i posoka. Pierwszy zrywa się Omar, wyskakuje na zewnątrz i oddaje treść swoich trzewi. Później zaczyna się panika – krzyki, łzy i rozpacz. Nad szaleństwem zapanowuje przywódca, który za pomocą wrzasków, perswazji, a nawet razów zmusza towarzystwo do posprzątania bajzlu, który sam im zafundował. Dzięki temu, że zatrzymali się przy oazie nad małym jeziorkiem, wody mają bez liku. Co chwilę jednak któryś ze współodpowiedzialnych za zabójstwo młokosów zalewa się łzami lub wymiotuje. Na koniec z niesmakiem i lękiem zawijają zmasakrowane ciało młodej kobiety w stary koc, a następnie ukrywają w niewielkiej wykopanej w piasku jamie.

Oczywistą konsekwencją tego strasznego wydarzenia jest rozpad grupy. Młody książę jeszcze tej samej nocy wyjeżdża za granicę, bojąc się oskarżenia i arabskiego więzienia, a przede wszystkim wysokości wymiaru kary, którą zapewne by dostał, a którą rodzina, w ramach przykładu, musiałaby zaakceptować. Dwóch uczniów zmienia szkołę na mniej elitarną, ale bardziej spokojną, ze zwykłymi sztubakami kującymi do egzaminów, którym nawet do głowy nie przyszłoby to, czego dopuszczali się młodzi chuligani. Omar jednak zostaje i z szalonym zapałem oddaje się nauce, przyrzekając sobie, że już nigdy w życiu nie wejdzie do żadnej takiej zblazowanej bandy, nigdy nie popełni przestępstwa, nigdy nie zabije i nie przyczyni się, nawet nieumyślnie, do śmierci człowieka.

Czasami Omar ma dość pustego domu, a ze szkolnego towarzystwa już definitywnie zrezygnował, więc samotnie włóczy się po zakurzonych ścieżkach w Wadi Hanifa, przesiaduje na skałach i obserwuje ludzi i przyrodę. Owiewa go ciepły wiatr, otacza cisza, chłopak znajduje tam ukojenie dla swojej zbuntowanej i sfrustrowanej duszy. Pewnego razu jest świadkiem napaści na biegaczkę, która uprawia jogging na specjalnej trasie prowadzącej przez dwadzieścia pięć kilometrów dookoła dzielnicy dyplomatycznej.

– Hej, hej, co to ma znaczyć?! – Podbiega do samochodu i usiłuje uniemożliwić oprawcom wciągnięcie do środka młodej cudzoziemki. – Odwalcie się, bo zawołam policję! – straszy, mocno trzymając nieznajomą za rękę i widząc przerażenie w jej niebieskich oczach.

– Policja! Policja! – Słyszy za sobą męski bas i widzi nadbiegających młodych Saudyjczyków, którzy piknikowali w pobliskim parku.

– *Imszi barra*[1]! – dołącza do nich cienki głosik kobiety, która klnie z wielkim zapałem i złością. – *Mutawwów* by

[1] *Imszi barra* (arabski) – zjeżdżaj, zmiataj, wynocha, spieprzaj.

na was nasłać, a nie na biednych zwyczajnych ludzi! Zboczeńcy jedni! – dzierlatka wykrzykuje do mężczyzn w środku pojazdu, widząc, że to jej rodacy.

Młoda Saudyjka z wściekłości rzuca się na drzwi kierowcy i usiłuje je otworzyć, jednak oczywiście są zamknięte na automatyczny zamek. Młoda zadziorna kobietka nie poddaje się i wali pięścią w szybę auta. Przy całym tym zamieszaniu spada jej z głowy chusta wraz z zasłoną i oczom Omara ukazuje się śliczna, delikatna klasyczna arabska buzia i burza czarnych włosów. Chłopak zamiera z zachwytu, ale zaraz się reflektuje – spuszcza wzrok i daje dziewczynie spokojnie się ogarnąć. Ona z kolei reaguje na swoje „roznegliżowanie" jak typowa nastolatka i chichra cichutko pod nosem.

– Zostawić *adżnabiję*[1]! I to już! – Towarzysz odważnej emancypantki rzuca się na auto, kopie w blachę i pluje, co powoduje, że napastnicy rezygnują i puszczają wrzeszczącą i zapłakaną cudzoziemkę, która z rozpędu pada na ziemię.

– Przepraszamy panią. – Omar podnosi kobietę z kamienistego traktu i usiłuje postawić do pionu, lecz ona jest tak roztrzęsiona i podenerwowana, że ledwo trzyma się na nogach. – Jak się pani czuje? Może zawieźć panią do szpitala? – proponuje uprzejmie.

– Za co ty mnie, chłopcze, przepraszasz? Ja muszę ci podziękować, bo gdyby nie ty… to nawet nie chcę myśleć, gdzie teraz bym była i co by się ze mną stało. – Płacze cichutko, a dreszcze wstrząsają jej szczupłymi plecami.

[1] *Adżnabija* (arabski) – cudzoziemka.

– Niech pani na chwilę siądzie z nami, napije się zimnej wody i doprowadzi do porządku. – Saudyjka podaje jej papierową chusteczkę, bierze pod rękę i sadza na kamiennej ławce w małym parku. – To my musimy przeprosić, że takie rzeczy dzieją się w naszym kraju, ale proszę mi wierzyć, wstyd nam za takich zbójów.

– Nie ma odpowiedzialności zbiorowej. – Błękitnooka powoli się uspokaja. – Słyszałam ostrzeżenia i to moja wina, że mimo wszystko wyszłam pobiegać.

– Jakie ostrzeżenia? – interesuje się towarzysz dziewczyny.

– Żeby kobiety samotnie tu nie spacerowały ani nie biegały. To już nie pierwszy raz, kiedy w dzielnicy dyplomatycznej, getcie stworzonym dla nas, zagraniczniaków, białogłowy są napadane, a nawet porywane. Później ich szczątki odnajdują na pustyni albo i nie odnajdują... – opowiada kobieta, a młodzi Saudyjczycy ze zdziwienia tylko wybałuszają oczy, bo do tej pory nie mieli o tym zielonego pojęcia.

– Ale dlaczego? Kto to robi? Jakaś szajka, banda? Terroryści czy co? – Kiedy odzyskują mowę, zarzucają ją pytaniami.

– Słyszałam pogłoskę, że organizują takie akcje sami *mutawwowie*, żeby zniechęcić zagraniczne kobiety do ściągania *abai* nawet tutaj, gdzie jest to niby dozwolone. Ponoć takim sportowym strojem sieję zgorszenie i oburzenie wśród młodych wierzących Saudyjczyków. – Cudzoziemka zawiesza głos i patrzy na nich wyczekująco, ciekawa, co powiedzą.

– Ależ to wierutna bzdura! – pierwszy obrusza się Omar. – Ja chodzę do amerykańskiej szkoły, gdzie nosimy mundurki, a na wuefie to, co pani teraz. Dziewczyny ćwiczą razem z nami, nie ma segregacji płci i jakoś nikomu to nie przeszkadza.

– Ja nie mam aż tak dobrze, bo uczę się w prywatnej, ale saudyjskiej budzie – dołącza do zwierzeń drugi chłopak – jednak co mnie obchodzi, jak wy się ubieracie? Kiedy tylko przekraczam granicę lub wsiadam do samolotu, to zaraz zrzucam tradycyjne ciuchy i chodzę tak jak wszyscy.

– Moja mama jest Syryjką, więc po domu, na spotkaniach czy za granicą w ogóle nie zasłaniamy włosów. Ja długo nie zakładałam kwefu na twarz, ale po tym, jak dostałam rózgą po policzku od *mutawwy*, niestety, zaczęłam się pilnować. A w ogóle to mam na imię Aida.

– O, jak pięknie! – zachwyca się ekspatriantka, która ze smutkiem słucha niewesołej prawdy o życiu młodych w królestwie. – Jak z tej opery…

– Giuseppe Verdiego – od razu dopowiada młoda. – Mama kocha muzykę i za młodu była śpiewaczką. Kiedy nosiła mnie pod sercem, pojechali z ojcem na ten spektakl aż do Kairu. I stąd moje imię.

– Mnie rodzice nazwali za to zupełnie zwyczajnie, bo Abdul – śmieje się towarzysz rezolutnej Saudyjki. – Ta niemowa to nasza kuzynka Abla, a to jej brat Mohamed, zwany Moe. Mamy wolne, więc wybraliśmy się pooddychać świeżym powietrzem i zaznać trochę uroków wiosny, która w Rijadzie trwa zdecydowanie za krótko.

– A ty, mój wybawco i odważny człowieku? – dopytuje ocalona.

– Jestem Omar Binladen – przedstawia się chłopak, na co wszystkim wydłużają się twarze. – Tak, z tych Binladenów, ale z działalnością mojego pociotka mam niewiele wspólnego – żartuje, jak zawsze musząc się tłumaczyć przed nowo poznanymi ludźmi z powodu znanego na całym świecie nazwiska.

– Chodźcie zatem, dzieci, do mnie na sok i lody. Mieszkam tuż obok – zaprasza kobieta. – Jestem typową amerykańską Jane, tak że znajdziecie u mnie i frytki, i hamburgery, jeśli wolicie.

– Świetnie! Dziękujemy! Pewnie! – Cieszą się młodzi, tak z nowej znajomości z cudzoziemką, jak i z poznania siebie nawzajem. Są bardzo ciekawi jeden drugiego, bo po wspólnej przygodzie i zgodnej akcji oraz po paru wymienionych słowach wyczuwają w sobie bratnie dusze.

– Nasza rodzina, jak na saudyjskie warunki, jest całkiem wyzwolona. – Po wymienieniu się numerami komórek Aida opowiada o sobie i swoim życiu Omarowi przez telefon. – Tata jest profesorem uniwersyteckim, mama uczy prywatnie śpiewu, który w Arabii jest zabroniony, a brat marzy tylko o tym, żeby wyjechać za granicę na stypendium. To już za niecały rok. Wtedy zostanę tu całkiem sama i ugotowana na miękko. Rano, kiedy w centrach handlowych są godziny przeznaczone dla kobiet, siedzę w szkole, a popołudniami i wieczorami bez opiekuna się nie ruszę. Przecież tata nie będzie ze mną chodził do fryzjera czy kosmetyczki, gdzie Abdul mnie podrzuca autem! Ani na ciuchy! A o pizzy i hamburgerach całkiem muszę zapomnieć, bo w towarzystwie rodziców to już żadna frajda! Co za życie! – wykrzykuje.

– Ja miałem dwa wyjścia: mieszkać albo w świętej Mekce u starszego brata, albo w Rijadzie u dziwnego i zupełnie mi obcego kuzyna. – Omar stara się ją pocieszyć. – Każdy dźwiga swoje brzemię.

– Wiesz jednak, jak jest z dziewczynami w naszym cudnym kraju. Zdecydowanie mają gorzej od facetów. Nie chcę cały czas zawracać głowę Abdulowi, choć on po cichu smali cholewki do Abli, więc... może dałoby się gdzieś razem wyjść w czwórkę? Oni mieliby wtedy możliwość pogadać na większym luzie, a nie w domu, pod okiem rodziców czy wścibskiej służby, a my pobyć w swoim towarzystwie – kombinuje sprytna dziewczyna, bo młodość zawsze, nawet w najbardziej nieprzychylnych wahabickich warunkach, znajdzie ujście i da radę pokonać przeciwności. – Zapytam ich. Abla przyjechała z prowincji, więc mieszka w naszym domu i chodzi ze mną do szkoły, dlatego też musimy kooperować – śmieje się beztrosko. – A ty co w ogóle porabiasz?

– Jak mówiłem, chodzę do amerykańskiej szkoły. W tym roku matura, a potem mam wyjechać na studia za granicę.

– Szczęściarz! Taka szkoła! Och! – Młodej aż brak słów. – Tam można normalnie się ubierać i jest koedukacja – mówi z rozmarzeniem. – Dziewczyny i chłopaki razem – taka rozpusta pod bokiem saudyjskiej dynastii! – Kpi z norm panujących w ich ojczyźnie.

– Mamy również uczniów arabskich, czego ja jestem przykładem, więc na pewno twój ojciec też mógłby cię zapisać – proponuje Omar i myśli, że to dopiero byłoby fajnie.

– Tak nowoczesny to on już nie jest – chichocze młoda. – Robię dobrą saudyjską prywatną szkołę dla dziewcząt. W sumie mamy dużo ciekawych i normalnych przedmiotów, na przykład lekcje angielskiego aż siedem razy w tygodniu. Dzięki temu ja również mam szansę na zagraniczne studia.

– Nie chcesz chociaż spróbować poprosić go o przeniesienie? – Omar oczami wyobraźni już widzi ich codzienne spotkania i wspólną naukę. – Za drogo?

– To nie o to chodzi... – Aida zawiesza głos i słychać, że zastanawia się nad słowami, które cisną jej się na usta. – Mamy w rodzinie paru ortodoksów, a im lepiej się nie narażać – wyznaje oględnie.

– Kogo? Twój tata jest przecież świeckim intelektualistą, a nie żadnym *ulemem*[1]! Nie rozumiem.

– Mam jeszcze jednego brata oprócz Abduli, dużo starszego. Prawie w ogóle go nie pamiętam, bo jako młodzieniaszek wyjechał do Anglii. To syn mojej mamy z pierwszego małżeństwa. Jako że pochodziła z nowoczesnej komunizującej syryjskiej rodziny, to mogła poślubić cudzoziemca,

[1] *Ulem* (arabski) – muzułmański teolog i uczony zwany mufti lub imam. Ulemów określa się również mianem znawców szariatu. Ich główną siedzibą są meczety. Są strażnikami muzułmańskiej tradycji oraz nauczycielami. Stanowią konserwatywną część muzułmańskiej ludności państw arabskich.

i to niemuzułmanina. Ten Brytyjczyk jednak szybko się znudził Orientem i po paru latach się rozwiedli.

– Zażądał opieki nad synem? Niemuzułmanin? Tacy zapinają portki i idą w siną dal! To musiał być jednak nie do końca zły człowiek.

– Masz rację, po prostu z mamą się nie dogadywali. Mój tata z wdzięczności utrzymuje z nim stały kontakt, bo facet z własnej woli zajął się moim krnąbrnym braciszkiem, z którym już za młodu syryjska rodzina nie dawała sobie rady, a zatrzymywanie go w Saudi było nierozsądne i w sumie bardzo niebezpieczne. Ponoć buntuje się przeciwko wszystkim i wszystkiemu. Tutaj prędzej lub później trafiłby do więzienia.

– A pobyt na Zachodzie go nie odmienił? Teraz powinien chyba mieć otwarty umysł? – Omarowi coś w tej historii nie pasuje.

– Zadał się z dziwnymi ludźmi i zniknął. Ale moi rodzice cały czas się boją, że w każdej chwili może powrócić albo coś strasznego zmajstrować.

– Kimże on jest?! – Na łączach słychać dziwne trzaski. – Co takiego zrobił? – zastanawia się na głos młodzieniec. – Każdy może zbłądzić, czy nawet nieumyślnie popełnić występek, ale najważniejsze, żeby powrócić na drogę prawdy. – Przypomina sobie swoje dotychczasowe życie i obraz roztrzaskanej nabojem twarzy Filipinki, który powraca do niego zarówno we śnie, jak i na jawie. – Trzeba nauczyć się przebaczać, tak innym, jak i sobie – podsumowuje cicho.

– Niedawno Jasem pojechał do Syrii i tam dopuścił się jakiegoś niegodnego czynu… – szepcze Aida, która nie jest wprowadzona w szczegóły działalności czarnej owcy, gdyż rodzina uznała, że taka informacja nie jest młodej dziewczynie do niczego potrzebna.

– Syria?! – Omar aż podnosi głos. – Przecież teraz to cały naród stamtąd ucieka! Rzeczywiście musi być nieźle porąbany, by się tam pchać. Ale żeby porządni ludzie bali się jakiejś wywłoki, która was szantażuje samym swoim istnieniem!

– Wiesz…

– Nie wiem! Przyjedzie i będzie was rozliczał, czy żyjecie po bożemu, czy nie?! Twojego szanowanego ojca? Matkę, która wydała go na świat?! – Chłopak się denerwuje, bo taka sytuacja nie może mu się pomieścić w głowie. – Do jakiej szkoły chodzisz, czy masz *mahrama*, kiedy idziesz do sklepu, czy modlisz się pięć razy dziennie… To jest chore!

– Cóż… Myślę, że wyjść do jakiejś galerii chyba można. – Aida zmienia temat, bo żałuje, że dała się podpuścić i rozwiązał się jej język. Nie powinna była ujawniać tajemnic familii, ale lubi tego uczciwego chłopaka i chciałaby móc poruszać z nim wszystkie kwestie.

Więcej młodzi nie wracają do tematu Jasema. Podczas wielogodzinnych telefonicznych bądź skype'owych pogaduszek raczej się wygłupiają, opowiadając zwyczajne rzeczy o swoim życiu, dzięki czemu coraz lepiej się poznają.

– Lubisz zakupy? – pyta pewnego razu dziewczyna.

– Wiesz… jak to facet – krzywi się Omar.

– Mój brat uwielbia. Ostatnio kupił rewelacyjną *ghutrę* od Gucciego i *tobę* u Armaniego – opowiada Aida, a chłopak wybałusza na takie wieści oczy.

– Naprawdę? – Nie chce mu się wierzyć.

– Poważnie! A co ty myślisz? Że takie znane marki odpuszczą sobie wielki i obłędnie chłonny rynek saudyjski? Człowieku! Na jakim ty świecie żyjesz?

– To może ja też sobie coś takiego zafunduję. Choć powiem ci, że nie znoszę chusty, bo cały czas spada mi z głowy, a po koszuli sobie depczę. Kiedyś na pewno się w niej zaplączę, wywrócę i wybiję sobie zęby.

– A myślisz, że ja mam lepiej z *abają*? – Młodzi podśmiechują się, zwierzając ze swoich codziennych problemów. – Jest tak długa, że ciągnie się za mną po ziemi, przez co ciągle trzeba ją prać, bo zbieram na czarny materiał cały kurz i wszystkie śmieci stolicy. Nie wspomnę o kwefie. – Aida wzdycha ciężko.

– No właśnie. Jak ty możesz w nim oddychać? – inwigiluje Omar, bo tak szczerze jeszcze z żadną saudyjską kobietą nie miał możliwości porozmawiać, a jest wiele spraw, które nurtują go od dziecka.

– Kwestia przyzwyczajenia. – Młoda wzrusza lekceważąco ramionami. – Trzeba brać płytsze oddechy i nie spanikować, kiedy wydaje się, że człowiek za sekundę się udusi. Najgorsze jest jedzenie, które w miejscach publicznych trzeba wsadzać pod zasłonę.

– To już w ogóle są jakieś akrobacje! – wygłupia się Omar, robiąc zabawne miny.

– Żebyś wiedział! Ileż to razy miałam lody lub ciastko z kremem na dekolcie, nosie czy brodzie! Ech, byle do następnej podróży za granicę. Dobrze, że tata lubi tak często wyjeżdżać. Twierdzi, że tutaj się dusi! Też mi coś!

Facet w Saudi ma się jak pączuś w maśle! – Dziewczyna wykrzywia swoją śliczną buźkę z dezaprobatą.

– Nie żartuj sobie! – Omar nie chce się z nią zgodzić. – Czy ty myślisz, że nas *mutawwowie* nie ścigają?

– No pewnie, pewnie!

– Tak, moja droga – mówi ciepło i marzy mu się, żeby tak siedzieć z tą piękną kobietką ramię w ramię i trzymać ją za rękę. Nic więcej. Ale i tak cieszy się, że Aida ma do własnej dyspozycji telefon, Skype'a i messengery, bo przynajmniej mają ze sobą stały kontakt. – Chyba wiesz, że poranki w centrach handlowych są dla was, piękne panie – żartuje chłopak, chcąc opanować czułość. – Od godziny dziesiątej do południa, czyli do głównej modlitwy, wszystko jest przez was oblegane i nasza męska owłosiona noga nie ma prawa tam postać. A potem od siedemnastej do nocy znów jest czas dla rodzin i samotnemu samcowi nie wolno przeszkadzać ludziom statecznym. Jeśli wściubiłbym tam nos o tej porze, *mutawwa* mógłby w najlepszym razie wychłostać mnie rózgą.

– Co racja, to racja... – Aida zamyśla się. – Zawsze narzekałam na sytuację kobiet w Saudi, a nigdy się nie zastanawiałam, że mężczyźni też nie mają lekko. Ale zawsze lepiej! – jednak podsumowuje. – Możecie prowadzić samochód!

– I gdzie sobie nim pojadę? Do kina? Do restauracji czy pubu? – Znowu zgodnie wybuchają śmiechem, ale nie jest im wesoło. – A może po swoją dziewczynę i z nią do parku na schadzkę?

– W takim razie nie pozostaje mi nic innego, jak wyciągnąć cię z domu, pustelniku. Spotkajmy się jutro w Riyadh

Gallery. – Odważna Aida zbliża swoją ładną buzię do kamery. Włosy cały czas ma zakryte, tylko niesforne pojedyncze kędziorki wydostają się spod kolorowej cienkiej chusty. – Abdul i Abla przyjadą ze mną, a ty zaczekasz na nas przy Starbucksie. Okej? – pyta, podenerwowana. – Nie witamy się, tylko w czwórkę ruszamy przed siebie. Czteroosobowa rodzina w publicznym czasie przeznaczonym dla bogobojnych familii – chichocze do rozpuku.

– Och! Zatem jesteśmy umówieni na pierwszą randkę – namiętnym szeptem oznajmia Omar, a wzruszenie i podniecenie ściskają mu gardło.

* * *

Marysia stara się jak najmniej czasu spędzać w domu. Rano wychodzi na uczelnię, lunch zjada na uniwersyteckim kampusie, potem uczestniczy jeszcze w kilku zajęciach, a po południu prawie codziennie jedzie do Krysi, mieszkającej przy samym szpitalu. Po drodze odbiera Nadię z międzynarodowej szkoły i przesiadują godzinami u Polki, która im matkuje. Andrzej i Karim pracują całymi dniami, muszą też brać dyżury nocne lub w weekendy, więc unikanie męża nie sprawia Marysi trudności. Na początku parę razy pojechała z nią do Krysi też Daria, ale później zaczęła się wymigiwać, tłumacząc nadmiarem nauki i spotkaniami z koleżankami.

– Straszliwie zawracam ci głowę, Krysiu. Tyle przysparzamy ci pracy. – Marysia czuje się winna, bo starsza koleżanka przygotowuje na ich przyjście trzydaniowy obiad z deserem i kompotem. – Może następnym razem spotkamy się u mnie? – proponuje, ale Krystyna jak zawsze oponuje:

– Dziecko moje! To dla mnie jedyna rozrywka! Nie zabieraj mi jej! – Uśmiecha się łagodnie, całując gości w policzki, a Nadia obejmuje ją przy tym szczupłymi ramionkami. – Co mam innego do roboty? Nie jestem wystarczająco dobrym specjalistą, żebym dostała tu pracę. Jeszcze w moim wieku! Pozostaje mi więc siedzenie na zmysłach w domu, jazda do centrum na zakupy, durne ploteczki z młodszymi ode mnie babkami i wysłuchiwanie historii, jak wychodzą ich dzieciom ząbki i ile razy bobas strzelił kupkę do pampersa. Ileż można! Błagam, nie skazuj mnie na to!

– A ze mną co takiego ciekawego cię spotyka? – indaguje Marysia. – Owszem, może nie przynudzam o kupkach, ale...

– Żyję twoim życiem, moje dziecko! Wprawdzie też nie jakimś nadzwyczajnie brawurowym – chichocze dowcipnisia – ale zawsze coś się w nim dzieje. Kiedy opowiadasz o zajęciach na uniwersytecie, to czuję, jakbym tam z tobą była, i to mnie odmładza, bo przypominam sobie dawne czasy, kiedy sama wkuwałam wiedzę. Potem się uczymy, a ja odświeżam w swojej starej łepetynie wiadomości i cieszę się, że jeszcze coś tam na dnie mojej zesklerotyczniałej głowy pozostało. Jedzenie wam smakuje, nigdy nie wybrzydzacie, więc jesteście idealne do chowu – znów się wygłupia.

– A jak ma nie smakować! – woła Marysia. – Ja w dalszym ciągu nie umiem gotować, bo rozpuściły mnie służące, które zawsze miałam, ale one nigdy, przenigdy takiego pysznego domowego jedzonka nie przygotują. Te azjatyckie gosposie zawsze zrobią coś, obojętnie jak by się nazywało, z nutką posmaku sosu rybnego, który dodają do wszystkiego.

Zgodnie śmieją się, dokładając sobie po jeszcze jednym kawałeczku kruchego ciasta ze śliwkami.

– Ty ciociu-babciu robisz najlepsze słodkości. – Nadia potwierdza słowa mamy, wsadzając przy tym wielki kawał deseru do buzi.

– Jak zjesz, kochana, to może obejrzysz sobie swój ulubiony program na National Geographic? – proponuje Krysia.

– Tak jest! – Malutka zrywa się na równe nogi, śmiesznie salutuje i wybiega do drugiego pokoju.

– Oj, czyżbyś chciała poruszyć ze mną jakiś poważny edukacyjny temat? – Marysia usiłuje zażartować, ale w oczach Krysi widzi powagę i spodziewa się, że już dłużej nie będzie ona owijać w bawełnę. Polskie małżeństwo to przede wszystkim przyjaciele Karima i jego poplecznicy i kobieta wie, że cokolwiek by się działo, to zawsze staną po jego stronie. *Miałam chwilę ułudy,* myśli w duchu. *Sądziłam, że ktoś mnie lubi dla mnie samej.* Robi kwaśną minę i rzuca przed siebie wyniosłe gniewne spojrzenie.

– Maryniu, co z waszym małżeństwem? – Krysia od razu zadaje kluczowe pytanie. – Czy wy w ogóle z Karimem się widujecie? Tylko mi nie mów, że studia i praca!

– Wiesz, jak by to powiedzieć… – Marysia zawiesza głos, bo naprawdę nie wie, jak ma wytłumaczyć sytuację, w której się znalazła.

– Nie kochasz go?

– To nie takie proste. Kocham, ale jak krewniaka, brata, kuzyna… Jak dobrego człowieka, którego nie chce się skrzywdzić. Chciałabym, żeby został moim przyjacielem.

– To niezbyt dobra propozycja dla kochanka, dla kogoś, komu skradło się serce i kto umiera z miłości – podsumowuje Krysia, ściągając usta w ciup.

– Już ci mówiłam, że tego nie da się ot tak wytłumaczyć.

– A widujesz swojego syna, Adila? – zmienia temat, ale też nie do końca.

– Po to tu jestem, nieprawdaż? Przywieźli mi go dwa razy na weekend, biorę go czasami do wesołego miasteczka…

– A jego ojciec? Co z nim?

– Nie wiem. Widziałam go przy odbiorze moich dokumentów, ustaliliśmy ostatecznie sprawy opieki nad dzieckiem i tyle. Teraz chyba ma co innego na głowie, jako młody żonkoś i przyszły ojciec. – W głosie Marysi brzmi zgryzota, nad którą nie potrafi zapanować.

– A jego kochasz? Jak faceta, a nie kuzyna. – Krysia jest szczerą i bezpośrednią babą i stwierdza, że już dość tych półsłówek. Chce wiedzieć, na czym stoi jej ukochany przyszywany syneczek, i spróbować znaleźć rozwiązanie patowej sytuacji.

– Dlaczego tak myślisz? – patrzy na nią w popłochu. – Rozwiedliśmy się lata temu, nie widzieliśmy się bardzo długo, a potem, zresztą dzięki Karimowi, znów spotkaliśmy się w Indonezji. Wtedy Hamid miał dobrą i śliczną żonę, Zajnab, a teraz ma lampucerę Salmę. Ot wszystko! Tyle się zmieniło.

– Mnie nie oszukasz, kochana. Kiedy was zobaczyłam obok siebie, to od razu rzuciło mi się w oczy, że nadal pałacie do siebie wielkim uczuciem.

– Kiedyż to było?

– Na powitalnej kolacji u Fajsala.

– No chyba sobie żartujesz! Nawet na Hamida nie spojrzałam! – broni się Marysia.

– Mogłaś na niego nie patrzeć, ale na odległość dziesięciu metrów widać lśnienie między wami, widać aurę, która otacza ludzi zakochanych, szczęśliwie lub nieszczęśliwie, wszystko jedno. – Krysia podaje swoją teorię, a młoda kobieta nie znajduje już na to argumentów.

– To co zrobić? – w końcu szczerze pyta.

– Postawić wszystko na jedną kartę i grać uczciwie. Musisz wybrać – doradza starsza pani.

– Nic nie zdziałam, moja droga. Dla mnie i Hamida nie ma już przyszłości, zresztą dla mnie i Karima też nie, więc… Skończę tu, w Saudi, może jeden rok medycyny, a potem odejdę, wyjadę do Polski czy Europy. Moje małżeństwo z Hamidem przepadło i już nigdy nie będziemy ze sobą, mój związek z Karimem od początku był beznamiętny, taki zachowawczy, na pocieszenie złamanych serc. Całe życie przegrane, całe życie nieszczęśliwe… – W kącikach oczu Marysi zbierają się łzy, ale usiłuje nad sobą zapanować.

– Ale po drodze Karim się w tobie bez umiaru zakochał. I kocha twoją córkę jak własną. Kiedy odejdziesz, zabierzesz mu dwie najdroższe jego sercu osoby.

– Lecz pozostanie z nim to tylko przedłużanie agonii. On sam zresztą też nic nie chce zrobić. Nie usiłuje ożywić naszego związku, odsunął się i schował za parawanem pracy i obowiązków. Przecież można by gdzieś wspólnie pójść, do restauracji – do części dla rodzin, do centrum handlowego na wielkie zakupy, wyjechać za granicę, chociażby do sąsiedniego Bahrajnu, i odetchnąć świeżym powietrzem i wolnością. On nie robi nic, żeby naszą miłość uratować, ale za to wszystko, żeby ją zabić.

– Taki już jest, skryty i zamknięty w sobie – potwierdza Krysia, której przykro słyszeć takie wieści. – Ma ciągle przyklejony do twarzy ten przeklęty azjatycki uśmieszek, choć niejednokrotnie serce mu krwawi. Te typy tak mają – dodaje, aby trochę rozweselić załamaną kobietę, której też jest jej żal.

– Kiedyś nie był taki, ale teraz całkiem mu się w głowie pomieszało… Zrobił się zazdrosny, widzi rzesze kochanków stojących do mnie w kolejce. Taka sytuacja jest nie do wytrzymania! – Aż podnosi głos.

– Cóż, Marysiu, nie gniewaj się na mnie za taką szczerą rozmowę. – Krysia obejmuje ją ramieniem i czuje drżące mięśnie i mokrą od potu bluzkę. – Ja ciebie nie krytykuję, nie potępiam, ale chciałabym pomóc. Bardzo cię lubię i pamiętaj, że zawsze możesz na mnie liczyć. Masz we mnie wsparcie w każdej sytuacji…

– Nawet wtedy, gdy powiem, że odchodzę od Karima? Nawet kiedy będę chciała na niego ponarzekać i go potępić? – pyta, bo najbardziej ją boli, że Polka, choćby nie wiadomo, jak się starała, zawsze będzie stronnicza, gdyż to Karim jest jej synkiem, a ona tylko doszywaną synową.

– Nawet wtedy. Zawsze możesz do mnie przyjść. Pamiętaj, że jestem twoją przyjaciółką, i nigdy, przenigdy nie myśl, że nieobiektywną – zapewnia Krysia, tak jakby czytała w myślach Marysi, a tej robi się cieplej na sercu, opuszcza głowę, przytula się do pulchnej kobiety i wypłakuje wszystkie swoje żale na jej piersi.

– *Saida* Kristina! Pani Kristina! – Bez pukania, ni z tego, ni z owego, do małego domku Polaków wparowuje Saudyjka w czarnej *abai*, luźno zarzuconej na lekarski uniform. Głowę ma zakrytą zieloną czapeczką, spod której wystaje mała biała chusta zasłaniająca włosy i kark, a na twarzy ma septyczną maseczkę. – Ojej! Wpadłam jak śliwka w zupę – mówi, widząc dwie zapłakane kobiety w objęciach, one zaś wybuchają niespodziewanym śmiechem.

– Śliwka w kompot, kochana moja poliglotko. – Krysia wyciera swoje błękitne oczy. – Dobrze, że przyszłaś. Już dawno opowiadałam o tobie mojej przyjaciółce i bardzo chciałam, żebyście się poznały.

– Afra jestem – przedstawia się po polsku kobieta, bo widać usilnie chce nauczyć się tego trudnego języka.

– A ja Miriam-Marysia. Pół Polka, pół Libijka. – Kobiecie od razu rozjaśnia się twarz, bo przy Afrze, emanującej energią i zapałem, nie można się smucić.

– To może z tobą też poćwiczę polski? – pyta od razu, zrzucając płaszcz. Potem ściąga maseczkę i ukazuje swoje śniade, młode oblicze. – Jak ty tak pięknie mówisz, to mnie też się uda. – Widać, że wierzy we własne siły i żadne przeciwności jej nie zniechęcą.

– Oczywiście, koleżanko. Może ty przekażesz mi trochę twojej pasji do medycyny, bo ja dopiero zaczynam studia i jak dotąd nie widzę w nich nic niezwykłego poza conocnym zakuwaniem i notorycznym udowadnianiem nam przez profesorów, że jesteśmy nikim i się nie nadajemy.

– Przez to po prostu trzeba przejść. Przeżyj to sam... – Afra nuci polską piosenkę i widać, że wszechstronnie przygotowuje się do stypendium nad Wisłą. – Byłaś już u nas na oddziałach?

– Tak, z mężem i Andrzejem. Ale pokazywali mi głównie aparaturę, która jest warta miliony.

– Co za głupota... Ups, przepraszam. – Afra patrzy pokornie na Krysię, a ta, niczym się nie przejmując, nakłada jej ciasto i nalewa herbatę. – Dzisiaj mam dyżur dwudziestoczterogodzinny, więc koło wieczora, już po obchodzie, wpadnę po ciebie i pokażę ci chorych. Ludzi, którym ratujemy życie, którym dajemy szansę i przedłużamy ich pobyt na naszej pięknej ziemi. Likwidujemy ból w zamian za szczęście, a nawet jeśli dolegliwości są przewlekłe i pozostają, to staramy się je jak najbardziej ograniczyć. To, czego się teraz uczysz, wydaje ci się całkowicie niepotrzebne i wymyślone przez sadystów, żeby nas, studentów, odstraszyć i zniechęcić. Owszem, trochę przedmiotów jest zbytecznych, ale nigdy nie wiadomo, kiedy coś ci się przyda. To tak jak z kupowaniem torebek lub butów. Bierzesz nie w tym kolorze, co trzeba, albo tylko dlatego, że masz taki kaprys i są wyprzedaże, a później może się okazać, że właśnie one będą twoimi ulubionymi – stara się Marysi wytłumaczyć sprawę na typowo babski sposób.

– Ale ty masz gadane. – Pół-Polka podziwia inteligencję Saudyjki.

– Fajnie, że wiem, o czym mówicie – do rozmowy nagle włącza się Krysia. – Zupełnie automatycznie przeszłyście na arabski, moje panienki. – Śmieje się z nich, a one robią wielkie oczy, bo zupełnie nie zdawały sobie z tego sprawy. – Ja popilnuję Nadii, a ty, Marysiu, spokojnie, bez pośpiechu przekonaj się, na czym polega praca lekarza.

O siódmej wieczorem, kiedy Arabię Saudyjską spowijają gęste ciemności, dwie arabskie lekarki w zielonych kitlach z zasłoniętymi włosami i twarzami ukrytymi za maseczkami wchodzą służbowym bocznym wejściem na teren Szpitala Gwardii Narodowej. Od razu udają się na oddziały kobiece i dziecięce, bowiem nie mają prawa przebywać w części męskiej.

– Mamy tu taki jeden szczególnie ciekawy przypadek. – Afra bierze Marysię za rękę i ciągnie w sobie znanym kierunku. – Kobieta jakiś czas temu została oblana kwasem solnym...

– Ależ chamstwo i podłość! – Marysia od razu się złości, a gdy widzi przez szybę chude ciało chorej pod cienkim pledem, krew się w niej gotuje.

– Ze zwyczajami walczyć nie możemy, ale z ich strasznymi skutkami i owszem. Nie wiemy, jak chora ma na imię, jak na nazwisko, z jakiej pochodzi rodziny, czy jest Saudyjką, czy innej narodowości Arabką... Nic. My jedynie chcemy usunąć efekt ataku i ułatwić jej życie, które bez naszej fachowej pomocy już długo by nie potrwało. Tym przypadkiem zajmują się ordynator tego oddziału i dyrektor szpitala, doktor Mustafa, oddany swojej pracy medyk, oraz doktor Karim, fenomenalny transplantolog i wyjątkowy człowiek, cudowny i życzliwy kolega... chyba twój mąż... – Afra zawiesza głos, bo czuje że zagalopowała się w pochwałach. Marysia widzi na jej twarzy krwisty rumieniec i speszenie. *Karim jednak mógłby jeszcze ułożyć sobie życie, a pozostając z nim, tylko mu to utrudniam*, stwierdza w duchu. *To idealna partnerka dla niego! Pojadą razem do Polski, ona na stypendium, on na specjalizację...*, planuje ich losy. – Czy ty mnie słuchasz? – Z rozmyślań wyrywa ją podenerwowany głos nowej znajomej.

– Tak, oczywiście. – Marysia wraca do rzeczywistości.

– Jedno, co jest zastanawiające i daje do myślenia, to fakt, że ta uboga kobieta, znaleziona w państwowym szpitalu na Bacie jako żebraczka, miała kiedyś przeprowadzony przeszczep stopy.

– Co?! – Marysia, nie kontrolując się, podnosi głos.

– Tak, i to na pewno w bardzo dobrej klinice i przez najwyższej rangi specjalistę. Po tym można by ją zidentyfikować.

– Mogę do niej wejść? – Marysia aż się trzęsie, bo przypuszczenia zalewają jej serce i umysł.

– Oczywiście, chociaż nie wiem po co...

– Znałam kiedyś kobietę, która straciła stopę w wypadku, a potem jej ją doszyli.

Afra trzyma się z tyłu, a Marysia od razu podchodzi do wezgłowia szpitalnego łóżka i wbija wzrok w zmasakrowaną twarz pacjentki. Nic w niej nie przypomina tej, którą ma na myśli.

– Lamia? – wymawiając szeptem jej imię, pochyla się nad poduszką.

Na to słowo poszkodowana podnosi cienką jak papier, spaloną powiekę swojego jedynego oka i patrzy na dawną rywalkę. Teraz Marysia jest już przekonana, że odnalazła tę, którą tyle razy w myślach chciała uśmiercić.

– Lamia... Ty podła kobieto! Życie jednak wyrównuje rachunki... *Sza'a Allah* – mówi, patrząc na nią już bez litości, lecz z nienawiścią, której nigdy nie wypędziła i nie wypędzi ze swojego pamiętliwego arabskiego serca.

– Czy to ona? – pyta dyskretnie Afra, która ze swojej odległości nie słyszała słów towarzyszki.

– Nie, nie sądzę. – Marysia kłamie jak z nut.

– Cóż, może kiedy poczuje się lepiej, to powie nam, skąd pochodzi.

– Ofiara nigdy nie poda imienia swojego kata. I lepiej niech tak pozostanie.

Całe popołudnie Marysia cudownie bawiła się ze swoimi dziećmi, Adilem i Nadią, w Marina Mall. Na drugim piętrze tego centrum handlowego znajduje się wesołe miasteczko dla maluchów. Jak na Rijad jest to genialne rozwiązanie, bo hala jest klimatyzowana i nie odczuwa się zabójczej temperatury plus czterdziestu pięciu stopni, która panuje na zewnątrz. Wszystkie atrakcje toną w zieleni, bowiem poustawiano tu wielkie palmy, bugenwille i drzewa cytrusowe; dookoła słychać szum wody w sadzawkach i fontannach, a po całkiem sporym jeziorze można popływać łódką. Adil i Nadia szaleją z radości, ale pomimo rozbrykania są grzeczni i nie sprawiają mamie kłopotu. Kiedy już wyhuśtali się na konikach, wyjeździli na karuzelach, wytrzęśli na młyńskich kołach i zaliczyli kręcące się filiżanki, zdecydowali, że czas coś przekąsić.

– Co zjemy tym razem? – pyta Marysia swoje pociechy.

– Głodna! Jestem głodna na szawormę! – krzyczy Nadia.

– Mniam! – wtóruje jej po swojemu Adil.

– To super – śmieje się ich mama. – Ja też.

Mówi do swojej dwójki arabskich dzieci po polsku, bowiem dochodzi do wniosku, że lepiej Nadii w głowie nie mieszać, kiedy z Karimem, którego mała uważa za ojca, oraz z ciocią Darią i ukochaną przyszywaną babcią Krysią mówi w tym języku. Adilowi zaś znajomość dodatkowego języka też na pewno nie zaszkodzi. Trójca mija wszystkie możliwe światowe sieci fast foodów, w których gustują bogaci otyli Saudowie, i idzie do mniej obleganej części z arabskimi szybkimi daniami, które są o wiele zdrowsze i dla nich smaczniejsze. W Azji Marysia tęskniła za tymi smakami. Miała dość białego ryżu na parze, sosu rybnego i oleju palmowego, który nie tylko zatapiał każde danie, ale kleił usta i blokował żyły. Smak szawormy, szczególnie saudyjskiej, z piklami, majonezem i keczupem oraz mięsem doprawionym cynamonem, jest niepowtarzalny i ukochany tak dla niej, jak i dla jej córki. Nawet mały Adil dołączył do grona wielbicieli tej potrawy i ze śmiechem opycha się pikantnym mięskiem.

– Czas się zbierać – wzdycha Marysia, widząc śpiące oczka swojego synka. Tak bardzo chciałaby teraz wsiąść do auta i zabrać swoje dzieci do domu, lecz niestety, jedno z nich musi zawieźć do jego ojca. Taką podjęła decyzję tuż po urodzeniu syna i teraz nic już tego nie zmieni. Ale serce matki przy każdym rozstaniu będzie krwawić i niemiłosiernie boleć.

Jadą zatem do willowej dzielnicy, gdzie stoi rezydencja Hamida, Marysia przekazuje w progu śpiącego już malca niani i postanawia jakoś poprawić sobie humor.

– Wskoczymy na chwilkę do galerii? – pyta Nadię, która też już jest trochę zmęczona.

– Ale po co? – Krzywi się dziewczynka. – Przecież nigdy nie lubiłaś włóczyć się po sklepach bez określonego celu.

– Może sobie coś kupimy? – kusi mama.

– Coś? Mamuś! To bez sensu!

– To co, znów cały wieczór będziemy gnić w czterech ścianach? – Kobieta jest coraz bardziej sfrustrowana swoją sytuacją.

– Może tatuś przyjdzie? – łudzi się córka.

– Raczej nie.

– Dlaczego on cały czas przesiaduje w klinice, a w domu tylko wtedy, jak ty jesteś na uczelni, a ja w szkole? – Inteligentna dziewczynka jest świetnym obserwatorem, a że coraz więcej rozumie, pewne rzeczy od razu rzucają jej się w oczy. – Czy on nas już nie lubi?

– Lubi, ale ma dużo pracy. – Marysia postanawia nie zrażać córki do człowieka, którego ta kocha i uważa za swojego tatę.

– Bzdury, mamuś! – Nadia spuszcza wzrok i robi nadąsaną minę, jakby wiedziała, że to matka jest winna zaistniałej sytuacji. – Ty rób, jak chcesz. Ja w każdym razie jadę do domu, bo za pół godziny zaczyna się mój serial na Disney Planet. Sorry!

– W takim razie kierowca zawiezie ciebie i akurat zdąży wrócić po mnie, kiedy skończę zakupy – decyduje zezłoszczona Marysia, bo nie chce kolejnego wieczoru spędzić samotnie w domu. Tak naprawdę jednak nie ma również ochoty iść do centrum handlowego, bo spacerowanie samotnej kobiety wieczorową porą nie jest w Saudi przyjęte i może się źle skończyć. *Niech to szlag!*, wścieka się. *Nie dość, że jestem mężatką praktycznie bez męża, to jeszcze ta mała gówniara stroi mi fochy! Co za życie!*

Wyskakuje z samochodu przy wejściu do centrum, zanim przerażony kierowca ma szansę zaoponować. Czuje się on odpowiedzialny za swoje pasażerki, a taki szalony wyczyn pani jest bardzo niebezpieczny. Otwiera jedynie usta, lecz nie ma już do kogo się odezwać, bo kobieta znika w tłumie tradycyjnie ubranych Saudyjczyków.

Co za czarno-białe domino! Marysia ironicznie uśmiecha się pod nosem, obserwując kobiety w czerni, w większości z zakrytymi twarzami, oraz mężczyzn w białych długich do ziemi koszulach. Ze świecą by tu szukać kogoś w europejskich ciuchach. Sama zazwyczaj chodziła w Arabii bez zasłony na twarzy, lecz zawsze była w czyimś towarzystwie, więc teraz czuje się dziwnie i obco, zwłaszcza pod besztającymi, krytycznymi spojrzeniami arabskich kobiet. Staje przed witryną wielkiego sklepu z markowymi butami i torebkami i zastanawia się, co dalej robić. *Nawet nie mogę przeczekać tych dwóch godzin w bezpiecznym zaciszu kawiarni czy restauracji, bo części dla rodzin są dla rodzin, a nie dla samotnych pań, które według opinii publicznej plączą się w pojedynkę jedynie w rozpustnym celu – na podryw lub dla prostytucji*. Marysi szumi w głowie i nie wie, dokąd ma uciec. *Znowu podjęłam kretyńską decyzję!*, przeklina sama siebie za nierozwagę. Obraca się i dyskretnie obserwuje przyjemny kącik z francuskimi naleśnikami, pełen zadowolonych ludzi. Przy stolikach siedzą albo pary, albo kobiety z dziećmi, albo wielkie rodziny. Nie ma tam dla niej miejsca. *A może by się do kogoś dosiąść?*, przebiega jej przez myśl.

– Co tu robi! Czego szuka! – Nagle słyszy za uchem podniesiony natarczywy głos. Jak spod ziemi wyrasta przed nią *mutawwa*, w klasycznym ascetycznym stroju, z głową omotaną chustą i z potarganą długą brodą. – Gdzie ma *mahrama*?! – wrzeszczy mężczyzna, a mijający ich ludzie albo wbijają wzrok w podłogę, udając, że niczego nie widzą, albo okrążają ich szerokim łukiem. – Chodzi sama?! Gdzie opiekun?!

Szalony mężczyzna jedną ręką nerwowo targa brodę, a drugą, zwieńczoną rózgą, uderza się po łydce.

– Mój *mahram* jest w toalecie. – Marysia kłamie jak z nut. – Ja już idę do auta. – Obraca się na pięcie i chce biegiem rzucić się do wyjścia, lecz fanatyk chwyta ją mocno za ramię, prawie miażdżąc jej kości.

– Jakiej toalecie? Co mi tu opowiada!

– Miałam pójść z nim? Do męskiego sracza?! – Zaatakowana nie wytrzymuje już głupoty i agresji mężczyzny i rodzi się w niej niepohamowana wściekłość.

– Policja! Policja! – *Mutawwa* drze się na całe gardło. – Przestępstwo!

Marysia czuje, że pomimo spuszczonych oczu mijających ich ludzi, wszyscy ją obserwują. Najbardziej ją boli, że nikt się nie zatrzyma i nie wybawi jej z absurdalnej sytuacji.

– Już jestem, *chalati*[1] – nagle słyszy za plecami młodzieńczy męski głos.

– Ileż to trwało! – Marysia ruga faceta, który jako jedyny z tłumu chce wyciągnąć ją z łapsk religijnego oszołoma. – Popatrz, na co mnie narażasz!

– Kto ty? Co tu robisz? – *Mutawwa* jest zbity z pantałyku i przestępuje z nogi na nogę, lecz kiedy widzi zmierzającego w ich stronę funkcjonariusza policji, odzyskuje wigor. – Dokumenty do kontroli! I to już! – znów drze paszczę, jakby stali od niego dwie przecznice dalej, a są przecież nos w nos.

– Proszę. Omar Binladen. – Młody z dumą wyciąga *iqamę*, bo doskonale zdaje sobie sprawę, że jego rodzinie nikt nie podskoczy.

– Dzięki, Omar. – Marysia szepcze do niego po angielsku, bo wie, że policjanci obyczajowo-religijni to przeważnie niewykształcone kiepy i żaden nie zrozumie tego obcego języka. – Czy ty jesteś tym kuzynem Hamida z Dżeddy?

– Tak zażarcie się z nim kłóciłaś, że nie zauważyłaś, kiedy przemknąłem. – Młody śmieje się pod nosem, zupełnie

[1] *Chalati* (arabski) – Moja ciotko.

lekceważąc funkcjonariusza, który gapi się w jego małe ID jak sroka w gnat.

– Jej dokumenty. – Niestrudzony formalista zwraca się do mężczyzny, żądając czegoś od kobiety, bowiem ona dla niego nie istnieje i samo spojrzenie na taką jest już w jego mniemaniu grzechem.

– Proszę. – Marysia dziękuje w myślach Bogu, ale też Hamidowi, że odzyskała swój stary dokument, na którym widnieje jako jego żona.

– Napomnij swoją ciotkę, żeby na przyszłość sama nie włóczyła się po publicznych miejscach, bo zostanie srogo ukarana. – Ortodoks oczywiście musi mieć ostatnie zdanie, choć odchodzi jak niepyszny i zostawia swoją ofiarę w spokoju.

– Co ci wpadło do głowy, ciociu, żeby samej spacerować po sklepie, i to na dokładkę z odsłoniętą twarzą? – pyta rozbawiony Omar, prowadząc Marysię do stolika, który zajmuje ze swoimi przyjaciółmi.

Kobieta błyskawicznie lustruje towarzystwo i zauważa, że młody mężczyzna i jedna z dziewcząt mają wzrok znudzony, pomimo bycia świadkiem tak ekstremalnej sceny, lecz młódka o czarnych przenikliwych oczach jest żywo zainteresowana i podekscytowana.

– A ty co? Z rodziną tu siedzisz? Nie kojarzę takich wśród Binladenów – żartobliwie odgryza się Marysia i zaraz wybucha śmiechem, który po chwili tłumi w dłoni.

– To Aida, jej brat Abdul i ich kuzynka Abla. – Omar przedstawia swoją kompanię. – Pijemy sobie kawkę i czekamy na naleśniki.

– Nieźle! Odważni jesteście! – Pół-Polka jest pełna podziwu dla młodej saudyjskiej generacji, która może kiedyś będzie mogła poczuć się wolna we własnym, mlekiem i miodem płynącym kraju.

– Cóż w tym złego, że chcemy wspólnie spędzić czas? – oponuje Aida. – Bohaterstwem jest napicie się kawy? – W jej głosie słychać oburzenie i podenerwowanie.

– To absurdalne, wiem, ale sami przed chwilą widzieliście, jak tu funkcjonuje prawo i sprawiedliwość.

– Może jakoś uda się nam czasami spotkać – wyraża nadzieję Omar. – Aida spróbuje załatwić mi dowód kogoś z jej rodziny – przyznaje się do ich planów, na co Abla patrzy na niego jak na szaleńca, a Abdul z namysłem i powagą pociera modnie przystrzyżoną bródkę.

– Nie róbcie tego! – ostrzega brat dziewczyny. – Nie możesz chodzić z ID naszego ojca! Po pierwsze, jest od ciebie starszy o co najmniej dwadzieścia pięć lat, a poza tym grubszy o pięćdziesiąt kilo – śmieje się po cichu, bo wie, że w jego ojczyźnie okazywanie radości również jest zabronione.

– Macie przecież jeszcze jednego brata, który raczej tu nie wróci, bo coś porządnie przeskrobał – wygaduje się Omar, a Abdul patrzy na siostrę z wyrzutem i złością.

– My już nie mamy brata. Rozumiesz? – prawie krzyczy. – Nie waż się o nim nawet wspominać. – Towarzystwo nie wie i nigdy się nie dowie, co tak wyprowadziło mężczyznę z równowagi. Abdul jednak do końca życia nie zapomni sytuacji, kiedy tajniacy z wywiadu saudyjskiego razem z CIA, a potem dziennikarze z CNN przyszli do ich domu i pokazali im film, na którym dżihadysta na terenie islamskiego kalifatu w Syrii, z twarzą zakrytą kominiarką, ścina maczetą głowę jakiemuś niewinnemu człowiekowi. Mama od razu po oczach poznała swojego syna, a kiedy zauważyła spory pieprzyk na lewej powiece, była już pewna. Od tego czasu wszyscy drżą, bojąc się, że szalony, nawiedzony morderca zechce ich odwiedzić albo na siłę agitować do swojej działalności. Truchleją przed odpowiedzialnością zbiorową i przed tym, że mogliby być posądzeni o sympatyzowanie z ruchem, który ci uczciwi ludzie potępiają z całego serca. – Lepiej niech ci wujek Binladen załatwi jakiś papier. – Abdul stara się mówić spokojnym głosem, choć nadal wewnętrznie drży. – Macie przecież układy wszędzie. – Uśmiecha się zgryźliwie.

– I tak zrobił mi grzeczność, że mogę u niego mieszkać, więc nie będę już prosił go o więcej. – Omar jest honorowym chłopakiem i zdaje sobie sprawę, że w zasadzie obcy mężczyzna bezinteresownie pomógł jemu i Salmie. – W sumie możemy spotykać się czasami tak jak dzisiaj, no nie?

– Jak sami widzieliśmy, nie jest to bezpieczne. – Abdulowi taki układ się nie podoba. – Nie chcę, żebyś narażał moją siostrę na nieprzyjemności albo nie daj Bóg – na gorsze sprawy.

– Na nic mnie nie naraża! Dajcie już spokój! – Aida postanawia ukrócić dyskusję. Nie chce, żeby scysja, która wisi w powietrzu, zniweczyła jej plany. – Widzicie, jak takie chore obyczaje mogą człowiekowi zatruć życie?

– pyta, a Marysia potwierdza skinieniem, bo wspiera młodą buntowniczkę całym swoim sercem.

– Jakbyście kiedyś potrzebowali mojej pomocy, to służę – oferuje. – Masz u mnie dług wdzięczności. – Przyjaźnie spogląda w szczere oczy Omara.

– Bez przesady! Każdy mężczyzna powinien stanąć w obronie kobiety – oświadcza młokos, zadowolony z podziwu i zachwytu, które odnajduje w spojrzeniu Aidy.

Hamid, stojący w cieniu niedalekiego filara, obserwuje grupę i zastanawia się, co też jego młodociany kuzyn robi w towarzystwie tej podejrzanej rodziny, którą służby specjalne – z nim samym na czele – śledzą już od dłuższego czasu. I co robi z nimi jego Miriam?! Nie ma pojęcia, lecz postanawia nie odpuścić tropu i osobiście zająć się tą sprawą.

– Ale było wczoraj świetnie, prawda? – Następnego dnia, z samego rana, Omar dzwoni do swojej dziewczyny i aż promienieje szczęściem.

– No tak, ale… – słyszy w słuchawce jej smutny głos.

– Wejdziesz na Skype'a? Możesz? – Niepokoi się chłopak, bo woli spojrzeć Aidzie prosto w oczy, słysząc złe wieści.

– Tak, pewnie. – Dziewczyna odkłada słuchawkę i błyskawicznie łączy się przez internet.

– Co się stało, *ja habibti*[1]?! – pyta, przerażony, widząc smutny wyraz twarzy rozmówczyni, a ona na taki zwrot

[1] *Ja habibti* (arabski) – Moja ukochana.

robi się czerwona aż po brzegi chusty szczelnie zasłaniającej jej włosy. – Czy zrobiłem coś nie tak?

– Nie, to nie twoja wina, ale mój brat bardzo się wczoraj zdenerwował.

– Czym, do licha?

– Całą tą sytuacją. Od początku był przeciwny, żebyś do nas dołączył, ale go ubłagałam. Lecz kiedy doszło do scysji twojej krewniaczki z *mutawwą*, bardzo go to przestraszyło. Uznał, że to samo mogło spotkać nas, a on, jako mój i Abli opiekun, nie chce dopuścić do takiej sytuacji.

– Nie dziwię mu się. Ale co w takim razie robić? Jesteśmy młodzi, mamy swoje uczucia i potrzeby i nie możemy dać się zdominować szalonym policjantom i kretyńskiemu systemowi! – oburza się Omar, bo sądził, że Abdul jest bardziej odważnym, przebojowym i nowoczesnym mężczyzną.

– Wiesz, on boi się przede wszystkim o naszą kuzynkę Ablę, w której jest zakochany po same uszy. Nie są jeszcze po słowie, ale zapewne niedługo to nastąpi. Sądzę, że wczorajszy wieczór to przyspieszy.

– Moje gratulacje…

– Nie ma z czego się cieszyć, bo kiedy się pobiorą, to na pewno oddzielnie zamieszkają, będą mieć swoje życie, a ja stracę młodego i fajnego *mahrama*. Pozostanie mi wtedy już tylko ojciec, a to nie jest wersja optymistyczna, zwłaszcza że on jest ciągle zajęty, nawet popołudniami ma zajęcia na uczelni, poza tym nienawidzi wychodzić z domu, kiedy już do niego wróci.

– Jakże to tak? To więzienie! – dziwi się młokos, bo sam w takiej sytuacji by się udusił.

– On też tak uważa. Nasza bogata Saudi to złota klatka zarówno dla kobiet, jak i dla mężczyzn. Twierdzi jednak, że parę miesięcy czy nawet pół roku można wytrzymać, a potem trzeba jechać przewietrzyć się za granicę. Nie masz pojęcia, jak on się cieszy nawet z krótkiego wyskoku do sąsiedniego Bahrajnu.

– Mam pojęcie, moja droga. Sam ciągle marzę o podróżach.

– Ale on dosłownie żyje od jednego wojażu do następnego. Uwielbia chodzić normalnie ubrany, a nas na obczyźnie nigdy nie zmusza do noszenia *abai* czy zasłaniania twarzy. Chodzimy do restauracji, rodzice żartują i śmieją się głośno, a mama nawet popala papierosy. Nie wiem, czemu my się stąd nie wyniesiemy? – pyta Aida płaczliwym głosem. – Tutaj przecież nie da się żyć!

– Teraz trzeba będzie coś wymyślić, żeby jakoś przetrwać, a potem może pojedziesz ze mną na stypendium zagraniczne? – Młodzieniec po raz pierwszy ujawnia przed dziewczyną, że myśli o niej poważnie i planuje z nią swoją przyszłość.

– Tak? Oj... Nie wiem... – Aidzie ze wzruszenia aż brakuje tchu. – Mam jeszcze dwa lata do matury.

– Zaczekam. Rozpocznę studia tutaj, co mi zależy. Nie chcę jednak przez te dwa długie lata widywać cię jedynie na ekranie komputera czy słyszeć tylko w słuchawce telefonu.

– Czasami mama jednak wyciąga gdzieś ojca – znów kombinuje młoda konspiratorka. – Moglibyśmy wtedy posiedzieć sobie naprzeciwko i pogadać przez telefon z bliższej odległości.

– No widzisz! Nie będzie źle! – Pociesza zakochany chłopak.

– Lubisz chodzić do Ikei? Zakupu nowego biurka czy krzesła nie mogą mi odmówić, więc jest szansa na spotkanie. Zresztą mama, jak to każda kobieta, uwielbia takie miejsca i zawsze znajdzie coś interesującego i niezbędnego do naszego domostwa – Aida śmieje się figlarnie i już nie pamięta o smutku, który całą długą noc zalewał jej serce i nie dawał spać.

– Ikea popołudniami jest tylko i wyłącznie dla rodzin i w zasadzie chyba nigdy dla samotnych facetów. – Omar uzmysławia jej fakt, z którego przecież oboje doskonale zdają sobie sprawę. – Słyszałem, że w sklepie kręciło się więcej takich spryciarzy jak my i teraz aż roi się tam od policji obyczajowej.

– *Wallahi!* To co zrobimy?! – Aida załamuje ręce. – Trzeba sobie będzie dać spokój ze spotkaniami. Nie wiem, czemu Bóg postawił nas na swojej drodze, po co się poznaliśmy, jeśli teraz nie możemy się ze sobą widywać? – Dziewczyna jest bliska płaczu.

– Już ja coś wymyślę, nic się nie bój. – W try miga Omar ma gotowy plan. – Kiedy byś chciała się ze mną umówić, moja piękna? – pyta zalotnie.

– W nadchodzący weekend? – proponuje Aida słabym głosem, bo nie ma pojęcia, co w ich sytuacji można jeszcze zrobić.

– Dobrze, jeszcze nie raz pogadamy do tego czasu i potwierdzimy godziny, ale wstępnie mamy umówioną kolejną randkę.

Omarowi od razu przyszła do głowy pierwsza żona kuzyna Hamida, Marysia. Nigdy nie żądałby rewanżu za swój szarmancki czyn, bo uważa swoje zachowanie za naturalne, ale sytuacja zmusza go do poproszenia o pomoc. Ponadto wyczuł w kobiecie bratnią zbuntowaną duszę i nie boi się do niej zwrócić, bo wie, że spotka się ze zrozumieniem. Jak się z nią jednak skontaktować? Gdzie ją znaleźć? Godzinami wyczekuje, aż kobieta przyjedzie po swoje dziecko, ale jakoś nie ma szczęścia na nią trafić. Potem przeprowadza śledztwo, rozpytując niańkę Adila, ale nie chcąc wzbudzić niezdrowych podejrzeń, musi z tego zrezygnować.

Najlepiej zapukać do głównych drzwi, postanawia w końcu i planuje zdybać Hamida. Ale to też nie jest proste. Wygląda na to, że mężczyzna w swoim własnym domu jest rzadkim gościem.

Po dwóch dniach w środku nocy Omar słyszy ciche kroki na korytarzu i od razu wybiega ze swojej sypialni.

– Witaj, wujku. – Z powodu dużej różnicy wieku i chcąc okazać szacunek, właśnie w ten sposób zwraca się do kuzyna.

– Och, Omar! – Hamid aż podskakuje, bo nie spodziewał się nikogo zobaczyć o tej porze. – Czemu jeszcze nie śpisz?

– A ty, wujku? – zagaduje młody z figlarnym wyrazem twarzy, bo podejrzewa krewniaka o romans na boku lub imprezowanie. Nigdy nie wpadłoby mu do głowy, że ten uczciwy spokojny człowiek prowadzi podwójne życie, ale zawodowe.

– O co chodzi? – Gospodarz lekceważy przytyk. – Chciałeś coś?

– Czy masz może numer telefonu do *saidy*[1] Miriam? – pyta chłopak niewinnie.

– Że co? Czemu? Po co ci? Skąd ją znasz?

– Widziałem ją kiedyś u nas w domu, a potem przypadkowo spotkaliśmy się w centrum handlowym – mówi szczerą prawdę, co zresztą maluje się w jego ciemnobrązowych wielkich oczach.

– I co z tego? – indaguje dociekliwy Hamid, chcąc dojść do sedna sprawy.

– Moja szkolna koleżanka narzeka, że tu nie można znaleźć fajnych babskich książek po angielsku, więc pomyślałem, że może *saida* Miriam będzie miała jakąś prywatną kolekcję lub dostęp do dobrze zaopatrzonej biblioteki na osiedlu, na którym mieszka. – Teraz już Omar łże jak z nut, ale że początek był wiarygodny, to Hamid nie spodziewa się krętactwa.

– Cóż… – namyśla się jednak. – A w szkole nie macie biblioteki?

– Przecież tam też obowiązuje cenzura. Jedyne harlequiny, które można dostać, to wiekowe dramaty Szekspira i o Jane Eyre. Jeszcze *Przeminęło z wiatrem* – dorzuca chłopak z uśmiechem.

[1] *Saida* (arabski) – pani.

– No dobrze, ale nie zawracaj jej za bardzo głowy. – Nie sięgając do bazy kontaktów w telefonie, Hamid z pamięci dyktuje młodemu numer Marysi. – Bądź grzeczny i uprzejmy, a jeśli cię zbędzie, nie naciskaj.

– Oczywiście, wujku.

Omar musi bardzo nad sobą panować, żeby nie okazać szalonej radości. Teraz jest już pewien, że jego plan się powiedzie.

– No jasne! Nie ma sprawy. – Marysia reaguje tak, jak Omar się spodziewał. – Sympatyczna ta dziewczyna, choć oprócz oczu nic nie widziałam. Mówi się jednak, że oczy są zwierciadłem duszy człowieka i to w Saudi bardzo się przydaje do poznania biednych, zakwefionych kobiet.

– To jest porąbany kraj! – wybucha Omar, bo ma coraz bardziej dosyć swojej ojczyzny.

– Popatrz na to z drugiej strony. – W głosie rozmówczyni słychać rozbawienie. – Ileż się człowiek musi natrudzić, żeby chociażby zbliżyć się do zakazanego owocu, więc jak on potem będzie smakował! Tutaj rzeczy zwykłe stają się nadzwyczajne, a powszechne są zabronione. W większości miejsc na świecie umawiasz się na randkę bez problemu i często kończy się ona seksem, po którym czujesz niesmak. Tutaj zaś delikatne muśnięcie dłoni można porównać do największego spełnienia, a rozmowa aż tchnie seksualnością, bo jest zakazana i przez to tak tajemnicza.

– Oj, ciociu, ależ z ciebie romantyczka! – śmieje się Omar. – Pewnie dzięki temu rozumiesz mnie i Aidę, no i nasze rozterki. Nie muszę przed tobą kłamać i ogromnie się z tego powodu cieszę.

– Ja też, ale przestań w końcu mówić do mnie pani lub ciociu! Jestem niewiele od ciebie starsza, więc mnie nie postarzaj, proszę – żartuje Marysia. – Więc jesteśmy umówieni w sobotę. Podjadę po ciebie z szoferem zaraz po lunchu, bo nie za bardzo mam zaufanie do młodych saudyjskich kierowców. Może przy okazji kupię sobie coś do domu? – Cieszy się na wyjście, bo Karim już jej zapowiedział, że w ten weekend również ma całodobowy dyżur.

Omar wchodzi do wielkiego kompleksu Ikei z drżącym sercem, bynajmniej nie dlatego, że boi się złapania przez *mutawwę*, lecz ze względu na spotkanie z delikatną, mądrą i piękną dziewczyną, w której zakochał się od pierwszego wejrzenia. Marysia tym razem zabezpieczyła się przed groźnymi niespodziankami. Wzięła ze sobą wszystkie możliwe dokumenty, na których widnieje jako żona Binladena, oraz odpowiednio się ubrała. W czarnym nikabie jest nie do poznania i zlewa się z tłumem takich samych jak ona, szczelnie zakrytych od stóp do głów nieszczęśniczek. Ma kłopoty z oddychaniem, co chwilę wpada w panikę, że się udusi, i zalewa ją zimny pot, lecz usiłuje nad tym zapanować. Jest zadowolona, że wdała się w konspirację i wyciągnęła pomocną dłoń do zakochanych dzieciaków, bo w końcu coś się dzieje w jej życiu. Codzienna rutyna ją zabija i wydaje jej się, że dłużej tego nie wytrzyma. Prośba Omara spowodowała radość w sercu kobiety i zajęła jej myśli czymś innym niż tylko rozpamiętywaniem swoich nieszczęsnych losów i użalaniem się nad sobą.

Są na pierwszym piętrze – informuje podekscytowany chłopak. – Dział z meblami. – Rzuciwszy się prawie biegiem w stronę ruchomych schodów, popędza Marysię i Nadię, machając w ich kierunku. Nadia nie może się nadziwić, co jej mama ze sobą zrobiła, bo w takim stroju widzi ją po raz pierwszy. Lecz kiedy dziewczynka rozgląda się dookoła, uspokaja się, otaczają ją bowiem same takie widmowe postaci, więc widać to nic szczególnego ani dziwnego.

– *Ahlan wa sahlan*[1] – mówi chłopak do telefonu, stając tak blisko znajomej dziewczyny, że czuje zapach jej ciała zmieszany z wonią cudownych odurzających kwiatowych perfum.

– Cześć – szepcze młoda do słuchawki i dyskretnie ogląda się za siebie. – Ależ spryciarz z ciebie – chichocze. – Powiedz twojej cioci, że pięknie wygląda. Teraz jest już stuprocentową czystej krwi Arabką. – Z rozbawienia aż zasłania usta ręką.

– *Ahlan, ja Aida*[2]. – Marysia zbliża się do dziewczyny i na powitanie wyciąga do zszokowanej rękę. – Jak się masz? Jak zdrowie? A jak zdrowie rodziców? – zadaje typowe, kurtuazyjne pytania.

– Dziękuję, *saida ustaza*[3]. – Podejmuje grę, choć nie wie, dokąd ona ich wszystkich zaprowadzi.

[1] *Ahlan wa sahlan* (arabski) – Cześć, witaj.
[2] *Ahlan, ja Aida* (arabski) – Cześć, Aido (wołacz).
[3] *Saida ustaza* (arabski) – Pani profesor; pani (z uszanowaniem).

– Jak tam zadania domowe? Widzę, że już odrobiłaś lekcje, skoro spędzasz dzień na zakupach. – Marysia postanawia na tę chwilę stać się nauczycielką. Nie będą przecież snuli się za tą rodziną jak cienie – najłatwiej po prostu do nich dołączyć.

– Mamo, tato, to moja nowa lektorka angielskiego ze szkoły. – Aida przedstawia kobietę rodzicom, a oni kłaniają się, składając dłonie na piersiach. Nie wyciągają jednak rąk na powitanie.

– Bardzo nam miło. – Są uprzejmi, choć trzymają dystans. – Robimy zakupy, bo ciągle czegoś brakuje – tłumaczy matka Aidy.

– Poza tym miło jest tu spędzać czas, nawet żeby jedynie się przespacerować, nieprawdaż? – pyta Marysia, a oni jedynie kiwają głowami, choć mężczyzna nie ma szczególnie szczęśliwej miny. – Słyszałam od Aidy, że pani zawodowo śpiewała. – Marysia postanawia ocieplić atmosferę, bo widzi, że ci ludzie to typowi Saudyjczycy, nieufni wobec obcych i szczelnie zamknięci w swoich małych światkach.

– Ach, to dawne dzieje! – Zamiast się ucieszyć, kobieta jeszcze bardziej się wycofuje, jakby ktoś wspomniał, że za młodu pracowała w domu publicznym.

– To my nie będziemy przeszkadzać. Aida, wybieraj to biurko i jedziemy do domu! – Pozornie nowoczesny ojciec okazuje się nagle niezwykle surowy. Cały czas z wściekłością lustruje też Omara, który jak głupek robi maślane oczy do jego córki. – *Salam*[1] – kończy ostro, bierze dziewczynę pod rękę i ciągnie w drugą stronę.

[1] *Salam* (arabski) – Pokój.

– *Salam* – odpowiadają zszokowani Marysia i Omar.

– Czemu ten pan tak się zdenerwował? – pyta spostrzegawcza Nadia, a jej zrezygnowana mama tylko macha ręką.

– Przesrane – stwierdza kolokwialnie Marysia, a kiedy patrzy na tragicznie smutne oblicze Omara, robi się jej straszliwie żal chłopaka. – Wymyślimy coś innego – pociesza.

– Po coś ich zagadywała? – Młody okazuje złość. – Ty nie wiesz, że w naszym kraju jest to wręcz niedopuszczalne? Nie można kogoś zaczepić w sklepie i od razu iść z nim na kawę.

– Sorry, zapomniałam, gdzie jestem. Po latach spędzonych w normalnej i otwartej Azji pomieszało mi się w głowie. Myślałam, że takie zachowanie jest naturalne, zwłaszcza że nie jesteśmy sobie całkiem obcy. Oni jednak nie uciekali przed nauczycielką córki, lecz przed tobą, ty ośle! – Marysię też ponoszą nerwy.

– A niby dlaczego przede mną? – dziwi się niczego nieświadomy Saudyjczyk.

– Nie widziałeś siebie, kochasiu! Patrzyłeś na Aidę może nie prowokująco czy lubieżnie, ale na pewno bardzo czule. Miłość do niej masz wypisaną na twarzy, człowieku!

– Na Allaha! To możliwe – kaja się Omar. – Ale ze mnie głupiec!

– Nie ma co, chodźmy stąd, bo zaraz zagotuję się w tych ciuchach. Zapraszam cię do mnie na osiedle na kawę i ciasteczko. I tak tutaj nie mamy już nic więcej do roboty. Zastanowimy się nad planem kolejnych działań.

– Tak, słucham? – Omar odbiera połączenie z nieznajomego numeru.

– To ja – słyszy szept ukochanej, która od tygodnia nie dawała znaku życia. On też nie był w stanie połączyć się z nią na Skypie czy w jakikolwiek inny sposób. – Ojciec zabrał mi komórkę i komputer – tłumaczy Aida. – Niestety, nie zdążyłam usunąć cię z listy kontaktów, więc wie o naszych rozmowach. Mam całkowity areszt domowy.

– Nie puszczają cię nawet do szkoły?!

– Nie, aż tak źle to nie jest, ale jestem tam zawożona i odbierana albo przez mamę, albo przez niego. Nigdzie nie mogę się ruszyć.

– Przepraszam cię. Przykro mi... – Chłopakowi serce pęka, bo widzi, że to już koniec krótkiej, a tak obiecującej znajomości.

– Nie spodziewałabym się po tacie takiego zachowania – mówi smutno Aida. – Nigdy w życiu! To nie jest mój ojciec, którego ja znam. Pieprzy jakieś głodne kumety o mojej wątpliwej cnocie i zbrukanym honorze. Co on gada?! To już nawet przez telefon nie można porozmawiać?

– A teraz skąd masz aparat?

– Pożyczyłam od koleżanki. Mamy w szkole taką fajną Libankę, normalną dziewczynę z normalnego arabskiego kraju. Chodzi do klasy z wiodącym francuskim, bo u niej w domu mówi się tylko w tym języku – tłumaczy dziewczyna, po czym ni z tego, ni z owego pyta: – Gdzie mieszka twoja ciotka, Omarze?

– Na osiedlu Teksas.

– No to mamy szczęście w nieszczęściu – śmieje się cichutko młoda kobietka. – Joanna też wynajmuje tam dom. Jej matka jest Francuzką i boi się mieszkać na mieście.

– Możesz ją odwiedzić?! – Omar z radości aż krzyczy.

– W najbliższą sobotę wydaje u siebie urodzinowe party, a że zaprosiła pół szkoły, więc moi starzy nie mogli mi odmówić. Będziesz miał czas?

– Co za pytanie! Dla ciebie zawsze. A bez ciebie czas jakby w miejscu stał. – Cieszy się chłopak, choć ma świadomość, że to może już ich ostatnia randka.

Omar szykuje się na spotkanie i denerwuje jak dziewczyna przed pierwszym rendez-vous. Postanawia pod *tobę* włożyć normalne europejskie ciuchy, bo na zamkniętych osiedlach dla cudzoziemców właśnie tak się chodzi. Paradowanie w tradycyjnym saudyjskim stroju nie jest tam dobrze widziane, a wręcz można w nim nie zostać wpuszczonym na teren obiektu. Zagraniczni mieszkańcy chcą czuć się w swoim getcie swobodnie i przynajmniej tam nie być inwigilowani i obserwowani przez rdzennych mieszkańców Saudi. Chłopak kupuje dla Aidy telefon komórkowy na abonament, żeby mogła dzwonić do niego bez żadnych limitów, a kiedy będzie miała taką możliwość, to też pogadać na Skypie. Czuje, że jakoś uda im się wybrnąć z impasu, zresztą przecież ojciec dziewczyny nie może jej bez końca więzić. Muszą jedynie przeczekać. Omar załatwia jeszcze dla siebie zaproszenie od Marysi, które jest konieczne, alby mógł wejść na strzeżone osiedle i dostać przepustkę „visitor".

Po przybyciu pędzi jak na złamanie karku, chcąc jak najszybciej zobaczyć ukochaną.

– Ach, to ta miła kobieta, znam ją! – Marysia pamięta zawsze uśmiechniętą sąsiadkę. – Chyba nawet dostałam zaproszenie na tę imprezkę, ale stwierdziłam, że jestem za stara, żeby hasać na osiemnastkach.

– Chodź ze mną! Błagam! – Chłopak łapie kolejną okazję, żeby być jeszcze bliżej Aidy. – Wprowadzisz mnie tam, a i sama na pewno nie będziesz się nudzić. Może robią dwie równoległe imprezki, jedną dla dzieciaków, a drugą dla znajomych?

– No tak! A jeśli z Aidą przyjdzie jej tatuś, to już całkiem się wścieknie na nasz widok. – Marysia nie chce po raz kolejny narażać się na nieprzyjemności.

– Nie pomyślałem o tym... – Młokos z euforii popada w załamanie. – Wszystko do niczego.

– Dobrze – wzdycha Marysia – pójdę pierwsza i sprawdzę teren. Więcej jednak nie dam się już w nic wrobić, pamiętaj! Moja sąsiadka wprawdzie nie znosi Saudyjczyków, ale kiedy zaprasza uczennice, możliwe, że musi zaprosić też ich rodziny. Nigdy nic nie wiadomo. W końcu ten kryptotradycjonalista jest profesorem uniwersyteckim i na zewnątrz może zupełnie inaczej się zachowywać. To są takie dwulicowe typy; w międzynarodowym towarzystwie przybierają maskę tolerancyjnego modernisty i obytego człowieka, a w swoim domu są cholernymi ortodoksami. Niech szlag trafi to miejsce i jego mieszkańców! – wyrywa się jej szczera opinia, ale po chwili patrzy skruszona na Omara, nie wiedząc, co powiedzieć. – Nie miałam na myśli ciebie. Ty jesteś w porządku. Podobnie jak jeszcze parę osób stąd, chociaż niewiele. – Uśmiecha się niewinnie.

– Jestem tego samego zdania, nie przejmuj się. A teraz powiedz, jak wyglądam? – Omar rozkłada ręce i robi niepewną minę, bo w Saudi w europejskich ciuchach czuje się jak nagi.

– Bardzo ładnie, wujku. – Siedząca nad kolorowankami Nadia podnosi wzrok i słodko się uśmiecha. – Mama też dużo lepiej bez tych czarnych łachów. Ja nie wiem, czemu ludzie są tu tacy dziwni? – mówi jak stara. – Jakby mi kazali włożyć *abaję*, to na pewno bym odmówiła. Po moim trupie!

– Nie ma co, kochanie. – Marysia całuje swoją rezolutną córunię w czubek głowy i patrzy na nią z dumą. – Kiedy wejdziesz między wrony, musisz krakać jak i one.

– Ja tam czarną wroną nie będę! Zostawiam to Saudyjkom – śmieje się dziewczynka, emanując przy tym całym czarem swojej niezwykłej arabsko-europejskiej urody.

– Strasznie chudy jesteś, chłopie. – Marysia lustruje szczupłego chłopaka. – Typowy potomek Beduinów, niewysoki i kościsty, wysuszony przez pustynny wiatr. Nigdy nie będziesz miał kłopotów z nadwagą i pod tym względem jesteś wygrany. Czy ty coś w ogóle jesz? Może dam ci zupy? – Traktuje go jak matka, choć jest od niego przecież starsza zaledwie o parę lat. Dźwiga jednak taki bagaż doświadczeń, że czuje się co najmniej jak sześćdziesięciolatka.

– Dzisiaj to rzeczywiście nie miałem nic w ustach – przyznaje chudzielec, a na myśl o dobrym jedzeniu ślinka napływa mu do ust.

– A wczoraj?

Omar robi minę niewiniątka.

– Zjadłem szawormy…

– Nie żartuj! – oburza się Marysia. – Czy Hamid nie ma kucharki? Nikt w jego domu nie gotuje obiadów? Ta tłusta Salma mogłaby ruszyć dupę i zabrać się do jakiejś roboty! – Ciągnie chłopaka do kuchni, sadza przy stole i podaje solidny talerz zupy. – Jeszcze gorąca. Wcinaj!

Właśnie w tym momencie do domu wchodzi Karim.

– Tatuś! – Nadia od razu wskakuje mężczyźnie na ręce. – W końcu! Masz wolny weekend? Pójdziesz z nami na party?

– Na jakie party? – Karim nie jest wtajemniczany w plany Marysi i córki, bo nie uczestniczy w ich życiu.

Mężczyzna wygląda bardzo źle, jest blady, ma cienie pod oczami i niezdrowy kolor skóry. Od przyjazdu do Saudi skokowo się postarzał i stracił cały zapał do życia. Jego sytuacja rodzinna całkowicie go przerosła, a on, zamiast próbować ratować swój związek, zupełnie się z niego wyizolował. Ucieka w pracę do tego stopnia, jakby chciał się zaharować na śmierć. To mu jednak nie pomaga, bo stale, bez wytchnienia, dniami i nocami, na jawie i we śnie układa scenariusze, w których Marysia zdradza go – czy to z Hamidem, czy z kimkolwiek innym. Przeszłość odcisnęła na nim głębokie piętno i nie może podarować swojej żonie tego, że kiedyś kochała Hamida. Poza tym w przypływie szczerości kobieta wyznała mu wszystko, także wstydliwy fakt, że Nadia jest owocem grzechu i zdrady. Karim stracił zaufanie do żony, a widząc w jej oczach niezmienną głęboką miłość do pierwszego męża, nigdy już jej nie uwierzy i zawsze będzie winić za grzechy, te popełnione i niepopełnione. Zaproponował jej powrót do Saudi, lecz był to krok nieprzemyślany i najgłupszy, jaki mógł mu przyjść do głowy. Teraz zaś nie wie, jak wybrnąć z tego impasu. Liczy na to, że żona długo nie wytrzyma takiej sytuacji i sama od niego odejdzie.

– A któż to? Mamy gości na obiedzie? – Z ironią i gniewem w oku spoziera na Omara.

– Jestem kuzynem Hamida Binladena. Poznałem pana żonę, kiedy odwoziła Adila do domu. – Młody wyciąga rękę. – Miło mi.

– I z tego powodu jesz u nas obiad? – złośliwie pyta Karim.

– Przepraszam... – Chłopak gwałtownie odsuwa się od stołu.

– Co cię opętało? – Marysia patrzy na męża spode łba. – Chyba całkiem ci się pomieszało w tej twojej chorej łepetynie! Gołowąs nie może zjeść u mnie zupy?! Nie masz pojęcia o tym, co robię, bo ciebie ciągle nie ma, nie znasz moich znajomych, bo nie chcesz ich poznać, więc nie dopierdalaj się teraz bez powodu do Bogu ducha winnego dzieciaka! – wywrzeszczała te słowa jednym tchem, ale po polsku, żeby nie stawiać Omara w głupiej sytuacji.

– Tatusiu, pójdziesz z nami na party? – Nadia ma oczy pełne łez i wygina usteczka w podkówkę.

– Nie, kochanie. Mamusia ma inne towarzystwo i nie będę jej przeszkadzał – oznajmia Karim, po czym obraca się na pięcie i wychodzi z domu, z rozmachem trzaskając drzwiami.

– Miriam, przepraszam cię bardzo... Nie przypuszczałem, że możesz mieć przeze mnie kłopoty. Przecież jestem zupełnie niegroźnym licealistą – tłumaczy się z pokorą Omar, bo przecież domyślił się, o co chodzi. – Może spróbuję jeszcze to wytłumaczyć twojemu mężowi?

– Nie warto. Daj sobie spokój. On po prostu zwariował, ot co.

– Może nie chce, żebyś kontaktowała się ze swoim byłym mężem? Ale przecież ty go w ogóle nie widujesz, nieprawdaż?

– On nawet o to nie zapytał, jego to nie interesuje. Nie zawracaj sobie tym głowy i myśl o czymś przyjemniejszym, na przykład o swojej randce – kwituje Marysia, po czym zwraca się do córeczki: – Nadiu, szykuj się. Pięknie się wystrój i idziemy na imprezę. – Patrzy na dziewuszkę i serce się jej kraje, bo Karim rani nie tylko ją, ale również jej dziecko, które kocha go i uważa za ojca.

– Mamusiu, mówiłam ci, że tatuś nas nie lubi… Może wróćmy do Dżakarty, to będzie jak dawniej? – proponuje malutka.

– Kochanie, nie da rady cofnąć czasu. Można iść tylko do przodu i niekiedy nawet nie należy oglądać się za siebie. Tak jest lepiej. – Matka rozmawia z córką jak równy z równym i może dlatego Nadia jest nad wiek dojrzała.

Marysia liczy na to, że jej pociecha będzie kiedyś jej najlepszą przyjaciółką.

Uśmiechnięta trójca, pomimo że ich sercami targają różne rozterki, idzie na party z nadzieją, że może tam uda im się troszkę rozerwać i zapomnieć o codziennych problemach. Omar drży na myśl o spotkaniu z ukochaną i boi się, że natknie się na jej ojca. Marysia nie wie, co ma myśleć o zachowaniu Karima, które z dnia na dzień jest coraz dziwniejsze i skłania ją do myśli o rozwodzie i wyjeździe do Polski, Nadia zaś już o wszystkim zapomniała i podskakuje, ciesząc się, że idzie w gości.

– Witam, Joanno! Dziękuję za zaproszenie. – Marysia staje w drzwiach pięknego domu i uśmiecha się do uroczej sąsiadki. – Przyprowadziłam ze sobą kuzyna i moją córeczkę. Nie stanowi to problemu?

– W zasadzie to damskie party i nie wiem, jak do obecności mężczyzny odnieśliby się rodzice zaproszonych przez moją córkę koleżanek – wyjaśnia z uśmiechem kobieta. – Ale możesz, młody człowieku, pójść do ogrodu, gdzie jest mój mąż w towarzystwie kilku panów. Przepraszam was, ale taki kraj, sami chyba wiecie najlepiej, jakie tu panują zwyczaje.

– Oczywiście, nie ma problemu. – Marysia zgadza się z gospodynią, a Omarowi gula rośnie w gardle na myśl o możliwości spotkania ojca Aidy. – Zmykaj do facetów, młody, a ja wszystko załatwię – szepcze do chłopaka i wyciąga rękę. – Dawaj telefon, przynajmniej może ten punkt planu uda się zrealizować.

Kiedy tylko Marysia z córką wchodzą do salonu, ogłusza je arabska muzyka dochodząca z głośników. Dziewczyny jednak są jeszcze głośniejsze – ich perliste głosiki i śmiech przebijają się przez łomoczące dźwięki. Kobieta od razu poznaje ukochaną Omara, choć po raz pierwszy widzi ją bez zasłony na twarzy i w pełnej krasie. Przyznaje, że jest to bardzo ładna Saudyjka o jasnej karnacji, ogromnych czarnych oczach i słodkim uśmiechu. Zachowuje się skromnie, odstając tym od szkolnych koleżanek, które na tę okazję mocno się umalowały i wystroiły w najlepsze roznegliżowane kreacje. Aida ma na sobie dżinsy, kolorową tunikę z długimi rękawami i kwiecistą chustę, zasłaniającą włosy. Już przez ten fakt Marysia stwierdza, że dziewczyna jest z tradycyjnego arabskiego domu i tylko ulega złudzeniu, że jej rodzice są nowocześni i postępowi.

– Cześć, Aido. – Podchodzi do niej i ściska małą delikatną dłoń. – Jak się masz?

– Omar jest tutaj?! – Młoda od razu wpada w popłoch. – Mój tata siedzi w ogrodzie! Jak go zobaczy, to jestem ugotowana!

– Mam nadzieję, że będzie na tyle rozsądny, żeby najpierw sprawdzić teren. – Marysia też ulega panice i rozgląda się nerwowo. – Mam dla ciebie telefon, który kupił ci twój chłopak. – Kiedy używa tego określenia, Aida spala raka, wzdycha i skromnie spuszcza oczy.

– Dziękuję. To zawsze coś, kiedy możemy przynajmniej na odległość ze sobą porozmawiać. Nie wiem, co się stało mojemu ojcu? Zwariował! Nigdy taki nie był! – W jej pięknych oczach widać rozpacz.

– Do tej pory byłaś dzieckiem i chyba nie miałaś żadnych damsko-męskich kontaktów, więc nie miał powodu, żeby cię prześladować – podsumowuje Marysia.

– Niech pani tam pójdzie i wyciągnie z opresji Omara, proszę – błaga młoda. – I niech mu pani powie, że później do niego zadzwonię, dobrze?

– Oczywiście. Wyślemy go do domu, a ja jeszcze wrócę, to pogadamy.

Młodzi nawet nie wiedzą, kiedy mija czas, bo życie nabiera barw i toczy się coraz szybciej, od kiedy przestali gnuśnieć w zimnym wahabickim świecie. Są szczęśliwi. Teraz wystarczy im to, że mogą długie godziny ze sobą rozmawiać, choć niejednokrotnie Aida musi kryć się przed ojcem pod kołdrą i szeptać do telefonu. Nie ma to jednak dla niej znaczenia – najważniejsze jest, że znalazła bratnią, tak jak ona wyizolowaną i zagubioną duszę, a na dokładkę mężczyznę, z którym chciałaby spędzić resztę życia. Snują dalekosiężne plany na przyszłość i już bez wstydu i oporu mówią o tym, jak się zaręczą, gdzie odbędzie się ich ślub i gdzie później zamieszkają. Oboje myślą o wyjeździe z Arabii.

Pewnego wieczoru uradowana Aida informuje Omara:

– Tata oddał mi telefon. Po dwóch miesiącach. – Stroi zabawne miny i chichocze, pokazując do kamery Skype'a swoją starą komórkę.

– Moje gratulacje. – Omar również się podśmiechuje i dziękuje Bogu, że wpadł na genialny pomysł zakupu aparatu dla dziewczyny.

– Dostałam jednak ostrzeżenie, że każdego dnia będę musiała mu pokazywać, z kim rozmawiałam i ile czasu. Chce też sprawdzać moje billingi, więc nadal liczy na to, że będzie miał nade mną bezwzględną kontrolę i całkowitą władzę.

– No to chyba trochę się przeliczył. – Młokos jest pewny swego i przekonany, że już wygrał batalię ze starym zakonspirowanym ortodoksem.

– Mam też komputer i już nie będę musiała robić notatek do szkoły ręcznie. Niesamowite, nieprawdaż, kochanie? – Dziewczyna znów robi ironiczną figlarną minkę. – Tutaj jednak znów wsadził swoje obmierzłe wahabickie paluchy. Skasował mi Skype'a, nie zdając sobie sprawy, że odinstalowanie aplikacji na jednym sprzęcie nie usuwa jej z sieci. W swoim durnowatym profesorskim zaśniedziałym móżdżku jest przekonany, że zamknął moje życie na głucho przed każdą nieczystą i grzeszną męską interwencją. – Aidzie po przejściach z ojcem spadła zasłona z oczu co do jego nowoczesności i miłości do niej, i przestała go darzyć dziecięcym, bezwzględnie poddańczym uczuciem. W zamian zaczęła żywić do niego głęboką niechęć i żal, których z jej serca nic już nie usunie.

– Cóż, kochana, my się nie damy, bo jednak chciałbym cię jeszcze kiedyś osobiście zobaczyć. – Omar już nie może wytrzymać tych kontaktów na odległość. Oczywiście są one lepsze niż żadne, ale nie spełniają ani jego, ani jej oczekiwań i marzeń.

– Jak mówię, że kara się skończyła, to się skończyła – zapewnia Aida. – Teraz znów mogę podskoczyć z koleżankami do centrum handlowego po szkole, a nawet pójść potem na lunch. Oczywiście wszystko w czasie zarezerwowanym dla kobiet – delikatnie chce coś zasugerować swojemu chłopakowi. Nie musi długo czekać na jego reakcję, bowiem rozumieją się bez słów.

– Wiesz, że jestem bardzo delikatnym i kruchym facetem. – Młokos wystawia do kamery swoje nikłe bicepsy i razem parskają śmiechem. – Zarostu też nie mam za dużego. – Robi głupi grymas twarzy, wykrzywiając się, jak przy goleniu.

– Więc…

– Więc spokojnie mogę robić za kobitkę, a nawet za anorektyczkę. To gdzie jutro idziemy?

– Do Sahara Mall? – Dziewczyna proponuje największe centrum handlowe w Rijadzie. – Spotkajmy się tuż przed południową modlitwą w księgarni Dżarir. Kiedy bogobojni panowie polecą do meczetu, zamkną nas w niej na godzinę. Następnie poszłybyśmy, moja nowa arabska koleżanko, na obiad do Nafoury. Lubisz owoce morza? – Aida ma już gotowy plan, a Omarowi nie pozostaje nic innego, jak z radością na niego przystać.

Młodzieniec postanawia zaryzykować – samodzielnie kupuje *abaję*, chustę i zasłonę na twarz, informując sprzedawcę, że to dla kuzynki, która przylatuje z zagranicy i jest jego postury. Z łatwością przebiera się za kobietę, bo przecież tyle razy widział, jak robią to kobiety z rodziny – matka, ciotki czy kuzynki. Wszystkie, jak za dotknięciem czarodziejskiej różdżki, ze zwykłych, normalnych pięknych pań zamieniały się w czarne, bezosobowe i bezduszne kopczyki. Transformacji Omar bezczelnie dokonuje w domu, bo przecież możliwe jest, iż Salmę, która nie wychodzi z pokoju już od miesięcy, odwiedza właśnie jakaś krewna lub koleżanka, a śpiąca po kątach służba i niedbała ochrona nie zauważyła jej wejścia. Hamida nigdy nie ma, więc chłopak nie ma się czego obawiać. Na koniec zamawia taksówkę i ostrożnie, krok za kroczkiem, by się nie potknąć lub nie zaplątać w długim do ziemi obszernym płaszczu, rusza na spotkanie swojego przeznaczenia.

Aida za pierwszym razem dla kurażu zabiera ze sobą szkolną koleżankę, która nie ma pojęcia, że pod *abają* nieznajomej kryje się facet. Konspiratorka tłumaczy jej, że to trochę upośledzona ciotka, którą kazali jej zabrać na zakupy. Po udanym spotkaniu Aida odwozi najpierw kumpelkę, a następnie swojego chłopaka. Młodzi, widząc swoją bezkarność, stają się jednak coraz mniej ostrożni.

– Jutro czekaj na mnie na parkingu pod szkołą – dyryguje zakochana.

– Jak cię poznam wśród setek dziewczyn? – niepokoi się Omar.

– Po butach. Włożę żywoczerwone mokasyny. Nie możesz nie zauważyć. A ty?

– Białe adidasy. Na babskie buty nie dam już się namówić.

Aida każe kierowcy wozić się po mieście, a sama, szczęśliwa, siedzi na tylnym siedzeniu, trzymając swojego chłopaka za rękę. Nic im więcej do szczęścia nie jest potrzebne. Czasami podjadą na szawormy do tureckiej restauracji, która znajduje się w tradycyjnej arabskiej dzielnicy, więc zakwefione panie muszą pozostać w aucie, a szofer kupuje im jedzenie, którym później ze smakiem opychają się podczas jazdy. Innym razem zaliczają francuską cukiernię na Tahliji, gdzie serwują pyszną kawę i znakomite słodkości. Tam mogą już wysiąść z samochodu i udać się do części przeznaczonej dla rodzin. Coraz częściej wychodzą wspólnie do parku lub spacerują po upalnych i zakurzonych ulicach centrum, na których sporadycznie pojawiają się piesi. Nie chcąc być na widoku, szukają jednak bardziej ustronnych miejsc. Wspólnie dochodzą do wniosku, że najlepiej udać się do dzielnicy dyplomatycznej, gdzie oprócz rezydencji i ambasad znajdują się również liczne urzędy, w których za dnia Saudyjczycy mogą załatwiać swoje sprawy. Po zmierzchu wejście na teren tego osiedla jest już mocno kontrolowane i rodowici mieszkańcy miasta mogą przekroczyć chroniące ekspatriantów zasieki jedynie z przepustką lub zaproszeniem w ręku. Getto dla cudzoziemców sprawia wrażenie idealnego miejsca, bo przecież najciemniej jest zawsze pod latarnią. Tam też się poznali, więc to miejsce traktują z dużym sentymentem. Najczęściej uczęszczana, biegnąca dookoła osiedla ścieżka oraz przyległe do niej liczne parki są bacznie obserwowane i kontrolowane przez wozy policyjne, młodzi mają to jednak w nosie, bo przecież oboje są odpowiednio ubrani i ukrywają swoją tożsamość pod fałdami czarnego materiału *abai*. Lekceważą też konieczność obecności *mahrama*, bowiem wydaje im się, że osoby tej samej płci, szczególnie w tej części miasta, mogą ze sobą przebywać bez przyzwoitki. Zakochanym wydaje się, że nikt ich nie widzi, nikt nie śledzi, bo są zaślepieni swoją miłością.

Nie zauważają też mężczyzny, który siedzi na kamiennej ławce nieopodal ogrodu, w którym się zatrzymali, i bacznie ich obserwuje. Ma na sobie jasnobrązową galabiję, a głowę owinął arafatką. Karnację ma niearabską, jasnoróżową, oczy ciemnozielone, a nad jednym z nich na powiece – ni to znamię, ni duży pieprzyk. Mężczyzna pociera czoło, a po chwili z dezaprobatą kręci na boki głową. Sięga po telefon komórkowy i gdzieś dzwoni. Następnie w oczekiwaniu obserwuje rozwijającą się sytuację. Widać, że jest zły, marszczy czoło i zaciska zęby. Po niedługiej chwili na mały placyk przy wejściu do parku wjeżdżają dwie policyjne suki. Funkcjonariusze błyskawicznie zauważają nieostrożną parę, bo ich wesołe zachowanie wyróżnia ich na tle innych, a poza tym w odludnym miejscu, w upalnych południowych godzinach niewielu jest chętnych do przebywania na świeżym powietrzu. Aida zbyt głośno się śmieje, Omar zaś – w dużych sportowych adidasach – porusza się sztywnym męskim krokiem. Jedyne przestępstwo, którego młodzi się dopuszczają, to wspólne przebywanie, rozmowy i namiętne spojrzenia oraz okazywanie radości i szczęścia, co jest w ortodoksyjnym kraju surowo zabronione, bowiem łamie prawo szariatu. Taki wybryk młodym Saudyjczykom nie może ujść na sucho.

Brygada policjantów religijno-obyczajowych w obstawie zwykłych porządkowych funkcjonariuszy wpada na teren parku. Najpierw podchodzą do Omara i zdzierają z niego kobiece ciuszki. Młodzian staje przed nimi bezbronny i czuje się jakby nagi w swoim męskim odzieniu – tylko w dżinsach i w bawełnianym podkoszulku. Jego chude ciało pomimo wysokiej temperatury powietrza drży jak osika na wietrze, a zimny pot spływa mu po grzbiecie. Następnie strażnicy cnoty zbliżają się do dziewczyny i zrywają z jej głowy chustę, spod której wysypuje się chmara czarnych loków ozdobionych pojedynczymi blond pasemkami. Plują na nią, biją rózgami po twarzy, a gdy Aida pada na ziemię, kopią ją po brzuchu. Omara zaś trzymają tylko z wykręconymi do tyłu rękami. Po chwili *mutawwowie* wrzucają dziewczynę na tylne siedzenie auta, a sami bezczelnie sadowią się obok niej. Omar, wepchnięty do drugiego wozu, jedzie z policjantami porządkowymi. Wyjeżdżając z dyplomatycznej dzielnicy, samochód obrońców cnoty skręca w lewo, w *wadi*[1], i zmierza w stronę obrzeży Rijadu, policyjny zaś podąża do centrum. Chłopak wije się w aucie jak piskorz, krzyczy, w końcu od jednego z funkcjonariuszy dostaje pięścią w skroń i pada nieprzytomny. W ostatniej chwili naciska jeszcze w swojej komórce klawisz z numerem dwa, pod którym ma zakodowane szybkie połączenie z Hamidem.

Hamid dzięki GPS-owi odnajduje Omara jeszcze tego samego dnia. Chłopak wygląda strasznie: ma podbite i zapuchnięte oko, złamany nos z zakrzepłą krwią w nozdrzach, pękniętą wargę i wybite dwa zęby. Jego bawełniany podkoszulek jest w strzępach, bo funkcjonariusze obyczajowi tak zezłościli się na jego zachodni strój, że od razu chcieli go z niego zedrzeć.

[1] *Wadi* (arabski) – koryto wyschniętej rzeki.

Całe ciało ma w sińcach i ledwo chodzi po razach rózgami i pałą, które padały na jego chude nogi i krzyż.

Kiedy na posterunku Hamid dowiaduje się, że jego kuzyn zgwałcił niewinną szesnastoletnią Saudyjkę, nie może w to uwierzyć. Omar też nie, bo nigdy nie tknął Aidy. Zdjęcia, które mu pokazano, ukazywały jej potargane ubranie, zniekształconą, posiniaczoną twarz i dzikie przerażone oczy. Doskonale wie, kto to zrobił.

– Wujku, przysięgam na wszystkie świętości, na Allaha, na prochy matki i ojca, że to nie ja! – wykrzykuje już w samochodzie. – Uwierz mi!

– To cóżeś ty z nią robił? – pyta Hamid, patrząc głęboko w niewinne i naiwne oczy młokosa.

– Kochałem ją najczystszą z możliwych platoniczną miłością. – Omar wyznaje prawdę. – Nasz jedyny grzech to przemożna chęć widywania się, bezpośredniego kontaktu czy spojrzenia sobie w oczy. Nic poza tym! Nic zdrożnego!

– Widziałem cię kiedyś z tą rodzinką w centrum handlowym. Siedziała tam z wami Miriam… – Mężczyzna chce się dowiedzieć, czy jego była maczała palce w tym romansie.

– Ciocia trochę mi pomagała, ale jedynie na początku. Później sprawy bardzo szybko potoczyły się własnym biegiem. Nie chciałem jej angażować i narażać.

– Ot, cała Miriam! – denerwuje się Hamid. – Nie potrafi sobie poradzić z własnymi sprawami sercowymi i jeszcze innym komplikuje życie.

– Nie mów tak, proszę. Ona ma bardzo ciężką sytuację rodzinną. Myślę, że jej małżeństwo już długo nie potrwa

– chłopak mówi tak specjalnie, bo czuje swoim młodym sercem, że tych dwoje jest sobie przeznaczonych i niepotrzebnie próbują od tego uciec.

– Wróćmy do twoich problemów. – Hamid zmienia temat, bo rozmowa o jego ukochanej nadal bardzo go boli. – Co teraz zrobimy? Masz wyrok w zawieszeniu, a wierz mi, że obrońcy czystości i cnoty nie odpuszczają. Już nie wspomnę o twojej dziewczynie…

– Wujku, ratuj nas! – Po raz pierwszy w życiu Omar prosi opiekuna o pomoc. – Jesteśmy niewinni. *Wallahi!* – Już nie panując nad sobą, krzyczy i targa włosy na głowie, a w jego oczach zbierają się łzy.

– Ja na tym polu niewiele mogę zdziałać, ale znam kogoś, kto, jeśli zechce, wyciągnie was z tego.

Hamid zatrzymuje się koło willi sąsiada, której strzeże ochrona pod bronią. Nie opuszczając samochodu, Saudyjczyk dzwoni, przedstawia się i prosi o rozmowę, nie wspominając o sprawie, bo to w arabskiej kulturze byłoby bardzo niestosowne, wręcz niegrzeczne.

Wielkie metalowe odrzwia otwierają się i samochód powoli wjeżdża do środka. Na podeście oczekuje ich wysoki, przystojny, choć już starszawy gospodarz w tradycyjnym beduińskim stroju – galabii i turbanie na głowie.

– Witaj, Hamidzie! – Wyciąga ręce na powitanie. – Cieszę się, że zechciałeś mnie odwiedzić.

– *Salam alejkum, ja szabani*[1] Fajsal. Jak zdrowie?

[1] *Szabani* (arabski) – starzec, dziadek; *ja szabani* – wołacz.

– Dziękuję. W moim wieku, jeśli człowiek żyje, to nie ma na co narzekać.

Panowie wchodzą do domu wpół objęci. Na ledwo nadążającego za nimi Omara nikt nie zwraca uwagi.

– Siadajcie, napijemy się *szaju*. – Starzec wskazuje na wygodną skórzaną kanapę. – Co tam słychać? – Dopiero teraz podnosi wzrok na młodzieńca, choć półmrok pokoju nieco ukrywa jego obrażenia.

– Doszło do małego zamieszania, którego uczestnikiem, niestety, był mój kuzyn. – Hamid teraz już może przejść do konkretów.

– Nie najlepiej to wszystko wygląda. – Po wysłuchaniu historii miłosnej młodych Saudyjczyków Fajsal w zamyśleniu masuje się po brodzie. – I co zamierzasz, młody człowieku? – Po raz pierwszy zwraca się do Omara.

– Jak to: co zamierzam? A co ja mogę? Nic! To wszystko jest niezależne ode mnie! – rozpacza chłopak, a niepohamowane łzy spływają po jego zapadniętych policzkach.

– Oczywiście, że możesz coś zrobić. Los, i to nie tylko twój, leży w twoich rękach! – Fajsal poklepuje go po ramieniu i patrzy mu prosto w oczy. – Ja zrobię z tymi pseudo-*mutawwami* porządek i oskarżenie w stosunku do ciebie na pewno zostanie cofnięte, ale to nie przywróci honoru twojej dziewczynie.

– No właśnie… – pochlipuje młody.

– Więc weź się, do diaska, w garść i podejmij decyzję, czy ty jej ten honor chcesz przywrócić?! – wykrzykuje Fajsal, bo ma ochotę przetrzepać skórę Omarowi jak małemu rozpieszczonemu chłopcu.

– Co ja mogę zrobić? – powtarza młokos, ale patrzy na starca z ogromnym szacunkiem, bo widać, że mężczyzna jest wysoko postawiony na drabinie obrońców cnoty i zapobiegania występkom, a mówi jak zwykły człowiek, bez żadnego religijnego czy ortodoksyjnego patosu.

– Moja żona, Retno, również została zgwałcona, i to przez swojego sponsora, pana i władcę, który zatrudniał ją jako służącą i nie tylko. Otrzymała wymiar kary dwieście batogów, których raczej by nie przeżyła. – Starszy mężczyzna opowiada o swojej rodzinnej tajemnicy spokojnym, zrównoważonym głosem. – A jednak ma się dobrze.

– Więc mógłbym się ożenić z Aidą?! – Omar ze zdziwienia, że to takie proste, aż wytrzeszcza oczy i skacze na równe nogi, tak jakby od razu chciał biec do swojej ukochanej. – Przecież mieliśmy to w planie!

– Spokojnie, chłopcze – usadza go Fajsal. – Najpierw trzeba się dowiedzieć, co planuje z nią zrobić jej rodzina, a ściślej rzecz biorąc – jej *mahram*.

– Miriam twierdzi, że to kryptoortodoksi... – Zakochany znów traci nadzieję.

– Nawet najwięksi fanatycy są łasi na pieniądze – do rozmowy włącza się Hamid. – A dużej forsie nikt się nie oprze. Zapłacę im odszkodowanie i tyle. Przecież według naszego wspaniałego prawa szariatu nawet za zabicie kogoś można się wykupić od winy. Powiedz mi jednak, kuzynie, czy kochasz tę dziewczynę na tyle, żeby zapomnieć o jej hańbie, móc jej bez obrzydzenia dotykać, spojrzeć w oczy, być wiernym i oddanym mężem?

– Ależ oczywiście, Hamidzie! Przecież to nie jej wina! A nawet jakby zawiniła tym, że nie przestrzegała głupiego prawa i średniowiecznych reguł, to ja jej przebaczam – zarzeka się Omar.

Młodzieniec w pierwszym odruchu nie wyobrażał sobie, że po tym wszystkim mógłby ożenić się z Aidą i całe życie mieć przed oczami obraz tego, jak gwałcą ją obrzydliwi mężczyźni, a ona jęczy i krzyczy, jednak nie wiadomo, czy z bólu, czy może troszkę z rozkoszy. Ale już po chwili wybił sobie te podłe myśli z głowy, bo przecież Aida to jego największa miłość, czysta jak łza i bezbronna jak gołębica. Nie da jej sobie odebrać i nie pozwoli jeszcze bardziej jej skrzywdzić!

– W takim razie pędźcie do domu i doprowadźcie się do porządku – przy tych słowach Fajsal wymownie patrzy na Omara – a ja dzwonię do aresztu i dowiem się, co z nią. Trzeba się spieszyć, bo czasami rodzina jest zapamiętała w gniewie i od razu wykonuje honorową zbrodnię, chcąc zmyć z siebie wstyd i hańbę.

– *Wallahi!* Szybko! – Młokos, nie oglądając się za siebie, biegnie do drzwi. W połowie drogi opamiętuje się, zawraca, obejmuje zmieszanego tym gestem Fajsala, całuje go w oba policzki i z nową nadzieją w sercu rusza przed siebie.

Hamid też jest podenerwowany. Po szczerym wyznaniu młodego i jego odważnej decyzji poślubienia zgwałconej, lecz ukochanej przez niego kobiety, postanawia wziąć sprawy w swoje ręce i za wszelką cenę im pomóc.

– Dziewczyna została odebrana dziś rano przez swojego brata – po krótkim czasie dostaje telefoniczną informację od Fajsala. – Zapewne za dnia nic z nią nie zrobią, ale trzeba się spieszyć.

Aida zostaje wypuszczona z więzienia po złożeniu przez jej *mahrama* oświadczenia, że fatwa[1] zostanie przeprowadzona, a zbrodnia honorowa dokonana. Wykonawcą ma być jej najstarszy brat – Jasem, którego tego dnia dziewczyna od czasów dzieciństwa widzi po raz pierwszy.

– Gdzie tata? – pyta nerwowo, siedząc, całkowicie zakwefiona, na tylnym siedzeniu samochodu.

– Pojechał do domu – burczy mężczyzna, nie podnosząc nawet wzroku.

– Czemu po mnie nie przyszedł? Czemu się za mną nie wstawił? Czemu mnie nie bronił?! Przecież jest moim opiekunem?! – rzuca pytanie za pytaniem rozżalonym, pełnym łez głosem. – Nie mieszkamy tak daleko, żeby nie mógł się pofatygować. – Jej ton rozbrzmiewa pretensją.

– Teraz ja jestem twoim *mahramem*, dziewczyno.

– Ale ja cię nie znam! Mam jeszcze brata Abdula. Gdzie on jest?

– Już go nie ma. Wyjechał.

– Jak to…

[1] Fatwa (arabski) – opinia wysokiego uczonego teologa muzułmańskiego wyjaśniająca kontrowersję teologiczną, teologiczno-prawną lub czysto prawną; jest wydawana wyłącznie na piśmie. Czasem zawiera jakieś konkretne wskazania w indywidualnej sprawie. Zakres terminu „fatwa" jest bardzo szeroki i nie należy utożsamiać go wyłącznie z klątwą czy wypowiedzeniem świętej wojny.

– Zamknij się, do diaska! – Mężczyzna gwałtownie hamuje i obraca się w jej kierunku. Chwyta całą garścią przez cienki materiał nikabu za jej włosy i spoziera na nią obłędnym, złym wzrokiem. – Jeszcze jedno słowo, a zaszlachtuję cię tutaj, na miejscu! – charczy.

Aida nie może złapać tchu i niczego nie rozumie, lecz postanawia siedzieć cicho jak trusia. *Jak przyjadę do domu, to papa wszystko mi wyjaśni,* próbuje się pocieszyć i uspokoić. *Może po prostu źle się poczuł, a mama przecież nie mogła mnie odebrać.*

– Tatku! Gdzie jesteś?! – Wyrywa się oprawcy, wpada do mieszkania i pędzi w kierunku schodów. – Mamo! – słysząc grobową ciszę, drze się już wniebogłosy.

– Powiedziałem, że ich nie ma! – Mężczyzna dogania ją i chwyta za szyję stalowym uściskiem.

– Mówiłeś, że są w domu – rzęzi duszona.

– Tak, w domu – w Damaszku w Syrii. Tam jest ich miejsce. – Facet uśmiecha się sarkastycznie, a Aidzie na te słowa zamiera serce.

Cały zapał i chęć życia z niej uchodzą, bo już wie, co ją czeka. Sama nie wywinie się z tej sytuacji, a dookoła niej zieje pustka. Ojciec i matka zostawili ją na pastwę sadysty, który w dwudziestym pierwszym wieku kultywuje średniowieczne zwyczaje. *Kimże oni są? Jak słabo ich znałam... Nigdy bym się tego po nich nie spodziewała! Moje niepojęte zaślepienie mnie zgubiło, bo moi rodzice to nie nowocześni ludzie, ale zaściankowe prymitywy!,* złości się, zawiedziona. *Przecież to ja jestem ofiarą, ja jestem pokrzywdzona, mnie trzeba żałować, a nie karać!,* przekonuje w duchu samą siebie, ale wie, że nie ma co wypowiadać tych słów na głos, bo chorego, otumanionego żądzą zemsty brata i tak nie nakłoni do zmiany planów i okazania łaski. Wprawdzie czytała o zbrodniach honorowych w książkach czy prasie, lecz zawsze uważała, że są to bujdy lub przesadzone informacje. Teraz jednak widzi, że jest to prawda – straszliwa i okrutna.

Na środku salonu spostrzega linkę i duży pustak. Domyśla się, że oprawca przygotował to dla niej. Aida idzie na pewną śmierć, potulna jak baranek.

– Będziesz się smażyć w piekle, ty *chanzira*[1]! *Szarmuta*[2]! – wykrzykuje dziewczynie nad uchem Jasem. – I twój kochaś też!

– Co? A on niby czemu?! – pyta Aida, jakby ocknęła się z marazmu.

– Zachciało mu się dziewicy, zachciało mu się seksu, to dostanie za swoje. Nie wymiga się od kata – oświadcza jej brat z wyraźną satysfakcją.

– Jak to?! Za co?! Ten mężczyzna w życiu mnie nie tknął, nie pocałował, więc co mu zarzucacie? – Dziewczyna nie może uwierzyć własnym uszom i z oburzenia aż się trzęsie.

– A niby przez kogo zostałaś zużyta? Złapano was na gorącym uczynku, i to jeszcze w miejscu publicznym.

– Kłamstwo, kłamstwo i jeszcze raz kłamstwo! Doskonale wiesz, kto to zrobił, oszuście jeden! – Po tych odważnych słowach Aida dostaje jeden policzek za drugim,

[1] *Chanzira* (arabski) – świnia.
[2] *Szarmuta* (arabski) – kurwa; szmata.

ale z otwartej dłoni, bowiem oprawca chce, żeby jego ofiara była przytomna w momencie wykonania wyroku. – Zgwałcili mnie policjanci, obrońcy pieprzonej cnoty, takie same oszołomy jak ty, pojebie! – Aida już się nie boi, bo i czego, jeśli śmierć stoi tuż przy jej boku. Na koniec przynajmniej pokaże temu szaleńcowi, że nie godzi się z faktem, iż o przestępstwo został oskarżony uczciwy człowiek. – Omar jest niewinny! – wykrzykuje ponownie.

– Zamknij się, grzesznico jedna! Nie będziesz oczerniać moich szlachetnych braci! – Z tymi słowy na ustach Jasem zaczyna związywać dziewczynę, począwszy od jej szyi, na której zaciska pętlę. – Stanie się to, co nieuniknione. Klamka zapadła. Ty i twój kochaś pójdziecie do piekła i będziecie się smażyć w jego ogniu na wieki. A *mutawwowie* są i pozostaną ludźmi czystych rąk. – Z chęcią udusiłby ją już w tej chwili, ale chce przedłużyć jej cierpienia, ekscytuje się lękiem i bezbronnością młodej kobiety.

– Nie wiesz, z kim zadzierasz! – ofiara charczy przez ściśnięte gardło. – Omar jest z rodziny Binladenów, a im się nie podpada. Zjedzą cię na śniadanie, ty podły oszuście!

– Przestań już mleć jęzorem! – Jasem ściska ją mocniej i mocniej, a kiedy przybliża swoje śmierdzące potem ciało do dziewczyny, ta czuje przez ubranie jego nabrzmiały wzwód.

– Jesteś zboczony… – rzęzi ostatkiem sił. – Rajcuje cię zabijanie. Teraz już wiem, czemu rodzice się ciebie wyrzekli, czemu tak się ciebie bali. I wcale im się nie dziwię, ty potworze! Dla ciebie ogień piekielny to za mało…

Mężczyzna ma już dość słuchania obraźliwych słów. Ciągnie skrępowaną nad basen, gdy nagle do jego uszu dobiega kołatanie w metalową bramę i wołanie.

– Siedź tu i się nie ruszaj – rozkazuje Aidzie, która w więzach nie może się nawet wyprostować, nie mówiąc już o ucieczce.

– Witam pana. – W furcie stoi elegancko wystrojony Hamid. – Występuję w imieniu Omara Binladena. Czy moglibyśmy porozmawiać w środku? Czy ojciec Aidy jest w domu?

– Wyjechał... – Oprawca strzela oczami na boki, chcąc się zorientować, czy gość jest sam i przypadkiem nie ma w okolicy wozów policyjnych.

Spostrzegawczemu wzrokowi Hamida jednak nic nie umknie. Ma przed sobą dżihadystę, na którego od miesięcy poluje cała jego brygada antyterrorystyczna. Widzi jego ciemnozielone, zimne oczy i pieprzyk na lewej powiece. *Więc miałem rację, że wróci do domu*, przebiega mu przez myśl. *Ale nie spodziewałem się, że w takich okolicznościach.*

– Proszę mu zatem przekazać, że przyjdę jutro. – Szybko kończy wizytę, obraca się na pięcie i kieruje do samochodu.

Chciałby od razu złapać zbrodniarza, ale jest profesjonalistą i nie ma zamiaru popełniać szkolnych błędów, takich jak akcja w pojedynkę. W domu może być więcej opryszków z Państwa Islamskiego, a wtedy sam siebie tylko skazałby na śmierć.

Wyciąga telefon komórkowy i dzwoni do specjalnej jednostki. Wydaje krótkie gardłowe polecenia. Omar, siedzący w aucie, chce wyjść, lecz Hamid jednym pchnięciem wpycha go z powrotem do środka.

– Siedź tu i nie ruszaj się! Nie wyściubiaj stąd nosa pod żadnym pozorem! – rozkazuje głosem nieznoszącym sprzeciwu.

– Co się stało? Czy coś jest nie tak z Aidą? Co jej zrobili? – Chłopak zarzuca go pytaniami, lecz widząc, jak Hamid zdejmuje najpierw czarny wyjściowy płaszcz, potem *tobę*, pod którą ma wojskowy mundur i kamizelkę kuloodporną, milknie i tylko wpatruje się w niego okrągłymi oczami. – Wujku… – szepcze, gdy Binladen wyciąga z bagażnika karabin maszynowy i parę granatów. – Co ty zamierzasz zrobić? Na Allaha!

– Synku, siedź w aucie, powtarzam, i nic się nie bój.

Nagle z piskiem opon zatrzymują się przy nich trzy wielkie fordy z napędem na cztery koła i wojskowymi rejestracjami. Wyskakują z nich uzbrojeni po zęby komandosi w kominiarkach i bez słów, na migi, przekazują sobie informacje. Brama wskazanego domu błyskawicznie zostaje sforsowana i wyrwana z zawiasów ląduje na podwórzu. Do środka wpadają wszyscy funkcjonariusze z Hamidem na czele.

Brat Aidy wyczuwa pismo nosem i kiedy tylko za Hamidem zamykają się drzwi, podbiega do basenu, przywiązuje do liny pętającej kostki Aidy pustak i jednym kopnięciem popycha dziewczynę do wody. Drobne bąbelki powietrza wypływają na powierzchnię, kiedy ona, bezwolna jak kamień, schodzi na dno.

Morderca wpada do domu, zrzuca swój tradycyjny arabski strój, pod którym ma dżinsy i koszulę z długimi rękawami, pociera oczy, staje przed lustrem i zakłada koloryzujące szkła kontaktowe. Następnie przylizuje żelem falujące włosy, maskuje korektorem charakteryzujący go pieprzyk, chwyta aktówkę i daje susa w stronę ogrodzenia, gdzie drewniana drabinka wspiera ukwieconą bugenwillę. Sprawnie wspina się po szczebelkach i znika po drugiej stronie muru. Wcześniej jeszcze spogląda lekceważąco w stronę wejścia.

– Binladen, ty psie. Jeszcze mnie popamiętasz, grzeszniku – szepcze w upojeniu i uśmiecha się szyderczo.

Po przeszukaniu domu komandosi nie znajdują w nim żywej duszy. Nie pada ani jeden strzał, nie ma żadnych śladów czy dowodów. Jeden z funkcjonariuszy skacze do wody i wyławia z niej martwą już ofiarę honorowej zbrodni. Piękne ciemne oczy młodej kobiety zaszły mgłą, lecz nadal patrzą w przestrzeń, pełne rozpaczy i niedowierzania. Długie czarne włosy okalają jej twarz, a mokra *abaja* okleja szczupłe dziewczęce ciało.

Zwłoki Aidy położono na brzegu basenu w oczekiwaniu na koronera. Omar, nie słysząc żadnych odgłosów walki, w końcu wchodzi do środka. Od razu widzi swoją ukochaną. Podchodzi do niej, siada na ziemi i delikatnie kładzie jej głowę na swoje kolana.

– Kocham cię, Aido, miłości mojego życia... – szepcze, tłumiąc szloch. – Dla mnie wraz z tobą umarł cały świat. Szczęście na ziemi nie jest już możliwe. Będę czekał na spotkanie z tobą, najdroższa. Mój ty bezbronny, czysty kwiatuszku. – Pochyla się i delikatnie całuje dziewczynę w czoło.

* * *

– Daria, chodźże ze mną do Krysi – prosi Marysia. – Byłaś tam może ze dwa razy i od razu się wypięłaś. Przecież to miła, wręcz cudowna kobieta – zachęca. – Można u niej fajnie spędzić czas.

– Nie za bardzo – odburkuje siostra. – Mam już coś innego w planach.

– Ale co ty masz tu do roboty? To jest Saudia! Uniwersytet, dom, zakupy, dom, dom, dom… Nie widziałam, żebyś miała grono dobrych koleżanek na uczelni.

– A skąd wiesz?

– Kiedy czasami na siebie wpadamy lub mamy wspólne zajęcia, ty ciągle siedzisz sama i tylko coś wypisujesz w telefonie.

– Czy to jest zabronione? – Daria marszczy swoje młode czoło i patrzy na siostrę spode łba.

– Mam nadzieję, że wiesz, gdzie żyjesz. W tym kraju nie można mieć damsko-męskich pozamałżeńskich kontaktów. – Marysia obawia się, że Daria utrzymuje znajomość z poznanym w samolocie chamskim Brytyjczykiem. – Nie ma dyspensy dla niemuzułmanów. Trzeba się zastosować do lokalnych reguł, bo inaczej można wpaść w niezłe tarapaty, kochana – kończy już łagodnym głosem, ale widzi, że rzuca słowa na wiatr, bo jej młodsza siostra zaciska tylko wargi. – Słuchaj, jesteś tu pod naszą opieką i kuratelą. Chyba nie chcesz narobić kłopotów Karimowi? – Kobieta używa ostatecznego argumentu.

– Większych, niż narobiłaś ty, na pewno mu nie zrobię – złośliwie docina Daria, po czym ostentacyjnie wychodzi z domu, nie tłumacząc się, dokąd idzie i z kim.

Marysia sama jedzie do Krysi, żeby się jej wyżalić. Matki nie chce martwić, bo przecież Dorota ma dość problemów ze swoim zdrowiem, choć szczęśliwie okazało się, że choroba, która ją trawi, to nie nowotwór, lecz zaburzenie systemu autoimmunologicznego i przy właściwej terapii można z tym normalnie żyć przez długie lata.

– Krysiu, ta gówniara tak mnie denerwuje, że czasami z chęcią przerzuciłabym ją przez kolano i dała jej w tyłek!

– Cóż, nie jest już dzieckiem i tak tego nie załatwisz – tłumaczy spokojnie starsza kobieta.

– Niestety – wzdycha Marysia. – Czy ona nie rozumie, jak bardzo się naraża? I gdzie oni w ogóle się spotykają, bo o tym, że się widują, jestem święcie przekonana.

– Jak ich złapią bez rodzinnej *iqamy*, to mogą mieć niezłe kłopoty.

– Krysiu! Za to grozi więzienie! A jak dojdą do tego, że Daria ma odrobinę arabskiej, muzułmańskiej krwi, to mogą nawet zasądzić jej karę batów. To straszne! Ona chyba zgłupiała!

– Nie panikuj, dobrze? – Polka chwyta ją za ręce. – Nie układaj od razu najbardziej tragicznych scenariuszy. Może po prostu umawia się z koleżankami?

– Nie! Nie ma koleżanek. Poza tym wiem, jak wygląda zakochana kobieta. Taki stan ducha od razu widać – po zamglonych, zamyślonych oczach, sposobie bycia, zagadkowym uśmiechu, zadumie… Ona lśni!

– Ładnie to ujęłaś. – Krysia uśmiecha się delikatnie. – Trzeba, żeby Karim z nią porozmawiał.

– Powiesz mu? Naprawdę nie chcę, by miał kłopoty przez moją rodzinę. Wystarczy, że mnie nie znosi i nie wie, jak się pozbyć.

– Smutne jest to, co mówisz, bo pamiętam, jak bardzo cię kochał.

– Właśnie, kochał. Czas przeszły. Jeśli moja siostra będzie miała takie samo szczęście w miłości, jakie mam ja, to już jej współczuję.

Daria nie da się nikomu przekonać, a zdrowy rozsądek już dawno w sobie zabiła. Nie rozumie, co się z nią dzieje i czemu tak ryzykuje, ale jakaś niewidzialna siła pcha ją w ramiona Johna i nie potrafi się jej oprzeć. Ten mężczyzna nie jest w jej typie, denerwuje ją, czasem wręcz odraża, ale wbrew temu wszystkiemu czuje, że musi z nim być. Bez niego kona, schnie, nie może znaleźć sobie miejsca, tęskni i płacze. Kiedy zaś jest blisko niego, żądze zawładają jej ciałem, zmysły pulsują, a w głowie ma totalną pustkę. Johny, Johny, Johny…

A on wymyśla coraz bardziej brawurowe, jak na Arabię Saudyjską, akcje.

– Jedziemy na osiedle Salwa pod Rijadem – oznajmia głosem nieznoszącym sprzeciwu. – W większości mieszkają tam Anglicy, ale trafi się też Amerykanin, a nawet jest jedna Polka. Spodoba ci się, zobaczysz.

– Ale jak ja się tam dostanę? – niepokoi się Daria.

– Ze mną. Będziesz jedynie musiała się porządnie ubrać.

– To znaczy?

– Na drogę zasłonisz się od stóp do głów, a na parkingu dla odwiedzających zrzucisz saudyjskie łachy i wejdziesz do środka już jako Europejka. Zakwefionej Arabki na to osiedle by nie wpuścili – śmieje się kpiarsko.

– Jak w tradycyjnym stroju mogę jechać z białym facetem? Będziesz robił za kierowcę? Nikt w to nie uwierzy! Zatrzymają nas na pierwszym skrzyżowaniu. Niemuzułmanin z muzułmanką w jednym aucie? Pierdel murowany, jak nie kara śmierci! – uświadamia mu Daria przez ściśnięte strachem gardło. – Dla mnie, jako kobiety, ukamienowanie, a dla ciebie kat z mieczem. Piękna śmierć! – prycha.

– Boże, jakaś ty głupia! – Mężczyzna często obrzuca ją tego typu epitetami, a ona to pokornie znosi. – Ja przebiorę się za Araba.

– Z twoimi oczami w kolorze fiołków? Ty chyba masz nie wszystkich po kolei!

– Już się tak nie bój, moja ty gąsko. – John mocno chwyta dziewczynę za ramię i przygarnia do siebie, a ta omalże nie mdleje, bowiem są przecież w centrum handlowym, gdzie w każdej chwili może ich namierzyć i wylegitymować policjant obyczajowo-religijny. Niebezpieczna sytuacja jednak tak w Darii, jak i w Johnie powoduje gwałtowny skok adrenaliny oraz libido. Ona odurza się zapachem jego ostrego męskiego potu, a on upaja kwiatowymi perfumami, które spowijają lekką mgiełką jej ciało.

– Niech będzie Salwa. – Daria decyduje się podjąć ryzyko. – A co będziemy tam robić?

– Będziemy wolni, więc możemy robić, co tylko dusza zapragnie! – żartuje mężczyzna, a w jego zachrypniętym głosie słychać pożądanie. – Będzie wielka impreza z grillem, gorzałą i prochami…

– Ja narkotyków nie biorę i brać nie będę! – od razu przerywa mu Daria. – Absolutnie! – Poważnieje, wyrywa ramię z mocnego uścisku i idzie w kierunku witryny najbliższego sklepu.

– Nikt cię do tego nie zmusza. – John staje tuż za nią. – Mówię ci jedynie, żebyś wiedziała. Ja też nie biorę. Nie muszę się ogłupiać ani dopingować. Zawsze wiem, co robię, i chcę to robić z pełną świadomością.

Daria uspokaja się, ale nie jest pewna, czy naprawdę chce tam iść. Wie mniej więcej, gdzie znajduje się to osiedle – to zupełne odludzie i wydostać się stamtąd jest bardzo ciężko. Co zrobi, jak jej się tam nie spodoba? Weźmie taksówkę? Samotna kobieta łapiąca taryfę na autostradzie przecinającej piaski największej pustyni na Półwyspie Arabskim? Każdy jeden kierowca od razu ją zgwałci, a ciało wyrzuci przy drodze. Do rana będzie już ogryzione do białych kości. Dziewczyna ma myślówkę i układa jeden scenariusz bardziej koszmarny od drugiego. *Może Marysia ma rację?*, zastanawia się. *Może powinnam zerwać chory układ, bo ten facet zachowuje się, jakby nie wiedział, gdzie żyje. A ja staram się dorównać mu kroku i zgadzam się na każdy jego najgłupszy pomysł. Bez sensu!*

Jednak kiedy przychodzi weekend, Daria ma już przyszykowany nikab i wie, że kolejny raz zaryzykuje dla Johna. Kiedy spotykają się przed wejściem do marketu

Tamimi w centrum, gdzie Brytyjczyk niby ma ją odebrać ze sklepu, Daria stoi jak zamurowana. Nie może wykonać kroku, by wsiąść do jego samochodu. Widzi bowiem za kierownicą typowego Araba, nie Saudyjczyka w białej *tobie*, ale nieokreślonej nacji muzułmanina w galabii i arafatce na głowie. Kiedy na nią spoziera, taksuje ją zimnym spojrzeniem ciemnozielonych oczu. *To nie on*, myśli z trwogą dziewczyna. *To nie może być on!*

Nagle otwierają się przed nią drzwi i obcy mężczyzna krzyczy do niej po arabsku:

– *Jalla*[1]! Właźże, do cholery!

Młoda, już nie zwlekając i o nic nie pytając, wskakuje do auta. *Klamka zapadła. Jestem ugotowana na miękko z tym chłopem.* Wzdycha, niezadowolona ze swojej uległości. *Skąd on zna arabski?*, przelatuje jej przez głowę. *To nie jest wyuczone, to naturalny czysty akcent i perfekcyjna wymowa.*

W milczeniu jadą ponad pół godziny. Kiedy już po obu stronach drogi mają tylko pomarańczowe piaski pustyni, zza horyzontu wyłania się ogromny kompleks, otoczony wysokim na pięć metrów murem, zakończonym drutem kolczastym i tłuczonym szkłem, z kamerami, szperaczami i lampami oślepiającymi na wiele kilometrów. *Nawet szczur się tam niepostrzeżenie nie dostanie.* Daria oddycha z ulgą. *Wszystko jest nagrywane, wszystko pod kontrolą. Bogu dzięki!* Trochę się uspokaja, ale nadal jest wzburzona, bo nie może pojąć tak perfekcyjnej transformacji Johna w Araba.

[1] *Jalla* (arabski) – Chodź; Wychodź; W drogę.

Teraz jednak postanawia nie indagować, bo nie znajduje się w zbyt komfortowej sytuacji i nie jest na bezpiecznym gruncie. Jakby mężczyzna ją tu zostawił, nie pozostałoby jej nic innego, jak tylko dzwonić do Marysi i dać jej tę satysfakcję, że jednak miała rację. Poza tym obecnie siostry są faktycznie bez *mahrama*, bo Karim w domu jest gościem, i dla Marysi też nie byłoby bezpieczne plątanie się nocą samej z kierowcą po wymarłym Rijadzie. *Chcę być już z powrotem w domu*, smutno stwierdza Daria i tłumi płacz. *Czemu on mnie naraża na takie rzeczy?*

– I co, nie było tak źle, no nie? – John wygląda na zadowolonego, kiedy zrzuca z siebie tradycyjne ciuchy, pod którymi ma eleganckie europejskie ubranie.

– No nie wiem…

– Ty nic nie wiesz, moja mała – chichocze i mocno ją przytula. – Poczekaj chwilę na zewnątrz, muszę wyciągnąć kontakty z oczu, bo zaraz oślepnę. – Przybliża twarz do wstecznego lusterka. – No idźże już, nie bój się, nikt cię tu nie zje! – Wyrzuca ją z wozu. – Nie będę przy tobie robił głupich min – łagodzi swój ordynarny ton.

Za moment para zmierza w kierunku głównej bramy, która wygląda jak wjazd do Sing Sing. Nie dość, że wielkie metalowe zbrojone odrzwia rozsuwają się automatycznie, to na betonie zostały umocowane mechaniczne kleszcze, które w razie niebezpieczeństwa wysuwają się z asfaltu i dziurawią opony wjeżdżającego auta.

– Dokumenty – burczy dyżurny Saudyjczyk, lustrując ich od stóp do głów. – Zaproszenie. – Kontynuuje sprawdzanie, przybierając przy tym odpychający, pogardliwy wyraz twarzy. – Linie papilarne. Przyłożyć palec tutaj.

Wskazuje na mały czytnik.

– Czy to już nie jest przesada? – obrusza się John. – Nie wybieramy się chyba za granicę!

– Jak wam nie pasuje, to możecie nie wchodzić – pyskuje ochroniarz.

– Dobrze, ja pierwsza. – Darii to nie przeszkadza, a nawet się cieszy z tak skrupulatnej kontroli, bo to oznacza, że osiedle jest najbezpieczniejszym miejscem w całej Saudi. *Na pewno żaden terrorysta się tu nie wślizgnie*, oddycha z ulgą.

Kiedy w końcu wchodzą do środka, ich oczom ukazuje się inny świat. Osiedle Teksas, na którym mieszkają siostry, nie umywa się do brytyjskiego. Stąd można w ogóle nie wychodzić, gdyż znajdują się tu wszystkie udogodnienia, jakie są potrzebne człowiekowi z Zachodu. Wielkich willi jest chyba z trzysta, część ekskluzywnych – z ogrodami i prywatnymi basenami, a część w zabudowie szeregowej dla ludzi o mniej zasobnym portfelu. Oprócz tego są tam zwykłe bloki, w których można wynająć apartament jedno- lub dwupoziomowy z loggią lub balkonem. Na całym terenie znajdują się trzy baseny otwarte oraz jeden kryty o rozmiarach olimpijskich. Sklepów, restauracji i kafeterii jest zatrzęsienie. Jest gdzie spędzać czas i się nie nudzić, bo można pójść na fitness, do kina, na koncert czy do pubu, który jest otwarty przez długie nocne godziny.

To właśnie w pubie odbywa się dzisiejsze przyjęcie, bowiem gospodarze zaprosili chyba z dwustu gości, więc muszą ich jakoś pomieścić. Klub ma część siedzącą ze stolikami, bar z wysokimi stołkami, a przy nim scenę dla zespołu, pakamerę dla didżeja oraz parkiet taneczny. Z ogromnych kolumn dobywa się ogłuszająco głośna muzyka i lecą najnowsze światowe przeboje. John przedstawia Darię chyba setce ludzi. Okazuje się, że zna on tutaj prawie każdego. Czuje się w tym środowisku jak ryba w wodzie; dziewczyna nigdy nie widziała mężczyzny tak szczęśliwego i życzliwego dla otoczenia. Przy niej przeważnie zachowuje się odpychająco. Teraz Daria poznaje jego drugie oblicze. *Jest jak kameleon*, stwierdza. *Raz stuprocentowy, dumny i antypatyczny Brytyjczyk, innym razem szarmancki i uroczy europejski żigolak. Co za człowiek? Doktor Jekyll i mister Hyde. Strach się bać*, podsumowuje, lecz z dumą trzyma pod ramię postawnego, przystojnego faceta, co chwilę wyłapując zazdrosne spojrzenia otaczających ich kobiet. Błękitne oczy Johna robią furorę i czarują piękną płeć, a jego szczery uśmiech powoduje dreszcz i falę pożądania. Tak też dzieje się z Darią, która pragnie tego mężczyzny najbardziej na świecie. Chce być blisko niego, bez żadnych barier i ograniczeń. Jakby dzisiaj, po tak krótkiej znajomości, oświadczył się jej, bez wahania powiedziałaby sakramentalne „tak". Brytyjczyk jednak tego nie robi, za to nalewa sobie i dziewczynie jednego alkoholowego drinka za drugim. Po chwili szumi im w głowach, na twarzach wykwitają rumieńce, a ciało pokrywa się potem. W tym klimacie procenty nikomu nie służą. Para jako jedna z pierwszych idzie na parkiet i przestępuje z nogi na nogę w rytm powolnego utworu. Ich ciała jeszcze nigdy nie były tak blisko, jeszcze nigdy nie ocierały się o siebie, nie czuli aż do bólu tak wielkiej żądzy. John chwyta małą pupę Darii i bez skrępowania przyciska ją do siebie. Dziewczyna wyczuwa jego twarde wielkie prącie, które prawie rozsadza mu spodnie. Jego oddech pieści jej szyję, po chwili czuje za swoim uchem jego usta, a następnie ciepły i śliski język na karku. Nie zdają sobie sprawy, że ich taniec tchnie seksualnością. Świat dookoła przestał dla nich istnieć. Są tylko oni i ich żądza.

– Idziemy stąd – mówi John przez ściśnięte gardło. – Już!

Mocno obejmuje swoją dziewczynę w pasie, a ona, ledwo trzymając się na miękkich nogach, bez pytania poddaje się mu i idzie tam, gdzie ją prowadzi. Mężczyzna zna drogę. Wchodzą na drugie piętro mieszkalnego bloku, on wyciąga z kieszeni klucz, otwiera drzwi i jednym mocnym ruchem wpycha Darię do środka. Jest ciemno, lecz John wie, gdzie są włączniki światła i jak są ustawione meble. Ciągnie ją za rękę do sypialni, rzuca na niepościelone łóżko, a następnie błyskawicznie ściąga swoje ubranie, pozostając jedynie w slipkach. Teraz Daria widzi gigantyczne rozmiary jego przyrodzenia i aż drży z pożądania, rozkoszy i trochę strachu.

– Johny, chodź tutaj... – Wyciąga do niego ręce. – Nie każ mi dłużej czekać... – szepcze.

Mężczyzna jednym ruchem pozbawia ją sukienki, szarpnięciem zrywa stanik i majtki, a następnie bez żadnej gry wstępnej, bez czułego słówka i bez zabezpieczenia brutalnie się w nią wdziera. Akt seksualny trwa może dwie minuty, po których facet wydaje z siebie jęk, a następnie wychodzi z dziewczyny. Ani razu jej nie pocałował, ani razu pieszczotliwie się do niej nie odezwał, delikatnie nie dotknął. Daria cichutko jak myszka przybliża się do niego i składa głowę w zagłębieniu jego ramienia. Nie wie, co ma o tym wszystkim myśleć. W głowie ma pustkę. Kątem oka, zanim mężczyzna zdążył się zasłonić, widzi, że jest obrzezany. Teraz jednak nic jej nie niepokoi, nic nie zastanawia, pragnie jedynie tego, by John ją pokochał.

– Spotkamy się dzisiaj zaraz po twoich zajęciach. – John coraz rzadziej przedyskutowuje z Darią plany, wydaje jedynie dyspozycje. – Podjadę na parking przed uczelnią i będę tam na ciebie czekał. Ubierz się odpowiednio.

– Znowu? – Dziewczyna nie może się nadziwić, że Brytyjczykowi nie przeszkadza taka transformacja. – Jak cię poznam? Za kogo się tym razem przebierzesz?

– Standard. Nie mam tutaj zbyt dużego wyboru. Przyjadę moim mitsubishi pajero. Na przedniej szybie w lewym kąciku jest naklejka z trupią czaszką na czarnym tle. Jakbyś dotąd tego nie zauważyła. – Mężczyzna podśmiewa się z braku spostrzegawczości swojej kochanki.

– Masz zabójcze auto! – żartuje młoda przez telefon i przymila się. – Z zabójczym facetem w środku.

– Jakbyś zgadła!

– Mam zabarwić oczy *kohlem*?

– Oczywiście, przecież płynie w tobie arabska krew, a jak się odpowiednio ubierzesz i umalujesz, to już nikt nie ma wątpliwości. Mam nadzieję, że moi sąsiedzi również to kupią.

– Zabierasz mnie do swojego mieszkania? – Daria jest coraz bardziej podekscytowana. – To cudownie!

– Wiesz, że nie mieszkam w willi, ale w kamienicy, z sąsiadami za ścianą, więc postaraj się zachowywać skromnie. Tak jak przystało na arabską żonę.

– Co? – Serce w młodej piersi dziewczyny zaczyna trzepotać.

– Przecież musiałem im jakoś wytłumaczyć wizytę kobiety w mieszkaniu, które do tej pory zajmował kawaler. Powiedziałem, że przylatujesz z Syrii i dołączasz do mnie na jakiś czas.

– A co, jeśli nie uwierzą? Jeśli znajdzie się tam jakiś formalista i każe ci pokazać kontrakt ślubny, nasz wspólny dowód osobisty, jakieś inne dokumenty?

– To mu mordę okuję! – John wybucha swoim zwykłym żywiołowym śmiechem, a Daria tak bardzo chciałaby teraz być przy nim i widzieć, jak cieszy się każdą cząstką swego ciała.

– Skoro tak mówisz, to już jestem spokojna – szepcze namiętnie. – Będę zatem grała rolę arabskiej żony… A swoją drogą, gdzie tak dobrze nauczyłeś się arabskiego? To niełatwy język. – Postanawia wyjaśnić chociaż jedną rzecz, która nurtuje ją w tym tajemniczym mężczyźnie.

– Robienie interesów z Arabami to moja specjalność i ogromna kasa. – W głosie Brytyjczyka słychać szczerość. – Kiedy się do nich gada w ich narzeczu, są przeszczęśliwi i przestają kontrolować portfel. Opłacał mi się wysiłek, połamanie języka i zdarcie gardła. A ty mówisz coś w swoim ojczystym dialekcie? – pyta mimochodem.

– Jakim ojczystym? Mój ojczysty język to polski i tylko polski. Mojego biologicznego ojca w ogóle nie pamiętam. I Bogu dzięki! Mówiłam ci już przecież!

– No ale w krajach arabskich mieszkasz przez prawie całe swoje życie. Jak cię zagada jakaś sąsiadka, to dobrze by było, żebyś umiała jej odpowiedzieć.

– O to się nie martw – obiecuje Daria, bo chcąc, nie chcąc, mówi po arabsku prostym językiem, ale jak rodowita mieszkanka pustyni.

Zabawa w przebierańców idzie Darii coraz lepiej. Mniej się stresuje, czuje pewniej, choć teraz już przestała to być niewinna gra, bo wchodzi prosto w paszczę lwa. Kamienice czynszowe w Saudi zamieszkane są przeważnie przez lokalną biedotę i w takiej też są kondycji. Nie ma żadnej ochrony ani stróża, brama zawsze jest otwarta, przez co korytarze czadzą zatęchłym smrodem fekaliów, a w powietrzu unosi się mgiełka palonej marihuany. W takich miejscach, najchętniej pod schodami na parterze, zbierają się menele z całej dzielnicy; siedzą lub leżą na lastriku, jedzą tam i śpią. Od czasu do czasu pojawi się jakiś żebrak bez nogi, ręki czy oka, ale przeważnie jest wyrzucany, bo takie rewiry zalicza się do najlepszych met dla lokalnych nędzarzy, a żebracy przeważnie są przyjezdni, najczęściej z Jemenu czy z ubogiej Syrii.

– *Imszi barra!* – drze się John w stroju Araba, macha na bezdomnych ręką i kopie, gdzie popadnie.

– Ojoj, daj im spokój. – Darii robi się przykro. – To nieszczęśnicy. – Otwiera torebkę, sięga po portfel i w typowo arabski sposób wyciąga z niego na chybił trafił plik pieniędzy, a następnie podaje kobiecie, która siedzi na ziemi z dzieckiem na ręce. – Kup małemu mleko.

– Ależ z ciebie dobra duszyczka. – Biedaczka całuje czubki swoich palców, a następnie przytyka je do serca, co oznacza najszczersze podziękowanie.

– Myślisz, że tobie ktoś by pomógł? – John nie jest zadowolony i prędko ciągnie Darię po schodach.

– Oczywiście! – bez wahania odpowiada dziewczyna.

– A co za idiota? – rechocze nieprzyjemnie i znów jest niemiły.

– Chociażby moja siostra, chamie! – Darię coraz bardziej bolą jego docinki. – Ma w żyłach arabską krew i jakby ktoś zrobił mi krzywdę, to własnymi rękami poderżnęłaby mu gardło – mówi całkiem poważnie, a gburowaty mężczyzna już się nie odzywa, lecz nagle poważnieje i w ciszy prowadzi kochankę do swojej nory.

Mieszkanie wybranka zaskakuje Darię. Składa się z dwóch sypialni i całkiem sporego salonu, małej kuchni, wyczyszczonej tak, że aż septycznej, i dużej łazienki z wanną z hydromasażem. Meble i sprzęty są nowe i nowoczesne, a urządzenia techniczne i audiowizualne z najwyższej półki. Pod ścianami stoją biblioteczki zapełnione książkami. Dziewczyna od razu zauważa Koran w skórzanej oprawie ze złotymi zdobieniami, zbiór hadisów oraz opracowania na temat dżihadu. Wszystko to jest po arabsku, co ją zaskakuje, gdyż zwykle cudzoziemcowi trudno mówić w tym języku, a co dopiero czytać, i to religijne, naukowe lub prawnicze książki.

Nie ma jednak czasu na rozmyślanie, bo przecież nie po to w końcu tutaj przyszła.

– Wyskakuj z tych łachów – John znów miłym tonem zwraca się do Darii, a ją od razu łaskocze w dołku. – Ja idę się przebrać.

Po chwili mężczyzna wraca w samych slipach, zupełnie odmieniony – bo znów patrzy na nią swoimi ciepłymi błękitnymi oczami, które całkiem ją rozkrochmalają.

– Chodź no tu, mała. – Wyciąga do niej owłosione, umięśnione ramiona, tuli jak dziewczynkę, mocno dociskając do piersi, a jej aż żebra skrzypią i ledwo może złapać oddech. – Jak tam? Masz ochotę na małe co nieco?

– Z tobą o każdej porze dnia i nocy. – Daria odwzajemnia jego uścisk i idą wtuleni w siebie do mrocznej sypialni, gdzie padają na łóżko i długie godziny z niego nie wychodzą.

Tym razem John okazuje się trochę bardziej czułym, ale też wyrafinowanym kochankiem, zawsze zdecydowanym, dominującym i pragnącym swojej kobiety bez żadnych limitów, aż do końca, do ostatniego tchu. Kiedy całuje, wsadza jej język aż do gardła, kiedy finalizuje miłosny akt, bez zastanowienia i litości wdziera się w jej miękkie i delikatne wnętrze swoim potężnym członkiem. Innym razem decyduje o seksie oralnym, bez najmniejszego uzgodnienia tego z partnerką. Układa jej głowę na wysokości swojego krocza i rozpycha usta fallusem. Kiedy wytryskuje z niego nasienie, kochanka prawie się dusi, a nadwyżka ejakulatu wylatuje z niej nosem. W tym momencie mężczyzna wybucha charczącym, gwałtownym śmiechem i scałowuje cały płyn z jej twarzy i opuchniętej muszelki. Daria przeżywa jeden orgazm za drugim, krzyczy, płacze, szarpie swoje włosy i drapie szerokie plecy mężczyzny jej życia. Mężczyzny, który ją zauroczył, zdominował i posiadł tak cieleśnie, jak i duchowo.

– Dzisiaj przyjedź sama. – Po dwóch tygodniach John zmienia ich rytuał. – Nie mam czasu odebrać cię spod uczelni, bo zamykamy zasrany plan budżetu – tłumaczy się. – W centrum spokojnie możesz wziąć taksówkę. Tylko ubierz się odpowiednio.

Co on ma z tym ubieraniem?, zastanawia się dziewczyna. *Chyba go ta Saudia skonwertowała. Przecież jak idę na uniwersytet, do centrów handlowych czy do restauracji z Marysią, chodzimy bez zakrywania włosów czy twarzy, jedynie w* abajach, *które jednak są tu wymagane. Już nawet moje koleżanki Saudyjki coraz rzadziej zakładają nikab, ograniczając się do hidżabu. Ech!* Postanawia jednak się nie sprzeciwiać, bo już wie, że z Johnym się nie dyskutuje.

Kierowca nie chce uwierzyć, że samotna elegancka arabska kobieta każe się zawieźć do miejsca pełnego rozwrzeszczanych dzieciaków wychowujących się na ulicy, żebraków, meneli różnego typu, w tym narkomanów, i bezrobotnych biednych Saudyjczyków. Co chwilę rzuca spłoszone spojrzenie we wsteczne lusterko, a Daria boi się, że zaraz zawiezie ją prosto na posterunek policji.

– Zatrzymaj się tutaj! – wykrzykuje przecznicę od bloku Johna, kiedy szofer zwalnia na specjalnym progu. – Wysiadam – decyduje, rzuca mu pieniądze i wyskakuje z auta, bowiem pod drzewem widzi kobietę, której w pierwszym dniu odwiedzin u kochanka dała pieniądze. Znów ma dziecko na ręku, a przed sobą koszyczek na datki. Jest on prawie pusty.

– *Ahlan wa sahlan* – wita się Daria. – *Keifa haleki*[1]?

– *Ja saida*[2], *ja ustaza*[3]! – Żebraczka na znak szacunku chyli czoło przed młodą dziewczyną. – *Szukran dżazilan*[4]. *Kullu tamam*[5].

– Przejdziesz się ze mną do domu? – pyta Daria, wrzucając lekką ręką parę stówek do koszyczka, a baba już zbiera się z ziemi i kaczym chodem drepcze przy niej.

– Pani tu nie pasuje, kochana moja – stwierdza po chwili. – Czemu mąż nie wynajmie czegoś w lepszej dzielnicy?

– To tymczasowe. Na początek.

– Niedobrze, bo początki czasami lubią przyschnąć na stałe, madam.

– No tak…

– I jakieś dziwne towarzystwo odwiedza tego twojego chłopa… – kobieta zawiesza głos – …kiedy ty wychodzisz na noc z domu. – Patrzy kaprawymi oczami na dziewczynę, ale bez żadnej przygany, jedynie z głębokim zmartwieniem i współczuciem.

– Powiadasz? – Do Darii nagle dociera, że ściany mają oczy i uszy, a przy takim zatrzęsieniu nudzących się

[1] *Keifa haleki* (arabski) – Jak się masz?
[2] *Ja saida* (arabski) – Pani (wołacz).
[3] *Ja ustaza* (arabski) – Nauczycielko (wołacz); w przenośni oznacza kogoś mądrego, wykształconego.
[4] *Szukran dżazilan* (arabski) – Bardzo dziękuję.
[5] *Kullu tamam* (arabski) – Wszystko w porządku.

bezdomnych każdy krok spotykającej się pary jest obserwowany i odnotowywany. *Co będzie, jeśli ktoś nas zakapuje?* Aż drży z przerażenia. *Cholera jasna!*

– Wiesz, moja dobra pani o gołębim sercu... – podejmuje żebraczka. – Ja też kiedyś wiodłam normalne życie, mieszkałam w pięknym domu z ogrodem... Ale mój stary zadał się nie z tym, z kim trzeba, i wszystko przepadło.

– Kogo masz na myśli?

– Tych, którzy zagrażają naszemu królestwu, a nazwy tych ugrupowań nawet nie wspomnę. Strzeż się i przemyśl swoje postępowanie – mówi jak osoba mądra i wykształcona, a wygląda przecież, jakby wyciągnięto ją z rynsztoka. – Obyś nie wpadła w tego typu tarapaty, kochanieńka.

– Dziękuję za radę, matko. – Daria dwoma palcami poklepuje kobiecinę po przygarbionych plecach, po czym wpada susem na klatkę schodową i pędzi po dwa stopnie do mieszkania Johna.

W głowie jej huczy, nie jest w stanie pozbierać myśli i ledwo łapie dech, ale nie z wysiłku, lecz z panicznego strachu.

– Słuchaj! – krzyczy, przekraczając próg mieszkania. – Oni wszystko widzą! Wszyscy wiedzą, że nie jestem twoją żoną, że przychodzę tylko na parę godzin popołudniami, a na noce znikam. To wszystko źle się skończy!

– Co się stało? – pyta mężczyzna, zdziwiony tym gwałtownym zachowaniem. – Uspokój się!

– Dłużej nie dam rady cię odwiedzać. Jeśli myślisz, że jak mieszkasz w takiej podłej dzielnicy, to nikt nie będzie cię obserwował, to kretyn jesteś! Nie wiem, co ty tu robisz, ale mnie w to bagno nie wciągniesz.

– *Uskut*[1]! – John niespodziewanie uderza Darię w twarz. – Przestań wydzierać mordę, kobieto!

– Idę stąd. I na pewno tu nie wrócę. Jak wymyślisz jakiś lepszy sposób, by utrzymywać ze mną kontakty, to daj znać.

Łzy ciekną ciurkiem z poczernionych oczu zranionej kochanki i od razu wsiąkają w czarny kwef, nie zostawiwszy nawet ciemnych strug na jej twarzy. Daria zrywa się do ucieczki, ale John błyskawicznie łapie ją na korytarzu i zaciąga z powrotem.

– Chcesz sama się tu plątać, kiedy za chwilę zapadnie zmierzch? – pyta, trzymając ją przypartą do ściany. – Myślisz, że w tym rejonie łatwo złapać taksówkę? A może od razu siądziesz na ulicy i zaczniesz żebrać, tak jak hojnie przez ciebie obdarowana koleżanka? – ironizuje. – Miałem wprawdzie dla ciebie niespodziankę, ale skoro nie chcesz mieć ze mną nic wspólnego, to daj się przynajmniej odwieźć do domu.

– Czemu ty, Brytyjczyk, mieszkasz w takiej podłej arabskiej dzielnicy? Czemu tak lekko przychodzi ci przemiana w Araba? Czemu nosisz szkła kontaktowe? Czemu kamuflujesz swój pieprzyk nad okiem? – Dziewczyna zarzuca go pytaniami, które nazbierały się przez cały okres ich znajomości.

– Mogę rozwiać wszystkie twoje wątpliwości, ale nie w takiej nerwowej atmosferze. – Odsuwają się od siebie i lustrują taksującym wzrokiem. – Siądź, zrobiłem dobry

[1] *Uskut* (arabski) – Cisza; cicho.

arabski obiad. – John uśmiecha się z przekąsem. – Skoro już jesteś i tyle nerwów kosztowało cię dotarcie tutaj, to zjedzmy przynajmniej ostatnią wieczerzę.

Daria powoli ściąga zasłonę z twarzy i *abaję*, po czym kieruje się do łazienki. Tam jeszcze wybucha cichym, rozpaczliwym szlochem, lecz w końcu się opanowuje, wydmuchuje nos i myje twarz wodą. *Pewnie wszystko można wytłumaczyć*, myśli, *ale przed policjantami religijno-obyczajowymi nie znajdę wytłumaczenia. Nie chcę iść do więzienia!*, krzyczy w duchu.

– Sam widzę, że nasze potajemne spotkania nie mają przyszłości – kontynuuje gospodarz po jej powrocie. – A że twoja rodzina nie za bardzo mnie lubi, więc nie ma mowy, by nas kryła na osiedlu, gdzie mieszkacie. – John ma na myśli Marysię, która już na lotnisku bardzo ostro go potraktowała, a on takich bab nie toleruje. – Dlatego też pomyślałem... – robi przerwę, a Daria, siedząc skromnie z dłońmi zaplecionymi na kolanach, słucha go uważnie – ...że moglibyśmy wyjechać gdzieś za granicę.

– Naprawdę?! – Dziewczyna nagle się ożywia. – A dokąd?

– Mam zaplanowaną małą rundkę po Europie – Francja i Hiszpania. Potem moglibyśmy wyskoczyć na święta i sylwestra gdzieś do Afryki Północnej.

– Och, Johny, mówisz poważnie? – Młoda od razu zapomina o wątpliwościach, ostrzeżeniach oraz o grożącym im niebezpieczeństwie i jak łatwowierne dziecko siada na kolanach ukochanego, zarzucając mu ręce na szyję. – Może gdzieś tam zamieszkamy? Przecież w twoim fachu znajdziesz pracę wszędzie – proponuje nieskromnie.

– Żebyś wiedziała! Moje posłannictwo mogę teraz wypełniać na całym świecie – mówi John, ale te dziwne słowa nie skłaniają dziewczyny do zastanowienia. – Kupiłem już dla nas bilety. To właśnie miała być ta niespodzianka.

– Na kiedy?

– Na koniec tygodnia. Masz wizę wyjazdową?

– A ja wiem? Chyba tak. Albo nie... – Daria jeszcze trochę pochlipuje i głos jej się trzęsie, ale delikatny uśmiech, pełen szczęścia i niedowierzania, zalewa jej liczko.

– Daj mi swój paszport. Zajmę się tym. – Brytyjczyk wszystkim kieruje i trzyma mocno los w swoich rękach.

– Muszę jeszcze przekonać Marysię, że to dobry pomysł. – Nagle dziewczyna przypomina sobie o siostrze.

– Chyba jesteś już pełnoletnia? Poza tym masz prawo do dwu-, trzytygodniowych wakacji, nieprawdaż?

– Tak, oczywiście. Ale z rodziną też trzeba dobrze żyć, nieprawdaż? – Patrzy na Johna przymilnie, po czym dodaje: – Dziękuję ci, kochanie...

Kładzie mu głowę na ramieniu, a mężczyzna z satysfakcją bierze ją na ręce i zanosi do sypialni.

Daria pędzi do domu na złamanie karku, bowiem chce już mieć za sobą przeprawę z Marysią. Spodziewa się, że siostra będzie przeciwna temu pomysłowi, będzie jej odradzała i próbowała powstrzymać. Do dziewczyny jednak nic nie przemówi, bo ogromnie się cieszy na propozycję Johna. Kiedy wyjadą, wszystko się odmieni i znormalnieje. Saudia nie jest dla ludzi, a tym bardziej dla zakochanych. Daria marzy, że osiądą gdzieś w Europie i zaczną wspólnie wieść spokojne życie, bez narażania się na uwięzienie tylko dlatego, że się widują lub że odwiedza mężczyznę w jego domu. *To straszne!*, podsumowuje. *Jeszcze nigdy nie czułam się taka osaczona i ubezwłasnowolniona. Po prostu kiedyś byłam małą dziewczynką, której wystarczyła piaskownica, a akurat piasku mają tu pod dostatkiem.*

– Marysiu, jesteś? – Wchodzi do pustego, ciemnego domu, w którym zalega dzwoniąca w uszach cisza.

Biedna ta moja siostra, myśli. *Nic jej się w życiu nie układa. Ależ ma przechlapane!*

– Jemy kolację, więc skoro wróciłaś tak wcześnie, to może do nas dołączysz? – dochodzi głos z kuchni.

Daria szybko zdejmuje *abaję*, myje ręce, opłukuje w zimnej wodzie spuchniętą twarz i biegnie do siostry.

– Cześć, Nadia – wita się z siostrzenicą, która wcina naleśniki z serem, obficie polane śmietaną. – Jak się masz?

– Ja dobrze, a ty, ciociu? Płakałaś? – Przed przenikliwym wzrokiem dziecka nic się nie ukryje.

– Nie, przez ten paskudny pył unoszący się w powietrzu mam zapalenie spojówek.

– Mama też często to łapie. – Dziewczynka, usatysfakcjonowana odpowiedzią, wraca do pochłaniania smakołyku.

Marysia natomiast spogląda na siostrę spod oka i dochodzi do wniosku, że młoda przez te parę miesięcy brawurowego życia w Arabii postarzała się i zmarniała. Twarz ma w ziemistym kolorze, pod oczami wory, usta ledwo różowe i popękane, a spojrzenie mętne i nieobecne. Pod wpływem miłosnych przeżyć, zamiast rozkwitać, całkiem wyblakła, skurczyła się w sobie i osłabła. Rączki ma jak patyczki, brzuch zapadnięty, a włosy połamane i odbarwione. *Co on z nią wyprawia? To jakaś męska odmiana modliszki!*, oburza się kochająca siostra. *To nie jest żadna miłość, bo takie uczucie nie powinno wyniszczać, ale wręcz odwrotnie – dodawać skrzydeł.*

– Co się stało, że tak wcześnie wróciłaś? – pyta, kiedy już zbierają talerze ze stołu.

– Musimy pogadać. Ale najpierw położmy Nadię do łóżka – proponuje Daria. Nie chce się kłócić przy dziecku, a że będą się handryczyć, jest tego w stu procentach pewna.

– Racja. Nadusiu, kochanie, dzisiaj sama sobie poczytaj – nakazuje matka, a dziewczynka bez szemrania idzie do swojego pokoiku.

Kiedy zostają same, Marysia od razu indaguje nieprzyjemnym głosem:

– Co tam słychać? Tragicznie wyglądasz, powiem ci.

Rozsiadają się w salonie. Każda trzyma kubek herbaty i każda spodziewa się po tej rozmowie samych nieprzyjemności.

– Dziękuję. – Daria wykrzywia usta. – Ty to jednak potrafisz zachęcić do zwierzeń.

– Ciebie wołami by do niczego nie zmusili, jeślibyś sama tego nie chciała, więc moje zachęcanie czy namawianie i tak byłoby bezowocne.

– Znam jeszcze kogoś, kto jest taki uparty jak muł. – Młoda patrzy na siostrę wymownie i w zasadzie już nie ma ochoty z nią gadać.

– Cóż, okazuje się, że jednak jesteśmy w czymś do siebie podobne – smutno podśmiewa się Marysia. – Mam jednak nadzieję, że nie powielisz moich losów i będziesz szczęśliwa.

– Ja też bym tego chciała i dlatego tak ryzykuję. Dla miłości chyba warto?

– Ale czy on żywi do ciebie podobne uczucie? Czy też nadstawia za ciebie głowę? Wiesz, że mężczyzna według prawa szariatu może dużo więcej niż kobieta. Jeśli zgrzeszy, to go jedynie upomną, a kobietę wybiczują lub ukamienują.

– Przestań mnie straszyć! Jestem już wystarczająco zestresowana! – Daria jeszcze bardziej blednie.

– Jak on cię traktuje?

– Bardzo dobrze.

– Nie wiem, siostrzyczko, bo wyglądasz na całkowicie zajechaną. – Marysia łagodzi swój ton, ale nie rezygnuje ze szczerości.

– Zaje... co?

– Zajebaną, jeśli wolisz prosto z mostu!

– Każdy potrzebuje seksu, ty też, choć nie wiem, czy jeszcze pamiętasz, jak to się robi. – Daria odgryza się za taką prostolinijność.

– Na początku waszej znajomości lśniłaś, a uczucie i szczęście emanowało z ciebie. Nawet mówiłam o tym Krysi. Ale od jakiegoś czasu wyglądasz jak biedna zaszczuta psina, więc coś jest nie tak, siostrzyczko.

– Nie wiem, do czego zmierzasz...

– Ja nie chcę ci dokuczać, tylko podzielić się własnym złym doświadczeniem. Popatrz na mnie! Na twarzy mam wypisane nieszczęście – wyznaje Marysia, bo chcąc ratować najbliższą swemu sercu osobę, wie, że nie ma co owijać w bawełnę.

– Wszystko będzie dobrze, kiedy tylko stąd wyjedziemy. – Daria płynnie przechodzi do sedna sprawy. – Za jakiś tydzień wyruszamy na podbój Europy.

– Ty z nim? – Starsza siostra patrzy na młodą w osłupieniu. – A jak stąd wyjedziesz? *Mahram* musi się zgodzić, więc trzeba wtajemniczyć w to Karima.

– Wjechałam tu na polskim paszporcie, bo wyobraź sobie, że mam tylko jeden, a nie tak jak ty libijski, saudyjski, polski i Bóg raczy wiedzieć jaki jeszcze. Będąc Europejką i chrześcijanką, mogę stąd wyjechać bez strażnika mojej cnoty!

– Nie jestem tego wcale taka pewna. A co z wizą wyjazdową? Nie mamy załatwionej.

– John wszystko zorganizuje: wizy, bilety, noclegi, rozrywki…

– Na jak długo przewidujesz zrobić sobie przerwę?

– Nie wiem… Może na dłużej – odpowiada beztroska Daria.

– Zaczęłaś studia, na dokładkę płatne, a teraz je olewasz? – Marysia nie kryje dezaprobaty. – Poza tym chcesz być ubezwłasnowolniona i zależna od obcego faceta? Przecież nie masz żadnego fachu w ręce, nie masz pieniędzy, znajomości… Chcesz cały swój los tak po prostu złożyć w ręce niezbyt przystojnego nieznajomego?

– A ty co robiłaś przez całe swoje życie? Szłaś na żywioł! – odpala dziewczyna. – Jaki masz zawód? Jaki miałaś majątek? Kiedyś wszystko postawiłaś na złego konia, a gdy już ci się trafił superwartościowy ogier, potrafiłaś to błyskawicznie spierdolić.

– Przestań! – Marysia aż tupie nogą. – Boję się o ciebie, ot co! Rozmawiałaś o tym wyjeździe z mamą? – chwyta się ostatniej deski ratunku.

– Czyś ty zwariowała?! Już nie mam jej czym dupy zawracać? Zresztą ona jest kolejną głupią babą w naszej rodzinie, która podejmowała same kretyńskie decyzje. Jesteście siebie warte!

– A teraz ty chcesz dołączyć do naszego kółeczka idiotek z klubu złamanych serc, tak?

– Jeśli mi się nie uda, to przynajmniej będę wiedziała, że próbowałam. Nie będę chować głowy w piasek, bo to nie w moim stylu!

– Twój styl ostatnimi czasy bardzo się zmienił, bo właśnie ty z nas trzech byłaś najrozsądniejszą asekurantką.

– To już przeszłość. Teraz na parę tygodni jadę do Europy, a potem do jakiegoś pięciogwiazdkowego ekskluzywnego resortu w Tunezji, Maroku czy Egipcie.

– No to super. – Marysia daje za wygraną, bo dłużej nie ma sensu się kłócić. Szkoda też psuć przyjemność młodej zakochanej dziewczynie, do której i tak nic nie przemówi. – Siadaj i opowiadaj, gdzie będziecie. – Bierze siostrę za rękę i poważnie spogląda w jej zagubione i jeszcze tak dziecięce oczy.

– Nie wiem! – Daria wybucha szaleńczym śmiechem, rozładowując długoterminowy stres i zdenerwowanie, a Marysia jej wtóruje.

Kiedy już się nachichrały, posmarkały i popłakały, wtuliły się w siebie, ramię w ramię, oparły głowa o głowę i siedziały tak przez długą chwilę w milczeniu.

– Pisz maile, SMS-y, czatuj albo wysyłaj gołębie – prosi starsza siostra. – Jakby cokolwiek było nie tak, od razu dawaj znać. Polecę nawet na drugi koniec świata i zabiorę cię do domu. Pamiętaj o tym, mała.

– Nie muszę pamiętać. Doskonale o tym wiem.

* * *

Tydzień po nieudanej akcji brygady antyterrorystycznej i śmierci Aidy w wyniku honorowej zbrodni dokonanej przez jej starszego brata, Hamida Binladena coś wyrywa ze snu. Siada w pościeli i patrzy przed siebie szeroko otwartymi oczyma.

– Wiedziałem, że skądś go znam! – wykrzykuje w ciemność. – *Wallahi!* Jak mogło mi to umknąć?! Jak to możliwe?! Jasem Alzani zwany *dżihadi* John[1] to ten sam facet, z którym lecieliśmy z Dubaju do Rijadu! – Chwyta się za głowę. – Czy czasami Daria nie utrzymuje z nim kontaktu? Boże, jakież niebezpieczeństwo jej grozi!

Czeka do samego rana, co wymaga od niego nie lada cierpliwości. W końcu o siódmej dzwoni do Marysi.

– Witaj. Mam może dziwne pytanie, ale czy twoja siostra jest w Saudi? – pyta spiętym głosem.

– A co? – niechętnie odburkuje była żona.

[1] http://www.bbc.com/news/uk-31718028. Dżihadi John jest osobą autentyczną, człowiekiem, który w imię Państwa Islamskiego wykonał wyrok śmierci przez ścięcie na dwóch brytyjskich reporterach oraz wiele innych zbrodni. Autorka sfabularyzowała tę postać na potrzeby swojej książki.

– To bardzo ważne, Miriam. Czy Daria jest nadal w Arabii Saudyjskiej?

– Nie. Pojechała w daleką podróż ze swoim przyjacielem Brytyjczykiem. Poznałeś go podczas naszego powrotnego lotu z Dubaju do Rijadu – w końcu wyznaje Marysia, bo słyszy powagę w głosie swojego byłego.

– Dokąd?! Kiedy?!

– Jakiś tydzień temu. Nie pamiętam teraz dokładnej daty i godziny, musiałabym zajrzeć do kalendarza. Ale co się dzieje? Czemu interesujesz się moją siostrą?! Czyżbyś podejrzewał ją o konszachty z Al-Kaidą? – kpi kobieta, znając obsesję Saudyjczyka.

– Jeszcze gorzej. Z Państwem Islamskim – głucho odpowiada Hamid.

– Tym, które powstało w Syrii i Iraku? – Kobieta podnosi głos. – Tym, z którego uciekają teraz miliony ludzi? I gdzie dżihadyści obcinają głowy niewiernym, gwałcą jazydki i chrześcijanki? Mówisz o współczesnym kalifacie rządzonym przez ortodoksyjnych oszołomów islamskich?!

– Niestety. Zaraz do ciebie przyjadę, to porozmawiamy.

Marysia nie zastanawia się długo.

– Nie. Ja przyjadę do ciebie.

III

ISLAMSKIE KUSZENIE

Kiedy więc spotkacie tych, którzy nie wierzą, to uderzcie ich mieczem po szyi; a kiedy ich całkiem rozbijecie, to mocno zaciśnijcie na nich pęta[1].

[1] Koran, sura XLVII, wers 4, PIW 1986, tłumaczenie J. Bielawski.

Zabójcze wakacje

– Marysiu, tak cię przepraszam! – Siostra słyszy przez telefon podenerwowany głos Darii. – Miałyśmy jeszcze pojechać na zakupy, zrobić mnie na bóstwo i w końcu pogadać, a John właśnie dzwonił i powiedział, że błyskawicznie mam jechać na lotnisko, bo jeszcze dziś wylatujemy.

– Jak to? Tak zaraz, teraz, natychmiast? – Starsza, doświadczona kobieta nie może się nadziwić. – Przecież skoro przewidujecie dłuższą podróż, to trzeba się z głową spakować, przygotować do wojaży. Wiesz w ogóle, dokąd polecicie? Tak konkretnie?

– Nie, nie dopytywałam, bo i po co? Przecież ja nie będę kupować biletów ani rezerwować hoteli. Będę miała niespodziankę i już.

– Czyś ty zgłupiała? A jak ci coś nie będzie pasowało? Jak będziesz chciała czegoś innego? Robi się przecież jakieś wspólne ustalenia.

– Daj spokój, nie komplikujmy sobie życia, okej? Biorę taksówkę i jadę. Nie ma co! Może w Europie zaopatrzę się w modne ciuchy – decyduje beztrosko Daria.

– Ani mi się waż! Ja już dojeżdżam do domu. Razem na szybkiego zapakujemy walizki i odwiozę cię na lotnisko. Niech on sobie nie myśli, że jesteś jakąś sierotą i że może z tobą robić, co zechce. – Po tembrze głosu można wyczuć, jak bardzo Marysia jest przeciwna temu związkowi i jak nie lubi wybrańca Darii. Aż jej skóra cierpnie na samą myśl, że jej młodsza głupiutka i niedoświadczona siostrzyczka jest pod wpływem takiego źle wychowanego i w dodatku grubo starszego gbura.

– Weź moje łaszki, bo kupiłam je dosłownie tydzień temu i jeszcze nie miałam okazji włożyć. – Wciska jej markowe sukienki, spodnie i bluzki.

– Czyś ty zwariowała? To kosztowało straszną kasę! – Daria wzbrania się, bo tak naprawdę wystarczą jej znoszone dżinsy i rozciągnięty podkoszulek.

– To wszystko z wyprzedaży, więc się nie łam – uspokaja ją Marysia. – Osiemdziesiąt pięć procent taniej, tak że zapłaciłam jak za waciki.

Siostry śmieją się zgodnie, bo opanowuje je dobry przedwyjazdowy nastrój. Czują się tak, jakby razem jechały na wakacje, jednak na dnie serca każdej z nich kryją się smutek i lęk. Marysia niepokoi się o siostrę, a widząc jej zauroczenie, wręcz uzależnienie od mężczyzny, którego sama nie darzy sympatią, lęka się coraz bardziej. Zdaje sobie sprawę, że młoda zrobi dla niego wszystko. Daria natomiast dziwnie się czuje, bo jej serce wprawdzie zalewa miłość, ale nie jest to uczucie czyste i otwarte, o jakim by marzyła, lecz pełne niedomówień i ukrytych spraw. Wie, że John nie mówi jej o wszystkim, w zasadzie nie mówi jej prawie o niczym, lecz nie potrafi mu się oprzeć i liczy, że podczas urlopu zbliżą się do siebie i mężczyzna otworzy przed nią serce i duszę.

– O której masz być na lotnisku? – pyta Marysia.

– Powiedział, że mam wskakiwać w taryfę i przyjeżdżać.

– No ale o której macie lot? Jakimi liniami? – indaguje, a Daria jedynie niepewnie wzrusza ramionami. – Zadzwoń do niego i zapytaj. Może jeszcze zdążymy położyć ci szybką farbę. – Uśmiecha się smutno.

Kiedy młoda łączy się z kochankiem, zadaje tylko jedno pytanie, a potem jedynie kiwa głową. Nawet z odległości Marysia słyszy wrzaski dobywające się z aparatu.

– Ależ chcę z tobą lecieć, John. Naprawdę… przepraszam… Już jadę!

Siostry nie komentują konwersacji, a jedynie na chybcika, w milczeniu, upychają resztę rzeczy do walizki, zamykają ją i zmierzają w stronę drzwi.

– Chodź, usiądźmy na chwilę. Ponoć tak trzeba zrobić przed podróżą. – Marysia zatrzymuje jeszcze Darię w drzwiach i spogląda w jej spanikowane, bezbronne oblicze.

– Ale…

– Pięć sekund! – Ciągnie ją na kanapę w salonie i delikatnie popycha. – Pamiętaj, siostrzyczko, kiedy będzie ci źle albo cokolwiek pójdzie nie po twojej myśli, to napisz, a ja pomogę ci wrócić do domciu.

– Marysiu! Toż to tylko wakacje! – wykrzykuje Daria, przewracając oczami. – Czyś ty oszalała? Jesteś gorsza od mamy!

– Ja też kiedyś narzekałam na jej nadopiekuńczość – spokojnie oponuje, chwytając młodą za dłonie i mocno ściskając. – Ale teraz już wiem, że to bezcenne.

Kobiety przyjeżdżają na lotnisko najszybciej, jak się da. Wyskakują z samochodu i pędzą z bagażami do odprawy pasażerskiej. John wyrasta przed nimi jak spod ziemi i patrzy na Marysię nieprzychylnym wzrokiem, w stronę Darii zaś rzuca pioruny swoimi błękitnymi oczami.

– Ty nie umiesz sama przyjechać i się nie spóźnić?! – pyta oskarżycielskim tonem.

– Przyspieszyłeś nasz wyjazd. Skąd miałam wiedzieć, że już dziś mam być gotowa... – Słabo broni się młoda kobieta.

– Nie wiem, co jeszcze mógłbym za ciebie załatwić?! – dalej burczy facet, wrzucając walizki na heimanna. – Wiza, bilety, hotele… – Punktuje ją z pretensją.

– Jeśli zbyt wiele cię to kosztowało, to nie trzeba było jej zapraszać – wtrąca się oburzona Marysia. – Kiedy kogoś nie stać, to nie bierze sobie utrzymanki. Dziewczyna jeszcze studiuje. Poza tym nie potrzebuje takiego starego ordynarnego zgreda jak ty! – Coraz bardziej daje się ponieść nerwom.

– Ja z tobą nie rozmawiam, więc nie wiem, czemu wpierdalasz się między wódkę a zakąskę – John pochyla się w jej stronę i groźnie szepcze.

– Dlatego że to moja rodzina, moja siostra, i nie pozwolę jej tak traktować! – odpowiada bez lęku z dumnie podniesionym czołem, a Daria, drżąc na całym ciele, już prawie płacze.

John odchodzi na bok i tylko zaciska zęby. Musi przetrzymać to wredne, wściekłe babsko, bo już za chwilę Daria będzie należała tylko i wyłącznie do niego. Na tę myśl uśmiecha się ironicznie. *Taka kurwa to by u mnie baty dostawała od rana do wieczora*, myśli i dopiero ta wizja poprawia mu humor.

– Darusiu, trzymaj się. – Marysia bierze ukochaną siostrzyczkę w ramiona. – Masz tu parę groszy, żebyś nie była tak całkiem bez pieniędzy. – Wciska jej do ręki plik euro. – Napisz koniecznie, jak wylądujesz. Przesyłaj zdjęcia i odzywaj się na fejsie.

– Oczywiście! – Młoda robi żałosną minkę, tak jakby rozstawały się na wieki.

– Czym lecicie? – Marysia pyta jeszcze Johna, lecz ten ją lekceważy, obraca się plecami i przechodzi przez bramkę bezpieczeństwa. – Dokąd ją zabierasz?!

Na pożegnanie widzi tylko jego bezczelny szelmowski uśmiech i złe błyski w oku.

– Czemu tak niełcadnie odnosiłeś się do mojej siostry? – pyta Daria podczas lotu do Dubaju. – Poza tym mówiłeś, że zabierasz mnie do Europy, do Paryża, a znów pchamy się na Bliski Wschód – dodaje oskarżycielskim tonem.

– Nie podoba się, to możesz wrócić tym samym samolotem do domciu – opryskliwie odpowiada John. – Lepiej zrób to wcześniej niż później. Mnie nikt łaski robić nie będzie, bo to ty wepchnęłaś się z butami w moje swobodne kawalerskie życie i spokoju mi nie dawałaś nawet w ortodoksyjnej Arabii Saudyjskiej – podsumowuje ich związek, na co Daria robi duże oczy i połyka łzy. *A może rzeczywiście wrócę tym samym samolotem?*, zastanawia się w skrytości. *Jak on mnie traktuje? Jak gówno! Marysia w końcu ma nosa do ludzi i musi mieć jakiś powód, że tak go nie znosi. Nie powinnam sobie pozwolić na takie słowa i zachowanie mężczyzny w stosunku do mnie, bo sama stracę do siebie szacunek.* Coraz bardziej utwierdza się w przekonaniu, że powinna zawrócić z drogi, którą zmierza. – I co tak zwiesiłaś nos na kwintę, mała? – John niespodziewanie zmienia ton i obejmuje ją silnym ramieniem, pod którego ciężarem szczupła dziewczyna aż się ugina. – Nie ma co się zżymać. Twoja siostra cię na mnie nakręca, bo sama ma przerąbane życie i chciałaby, żebyś była tak samo nieszczęśliwa jak ona i wasza mamusia i dołączyła do rodzinnego klubu złamanych serc.

Mężczyzna doskonale potrafi wykorzystać zebrane informacje i manipulować ludźmi. Ani chwili się nie zastanawia, czy kogoś zrani – wszystkie jego działania zmierzają w jednym celu. Każdy w jego otoczeniu musi mu się podporządkować i będzie wykorzystywał wszystkie dostępne środki i nie oglądał się na nic, żeby to osiągnąć. To John podejmuje decyzje, on rozdaje karty, on ustawia ludzkie życie, daje szczęście lub je zabiera. – Przestań już marszczyć czoło, to napijemy się szampana, okej? – Uśmiecha się słodko, ale Daria wcale się nie rozchmurza. Złe przeczucia zalały jej serce i nie chcą go opuścić. – Daj spokój! To przecież nasze wakacje! Nie musisz już nosić *abai* ani nikogo udawać. Będzie super! – przekonuje kochanek, zamawiając butelkę dom pérignon.

Kiedy wypijają kolejny kieliszek, mężczyzna przymila się do partnerki, przykrywa ich cienkim pledem i bezwstydnie obmacuje, nie zważając na siedzących dookoła pasażerów. Pochyla się nad Darią i natarczywie całuje w usta, biorąc to, co mu się należy. Przecież w końcu to on jest jej sponsorem, funduje wszystko, a teraz dziewczyna jest od niego uzależniona. Bardzo mu ten układ pasuje. John, który rozochocił się pod wpływem alkoholu i swoich wcześniejszych przeżyć w Rijadzie, koniec końców zaciąga Darię do ciasnej toalety i używa na niej, ile wlezie. Dziewczyna nie przejawia ani radości, ani zainteresowania, ale jemu to nie przeszkadza. Najważniejsze, że nie odmawia i wykonuje wszystko, do czego ją nakłania. Najwygodniej jest mu brać ją od tyłu, więc to robi, a na deser zostawia seks oralny. Młódka znów dławi się jego wielkim nabrzmiałym obrzezanym prąciem, które ten bezwzględnie wpycha jej po samo gardło, a na koniec krztusi się spermą. Kiedy mężczyzna finalizuje, wyciera się papierowymi ręcznikami, zapina portki, mierzwi splątane włosy Darii i wychodzi, zostawiając ją samą w ubikacji. Dziewczyna zalewa się łzami i łka jak biedne małe dziecko. *Czemu on mnie tak traktuje?*, pyta siebie. *Chyba jednak mnie nie kocha.* Pod wpływem tych wniosków załamuje się i nie może uspokoić. Wyciąga z torebki pieniądze, które dostała od Marysi, i dopiero teraz widzi, że jest to pokaźna sumka. *Zawsze mam za co wrócić*, pociesza się, jednak postanawia dać kochankowi jeszcze jedną szansę. Jest przekonana, że na jego zachowanie wpływa ciągnący się za nim zły wpływ Arabii, gdzie mężczyzna w stosunku do kobiety może sobie pozwolić na wszystko.

John wynajął skromny hotelik w dzielnicy Deira, czym zszokował Darię, bo w życiu nie zatrzymywała się w takich miejscach.

– Północna strona Dubaju przypomina mi nieco nowojorską dzielnicę Queens i jest handlowo-mieszkaniową częścią wielkiej aglomeracji – tłumaczy przestraszonej dziewczynie, która nie jest przyzwyczajona do plątania się po takich zakazanych rewirach.

– Byłeś w Nowym Jorku? – pyta Daria, bo przecież w dalszym ciągu nic nie wie o swoim partnerze, a czas spędzony wspólnie jedynie uwydatnia przywary mężczyzny, które dostrzegła już w Saudi.

– Tak, byłem, nic ciekawego. Tutaj bardziej mi się podoba. – Na jego twarzy widać zadowolenie. – Nie zobaczy się tu drapaczy chmur, w odróżnieniu od reszty miasta, a szerokie chodniki pełne są pieszych i rowerzystów. Dzięki ruchliwym ulicom można odczuć bliskowschodnią atmosferę. Reszta Dubaju jest martwa!

– Jak dla mnie to za dużo tu wielonarodowych emigrantów. – Daria aż marszczy czoło, obserwując ludzi przez okno taksówki. – To jakiś tygiel, Pakistańczycy, Sikhowie, Filipińczycy, Arabowie, czarni, nie wiadomo czy z Afryki, czy z innych krajów… To chyba niezbyt bezpieczne miejsce dla białego, nie uważasz? – w końcu wyraża swoje obawy.

– Jedyne, co potrafisz, to bać się i narzekać. – John spoziera na nią krytycznie i od razu cała radość znika z jego twarzy. – Jeszcze nigdzie nie byłaś, nikogo nie poznałaś, a już krytykujesz i trzęsiesz portkami! Nie wiem, jak można być takim cykorem!

– Myślałam, że Brytyjczycy to naród konformistów i ludzi mocno stąpających po ziemi – odważnie stwierdza niezadowolona i obrażona dziewczyna. – Nie należy ryzykować, jeśli się nie musi.

– Gówno wiesz o Dubaju i Bliskim Wschodzie! – John podnosi głos. – Zamieszkujący tę dzielnicę ludzie to najporządniejsza część obywateli tego miasta. Ich jedyny problem tkwi w tym, że nie mają pieniędzy, bo nie urodzili się bogaczami. Słyszałem, że Polska to kraj demokracji, że walczyliście o wolność pod sztandarami solidarności, a ty jesteś zwykłą rasistką.

– Może, ale za to ty, panie Brytyjczyku, o moim kraju niewiele wiesz. Owszem, jesteśmy demokratami, ale też cholernymi snobami i nacjonalistami. – Daria, chcąc w końcu załagodzić nerwową atmosferę, ironicznie krytykuje swoją ojczyznę.

– To dlatego tak się zżymacie przed uchodźcami z Syrii czy Iraku. – John ściska szczęki i widać, że ten temat też go denerwuje.

– O, mój Boże! Nie wchodźmy w politykę, bo rzeczywiście zagryziemy się podczas tego wyjazdu. – Dziewczyna ma już dość docinków i kłótni. – Mamy razem miło spędzić parę tygodni, to postarajmy się, żeby ten urlop był niezapomniany.

– Cóż, na pewno będzie – obiecuje jej John z tajemniczym uśmieszkiem.

Kiedy po zostawieniu bagaży w recepcji wychodzą na miasto, Daria ma duszę na ramieniu, jednak z zaciekawieniem rozgląda się dokoła. Rzeczywiście jest to prawdziwy orientalny świat, lecz lecąc tu, chciała zobaczyć olśniewające bogactwo Dubaju, blichtr tego miejsca i niesamowite rzeczy, o których tyle słyszała, a nie biedę i nędzę. Myślała, że przynajmniej na weekend, albo choćby na jedną noc, zatrzymają się w luksusowym Burdż al-Arab lub w hotelu Atlantis, że pozjeżdżają na śnieżnym stoku w Emirates Mall lub popływają z delfinami w pięknym basenie na sztucznej wyspie o kształcie palmy. Liczyła też na wizytę w jednej z ekskluzywnych restauracji w Madina Dżumaira, która jest miejscem spotkań zamożnych mieszkańców Emiratów Arabskich i europejskich turystów, takich jak oni. John nie wygląda na biednego i dlatego spodziewała się wszystkich tych ekskluzywnych radości, myśląc, że może po trosze dorówna Marysi, która opływała w bogactwo, będąc żoną Hamida, a i przy Karimie źle jej się nie powodzi.

– Widzisz, mała! – John czuje się jak ryba w wodzie i niczego się nie obawia. – Ci wszyscy emigranci, którymi tak gardzisz i których się boisz, przywieźli tu ze sobą również swoich kucharzy, dzięki czemu powstał na Deirze prawdziwy raj dla smakoszy. Są tutaj knajpki hinduskie, pakistańskie, filipińskie, tajskie i mnóstwo, mnóstwo innych. – Wskazuje na mijane restauracyjki i jadłodajnie, a Daria usiłuje nie okazać po sobie dezaprobaty i obrzydzenia. Wystawione na chodniki stoły przykryte są ceratami lub brudnymi, poplamionymi tłuszczem obrusami, na których żerują muchy. Pod ścianami obskurnych odrapanych budynków leżą śmieci, wśród których buszują koty lub szczury wielkości kotów. Widać przy tej ilości wyrzucanych na ulice odpadków mają się dobrze. – Jeśli ktokolwiek ciekawy świata zatrzymuje się w Dubaju na dłużej, to wybiera się w te okolice na tanie i pyszne jedzenie, a także na zakupy, bo można znaleźć tu niedrogie pamiątki i orientalne produkty spożywcze, takie jak chałwa, kawa, herbata czy daktyle dosłownie za grosze. – John dalej zachwala, a Daria zaczyna wątpić w grubość jego portfela i ma coraz większe obawy.

Jak on chce przebiedować ze mną dwa czy trzy tygodnie wakacji w takich warunkach, to ja chyba tego nie przeżyję, stwierdza, rozgoryczona. *Jeśli już na początku oszczędza i zatrzymujemy się na śmietniku, to co będzie w drogiej jak nie wiem co Europie? Może poproszę Marysię, żeby od razu kupiła mi bilet powrotny?* Jest wykończona swoją nieciekawą i chyba też niebezpieczną sytuacją. W ortodoksyjnej Arabii ryzykowała dla kochanka wszystko, nawet wolność i życie, i teraz nie wystarczy jej już sił, aby pogodnie i optymistycznie przyjąć rozczarowania, które spadają na nią kaskadowo.

Skręcają w boczną uliczkę, jeszcze bardziej brudną i pełną nieciekawych typków przesiadujących pod ścianami zagrzybionych, brudnych domów. Dziewczynę uderza fetor zgnilizny oraz niefunkcjonującej kanalizacji. Jest coraz bardziej przerażona.

– Wchodzimy – informuje John, ciągnąc ją za rękę do obskurnej bramy, w której jest tylko drewniana framuga, a nie ma drzwi. Spod ich stóp uskakują szczury i szybko chowają się w szczelinach podłogi. – Na schody – kieruje mężczyzna. – Wbrew pozorom jest tu najlepsza hindusko-pakistańska wyżerka na całym Bliskim Wschodzie.

– Tak? – Daria już nie ma sił na żaden komentarz. W tej właśnie chwili podejmuje decyzję o powrocie do domu. I to jak najszybciej!

– Poza tym mam dla ciebie niespodziankę – oznajmia John z uśmiechem od ucha do ucha. Kochanka nie odwzajemnia mu się tym samym, bo zatyka usta przed wszechogarniającym smrodem. – Ależ z ciebie wrażliwa księżniczka! Nie spodziewałbym się tego! – Brytyjczyk po raz kolejny rzuca jej krytyczne spojrzenie.

Wchodzą do środka jakiegoś mieszkania. Od progu uderzają ich piekielny upał i ostry, intensywny zapach smażonego curry. Daria czuje, że za chwilę zwymiotuje, ale jej kochanek, nie zważając na nic, popycha ją do przodu za zasłonkę z plastikowych pasków. O dziwo, następne pomieszczenie jest jaśniejsze od mrocznego korytarza i holu, bo ma balkon zasłonięty od ulicy ażurowym parawanem. Na podłodze leżą brudne maty, pod ścianami kolorowe poduchy, a na środku stoi niski drewniany stół.

– No i co? Jak w haremie za dawnych dobrych czasów kalifatu – stwierdza entuzjastycznie John. – Ściągaj buty i wskakuj do środka.

Daria wygląda przez ręcznie robioną drewnianą, jakby koronkową zasłonę i obserwuje uliczny ruch. Bierze głęboki oddech i usiłuje się uspokoić. Błyskawicznie wracają jej siły, a kiedy wypija jednym haustem podaną jej przez Johna lodowatą colę w zroszonej szklance, całkiem odżywa.

– Zaraz, czy tutaj był alkohol? – pyta, ledwo łapiąc dech i mlaskając językiem o podniebienie.

– No tak... – John śmieje się ironicznie. – Widocznie twój organizm tego potrzebował. Ale nie wiedziałem, że potrafisz w takim tempie obalić drinka. – Z rozbawienia klepie się po udach, następnie bierze otwartą butelkę marnej whisky, która nie wiadomo kiedy wylądowała na stoliku, i znów napełnia dziewczynie musztardówkę. – Pij, to będziesz łatwiejsza! – dorzuca lubieżnie.

– Mogę być jeszcze łatwiejsza? – Cicho indaguje Daria, ale zdecydowanie nie ma już ochoty się kłócić. – Zjemy coś czy bierzesz mnie na głodową dietę? Burczy mi w brzuchu.

– Wybieraj, co chcesz, i w ilościach, jakie ci pasują. – Mężczyzna wręcza jej kartę dań, która ogranicza się do jednej kartki papieru. Jest tak poplamiona i tłusta, że mało co na niej widać, ale ceny dają się odczytać. Są tak niskie, że chyba nawet w indonezyjskim *warungu* byłoby drożej.

– Nie znam się na tej kuchni. – Młoda odkłada prowizoryczne menu na stół i wyciera ręce o spodnie. – Wszędzie czuję curry, więc zapewne każde tutejsze danie jest przygotowywane na jego bazie.

– Cóż, to ulubiona hinduska przyprawa. Zresztą nie tylko hinduska – cała Azja obżera się curry. Tutaj mają znakomite curry ananasowe z Karnataki, keralskie z kurczaka, ale możesz zamówić też *biryani* z mielonym mięsem czy zwykłe drobiowe kebaby. To wszystko należy przegryzać zielonym, czerwonym lub czarnym *dalem* z soczewicy i ciepłym chlebkiem *naan*. Dla asekurantów są kurczak z pieca zwany *tandoori, tikka masala*, brytyjskie danie zainspirowane kuchnią indyjską, a dla odważnych zmodyfikowana portugalska wołowina *vindaloo* z regionu Goa, którą przeważnie przyrządza się na zajebiście ostro. Uznana jest za najbardziej pikantne danie na świecie.

– Ależ ty się na tym znasz! – Daria jest zszokowana, bo John mówi o gotowaniu i jedzeniu z większą czułością, niż kiedy zwraca się do niej. – A co z zakazami? Też nie jedzą wieprzowiny?

– W ogromnej części mieszkańcy Indii są hinduistami i wegetarianami, a Pakistańczycy, będący muzułmanami, żywią się według zasad podanych w Koranie. „O Wy, którzy wierzycie, jedzcie dobre rzeczy, którymi was obdarzyliśmy, i dziękujcie Bogu, jeśli go czcicie! On zakazał wam tylko: padlinę, krwi i mięsa wieprzowego i tego, co zostało złożone na ofiarę czemuś innemu niż Bogu. Lecz ten, kto został do tego zmuszony, nie będąc buntownikiem ani występnym, nie będzie miał grzechu”[1].

– Hej! Recytujesz poezję! – Darię bawi to niepomiernie i chichocze głupio, zapewne przez to, że John ciągle dolewa jej alkoholu, a jeszcze nie dostała nic do jedzenia. Szumi jej w głowie, a język zaczyna się plątać.

[1] Koran, sura II, wers 171–172, PIW 1986, tłumaczenie J. Bielawski.

– To święty Koran, a nie jakaś tam poezja! To słowo boże! – Kochanek marszczy brwi, jakby dziewczyna popełniła świętokradztwo.

W tym momencie w drzwiach staje szczupły, niewysoki, śniady mężczyzna o azjatyckich rysach.

– Kelner! Poproszę tę *tikkę masala* i *dal*. – Daria macha do niego ręką, chcąc zwrócić na siebie uwagę, choć w pomieszczeniu przecież nie ma nikogo innego. – Jakby dało się w miarę szybko, bo inaczej zaraz wpadnę pod ten niski stolik i zacznę szczekać – żartuje kretyńsko, zaśmiewając się przy tym do łez, na co mężczyzna wybałusza tylko na nią swoje wielkie czarne oczy.

– Co ona tu robi? – Podchodzi do Johna i pyta oskarżycielskim tonem. – Po co ci ta dziewucha, hm?

– Moe?! – Daria w końcu rozpoznaje swojego pakistańskiego szefa z Anglii. – A ty co tutaj robisz? Też chcesz coś zjeść? Ale w tej knajpie się opierdalają, mówię ci! – Nie panuje nad językiem i bełkocze przekleństwa, na co obaj mężczyźni z obrzydzeniem taksują ją wzrokiem. – Po najdłuższym życiu koryta się nie dostanie.

– Witaj, młoda pani. – Pakistańczyk nie ściska wyciągniętej do niego dłoni, lecz przykłada ręce do piersi i pochyla głowę. Takiego zachowania Daria nigdy u niego nie zauważyła. Wręcz przeciwnie, zawsze obściskiwał pracownice, i to najchętniej jasnoskóre blondyny zza wschodniej granicy.

– Siema! To twoja knajpa? Niezbyt ci się udała w porównaniu z tymi, które prowadzisz w Europie!

– Knajpa? – Muhamad patrzy ze zdumieniem na Johna, a ten tylko uśmiecha się kącikiem ust, jednak Daria niczego już nie zauważa. – Pijesz alkohol, bracie? – Pakistańczyk pyta szeptem, choć równie dobrze mógłby krzyczeć dziewczynie nad głową, bo obecnie niewiele do niej dociera.

– Coś było w tych drinkach... – Polka przechyla się na bok, po czym pada na poduszki, zupełnie zamroczona.

– Teraz możemy pogadać. – John wita się z kolegą jak z krewniakiem, mocno ściskając go za ramiona i całując w oba policzki. – A do picia alkoholu możemy się zmusić, jeśli ma to swój uzasadniony wyższy cel. Wiesz, że wtedy nie jest to grzechem.

– Po coś ją wziął w taką trasę i tak ciężką misję? – Muhamad ponawia pytanie.

– Zawsze może się do czegoś przydać.

– Chyba nie zakochałeś się w niewiernej?! – oburza się głęboko wierzący muzułmanin, który w Europie był psem na baby i wcale nie wylewał za kołnierz, szczególnie whisky i dżinu.

– Ona jest pół-Arabką, a że nasza religia jest dominująca i niedługo zaleje cały świat, więc już teraz można zaliczyć ją do wyznawców islamu. Jeszcze trochę się doszkoli, zmieni nawyki i będzie okej.

– Dlaczego ona? Masz takich i dużo lepszych od niej na pęczki. We Francji czy w Hiszpanii są tysiące muzułmanek.

– Ale ja lubię ryzyko i uwielbiam kształtować ludzkie życie.

Pakistańczyk w duchu dochodzi do wniosku, że jego współwyznawca i towarzysz, znana twarz Państwa

Islamskiego, człowiek kameleon i postrach krnąbrnych Syryjczyków i Irakijczyków oraz wszystkich niewiernych w ich rejonie świata, osoba wzbudzająca grozę w światowych mediach, jest człowiekiem pysznym i próbuje bawić się w Boga. Jednak zabrnęli już wspólnie tak daleko, że Muhamad nie może się wycofać. Zresztą *dżihadi* John w życiu by mu na to nie pozwolił.

Następnego dnia Daria budzi się z potężnym bólem rozsadzającym jej czaszkę. Coś wwierca się jej w głowę i dopiero po chwili konstatuje, że to jakiś nieznany sygnał telefoniczny. Kiedy dźwięk nie cichnie, otwiera jedno oko, podnosi aparat z szafki nocnej i przykłada do ucha.

– Żyjesz, młoda pijanico? – słyszy rozbawiony głos Johna. – Na nakastliku masz coś na kaca. Wypij to szybko, zanim ogarnie cię słabość.

– Co to za gówno? – chrypi Daria. – Jak wypiję mleko, to się zrzygam.

– To indyjski jogurt *raita*, antidotum na pikantny smak azjatyckich dań, jak i na wszelkiego rodzaju zatrucia. Doprowadź się do stanu używalności, bo pod hotelem czeka na ciebie samochód z kierowcą. Zawiezie cię do wszelkich atrakcji w centrum Dubaju, żebyś nie była zbytnio rozczarowana tym wyjazdem.

– Mnie zawiezie? A co z tobą? Gdzie ty w ogóle jesteś? – Dziewczyna siada w pościeli i rozgląda się, nie poznając ani tego miejsca, ani sprzętów. – Nie spędzamy razem tych cholernych wakacji?

– Ja mam trochę spraw do załatwienia, ale spotkamy się później.

– Zaraz, zaraz, a gdzie jest mój telefon?! – krzyczy, nie chcąc, żeby się rozłączył. – To nie mój aparat!

– Nie wiem, kochana – kpiarsko odpowiada John. – Nie mam pojęcia, gdzie posiałaś torebkę. Ale może ty pamiętasz?

Daria czuje ironię w jego głosie. Z poprzedniego wieczoru rzeczywiście ma niewiele wspomnień, a pokój hotelowy tak naprawdę zobaczyła dopiero dziś, gdyż wczoraj po przylocie zostawili bagaże w recepcji i od razu ruszyli na miasto. Torebka jednak leżała przy niej w tej parszywej knajpie, gdzie zaserwowano jej tylko drinki i nic do jedzenia. Jakże mogła jej nie wziąć? Albo jak John mógłby ją zostawić? Przecież nie mógł jej nie zauważyć.

– Trzeba tam pójść i zapytać, czy nie znaleźli – sugeruje najprostsze rozwiązanie, ale znów zostaje obrzucona inwektywami.

– Na Boga! Ależ z ciebie idiotka! To Bliski Wschód i azjatycka garkuchnia. Tam jak się coś traci, to na dobre. Trzeba trzymać rzeczy wartościowe przy dupie!

– Ale w torbie miałam paszport, portfel z kartą kredytową i pieniędzmi i mój nowiusieńki smartfon… – Dziewczyna zaczyna rozpaczać, a łzy równym ciurkiem płyną jej po zapuchniętej, wymizerowanej twarzy.

– Paszport, Bogu dzięki, był u mnie, a reszta poszła się jebać – ordynarnie stwierdza John. – A tak w ogóle to skąd miałaś pieniądze?

– Od Marysi.

– Tak? Dała ci na bilet powrotny? – Do Darii dochodzi podenerwowanie w głosie kochanka. – Pieprzona asekurantka! – Facet drze się na całe gardło, ale po chwili się opamiętuje. – Nie ma co o tym myśleć. Teraz zbieraj się i jedź na miasto – znów mówi miłym głosem. – Kierowca cię zawiezie, a ja nie będę oszczędzał na twoich przyjemnościach.

Daria stwierdza, że jej partner jest nieprzewidywalny i niezrównoważony. Raz wrzeszczy i ją obraża, by za chwilę być do rany przyłóż. *Tacy mężczyźni czynią z kobiet niewolnice, bo nie sposób ich rzucić,* przelatuje jej przez głowę. *Nie sposób się od nich odczepić. Kiedy już podejmie się decyzję o odejściu, oni pokazują swoje najsłodsze oblicze i zostaje się, by za chwilę znów cierpieć za swoją głupotę i błędy.*

Dziewczyna wypija jogurt, który rzeczywiście czyni cuda, bierze szybki prysznic i narzuca letnie ciuszki, które dostała od Marysi. W kieszeni spódnicy znajduje jeszcze dwieście euro z małą karteczką, na której po arabsku siostra napisała: *Mabruk*[1]. *Dziękuję. Nawet nie wiesz, kochana, jak te pieniążki mi się teraz przydadzą,* mówi w duchu i postanawia do niej zadzwonić, póki jeszcze jest zdecydowana na powrót do domu. *Może będę tego żałować, ale muszę to zrobić. Nie mogę dać się tak traktować! Poza tym za dużo rzeczy jest dla mnie niejasnych!* Numer telefonu Marysi zna na pamięć, bowiem uważa, że parę rzeczy musi się w życiu zapamiętać i nie można zdawać

[1] *Mabruk* (arabski) – Na szczęście.

się tylko na elektronikę, o czym zresztą w tej chwili się przekonuje. Połączenie jest jednak jakieś dziwne – jeden krótki sygnał i koniec. Młoda próbuje z pięć razy, lecz bez skutku. Postanawia później sprawdzić, co jest grane. Teraz cieszy się z wyprawy do bajecznego miasta, choć trochę jej smutno, że John nie chce do niej dołączyć.

Ledwo Daria schodzi do małego hotelowego holu, zauważa Azjatę ubranego w uniform szofera, który leniwie wstaje z krzesła, spogląda na nią spode łba i bez słowa rusza do drzwi. Może tylko się domyślać, że to jej kierowca. Samochód nie jest zły, bo duży i klimatyzowany z napędem na cztery koła. W Zatoce takimi przeważnie się jeździ, więc nie jest to jakiś szczególny luksus. Gburowaty kierowca nie pyta, gdzie Daria chce pojechać, ale od razu zapala silnik i kieruje się w sobie tylko wiadomym kierunku. *Czy ja dobrze zrobiłam? Może to jakiś porywacz?* Dopiero teraz dziewczyna zaczyna się zastanawiać i wpada w panikę.

– Mister! – Zaczepia faceta na przednim siedzeniu. – Kto cię przysłał? Od kogo jesteś? Od Johna Smitha? – pyta podniesionym głosem, lecz nie doczekuje się odpowiedzi. – Masz się natychmiast zatrzymać! – krzyczy, przerażona, przeklinając własną głupotę i łatwowierność. – Zatrzymaj się, bo wyskoczę w biegu! – Otwiera zabezpieczenie drzwi i szarpie za klamkę.

Kierowca gwałtownie hamuje i zjeżdża na pobocze. Jakby był niemową, pokazuje jej palcem na telefon, przy czym jeszcze bardziej nieprzychylnie na nią patrzy, dosłownie paląc ją rozwścieczonym wzrokiem. *Takie sukinsyny kamienują swoje żony i córki*, stwierdza Daria. *Ten obrzezany kutas uważa, że kobieta jest nikim, powietrzem, niezauważalnym atomem tlenu. Ja mu jeszcze dam do wiwatu!*, postanawia, bo odzywa się w niej zapalczywa arabska natura.

– John, kogo ty mi przysłałeś? – indaguje przez telefon podminowanym tonem. – Facet nic nie mówi, nie przedstawił się, nie miał choćby karteczki z moim imieniem. Nie wiem, czy wsiadłam do dobrego wozu!

– Uspokój się i daj mi go do telefonu – mówi John.

Dziewczyna słyszy podniesiony głos kochanka, na co Azjata robi się coraz mniejszy. Pochyla głowę i jakby mógł, to chyba klęknąłby i bił czołem po ziemi. Odpowiada monosylabami i brzmią one z arabska, więc dziewczyna domyśla się, że gnojek nie zna żadnego języka poza swoim ojczystym i językiem kraju, w którym pracuje.

– Trasę wyznaczyłem sam, bo znam to miasto dość dobrze i chciałem, żebyś zobaczyła to, co najciekawsze – po raz pierwszy tłumaczy się John, kiedy kierowca oddaje Darii słuchawkę. – Możesz się z nim dogadać po arabsku, bo skurwiel rzeczywiście nie mówi w żadnym cywilizowanym języku. – Śmieje się życzliwie. – Trzymaj się i poddaj przygodzie. Ten chłopek nic ci nie zrobi, nawet jakbyś na niego napluła albo dała mu w gębę.

– Jak to? Patrzy na mnie z taką nienawiścią, że aż się boję – skarży się młoda, wyrażając swoje lęki.

– Baw się dobrze! Później widzimy się pod Burdż Chalifa. Stamtąd już razem pojedziemy na lunch-niespodziankę.

– Pod tym najwyższym budynkiem na świecie?! – aż wykrzykuje, podekscytowana.

– Właśnie – potwierdza John zadowolonym głosem, bo w sumie lubi, jak jego kochanka reaguje jak mała dziewczynka.

– Już się obawiałam, że znowu weźmiesz mnie do jakiejś pakistańskiej speluny z domowej roboty bimbrem na popitkę.

– Nie, dzisiaj będzie to, czego się spodziewałaś i na co liczyłaś. Nic się nie bój. – O dziwo, nie ochrzania jej za krytykę i nie wyzywa od idiotek. Takiego miłego Johna Daria jeszcze nie znała. Bardzo jej się podoba ta zmiana, a jej młode serce aż rozpływa się z miłości.

– To świetnie – odpowiada czule. – A uchylisz mi rąbka tajemnicy, gdzie będziemy jeść? W tej niesamowitej wieży?

– Wtedy nie byłoby niespodzianki, kochanie. Uzbrój się w cierpliwość – John gada jak nie on. Daria marzy już teraz tylko o tym, żeby przytulić do piersi tego cudownego faceta. – Daj mi jeszcze na chwilę tego pakistańskiego chłystka do telefonu – prosi na koniec kochanek.

Po ostatecznych ustaleniach Pakistańczyk otwiera jej drzwi i pokornie pochyla głowę, spuszczając przy tym wzrok. Dowartościowana kobietka od razu czuje się lepiej i dumnie zadzierając nos, uśmiecha się jak łaskawie wielmożna pani.

– Emirates Mall – burczy szofer, co chyba ma oznaczać kierunek ich jazdy.

Daria rozgląda się dookoła, chłonąc widoki. Miasto jest oszałamiającą metropolią. Wszędzie coś się rozbudowuje, przebudowuje i buduje nowe. Panorama Dubaju to wieżowce, a nad nimi setki dźwigów. Drogi również są unowocześniane, ale mimo to ruch odbywa się bez zakłóceń. Nie ma korków, a wszystkie auta pędzą jak na złamanie karku. I to jakie auta! Turystka zauważyła już porsche, ferrari, bentleya oraz parę rolls-royce'ów, w tym jeden kabriolet w błękitnym kolorze i z białą tapicerką. Za kierownicą siedział zapewne rodowity Emiratczyk, bo ubrany był w białą *tobę*, a na głowie miał białą delikatną chustę. Drogocenne diamenty błyszczały w słońcu na manszetach jego koszuli i palcach obciążonych wielkimi sygnetami. *Ależ im się powodzi!*, zachwyca się dziewczyna. *Powinni mieć zapisane w Koranie albo w hadisach: umiarkowanie w jedzeniu, piciu gorzały i bogactwie. Ale kto w wiekach średnich spodziewałby się, że z piasków pustyni wytryśnie im czarne złoto?*, rozmyśla młoda. *Arabia Saudyjska wygląda przy nich jak ubogi krewny, bo wahabici nie mogą cieszyć się nawet gigantyczną forsą. Muszą udawać, że się umartwiają, gdyż według ich zasad wszelkie rozrywki są grzeszne. Przy takim podejściu do wiary i postawy dobrego muzułmanina bajkowy Dubaj powinien być miastem wyklętym*, podśmiewa się w duchu.

Kiedy później przejeżdżają koło Pyramid Mall, Daria aż otwiera buzię, bo widzi, że centrum handlowe można wybudować na kształt egipskich świątyń – i to w skali jeden do jednego. Emirates Mall to ogromny kompleks z największym targiem złota nie tylko na Bliskim Wschodzie, ale na świecie. Można tu podziwiać liczne fontanny, niektóre podświetlane, inne ukryte wśród tropikalnych roślin. Największe wrażenie robi kaskada wody spływającej z wysokości trzech pięter po wewnętrznej ścianie budynku.

Okazuje się, że Daria jest skazana na asystę swojego kierowcy, podśmierdującego Pakistańczyka w *salwar kamiz*[1] i małej mycce na głowie. By uwolnić się jednak od niechcianego towarzystwa, musiałaby znowu zawracać Johnowi głowę i być może zepsuć mu dobry humor, który jest u niego rzadkością, więc tylko wzdycha z rezygnacją. Służący jakby usiłował ją gdzieś zaprowadzić, bo cały czas się na nią ogląda i krąży koło niej jak dobry psiak. W końcu pokazuje na wejście do sklepu, który aż błyszczy od złota i drogocennych kamieni wystawionych w witrynach.

– Czym mogę służyć, madam? – Uprzejma sprzedawczyni uśmiecha się od ucha do ucha, choć strój Darii nie wróży wysokiego utargu. – Zechce pani spojrzeć na kolczyki, pierścionki czy bransoletki?

– Po prostu się rozejrzę. – Daria jest speszona i nie wie, na czym oko zawiesić, bo tyle jest tu pięknych i drogocennych rzeczy. Żałuje teraz ogromnie, że zgubiła torebkę i została bez grosza przy duszy. Nie może też ruszyć dwustu euro od Marysi, bo te będą na czarną godzinę. *Po co mi włóczyć się po takich miejscach, kiedy wszystko jest dla mnie niedostępne,* smutno rozmyśla. *Jestem biedniejsza od najbiedniejszej żebraczki, bo nie mam nawet jednego centa na fanaberie!*

[1] *Salwar kamiz* – tradycyjny strój noszony w Azji (w Afganistanie, Pakistanie, Bangladeszu, Nepalu, Indiach, szczególnie północnych, zwłaszcza w Pendżabie) składający się z *salwar* – workowatych, zwężonych na dole spodni (szarawarów), oraz *kamiz* – luźnej koszuli (tuniki).

Ni z tego, ni z owego do sklepu wchodzi szofer i coś szepcze do dziewczyny przy kontuarze.

– Zapraszam do mnie! – Sprzedawczyni macha na Darię. – Proszę przymierzyć, czy to dobry rozmiar. – Wyciąga sporych rozmiarów przepiękne welurowe etui, otwiera je i oczom młodej ukazuje się delikatny łańcuszek z zawieszką w kształcie wielbłąda z diamentowym oczkiem, a do kompletu kolczyki o podobnym kształcie. Jest też bransoletka z kamelem i dwa cudowne pierścionki z trójkolorowego złota.

– Nie rozumiem... Pani mnie z kimś pomyliła... – Daria już chce wyjść ze sklepu i uciec w te pędy, lecz w drzwiach staje szofer i blokuje przejście.

– Wszystko jest zapłacone, a pani ma tylko sprawdzić, czy pasuje. – Sprzedawczyni nadal jest uprzejma i zachęcająco spogląda klientce w oczy.

– Na pewno? A kto to kupił?

– Pani mąż, John Smith. A pani to Daria Nowicka, nieprawdaż? – potwierdza dane, a młodą aż chwyta za gardło, kiedy słyszy, że jej kochanek podał się za jej męża.

– No to niezłą niespodziankę zrobił mi ten mój małżonek. – Dziewczyna oddycha z ulgą, ale nie może otrząsnąć się z szoku, gdyż nie spodziewałaby się aż takiej hojności po gburowatym jak do tej pory Brytyjczyku. *Może jeszcze coś z tego naszego związku będzie, a pierwsze śliwki robaczywki mamy za sobą?*, myśli pogodnie. *Po prostu Saudia i moja rodzinka wpływały na niego stresująco. Mam nadzieję, że nie będę musiała wybierać między nimi.*

Wszystko pasuje na dziewczynę jak ulał, lecz nie chce wychodzić ze sklepu w biżuterii, gdyż planuje wręczyć ją Johnowi, żeby sam zadecydował, kiedy ma ją założyć. Teraz już podąża krok w krok za Pakistańczykiem, bo widać w ten sposób John zaplanował jej zakupy. I tak właśnie jest. Zahaczają jeszcze o parę firmowych sklepów, w których czekają na nią torby z rzeczami do przymierzenia – a wszystko zostało już zapłacone. *Czyż nie lepiej było przyjść tu razem i wspólnie wybrać i kupić?* Dziwne postępowanie mężczyzny budzi wątpliwości Darii. *Zabrało mu niemało czasu przygotowanie tego wszystkiego. Nic już z tego nie rozumiem.*

W ramach przerwy w osobliwych zakupach Pakistańczyk podprowadza turystkę do miejsca, gdzie znajduje się sztuczny stok narciarski. Znowu pokazuje jej palcem na wejście, a sam zabiera torby z jej rąk i odwraca się na pięcie.

– Hej, chłopie! – Daria woła za nim. – Niby jak mam tam wejść? – mówi po arabsku, wiedząc już, że to jedyny język, w którym jako tako będą mogli się porozumieć.

– Karnet na nazwisko czeka – odpowiada, nie patrząc na nią.

– Ale ja nie mam ciepłych ciuchów, a tam w środku jest chyba minusowa temperatura.

– Wszystko czeka – powtarza, ciężko wzdychając, bo widać funkcja przewodnika białej kobiety jest dla niego bardzo męcząca.

Daria, jak na magiczne hasło, dostaje niezbędne do białego szaleństwa wyposażenie. Przy wyznaczonych stoiskach wybierają odpowiedni dla niej puchowy skafander, narty, kijki, a nawet szalik, czapkę i rękawiczki. W szok wprawia ją kobieta, która oferuje w ramach pakietu ciepłe wełniane skarpetki. *Niesamowite!*, młoda nie może się nadziwić. *Głupie wyjście na deski doprowadzili tutaj do perfekcji!*

W środku rzeczywiście jest zimno, aż para leci z ust. Daria, będąc dzieckiem, wyjeżdżała zimą z rodzicami w góry i była całkiem niezła w szusowaniu po zboczach, lecz teraz boi się, czy nie wyszła z wprawy. Poza tym stok jest dość stromy i jeżdżą na nim profesjonaliści. Skoro jednak już tu jest, to grzechem by było nie spróbować. *Jaka szkoda, że nie mam mojego smartfona. Mogłabym zrobić zdjęcie i przesłać Marysi i mamie. Ale by mi zazdrościły!* Wszystkie trzy zawsze chciały przyjechać w to miejsce, ale nigdy nie było wystarczająco dużo czasu, żeby zatrzymać się w Dubaju na dłużej; wielokrotnie przebywały tylko w tranzytowej strefie na lotnisku. Po oswojeniu się z temperaturą i sprzętem Daria decyduje się w końcu i wsiada na kolejkę krzesełkową, lecz wyskakuje z niej już na pierwszym wzniesieniu, bo następne jest strome jak dla samobójców i tylko z rzadka widać na nim narciarza.

– Hej, jesteś tu sama? – zaczepia ją młody Emiratczyk, bo biała kobieta bez towarzystwa zawsze stanowi niezwykły kąsek dla mieszkańców Zatoki. – Może razem pozjeżdżamy? – proponuje z uprzejmym uśmiechem.

– Czemu nie. Dawno tego nie robiłam. – Daria zgadza się, bo przecież uprawianie sportu w grupie zawsze jest przyjemniejsze niż w pojedynkę. – Mam nadzieję, że nie złamię nogi.

– Nie bój się! – pociesza ją chłopak. – Tego się nie zapomina. To jak jazda na rowerze.

Oczywiście ma rację – po dwóch zjazdach Daria może się nawet pochwalić niezłym slalomem i jednym niewysokim skokiem.

– Co ty opowiadałaś, że nie umiesz jeździć! – Arab stoi blisko niej i pociera po plecach, bo widzi, że jego partnerka już nieźle zmarzła. – Może zechciałabyś napić się gorącej czekolady? Można stąd wyjść, a potem ponownie wrócić. Na ile godzin masz wejściówkę?

– Czas prawie mi się kończy. Zresztą dłużej w tym mrozie chyba nie wytrzymam.

– Szkoda. Ja mam otwarty karnet, ale mieszkam tu, więc mi się opłaca. Tak czy siak, czekolady moglibyśmy się napić. Spieszysz się gdzieś?

– W sumie mam jeszcze z godzinę do lunchu, więc czemu nie...

– A gdzie jesz? Też sama? – Dalej inwigiluje chłopak, co ostudza chęci dziewczyny, żeby się z nim zadawać. Widać, że stara się ją poderwać i nie traktuje jej po koleżeńsku.

– Słuchaj! Jedynie na narty przyszłam sama, żeby czas szybciej zleciał. Mój mąż załatwia interesy, ale później zjemy razem obiad w Burdż Chalifa, więc potraktuj mnie jako kumpelkę, a nie obiekt seksualny, okej? – Swoją wypowiedź Daria kończy podniesionym głosem, na co chłopak bez słowa zmywa się jak niepyszny i wskakuje na siodełko elektrycznego wyciągu.

– Madam. – Pakistańczyk czeka na nią przy wyjściu i ponownie prowadzi w sobie tylko znanym kierunku.

Tym razem wchodzą do bardzo eleganckiego markowego butiku, gdzie dziewczynie znów zostaje wręczona torba i wskazana przymierzalnia. Wśród eleganckich ubrań znajduje bilecik: *Przebierz się w to i przyjeżdżaj na lunch. Jestem bardzo głodny. John.*

Suknia jest jak na nią szyta – do tego w kolorze dobranym do jej karnacji i włosów, buty idealne, torebka dopasowana do reszty, w najmodniejszym kształcie i z logo takiej firmy, że Daria nigdy nawet nie ośmieliłaby się spojrzeć na tak wysoką półkę. Na dnie papierowej torby znajduje jeszcze kosmetyczkę z *kohlem*, tuszem do rzęs, perfumami najnowszej linii Chanel oraz fluidem i kredką do ust. *Co za perfekcjonista z tego mojego chłopa?* Nie może się nadziwić, bo przecież mężczyźni przeważnie nie mają pojęcia o damskich fatałaszkach czy środkach upiększających. A jeszcze żeby sami mieli za tym chodzić i wybierać, to rzecz zupełnie niewyobrażalna! *Jak to możliwe, że tak dobrze się na tym zna? I że chciało mu się poświęcić dla mnie tyle czasu?! Szkoda, że nie ze mną, ale i tak nie mam co narzekać.* Postanawia ostatecznie nawet nie wspominać o tej małej niedogodności.

Daria nie ma pojęcia, że nad tymi zakupami pracował sztab muzułmańskich kobiet, popleczniczek *dżihadiego* Johna oraz zwolenniczek Państwa Islamskiego, wielbiących mężczyznę jak bóstwo i uważających go za religijnego lidera i bohatera. Na jego polecenie zrealizowały jednak tylko niewielką część misternego planu usidlenia Darii, w stosunku do której John ma swoje zamiary. Twierdzi nieustannie, że ta bladolica pół-Arabka przyda się podczas ich misji, że jest wręcz niezbędna. Paru ludziom z jego otoczenia przeszło przez myśl, czy aby ich heros się nie zakochał, ale błyskawicznie doszli do wniosku, że jest to niemożliwe. Ten człowiek żyje, aby wypełnić swoje posłannictwo – dla Allaha, islamu i kalifatu. Zawsze twierdził, że kobiety są jedynie po to, żeby wykonywały łatwiejsze lub trudniejsze zadania, aby służyły Bogu i mężczyznom. Na tym kończy się ich rola. Głęboko religijny John-Jasem wierzy w każde słowo zapisane w świętej księdze oraz w hadisach, gdzie przedstawiony jest odpowiedni stosunek do słabej płci. Tymi nakazami płynącymi prosto ze średniowiecza do tej pory zawsze się kierował. Nie dopuszczał żadnych unowocześnień czy modyfikacji, które byłyby logiczne ze względu na upływ czasu i zmiany cywilizacyjne. Kiedy jednak pracuje nad usidleniem osoby, to często łamie czczone przez siebie przykazania, bowiem cel uświęca środki. Może wtedy jeść wieprzowinę, pić alkohol, stroić się w modne fatałaszki, używać perfum i różnych przebrań. Wtedy też jego nikczemny stosunek do kobiet ulega diametralnej zmianie i na chwilę staje się uroczym i kochającym dżentelmenem.

– Witaj, najdroższa! – John szokuje kochankę tak swoim wyglądem, jak i sposobem bycia. – Jak minął dzień?

– Ekscytująco – wyznaje Daria, patrząc z uwielbieniem na swojego adoratora, któremu dokładnie o to chodziło.

Mężczyzna jest nie do poznania. Z wyjątkiem momentów, kiedy wkładał strój Araba, w którym wyglądał nad wyraz wiarygodnie, w Saudi John nosił się po sportowemu i najelegantsze, co na siebie włożył, to materiałowe spodnie i bawełniana koszula z długim rękawem. Daria nigdy nie widziała go w garniturze, krawacie czy eleganckich mokasynach – a właśnie tak zaskoczył ją dzisiaj. I wygląda w tym nad wyraz szykownie. Dziewczyna również prezentuje się oszałamiająco, zwłaszcza że wykonała mocny arabski makijaż i spięła włosy, spryskując je koloryzującym lakierem z drobinkami złota. Nikt by nie poznał w tej pięknej kobiecie zastraszonej dziewuszki z Deiry.

– Teraz pójdziemy na małego, ale za to dobrego drinka – mówi John z naciskiem. – Do klubu At.Mosphere na sto dwudziestym drugim piętrze. – Śmieje się szelmowsko, widząc, jak młodej z radości płoną oczy, które pod wpływem upiększającego arabskiego specyfiku stały się prawie czarne. – A potem na dobre francuskie jedzenie.

– Też tutaj?

– Nie, w inne niezwykłe miejsce. – Nadal trzyma niespodziankę w tajemnicy.

Wyjeżdżają na górę ekspresową windą, która jedynie cichutko szumi, pokonując dystans w zawrotnym tempie. Kiedy z niej wysiadają, od razu powala ich oszałamiający widok na Zatokę Perską. Daria jak niesforny uczniak podbiega do okien, które pną się od sufitu po podłogę i z szybkim biciem serca obserwuje krajobraz aż po odległy horyzont. Wysokość robi swoje – nogi jej drżą i dlatego ze strachem kurczowo trzyma się framugi, by poczuć się choć trochę bezpieczniej.

– Ja nie mogę! – wykrzykuje ze śmiechem. – To niesamowite!

– Dlatego wpisano to miejsce do Księgi Rekordów Guinnessa jako najwyżej położoną restaurację na świecie – z dumą informuje John. – Czterysta dwadzieścia dwa metry nad poziomem morza to jest coś!

– Nawet wyżej niż Burdż al-Arab?

– Tamten hotel słynie z innych rzeczy, ale o tym później. – Robi zagadkową minę i tajemniczo się uśmiecha. – Siadajmy, bo już mi kiszki marsza grają, a jeszcze mamy się napić czegoś na pobudzenie apetytu.

– Jaka szkoda, że nie mamy aparatu fotograficznego ani telefonu! – Daria rozgląda się dookoła i widzi klientów, którzy przyszli tu nie tylko dla eleganckiego otoczenia, wyśmienitych drinków czy jedzenia, ale chyba przede wszystkim dla widoku i zdjęć. Wszyscy pstrykają jedną fotkę za drugą. – Tak bym chciała uwiecznić tę chwilę... – wyznaje smutnym głosem.

– A kto powiedział, że nie zrobimy sobie fotografii? – pyta John. – W aparacie, który ci zostawiłem, jest taka możliwość, zresztą w moim też. – Wyciąga komórkę, ustawia się przy kobiecie i robi selfie. Potem jeszcze jedno, z innej perspektywy, a na koniec woła kelnera, który z radością uwiecznia ich oboje, kiedy siedzą na wygodnych klubowych fotelach przy pięknym mahoniowym stoliku. – Wiesz co? Tę drugą niespodziankę odłożymy sobie na jutro – decyduje John, kiedy już dostają pyszne alkoholowe koktajle. – Dzisiaj zjedzmy tutaj, bo nie ma sensu się katować i umierać z głodu, no nie? – Bierze Darię za rękę i przeprowadza do restauracji znajdującej się zaraz obok.

– To jutro też będziemy w Dubaju? Jak długo? – dopytuje młoda kobieta, bo chciałaby jednak dowiedzieć się czegoś więcej o swoich wakacjach.

– Jutro tak, ale jak długo, to sam nie wiem. Mój roboczy plan ewoluuje.

– Nic nie mówiłeś, że będziesz pracował. Sądziłam, że wspólnie spędzimy czas na lenistwie i odpoczynku. Tylko we dwoje… – przymila się, pełnym miłości wzrokiem patrząc w oczy ukochanego.

– Niestety, jestem niezastąpiony w tej robocie i nie mogą sobie beze mnie poradzić – tłumaczy się swobodnie mężczyzna. – Jeśli leżałbym brzuchem do góry, to cały program by się zawalił – mówi, jakby ratował roczny plan firmy albo jej budżet.

– Szkoda…

– Ale przy okazji możemy być razem, trochę pozwiedzać, a ja zorganizuję ci mnóstwo przyjemności i atrakcji – obiecuje, na co Daria od razu się rozchmurza.

– To co planujesz dla mnie na jutro?

– Mówiłaś coś o leżeniu brzuchem do góry, więc może pojechałabyś na plażę? – proponuje.

– A są tutaj jakieś ciekawe i bezpieczne dla kobitek? – interesuje się dziewczyna, bo przecież to arabski kraj, a w takich plażowanie płeć piękna ma dość utrudnione.

– Kochana! Dubaj to miasto położone wzdłuż plaż, które ciągną się przez około czterdzieści kilometrów. Niestety, publiczne, nienależące do obiektów wypoczynkowych, są dosyć zatłoczone, zaśmiecone i mało zadbane. Dla porównania, obsługa niektórych hoteli przesiewa raz w tygodniu piasek, by turyści byli zadowoleni. Musisz koniecznie pokąpać się w morzu, bo woda w zatoce jest bardzo ciepła, a dno całkiem czyste, chociaż niestety zdarzają się pływające śmieci.

– To gdzie mogę pójść się poopalać? – indaguje coraz bardziej zapalona do pomysłu Daria. – Nie chciałabym wylądować z pampersem na głowie.

– Plaża przy Jumeirah[1] Beach Resident jest bardzo popularna, ale niestety, zawsze zapchana, choć można tam pospacerować i pieszo dojść do restauracji, kawiarni czy sklepów. Nie bywałem tam zbyt często, bo takie tłumy to nie dla mnie.

– A tym bardziej dla mnie, zwłaszcza jeśli mam być sama. Nie chciałabym się narażać na podryw. – Na te słowa w oczach Johna pojawiają się groźne błyski.

– Następny piaszczysty brzeg znajduje się przy Al Sufouh, zaraz obok największych rezydencji rodziny królewskiej w Dubaju, dlatego często latają nad nią śmigłowce, pilnujące porządku i bezpieczeństwa wielmożów tego bogatego kraju. Za sterami motorówki można tam zobaczyć przyszłego władcę Emiratów.

– Hej, znajomość z emirem to by było coś! – Daria żartuje na damsko-męskie tematy, nie zdając sobie sprawy, że przy Johnie nie powinna tego robić.

– Na tej plaży można spędzić miło czas z rodziną lub przyjaciółmi, przygotowując barbecue lub paląc sziszę

[1] Jumeirah (arabski) – nazwa własna; wym. Dżumeira.

– kontynuuje mężczyzna, nie zwracając uwagi na kelnera, który przestępuje z nogi na nogę, czekając, aż złożą zamówienie. – To akurat jest chyba najbezpieczniejsze miejsce do plażowania, gdyż często wzdłuż brzegu jeździ policja wodna i lądowa, by pilnować plażowiczów. Widok też ma się niezły, bo zaraz po drugiej stronie jest Burdż al-Arab.

– Rodziny nie mam, więc opowiedz jeszcze o jakiejś innej plaży – podsumowuje Daria.

– Przy Um Suqeim piasku jest tyle, co na lekarstwo, za to ogromny tłok wokół klubu żeglarskiego i od groma keitserferów. Tam też można sobie strzelić fotkę z najbardziej luksusowym hotelem w tle. Ale to paskudne miejsce! – John wykrzywia usta.

– No dobrze. To teraz powiedz mi po prostu, co byś mi konkretnie polecił i gdzie sam jeździłeś, mieszkając tutaj. – W końcu kobieta się niecierpliwi.

– Ja? W Dubaju? – wypiera się John, bo czuje, że za dużo powiedział.

– Ależ oczywiście, John. To twoje miasto, jestem o tym przekonana. Żyłeś tu, i to wystarczająco długo, żeby poznać je od podszewki.

– Dżumeira 3 to moja ulubiona plaża, bardzo szeroka, dosyć czysta i nieprzepełniona nawet w weekendy, z fantastycznym widokiem na całe biznesowe centrum Dubaju i Burdż Chalifa. – Facet lekceważy słuszne wnioski kobiety. – Uwielbiałem spędzać tam czas za dnia i w nocy. Po zmierzchu często ludzie palą tam grille, pływają w zatoce, dzieci biegają, a pary udają się na romantyczny spacer wzdłuż brzegu. W nocy można tam leżeć na piachu i patrzeć w gwiazdy lub na lądujące samoloty. – Nagle ogarnia go sentymentalny nastrój, do którego nigdy by się nie przyznał, nawet przed samym sobą. – W pobliżu są liczne meczety, więc nawoływanie na modlitwę nadaje temu miejscu niezwykłą atmosferę.

– Hej, to musimy tam kiedyś razem pójść! – Daria chwyta go za rękę, bo pod wpływem opowieści oraz niezwykłej zmiany, jaka zaszła w jej kochanku, aż przechodzą ją dreszcze.

– Może się uda – robi jej nadzieje John. – Ostatnia bardzo fajna plaża publiczna znajduje się pomiędzy Dżumeirą 1 i Burdż Dubaj. Jest tam duży falochron, są też sklepiki, plac zabaw dla dzieci, prysznice, toalety, a także dziesięciokilometrowa ścieżka do joggingu, która ma miękkie podłoże i zaznaczony dystans co pięćset metrów. Można po niej oczywiście biegać, ale też maszerować czy jeździć na rolkach. Za dnia to miejsce jest puste, lecz wieczorami i w nocy jest tam pełno luda. Nawet do Arabów dotarła już świadomość zdrowego stylu życia i pomimo gigantycznych upałów i wysokiej wilgotności powietrza Dubajczycy katują się, żeby być fit. – Kończy swój monolog śmiechem, a następnie zwraca się do cierpliwego kelnera i wreszcie składa zamówienie. Nie spojrzał nawet do menu, co Daria od razu wychwytuje. Oznacza to, że tu również jest stałym gościem.

– Musiałabym zostać w tym mieście na miesiąc lub dwa, żeby zaliczyć te wszystkie atrakcje. Gdzie więc mogłabym spędzić czas nad morzem, żebym była bezpieczna i usatysfakcjonowana. – Znów zdaje się na niego, bo już wie, że John na pewno zaplanował także jej jutrzejszy dzień.

– Zaraz przy dzielnicy Dżumeira 3 znajduje się Jumeirah Beach Park, płatna plaża z restauracjami i innymi udogodnieniami. Na czyściuteńkim piasku rozłożone są leżaczki i plastikowe stoliki, można tam spokojnie się opalać na skwarkę lub schronić w cieniu pod palmą.

– Jest tam jakaś ochrona? Policja pilnuje tego terenu? Bo przecież sam wiesz, że jak jakiś Arab zobaczy kawałek roznegliżowanego kobiecego ciała, a tym bardziej białej dziewczyny, to dostaje zajoba.

John przez chwilę milczy, starając się zapanować nad oburzeniem, nerwami i oddechem. Kiedy odzywa się, jego głos nadal jest pogodny i czuły – w końcu jest profesjonalistą.

– Nie słyszałem o napaściach na kobiety nawet na publicznych plażach, a co dopiero w prywatnym klubie. Na pewno będziesz bezpieczna i niczym nieskrępowana, bo w poniedziałki i środy teren ten jest udostępniany tylko paniom.

– Co?! Tak jakbym była w Arabii Saudyjskiej! – Oburza się dziewczyna, choć przed chwilą twierdziła, że na plaży koedukacyjnej będzie się czuła zagrożona. – Segregacja płci nawet tutaj! – mówi podniesionym głosem.

– Żadna segregacja – spokojnie tłumaczy mężczyzna, choć czuje już krew pulsującą w skroniach. – Przepisy te mają na celu uczynienie z Dubaju miasta bardziej przyjaznego dla kobiet oraz zachęcają do aktywnego trybu życia i częstszego spędzania wolnego czasu na powietrzu. To dotyczy głównie pań lokalnych, które często pochodzą z tradycyjnych rodzin. Poza tym zasady te nie ograniczają płci pięknej, uderzają raczej w facetów.

– Niby dlaczego? Bo nie mogą bezkarnie się pogapić? – Daria jest już całkiem swobodna, bo w końcu czuje się z Johnem na luzie. – Nie mogą ordynarnie zaczepić czy wyrwać laski?

– Chodzi o to, moja droga, że kobiety przez cały długi tydzień, w piątek, świątek i niedzielę, mają prawo do plażowania tak w miejscach publicznych, jak i prywatnych, a mężczyzn przez parę dni nie wpuszcza się do dwóch elitarnych klubów. To my powinniśmy się obrazić! Dyskryminują nas, a nie was! – John uświadamia feministce fakt, który zbija ją z pantałyku.

– A jak mam się ubrać na ten babski dzień? – Kobieta zbywa ewidentną rację i płynnie przechodzi do innej kwestii.

– Jeśli chodzi o strój plażowy, to jest on dowolny, bez żadnych zakazów i nakazów, chociaż raz byłem świadkiem sytuacji, gdy policja kazała ubrać się pani, która zamiast dolnej części kostiumu miała stringi.

– Cóż, mnie to wcale nie dziwi, bo nawet w Polsce to szokuje.

– No widzisz! Na publicznej plaży można zobaczyć całkiem zasłonięte Arabki, a także prawie nagie kobiety w strojach kąpielowych. Oczywiście opalanie topless jest *haram*, więc biustu lepiej nie wystawiaj – żartuje na koniec mężczyzna.

Kochankowie spożywają wykwintny, znakomity posiłek z wielkim smakiem, bo zanim go dostali, zdążyła minąć prawie godzina. Ale nie narzekali, bo rozmowa była miła i zajmująca, a Darii ukazywała całkiem nowy świat. Dziewczyna oddaje się marzeniom, jak by to było cudnie, kiedy by się tu przenieśli i razem zamieszkali. Jeśli John pracował w tym kraju, to oznacza, że ma kontakty i mógłby wrócić, gdyby tylko chciał. Postanawia namówić go do tego, choć najpierw chce sfinalizować ich pierwszą, długą i ekscytującą wspólną podróż. Zaczęła się ona tragicznie i Daria od razu chciała wracać do domu, lecz teraz dziękuje Bogu, że tego nie zrobiła, bo aktualnie jest tak szczęśliwa, jak nigdy w życiu.

Drugą noc w Dubaju para spędza już w innej dzielnicy i w nowym hotelu. Kiedy pod niego podjeżdżają, młoda kobieta jest zachwycona, a jej serce przepełnia nadzieja na wspólny szczęśliwy związek z tym cudownie odmienionym mężczyzną. Po raz pierwszy kochają się spokojnie, bez dominacji i upokorzenia, przez co ich wyrafinowana miłość nie staje się uboższa, ale bardziej uduchowiona i daje więcej satysfakcji zarówno jednej, jak i drugiej stronie. Już prawie świta, gdy John kładzie Darii na dekolcie puzderko z biżuterią, którą przymierzała w Emirates Mall.

– To na dobry początek naszych ekscytujących wakacji – mówi ciepło, po czym tulą się do siebie i usypiają głębokim snem.

Daria już wie, że kiedy rano otworzy oczy, to Johna nie będzie, ale dzisiaj jej to nie przeszkadza, bo szczerze wierzy w każde słowo mężczyzny. Zmiana zachowania była z jego strony słusznym posunięciem, a że jest to człowiek kameleon, granie uroczego dżentelmena przychodzi mu bez trudu.

Kobieta znów jest wożona przez pakistańskiego kierowcę, do którego powoli zaczyna się przyzwyczajać, jednak nigdy go nie polubi, bo zdaję sobie sprawę, że jego obecna uniżoność nie wynika z szacunku dla niej, lecz z lęku przed jej kochankiem.

Plaża w Jumeirah Beach Park okazuje się fantastyczną oazą, pełną wyzwolonych obywatelek Emiratów, jak i tradycyjnych kobiet, które jedynie rozpinają swoje *abaje* i podciągają rękawy, wystawiając ręce do słońca. Dla nich już to jest szczytem rozpusty i na więcej na pewno sobie nie pozwolą. Śmieją się jednak, opowiadają dowcipy i widać, jak bardzo są szczęśliwe, spędzając czas na świeżym powietrzu nad brzegami zatoki bez narażania się na pohańbienie przez rozpustne męskie oko.

– To miejsce tylko dla Arabek! – Tymi słowy zostaje przyjęta Daria, kiedy lokuje się na wolnym plastikowym łóżku pod palmą. – Cudzoziemki po lewej stronie. – Kobieta w czerni krytycznie taksuje ją wzrokiem.

– To cudzoziemki czy niemuzułmanki, zdecyduj się! – Daria nie da sobie w kaszę dmuchać i ostro ripostuje swoją najlepszą arabszczyzną.

– *Afłan, afłan*[1]! – Gruba baba od razu patrzy na nią przymilnie i uśmiecha się czule.

[1] *Afłan* (arabski) – Przepraszam.

– Co zrobić, żeby tak się wybielić? – zagaduje jej młodsza towarzyszka, która nie zakrywa ciała i nosi nieskromne bikini.

– Na pewno w mleku matka ją moczyła – odpowiada starsza. – Ale mnie na taką rozpustnicę jak ty szkoda było wyrzucać pieniędzy. I teraz masz, babo, placek.

– Używasz kremów wybielających? – chichra młoda, nie zwracając uwagi na przycinki, bo jest klasyczną arabską pięknością, z chmarą krętych czarnych włosów i czarnymi jak węgle oczami. Karnację ma bardzo ciemną, ale trudno się dziwić, skoro dodatkowo jeszcze wystawia się na słońce. – Na pewno stosujesz kosmetyki na bazie koziego mleka. Zaczęłam już serię zabiegów, ale jakoś nie za bardzo pomagają.

– A ja bym chciała mieć trochę ciemnego pigmentu – odpowiada wesoło Daria – bo w porównaniu z moją siostrą jestem jak albinos, niejednokrotnie nawet mówią nam, że nie jesteśmy rodziną. Ona – Arabka po tatusiu, a ja bladolica po polskiej mamusi.

– To się podzieliłyście. – Starsza kiwa głową i sięga do plażowej lodówki, wyciągając z niej słodkie pyszności. – Lubisz *bahlawę*[1]? – Zwraca się do Darii z tacką ciastek ociekających miodem i masłem. – U nas robi się najlepszą – zachwala lokalna patriotka.

[1] Bakława inaczej baklawa lub baklava – deser rozpowszechniony zarówno w kuchni tureckiej, ormiańskiej, greckiej, bułgarskiej, jak i bałkańskiej. Ciasto nadziewane posiekanymi orzechami włoskimi lub migdałami. W krajach arabskich jest nazywane *bahlawa* i wytwarza się je z cienkiego francuskiego ciasta oraz orzechów – ziemnych lub pistacjowych.

– Mamuś, czemu ty się tak obżerasz? To niezdrowo! – Córka zwraca jej uwagę, na co rodzicielka patrzy na nią z uśmiechem, zadowolona z troski, lecz nie zważając na nic, pochłania jedno ciasteczko za drugim. – Bierz, bo zaraz nic nie będzie – popędza nową znajomą i wszystkie trzy opędzlowują przysmak w błyskawicznym tempie.

– Jak chcesz się poddać jakimś zabiegom kosmetycznym w Dubaju, to idź do naszego gabinetu. – Starsza z kobiet oferuje usługi świeżo poznanej cudzoziemce.

– Tak, zdecydowanie powinnaś coś ze sobą zrobić – popiera młoda, sięgając do torby po wizytówkę i folder firmy. – Już na pierwszy rzut oka widzę, że potrzebujesz manikiuru i pedikiuru – robi z ust dzióbek, lustrując Darię.

– Najgorsze są włosy! *Wallahi*, czy ty nigdy nie kładziesz odżywki? – Starsza też krytykuje bez pardonu. – O takie cienkie piórka trzeba dbać!

– I woskowanie – wtóruje jej córka. – Masz skórę jak tarka! – Przejeżdża dłonią po ramieniu Darii i aż się wzdryga.

– Nie zdążyłam nic ze sobą zrobić, bo mój przyjaciel przyspieszył wyjazd. – Daria tłumaczy się jak uczennica, ale bez dąsów, bo czuje, że uwagi są życzliwe i całkowicie pozbawione złośliwości.

– Słuchaj, posiedzisz tu z nami z dwie godzinki, a potem *jalla* do naszego SPA – decyduje właścicielka. – Jak będziesz taka zaniedbana, to każdy facet w końcu wypnie się na ciebie. Wiesz, że do obowiązków kobiety należy być piękną. – Puszcza oczko i wybucha szelmowskim śmiechem.

– A jakiej narodowości jest ten twój kochaś? – interesuje się starsza.

– Brytyjczyk – oznajmia z dumą Daria.

– Ech! Przy takim to możesz nawet w worku chodzić. Oni na nic nie zwracają uwagi – stwierdza młoda Arabka, pogardliwie wydymając usta.

– To niemuzułmanin?! – oburza się matka, ale za chwilę z rezygnacją macha ręką i tylko narzeka: – Moja młodsza córka Nura też się z takim zadaje. Świat stanął na głowie, ale co zrobić. W końcu wszyscy jesteśmy ludźmi świętej księgi, a Biblia i Koran mają wiele wspólnego – konstatuje, a Daria widzi w tej tradycyjnej arabskiej kobiecie tolerancyjną osobę. *Skąd w ludziach bierze się nienawiść do wyznawców innej religii, kiedy w sumie jesteśmy sobie tak bliscy?*, przebiega jej przez myśl, ale nie ma teraz czasu, żeby się nad tym dłużej zastanawiać.

Dziewczyna spędza miło przedpołudnie w towarzystwie lokalnych kobiet, które otaczają ją kółeczkiem, dziwiąc się jej wyglądowi i pochodzeniu i z zaciekawieniem słuchając opowieści o Libii, której nie znoszą, o Arabii, której się boją, i o Bali, o którym marzą. Pomimo różnic pochodzenia, kultury i doświadczeń doskonale się rozumieją, choć czasami mają inne zdanie.

Później Daria na złamanie karku pędzi do Marina Mall, w którym znajduje się SPA nowo poznanych Emiratek. Jest to centrum odnowy na najwyższym poziomie i dziewczyna stwierdza, że z chęcią spędziłaby tam cały dzień, choć do tej pory wyjście do kosmetyczki było dla niej istną katorgą. Kiedy po dwóch godzinach kończy zabiegi, wykonywane jednocześnie, żeby szybko się uwinąć, okazuje się, że nic nie płaci, bo usługi były gratis „w ramach promocji". Zdaje sobie oczywiście sprawę, że to bujda, i podziwia arabską nację za hojność i okazywaną przyjaźń. Taki szczodry gest na Zachodzie byłby niewyobrażalny.

Po wszystkim Daria wpada do hotelowego pokoju, żeby jeszcze przebrać się przed lunchem. Zastaje w nim śpiącego Johna. O dziwo, mężczyzny nie obudził hałas otwieranych drzwi i nadal leży z zamkniętymi oczami. Widać, że jest bardzo zmęczony i zestresowany, bowiem oddech ma nierówny, a na jego twarzy lub ciele co chwilę napina się jakiś mięsień. Cerę ma już nie białą, lecz papierową – z fioletowymi cieniami dookoła oczu i zażółceniami na skroniach, gdzie widoczne są pulsujące cienkie fioletowe żyłki. Widać, że dręczą go jakieś koszmary. Martwi to jego kochankę i postanawia namówić go, żeby w końcu wziął sobie urlop i odpoczął, bo ileż można pracować? Firma się nie zawali, jeśli nie będzie go przez dwa lub trzy tygodnie. Daria nie rozumie, czemu praca w telefonii jest tak stresująca, i szczerze się temu dziwi.

– Jesteś… – Mężczyzna powoli budzi się i patrzy na obserwującą go dziewczynę nieprzytomnymi ciemnozielonymi oczami. – Ale pięknie wyglądasz… zrobiłaś się na bóstwo… – szepcze, jakby jeszcze przez sen, wyciągając do Darii swoje umięśnione ramiona. – Chodź no tu na chwilę. – Wciąga ją do pościeli i mocno tuli, a ona patrzy z uwagą i przerażeniem w prawdziwe oblicze swojego kochanka. Wstrzymuje dech i nie wie, co ma począć, jednak koniec końców daje się ponieść żądzy i miłości. Wtula twarz w jego szyję, bo stwierdza, że na pewno znajdzie się jakieś wytłumaczenie tej sytuacji. Jej John jest przecież błękitnookim Brytyjczykiem.

Na lunch jadą w nieznane Darii miejsce – to kolejna z niespodzianek, które John zaplanował na ich wspólne wakacje. Dopiero kiedy wjeżdżają na groblę, łączącą stały ląd z hotelem na wyspie, dziewczyna domyśla się i rzuca swojemu cudownemu facetowi na szyję.

– Burdż al-Arab! – wykrzykuje radośnie. – A jednak!

– Cieszę się, że potrafię spełnić twoje marzenia – mówi kochanek niczym bohater bajki albo kiepskiego romansidła, patrząc na swoją wybrankę z niezwykłą czułością.

– Zawsze o tym marzyłam. Marysia zresztą też! Ale się zdziwi, jak prześlę jej zdjęcie z widokiem z góry!

– Chwilowo nie masz jak, ale myślę, że fajniej będzie pokazać jej całą twoją trasę po powrocie.

– Ale dlaczego? Zawsze byłam na Facebooku, Twitterze czy Skypie. Jak zamilknę, to będzie się strasznie niepokoić – tłumaczy Daria człowiekowi, który o swojej rodzinie nie powiedział jej dotąd ani słowa i który zapewne musi być tragicznie samotny.

– Przecież nie możesz dawać się tak zdominować! – John ni stąd, ni zowąd denerwuje się. – Ona chce cię trzymać pod pantoflem! Zachowuje się, jakby była twoją matką, i to jeszcze z gatunku zachłannych egoistek.

– Daj spokój! Marysia mnie kocha, wprawdzie w dość zaborczy sposób, lecz robi wszystko dla mojego dobra

– klaruje na spokojnie dziewczyna, bo nie rozumie, czemu John tak się irytuje. – Jeśli w najbliższym czasie się nie odezwę, zapewne poruszy niebo i ziemię, włączy do akcji Interpol, żeby mnie znaleźć – śmieje się beztrosko.

Daria nie wie, jak blisko jest prawdy w swoich żartobliwych przewidywaniach, a pseudo-Brytyjczyk stwierdza, że wybrał złą kobietę do swojej misji, choć wydawała się taka idealna. Niezdecydowana, uległa, zastrachana. Przeklina się w duchu, że nie zlustrował jej rodzinki, a szczególnie tej dożartej arabskiej suki, jej siostry.

– Ależ tu sprawdzają! – Teraz para skupia się jednak na kontroli przy wjeździe do najbardziej ekskluzywnego hotelu na świecie. – Gorzej niż na lotnisku – podsumowuje młoda kobieta.

– Mamy rezerwację. – John przedstawia komputerowy wydruk i spogląda swoimi ponownie niebieskimi oczami na wyszkolonego ochroniarza w mundurze. Ten skupia wzrok na stronie jego paszportu ze zdjęciem, a potem uważnie i z niezwykłą powagą porównuje je z oryginałem.

– Ma pan inny dokument? – pyta dosyć chłodno, choć nadal uprzejmie.

– Tak, oczywiście. – John sięga do skórzanego, drogiego portfela i wyciąga brytyjskie prawo jazdy.

– Okej. Dziękuję i przepraszam za kłopot.

Szlaban zostaje podniesiony, kolczaste zasieki automatycznie chowają się w asfalcie i para może już wjechać do ponoć najlepiej strzeżonego miejsca na Półwyspie Arabskim. Jeszcze przed wejściem do głównego foyer przechodzą przez heimanna, który piszczy, sygnalizując obecność metalu przy którymś z przechodzących, ale jakoś nikogo to nie zastanawia i po ponownym niedbałym sprawdzeniu ręcznym wykrywaczem zostają wpuszczeni do środka.

– Dzisiaj będziemy rozkoszować się francuską kuchnią na dwudziestym siódmym piętrze – John informuje kochankę, prowadząc ją do windy. Dziewczyna ze zdziwieniem zauważa małe kropelki potu na jego czole, choć w hotelu działa klimatyzacja i jest wręcz za zimno.

Para spędza prawie trzy godziny w restauracji Al Muntaha, gdzie ich podniebienia są pieszczone daniami wykonanymi przez jednego z najlepszych mistrzów francuskiej kuchni, a gardło przepłukiwane jedynie napojami z odległej Szampanii. John z satysfakcją rozgląda się dookoła i czuje się coraz swobodniej, chociaż na początku ogarnęły go nerwy, nad którymi ledwo zapanował. Teraz przekonuje się, że nie ma idealnie strzeżonych miejsc i wszędzie można się wślizgnąć. Ostateczny trening uważa za pomyślnie zakończony i postanawia, że już następnego dnia wyruszy na swoją misję do Europy.

Daria zastanawia się, czemu przyjechali na lotnisko tak wcześnie, bo przecież nie mają lotów łączonych i nie są w tranzycie, więc nie muszą godzinami przesiadywać w poczekalni. Mogli przyjść o czasie i od razu pójść do odprawy i swojego *gate'u*[1]. Jako że podróżują klasą biznes, to mają w strefie odpoczynku za darmo tak jedzenie, jak i napoje. Znów siedzą w *lounge* Marhaba, tam, gdzie poznali się

[1] *Gate* (angielski) – brama, bramka; tutaj bramka wejściowa do przejścia do samolotu.

parę miesięcy temu, a kobiecie wydaje się, jakby to było przed wiekami. Przykro jej, kiedy wspomina, że ostatnio była tu z całą rodziną, z bliskimi sobie ludźmi. Teraz jest sama jak palec, a jej zaufanie do kochanka coraz bardziej słabnie, choć niestety miłość wciąż trwa, trawiąc jej serce i umysł oraz pozbawiając możliwości obiektywnego osądu. Wiele spraw jest niejasnych i nadal prawie niczego nie dowiedziała się o swoim towarzyszu, a jedynie snuje niepotwierdzone niczym domysły. Utrwaliła w sobie przekonanie, że John jest człowiekiem znerwicowanym, o zmiennych nastrojach i zachwianej osobowości. Czasami jest ordynarny i obchodzi się z nią jak z nałożnicą, innym zaś razem staje się szarmanckim hojnym kochankiem. Dubaj całkiem namieszał jej w głowie i teraz już nie ma pojęcia, co dalej robić. Wszystko zaczęło się od tragicznych doświadczeń w podłej azjatyckiej knajpie i niebezpiecznej dzielnicy, kiedy to chciała od razu wracać do domu, a skończyło na bajkowych romantycznych wyjściach i upojnych nocach, które jeszcze bardziej przywiązały ją do Johna. Ciągle nie wie, czy on ją choć trochę kocha, bowiem nigdy nie usłyszała z jego ust tego magicznego wyznania. Uwielbia go jednak całym młodzieńczym sercem i niewinną duszą. Liczy na Paryż, miasto zakochanych, a jeśli tam Brytyjczyk będzie nadal dziwnie się zachowywał lub źle ją traktował, to za grosze poleci do mamy, do Polski. Ten plan awaryjny trochę ją uspokaja.

– *Ahlan wa sahlan* – słyszy znajomy głos. Podnosi wzrok i znów widzi Pakistańczyka Muhamada, lecz teraz wygląda on dużo gorzej niż ostatnio. Jest wymizerowany, policzki z parodniowym zarostem mu się zapadły, a z oczu bije smutek.

– Witaj, Moe. – Znów bezwiednie wyciąga do niego rękę, ale błyskawicznie ją cofa. – Jak się masz? Lecisz z nami? – zagaduje kurtuazyjnie, na co mężczyzna zaciska usta, a John robi wściekłą minę. – Jeśli to tajemnica, to nie mów. Nie ma sprawy. – Daria obraża się i postanawia, że więcej się do niego nie odezwie.

– Udaję się w inną stronę świata – mężczyzna wyjaśnia jednak słabym głosem. – Lecę do domu, do Indii.

– A ja myślałam, że twoją ojczyzną jest Pakistan. – Dziewczyna nie potrafi długo milczeć.

– To sztuczny podział, Darin. A ty fruniesz z Johnem do Europy? Będziesz miała ekscytujące wakacje.

– Ja też na to liczę!

– Przynieść wam coś do picia? – proponuje Muhamad. – Idę po wodę dla siebie.

– Ja pójdę, siedź – szarmancko oferuje John. – Chcesz jeszcze jeden kieliszek wina? – zwraca się do Darii, a ta tylko potwierdza skinieniem głowy.

– Darin… – Kiedy Brytyjczyk znika, Muhamad natychmiast pochyla się w stronę dziewczyny. – Znam cię i ty się do tego nie nadajesz.

– Do związku z Johnem? – pyta zdziwiona dziewczyna, bo w ogóle nie rozumie, o co mu chodzi.

– Do tego też. Ale mam na myśli takie życie. Wracaj do swojego spokojnego chrześcijańskiego świata! – podnosi głos, by zaraz chwycić się za usta i ze strachem rozejrzeć dookoła. – Jesteś dobrą, delikatną i miłą dziewczyną – dodaje już ciszej. – Zawsze bardzo cię lubiłem i traktowałem jak niewinne i bezbronne dziecko, którym jesteś do dzisiaj.

– Miło mi to słyszeć. Ale nie rozumiem, czemu najpierw moja siostra, a teraz ty staracie się odciągnąć mnie od mojego faceta? To niepojęte! – Młoda traci cierpliwość. – Nie rozumiem, dlaczego tak wam na tym zależy?! Owszem, John jest trochę nerwowy i czasami niegrzecznie się zachowuje, ale teraz jest już dużo lepiej i możliwe, że właśnie nasz związek pomoże mu się ustatkować. – Ponieważ Muhamad ze smutnym uśmiechem na ustach tylko kręci głową, Daria w końcu pyta zaniepokojona. – Czy jest coś, o czym ja nie wiem?!

– Darin, to nie jest misja dla ciebie! – mówi z żarem mężczyzna. – Nie twoja bajka! Zostaw to innym, naznaczonym lub wybranym, zaprawionym w boju…

– Jaka misja? O czym ty mówisz?! – Kobieta zaczyna się denerwować i z nadzieją wypatruje Johna, bo obawia się, że facet postradał zmysły.

– Oto parę groszy dla ciebie. – Muhamad bierze w swoje dłonie jej rękę, jakby nagle zapomniał, że dla głęboko wierzącego muzułmanina dotykanie obcej kobiety jest całkowicie zabronione. – Wykorzystaj je, kiedy już zrozumiesz. Mam tylko nadzieję, że wtedy jeszcze zdążysz odpowiednio zareagować. Nie daj się otumanić i zwieść…

– Dalej nie wiem, o co ci chodzi! – Wścieka się Daria. – I nie mogę przyjmować pieniędzy od obcego mężczyzny! Jakby John się dowiedział, to miałabym się z pyszna!

– O to chodzi, żeby się nie dowiedział! – Mężczyzna aż się trzęsie, bo widzi brak zrozumienia ze strony swojej rozmówczyni, a przecież nie ma teraz czasu na długie wyjaśnienia i pogaduszki. – Schowaj je dobrze, żebyś miała na czarną godzinę. Dla mnie to dobry uczynek, *zakat*[1], będzie mi to policzone w raju. – Patrzy na nią błagalnie, na co zszokowana dziewczyna w końcu chowa plik studolarówek do kieszeni dżinsów. – Weź też tego minismartfona. Jego również ukryj i pilnuj jak oka w głowie, bo to twoje okno na świat i droga ratunku. Telefon, który dostałaś od Johna, ma blokadę na międzynarodowe połączenia i wybrane numery.

– Nadal nic nie pojmuję! Kto wprowadził te blokady i dlaczego? O czym ty mówisz?

– Kto mówi o czym? – John usłyszał tylko ostatnie słowa.

Konspiratorzy na dźwięk jego głosu odskakują od siebie.

– Mówię jej, że w Paryżu jest pięknie o każdej porze roku, a ona nie chce mi uwierzyć. – Muhamad łże jak z nut.

– No bo głupiutka jest, ot co! – Brytyjczyk ciężko siada obok swojej kochanki i mocno ją obejmuje, bo widać uważa swoje słowa za pieszczotliwe, a nie obraźliwe.

[1] Jeden z pięciu filarów islamu: 1. Wyznanie wiary (*szahada*) – „Nie ma Boga prócz Allaha, a Muhammad jest jego prorokiem". 2. Modlitwa (*salat*) – odprawiana pięć razy dziennie z twarzą zwróconą w stronę Mekki. 3. Jałmużna (*zakat*) – określoną część swych dochodów muzułmanin ma obowiązek oddawać biednym. 4. Post (*saum*) – w muzułmańskim miesiącu ramadanie muzułmanie muszą powstrzymywać się od jedzenia i picia od wschodu do zachodu słońca. 5. Pielgrzymka do Mekki (*hadż*) – muzułmanin musi ją odbyć przynajmniej raz w życiu, jeśli pozwala mu na to sytuacja materialna. Niektórzy uważają, że szóstym filarem islamu jest dżihad, czyli święta wojna.

– Będę się zbierał – Po wypiciu swojej wody Pakistańczyk wstaje i kieruje się do wyjścia. – Żegnaj, *ja achi*[1]! – Mężczyźni ściskają się jak rodzeni bracia i jakby żegnali się na bardzo długo.

– Życzę ci spełnienia misji i wspaniałego odrodzenia. – John protekcjonalnie poklepuje Muhamada po policzku, a potem kładzie mu rękę na głowie, jakby błogosławił go na drogę.

* * *

Daria przesypia cały długi lot, nieświadoma tego, że John był nie tyle szarmancki, ile przebiegły. Przyniósł jej wino tylko po to, żeby ukradkiem dodać do niego środek nasenny. Chce uniknąć pytań, dyskusji, dywagacji, tłumaczeń, bowiem czas lotu postanawia wykorzystać na dopracowanie swojego misternego planu, a ostatnio Daria zawraca mu głowę do tego stopnia, że na niczym nie może się skupić. Na dokładkę męczy go bycie słodkim dżentelmenem, bo nie leży to w jego drapieżnej naturze, choć miłość kochanki coraz bardziej łechce jego chore ego i daje mu satysfakcję.

Para zatrzymuje się w typowym francuskim hoteliku ulokowanym w wysokiej trzypiętrowej, wąskiej kamienicy na Montmartre. Ten fragment Paryża jest zabudowany takimi właśnie starymi kamienicami, ciągnącymi się wzdłuż krętych i wznoszących się ostro, brukowanych uliczek

[1] *Ja achi* (arabski) – Mój bracie (wołacz).

i wąskich przejść ze schodami, o wyraźnie odmiennym charakterze niż reszta miasta. Niegdyś dzielnica ta miała charakter centrum rozrywki i głównej siedziby bohemy artystycznej. Obecnie jest niemal w całości opanowana przez przemysł turystyczny, ale artyści nadal tu pozostali.

Daria aż skacze z radości – w końcu znalazła się w mieście zakochanych, które ma niezwykły klimat. Planuje wyprawę do katedry Notre Dame, nad Sekwanę, do Wersalu i Luwru. Tyle o tych miejscach słyszała, tyle czytała, że teraz nie może usiedzieć w hotelu i najchętniej od razu biegłaby na miasto.

– Zaczekaj! – śmieje się John. – Trzeba wszystko zaplanować. Nie można tak rzucać się na oślep, bo niczego się nie osiągnie – stwierdza najgroźniejszy planista dwudziestego pierwszego wieku. – Gdzie chcesz iść najpierw?

– Nie wiem! Wszędzie! – Kobieta chichra się jak dziecko. – Ale teraz czas będziemy spędzać już razem, prawda?

– Niekoniecznie, moja mała – miłym, spokojnym tonem odpowiada mężczyzna, a Darii mina rzednie i dobry humor od razu znika. – Tutaj też mam swoje obowiązki…

– Mówiłeś, że to będzie urlop! – zawiedziona kochanka wykrzykuje trzęsącym się głosem. – Urlop oznacza czas wolny, a nie pracę. Ja nie wiem, do czego w takim razie jestem ci tu potrzebna! Muhamad miał rację, namawiając mnie, żebym wracała do domu – puszcza parę z ust i wyznaje tajemnicę, którą miała zachować dla siebie.

– Tak? Co jeszcze mówił ci ten przeklęty pies? – John nagle traci panowanie nad sobą, przyskakuje do płaczącej już kobiety i w ostatniej chwili zapanowuje nad sobą, żeby jej nie uderzyć. *Jeszcze na to nie czas*, mówi sobie w duchu i mocno zaciska zęby, biorąc przy tym parę głębszych oddechów. *Jeszcze nauczę ją posłuszeństwa!*

– Nic nie mówił… – szlocha Daria. – Tylko tyle, że ta trasa i jakaś tam misja jest nie dla mnie. Jaka znowu misja?! – Niepotrzebnie zadaje to pytanie, bo mężczyźnie oczy zwężają się w szparki, ale gryzie się w język, żeby nie wyzwać jej od najgorszych.

– Mam misję naprawy świata… – wyznaje, bawiąc się słowem. – Cały nasz współczesny świat to elektronika i media, a ja w końcu jestem specem w tej branży.

– Taki z ciebie spec, a dałeś mi przestarzały telefon bez internetu i nawet maila do siostry nie mogę wysłać! – stwierdza Daria oskarżycielskim tonem.

– Nie martw się, jeszcze zdążysz.

– Pracujesz w telefonii i nie możesz załatwić dla mnie jakiegoś porządnego aparatu? A może po prostu nie chcesz?

– Zaraz przyjdzie moja francuska znajoma, która będzie twoim przewodnikiem po Paryżu – mężczyzna zmienia temat. – Idź do łazienki i doprowadź się do porządku. Nie musimy od razu wprowadzać jej w tajemnice naszej alkowy i w nasze problemy.

Dziewczyna bez słowa zamyka się w dużym pomieszczeniu z wielką antyczną wanną na nóżkach, umywalką i toaletką. Siada w oknie i obserwuje toczące się na ulicy życie. Wszyscy mają uśmiechnięte twarze i nawet żebrak, który rozłożył się po drugiej stronie ulicy, pogodnie zagaduje do swojego psiaka, drapiąc go przy tym za uchem. Ludzie chodzą w pojedynkę, parami lub grupami. Wszyscy głośno gadają i wymachują rękami. *Na pewno miło spędzają czas*, pochlipuje, zawiedziona. *Turyści zwiedzają, potem idą do knajpy na francuskie rewelacyjne żarcie, a wieczorami do pubu, klubu lub kabaretu. A ja znów będę sama*, rozczula się nad sobą. *Wyizolowanie i samotność kobiet w krajach arabskich nie rażą tak jak w Europie. Tam to jest zwyczaj, rutyna, a tu sytuacja po prostu nie do przeżycia.*

Słysząc przyciszone głosy w pokoju, wskakuje jednak szybko do wanny, odświeża się, robi delikatny makijaż, po czym dołącza do swojego kochanka i młodej szczupłej kobiety.

– Jasmin jestem – przedstawia się brunetka. Nie patrzy na Darię przychylnie, lecz taksuje ją wzrokiem jak wroga, rywalkę lub intruza. – Przez parę dni będę ci towarzyszyć, żebyś nie czuła się samotna – oznajmia lodowatym tonem bez najmniejszych oznak przychylności i widać, że przebywanie z młodą turystką będzie dla niej przykrym obowiązkiem.

– Nie ma potrzeby, żebyś się zmuszała – oponuje dumnie Daria. – Przecież to Europa. Nikt mnie tu nie zje, nie napadnie i nie zgwałci w biały dzień. Poza tym nie jestem jakąś zacofaną ciemną dziewuchą, która nigdzie nie była i nic nie widziała. Na dokładkę znam parę języków, więc wierzcie mi, że nie potrzebuję takiego wątpliwego towarzystwa, tym bardziej na siłę.

Chwyta torebkę, którą dostała od Johna w Dubaju, i chce wyjść, ale niespodziewanie John popycha ją na łóżko.

– Jak ty się, do cholery, zachowujesz! Ktoś oferuje ci swój czas, a ty tak mu dziękujesz? Gdzież cię wychowywano, dziewczyno?! Chyba na śmietniku tej zgniłej od zepsucia Europy! – drze się na całe gardło, a Daria widzi w oczach nieznajomej dziką satysfakcję. – Nie znasz Jasmin, a traktujesz ją jak byle co. Nie do pomyślenia! – Facet jakoś się opanowuje, ale w duchu przyznaje Muhamadowi rację – ta gówniara nie nadaje się do jego misji; wziął sobie tylko strupa na głowę.

– Przyniosłam bilety i wejściówki. – Teraz Francuzka aż kapie od przyjacielskich uczuć, a jej twarz emanuje pogodą i dobrocią. – Tak więc mam dla nas… – pokazuje głową na Darię i niezdecydowana podnosi ramiona – bilety do muzeów i galerii, a dla was – patrzy z oddaniem na Johna – do Moulin Rouge, klubu Brasiliana oraz voucher na kolację w wieży Eiffla. Nie wiem, czy więcej zdążycie obskoczyć. – Uśmiecha się słodko.

Daria czuje się jak najgorsza wydra. John tak o nią dba, zapewnia jej rozrywki, nie szczędzi pieniędzy ani trudu, a ona jak mu się odwdzięcza? *Co we mnie wstąpiło?*, zadaje sobie pytanie i nie śmie podnieść wzroku na swoich dobroczyńców.

– Przepraszam za moje zachowanie, Jasmin – mówi cicho. – To chyba wina zmiany czasu i klimatu.

– Pewnie, że tak! – Kobieta siada przy niej na łóżku i obejmuje ją ramieniem. – My, dziewuchy, pobuszujemy jeszcze na pchlim targu, który jest w tej dzielnicy. Nie masz pojęcia, jakie cacka można tam czasem wygrzebać! I to za grosze!

Jasmin okazuje się najlepszą przyjaciółką i wesołą kompanką. Jest typową Francuzką i widać imię dostała od znanego na całym świecie kwiatka, a nie dlatego, że jest arabskie. Może zresztą w Europie też takie nadają? Daria nie wie, bo już z różnymi dziwactwami się spotkała i nie chce niczego dociekać.

– Zmierz tę perukę! – nowa koleżanka namawia Darię na pchlim targu.

– Ale jest używana. Jeszcze złapię jakieś wszy... – brzydzi się dziewczyna.

– Coś ty! Tutaj często lądują całkiem nowe rzeczy – tłumaczy Jasmin, pokazując na metkę. – Fajnie jest czasami się poprzebierać, no nie?

– John to chyba uwielbia. Ja tam wolę własną twarz, choć może nie najpiękniejszą i nie idealną.

– Daj spokój! Trzeba mieć fantazję, a jeśli twój przyjaciel lubi takie hocki-klocki, to czemu do niego nie dołączyć? – Kobieta patrzy jej figlarnie w oczy. – No zobacz, jak ci świetnie w czarnych włosach! – wykrzykuje, wdziewając tupecik na głowę krzywiącej się Darii. – Jesteś stworzona do takiej fryzury i takiego koloru. Zrobisz Johnowi niespodziankę.

– Dobra, czemu nie. – W końcu poddaje się namowom.

Po zwiedzeniu Luwru, gdzie nie musiały ani minuty stać w kilometrowej kolejce przy wejściu, bo przecież miały wykupione bilety przez internet, zakupach i godzinach pieszych wędrówek, koleżanki padają na twarz.

– Trzeba coś zjeść – oświadcza Jasmin, a Daria ochoczo potakuje, bo z głodu już burczy jej w brzuchu. – Lubisz małże?

– Pewnie! Trafiłaś w moje ulubione danie.

– To świetnie, bo Paryż słynie z tych owoców morza przyrządzanych w marynarskim sosie. – Oblizuje się zabawnie.

– To znaczy jakim? – dopytuje ciekawa pół-Polka.

– Pomidorowym z cebulą, czosnkiem, dużą ilością majeranku i pietruszki. – Teraz już obie przełykają ślinkę. – Do tego dostaje się w zestawie ciepłą bagietkę i piwo lub kieliszek wina. Nieźle, no nie? – Jasmin śmieje się, bierze Darię za rękę i ciągnie do małej restauracyjki, która znajduje się niedaleko ich hotelu.

Siadają na tarasie, bo tam można palić, a Jasmin nie wyciąga papierosa z ust. Daria nie jest taką zagorzałą palaczką, bo do tej pory jedynie podkurzała do towarzystwa, ale dotrzymuje kroku drobnej Francuzce. Kiedy przychodzi kelner, zamawiają danie, na które już wcześniej się zdecydowały.

– Urodziłaś się tutaj? – Daria chce się czegoś dowiedzieć o swojej towarzyszce. – Francja jest cudowna, a Paryż to już w ogóle nie mam słów! Chciałoby się tu mieszkać.

– Tak, jestem stąd – odpowiada kobieta, ale nie rozwija tematu.

– A co robisz? Nie pracujesz, że masz tyle czasu dla mnie?

– To właśnie moja praca – mówi poważnie, patrząc rozmówczyni w oczy.

– Jesteś przewodniczką? – Daria dalej beztrosko drąży temat.

– Tak, organizuję wycieczki. Dla tych, którzy jadą z Bliskiego Wschodu na Zachód i w drugą stronę.

– Ojej, to świetnie! Ależ ciekawa robota! Co chwilę poznajesz nowych ludzi, nawiązujesz znajomości… Twoje trasy wiodą tylko do Paryża, czy robisz też objazdówki?

– Teraz najpopularniejsze są, jak to nazywasz, objazdówki, ale większość moich klientów zmierza do Niemiec i Skandynawii – wyjaśnia Jasmin już pogodnie, bo widać dobrze się bawi, mówiąc półsłówkami jedno, kiedy rozmówczyni rozumie drugie.

– Do Niemiec? A cóż tam jest? Nic ciekawego – Daria odpowiada sama sobie. – Skandynawia i owszem, krajobrazowo cudna, ale zimno i drogo jak cholera. Po co tam jadą?

– Za chlebem i za pracą – wyjaśnia krótko, na co młoda głupieje, bo co to za wycieczka, kiedy jedziesz szukać roboty? Przecież można to załatwić przez pośrednictwo. I żeby aż z Bliskiego Wschodu się pchali? Przecież to jest najbogatszy region świata! Nagle dociera do niej sens pokrętnych słów rozmówczyni. Chyba ma ona na myśli obywateli biednych lub ogarniętych wojną krajów arabskich, bo tych teraz przyjeżdża najwięcej. Na wszelki wypadek postanawia zmienić temat:

– A ludzie z Europy dokąd najchętniej podróżują?

– Do najbardziej strategicznego miejsca na kuli ziemskiej, tam, gdzie łączą się Azja, Europa i Afryka.

– Czyli do krajów ropą płynących. Do Turcji, Kuwejtu, Arabii Saudyjskiej, Bahrajnu, Kataru, Zjednoczonych Emiratów Arabskich, Omanu, Jordanii, Izraela, Egiptu czy Sudanu – Daria wymienia jednym tchem i widać, że z geografii miała piątkę. – Nie no, Sudan na pewno nie, bo tam bieda aż piszczy, a prawa człowieka są notorycznie łamane. A Syria, Irak, Jemen czy Autonomia Palestyńska to regiony ogarnięte wojną i niebezpieczne, więc chyba nikt przy zdrowych zmysłach by się tam nie pchał. Natomiast

Arabia Saudyjska nie wydaje wiz turystycznych i można się tam dostać tylko na pielgrzymkę do Mekki, do pracy lub w odwiedziny do rodziny.

– Jesteś całkiem oblatana w polityce. A John mówił, że z ciebie dziewuszyna, której od mamusinego cycka nie można oderwać. – Jasmin spoziera na rozmówczynię z powagą i niepokojem. – Żeby się nie zdziwił. – Marszczy brwi, a Daria nie wie, o co jej chodzi.

Nagle kobiety słyszą dochodzące z wnętrza restauracji krzyki. Tłumek klientów z tarasu przepycha się do środka.

– Co się stało? – pytają wszyscy wokół. – Co jest grane?

W małej restauracyjce jest aż gęsto od ludzi, a wszyscy z przerażeniem wbijają wzrok w ekran telewizora. Najnowsze wiadomości donoszą o straszliwym samobójczym zamachu, który miał miejsce w najbardziej znanym mauzoleum na świecie, w najwspanialszej budowli muzułmańskiej w Indiach umieszczonej na Liście Światowego Dziedzictwa Kultury i Przyrody UNESCO.

„Tadż Mahal, indyjskie mauzoleum wzniesione przez Szacha Dżahana z dynastii Wielkich Mogołów na pamiątkę przedwcześnie zmarłej, ukochanej żony Mumtaz Mahal, nazywane świątynią miłości, zostało dziś bezpowrotnie zniszczone", ze smutkiem i oburzeniem informuje spikerka. „Do zamachu przyznaje się Państwo Islamskie, lecz wykonawca nie został jeszcze zidentyfikowany. Prawdopodobnie jest to Pakistańczyk, żyjący i mieszkający na stałe w Wielkiej Brytanii".

– Muhamad? – szepcze Daria, ale zaraz się upomina. – To niemożliwe... Co też mi przyszło do głowy!

W podłym nastroju, już bez apetytu, kobiety zjadają obiad. Nie odzywają się ani słowem, nie komentują tragicznych wydarzeń, nie chcą nawet prowadzić luźnej towarzyskiej konwersacji. Darii szumi w uszach, bo wydaje jej się, że coś jej po drodze umknęło, czegoś nie zauważyła i teraz nic jej się nie zgadza, nic nie wiąże się w logiczną całość. Ciągle tylko słyszy słowa Muhamada, który w kółko powtarzał o misji. *Jaka misja, do cholery? Ja niby wykonuję jakąś misję czy John?*, dywaguje sama ze sobą i stwierdza, że zaczyna wpadać w obłęd. Jasmin natomiast postanawia ostrzec Johna, że jego wybranka nie jest taką głupią gęsią, jak się spodziewa. Powinien się mieć na baczności, bo ta niewierna może zniweczyć wszystkie ich plany i posłannictwo, które mają do spełnienia.

Wieczorem Daria i John szykują się do Moulin Rouge, czyli kabaretu Czerwony Młyn, najstarszego, najwspanialszego i najsławniejszego przybytku rozrywki w Paryżu. Położony jest on w dzielnicy czerwonych latarni, niedaleko Montmartre, gdzie znajduje się ich hotel. Z daleka można go rozpoznać po wielkiej czerwonej imitacji młyna na dachu. Kabaret od czasu powstania wystawia spektakle taneczne, w których na scenie występują tancerze i tancerki ubrani w kolorowe, wymyślne stroje. Tancerki często prezentują się topless, ozdobione biżuterią lub barwnymi piórami. Na przestrzeni lat Moulin Rouge zasłynęło z wykonywanego tu kankana, który jest jednym z symboli Paryża i Francji.

– Słyszałem, że masz jakąś fajną perukę, w której wyglądasz nieziemsko. – John staje w drzwiach łazienki i Darii opada szczęka. Widzi przed sobą typowego artystę kloszarda, w przydługich brązowych tłustych włosach spiętych w kitkę, szerokich ciuchach oraz fantazyjnym kapeluszu. – No co? Idziemy do kabaretu, to trochę się powygłupiajmy.

– Nic z tego nie rozumiem! – Kobiecie ta sytuacja zaczyna ewidentnie śmierdzieć. – Nie podoba mi się to! Czy ty się przed kimś ukrywasz? Co masz na sumieniu? Ze wszystkiego robisz jakieś cholerne sekrety.

– Nie potrafisz się wyluzować. – Kochanek podchodzi do niej i czule obejmuje, ale tym razem to nie działa. – Fajnie być raz tym, a później zupełnie kimś innym.

– Nie! Wcale nie jest fajnie! Ja jestem Darią Nowicką i nie muszę przed nikim ukrywać swojej twarzy ani tożsamości.

– To nie jest ukrywanie, ale udawanie – tłumaczy spokojnie John, choć wewnętrznie drży, bo jak tak dalej pójdzie, to będzie musiał pozbyć się tej dziewczyny, a sam nie wie czemu, nie chciałby tego robić. Nie dopuszcza do siebie myśli, że przywiązał się do niej, a tym bardziej, że się zakochał. – To gra. Nigdy nie chciałaś być aktorką? – namawia delikatnie.

– Nie, chciałam za to mieć fajnego, normalnego faceta i wielką miłość. To ostatni raz, John. Nawet kiedy wrócimy do Saudi, nie będę już kimś, kim nie jestem. Koniec z tym!

– Dobrze, kochanie...

– I włącz telewizję! – krzyczy jeszcze z łazienki. – Straszne rzeczy dzieją się na świecie! Te oszołomy znów uderzyły!

– Kto taki?

– Jak to kto? Islamiści, dżihadyści, Al-Kaida czy jakieś inne skurwysyny. Po prostu terroryści! – Daria jest wzburzona do granic możliwości. – Nie ma dla nich świętości! Jeśli nie mają oporów, żeby zabijać kobiety i dzieci, to co ich powstrzyma przed zniszczeniem zabytków i drogocenności, kultury naszego świata?!

– Ależ się zaangażowałaś! Cóżeś taka wściekła! – John śmieje się z zapalczywości dziewczyny, bo od tej strony jeszcze jej nie znał. – Widać taka jest kolej rzeczy.

– Nie rozumiem cię! Jaka kolej? Zanosi się na koniec świata, ot co!

Mężczyzna postanawia nie kontynuować tej jałowej dyskusji. Nie teraz. Może kiedyś powie jej, jakie jest jego zdanie, ale to dopiero w domu, w Syrii. Do tego czasu musi jednak zrealizować swój plan i dobrze by było, żeby ta zapalczywa kobieta nie pokrzyżowała mu szyków. Włącza na chwilę telewizor i kiedy na tle Tadż Mahal widzi znajomą twarz Pakistańczyka, najpierw ogarnia go niewypowiedziana radość, a później stwierdza, że musi się spieszyć. Dość już tego zwiedzania, udawania i opierdalania się. Dzisiaj definitywnie kończą się wakacje, a zaczyna praca. Gdyby Daria domyśliła się czegokolwiek przed czasem, musiałby podjąć w stosunku do niej ostateczne kroki. Pogania ją zatem do wyjścia, nie chcąc, by przez przypadek zobaczyła w telewizji ich wspólnego znajomego, bo nie daj Bóg zaczęłaby jeszcze wiązać fakty i mogłaby dojść do słusznych wniosków. To z kolei oznaczałoby dla niej wyrok śmierci.

– Czemu nie zamówiłeś pakietu z kolacją? – Kobieta jest niezadowolona, lecz usiłuje panować nad swoim głosem i mimiką, żeby za bardzo nie okazać emocji. – Fajnie jest tam, na dole. Siedzi się w pierwszych rzędach i zajada pyszne francuskie jedzenie.

– Nie za fajnie… – John spogląda na nią z dezaprobatą. – Przekonasz się, kiedy zacznie się występ.

– Oni wszystko będą widzieć.

– A właśnie że nie. Te bogate naiwniaki będą wykręcać sobie szyję, żeby cokolwiek dostrzec. Nie mają też odpowiedniej perspektywy, żeby zobaczyć całość występów i choreografię. Kankana będą im tańczyć na głowie, a kurz ze sceny będzie im leciał prosto do nosa i oczu.

– Na pewno zaserwują im rewelacyjny posiłek. – Daria nie znajduje już innych argumentów.

– Wszystko zimne, mięso jak podeszwa, a owoce morza podśmierdują tak, że aż tutaj czuć – śmieje się John, zauważając, że jego kobieta staje się coraz bardziej wymagająca.

– W takim razie dobrze, że siedzimy tutaj. – Krytykantka rozchmurza się, bierze swojego faceta pod pachę i już z nim nie dyskutuje.

I tak wolałaby bawić się w pierwszych rzędach i popijać taniego szampana. A najbardziej chciałaby, żeby już skończyło się to przebieranie i udawanie i żeby mogli normalnie spędzić choć trochę czasu razem. Bez asysty, bez nerwów i pośpiechu. Daria, niczego się nie spodziewając, ma nadzieję, że reszta urlopu przebiegnie im pod znakiem miłości i zrozumienia.

Tego wieczoru jednak, po udanej misji Muhamada w Indiach, przyjaciela i brata w Allahu, John-Jasem postanawia rozpocząć działania, do których przygotowywał się od długiego czasu. Cała siatka konspiratorów i aktywnych działaczy czeka w pogotowiu. Najsprytniejszym z nich udało się nakłonić paru świeżo przybyłych z Syrii uchodźców, żeby zasilili ich szeregi i poszli drogą męczennika. Wystarczyło znaleźć takich, którzy zostali najbardziej pokrzywdzeni przez los, którym wojna zabrała całe rodziny, kochane żony i uwielbiane dzieci, pozbawiła ich domów, nadziei i godności. Należało jednak szukać ochotników nie wśród łagodnych baranków, którzy użalają się nad sobą i smarkają w rękaw, gotowi niewiernych całować po dupie za łyżkę ciepłej zupy i cienki kocyk w schronisku – ale trzeba było wynaleźć gotowe na wszystko wściekłe wilki, które bardziej od dobrobytu cenią sobie słodki smak zemsty. Trzeba być niezłym psychologiem, by z wielotysięcznej masy ludzkiej wyłowić do tego stopnia zdesperowanych i rozjuszonych. Idealna do tego zadania jest Jasmin, psycholożka z tytułem magistra w kieszeni, pracująca w jednym z obozów dla uchodźców. Tak samo dobrze spisuje się ona w Hiszpanii czy w Anglii, a zadanie ułatwia jej fakt, że jest poliglotką z urodzenia. Trzy języki – niderlandzki, francuski i niemiecki – wyssała z mlekiem belgijskiej matki, a arabski dostała gratis od swojego algierskiego tatusia. Parę innych podszkoliła podczas swojej naukowej kariery. Obecność tej kobiety w grupie operacyjnej na terenie Europy jest dla dżihadystów bezcenna. Teraz jednak grunt zaczyna jej się palić pod nogami, więc zdecydowała o wyjeździe razem z Jasemem oraz ochotnikami zwerbowanymi przez nią do Państwa Islamskiego. Ich trasa wiedzie do Syrii. Jasmin od lat kocha się w tym niezwykłym człowieku, pół Brytyjczyku, pół Syryjczyku, i liczyła na to, że jest mu przeznaczona. Nie może uwierzyć, że tak nikczemnie z nią postąpił. Teraz nie wie, czy bardziej nienawidzi swojego byłego kochanka, czy tej jego niewiernej ladacznicy. Postanawia jednak w typowo arabski sposób uzbroić się w cierpliwość, bo nie wróży delikatniutkiej, niewyszkolonej i w nic niewtajemniczonej dziewczynie długiego żywota.

Jasem ma nadzieję, że po jego paryskiej akcji dżihadyści przestaną dezerterować z islamskich szeregów w Syrii i Iraku, licząc na dobrobyt na zgniłym Zachodzie. Nawet jeśli nie będą chcieli zostać na polu walki z własnej woli, to nie będą mieli wyjścia i innej drogi, bowiem Europa w końcu przejrzy na oczy i tak uszczelni granice, że nie przecisną się tak łatwo, jak do tej pory, wtapiając w tłum bezbronnych uchodźców. Teraz tylko mężczyzna zastanawia się, jak dalej mydlić oczy swojej dziewczynie, i klnie w żywy kamień, że wziął sobie na plecy dodatkowy balast, który powoli zaczyna mu ciążyć. Po co mu to było? Początkowo robił to z myślą o medialnej sławie i utarciu nosa pyszałkowatemu Saudyjczykowi Binladenowi. Aktualnie stwierdza, że nie warto było tak sobie komplikować życia, lecz sam nie wie, czemu dalej ciągnie za sobą tę młodą. Zdaje sobie przecież sprawę, że jej obecność stanowi dla niego ryzyko i grozi niepowodzeniem całej misternej akcji. Jego zadufanie i pewność siebie pchają go jednak do tego, żeby utrudniać sobie zadania i postępować jeszcze bardziej brawurowo. Zachowuje się jak chłopiec, który gra w komputerowe gry, marząc o tym, żeby wejść na wyższy poziom i wykonywać jeszcze bardziej karkołomne polecenia. Tym najwyższym poziomem dla zbrodniarza dżihadysty staje się właśnie Daria – kobieta, której pragnie i której nigdy nie pozwoli odejść. Ona bezwzględnie musi być jego.

Drugiego dnia w Paryżu Daria samotnie szykuje się do wyjścia. John oczywiście zdążył już się ulotnić, nie ma przy niej też Jasmin, która wczoraj cały długi dzień nie opuszczała jej na krok. Kiedy włącza telewizor, okazuje się, że przestał działać. Zamyka więc drzwi na zasuwkę i wyciąga telefon, który dostała od Muhamada. *Sprawdzę w internecie, co mówią o zamachu w Tadż Mahal,* postanawia, a serce bije jej mocno ze strachu, że John mógłby ją przyłapać. Nie wie, czemu Pakistańczyk dał jej pieniądze i aparat i kazał robić z tego taką tajemnicę, ale jej kochanek na pewno nie byłby zadowolony, że przyjęła prezent. Telefon od Johna rzeczywiście działa tylko na jeden jedyny numer – jego własny. Kiedy parokrotnie dziewczyna próbowała dodzwonić się do Marysi czy matki, połączenie od razu się zrywało. Nie ma w nim również internetu, więc do tej pory nie miała żadnego kontaktu z zewnętrznym światem. Jednak w komórce od Pakistańczyka jest wszystko. Po chwili ładowania sieci Daria na pierwszej lepszej informacyjnej stronie znajduje dodatkowe dane dotyczące wczorajszego zamachu w Indiach. W komorze mauzoleum zostało zabitych ponad stu ludzi, a około dwustu, którzy byli na zewnątrz, jest rannych. Gdy widzi zdjęcie podejrzanego samobójcy terrorysty, wykonawcy okrutnej zbrodni, wstrzymuje oddech. Z fotografii spogląda na nią spokojna i pogodna twarz Muhamada. *Co robić?,* panikuje, gryząc wargi i wyłamując palce, bo nic nie rozumie z tej sytuacji. Znała człowieka, zwykłego faceta, dobrego i łagodnego, jeszcze dwa dni temu z nim rozmawiała, a teraz on okazał się zbrodniarzem. John też go znał i to chyba nawet lepiej, odnosił się do niego jak do brata i przyjaciela. *Co to znaczy? Czy ja w coś wdepnęłam?*, nadal pyta siebie. *Uciekać!*, krzyczy jej podświadomość, jednak zanim wykonuje jakikolwiek ruch, ktoś zaczyna dobijać się do drzwi.

– Otwieraj! – słyszy podminowany głos Jasmin. – Co ty wyprawiasz?

– Czego się drzesz?! – Daria wie, że najlepszą obroną jest atak, więc też wściekle krzyczy, otwierając drzwi. – Ktoś dobijał się do mnie! Miałam otworzyć nieznajomemu? Nie chciał odejść! – na poczekaniu zmyśla wiarygodną historyjkę.

– Zatem pakuj się! Szybko! – Nie spodziewała się takiej reakcji, lecz nie dyskutuje z kobietą, która ma zawziętą twarz i kamienne spojrzenie. – Zmieniamy hotel albo od razu jedziemy gdzie indziej. Jasem… – gryzie się w język – ...John zadecyduje.

– Jaki Jasem? – Daria zatrzymuje się w pół kroku.

– Pomyliłam się. Mój brat to Jasem. Tuż przed przyjściem z nim rozmawiałam.

– John, ktoś chciał wejść do waszego pokoju. – Jasmin natychmiast informuje o fakcie swojego guru. – Już opuściłyśmy hotel. Czy masz pomysł, co teraz zrobić? Jakiś plan awaryjny?

– Jedźcie prosto na lotnisko – rozkazuje mężczyzna. – Wymyśl jakąś bajeczkę dla młodej i nie rozjuszaj jej. Jeśli nabierze podejrzeń i będę musiał ją zabić, to obie pójdziecie w piach. – Szantażuje, bo zna charakter swojej byłej i wie, że tylko strach może ją przed czymkolwiek powstrzymać. Chociaż i to nie zawsze.

– Orly czy De Gaulle'a? – indaguje kobieta.

– De Gaulle'a. Jest większe. Możecie sobie tam godzinami chodzić jak po centrum handlowym, nie wzbudzając niczyich podejrzeń.

– A co z tobą? Dołączysz do nas?

– To zależy. Biletów mamy sporo, i to wykupionych na różne linie, więc zobaczymy, czy ktoś w tutejszych służbach specjalnych się w tym wszystkim rozezna i jak rozwinie się sytuacja. Nie sądzę jednak, żeby ci kapusie tak szybko kojarzyli fakty i w ogóle się czegoś spodziewali. A potem będzie już tylko płacz i zgrzytanie zębów. Oni zawsze rozpaczają po fakcie, oskarżając się nawzajem, a są zwyczajnie niechlujnymi, niedokładnymi i leniwymi niewiernymi debilami. Zabija ich pycha, bo wydaje im się, że są bezkarni i bezpieczni w swoim małym europejskim kociołku – krytykuje znienawidzonych innowierców. – Wpierdalają się w nasze sprawy i myślą, że będziemy to pokornie znosić, bo według nich wszyscy jesteśmy po prostu upośledzonymi kozojebcami! – wulgarnie kończy tyradę i rozłącza się.

– Siądźmy na chwilę i napijmy się kawy – postanawia Jasmin, bo nie wie, co zrobić ze stertą bagażu, torbami i torebeczkami, które w pośpiechu zgarnęły z hotelu. – Musimy się zastanowić, jak to zapakować. Nie będziemy przecież jechać na lotnisko z reklamówkami i czarnymi workami jak jakieś żebraczki.

– Jakie lotnisko? Dzisiaj idziemy z Johnem do klubu Brasiliana, a jutro na wieżę Eiffla. – Daria nie może uwierzyć, że decyzje są podejmowane bez jakiejkolwiek konsultacji z nią, że ciągle, jak bezwartościowa marionetka, jest rzucana z miejsca w miejsce. Ma już tego dość. – Porozmawiam z nim! – Wyciąga telefon z torebki, ale Jasmin wyrywa go jej z ręki.

– Właśnie z nim rozmawiałam. Takie są decyzje. Nie zawracaj mu dupy, bo ma na głowie dużo ważniejsze sprawy – mówi zjadliwym głosem. – Nie przeginaj pały!

– Że co?! Że jak?! – Daria aż kipi ze złości. – To miały być nasze wspólne wakacje, a teraz czuję się tak, jakbyśmy pędzili gdzieś na wyścigi, zupełnie bez składu i ładu. Nie idę na taki układ! Wypisuję się z tego! – oznajmia lodowatym głosem i już chce wstać, lecz kobieta usadza ją jednym silnym chwytem.

– Nie denerwuj go – mówi ostro, a w jej głosie słychać ostrzeżenie. – Wybrał cię spośród setek, które mu się pchały do łóżka…

– Masz na myśli też siebie. – Daria już dawno zauważyła, co ta kobieta czuje do jej partnera.

– Tak, między innymi. Więc ciesz się z przywileju bycia jego wybranką, bo John to nie byle kto…

– No właśnie! – gwałtownie przerywa. – Kimże on jest? Informatykiem? Gościem od telefonii komórkowej? A nie jest w stanie zapewnić mi porządnego telefonu? Przyjacielem faceta, który właśnie się wysadził w Tadż Mahal?

Jasmin zatyka jej usta swoją lodowatą, małą, lecz silną dłonią.

– Zamknij się! – syczy.

– Może w końcu ktoś mi wyjaśni, co tu jest grane?!

– Dowiesz się w odpowiednim czasie.

– Nie mam ochoty dłużej czekać! Nie interesuje mnie to! Jadę do Polski, do mojej mamy. – Daria podejmuje szybką decyzję.

– Więc odpuszczasz sobie Barcelonę i Egipt z cudnym pięciogwiazdkowym resortem? Tam właśnie chciał z tobą być, tam miał się tobą nacieszyć. – Jasmin wie, że musi spuścić z tonu i zatrzymać tę dziewczynę, bo jeśli ona odejdzie, to John naprawdę ją zabije.

Kto z otoczenia Jasema spodziewałby się, że ich twardy lider, postrach wszystkich – przyjaciół i wrogów, nieobliczalny *dżihadi* John napali się na jakąś białolicą Europejkę. *Miłość nie sługa*, stwierdza Jasmin i robi jej się straszliwie smutno, bo nawet takie twarde i okrutne serce jak jej potrafi zmięknąć pod wpływem uczucia, pod wpływem miłości, którą darzy tylko jedną osobę pod słońcem. Jasema.

– Dobrze... – Daria znów nie wie, co dalej robić. – Jeszcze chwilę poczekam na wyjaśnienia. Ale jak tylko John pojawi się na lotnisku, to z łaski swojej spierdalaj i daj nam porozmawiać – żąda.

Młoda kobieta początkowo uzależniła się od starszego Brytyjczyka – choć ten nawet jej się nie podobał, a w dodatku traktował ją nikczemnie – jedynie pod względem seksu i pożądania. Ale potem, nie wiadomo skąd, przyszła miłość, a kiedy John zaczął ją mamić swoim szczodrym i szarmanckim zachowaniem, to wpadła w jego sidła jak w szpony najgorszego nałogu. Wierzy, że wszystko można wytłumaczyć, nawet znajomość Johna z Muhamadem, bo przecież ona też znała tego człowieka, a mimo to nie poczuwa się do winy. Nigdy nie wiadomo, co komu strzeli do głowy i z kim się zada, lecz za grzechy jednego nie może odpowiadać cała rodzina, przyjaciele i współpracownicy. *To byłaby głupota!*, stwierdza. *John mnie kocha, jest dobry i hojny. Nazwał mnie nawet swoją żoną*... Zakochane serce wyrywa się z młodej piersi, a dobroduszność, szczerość i łatwowierność dziewczyny kierują jej kroki na drogę prowadzącą w prostej linii do jaskini lwa. Lwa znanego w Syrii i Iraku jako *dżihadi* John.

* * *

Wszystko jest przygotowane i dopięte na ostatni guzik. Dwaj ludzie Johna wchodzą do klubu Brasiliana bezproblemowo – jako technicy, bo teraz każda firma, chcąc się wykazać tolerancją i dobrodusznością w stosunku do uchodźców, daje pracę przyjezdnym bez sprawdzania ich dokumentów tożsamości czy kwalifikacji, bo przecież biedacy wszystko stracili w swojej ojczyźnie, ogarniętej pożogą wojny. Jeden Arab szybciutko zdobył serce artystki, która specjalizuje się w noszeniu ogona z piór, pięknych i zalotnych uśmiechach oraz nocnych nadgodzinach jako ekskluzywna *call girl*. Niezwykle przystojny orientalny kochaś robi jej niespodziankę, przychodząc przed spektaklem z kwiatami i czekoladkami oraz wypchaną podróżną torbą. Jako że pewnym krokiem wchodzi wejściem dla artystów, nikt go nie sprawdza ani nie zatrzymuje. Trzech bojowników o islam siedzi na widowni, a dwóch innych – pod krużgankami, skąd mają najlepszy widok na parkiet, scenę i stłoczonych jak śledzie w beczce widzów. Obserwują też szczęściarzy, którzy wykupili pełny pakiet z jedzeniem oraz winem i siedzą przy stoliczkach tuż przy scenie. Dzisiaj jednak ich serc nie przepełnia zazdrość ze względu na dobrobyt i swobodę, w jakich nurzają się bogaci Europejczycy. Dzisiaj w sercach bojowników i *szahidów* tkwią gorycz i ból, ale przede wszystkim zalewa je nienawiść, którą rozbudzili w nich islamscy przywódcy, ludzie sterujący ich życiem i śmiercią. Uwierzyli im oni na słowo, że kiedy zamordują bezbronnych, niewinnych niewiernych, będą błogosławieni, a jeśli przy tym akcie przemocy poświęcą i swoje życie, zostaną świętymi męczennikami. Należy im się za to raj, kraina mlekiem, miodem i winem płynąca, gdzie czekają już na nich hurysy, piękne czarnookie dziewice, oferujące im niekończący się seks i rozkosze. Nie będzie już bólu, zmartwień i cierpień, nie dotknie ich żadna strata, nie będą musieli trapić się o codzienne sprawy. Ich rodziny będą dumnie nosić ich tytuł *szahida* i z tego też względu spłynie na nich łaska Allaha, wsparcie i przyjaźń sąsiadów czy współplemieńców. Tak im wbito do głów, przekonano ich do tego perswazją i mądrymi słowami podczas wielogodzinnych spotkań. Ludzie szanowani i mądrzy tak im mówili, więc jak tu nie wierzyć? Bojownicy chcą już przerwać pasmo swojego nieszczęsnego wygnańczego żywota i w końcu być szczęśliwi. A że wszystkim ich tragediom winni są niewierni, więc nie mają najmniejszych skrupułów, żeby pozbawić ich życia.

Dżihadi John nie jest jednak typem męczennika – on jest mudżahedinem, bojownikiem walczącym o prawdę, islam i sprawiedliwość. Nie ma zamiaru się narażać, a jedynie chce koordynować akcję. Dlatego też kiedy wybija godzina zero i rozpoczyna się strzelanina i rzeź niewinnych ludzi, pojawia się na chwilę na scenie i oddaje jedną serię z karabinu maszynowego, który bezproblemowo wniósł na salę. Panika ogarnia tłum, słychać krzyki, jęki i zawodzenie. Satysfakcję daje mężczyźnie fakt pełnej władzy nad życiem i śmiercią, czuje się walczącym ramieniem swojego boga i wylewa czarę goryczy i chorej nienawiści, plując kulami ze śmiercionośnej broni. Nagle widzi na widowni mierzącego do niego mężczyznę, który nie wiadomo czemu przyszedł na latynoskie przedstawienie z bronią. Jego twarz wydaje mu się znajoma, choć wygląd i sylwetka są obce.

Kiedy pojedyncza kula trafia w klatkę piersiową Johna, ten nagle doznaje olśnienia. *To przeklęty Binladen z Arabii Saudyjskiej! Co on tu robi?! A obok niego ta zjadliwa suka Miriam, żona, kochanka i nałożnica. Przeklęta grzesznica! Czyżby mnie namierzył? Czyżby ścigał, śledził i w końcu dopadł mnie w centrum Europy? Czy to już koniec błyskotliwej kariery i wspaniałego życia? Czy tylko przypadek?* Myśli kotłują się w głowie Johna, ale nie zamierza teraz szukać odpowiedzi na te pytania. Nie zamierza dać się zabić. Obraca się na pięcie i ucieka. Jeszcze weźmie na nim odwet. Na nim i na wszystkich niewiernych. Zemści się za całą biedę, nędzę, ból, za zniszczenia i rozgoryczenie swoich braci. Zemści się z nawiązką.

Macki islamskiego państwa

Marysia szybko odprawia Nadię do szkoły i z drżeniem serca jedzie do Hamida. *Co też tym razem się stało? W co jest zamieszany ten parszywy Brytyjczyk? Do czego przymusił lub może przymusić biedną, zakochaną w nim po uszy Darię? Czułam, że on jest jakiś śliski*, podsumowuje w duchu. *Że też musimy lgnąć do takich facetów!*

– Witaj, Miriam. – Hamid zaprasza ją do środka i wskazuje wygodny skórzany fotel w salonie. Tym razem jest „po cywilnemu" – ma na sobie dżinsy i podkoszulek. – Już trochę zasięgnąłem języka i uruchomiłem służby wywiadowcze w Saudi i Dubaju. Nie wiem, dokąd zaprowadzą nas poszlaki, bo zapewne ten przebiegły morderca zaciera za sobą ślady.

– Morderca?! – Marysia jest przerażona do tego stopnia, że zaczyna jej szumieć w głowie i piszczeć w uszach. – Jaki morderca?! Rozumiem: cham, posądzony o jakiś szwindel, ale żeby od razu podejrzewać go o zbrodnie! I dlaczego łączysz go z przeklętym Państwem Islamskim?! Nie jest to mała przesada?!

– Nie, moja droga – spokojnie odpowiada Hamid, który doskonale rozumie jej podenerwowanie. – Wierz mi, ja też, ze względu na ciebie i Darię, chciałbym, żeby to był zwykły opryszek.

– Więc, kto to, do cholery, jest i o co go podejrzewasz? – Oddycha głęboko, żeby się uspokoić.

Mężczyzna, widząc jej roztrzęsienie, nalewa jej zimnej wody, którą Marysia wypija jednym haustem.

– Wjechał tu na paszporcie brytyjskim, i to czyściutkim jak łza, wystawionym na Johna Smitha.

– Dość popularne nazwisko, nie uważasz?

– Tak, lecz jego ojciec, Brytyjczyk, dał mu je, tak jak dał mu dobre wykształcenie, miłość i cierpliwość. Jego matka jest Syryjką, która pochodzi z dość nowoczesnej rodziny i dlatego mogła wyjść za niemuzułmanina. Ewenement w krajach arabskich.

– I co dalej? – pogania kobieta, chcąc w końcu usłyszeć najgorsze.

– Rodzice rozwiedli się i nie wiadomo czemu po jakimś czasie Europejczyk wziął dziecko do siebie. Chyba młoda mama nie dawała sobie z nim rady. Posłał go do prywatnego college'u w Londynie, a później ten zdolny drań skończył Uniwersytet Westminsterski i otrzymał dyplom magistra informatyki z wyróżnieniem.

– Jak dotąd wszystko brzmi całkiem nieźle. Więc czemu straszyłeś mnie Państwem Islamskim? Cały ty! – Wybuchowa kobieta ma pretensje, choć Hamid stara się po prostu łagodnie wprowadzić ją w sprawę.

– John Smith ma również inne oblicze jako Jasem Alzani. Matka i syryjska rodzina nazywały go w dzieciństwie Jasemem, a nazwisko wziął po dziadku. Mężczyzna ma dwa paszporty: europejski na Zachód, po którym podróżuje bez przeszkód jako jego obywatel, i drugi – na kraje arabskie. Jasem Alzani to wyjątkowy zbir, który na dokładkę lubi się pokazywać publicznie i brylować w mediach. Oto parę fotek, które wyłowiłem w internecie. Filmu nie będę ci puszczał...

– Znowu jakaś twoja durna cenzura?! – Marysia ponownie się oburza, bo odnosi wrażenie, że Hamid całkowicie zbzikował z tą swoją obsesją na punkcie terroryzmu i dżihadu.

– Jak chcesz. – Mężczyzna zna swoją byłą żonę i wie, że zażąda ona od niego pełnej dokumentacji, więc przezornie przygotował już film na YouTube. – Oto zdjęcia. – Swoim zwyczajem zaczyna od łagodniejszego. – Poznajesz go? – Pokazuje jej typowego, choć o jasnej karnacji, Araba w tradycyjnym stroju.

– Nie, nie za bardzo... – Marysia wpatruje się w fotografię. – Ma inne oczy. Te jego błękitne gały od razu zapadają w pamięć.

– I o to mu właśnie chodzi. Zmienia ich kolor i już twierdzimy, że to zupełnie inna osoba, bo utożsamiamy go z niebieskimi oczami, które są jego cechą charakterystyczną.

– Poza tym tutaj ma inną szczególną cechę. Tego pieprzyka nad okiem nie dałoby się nie zauważyć, no nie?

– Jesteś kobietą i powinnaś wiedzieć, że teraz są takie kosmetyki, że każdy mankament albo niechcianą rzecz można ukryć – stwierdza Hamid z uśmiechem.

– Nadal mnie to nie przekonuje. Nie widzę podobieństwa. – Marysia przekrzywia głowę na boki. – Coś sobie wyimaginowałeś, chłopie.

– A co powiesz na to? – W tym samym oknie komputera, obok siebie Hamid otwiera portretowe zdjęcie Johna w europejskim ubraniu i drugą fotografię przedstawiającą Jasema z zielonymi oczami, w turbanie na głowie i w galabii. Powiększa je i teraz wszystko jest już jasne. Kości policzkowe, czoło, zarys brody są takie same. I ten wredny wyraz ust, który Marysię doprowadzał do szału

Marysia liczyła na to, że domysły Hamida są błędne, ale aktualnie nie może zaprzeczyć. John Smith to Jasem Alzani.

– Puszczaj film, jestem na to gotowa. – Chce zobaczyć, z jakiego pokroju człowiekiem ma do czynienia, choćby miała już nie przespać spokojnie ani jednej nocy.

– Wyłącz, kiedy będziesz chciała – ostrzega Hamid, po czym wskazuje jej miejsce obok siebie, stawia laptopa na kawowym stoliku i włącza filmik, nagrany zapewne telefonem komórkowym, ale wysokiej klasy, bo jakość jest bez zarzutu.

Na ekranie pojawia się mężczyzna z długą szablą w ręku, w kominiarce na głowie i w czarnym kombinezonie. Wykrzykuje: *Allahu Akbar!*, a jego poplecznicy, ustawieni wokół, wtórują mu. Za jego plecami powiewają czarne flagi Państwa Islamskiego z wydrukowaną białą farbą *szahadą: „La Illaha illa Llah Muhammadu rasulu LLah”*[1].

[1] *La Illaha illa Llah Muhammadu rasulu LLah* (arabski) – „Nie ma Boga prócz Allaha, Muhammad jest jego prorokiem” – muzułmańskie wyznanie wiary, jeden z pięciu filarów islamu.

Pod hasłami islamu grupa terrorystów, nazywających siebie dżihadystami, wykonuje wyrok na bezbronnym białym mężczyźnie. Ofiara klęczy na piachu z rękami skrępowanymi na plecach; ma celowo odsłoniętą twarz, by można było rozpoznać jego tożsamość.

– To dziennikarz CNN, który kręcił reportaże o bratobójczej walce toczącej się w Syrii od czasów arabskiej wiosny, to znaczy od 2011 roku. W końcu go dopadli – matowym, zachrypniętym głosem informuje Hamid.

– Jakiej narodowości? – indaguje Marysia przez ściśnięte gardło.

– Brytyjczyk. Nie uważasz, że to wyrafinowana i perfidna zbrodnia? – Pytanie jest zupełnie retoryczne.

Ktoś, kto kręcił ten film, musiał znać się na rzeczy. Potrafił ująć każdy najdrobniejszy szczegół, żeby przerazić i zastraszyć widza. Skazaniec pochyla głowę i płacze, mamrocze coś po cichu, może modlitwę, a może wypowiada ostatnie słowa do rodziny, której już nigdy nie zobaczy. Oprawca wykonuje swoją robotę z dużą przyjemnością i finezją, zachowuje się jak profesjonalny muzułmański kat wymierzający karę śmierci przez ścięcie. Albo pracował w tym fachu, albo podziwia takich ludzi i musiał uczestniczyć w niejednej tego typu publicznej egzekucji. Człowiek w czerni dosłownie tańczy za plecami skazanego, na koniec z rozpędu wykonuje parę skoków, bierze rozmach, szerokim łukiem rysuje mieczem pętlę nad Europejczykiem i w ostatnim ruchu ścina mu głowę. Zakrwawiona czaszka toczy się po żółtym piasku, pozostawiając za sobą krwawy ślad. Z szyi zabitego, w rytm ostatnich skurczów serca, bryzga szkarłatna posoka. Po chwili, która wydaje się wiecznością, ciało skazańca pada na ziemię. Wtedy znów rozlegają się okrzyki *Allahu Akbar!*, które w tych okolicznościach kalają uszy każdego dobrego muzułmanina i szkalują dobre imię Boga Allaha.

– To on? – pyta Marysia, lecz w tym momencie zabójca w ekstazie i uniesieniu zrywa z głowy kominiarkę, ujawniając się i podpisując pod zbrodnią.

– Czy teraz widzisz podobieństwo?

– Tak – szepcze, usiłując za wszelką cenę nie zwymiotować lub nie zemdleć. Bierze jeden głęboki haust powietrza za drugim. Jest wstrząśnięta tym, co zobaczyła, ale jeszcze bardziej przeraża ją, że jej siostra jest teraz w łapskach tego zbrodniarza. – Czemu wcześniej go nie namierzyłeś? Czemu nie skojarzyłeś? – Oskarża Hamida.

– Jakże mogło mi to przyjść do głowy? Nie patrzę pod tym kątem na każdego przypadkowo napotkanego człowieka, nie szukam w przechodniach ściganych terrorystów. Inaczej nadawałbym się już do wariatkowa.

– Masz rację…

– Tylko raz go widziałem jako błękitnookiego Brytyjczyka, a wtedy nie miałem raczej głowy ani do skojarzeń, ani do niczego – wyznaje smutno. – Przepraszam cię, Miriam.

– Daj spokój, za co… – Marysia łagodnieje i spuszcza z tonu. – A kiedy na to wpadłeś? Kiedy zobaczyłeś jego prawdziwe oblicze?

– Niefart dla Omara, dla mnie fart – wzdycha Hamid. – Poszliśmy się oświadczyć o rękę Aidy. Zgwałcono ją, a ten dobry chłopak, mój kuzyn, pomimo wszystko chciał się z nią ożenić i oczyścić jej honor.

– Mój Boże! Znam ją! – woła nieświadoma Marysia. – Jest urocza!

– Była. Jasem, jej najstarszy brat, dokonał na niej zbrodni honorowej – martwym głosem informuje Hamid.

– *Wallahi!* – Kobieta nie wytrzymuje, zasłania twarz dwoma rękami i głośno łka. – *Wallahi!* – wykrzykuje co chwilę.

– Wtedy, gdy zobaczyłem tę zakazaną mordę, wiedziałem już, że skądś go znam, ale zupełnie nie kojarzyłem skąd. Dopiero dziś w nocy ocknąłem się z silnym przekonaniem, że to ten sam człowiek, którego poznaliśmy w samolocie. Umknął mi z Rijadu, wylatując z Darią w szeroki świat. Teraz nastał czas, żeby go szukać, ale w Europie na pewno potrafi się zgubić jak igła w stogu siana. Może ty mi pomożesz go znaleźć, utrzymując mailowy kontakt z twoją siostrą? Nasze podejrzenia musiałabyś jednak trzymać w tajemnicy, żeby jej nie przestraszyć. Wtedy będziemy śledzić ich trasę i zaciskać pętlę na jego przestępczej szyi.

– Co planujesz?

– Jutro wylatuję do Dubaju. Tam się dowiem, jaką drogą przedostał się do Emiratów. Muszę zbadać jego trasę przed naszym spotkaniem w Rijadzie, żeby wiedzieć, gdzie ma kontakty, czujki i bazy, ale równolegle trzeba będzie kontrolować, dokąd tym razem się udaje. Musimy też się dowiedzieć, do czego jest mu potrzebna Daria.

– No właśnie! – Marysia znów wybucha. – Baba w takiej misji to tylko kłopot, zbędny ciężar! Może ją puści?

Póki co tylko rżnął ją do upadłego! A ta debilka zakochała się w nim na zabój i utożsamiała pieprzenie z miłością. – Kobieta jest tak wściekła, że zupełnie nie panuje nad swoimi słowami.

– Spokojnie. – Hamid usiłuje okiełzać jej temperament, ale rozczula go i bawi fakt, że Marysia nic się nie zmieniła i za rodzinę wciąż jest gotowa oddać życie i na pewno nie ustanie w poszukiwaniach. Pod tym względem są tacy sami.

– Lecę z tobą – kobieta oznajmia autorytatywnie, jakby sprawa była już przesądzona.

– A co z Nadią i Karimem? – Hamid pyta o to nie dlatego, że nie chce jej towarzystwa, ale wyłącznie z troski o nią i jej małą familię.

– Karim... Karim nie poczuwa się już do bycia ani moim mężem, ani ojcem mojej córki, więc tylko zdejmę mu ciężar z barków. A co z twoją żoną? – Marysia kładzie szczególny nacisk na te słowa. – I z biednym Omarem?

– Salma urodziła wcześniaka. Czterokilogramowego. – Hamid zaciska zabawnie usta, a Marysia panuje nad sobą, żeby nie wybuchnąć śmiechem.

– Chyba ciężko go było zmieścić do inkubatora.

– Nawet nie próbowano. Do samolotu również wzięto go w ciemno, bo po dwóch tygodniach chłopczyk wyglądał, jakby miał dwa miesiące. Mimo wszystko cieszę się, że malec żyje i nikt nie został postawiony pod ścianą, żeby wykonać na głupiej dziewusze, jego matce, honorową zbrodnię. – Na te słowa oboje poważnieją, a Marysia po raz pierwszy od długiego czasu patrzy w oczy byłego męża, podziwiając go za dobroduszność i uczciwość.

– Dobrze postąpiłeś – mówi szczerze, a mężczyzna tylko niepewnie unosi ramiona. – Jestem z ciebie dumna. Naraziłeś własną godność, żeby ratować tłuste dupsko obcej baby. – Na te słowa już zaśmiewają się do łez.

– Omar poleciał z Salmą jako *mahram* i dołączą do Fatimy w Londynie. Opłaciłem mu dobrą uczelnię i mam nadzieję, że wyjdzie na ludzi. Jestem jednak pewien, że do swojej ojczyzny już nigdy nie powróci.

– Nie dziwię mu się.

– Ja też. Choć osobiście kocham ten dziwny kraj. Ale może jestem nienormalny.

– Więcej jest takich nienormalnych. Nie przejmuj się. – Marysia pocieszająco poklepuje go po ręce.

– Nadiu, kochanie, dzisiaj przeprowadzimy się do wujka Hamida – oświadcza Marysia, a dziewczynka nie komentuje, lecz czeka na ciąg dalszy. – Będę musiała na jakiś czas pojechać z wujkiem za granicę, żeby przywieźć ciocię Darię do domu.

– A co się stało? Rozchorowała się na tej swojej wycieczce?

– Klimat jej nie służy – odpowiada matka enigmatycznie, a dziecko przyjmuje wyjaśnienie bez dalszych dociekań. – Leć do pokoju i spakuj swoje zabawki i książeczki. Później dopakuję resztę.

– Wszystko zabieramy?

– Tak, wszystko.

– A tatuś jedzie z nami? – W końcu jednak pyta o człowieka, którego pokochała, a który odrzucił jej dziecięce, czyste uczucie.

– Nie, tatuś jest zajęty. Sama wiesz.

Dziewczynka kiwa głową i już bez szemrania idzie do siebie.

Marysia natomiast postanawia honorowo skończyć farsę, którą stało się jej małżeństwo, i odejść z podniesioną przyłbicą. Nie będzie, tak jak Karim, chowała głowy w piasek i uważała, że wszystko jakoś się ułoży i samo rozwiąże. Trzeba wypić piwo, którego się samemu nawarzyło. Nie chce wysyłać mailem informacji o swoim odejściu, lecz postanawia napisać list. Nie wie jednak, jak się do niego zabrać, bo takie pismo musi być eleganckie, wyrażone pełnymi zdaniami, a nie krótkimi hasłami, jakie przeważnie rzuca się przez internet.

„Kochany Karimie", zaczyna, ale zaraz chwyta się za głowę i puka w czoło. *Przecież nie mogę mu pisać, że go kocham, kiedy odchodzę i faktycznie niby ja go porzucam. A może jednak?* Zastanawia się głęboko i kontynuuje. „Zawsze byłeś dla mnie drogim przyjacielem, kochanym bratem i troskliwym opiekunem, a kiedyś również kochankiem, lecz to już dawne dzieje. Nie wiem, co zmieniło nasz wzajemny stosunek, zapewne to moja wina, choć nigdy błąd nie tkwi po jednej stronie. Obecna sytuacja mnie przerasta i nie widzę możliwości, żeby dłużej ją znosić. Unikasz nie tylko mnie, ale również mojej córki, która traktuje Cię jak ojca. Nie pozwolę na ranienie mojego dziecka i dlatego trzeba zakończyć ten groteskowy układ. Jestem przekonana, że jak przeczytasz ten list, to odetchniesz z ulgą, bowiem wygląda na to, że nie umiesz zerwać ze mną. Wiem, że na pewno urządzisz sobie szczęśliwie życie, bo jesteś uroczym i dobrym mężczyzną. Ze mną nic pomyślnego już Cię spotkać nie może – zbyt wiele jest niedomówień, zbyt wiele żalu. Życzę Ci, Karimie, pomyślności i niech Bóg Cię błogosławi. Marysia".

Kobieta czyta swój list jeszcze kilka razy i nie poprawia w nim nawet literki. *Nic dodać, nic ująć*, stwierdza, pakuje kartkę w kopertę i kładzie na laptopie w gabinecie Karima. Żeby mieć pewność, że pismo trafi do odbiorcy, wysyła maila: „Karimie, wyjeżdżam z Saudi. Udaję się na poszukiwania Darii, która wdała się w niebezpieczne sprawy. Proszę Cię o zrozumienie. W domu zostawiłam Ci list. Pozdrawiam. M.".

Kiedy już jedzie samochodem do swojego byłego domu na Mudżama Nachil, przypomina sobie, że zapomniała o najważniejszej rzeczy. Szybko otwiera Facebooka i w prywatnej wiadomości krótko informuje: „Papiery rozwodowe podpiszę w każdej chwili. Daj znać, kiedy będą gotowe".

Nadia wchodzi do willi Hamida niepewnym krokiem. Jest mocno zawstydzona i spłoszona. Nie jest tak, jak za pierwszym razem, kiedy czuła się tu swobodnie i jak u siebie. Zdaje sobie sprawę, że coś w jej życiu się zmienia, i boi się, czy jest to zmiana na lepsze. Nie zna nowych miejsc, ma tylko kilka nikłych wspomnień, które nie wiadomo skąd pojawiają się w jej głowie.

– Na piętrze jest twój pokój. – Hamid podaje jej rękę, chcąc zaprowadzić małą na górę.

– Chyba wiem gdzie – odpowiada tylko dziewczynka, wymija go i pędzi po schodach.

Podchodzi do odpowiednich drzwi, otwiera je i nie może uwierzyć własnym oczom. Pamięta wielką lalkę z dużymi oczami, które wyglądają strasznie, sięga po Barbie w saudyjskiej *abai* i czarnym welonie na głowie, po pluszowego misia, który nie ma jednej łapki, a na koniec siada na łóżku i wyczekująco spogląda na swoich rodziców, którzy jak zamurowani stoją w drzwiach.

– Mieszkałam tu już kiedyś? – ponawia pytanie, które zadała swojej matce parę miesięcy temu.

– Tak, kochanie. Porozmawiamy przy kolacji. – Marysia obraca się plecami, bowiem nie może zapanować nad potokiem łez płynących z jej oczu.

– To niemożliwe, Miriam... – słyszy szept swojego byłego męża. – Ona nie może pamiętać. Była niespełna dwuletnim bobasem, kiedy ją porwano, a później już nigdy tu nie wróciła.

– Ja również noszę w sercu takie wczesne wspomnienia – odpowiada Marysia. – Moja mama też nie chciała mi uwierzyć, że pamiętam detale z mieszkania mojej babci w Polsce z okresu, kiedy miałam półtora roku. Przyjechałam tam po latach i szłam jak po sznurku, opowiadając o wydarzeniach, o których nikt słowem przy mnie nie napomknął.

– Cóż, jesteście wyjątkowe – kwituje Hamid, bo jakże dyskutować z niezaprzeczalnymi faktami. – A oto twoja sypialnia. – Wskazuje jej pokój gościnny, bowiem ani jednemu, ani drugiemu przez głowę by nie przeszło, że mogliby tak od razu wrócić do swojego gniazdka, które Marysia opuściła wieki temu, a które później zajmowała Zajnab. – Widzimy się na kolacji za pół godziny.

Nadia siedzi przy stole cicha jak trusia i patrzy przed siebie nicobocnym wzrokiem. Rodzice wiedzą, że w końcu muszą powiedzieć dziewczynce prawdę. Jak ona to przyjmie, jak zareaguje, co będzie do nich czuć i co myśleć – nie wiedzą, ale dłużej nie chcą zwlekać. Nie mogą w nieskończoność jej okłamywać, bo zbyt ją kochają i uważają za mądre, nad wiek rozwinięte dziecko. Jednak taka wiadomość może całkowicie skrzywić dziecięcą psychikę sześciolatki. Świat małej Nadii wywróci się dziś do góry nogami.

– Dobra szaworma? – pyta Hamid, chcąc przerwać krępującą ciszę. – Lubisz takie jedzenie?

– Pewnie! – Nadia się ożywia. – Adil też. Zawsze po zabawie w wesołym miasteczku mama zabierała nas na takie jedzonko. Nie lubimy hamburgerów i pizzy, bo to jest niezdrowe – mówi poważnie, a mężczyźnie chce się śmiać na takie oświadczenie.

– Zamówiłeś w restauracji? Rzeczywiście jest znakomita – włącza się Marysia, biorąc kolejny kęs ulubionego mięsa.

– Kupiłem domowy miniopiekacz, żeby było świeże i przyrządzone tak, jak się lubi.

– Świetny pomysł!

– Czy ja tu kiedyś mieszkałam? – Nadia powtarza pytanie jak mantrę.

– Tak, kochanie. – Marysia odkłada sztućce. Jej głos drży. – Zaraz po urodzeniu przywieźliśmy cię tu ze szpitala.

– Dlaczego tutaj? A nie urodziłam się w Polsce albo Dżakarcie?

– Wtedy mieszkałam tutaj.

– W tym domu?

– Tak.

– Z wujkiem Hamidem?

– Tak.

– Czy on jest moim prawdziwym tatą? – Mała przechodzi do zasadniczej kwestii, która już od jakiegoś czasu dręczy jej dziecięcą główkę i serce.

– Tak, Hamid jest twoim tatą. Nosiłaś nazwisko Binladen. – Marysia sztywnieje i niebezpiecznie blednie.

– Pamiętam twoje perfumy… wujku. – Nadia zwraca się już bezpośrednio do mężczyzny, któremu z radości chce serce wyskoczyć z piersi. – I oczy… śniły mi się dawniej. I jak łapałeś papużki, które kiedyś wyleciały z klatki – opowiada już na luzie, jakby to była wesoła dykteryjka.

– Mieszkaliśmy szczęśliwie w tym domu aż do czasu, kiedy zła pani, księżniczka od siedmiu boleści, porwała nam ciebie. – Marysia postanawia za jednym zamachem zamknąć wszystkie niedopowiedzenia z przeszłości.

– Jak to? Jak to możliwe? To brzmi jak bajka! – ekscytuje się dziewczynka. – Wspaniały pałac, księżniczka… I co było potem?

– Tego nie wiemy. Ale pojechałam za siódmą górę i za siódmą rzekę, żeby cię szukać.

– Jak to mama – podsumowuje dumna Nadia. – A co robił tata?

– Tata szukał cię w Saudi, kochanie.

– I w końcu znaleźliście! – Dziewczynka słodko się śmieje. – Happy end!

– No właśnie. – Marysia czeka jak na bombę na pytanie o Karima, lecz Nadia nie drąży sprawy. – Teraz zaś musimy razem z Hamidem pojechać na poszukiwanie cioci Darii – kuje żelazo, póki gorące.

– Ją też porwała zła księżniczka? – Nadia poważnieje.

– Nie, raczej podły rzezimieszek, z którego łapsk musimy ją wyrwać.

– Ten, o którego ciągle się kłóciłyście? – Słysząc to, Hamid z dumą uśmiecha się pod nosem. Mała jest niezwykłym obserwatorem.

– Tak właśnie – potwierdza jej przypuszczenia Marysia.

– To dokąd pojedziecie? Za siódme morze i za siódmą rzekę?

– Najpierw do Dubaju. – Hamid też chce uczestniczyć w rozmowie, bo na razie jedynie z podziwem obserwuje rezolutną córeczkę, która tak nieoczekiwanie do niego powróciła. – To takie miasto jak z *Baśni tysiąca i jednej nocy*...

– Dlaczego? Zaczarowane? – Nadia wchodzi mu w słowo jak każdy niecierpliwy i ciekawy świata dzieciak.

– Raczej niezwykłe! Znajduje się tam wszystko, o czym ktoś sobie zamarzył. Tylko pomyślał i już za chwilkę fantazja została spełniona.

– Jak to możliwe? Więc jednak czary!

– Dzieje się tak dzięki ogromnym pieniądzom, którymi dysponuje ten kraj. Niestety, magia ma z tym niewiele wspólnego. Tak więc znajduje się tam największa lodówka na świecie, ogromna jak góra i wysoka chyba na pięć pięter.

– I co w niej trzymają? Tyle coli?

– Nie. Ktoś chciał mieć stok narciarski w kraju, gdzie średnia temperatura powietrza wynosi plus trzydzieści dwa stopnie Celsjusza. W środku tej lodówy mamy minus cztery, śnieg i zaspy i można nawet zmarznąć. Jeździ tam kolejka krzesełkowa, wywożąca narciarzy na wyższe wzniesienia.

– Niesamowite! – Dziewuszka kręci głową, a Marysia z zapartym tchem słucha konwersacji córki z ojcem.

– Inny cud to kopia Wenecji na środku pustyni. Po kanałach wypełnionych wodą pływają gondole i zawożą turystów do hoteli czy restauracji znajdujących się nad ich brzegami.

– Na pustyni nie ma wody, a tam jest nadmiar? Ojej! – dziwi się dziecko. – Tak jakby ktoś czarodziejską różdżką uderzył w kamień, z którego trysnęłoby źródło. Już o tym kiedyś słyszałam... – Z namysłem marszczy czółko, usiłując sobie przypomnieć.

– To jedna ze znanych historii podanych w Koranie. Bardzo ładna zresztą. Opowiada o Zamzam – świętej studni w Mekce, w pobliżu świątyni Al-Kaaba. Według legendy powstała w pradawnych czasach Abrahama. W tym miejscu dawno, dawno temu wytrysło źródło, kiedy Hagar, pozostawiona na pustyni z małym synem Izmaelem, rozpaczliwie poszukiwała wody, a malec z zapamiętaniem uderzał patykiem w skałę. Nazwa tego źródła wywodzi się od arabskiego słowa *zam*, które oznacza „dość", ponieważ gdy woda tryskała z ziemi pod wysokim ciśnieniem, Hagar krzyczała właśnie „dość, dość!". Później studnia została zapomniana i zasypana, a ponownie odkrył ją dopiero dziadek proroka Muhammada, Abd al-Muttalib. Obecnie jest odwiedzana przez pielgrzymów muzułmańskich podczas *hadżu*. Picie wody z Zamzamu jest obyczajem religijnym zapewniającym wiernemu zdrowie i długowieczność. Wodę tę przechowuje się w specjalnych buteleczkach zwanych *zamzamijja*. Kiedy jednak widzę pielgrzymów wiozących samolotem pięciolitrowe baniaki z wodą, to trochę mi skóra cierpnie.

– Przecież na pokład nie wolno wnosić nawet buteleczki, nieprawdaż? – Dziecko jest mądrzejsze od obsługi saudyjskich lotnisk, na których słowa „święta woda" otwierają każde drzwi i każdy luk.

– Prawdaż – żartuje Hamid, robiąc wymowną minę. – Tak więc w Dubaju – kontynuuje opowieść o emirackim mieście – oprócz sztucznej lodówki i nadmiaru wody w kanałach jest też sztuczna wyspa nasypana w morzu, i to w kształcie palmy. Będziemy ją dobrze widzieli z twoją mamą z jednej z wież zwanej Burdż al-Arab, zbudowanej w kształcie żagla, która została wpisana do Księgi Rekordów Guinnessa jako najwyższy i najbardziej luksusowy hotel na świecie, bo ma przyznanych aż siedem gwiazdek!

– To są takie fenomeny? – nawet Marysia się dziwi. – W Rijadzie mamy sześciogwiazdkowe, ale zawsze myślałam, że to przesada.

– Tym razem taka punktacja naprawdę się należy. – Hamid poważnieje. – To jest kosmos, a nie hotel! – Rozsiada się wygodniej i nabiera powietrza w płuca, by uświadomić jego dziewczyny o ósmym cudzie świata. – Dwa tysiące metrów kwadratowych powierzchni jest pozłoconych dwudziestodwukaratowym złotem. Sala balowa zwana al-Falak jest praktycznie w całości pokryta tym drogocennym kruszcem. Wielokolorowe, ręcznie tkane dywany zostały specjalnie wyselekcjonowane i przywiezione z Indii, Republiki Południowej Afryki i Anglii, a granit użyty do wykończenia został wydobyty w Brazylii. Posadzki i ściany pokrywa włoski marmur; jest to ten sam materiał, którego Michał Anioł używał do swoich rzeźb. Płytki do wykładania różnokolorowych mozaik zawierają rzadkie szkło sicis, które można dostać w jedynym na świecie źródle w północnych Włoszech. Panele ścienne w apartamentach specjalnych zostały ręcznie zdobione malunkami, podczas gdy wszystkie drewniane drzwi, okna i witraże zrobiono na zamówienie. Malowidła, obrazy, rzeźby, które oddają arabski styl hotelu, począwszy od przyrody po różnego rodzaju arabeski i abstrakcje, zostały zaprojektowane i wyprodukowane specjalnie dla Burdż al-Arab przez artystów z różnych zakątków świata. A żeby było nie tylko luksusowo, ale i bezpiecznie, konstrukcja hotelu chroni go na wypadek trzęsienia ziemi, huraganów i innych zjawisk mogących wywołać chwianie się budynku.

– Tyś się tego nauczył na pamięć? – śmieje się Marysia. – Po co ci takie wiadomości?

– Jestem kolekcjonerem nikomu do niczego niepotrzebnych informacji. – Hamid żartuje sam z siebie. – Nigdy nie wiesz, kiedy coś się przyda. Tak jak na przykład teraz.

– Jak udało ci się to wszystko zapamiętać? – podziwia go Nadia. – Ja już nic z tego nie wiem – śmieje się i robi głupią minkę.

– Zrobiłem kurs szybkiego czytania i uczenia się. W moim fachu to konieczne. Ale dajcie mi skończyć, proszę, bo najlepsze zostawiłem na koniec! W hotelu są także akwaria, które gromadzą ponad pięćset gatunków ryb tropikalnych. Dla miłośników sportów też coś się znajdzie. Korty tenisowe umiejscowiono na dwudziestym pierwszym piętrze na specjalnym bocznym tarasie. Boisko wygląda, jakby nie miało ogrodzenia! Biegasz za piłką w chmurach! To samo z basenem. Woda przelewa się przez jego ściany i odnosi się wrażenie, że ludzie za chwilę wypłyną razem z nią i polecą w dół na złamanie karku. Inny akwen umieszczono również na wysokości i ma on dno i ściany zrobione z grubego szkła. Można w nim nurkować i przez pryzmat wody podziwiać panoramę Dubaju.

– Przerażające! W życiu bym do takiego czegoś nie weszła! – Marysia aż się otrzepuje. – Nie potrzeba mi aż tyle adrenaliny. Życie i tak dostarcza mi jej w nadmiarze.

– Ale jest tam też dużo piękna dla znawców i snobów – kontynuuje Hamid. – Na przykład centralna fontanna hotelu, nazwana wulkanem, jest sceną zadziwiających pokazów. Kaskady wody spadają po jej stopniach i są wyrzucane w niebo w różnorodnych układach choreograficznych. W samym centrum woda z gracją wybijana jest w górę i spada do labiryntów o rozmaitych kształtach. Wieczorem wszystko dodatkowo jest oświetlone ogniem wydostającym się z wnętrza krateru, podczas gdy jaśniejące płonące kule wylatują z czterech wież przy wejściu do hotelu.

– No to nieźle! Kto to wszystko jest w stanie obsłużyć? Tam potrzebują gwardii ludzi. – Marysia twardo stąpa po ziemi i wie, że aby jeden opływał w luksusy, inny musi na niego harować.

– Proporcja liczby pracowników Burdż al-Arab do liczby gości wynosi sześć do jednego – informuje rzeczowo Hamid. – Sześciu wyrobników na jednego bogacza! Hotel oferuje obsługę w kilkunastu językach świata, w tym w japońskim, niemieckim i rosyjskim. Może będą tam też mówić po polsku? Na pewno!

– A ile kosztuje ta przyjemność? – indaguje kobieta, bo coś czuje pismo nosem.

– Ceny za nocleg dla jednej osoby rozpoczynają się od tysiąca trzystu dolarów amerykańskich za dobę, a w piętrowych apartamentach dochodzą do trzydziestu pięciu kawałków.

– I ty masz ochotę zatrzymać się w tym miejscu? – Marysia widzi, że powraca do niej dawne dobre życie.

– A myślisz, że po co tak się nastudiowałem? – Hamid robi zabawny wyraz twarzy.

– A te tysiące to dużo czy mało? – pyta Nadia, na co jej rodzice wybuchają jedynie zgodnym śmiechem.

Hamid jest przyzwyczajony do życia na walizkach, więc nie potrzebuje wiele czasu, żeby przygotować ich do wyjazdu. Marysia też od dawna marzyła o tym, żeby cokolwiek się działo, dlatego teraz cieszy się jak dziecko i na wszystko zgadza. Jej były mąż nie może się nadziwić transformacji jej trudnego charakterku na ugodowy i potulny. *Do pierwszej scysji*, myśli sobie, bo wie, że ludzie tak bardzo nie potrafią się zmienić. Kobieta sprawdza swoją mailową pocztę parę razy dziennie, ale wciąż nie ma żadnych wiadomości od Darii. Wchodzi na Facebooka, ale widzi tam tylko automatyczną informację, że dziewczyna jest nieobecna od dnia wyjazdu. *Niemożliwe!*, stwierdza zaniepokojona. *Przecież ona bez czatu nie potrafi żyć! Gdzie selfie, których zawsze tyle zamieszczała w necie, gdzie foodporny, zabawne komentarze, udostępnienia stron, dowcipy, demotywatory, linki do ciekawych lub kontrowersyjnych artykułów?* Roztrzęsiona, wchodzi na tablicę siostry. Rzeczywiście – od tygodnia nie ma żadnego śladu po dziewczynie. W ogóle od przyjazdu do Rijadu zamieszczane przez nią wpisy są coraz rzadsze. Parę zdjęć miasta z banalnym komentarzem, kilka fotek z uczelni z samymi Saudyjkami o zasłoniętych twarzach, opatrzone podpisami krytykującymi system i uległość lokalnych kobiet. Jedno zdjęcie zastanawia Marysię. Wygląda jak selfie, ale przedstawia klasyczną Arabkę z oczami podkreślonymi *kohlem*, w *abai* i czarnym nikabie. *To jest Daria albo jej bliskowschodnia postać. Genów jednak się nie oszuka*, podsumowuje w myślach. *Taka bieluteńka, taka europejska, nijaka, a tu wyszło szydło z worka.* W tle widać jakieś odrapane budynki, dzieci na ulicy oraz zwały śmieci wysypujące się z wielkiego kontenera.

„Czy masz tego samego maila, co kiedyś? Chciałabym ci coś przesłać”, pisze na czacie Hamida, który siedzi w pokoju obok.

„Mohamed al-Arabi na gmailu", otrzymuje błyskawiczną odpowiedź.

Marysia podpina w załączniku zdjęcie, a w treści maila pisze: „Możliwe, że niedługo będziemy szukać tej osoby. Darin Salimi czy nawet Duha Alzani".

Po chwili słyszy trzaśnięcie drzwi.

– Nic poza tym? – pyta Hamid, a ona jedynie kręci głową. – To i tak dużo, choć mam nadzieję, że nigdy nie dojdzie do takiej transformacji. Mamy za to miejsce, gdzie mogli się spotykać. To podła tradycyjna dzielnica Rijadu. Już to puszczam do naszych szperaczy.

– Czemu ona się nie odzywa? Kiedyś bez portali społecznościowych nie mogła żyć! – dziwi się Marysia. – Patrz, ilu ma znajomych. Ponad trzystu!

– Napisz do niej, zaczep ją. Przecież na pewno ma internet w telefonie.

– Tak zrobię. Ale muszę znaleźć coś, co ją zainteresuje, wstrząśnie czy zaskoczy. Najchętniej wysłałabym jej ten filmik z YouTube, który mi ostatnio pokazałeś. To mogłoby się jednak źle skończyć.

– Absolutnie tego nie rób! – Fachowiec od terroryzmu podnosi głos. – Jeśli on to znajdzie, to może ją nawet zabić, żeby tylko nie zostać zdemaskowanym.

– Wiem, nie zrobię tego. Teraz już rozumiem twój niepokój – obiecuje kobieta, patrząc mu wymownie w oczy. – A ty coś znalazłeś? Jakiś ślad Johna Smitha czy Jasema Alzaniego?

– Nie wiadomo, czemu siedział w poczekalni Marhaba na lotnisku w Dubaju, gdzie poznał Darię, bo z tego miasta rozpoczynał lot – informuje Hamid rzeczowym tonem. – Po co tyle godzin szwendał się po hali odlotów? Przez większą część czasu był z nim mężczyzna wyglądający na Hindusa lub Pakistańczyka, w sumie to prawie to samo, ale inne obywatelstwo i wyznanie. Mamy nagrania z kamer przemysłowych.

– Czekaj, czekaj... Ona mi go przedstawiła. Ma na imię Muhammad... Mohamed, Mohmed, Moe czy coś podobnego. Wspomniała, że był jej pracodawcą w Anglii, w High Wykombe. Ta maleńka miejscowość została całkowicie przejęta przez pakistańską mafię. Jest też starym przyjacielem przyjemniaczka, którego szukamy.

– No ładnie. Panowie muszą być z tej samej islamistycznej komórki. Możliwe, że na Wyspach wspólnie agitują biednych nieudaczników do Państwa Islamskiego.

– Macki kalifatu są wszędzie! – Marysia chwyta się za głowę. – Jak się przed tym uchronić?

– Spróbuj sobie przypomnieć wszystkie szczegóły wyglądu, jakieś cechy szczególne, tiki, niezwykłą biżuterię, sygnet czy bransoletkę lub sposób wypowiedzi tego kolejnego farbowanego lisa. W jakiej branży działa na Wyspach?

– Jest właścicielem hotelu, motelu czy apartamentów, coś w tym stylu. – Marysia szybko odgrzebuje w pamięci informacje, które przekazywała jej siostra. – Prowadzi też chyba firmę cateringową, bo Daria pracowała dla niego na stadionach rugby, roznosząc piwo i jedzenie podczas meczów.

– Nieźle. W małej dziurze na pewno go znajdziemy! Rozpracujemy dziada błyskawicznie. Już informuję centralę o tym tropie, a moi koledzy po fachu w Anglii zajmą się nim. Mam tylko nadzieję, że nie zapadł się pod ziemię.

– Ja też. Mógłby nam wiele powiedzieć o Johnie. Jak on siebie nazywa?

– *Dżihadi* John.

– Raczej sukinsyn John! Drań jeden! – Marysia znów się denerwuje, wyobrażając sobie swoją naiwną i bezbronną siostrę w jego ramionach.

– Wszystko będzie dobrze – pociesza ją Hamid. Nie wspomina, że wyciągnięcie jakichkolwiek informacji z ludzi pokroju Johna-Jasema czy Muhamada graniczy z cudem. Oni wolą zginąć, niż puścić parę z ust. – Czy ty na pewno chcesz polecieć ze mną? – upewnia się jeszcze raz. – Ta wyprawa może być niebezpieczna.

– Jeśli tylko mnie ze sobą zabierzesz, to jestem gotowa. Nie będę się przecież pchała na linię frontu, ale może uda mi się jakoś pomóc i zbliżyć do Darii.

– Powoli nasza trasa zaczyna się układać. – Po podjęciu ostatecznej decyzji Hamid postanawia wdrożyć kobietę w szczegóły. – Najpierw Emiraty.

– Więc jednak lecimy do Dubaju, gdzie będziesz chciał wyrzucić w błoto majątek na siedmiogwiazdkowy hotel? – pyta Marysia z przekąsem, ale też uśmiecha się, bo jest bardzo zadowolona z takiego niespodziewanego obrotu spraw. Ciągle jednak zasmuca ją sytuacja Darii i żałuje, że szczęście i powrót do miłości swojego życia wiąże się z nieszczęściem jej małej nierozsądnej siostrzyczki. – Co ja tam konkretnie będę robić? – indaguje, bo zdaje sobie sprawę, że marna z niej pomocnica. Mailową pocztę mogłaby przecież sprawdzać na miejscu, w Rijadzie, i w razie potrzeby informować Hamida.

– Będziesz moją asystentką, ale wcale nie musisz się bawić w funkcjonariusza policji czy wywiadu w akcji. Możemy po drodze natknąć się na Darię. Kto wie, dokąd rzeczywiście pojadą? Z Rijadu lecieli znów przez Dubaj. Tam po nagraniach z kamer przekonamy się, czy naprawdę wsiedli do samolotu i w którą stronę świata polecieli.

– O mój Boże! To jest możliwość spotkania z tym mordercą twarzą w twarz?! Myślisz, że ten pastuch zatrzyma się w Burdż al-Arab, jednym z najdroższych hoteli na świecie?

– Forsy mu nie brakuje, jednak wydaje ją na mniej przyjemne rzeczy. – Hamid zasępia się, wspominając sponsoring dżihadystów, przekupstwa i zamachy. – Ten hotel to najbezpieczniejsze miejsce na ziemi, bo nikt bez zameldowania i dokładnego prześwietlenia tam nie wejdzie. Nawet mysz się nie prześliźnie, bo zaraz włączą się alarmy i syreny – żartuje, chcąc rozluźnić atmosferę. – Moim celem jest łapanie terrorystów i religijnych fanatyków, lecz ponad tym jest bezpieczeństwo mojej rodziny. – Wymownie spoziera jej w oczy. – Zawsze, kiedy byłem na luzie i jechałem do niesprawdzonego miejsca, traciłem kontrolę nad sytuacją. Raz skończyło się to porwaniem naszego dziecka, a drugim razem śmiercią Zajnab. Więcej takich błędów nie mam zamiaru popełnić – oświadcza poważnie.

– Z tobą czułabym się bezpieczna nawet w paszczy lwa. – Marysia wypowiada te słowa z taką wiarą, że Hamidowi serce szybciej bije. Postanawia już nigdy, przenigdy nie stracić tej ukochanej kobiety.

* * *

Znowu lądują na lotnisku w Dubaju, lecz tym razem w zupełnie innej sytuacji i z innym nastawieniem. Pomimo tragicznych okoliczności ich ponownego połączenia, cieszą się, że są razem. Jak czarna chmura lub raczej miecz Damoklesa wisi nad nimi jednak ogromne zagrożenie, w jakim znalazła się Daria. *Że też musiało ją to spotkać!*, rozmyśla Marysia. *Chyba jakaś klątwa ciąży na kobietach z rodziny Salimich.* Po raz kolejny wspomina swoje ciotki, babcię i w końcu mamę. *Jakby ona się dowiedziała o sytuacji, w jakiej znalazła się Daria, to chybaby umarła!* Córka martwi się o chorą, kochaną rodzicielkę i postanawia nie dopuścić do żadnego przecieku informacji.

Para od razu zaczyna działać, bo nie mają czasu do stracenia.

– Proszę spojrzeć na ekran – mówi pracownik ochrony lotniska. – Czy rozpoznaje pani swoją siostrę?

– Tak, to ona! – Marysi od razu rzuca się w oczy błękitnooki Brytyjczyk, a obok niego jej wymizerowana, ale szczęśliwa siostra.

– Czy jest pani pewna?

– Tak, to jej charakterystyczny gest, tylko ona w ten sposób odrzuca włosy. I znów zaczęła obgryzać paznokcie. – Smuci się, bo pamięta, że dzieje się tak zawsze, kiedy dziewczyna jest w dużym stresie. *Po co się w to wpakowałaś?*, pyta ją w duchu.

– W takim razie są w Paryżu. Wylecieli z Dubaju dopiero dziś rano, a my nadal tu tkwimy – podsumowuje Hamid. – Spójrz jeszcze na to nagranie. – Przesadza ją do innego odtwarzacza. – Poznajesz tego gościa?

– Ależ oczywiście! To Muhamad, zwany Moe. Tak mi go przedstawiła Daria – potwierdza przypuszczenia Marysia. – To on z nimi poleciał?

– Nie, udał się do New Delhi. – Do rozmowy włącza się emiracki funkcjonariusz Farid. – Knują sieć oplątującą cały świat. Śledzimy tylko dwóch, a ile już mamy przez nich obstawionych krajów! Arabia Saudyjska, Zjednoczone Emiraty Arabskie, Wielka Brytania, Indie, teraz Francja… Gdzie jeszcze?

– Są ich miliony, a nas tylko garstka. My mamy jednak analityczne mózgi, a nimi kieruje chęć mordu – przekonuje Hamid. – Działając pod wpływem takich emocji, muszą gdzieś popełnić błąd. Poza tym Allah jest z nami, a oni tylko kalają jego imię. To się na nich zemści.

– Jeszcze jedno – dorzuca Marysia, a mężczyźni patrzą na nią zdziwieni, że laik i to na dokładkę kobieta ma coś do powiedzenia. – Oni nie zdają sobie sprawy, że ich śledzimy. Jesteśmy pół kroku za nimi, ale miejmy nadzieję, że ten dystans będzie się zmniejszał.

– Mówisz jak moja żona, Aruba, która również angażuje się w tę niewdzięczną pracę. – Twarz Farida, który jeszcze przed chwilą wyglądał na ponuraka, rozjaśnia się. – Mamy szczęście, Hamidzie, bo znaleźliśmy kobiety, które nas rozumieją.

– Widzimy się zatem wieczorem, na kolacji. – Saudyjczyk potwierdza wcześniejsze ustalenia, o których Marysia nie ma pojęcia.

– Tak, Madina Jumaira. Dla naszych pań będzie to nie lada gratka powłóczyć się po arabskim tradycyjnym suku i wyczyścić nasze portfele. A potem zabiorę was do najlepszej restauracji na Półwyspie Arabskim. – Farid śmieje się szczerze i Marysia już wie, że polubi tę arabską parę.

Wyczerpani wczesną pobudką, lotem i nerwami związanymi z identyfikacją terrorystów, jadą do hotelu, żeby się odświeżyć i choć trochę odpocząć przed wieczornym wyjściem. Marysia już wie, że ten wyjazd nie będzie wypoczynkiem, tylko ciężką pracą i ciągłą gonitwą. Teraz antyterrorystyczne oddziały nie ścigają raczkujących przestępców ulokowanych w jednym miejscu i przywiązanych do swojego kraju. Mają do czynienia z międzynarodowym interaktywnym terroryzmem, który przemieszcza się z punktu do punktu z błyskawiczną szybkością oraz wykorzystuje elektronikę w celach organizacyjnych i logistycznych. Gdy jednak przychodzi co do czego, to odłączają się od sieci, nie chcąc zostać namierzonymi, kontaktują się za pomocą łączników, zmieniają twarze, paszporty i narodowość i stają się nieuchwytni. Hamid liczy, że mając w samym centrum dowodzenia niczego nieświadomą wtyczkę w osobie Darii, uda im się zdążyć na czas przed atakiem, udaremnić go i schwytać znanego terrorystę, organizatora zamachów na światową skalę oraz agitatora naiwnych ochotników do Państwa Islamskiego.

Najgorsze jest to, że *dżihadi* John jest również wyrafinowanym mordercą, żądnym zemsty i mordu sadystą, a teraz w jego rękach znajduje się niewinna naiwna Daria.

Pomimo rezerwacji wjazd do hotelu Burdż al-Arab zajmuje im sporo czasu, bowiem są parokrotnie zatrzymywani w punktach kontroli, sprawdzane są ich paszporty, wizy, vouchery, samochód zaś lustrowany od zewnątrz i rewidowany wewnątrz. Nie zżymają się jednak na to, a nawet cieszą, bo dzięki temu będą mogli czuć się w tym miejscu bezpiecznie. Walizki zostają prześwietlone na heimannie, telefony otwarte i obejrzane, podobnie jak komputery i tablety. Kiedy straż jest już pewna, że goście nie mają ukrytej bomby ani innych niebezpiecznych materiałów, para może podejść do recepcji i się zameldować. Na przywitanie otrzymują słodki orientalny napój z parasolką, konsjerż zabiera ich bagaże i w końcu lądują we wspaniałym dwupokojowym apartamencie na dziewiętnastym piętrze z oszałamiającym widokiem na sztuczną wyspę w kształcie palmy.

Marysia zajmuje jeden ogromnych rozmiarów pokój, a Hamid drugi. Teraz nadeszła chwila, kiedy nie wiedzą, co ze sobą zrobić. Powinni przecież zawsze być razem, nigdy się nie rozdzielać, ale mają za sobą przepaść paru lat, podczas których w życiu każdego z nich tak wiele się wydarzyło. Czy powinni sobie o tym opowiadać? Przecież to będzie straszliwie bolało i ciągle będą mieli do siebie pretensje, że się odepchnęli, porzucili, że nie potrafili się porozumieć i wspólnie przejść przez tragedię porwania córki. *Nie należy do tego wracać,* postanawia Marysia.

Trzeba oddzielić grubą kreską to, co było, i iść do przodu. Hamid zaś prosi w duchu: *Niech ona nie mówi nic o czasie naszego rozstania. Jeśli mamy zacząć wspólne życie, to rozpocznijmy je tu i teraz. Bez powrotów do przeszłości!*

Marysia wchodzi pod prysznic, odkręca wodę i staje pod mocno bijącymi biczami. Chce zmyć z siebie zmęczenie, brud i lęk. Pragnie oczyścić swój umysł i duszę i przyjąć nadchodzące wyzwania jak dziecko, jak *tabula rasa*[1]. Po chwili słyszy otwierające się drzwi do łazienki i od razu czuje zapach męskich perfum na bazie drzewa sandałowego. Spogląda spod lekko przymkniętych powiek i widzi Hamida stojącego za szklanym skrzydłem kabiny prysznicowej. Uchyla je i wyciąga do niego ramiona. Nie musi nic mówić, bo tak jak dawniej rozumieją się bez słów. Tylko że wtedy nie dźwigali takiego bagażu doświadczeń, byli za to pewni siebie i pełni dumy. Życie poddało ich jednak niejednej próbie i nauczyło pokory. Obecnie będą umieli docenić wzajemne uczucie i oddanie, a na swoje małe szczęście będą dmuchać i chuchać, żeby pozostało z nimi na zawsze. Miłość zalewa ich serca, czułość emanuje z ich ruchów, a pożądanie sączy się z ust do ust.

Wczesny wieczór zaskakuje ich w łóżku, gdzie usnęli w objęciach, w ciasnej plątaninie nagich ramion i nóg.

– Do diaska! Nie nastawiłem budzika! – Hamid zrywa się jak oparzony. – Niezbyt dobrze rozpocznie się moja współpraca z Faridem, jeśli spóźnimy się na proszoną kolację.

[1] *Tabula rasa* (łacina) – niezapisana tablica; twierdzenie Arystotelesa, że człowiek zdobywa wiedzę poprzez doświadczenia.

– Po prostu nie pójdziemy na zakupy. – Marysia próbuje znaleźć wyjście z sytuacji. – Zresztą nawet mi się nie chce. Nie przepadam za tradycyjnymi arabskimi wyrobami.

– Wiem. Ale może chcieli się pochwalić swoją wspaniałą kulturą i sztuką, która jest tak samo beznadziejna i prymitywna jak saudyjska. – Mężczyzna podśmiewa się pod nosem, a Marysia podziwia go za brak stronniczości i krytycyzm.

Ledwo się ubrali, a kobieta zdążyła jedynie pociągnąć oczy *kohlem*, biegną do windy, która z cichym szmerem pokonuje wysokość parunastu pięter i po dwóch sekundach zatrzymuje się na parterze. Marysia chce przystanąć, żeby podziwiać fontannę, o której wspominał Hamid, bo teraz, po zmierzchu, rzeczywiście wygląda ona bajecznie i imponująco, ale mężczyzna chwyta ją za rękę i ciągnie do samochodu. Nie jest to żaden mercedes, porsche, rolls-royce czy aston martin, jakie stoją przed wejściem na parkingu, lecz wielki jak czołg hummer z przyciemnionymi szybami, które wyglądają na zbrojone.

– Niezły wozik – pokpiwa zdumiona kobieta.

– Bezpieczeństwo przede wszystkim.

– Czy nie uważasz, że trochę rzucamy się w oczy? – uświadamia fakt, który ostrożnemu facetowi zupełnie umknął. – Jak chcesz taką krową poruszać się po starym mieście, gdzie uliczki są wąskie i ledwo zmieści się na nich wózek zaprzężony w muła?

– Z kierowcą?

– I co? Ten biedak ma przenieść ważącą parę ton gablotę na barana czy przecisnąć ją przez ucho od igły? Oj, Hamid!

Jak ci się udało do tej pory ujść z życiem? – Marysia kręci głową, bo wcale nie czuje się pewnie ani bezpiecznie w tej fortecy na kółkach.

– Zawracamy! – Mężczyzna klepie szofera po ramieniu, lecz teraz już muszą przejechać całą wąską groblę, żeby móc ruszyć w powrotnym kierunku. – Zmieniamy auto.

Jeszcze bardziej spóźnieni, wsiadają do forda mustanga shelby w klasycznym czerwonym kolorze z dwoma białymi pasami biegnącymi przez maskę, od frontowego zderzaka, przez dach, do samego tyłu.

– Tego wozu już nie dam nikomu prowadzić, więc będziesz skazana na moje motoryzacyjne wyczyny – Hamid mówi niepewnym głosem, a podekscytowana Marysia figlarnie unosi brew.

– Ależ burczy! – wykrzykuje, kiedy mężczyzna zapala silnik.

– Zapnij pasy. To auto osiąga setkę w dwie sekundy.

– Ale chyba nie na ulicach Dubaju, nie na terenie miasta… – Przestaje gadać, bo grawitacja wciska ją w kubełkowe siedzenie kosmicznej maszyny i wpycha słowa z powrotem w zaciśnięte z przerażenia gardło. Nie zdążyła zapiąć pasa, ale dochodzi do wniosku, że jeżeli przy takiej szybkości mieliby wypadek, to i tak pasy by jej nie pomogły. – Możesz trochę zwolnić?! – krzyczy, spanikowana, ale jednocześnie podekscytowana.

– Kobieto, to auto pali prawie trzydzieści litrów na stówkę! Nie każ mi się wlec sześćdziesiątką. Niektórzy dla oszczędności wyłączają silnik, kiedy stoją na światłach.

– Nie rozumiem. Chyba mówisz o tych, którzy ukradli taki wozik, bo biedacy raczej nie są w posiadaniu takich ekskluzywnych maszyn, no nie?

– Raczej nie! Ale mimo wszystko… Tym po prostu trzeba jechać szybko! – Saudyjczyk uśmiecha się jak nastolatek i gryzie wargi z podniecenia.

– Ale dlaczego dwieście?! – wykrzykuje Marysia, a potem, ni z tego, ni z owego, zaczyna się szaleńczo śmiać, bo czuje, jak adrenalina napędza jej serce, a krew pulsuje w każdej cząstce jej ciała.

Dojeżdżają na miejsce w ekspresowym tempie. Hamid zatrzymuje się przy stanowisku parkingu dla VIP-ów, rzuca kluczyk portierowi, bierze kwit i szybko maszerują do celu.

– Co? Padliście? – bez gniewu pyta Farid siedzący w wydzielonym pomieszczeniu restauracji, a Marysi przychodzi na myśl, że znów przyjdzie jej jeść kolację w tym samym stylu jak w Arabii Saudyjskiej. W zamkniętej części dla rodzin! Liczyła, że w Emiratach będzie mogła odetchnąć pełną piersią i siąść ze wszystkimi w knajpce na deptaku czy w ogrodzie, a nie za przyciemnionymi szybami, tylko dlatego że jest kobietą.

– Niestety, zaspaliśmy. – Marysia, tłumacząc się, bezwiednie się rumieni, a żona funkcjonariusza od razu to wychwytuje i podśmiewa cicho. – Przepraszamy za spóźnienie.

– Nie ma za co, kochanieńka. Aruba jestem. – Obywatelka Emiratów wyciąga dłoń i mocno ściska przybyłą, pokazując tym samym, że jest babą z charakterem, a nie ciepłymi kluchami pod skrzydełkami męża. – Też robię w tej branży – informuje, a pół-Polka nie może się nadziwić, jak kobieta w *abai* i hidżabie może ścigać terrorystów.

– Mam na imię Miriam – przedstawia się, trzymając dystans. – Nie wiedziałam, jak trzeba się ubrać. – Tłumaczy swój skromny, lecz europejski strój. – Mam nadzieję, że nie będzie kłopotów. Wiesz, po życiu w Saudi z uwielbieniem zrzucam czarne łachy... – Poniewczasie gryzie się w język, a rozbawiona Aruba wytrzeszcza oczy i po chwili już pęka ze śmiechu.

– U nas każdy może chodzić, jak chce. Przynajmniej tutaj, w Dubaju. Jedni noszą się na zachodnią modłę, inni na arabską, a jeszcze inni robią z siebie pośmiewisko. Ja zaś czasami tak, a czasami inaczej.

– Ładna ta *abaja*. – Marysia stara się naprawić swoją gafę. – W Saudi mogłabyś za nią dostać rózgi. – Pokazuje na bukieciki różyczek zdobiące kloszowane rękawy oraz na barwne aplikacje przy szyi.

– Wiem, ale kupiłam ją w Indonezji, w Dżakarcie. – Aruba patrzy na nią porozumiewawczo. – Żyłaś tam przez jakiś czas, prawda?

– Tak – odpowiada poirytowana Marysia, bo zdaje sobie sprawę, że ci ludzie wiedzą wszystko o niej i jej układach z Hamidem. – Prześwietliliście mnie? – pyta otwarcie.

– Oczywiście, moja droga – naturalnie i bez namysłu odpowiada rozmówczyni. – Jakżeby inaczej?

– To chyba jakieś skrzywienie zawodowe!

– Tak, zgadzam się, ale nie możemy sobie pozwolić na żadne zaniedbanie. I nie bądź taka impulsywna, bo to utrudnia życie i może sprowadzić na manowce. Zaraz opowiem ci o sobie i Faridzie i będziemy kwita. Nie przeszkadza ci dym? – pyta uprzejmie, kiedy jej mąż zapala papierosa.

– Chyba wiesz, że nie – burczy Marysia, sięgając do swojej torebki po paczkę marlboro.

– Ja też kurzę, i to jak lokomotywa – śmieje się Aruba. – Cóż, nasza prześwietlona koleżanko... Parę słów o nas: mój stary jest Dubajczykiem z krwi i kości, z bogatej rodziny, rozpuszczony jak dziadowski bicz. Wojsko próbowało go trochę poskromić, ale niewiele to dało.

– Dopiero jak mnie żonka wzięła pod pantofel, to się skończyło – wyznaje Farid. – Ale nie mam czego się wstydzić, bo jeszcze większego paniczyka ze znanej na cały świat arabskiej rodzinki mam jako partnera. – Pokazuje palcem na Hamida. – Takiego, co nosi sygnety z brylantami, pedalską bransoletkę i jeździ jak wariat, gubiąc ochronę. – Po tej całej litanii wybucha zaraźliwym śmiechem, a Saudyjczyk dopiero teraz ze wstydem patrzy na swój szpanerski strój i biżuterię.

– No co? Chciałem być elegancki – broni się, machając rękami. – Ty w tej białej kiecce chyba też? – pokpiwa z *toby*, którą włożył kolega, choć na co dzień chodzi w mundurze lub garniturze.

– To jest mój strój na luzie – wyznaje Emiratczyk. – Nie muszę się gotować pod krawatem. Wiesz, że tego nienawidzę.

– Okej, moi milusińscy! Przy waszym gadulstwie nigdy nie dojdę do sedna sprawy i Miriam nas tu pozabija, że my wiemy o niej wszystko, a ona o nas nic – Aruba żartuje z temperamentu nowej koleżanki. – Teraz parę słów o mnie. Jestem dożartą babą i byłam upartym i nieznośnym dzieckiem.

– Mało powiedziane – wtrąca jej mąż, a ona tylko obrzuca go surowym spojrzeniem.

– Urodziłam się w małej oazie blisko granicy z Katarem. Dookoła były same piachy, a u nas studnia, małe jeziorko i parę palm. Nasze plemię zajmowało się wypasem wielbłądów oraz kóz i baranów. Kiedy miałam sześć lat, bogate państwo przypomniało sobie, że oprócz metropolii typu Dubaj czy Abu Zabi są jeszcze inne miejsca, gdzie żyją ich obywatele. Postawiono szkołę, ośrodek zdrowia, parę porządnych domów ze stajniami i całym gospodarczym obejściem. Kazano nam wynieść się z namiotów, dano prąd, kaganek oświaty i deko zdrowia. Z mety na wszelkie możliwe choroby zaszczepiono wszystkie dzieciaki w oazie. Niektóre takiej dawki nie przetrzymały i zmarły, co spowodowało, że moi pobratymcy z centrum medycznego nie korzystali przez długie lata. Pozostał jedynie budynek, pusty i coraz bardziej zaniedbany, aż w końcu podczas jakiejś burzy piaskowej zawalił się dach i problem sam się rozwiązał. Dalej leczyły nas znachorki, stosujące prymitywne metody naturalne. Porody odbierały niewykwalifikowane akuszerki, przez co moja mama po wydaniu na świat dziesiątego dziecka zmarła na zakażenie narządów rodnych. Wiele młodych matek albo umierało, albo miało straszliwe problemy. Śmiertelność dzieci też była duża. Z mojego rodzeństwa na przykład przeżyło tylko pięcioro. – Towarzystwo słucha opowieści Aruby, tak jakby relacjonowała im historię z zamierzchłych czasów lub wręcz ze średniowiecza. Nikt nie przerywa, bo widzi w jej oczach powagę i smutek. Bogaci do nieprzyzwoitości panowie czują się jeszcze bardziej głupio; składają ręce, zasłaniając swoje drogocenne spinki do mankietów. Marysia zaś odpala papierosa od papierosa, myśląc, że w sumie to nie miała w życiu aż tak źle. – Poszłam do szkoły, choć bez zgody ojca – ciągnie Aruba. – Jednak kiedy przyniosłam świadectwo z czerwonym paskiem, a cała reszta, szczególnie chłopcy, ledwo co przebrnęła z klasy do klasy, to pozwolił mi w końcu na tę fanaberię, o ile będę wypełniała wszystkie swoje obowiązki. Nie wiem, dlaczego słabe dziewczynki, których mężczyźni niby mają chronić, są tak wykorzystywane? Nie rozumiem tego! Tak więc do południa nauka, a później aż do zmierzchu harówka. Wypasałam jedynie kozy i barany, bo jako dziewczyna nie byłam dopuszczana do drogocennych wielbłądów. Oprócz tego musiałam wspomóc mamę, która prawie cały czas była albo w ciąży, albo w połogu. Przy dzieciakach było sporo roboty, a ja, będąc najstarsza, musiałam im matkować. Oprócz tego oczywiście pranie, sprzątanie i gotowanie. Z tym akurat nie było wielu problemów, bo w zasadzie jadaliśmy wspólnie jeden posiłek dziennie.

– Jak ty się z tego wyrwałaś? – Marysia już nie może się doczekać finału opowieści.

– Po paru latach zamontowano na dachu szkoły antenę satelitarną, nasz szejk kupił telewizor i wieczorami można było obejrzeć jakiś film. Oczywiście nie kobiety i dzieci, bo jedynie wybrańcy ze starszyzny dostępowali tego zaszczytu. Ale ja podglądałam, ukryta za oknem. Beduini oczywiście niczego nie rozumieli, bo większość programów była po angielsku, a jedynie z arabskimi napisami. Ale przecież oni nie umieli czytać w swoim ojczystym języku! – Wybucha kpiarskim śmiechem. – Wtedy ja, jak wariatka, zaczęłam się uczyć angielskiego. Za podwędzone ojcu pieniądze kupiłam mały używany słowniczek i błyskawicznie wyryłam go na pamięć. Pewnego razu puszczono w telewizji film *Wejście smoka* z Bruce'em Lee. Do tamtej pory chciałam być lekarką czy nauczycielką, ale po obejrzeniu tej kultowej produkcji znalazłam moje przeznaczenie. Wściekłość i gniew nosiłam w sobie od dziecka, a bezkarnie mogłam je wyładować jedynie w sportowej walce. Sama w tajemnicy zaczęłam nieudolnie ćwiczyć i kiedy władze naszego regionu wybrały mnie jako jedyną stypendystkę do liceum, tam poszłam już w tym kierunku.

– Aruba jest mistrzynią karate na Bliskim Wschodzie, zdobyła też złoto w mistrzostwach Azji i Afryki – z dumą informuje Farid.

– Jakoś nie widać po tobie takiej krzepy. – Marysia nie może w to uwierzyć.

– A gdybyś przyodziała Bruce'a Lee w szerokie szmaty, to powiedziałabyś, że to mistrz sztuk walki? – pyta niezrażona Aruba. – Poza tym teraz już tak intensywnie nie ćwiczę, bez przesady. Nie mam zamiaru umrzeć tak młodo, jak mój idol. Sport jest zdrowy, ale w rozsądnej ilości.

– Ja muszę powrócić do jakiegokolwiek ruchu – kwituje szczerze Marysia, która już przebaczyła parze funkcjonariuszy, że grzebali w jej życiorysie i prywatnych sprawach.

– To konieczne, żeby sprawnie funkcjonować – potakujo kreatywna kobitka. – Mam zrobione kursy policyjne, jestem starszym śledczym do walki ze zorganizowaną przestępczością i terroryzmem. Choć zaczynałam jako cieć w żeńskim więzieniu oraz klawisz w poprawczaku. Znowu, jako kobieta, mogłam zajmować się tylko babskimi sprawami. Czasy jednak się zmieniają i do Państwa Islamskiego dołączają kobiety, wysadzają siebie lub swoje dzieci w akcie zemsty lub ze zwykłej chęci mordu. Dlatogo awansowałam – stwierdza ironicznie.

– Dobra, moje panie – przerywa Farid. – Przyszliśmy tu coś zjeść, więc dość tych opowieści dziwnej treści. Bierzcie kartę i wybierajcie. Czego się napijecie? – pyta uprzejmie.

– No nie wiem... – Po saudyjskiej prohibicji Marysi marzy się czerwone wino, ale strój gospodarzy świadczy o tym, że chyba nic z tego.

– Czerwone czy białe? – konkretyzuje Aruba, mrugając porozumiewawczo.

– Naprawdę? A nie będzie wam to przeszkadzać?

– „Wino, majsir, bałwany i strzały wróżbiarskie – to obrzydliwość wynikająca z dzieła szatana. Unikajcie więc tego! Być może, będziecie szczęśliwi!"[1] – elokwentna kobieta cytuje Koran. – Mamy unikać, ale nie jest nam to jednoznacznie zakazane, nieprawdaż? – wszyscy potakują i widać, że jest im do śmiechu. – Możliwe, że unikanie tej używki kogoś uszczęśliwi, ale jeżeli nas nie, to przestańmy się krygować.

[1] Koran, sura V, wers 90, PIW 1986, tłumaczenie J. Bielawski.

– Bogu dzięki w naszej świętej księdze o whisky w ogóle nie było mowy, więc ja mam czyste sumienie! – wykrzykuje radośnie Farid i zamawia chivas regala na lodzie.

Atmosfera z minuty na minutę się ociepla. Znajomi już na totalnym luzie opowiadają sobie dykteryjki ze swojego życia i tylko czasami wymsknie im się coś poważnego i krępującego. Aruba niechcący wspomina, że Marysia i Hamid są szczęśliwi, bo znów mają przy sobie odzyskane dziecko, a ona nie może mieć dzieci, bo tak załatwiła ją akuszerka z oazy. Farid mówi coś o swojej byłej głupiej żonie, a Hamid niechcący przywołuje postać zmarłej tragicznie Zajnab. Lecz muszą się nauczyć mówić takie przykre rzeczy i traktować je jako swój bagaż, z którym przyszło im żyć. Przy deserze ponownie wracają do tematów swojej pracy i wrednej osoby *dżihadiego* Johna.

– Dlaczego twojej siostry nic nie zaniepokoiło – dziwi się Aruba. – Przecież to mądra dziewczyna, żyjąca w cywilizowanym świecie i znająca współczesne realia.

– Ta dzielnica, w której zostało zrobione jej zdjęcie jako Arabki! Jak mogła tam chodzić? Że też się nie bała! – włącza się Hamid, który uruchomił już śledztwo w Rijadzie. – Od jednej żebraczki, która żyje na ulicy, dowiedzieliśmy się, że Daria była tam stałym gościem. Wszyscy wiedzieli, że przychodzi tylko na parę godzin za dnia, a potem na noce znika.

– Jeśli nikomu o tym nie donieśli, nie wezwali *mutawwów*, to znaczy tylko jedno – stwierdza Farid. – Wiedzieli, kim jest John, i cholernie się go bali.

– Niestety, w tej chwili wasze wakacje się skończyły – poważnie kwituje Aruba. – Trzeba ruszać w pościg. Proponuję, żebyście polecieli do Indii za tym farbowanym Hindusem, bo tam na pewno w takiej skórze występuje, a my udamy się do Francji. Wyglądacie jak Włoch i śniada Europejka bliżej nieokreślonej narodowości. Będzie wam łatwiej w środowisku hinduskim, bo oni tam cholernie nie lubią muzułmanów. I trudno im się dziwić.

– Hamid Włochem? – pyta zaskoczona Marysia, bo ona widzi w nim stuprocentowego Saudyjczyka o jasnej karnacji.

– Tak. Zresztą już robił za takiego i świetnie mu szło – potwierdza emiracki współpracownik.

– A co z językiem?

– Mówię po włosku. To kolejna umiejętność zdobyta w ciągu ostatnich lat – zupełnie zwyczajnie oświadcza Hamid, bo przecież nie ma co robić tajemnicy z ich rozłąki, kiedy są wśród ludzi, którzy wiedzą o nich wszystko.

– Ja mam polski paszport, więc nie ma w tym zakłamania. Jestem Europejką. – Marysia zgadza się na zaproponowany plan. – A wam w Paryżu będzie łatwiej? Teraz Europa też nie przepada za wyznawcami islamu. Zamachy w londyńskim metrze, atak na redakcję satyrycznego tygodnika „Charlie Hebdo", gdzie zabito dwanaście osób, napady na sklepy i kawiarnie. Podpisują się pod tym albo Al-Kaida, albo Państwo Islamskie. Wszystkie ataki zostały przeprowadzone przez Arabów.

– Owszem – przyznaje Aruba – ale naturalizowanych Francuzów arabskiego pochodzenia mają tam bez liku i dziewięćdziesiąt dziewięć koma dziewięć procent to zwykli, porządni i normalni ludzie z Tunezji, Algierii czy Maroka. Nie ma tam jeszcze arabofobii.

– Jak namierzymy *dżihadiego* Johna i Darię, to zaraz damy wam znać i wtedy do nas dołączycie – obiecuje Farid. – Wszystkie kamery przemysłowe, setki funkcjonariuszy usiłują wyśledzić ich trop.

– A jakbyśmy przyskrzynili Muhamada, tego kolesia Johna, to może wycisnęlibyśmy z niego, gdzie konkretnie ich szukać – dorzuca swoje Hamid. – Ten facet, pół Hindus, pół Pakistańczyk, jest prawdopodobnie głównym finansowym sponsorem działalności naszego poszukiwanego.

– W sumie to powinnaś polecieć z nami. – Aruba zwraca się do Marysi. – Jesteś w tym śledztwie naszymi oczami i internetowym kontaktem z Darią. Nie chcemy jednak brać za ciebie odpowiedzialności.

– Pamiętaj, Hamidzie, że Miriam nie jest profesjonalistką, a jedynie osobą chcącą udzielić nam pomocy i wesprzeć – ostrzega Farid. – Pilnuj jej jak oka w głowie i izoluj od niebezpiecznych sytuacji. Zresztą co ja cię będę w tej kwestii pouczać! Tobie najbardziej zależy na jej bezpieczeństwie.

* * *

Następnego dnia z samego rana Marysia i Hamid opuszczają wspaniały siedmiogwiazdkowy hotel Burdż al-Arab, obiecując sobie, że wrócą tu w dogodniejszych okolicznościach, żeby móc na spokojnie rozkoszować się niewyobrażalnym dla zwykłego śmiertelnika luksusem. Tym razem mają rezerwację na tanie linie lotnicze, bowiem tylko one dowiozą ich z Dubaju do New Delhi w ciągu trzech godzin, i to bez przesiadki. Renomowani przewoźnicy oferowali wielogodzinną trasę „dookoła stoła". A im się przecież bardzo spieszy, bo tak kobieta, jak i jej partner chcieliby już być w docelowym Paryżu. Zdają sobie jednak sprawę, że złapanie Muhamada byłoby kluczowym momentem w śledztwie i mogłoby znacznie ułatwić namierzenie Johna, który przetrzymuje niczego nieświadomą Darię.

– Jak mamy chwilę czasu, to opowiedz mi o tym bogatym skurczybyku – prosi Marysia, w miarę wygodnie usadawiając się na wąskim siedzeniu w samolocie.

– Wiesz coś o historii tego regionu? – pyta Hamid, bowiem nie ma co mówić o ludziach, jeśli nie ma się pojęcia o ich pochodzeniu.

– Głupio się przyznać, ale niewiele. Znam nazwisko Indira Gandhi i to chyba wszystko.

– W przypadku Muhamada trzeba by wiedzieć coś i o Indiach, i o Pakistanie – zaczyna opowieść Hamid. – W 1947 roku w wyniku podziału Indii Brytyjskich powstały dwa niepodległe kraje: Pakistan, zamieszkany w większości przez muzułmanów, i Indie, w których żyją głównie hinduiści. Następstwem podziału dawnego wicekrólestwa brytyjskiego był exodus około dziesięciu milionów muzułmanów, wędrujących na północ do nowo powstałego państwa pakistańskiego, a hindusów na południe w kierunku Indii. Ocenia się, że w trakcie tej wymiany ludności – mężczyzna ironicznie modeluje głos – w wyniku starć i zamieszek między muzułmanami a sikhami i hinduistami zginęło nawet do miliona ludzi. Przedmiotem sporu między nowymi państwami stały się podział nadgranicznej prowincji Pendżab oraz kwestia statusu księstwa Kaszmiru. Konflikty te przerodziły się w regularne wojny, a walki o Kaszmir między Indiami i Pakistanem trwały całymi latami i były bardzo niebezpieczne, ponieważ oba państwa dysponują bronią atomową i nie wiadomo, co mogłoby im strzelić do głowy. Uznaje się, że to miejsce na kuli ziemskiej może być zarzewiem trzeciej wojny światowej, choć obecnie chyba palmę pierwszeństwa przejęło Państwo Islamskie.

– No to nieźle. Z tej historii wynika, że Pakistańczycy i Hindusi muszą się mocno nienawidzić – podsumowuje bystra Marysia. – Inna religia, migracja ludności, i to zapewne nie zawsze dobrowolna, czystki etniczne... Jak ten człowiek może bezproblemowo podróżować pomiędzy tymi dwoma nietolerującymi się państwami? Otrzymanie wizy w jego przypadku powinno graniczyć z cudem.

– Facet ma niesamowicie ciekawe losy – podejmuje Hamid. – Zacznę od jego rodziny, bo trzeba wyjść od początku. Jego mamusia, piękna i obrzydliwie bogata panna Anisza, była Hinduską. Pochodziła z wysokiej kasty i w takiej powinna do śmierci pozostać. Kiedy jednak ojciec Aniszy zmarł, zostawiając ją jako jedyną spadkobierczynię ogromnego majątku, dziewczyna podjęła ryzykowną decyzję. Sprzedała dom i wszystkie dobra ruchome, zabrała pieniążki i wyjechała. Nie wiadomo, jak poznała swojego męża, ubogiego niewykształconego muzułmanina z Karaczi. Może był służącym, mleczarzem albo śmieciarzem, bo takie prace najczęściej wykonują nieszczęśni

Pakistańczycy w Indiach, woląc to niż śmierć głodową w swoim biednym kraju. W Pakistanie błyskawicznie przeszła na islam, wyszła za mąż i co roku wydawała na świat dziecko, czyli była traktowana w odpowiedni, zacofany na modłę średniowieczną sposób. W Indiach jej rodzina zaocznie wydała na nią wyrok śmierci, więc nie miała tam po co wracać.

Ależ sobie zgrzebała życie! Ja nie mogę! – Marysia dziwi się takiej niszczącej sile miłości i głupocie zadurzonych kobiet.

– Ich dzieci umierały z biedy i chorób, gdyż jej kochany mąż zabrał jej pieniądze, by wydać na własną rodzinę. Od dnia ślubu nie widziała już swego majątku. Na koniec ten drań zginął w wypadku samochodowym, a wraz z nim ich córka i syn. Muhamad przeżył jako jedyny z całego rodzeństwa. Anisza była nad wyraz twardą kobietą. Przetrwała i pozostała przy życiu po straszliwych latach w Pakistanie. Nie wiadomo, czy czasami nie pomogła wyprawić swojego męża do raju i umożliwić mu spotkanie z hurysami. Po jego śmierci jakoś odzyskała drobną część swojego majątku, którą może Pakistańczyk trzymał w domu w materacu, i uciekła, tym razem do Londynu. Tam zaczęła od drobnych inwestycji, by ostatecznie zbić fortunę. Pięć lat temu zmarła na raka i zostawiła wszystko swojemu dziedzicowi, który prawdopodobnie tylko na to czekał. Teraz Muhamad – Pakistańczyk, Hindus i Brytyjczyk w jednej osobie – nie ma już niczym skrępowanych rąk. Facet ma trzy obywatelstwa i trzy ojczyzny, a chyba z żadną nie jest emocjonalnie związany. Świetny przykład na rozdwojenie, a w tym wypadku nawet roztrojenie osobowości. Wszystkich na równi nie toleruje. Możliwe, że jego zamiarem jest destrukcja znienawidzonego przez niego świata. Jemu prawdopodobnie wcale nie zależy na Państwie Islamskim i ma gdzieś idee dżihadystów, mudżahedinów i ekstremalny islam, a łagodnymi hinduistami gardzi.

– To z takim typkiem będziemy mieć do czynienia? – Marysi aż dreszcz przebiega po plecach.

– I dlatego musimy być bardzo ostrożni, Miriam – ostrzega Hamid, patrząc na nią poważnie. – Nie wychylaj się i nie ryzykuj. Jesteś tu tylko konsultantką. Zresztą coraz bardziej żałuję, że cię w to wciągnąłem.

– Nie żartuj! Pragnę jedynie wyciągnąć moją siostrę ze szponów terrorysty. Obiecuję, że będę karna i posłuszna i nie będę wchodzić ci w drogę.

– Niebezpieczeństwo tkwi w tym, że to *dżihadi* John czy Muhamad mogą stanąć na naszej drodze. A wtedy to będzie walka na śmierć i życie.

* * *

New Delhi powala przybyłych smogiem, smrodem, wysoką temperaturą, ogromną wilgotnością powietrza i kakofonią dźwięków. Od wyjścia z lotniska wiedzą już, że są w Indiach, w zupełnie sobie nieznanym świecie.

– Witam w Delhi. – Funkcjonariusz indyjskich służb śledczych, który odbiera ich z lotniska, mówi śmieszną angielszczyzną, zmiękczając głoski i przy każdym słowie ruszając na boki głową. – Mam nadzieję, że wam się spodoba.

– Na pewno – potakuje Hamid, a Marysia dziwi się, co on opowiada.

– Nie rozumiem, czemu chcecie państwo się zatrzymać w hotelu, a nie w naszej kwaterze? – Po twarzy mężczyzny widać, że jest mocno niezadowolony i zaniepokojony, bo coraz bardziej gwałtownie rusza głową, co jest typowe dla tej nacji. – U nas są takie procedury…

– Działam według innych procedur – stanowczo odpowiada Hamid. – Zostało to już omówione z pana przełożonym.

– Okej – zgadza się człowiek, wyraźnie urażony. – Ja jedynie mam was eskortować, chyba że też macie jakieś inne wytyczne prosto z saudyjskiego domu królewskiego.

Marysia konstatuje, że specjalne służby na całym świecie wszystko o sobie wiedzą. Jest ciekawa, czy ten śniady Hindus został wprowadzony również w tajemnice ich alkowy. *Co za ekshibicjonizm!*, stwierdza i wcale jej się to nie podoba.

Kiedy tylko meldują się w pięciogwiazdkowym hotelu w turystycznej dzielnicy, która wygląda jak slumsy, Hamid znika w sprawach służbowych, a Marysia ma za zadanie sprawdzić, czy Daria nie umieściła czegoś w sieci. Nie ma wieści od siostry, znajduje za to parę maili od zaniepokojonej Doroty, która skarży się, że żadna z córek nie chce utrzymywać z nią kontaktu.

Marysia łapie matkę na Facebooku i zaraz otrzymuje od niej wiadomość: „Wiesz co, Marysiu? Straszne rzeczy dzieją się w Europie i w Polsce. Nie wiem, czy to już koniec świata, czy nastąpi on za chwilę? W prasie pełni dumy piszą o rasistowskich zachowaniach Polaków, a mnie ciężki wstyd za moich rodaków. Europa przyjmuje tysiące uchodźców z krajów arabskich, a my boimy się paru setek. Reagujemy po prostu ksenofobicznie! Czy jedna muzułmańska rodzina, która zamieszka w polskim miasteczku, pozbawi nas tożsamości i spowoduje, że zapanuje tam wiara muzułmańska? Jeśli tak, to ileż warte jest nasze chrześcijaństwo, już nie mówiąc o tym, gdzie podziały się idee od wieków głoszone przez Kościół: Szanuj bliźniego swego jak siebie samego. Nie twierdźmy, że jeśli ktoś jest wyznawcą innej religii, to nie jest już naszym bliźnim. Nadal wszyscy jesteśmy ludźmi, którzy różnią się nie tylko wyznaniem, ale też kolorem skóry, mentalnością czy kulturą, jednak nie można wywyższać jednych nad drugimi. Trzeba oceniać nas po tym, jakie mamy serce, ile w nim dobra i humanitarnych uczuć. Boimy się, ale przecież Polacy to naród bohaterów, a nie tchórzy, nieprawdaż? Najgorsze jest to, że zaczęło już dochodzić do jawnych i czynnych oznak nienawiści. Ostatnio na ulicy pobito dwóch arabskich profesorów, którzy przyjechali do Polski na kongres naukowy. I nikt nie zareagował! Nikt im nie pomógł, nawet policja. Jakąż markę wyrabiamy sobie w świecie? Jaką twarz pokazujemy? Czy to są dobre chrześcijańskie uczynki?".

Oburzona Dorota przejmuje się problemami Europy i nieznanych sobie uchodźców czy źle potraktowanych cudzoziemców o orientalnych rysach, nie wiedząc nic o zniknięciu swojej młodszej córki, która podróżuje z jednym z najgroźniejszych współczesnych terrorystów. *Jakby matka była tego świadoma, może pierwsza rzucałaby się na każdego jednego napotkanego Araba*, myśli Marysia i odpisuje Dorocie: „Mamuś! Polacy nie są jedyni, jeśli idzie o takie wrogie nastawienie i podłe zachowania. Węgrzy też się od tej akcji odcinają, nawet w Niemczech tworzy się opozycja. Obecnie sama boję się przyjechać do Polski chociażby na wakacje, bo z moją arabską fizjonomią mogłabym mieć kłopoty. Europa zgłosiła się na ochotnika i zupełnie nieoczekiwanie otworzyła granice dla całej nędzy i ubóstwa Bliskiego Wschodu, uprzednio nie chcąc wpuścić nawet setki uchodźców z Czarnej Afryki czy Libii. To jest wielka polityka i my, maluczcy zjadacze chleba, nigdy się nie dowiemy, czemu tak się stało. Powiem ci jednak, że jestem zaskoczona, dlaczego bogate kraje Zatoki nie przygarnęły i nie wspomogły w biedzie i nieszczęściu swoich braci, Arabów. Przecież tutaj byłoby lepiej Syryjczykom, Irakijczykom czy Afgańczykom. Ten sam język, kultura, religia... A nawet klimat i potrzebne im do życia i zdrowia ciepełko! W samej Saudi i okolicznych zamożnych krajach zatrudnione są miliony pracowników z Pakistanu, Filipin czy Indii. Czemu tej pracy nie dać swoim? Czemu Arabia, Katar, Kuwejt czy Emiraty Arabskie nie zaprosiły ich do siebie? Tak jak mówisz, mamuś, my tego nie ogarniemy naszymi zwykłymi małymi nieupolitycznionymi rozumkami. Ale szkoda, że Polacy nie potrafią się wykazać w tej trudnej dla Europy chwili".

Dojrzała córka popiera matkę, a Dorota szybko odpowiada: „Tak, kochana. Mam nadzieję, że dojdą do głosu dobrzy ludzie i zwycięży rozsądek. Wszystko należy wypośrodkować i nie dać się zwariować. Dla Arabów jednak Europa, pomimo obcości kulturowej i paskudnej jesienno-zimowej pogody, to Mekka i raj, więc jeśli za życia mogą go dostąpić, to pchają się drzwiami i oknami".

Marysia ripostuje: „To czemu narzekają, że tyle rzeczy obraża ich uczucia religijne, skoro chcą być na naszym zgniłym Zachodzie?! Niech zatem jadą do Arabii!".

Dorota chce ochrzanić córkę za takie gadanie i przechodzi na drukowane litery, tłumacząc prostą dla niej sprawę: „MOŻE ORTODOKSYJNA ARABIA SAUDYJSKA NIE CIĄGNIE ICH TAK BARDZO, JAK NIEMCY CZY SKANDYNAWIA. TO TAK, JAKBYŚMY ZA KOMUNY UCIEKALI DO ZWIĄZKU RADZIECKIEGO!".

Marysia kończy dyskusję polubownie: „Marzyłby mi się powrót do domu, do bezpiecznego zakątka świata, ale chyba będę musiała poczekać. Byleby nie było gorzej".

Wyraża swoje tęsknoty i lęki, bo brakuje jej rozmów z matką przynajmniej na Skypie oraz burzliwych dyskusji z Darią. Tęskni też ogromnie za Nadią i Adilem i nie wie, jak dłużej wytrzyma bez swoich dzieci. Fakt, że zostawili je pod opieką jedynie filipińskiej niani i pakistańskiego kierowcy, nie daje Marysi spać po nocach. Doświadczona przez wcześniejsze straszne przejścia, boi się o córeczkę i synka, ale przecież nie mogła zabrać ich ze sobą. Zdaje sobie sprawę, że ledwo wyjechała, a już panikuje. Usiłuje sama siebie przekonać, że teraz ma bardzo poważne zadanie do wykonania, ale serce matki nie sługa. Ciągle drży.

Dorota też czuje jakiś bliżej nieokreślony niepokój. „A gdzie podziewa się moja młodsza zbuntowana córunia?", pyta. „Dlaczego nie wyśle do matki ani słówka, nie wspominając już o pogadaniu, na które rzeczywiście trzeba mieć więcej czasu. Marysiu, co jest grane?".

Córka błyskawicznie odpisuje, nie chcąc dopuścić do jakichkolwiek podejrzeń: „Wszystko okej, mamuś. Daria jest strasznie zabiegana. Zaczęła przecież studia medyczne, a to nie lada wyzwanie. Pamiętasz, jaka ja byłam wykończona na pierwszym roku?".

„Na pewno, Maryniu?", Dorota wciąż się martwi. „Powiedz jej, żeby coś do mnie naskrobała".

„Oczywiście. Przekażę", zapewnia Marysia. „Ale teraz już muszę lecieć. Paci". Wstawia na koniec buźkę i parę ulubionych emotek, jak zawsze.

Trzeba się spieszyć! Muszę uratować moją siostrę tak szybko, jak się da, żeby gdzieś mi nie przepadła w szerokim świecie. I to jest teraz moje priorytetowe zadanie, mówi sobie w duchu i błyskawicznie otrząsa się z melancholii. Postanawia też znaleźć jakiś ciekawy tekst, żeby umieścić go na Facebooku. Musi to być coś bombowego, żeby młoda nie odpuściła sobie komentarza. A wtedy szybciutko namierzą jej telefon i wyrwą z łap przestępcy.

– Przepraszam cię, Miriam, ale musimy się pospieszyć. Szybko zjemy kolację, odświeżymy się trochę, prześpimy na jednej nodze, bo za parę godzin trzeba ruszać do Agry.

– Hamid wpada do małego ciemnego pokoiku i ociera pot z czoła.

– Dlaczego? Co się dzieje? – Na kobietę znów spadają nowe zadania, a miała nadzieję na krótki odpoczynek w Delhi.

– Muhamad Munir ma na jutro rano wykupiony bilet na Tadż Express. Musimy być na dworcu kolejowym w Agrze, zanim ten pociąg tam dojedzie, i przejąć go prosto z przedziału.

– A nie łatwiej złapać go tutaj? Po co gdzieś się tłuc, skoro ma wsiąść w Delhi? – Marysia logicznie rozumuje.

– To są Indie i sami hinduscy koledzy stwierdzili, że przy tysiącach podróżujących najpewniej umknie nam przy wsiadaniu. Ale kiedy już wyląduje na miejscu, to będzie można kordonem otoczyć pociąg i wtedy tak łatwo się nie wymknie – tłumaczy Hamid, choć osobiście też wolałby namierzyć ptaszka tutaj. – Strach go spłoszyć i na zawsze stracić w tej dwudziestotrzymilionowej delhijskiej metropolii.

– Niestety, masz rację. Ale to tempo jest nie do przeżycia! – skarży się zmęczona kobieta.

– Jak chcesz zostać, to nie ma problemu. Wynajmę ci hotel w lepszej dzielnicy i już. Jak go schwytamy, to tylko potwierdzisz jego tożsamość. Na razie nic na niego nie mamy, jest czysty jak łza. Podejrzane jest jedynie to, że widziałaś go w poczekalni Marhaba na lotnisku w Dubaju w obecności *dżihadiego* Johna. I tylko ten trop daje nam do myślenia i pozwala przypuszczać, że to rzezimieszek pokroju jego kolesia.

– Oby był tylko sponsorem, a nie mordercą, jak kochaś Darii – boi się Marysia. – Skoro przeleciałam już z tobą taki kawał świata, to pojadę dalej. Może przy okazji uda się choć rzucić okiem na Tadż Mahal? Zwiedzenie tego miejsca zawsze było moim wielkim marzeniem. To taki ponadczasowy symbol miłości! – ekscytuje się niepoprawna romantyczka.

– Ściągniemy trochę informacji albo jakiś przewodnik z internetu, to poczytamy sobie w drodze – proponuje Hamid. – Będziemy mieć dużo czasu.

– Super! Jak tylko zapomnę, dlaczego tu jesteśmy, to w sumie się cieszę – dodaje Marysia, kierując się do łazienki. – Zaraz będę gotowa i lecimy na *tandoori* albo jakieś niesamowicie ostre curry. Słyszałam, że indyjska kuchnia jest piorunująca! – śmieje się beztrosko.

Hamid i Marysia najadają się po korek, gdyż kuchnia indyjska bardzo im smakuje. Z restauracji na dachu hotelu roztacza się niesamowity widok na typową delhijską dzielnicę, pełną pieszych oraz handlarzy, samochodów, autobusów, wózków, riksz i tuk tuków, ze straganami z jedzeniem i wszelkimi towarami ustawionymi na nierównych chodnikach. Po posiłku umordowani podróżnicy padają do łóżka, ale jakoś nie mogą spać. Czują się zawstydzeni taką bliskością, gdyż pomimo ciągle trwającego głębokiego uczucia wyobcowali się przez te lata i nie są już tak spontaniczni, jak kiedyś. Nie wiedzą, o czym mogliby w takiej intymnej sytuacji rozmawiać, choć oczywiście na co dzień trajkoczą o akcji, zniknięciu Darii i grożącym jej niebezpieczeństwie.

Chcieliby jednak mówić też o sprawach, które stały się tabu, których wolą nie poruszać, żeby nie zadawać sobie bólu i nie rozgrzebywać starych ran. Kobieta przysuwa się bliżej do mężczyzny, którego obecność nadal wywołuje w niej dreszcz rozkoszy i zapiera dech w jej młodej piersi, i delikatnie przytula się do jego boku, składając swoją piękną głowę, otoczoną chmarą falujących kędziorów, na jego ramieniu. On, chcąc ją pocałować, odgarnia długie włosy i patrząc jej w oczy, zatapia się w niej bez opamiętania. Marysia przyjmuje miłość tego twardego mężczyzny, człowieka konkretnego i bez strachu w sercu, jako największy dar od życia. Przysięga sobie już nigdy się od niego nie oddalić, być tak blisko, jak teraz, i towarzyszyć mu na dobre i na złe do końca życia. Nie tylko Bóg ich złączył, ale teraz los dał im jeszcze jedną szansę, której oboje postanawiają nie zmarnować. *Sza'a Allah*.

Hamid z płytkiego snu budzi się bez budzika, po cichu wstaje i postanawia dać jeszcze przez chwilę odpocząć Marysi, która nie jest przyzwyczajona do takiego trybu życia. Podziwia ją za to, że chce mu towarzyszyć i wszystko wytrzymuje praktycznie bez szemrania. Zastanawia się tylko, czy robi ona to dla siostry czy dla niego. Wygląda przez okno i ze zdziwienia aż przeciera oczy. Wszystko wokół spowija gęsta jak mleko mgła. Reklamy sąsiednich hoteli, tak kolorowe i natarczywe jeszcze parę godzin temu, teraz wyglądają jak rozmyte albo w ogóle ich nie widać. Na ulicy nie sposób dostrzec nic: ani ludzi, ani śmieci czy psów i wałęsających się świętych krów, których było tu pełno. Z pierwszego piętra trudno dostrzec nawet asfaltową drogę. Mężczyzna szybko ubiera się i bezgłośnie wychodzi z pokoju. Na korytarzu tuż przed ich drzwiami widzi siedzącego z kwaśną miną funkcjonariusza, togo samego, który odebrał ich z lotniska.

– Co się dzieje? To zanieczyszczenie powietrza czy coś obok się pali? – pyta, zaniepokojony.

– Tak wygląda zima w New Delhi, kolego. – Hindus ściąga usta. – Póki mgła choć trochę nie opadnie, nie ma co wsiadać do samochodu.

– Jak to? Przecież musimy jechać! – denerwuje się Hamid. – Ucieknie nam terrorysta, którego namierzyliśmy z wielkim trudem.

– Jak się zabijemy, to nikt nie będzie miał z tego pożytku – logicznie stwierdza realista. – Jeśli wyjedziemy o szóstej czy szóstej trzydzieści, to przy normalnej widoczności jeszcze mamy szansę zdążyć.

– Ale to tylko szansa, a nie pewnik. Idę na pociąg – bez namysłu decyduje Saudyjczyk. – Nie pozwolę na spieprzenie tej akcji! Nie po to lecieliśmy taki kawał świata, żeby teraz siedzieć w pokoju hotelowym śmierdzącym naftaliną!

– Naftalina jest dobra, odstrasza robactwo…

– Turystów też! Ale nie będę z tobą teraz dyskutował na temat karaluchów, pcheł i wszy w materacach tego przybytku.

– W pociągu nie jest bezpiecznie. – Funkcjonariusz staje Hamidowi na drodze, bo ten wygląda, jakby chciał rzucić się biegiem na dworzec kolejowy. – Jeśli facet ma wspólników, to zaszlachtują cię w tym tłumie i nikt się nawet nie zorientuje.

– Chyba sobie kpisz! – Saudyjczyk wymownie dotyka swojego glocka za pasem.

– To w naszej kulturze niewiele znaczy. Nie zdążysz sięgnąć po broń ani nawet pierdnąć po curry, a już będziesz miał w boku zatrutą igłę lub śmiertelny pył na nosie. – Hindus uśmiecha się z dumą, zadowolony z pomysłowości swoich rodaków.

– No i co? Mamy odpuścić?! – Hamid podnosi głos, bo ten śniady człowiek w turbanie sikha na głowie swoją flegmatycznością nieziemsko działa mu na nerwy.

– Nie, panie. Zdążymy i działamy zgodnie z planem. Dworce, pociągi czy autobusy to najbardziej zatłoczone i tym samym najniebezpieczniejsze miejsca. Nie chcemy, żeby doszło do jakiegoś nieszczęścia, zwłaszcza jeśli chodzi o tak wysoko postawionego kolegę po fachu.

– Zatem widzimy się za godzinę. – Hamid pragnąłby trzasnąć temu pyszałkowatemu zarozumialcowi drzwiami przed nosem, ale w ostatniej chwili się hamuje, bo przecież tym samym obudziłby zmęczoną Marysię, a ona powinna nabrać sił przed kolejnym wyczerpującym dniem.

Mężczyzna zdaje sobie sprawę, że taki tryb życia to dla ukochanej nowość i ogromne wyzwanie, i jest z niej dumny, że tak świetnie daje sobie radę. Patrzy na nią, gdy smacznie śpi, z ogromną czułością. Nie chcąc jej budzić, siada na sofie przy oknie i obserwuje nierealny, otoczony mgłą świat. Natrętne myśli sprawiają, że sam nie wie, ile czasu minęło, gdy słyszy głos Marysi:

– Zaspałam! – Kobieta zrywa się na równe nogi, na co zamyślony Hamid aż podskakuje. – Ojej! Powinniśmy już być w drodze!

– Spokojnie – śmieje się serdecznie. – Spójrz przez okno. – Przyciąga ją do siebie i obejmuje ramieniem, co Marysię wprawia w błogostan.

– Ktoś rozlał mleko? – Siada mu na kolanach i przytula policzek do jego ramienia.

– Tak jakby. Wyjedziemy dopiero za pół godziny, więc masz mnóstwo czasu.

– W takim razie, tak jak mówiliśmy, ściągnę jakieś informacje z internetu, żebyśmy mieli co robić podczas długiej podróży. – Po chwili jej zadowolona twarz się chmurzy. – Złapiemy go? Zdążymy? – Martwi się, bo aresztowanie Muhamada mogłoby rzucić światło na plany Johna podczas jego trasy po Europie i umożliwić jak najszybsze wyrwanie z jego łapsk niewinnej, zapewne niczego niespodziewającej się, zakochanej dziewczyny.

– Postaramy się. Wszystko będzie dobrze – pociesza Hamid. – Zmykaj do łazienki, bo niedługo wychodzimy. Lepiej się wlec dwadzieścia na godzinę, ale poruszać do przodu, niż stać w miejscu.

Kiedy wsiadają do auta, muszą przyznać rację rozważnemu hinduskiemu funkcjonariuszowi. W mieście jeszcze jakoś da się jechać, ale gdy wjeżdżają na całkiem niezłą dwupasmówkę, zamiast nią pruć, zwalniają i poruszają się w żółwim tempie. Widoczność sięga maksymalnie piętnastu metrów. Hamid klnie w duchu, że jednak nie wsiadł do pociągu. *Strachy na Lachy!*

Od razu by mnie zabili! Tak jakbym nigdy nie widział tłumów i nie miał kontaktu z mordercami. Z najgorszymi rzezimieszkami dawałem sobie radę, to co mi zrobią tacy wegetariańscy słabeusze!, krytykuje nację, której zupełnie nie zna. Nie wyraża jednak na głos swoich frustracji, bo nie chce jeszcze bardziej denerwować i tak zestresowanej Marysi, która siedzi, jakby kij połknęła, i gryzie wargi.

– Dawaj, zobaczymy, co się ściągnęło z internetu o tym najbardziej ekstrawaganckim dziele, stworzonym pod wpływem miłości do kobiety – żartuje, podając jej tablet, żeby tylko czymś ją zająć.

– Tadż Mahal, zabytek z epoki mogolskiej, stanowi symbol Indii i znany jest każdemu turyście – zaczyna czytać Marysia, skupiając uwagę na tekście i podziwiając fotografie, choć nadal co chwilę wzdryga się na donośne trąbienie aut, ciężarówek i tuk tuków na drodze. – To wspaniałe mauzoleum postawił Szach Dżahan dla swojej ukochanej małżonki Mumtaz Mahal, która aż przez dziewiętnaście lat była jego jedyną żoną.

– Nie miał biedaczek haremu. – Niby żałuje go Hamid. – Dość nietypowe jak na tamte czasy, nie uważasz?

– I o to tu chodzi! – zachwyca się kobieta, wzdycha i wodzi dookoła zamglonym wzrokiem. – To jest miłość! Mógł mieć setkę nałożnic z całego świata, białych, czarnych, brunatnych, które dogadzałyby mu każdego dnia i nocy, a on ograniczył się do jednej jedynej.

– Czy wiesz, że Mumtaz zmarła, wydając na świat ich czternaste dziecko? – pyta mężczyzna ironicznie.

– Nieszczęsna! I co cię w tym tak bawi? – Marysia marszczy brwi, bo czuje, że zaraz będzie sobie pokpiwał.

– Gdyby podzieliła się obowiązkami i... – Hamid zawiesza głos – ...przyjemnościami z innymi kobietami, to jeszcze by pożyła.

– Ależ jesteś przyziemny! – Kobieta daje mu żartobliwego kuksańca w bok. – Jak możesz?!

– Taka jest rzeczywistość. Potem szach tak rozpaczał, że ponoć posiwiał w ciągu jednej nocy i wydał na jej niezwykły grobowiec na dzisiejsze około sześćdziesięciu milionów dolarów. Ozdobiono go pięciuset kilogramami złota, szlachetnymi i półszlachetnymi kamieniami, a ilości białego, najdroższego marmuru chyba nikt nie zliczy.

– No widzisz, jak ją kochał! – Teraz też już jest rozbawiona.

– Budowniczych ściągnął z Indii i Azji Środkowej, a głównym architektem był Pers. – Hamid znów wykazuje się wiedzą, o którą Marysia by go nie podejrzewała. – Grobowiec wzniesiono rękami dwudziestu tysięcy robotników i artystów, którzy ponoć pracowali za darmo, to znaczy za wikt i opierunek. Myślisz, że robili to dobrowolnie?

– Nie wygląda mi na to, zwłaszcza że napisano tu, iż po ukończeniu budowy, trwającej długie lata, obcięto im dłonie lub kciuki, żeby nie mogli już stworzyć dzieła, które dorównywałoby mauzoleum dla Mumtaz Mahal. – Zgodnie wybuchają śmiechem, rozładowując stres ostatnich dni. – No to już mam zepsuty cały odbiór tego cudu architektury o idealnych proporcjach, nazywanego snem lub poematem. Ponoć stworzono go według wyobrażeń o muzułmańskim raju. Ach! – wykrzykuje nagle Marysia, kiedy niebezpiecznie zajeżdża im drogę autobus. Auto wpada w poślizg, z którego na szczęście wyprowadza je dobry kierowca. – A jednak jestem ciekawa! – stwierdza, kiedy już może złapać oddech, i przytula się do swojego mężczyzny, a ten troskliwie otacza ją ramieniem.

– Mam nadzieję, że znajdziemy chwilkę, by tam pójść! – mówi Hamid. – A jeśli ja nie dam rady, to wyślę cię samą z ochroniarzami.

Na stację kolejową dojeżdżają tuż przed przyjazdem pociągu z New Delhi. Marysia zostaje w samochodzie pod eskortą sikha i wcale się nie pali, żeby brać bezpośredni udział w akcji. Po niespełna półgodzinie okazuje się jednak, że Muhamad zniknął z pociągu przed końcową stacją. Nie wiadomo, jak to możliwe, zwłaszcza że po drodze są jedynie trzy dwuminutowe przystanki, a wszystkie wejścia były monitorowane i szczelnie obstawione funkcjonariuszami wywiadu.

– Niech to szlag! – wścieka się Saudyjczyk. – A nie mówiłem, żeby go zgarnąć w stolicy. Albo pojechać tym samym przewozem? Co za kanał!

– Mamy go! – Przez radio słychać trzaski i potok słów w nieznanym języku. – Zmierza do Tadż Mahal – tłumaczy sikh. – Więc skurczybyk chce pozwiedzać jeszcze nasze zabytki – śmieje się, zadowolony, że jednak go nie zgubili. – Albo raczej spotkać się z kimś w tłumie. – Kręci w charakterystyczny sposób na boki głową, co oznacza, że pomimo uśmiechu na ustach jest mocno zdenerwowany.

– Trzeba go było aresztować w Delhi! – Hamid nie jest zadowolony i impulsywnie drze się na całe gardło, na co przyjazny wyraz znika z twarzy mężczyzny, a w jego oku pojawiają się złość, pogarda i niechęć.

– Ale za co? O co byś go oskarżył? Że przyjechał tu na wakacje? – pyta twardym głosem. – U nas aresztowanie Pakistańczyka jest niepolityczne i od razu wzbudza krytykę i krzyki. Możemy ich nie lubić, ale nie wolno nam tego oficjalnie okazywać.

Znów wsiadają do samochodu i w policyjnej eskorcie przeciskają się przez zatłoczone miasto. Marysia już nawet nie krzyczy, bo nie jest w stanie wydobyć z siebie głosu. Główne zagrożenie stanowią zajeżdżające drogę riksze i zwierzęta wbiegające przed maskę. Liczba pojazdów i pomysłowość ich konstruktorów są nieograniczone. Tak więc oprócz zwykłych aut, autobusów, ciężarówek, przeważnie starych i zrujnowanych, jeżdżą tu rowery transportowe, obładowane z górką towarami, lub do przewozu osób, spalinowe tuk tuki, do których nieraz wepchnie się i z dziesięciu dorosłych, ale po jezdni poruszają się też dwukółki zaprzężone w woły lub osiołki, wozy ciągnięte przez wielbłądy, a między tym wszystkim majestatycznie kroczą święte krowy.

– Co za kipisz... – szepcze Marysia, chwytając mokrą od potu ręką ramię Hamida. – Jak oni są w stanie tu przeżyć? Uwaga, pieszy! – drze się wniebogłosy, a kierowca, nie zważając na nic, omija łukiem jakiegoś biedaka i wcale się nie denerwuje.

Do Tadż Mahal nie wchodzą razem ze wszystkimi zwiedzającymi, których są tu tysiące, lecz bocznym przejściem dla zagraniczniaków, jednak służbista z ochrony nie chce ich wpuścić bez kontroli bezpieczeństwa przeprowadzonej na heimannie, a później dodatkowo jeszcze osobistej.

– Taka jest u nas procedura! – wydziera się i wygląda, jakby miał ochotę pobić Hamida, który patrzy na niego swoimi czarnymi, płonącymi gniewem oczami.

– Czy tego faceta coś rąbnęło w głowę? – wściekły Saudyjczyk pyta sikha, za którym stoi jego pięciu kolegów po fachu, specjalnie oddelegowanych do ochrony tego najcenniejszego w Indiach miejsca. – Jest nienormalny? Przecież współpracujemy ze sobą, jesteśmy z tej samej branży! Na wszystko mam wystawione glejty. Ja tu się narażam dla was i dla bezpieczeństwa międzynarodowego. Nie wejdę tam bez broni!

– Przyjacielu, podejdź no na chwilę. – Hindus odciąga swojego kumpla służbistę i coś szepcze mu do ucha, lecz tamten nadal kręci przecząco głową, a potem odcharkuje i siarczyście pluje zieloną flegmą, na co Marysia zaczyna szybko przełykać ślinę, bo czuje nadchodzące torsje.

Negocjacje trwają, a podejrzany Muhamad spaceruje sobie nie wiadomo gdzie. Hamida już prawie trafia szlag. Teraz z chęcią użyłby swojego glocka, żeby rozwalić lokalnemu wiejskiemu stróżowi jego głupi łeb.

– Araba muszę skontrolować – słyszy szept niepoddającego się naciskom formalisty. – Nie będzie mi tu taki wchodził, jak chce, i wnosił, co chce. To mój obiekt!

– głupio stwierdza na koniec, podając ostateczny argument.

– Tych, którzy mają fobię na punkcie mojej nacji, nie nabiorę, że jestem Włochem. Nawet mając odpowiedni paszport – szepcze do Marysi, biorąc ją za rękę. – Ja to pierdolę! – wykrzykuje w kierunku służbistów i nie oglądając się na nikogo, na siłę przepycha się przez tłum. – Stójcie tu jak kretyni, a podejrzany znów wam ucieknie albo zrobi to, po co tu przyjechał!

– A ty skąd wiesz, po co przyjechał? – jeszcze wykrzykuje odsunięty na bok strażnik. – Może tyś to z nim planował, co?!

Na te słowa Hamid wykonuje jeden krok w tył, żeby dać facetowi w zęby, lecz po chwili rezygnuje – obraca się na pięcie i zmierza przez wielką bramę z czerwonego piaskowca, by wejść na plac z olśniewającym widokiem na niezwykły cud świata.

– Tak jak była mowa na spotkaniu roboczym. – Sikh chwyta Saudyjczyka za rękaw koszuli. – Ty jesteś tylko ekspertem i nie włączasz się do akcji. Potwierdzasz jego tożsamość, a później możesz uczestniczyć w przesłuchaniu, by zebrać potrzebne ci informacje. Pamiętaj o tym – mówi poważnie.

– Trzymam się ustaleń – potwierdza przyjezdny.

– Oto twój typek. – Hindus wskazuje na Pakistańczyka w tradycyjnym stroju, który podąża w stronę zabytku nie główną drogą – nad sadzawką lotosu, lecz wyłania się spod arkad i cichcem przemyka boczną ścieżką.

– Tak, to on! – potwierdza podekscytowana Marysia.

– Co tam się znajduje? – indaguje Hamid. – Gdzie on był?

– Nie mam pojęcia. Może kupił sobie wodę na straganie albo skorzystał ze sracza. Do tego też ma prawo. Za zrobienie siku go nie aresztujemy – podśmiechuje się kpiarsko.

– Tam są toalety? – niepokoi się doświadczony w walce z terrorystami arabski bojownik. – Przeszedł kontrolę bezpieczeństwa, podczas której był czysty, więc możliwe, że towar dostarczono mu na miejsce… – zastanawia się na głos.

– Jaki towar? O czym ty mówisz?! – Sikh z przerażeniem macha ręką na swoich towarzyszy i gromadnie ruszają za podejrzanym.

– To są tylko przypuszczenia, najprawdopodobniej fałszywe! – uprzedza Hamid, lecz żaden z nich nawet nie odwraca głowy.

Hamid nie chciał ich tak przestraszyć, bo sam się nie spodziewa, że Muhamad jest typem zamachowcy samobójcy. *Za dobrze mu się powodzi*, stwierdza. *On będzie w tej grze sponsorem, więc nie należy liczyć, że się go złapie na gorącym uczynku z bombą w garści, lecz trzeba wziąć go na przesłuchanie i wydusić z niego prawdę. W naszych krajach nie przestrzega się zakazu tortur, zwłaszcza jeśli idzie o bezpieczeństwo narodowe, więc nie mamy związanych rąk*, podsumowuje w duchu, bo w sumie nie jest zwolennikiem takich metod pozyskiwania informacji, lecz dla terrorystów mężczyzna nie zna litości.

– Chodź, rzućmy okiem na to cacko. – Obejmuje Marysię w pasie i przyciąga do siebie. Robią sobie zdjęcie z Tadż Mahal w tle i powoli ruszają przed siebie. – Teraz musimy zostawić pole do popisu hinduskim funkcjonariuszom. My się w to nie pchamy.

Jednak cały czas mają na oku podejrzanego, który kluczy między licznymi zwiedzającymi, skutecznie przepychając się do przodu. Za nim, bez skradania się czy krycia, podążają mundurowi, ale też spora grupka policjantów w cywilu, którzy dla niepoznaki nawet nie trzymają aparatu fotograficznego, ale za to rękę na pasie, zapewne na ukrytej tam broni. Wojskowa ochrona obiektu z ciężkimi karabinami maszynowymi ustawia się frontem do pościgu, a część już bierze Pakistańczyka na muszkę. Wprawne oko Hamida na dachu budynku ciągnącego się po obu stronach wielkiej wejściowej bramy wyłapuje błysk metalu. Mężczyzna stwierdza, że zapewne tam ulokowano snajpera. *Są całkiem nieźle przygotowani, ale ja na ich miejscu bym nie czekał, tylko zwinął gościa od razu przy głównym wejściu do obiektu. Zbyt duże ryzyko*, myśli i w tej samej chwili czuje, jakby ziemia zadrżała. Nie czekając na więcej sygnałów, ściąga Marysię z marmurowej platformy, na której stoi mauzoleum, zasłania swoim ciałem i obejmuje jej głowę, tuląc do piersi. Dopiero po chwili do ich uszu dochodzi potężny huk. Nad nimi zaczynają przelatywać marmurowe fragmenty ścian, wież, mozaiki i kaligraficznych paneli. Skulona w pozycji embrionalnej, instynktownie zamykając oczy, kobieta na szczęście nie widzi ludzkich szczątków wylatujących razem ze zniszczonymi fragmentami komnaty grobowej. Przy grobie Mumtaz Mahal i Szacha Dżahana, symbolicznej pary zakochanych, zawsze jest największy tłok, więc dla zabójcy to idealne miejsce na pozbawienie życia jak największej liczby ludzi za jednym zamachem.

* * *

– Kochani! Na pewno nic wam się nie stało? – słyszą przez telefon zachrypnięty od papierosów głos Aruby. – To straszne, co te typki spod ciemnej gwiazdy zaczynają wyprawiać! – oburza się.

– Niedługo może zabiorą się za piramidy w Egipcie czy za wieżę Eiffla?! – dołącza Farid. – Świat się kończy!

– Mieliśmy więcej szczęścia niż rozumu – informuje ich Hamid. – Cały czas włóczyliśmy się za nim i kiedy już przekazałem sprawę w ręce lokalnych służb, bo nie było sensu dłużej ryzykować, funkcjonariusze ruszyli, żeby go aresztować. Na to islamski drań rzucił się biegiem, wpadł do mauzoleum i prawdopodobnie stanął pod główną kopułą. Potem było już tylko wielkie bum.

– Jak on to wniósł? Skąd wziął ładunek wybuchowy? Przecież tam nie przemyci się szpilki czy nawet zapalniczki? – zastanawia się na głos Marysia.

– Sprawa jest jasna. Tak jak przewidywałem, miał wspólników i wszystko czekało na niego na miejscu – podsumowuje Hamid. – Za późno na to wpadłem.

– Widzieliśmy, że czterech czy pięciu policjantów w mundurach i nie wiadomo ilu incognito pędzi za nim, więc trochę odpuściliśmy i daliśmy sobie spokój. Zwłaszcza że nawet Hamidowi nie wolno było bezpośrednio uczestniczyć w akcji. – Tłumaczy pół-Polka. – Byliśmy też zmęczeni na zabój, bo nie śpimy już drugi dzień. – Chce naświetlić rozmówcom przyczynę ich cudownego ocalenia. – Myślałam, że zemdleję z powodu upału, wilgotności powietrza i dzikich tłumów.

– Czyli dzięki kobiecej słabości żyjecie! – radośnie stwierdza Emiratczyk. – Bez ciebie Hamid tak łatwo by nie odpuścił. Jednak nie ma co płakać, bo mamy dla was pomyślną wiadomość.

– Jaką? – Marysia aż podskakuje. – Odnaleźliście ich? Widzieliście Darię?

– Nie tak szybko. – Aruba studzi jej zapał. – Podejrzewamy, że go namierzyliśmy. Jeśli to on, to znamy jego plany na dziś, jutro i najprawdopodobniej na pojutrze.

– Jak wam się to udało? – Hamid nie może uwierzyć w ich fart.

– Oczywiście nic nie dały kamery przemysłowe. Niebieskie oczy, które są jego znakiem szczególnym w krajach arabskich, nie wyróżniają go zbytnio wśród Europejczyków – oświeca ich Farid. – Poza tym przecież nie nosi tych swoich gał na czole. Tutaj trzeba było użyć z setki ludzi, żeby wydeptali informacje. Paryskie służby są bardzo oddane i pracują bez wytchnienia.

– Fantastyczna robota! Więc powiedz, jak wpadliście na trop i gdzie go znajdziemy? – Saudyjczyk już się niecierpliwi.

– Paryżanie wiedzą, jakie są ich najważniejsze i najbardziej newralgiczne punkty. Jako że John i Daria pojechali na wakacje, doszliśmy do wniosku, że facet, chcąc ukryć przed kochanką swoje prawdziwe oblicze, musi ją zabrać w jakieś znane paryskie miejsca.

– Więc?! – Binladen prawie krzyczy, bo zna ten typowo arabski pokrętny styl wypowiedzi i denerwuje go on niepomiernie. – Do rzeczy!

– Moulin Rouge, klub Brasil Tropical i restauracja Le Jules Verne na drugim poziomie w wieży Eiffla.

– Co? Kiedy tam będą? – Marysia nie wierzy, że ukrywający się od lat przebiegły przestępca nagle dał się rozpoznać. – To jakaś podpucha!

– Do latynoskiego klubu przyszedł osobiście, jakby na jakąś wiwisekcję, i tam zidentyfikowała go zauroczona facetem kasjerka. Zakupił sześć biletów w różnych miejscach sali. Dziwne, no nie? W pozostałe zaopatrzył się przez internet, ale tego tylko możemy się domyślić, bowiem za wejściówki do pozostałych dwóch atrakcji zapłacono tą samą francuską kartą kredytową wystawioną na Jasmin Rime, pół-Arabkę pracującą w obozach dla uchodźców.

– Może paryżanka chce się rozerwać? To wyjątkowo niepewna poszlaka – krytykuje Marysia.

– Jasmin rzuciła robotę dwa tygodnie temu. Sprzedała mieszkanie i samochód i zapadła się pod ziemię. – Widać, że służby dokładnie sprawdziły już ten trop.

– No i co z tego? To o niczym nie świadczy.

– Ta kobieta przez ostatnie pięć lat była kochanką naszego Johna Smitha. Aż do jego wyjazdu do Saudi.

– Do diaska! – wykrzykuje Hamid, który widzi, że pętla na szyi terrorysty powoli, ale skutecznie się zaciska. – Pełny szacuneczek!

– Dzięki, ale to francuski wywiad odwalił całą robotę – wyznaje Aruba. – Tak więc, jeśli poszlaki są prawdziwe, to nasi bliskowschodni turyści do kabaretu Moulin Rouge wybierają się dzisiaj, do klubu Brasiliana jutro, a na wieżę Eiffla pojutrze – przedstawia ambitny plan zwiedzania Paryża przez islamskiego terrorystę i jeszcze raz podkreśla: – Najprawdopodobniej! Pewne będzie, kiedy ich złapiemy.

– Zaraz, to dziś wieczorem będą w Moulin Rouge, a mnie tam nie będzie?! – Marysia jest zawiedziona i okrutnie wściekła. – Po chuj pojechałam do tych Indii? Chyba tylko po to, żeby dać się zabić jakiemuś popierdolonemu Hinduso-Pakistańczykowi!

– Kochana, umyj sobie usta i nie używaj przy mnie takich słów! – ostro odparowuje Arabka. – Może i na dziś nie zdążycie, widać Bóg tak chciał, ale na jutro z palcem w nosie. Zaraz wykupię wam bilety na Air France, odbierzecie je na lotnisku od umyślnego. Różnica czasu działa na waszą korzyść, bo lot trwa ponad dziewięć godzin, lecz jeśli wystartujecie z Delhi w nocy, to w Paryżu wysiądziecie rano. Jeszcze nawet zdążycie się przespać i trochę odpocząć. Pakujcie więc tyłki do samolotu i przylatujcie do Europy.

– Czy ty wiesz, gdzie my jesteśmy? – spokojnie indaguje Hamid.

– W Indiach?

– Tak, ale nie w Delhi, tylko w Agrze, gdzie znajduje się Tadż Mahal, obecnie mocno zrujnowany – kontynuuje wyjaśnianie Saudyjczyk.

– Jeszcze się stamtąd nie wydostaliście? Na co czekacie?! – Agentka nie może się nadziwić takiej opieszałości, która w ich fachu jest niedopuszczalna.

– Nie sądziliśmy, że tak szybko będziemy musieli ruszać – ciężko wzdycha załamana Marysia. – Poza tym byliśmy w lekkim szoku. Niecodziennie jest się świadkiem terrorystycznego zamachu. – Kiedy to mówi, chce się jej płakać.

– W konwoju policyjnym jechaliśmy tu ponad trzy godziny – dołącza do wyjaśnień również umordowany Hamid. – I to wczesnym rankiem, bo wystartowaliśmy o szóstej trzydzieści, żeby złapać Muhamada, kiedy będzie wysiadał z pociągu. Facet był jednak szybszy lub sprytniejszy, zwiał nam i zrobił to, co zaplanował. Teraz, późnym popołudniem, w porze największego szczytu, możemy liczyć, że nasza podróż do stolicy będzie trwała od czterech do sześciu godzin, w tym dwie przez rozległą aglomerację miejską, gdzie panują niekończące się korki. Dołóżcie sobie do tego gęstą mgłę, która spowija indyjską prowincję o tej porze roku. Niestety, o optymistycznym wariancie z prysznicem i parogodzinnym snem można zapomnieć.

– Ale oczywiście zaraz wyjedziemy i zrobimy wszystko, żeby złapać za skrzydło francuskie linie – oświadcza Marysia, wrzucając do podróżnej torby parę rzeczy, które wzięli ze sobą.

– Cóż, my z mocną antyterrorystyczną francuską brygadą będziemy dziś działać pełną parą. – Farid przyjmuje fakt do wiadomości, a Aruba tylko zaciska wargi, bo rzeczywiście głupotą było wysyłanie Marysi do Indii. – Jeśli nie uda się nam ich przejąć, to jutro lądujecie w Paryżu i włączacie się do akcji.

– Macie zarezerwowany nocny lot, a jak nie zdążycie, to następny jest dopiero o pierwszej po południu, wtedy u nas lądujecie o szóstej wieczorem. – Emiratka jest trochę zrezygnowana, zresztą tak jak wszyscy. – Wykupimy wam biznesklasę, więc odpoczniecie w chmurach. Mam jednak nadzieję, że wszystko uda się już dziś sfinalizować, i nie będziemy dłużej cię narażać, Miriam.

– A ja mam nadzieję, że moja siostra bezpiecznie wróci do domu i że nikt w tej akcji niczego nie spieprzy. – Marysia oddala się od telefonu, wchodzi do łazienki i trzaska drzwiami.

Tuż przed wejściem do samolotu otrzymują wiadomość, że ani Johna, ani Darii nie było wieczorem na kabarecie w Moulin Rouge.

– Facet zabawia się z wami w kotka i myszkę – Marysia podsumowuje działania przestępcy. – Może dlatego kupił taką liczbę biletów, żebyśmy rozbiegli się po wskazanych punktach, a on spokojnie pójdzie sobie gdzie indziej.

– Wydaje mi się, że tego nie zrobi – uspokaja ją Hamid. – On lubi się afiszować, kocha adrenalinę i nie odpuści sobie zagrania nam na nosie. Na pewno będzie w jednym z tych miejsc. Możliwe, że się przebierze, każe też ucharakteryzować się Darii, jakoś tłumacząc jej tę farsę. Czuję, że dziś spotkamy się z draniem.

– Obyśmy tylko to przeżyli – denerwuje się kobieta, która ma już dość takiego narażania się i nie wie, jak jej ukochany może w ten sposób funkcjonować.

Jeśli tak wygląda codzienność Saudyjczyka, to Marysia zdaje sobie sprawę, że pomimo zejścia się i wielkiej miłości nic z ich związku nie wyjdzie. Ona tak nie potrafi, nie potrzebuje zagrożenia i ryzyka, żeby poczuć, że żyje. Z Hamidem chciałaby nawet się ponudzić, wpaść w rutynę. Dojrzała już do tego, ale czy on też? Postanawia porozmawiać z nim na ten temat, kiedy będzie już po wszystkim. Teraz nie chce mu głowy zawracać jakimiś babskimi lękami i obawami.

Na lotnisku Charlesa de Gaulle'a w Paryżu z rękawa samolotu odbiera ich funkcjonariusz po cywilnemu. Nie ma żadnej kartki z ich nazwiskiem, po prostu zwyczajnie podchodzi i informuje, że z nim idą. Na parkingu dla specjalnych gości stoi już suka policyjna, do której bez szemrania wskakują. W tej samej chwili samochód rusza z piskiem opon.

– Zakładajcie. – Mężczyzna, który nawet się nie przedstawił, wręcza im kamizelki kuloodporne. – Masz broń? – pyta Hamida, a ten tylko potakuje, na co Marysia robi wielkie oczy, jak on to znowu przemycił, bo nie ma pojęcia o jego stałych międzynarodowych zgodach i myślała, że w Indiach to był wyjątek, który spowodował ogromne kłopoty przy wejściu do Tadż Mahal.

Saudyjczyk otwiera kodem z zaszyfrowanego zamka niewielką, jak na laptopa, walizeczkę i oczom zebranych ukazuje się mały arsenał.

– Czy tam będzie heimann? – indaguje przezornie.

– Jeszcze do takiej paranoi nie doszliśmy. – Inny komandos o ewidentnych arabskich rysach i śniadej karnacji puka się w głowę. – Ale jak tak dalej pójdzie, to może rentgeny zaczniemy zakładać przy wejściach do publicznych sraczy – stwierdza ironicznie, a Marysia tylko się podśmiechuje.

Hamid i policjantka, która również z nimi jedzie, pomagają się jej ubrać w nowoczesną odporną na kule zbroję. O dziwo, nie jest to gruba skorupa, jaką pokazują na filmach, lecz cienka, żelowa koszulka z prześwitującymi miękkimi paskami metalu w środku. Na głowę wsadzają kobiecie specjalną perukę – włosy w rudym kolorze przykrywają coś w rodzaju hełmu, który również ma chronić przed ostrzałem. Jeszcze tylko okulary z mikrokamerą i Marysia może już włożyć własne ciuchy. Po takich wojennych przygotowaniach serce staje jej w gardle, nie może oddychać, blednie i pokrywa się zimnym potem.

– Proszę, napij się wody. – Francuzka wręcza jej buteleczkę lodowatego płynu. – Połknij. – Podaje różową tabletkę, a Marysia, o nic nie pytając, wykonuje polecenia.

Samochód pędzi jak szalony. Z zewnątrz dochodzi do nich wycie policyjnych syren, które zapewne torują im drogę. Po niedługim czasie wszystko milknie i wóz zatrzymuje się przy chodniku. Wyskakują z niego i pozostałe do celu dwie przecznice idą na piechotę. Towarzyszą im francuski Arab i latynoska policjantka, zapewne też naturalizowana.

– Jakby co, to ja jestem Klara, a ten przyjemniaczek to Tafa. Siedzimy przy was i macie w nas wsparcie. Tylko nie wpadamy w panikę, nie mówimy za głośno i nie wypijamy za jednym zamachem butelki wina. – Wszystkie te wskazówki skierowane są do Marysi, która ledwo trzyma się na nogach, choć po ogłupiającym proszku jest już w dużo lepszym stanie i wygląda, że może uda jej się nie zemdleć. – Znamy się na swojej robocie, uprawiamy sztuki walki i jesteśmy jedną z najlepszych grup antyterrorystycznych we Francji. Wasi emiraccy koledzy już są na miejscu i kontrolują sytuację. Na razie nie mamy żadnych wieści, że ptaszek wylądował w klatce. Może chce mieć wielkie wejście – pokpiwa dziewczyna. – A może w ogóle się nie pojawi? – poddaje pod rozwagę inną możliwość. – Wariant optymistyczny jest taki, że jak tylko się pokaże, my błyskawicznie go przejmujemy, ty bierzesz siostrę pod pachę, wypijacie drinka zwycięstwa i dobrze się bawicie podczas latynoskiego przedstawienia, a potem idziecie na disco.

Marysia nie może oderwać wzroku od Hamida, który przeszedł całkowitą transformację z Araba we Włocha. On również ma perukę – swoją czarną krótką fryzurę zamienił na falowane brązowe włosy do pół ucha, kolor oczu rozjaśnił soczewkami i teraz są ni to brązowe, ni głęboko zielone, pod nosem zaś ma przylizany mały wąsik. Nie wiadomo, jakim cudem doklejono mu też bokobrody. W designerskich ciuchach i z takimi też dodatkami wygląda na typowego luzaka z Półwyspu Apenińskiego.

Już na odległość widzą długą kolejkę do klubu, bowiem jest on połączony z dyskoteką w rytmie latino, do której wiedzie ta sama brama. Ścisk jest straszny, ale szczęśliwcy jakoś dostają się do środka. Przed przybyłymi zupełnie nieoczekiwanie robi się wolne przejście, ale po chwili Marysia spostrzega swoim bacznym i wyczulonym już okiem, że funkcjonariuszy jest dużo więcej, niż się spodziewała. Zastanawia się nawet, czy cały klub nie jest nimi obstawiony. Patrząc jednak na gości, widzi, że w znakomitej większości są to widzowie i konsumenci, bowiem chłoną oni atmosferę tego miejsca błyszczącymi oczyma, wąchają dochodzące z kuchni zapachy grillowanych specjałów oraz piją jedną lampkę wina za drugą. Gdyby byli na służbie, nie zachowywaliby się na takim luzie.

Kiedy tylko wchodzą na wielką salę, zauważają siedzących przy samych drzwiach Arubę i Farida. Tym razem ubrali się w kolorowe fatałaszki i bardziej przypominają Afrykanów niż Arabów. Marysia już się do nich uśmiecha i chce pomachać, kiedy czuje miażdżący uścisk Hamida i łapie się na tym, że mogła od razu spalić ich akcję.

– Siadamy. – Tafa upycha ich za małym stoliczkiem, a sam przeciska się do miejsca obok.

– Dlaczego tu jest tak ciasno i wszystko takie miniaturowe? – pyta Marysia. – Jak cokolwiek może się zmieścić na tej ladzie? Stoją dwa kieliszki, wino, dwa małe talerzyki i już szpilki się nie wciśnie.

– Tyle wystarczy. To jest Paryż. My nie objadamy się jak świnie, ale jemy po troszeczku, a na troszeczkę miejsca ci wystarczy – ripostuje dumna ze swojego miasta latynoska patriotka.

– I wszyscy są jakimiś cholernymi karzełkami, bo chcąc iść do toalety, bez trudu przechodzą pod blatem – docina Marysia, ponieważ zdaje sobie sprawę, że w razie konieczności ucieczki ci, którzy siedzą przy poupychanych gęsto stolikach, są całkowicie zablokowani i uwięzieni.

Podenerwowana, rozgląda się po sali. Jedyne, co jest tu duże, to scena. Jak widać, główny nacisk kładzie się na występy. Marysia i Hamid oraz ich obstawa siedzą przy stoliczkach umieszczonych w jednej linii od podium aż do drzwi wejściowych. Za plecami mają drewniane przepierzenie, wysokie na około osiemdziesiąt centymetrów, oddzielające ich od tańszych miejsc widowni, która przyszła tu tylko na show i cały wieczór przesiedzi o suchym pysku. Po drugiej stronie sali są loggie, które stanowią jakby gabineciki na sześć czy osiem osób, z długimi stołami i solidnymi ławami, przy których rozsiada się towarzystwo o średnim portfelu. Oni dostaną tylko małą przekąskę i po dwa kieliszki szampana. Pakiet, który firma wykupiła dla nich oraz innych funkcjonariuszy wywiadu, to pełna kolacja bez limitu, zarówno jeśli idzie o jedzenie, jak i o spożywane napoje alkoholowe i bezalkoholowe. Marysi ślina napływa do ust, bowiem brazylijska *grilliada* cudnie pachnie, a ona od paru dni je wyłącznie samolotowe niesmaczne zestawy. Wino też wygląda na znakomite, bowiem na stolikach już stoją przygotowane flaszki całkiem niezłego bordeaux.

– Czy to rozsądne siedzieć plecami do zdecydowanej większości gości? – pyta szeptem Hamida, bo po rozejrzeniu się po sali przeszedł jej apetyt i chęć rozkoszowania się smakiem napoju bogów. – Kto to wymyślił? Kto dopuścił do takiego absurdu?! – podnosi głos. – Przecież, do jasnej cholery, nie przyszliśmy tu ani na chlanie i żarcie, ani na występy! Gros potencjalnych podejrzanych mamy za plecami!

– Kochana, w życiu nie byłem w tym klubie i nie ja to zaplanowałem. Zdałem się na francuskich kolegów. Ty się nie martw, bo masz się jedynie rozglądać. – Hamid stara się ją uspokoić, choć sam też nie jest zadowolony z zaistniałej sytuacji, nie wie jednak, jak z niej wybrnąć.

– Mam się rozglądać?! Ale jak? Odwrócić się plecami do sceny i bez krępacji lampić na widzów? – Kobieta wścieka się jeszcze bardziej, a krew pulsuje jej w skroniach.

– Masz rację, przenosimy się na drugą stronę! – Saudyjczyk podejmuje decyzję, ale na to jest już za późno.

W momencie, kiedy chce wstać i przecisnąć się między stolikami, po sali zaczynają krążyć kelnerzy z wielkimi szpikulcami, na których nadziane są różne rodzaje mięs i owoców morza, serwując jadło tym, którzy zapłacili za kolację, na scenie zaś pojawiają się dwie tancerki wystrojone jak w karnawał w Rio. Dziewczyny są piękne i prawie nagie. Mają na sobie jedynie skąpe majteczki, stokrotki zamiast biustonoszy, siateczki i sznureczki, a na głowach wielkie pióropusze z kolorowych piór. Owacjom nie ma końca, bo nie dość, że odważnie pokazują swoje wdzięki, to jeszcze na wysokich obcasach i z gigantycznymi stelażami umocowanymi do ramion zgrabnie poruszają się w rytm głośnej latynoskiej muzyki.

– Co się dzieje? – Tafa chwyta Hamida za rękę. – Gdzie leziesz?

– Siedzimy plecami do większości gości w tym lokalu, więc jak mamy wypatrzyć przestępcę? Nie mamy odpowiedniej perspektywy! – Mężczyzna krzyczy mu prosto do ucha. – Kto wymyślił taką głupotę? Czy my tu jesteśmy po to, żeby pooglądać sobie spektakl?

Marysia wstrzymuje oddech i ciągnie swojego ukochanego na krzesło. Ma podzielną uwagę, a teraz, kiedy jej nerwy są napięte jak postronki, widzi wszystko jak przez szkło powiększające. W jednej chwili zauważa rzeczy, które ją niepokoją i mrożą krew w żyłach. To ktoś niespodziewanie wstaje, inny gwałtownie idzie zamaszystym krokiem w stronę sceny, a jeszcze następny wykonuje podejrzany ruch, wyciągając coś spod długiego żakietu. Dosłownie w ciągu paru sekund od estrady, głównego wejścia i loggii rozlegają się strzały. Najpierw pojedyncze, jakby na rozgrzewkę, a po chwili grad kul zasypuje niczego niepodejrzewających ludzi. Tego nikt by się nie spodziewał. Akt terroru w centrum Paryża?! Marysia czuje, jak mocne ramię Hamida chwyta ją w talii i przerzuca przez przepierzenie. Zaraz potem mężczyzna skacze za nią. Jeszcze widzi, jak od pierwszej serii strzałów padają ich francuscy koledzy. Mordercy strzelają w zatłoczoną widownię, skąd dochodzą tylko krzyki, jęki i płacz. Nie spieszą się, przeładowują magazynek za magazynkiem, podchodzą do leżących i dobijają rannych. Krew leje się strumieniami. Pierwsze oszołomienie mija i ci, u których wola życia jest silniejsza niż strach, usiłują wymknąć się zbrodniarzom. Pozostaje im jedynie ucieczka, bo przecież nie mają czym się bronić. Hamid jest jednak na taką ewentualność zawsze przygotowany. Wyciąga schowanego pod marynarką glocka i celuje do wroga numer jeden, stojącego swobodnie w wejściu, który swoje pole działania z Bliskiego Wschodu i Syrii przeniósł teraz do Europy. John też już go wypatrzył i gapi się w niego z pełnym zdumieniem. O jedną sekundę za długo. Saudyjczyk strzela prosto w pierś zbrodniarza, jednak ten oddaje z nawiązką, puszczając z karabinu serię, która kładzie niewinne ofiary na linii ognia jak pokłosie.

Marysia obserwuje sytuację zza przepierzenia. Zauważa, że terroryści mają na sobie pasy *szahida*[1], i wie już, że przyszli tu nie tylko po to, aby zabić jak największą liczbę niewiernych, ale też żeby samemu zginąć męczeńską śmiercią.

– Strzelaj! – krzyczy do Hamida. – Zabij ich albo rozwalą nas wszystkich! Zaraz wysadzą się w powietrze! – wrzeszczy jak szalona, bo gdyby mogła, to sama bez zastanowienia pozbawiłaby ich życia.

Hamid ogląda się jeszcze za siebie i widzi plecy uciekającego mu już drugi raz *dżihadiego* Johna. Teraz jednak osobista zemsta nie jest najważniejsza. Trzeba ratować tych, których jeszcze się da, niewinnych ludzi, którzy nie przyszli tu umrzeć, lecz cieszyć się życiem. Oddaje jeden celny strzał za drugim, a dżihadyści padają ze zdziwieniem na swoich ogarniętych uduchowionym szaleństwem twarzach.

Emiracka funkcjonariuszka Aruba zbiera grupę widzów, która przemyka się do wyjścia ewakuacyjnego, znajdującego się przy toaletach za loggiami. Na kolorowej bluzce ma krew, a w jej wielkich oczach widać łzy. Ale nie jest to czas po temu, żeby płakać nad ukochanym zabitym mężem. Teraz ona musi ocalić ludzi, których bezpieczeństwo złożono w jej arabskie ręce. Wstydzi się za tych, którzy są tej samej nacji, co ona, i wyznają tę samą religię. Islam oznacza przecież poddanie się Bogu, Allahowi, i głosi *salam*, czyli pokój. Terroryści jednak zostali skrzywieni

[1] *Szahid* (arabski) – męczennik.

przez swoich obłąkanych przywódców, dla których ideami przewodnimi nie są zgoda i ład, lecz śmierć i zniszczenie, pragnienie zemsty i mordu. Aruba, obywatelka Emiratów, też poprzysięga zemstę, bo w końcu jest solą swojej ziemi, lecz jej celem nadrzędnym jest i będzie wytrzebienie islamskich fundamentalistów. Tutaj i teraz poprzysięga sobie, że póki sił i życia jej starczy, zrobi wszystko, aby *salam* zapanował na świecie.

Obracając się, kobieta oddaje ostatni strzał i znika na schodach.

– Biegniemy za scenę! Tam musi być wejście dla artystów! – Hamid ciągnie Marysię za rękę, gdyż przerażona kobieta boi się stąpać po płynącej po podłodze posoce i przeskakiwać nad zastygłymi już ciałami widzów i pięknych tancerek, których wdzięki już nigdy nikogo nie zachwycą.

– *Szahidzi* zaraz się wysadzą! – łka. – Oni wszystkich zabiją!

– Droga wolna. – Saudyjczyk rozgląda się po pustym korytarzu. – Pędź do drzwi. Ja muszę tam wrócić.

Serce mu pęka, bo nie chce zostawiać miłości swojego życia, ale obowiązek wzywa go do kontynuowania niebezpiecznej akcji. Ledwo odzyskał ukochaną kobietę, a tak szybko może ją utracić. Kochankowie przez długą jak wieczność chwilę stoją naprzeciwko siebie i wiedzą, że jest to najważniejszy moment w ich życiu. Być znowu razem albo rozejść się na wieki. Wtedy Hamid podejmuje decyzję, której dla nikogo na świecie by nie podjął. Dla ukochanej Miriam wybiera swoje prywatne małe szczęście. I nie ma wątpliwości, czy postępuje słusznie.

Gdy z wnętrza klubu dobiega huk jednej detonacji za drugą, mężczyzna i kobieta chwytają się za ręce i wybiegają w paryską noc. Noc, która odmieniła życie tak wielu i tak wielu go pozbawiła.

Dżihad nie zna granic

Po szczęśliwym wylądowaniu w Barcelonie grupa rozdziela się. Jasmin oddala się bez słowa pożegnania i kieruje swoje kroki do podmiejskiej kolejki, na Darię i Johna czeka zaś kierowca, który zawozi ich do wspaniałego hotelu na placu Katalonii. Lokalizacja jest rewelacyjna, bo żabi skok do wszystkich zabytków oraz turystycznego piętrowego autobusu, do którego można wskoczyć i wyskoczyć, kiedy się chce.

Komfort tego miejsca oszałamia Darię, a kiedy po zameldowaniu wchodzą do pokoju, aż skacze z radości, widząc, że mają własny spory tarasik z prywatnym jacuzzi. John funduje swojej młodej wybrance kolejne atrakcje, szasta pieniędzmi na prawo i lewo, a przy tym wygląda na szczęśliwego i nie mniej zakochanego. Daria nie wraca do przeszłości i do przykrości, które spotkały ją z jego strony na ich dziwnej trasie, nie żąda też żadnego wytłumaczenia, wszystko biorąc za dobrą kartę. Kiedy podczas pierwszej intymnej nocy po wylocie z Paryża zauważa duży siniec na piersi swojego mężczyzny, z przerażeniem słucha, jak to przewrócił się i w feralny wieczór, kiedy mieli iść do brazylijskiego klubu, wylądował w szpitalu. Biedak ma złamane dwa żebra i się nie skarży, więc jak kochanka ma narzekać na drobną zmianę planów. W duszy oskarża się jeszcze o egoizm i krytykuje, że jest taką rozkapryszoną dziewczynką. John zaś dziękuje Allahowi, że z głupia frant założył kuloodporną kamizelkę, czego nigdy wcześniej nie robił. *Koniec świata, żeby dżihadyści musieli się zabezpieczać przed tymi nic niewartymi niewiernymi dupkami, którzy powinni przyjąć śmierć jako łaskę i wybawienie!*, niepokoi się w duchu morderca. *Czyżby skończyły się czasy, kiedy my, karzące ramię Allaha, bezproblemowo wymierzaliśmy im sprawiedliwość? Dobrze, że* szahidów *mam jeszcze na pęczki, a nowi wciąż napływają, bo inaczej misja islamizacji tego zgniłego zepsutego świata szybko by się zakończyła*, podsumowuje, uspokojony, słuchając przy tym jednym uchem pytlowania swojej kochanki.

– Boże! Co to się wyprawia! – Daria jest w szoku, a jej fobia związana z terrorystami pogłębia się. – Strach gdziekolwiek pojechać, gdzieś się ruszyć, bo grozi to śmiercią lub kalectwem – żali się do Johna, a on potakuje, choć jego oczy są jakby martwe.

– Widzisz, jak dobrze, że skróciliśmy pobyt i przyjechaliśmy do Hiszpanii – stwierdza. – Uniknęliśmy tego, co mogło nas spotkać w Paryżu.

– Ty masz chyba jakiś szósty zmysł! – przyznaje w dalszym ciągu niczego niepodejrzewająca dziewczyna. – I mnóstwo szczęścia – przymila się do niego. – Będę się ciebie trzymać, to może choć trochę fartu spłynie też na mnie.

– Pewnie, pewnie – potakuje, zadowolony z jej poddańczej, uległej natury. – Mam takiego dzianego kolesia pod Barceloną, który sezon letni spędza w Tossa de Mar – kontynuuje manipulację John, bo nie ma zamiaru z niczego zrezygnować i nadal musi podążać wcześniej obraną drogą, aż do zrealizowania swojego ostatecznego celu. – Chciałaś tam się wybrać stateczkiem pełnym pijanych turystów, ale on zaproponował nam coś lepszego – mówi tajemniczo.

Daria, pomimo luksusów i okazywanej przez kochanka miłości, nadal ma lęki. Ciągle śni po nocach, że jest w tym paryskim klubie, który został zaatakowany przez terrorystów, i zostaje porwana przez ich przywódcę. Za każdym razem jednak nie widzi jego twarzy, bo mężczyzna ma albo kominiarkę, albo czarną chustę.

– Jest w tym przepięknym miasteczku jakiś sławny lub newralgiczny punkt godny zniszczenia? – pyta przestraszona. – Bo może by uciec z tej Europy, skoro stała się celem szalonych islamskich zamachowców? Już na Bliskim Wschodzie byłoby bezpieczniej. Patrz na taką Arabię Saudyjską czy Emiraty! Cisza i spokój, ludzie cieszą się swoim bogactwem i nikt nie ma ochoty się wysadzać. Poza tym nie ma tam niewiernych, nieprawdaż?

– Nie zgodziłbym się z tobą. Tego typu zamachy mają miejsce codziennie na całym świecie – odparowuje John i widać, że postawa jego partnerki znów go denerwuje. – Wszyscy płaczą nad Francją i paroma zastrzelonymi obywatelami, choć w przeddzień w Bejrucie – Paryżu Bliskiego Wschodu – miała miejsce akcja, w której zginęło co najmniej czterdzieści osób, a około dwustu czterdziestu zostało rannych.

– Słyszałam coś o tym, ale nikt tego jakoś szczególnie nie nagłaśniał – tłumaczy się jeszcze bardziej spanikowana kobieta. – Ponoć znów dokonały tego grupy bojowe Państwa Islamskiego.

– No właśnie! Europejczycy myślą tylko o swoich sprawach, troszczą się o czubek własnego nosa i gówno ich obchodzi problem poza ich małym podwóreczkiem.

– Racja! To musiało być dokładnie zaplanowane! Tylko co robią służby wywiadowcze, że dają sobie wejść na głowę dżihadystom? Jakim sposobem tyle razy i w tylu różnych miejscach mogą bezkarnie uderzać? Bez śladów czy najmniejszej wpadki! Przez to ci bandyci czują się coraz bardziej bezkarni.

– Tak jest! – potwierdza John z zadowoleniem, ale podminowana Daria nie zauważa tembru jego głosu.

– A jak doszło do tego zamachu w Bejrucie? – indaguje kobieta.

– W odstępie kilku minut eksplodowały dwie bomby podłożone w odległości stu pięćdziesięciu metrów od siebie, jedna w piekarni, a druga w szyickim meczecie w okolicy centrum handlowego w dzielnicy Burdż al-Baradżna, w południowej części miasta – mówi doskonale poinformowany facet, a Daria podziwia go za rozeznanie w temacie, opanowanie i inteligencję.

Też się tym przejmuje i nie panikuje tak jak ja, stwierdza. *Trzeba umieć nad sobą zapanować i nie dać się ponieść emocjom.*

– To okropne, John – wyznaje, tuląc się do niego.

– Mogło być gorzej. Początkowy plan zamachowców zakładał detonację pięciu ładunków wybuchowych w szpitalu na południu Bejrutu.

– Co za dranie! Chcieli zabić chorych, kobiety i dzieci! To już się w głowie nie mieści! – wykrzykuje żywiołowo, a mężczyzna stwierdza, że tak zareagowaliby wszyscy, i na szczęście w końcu udało się przekonać starszyznę, że początkowy cel był do bani.

– Więc jak widzisz, nie tylko w Europie coś się dzieje. Czy ktoś wspomniał przynajmniej jednym słówkiem o zabitych stu pięćdziesięciu studentach na uniwersytecie w Kenii?

– Co?! Kiedy?

– Parę miesięcy temu, kotusiu. Europa ma w dupie afrykańskich studentów i arabskich obywateli i nie odgraża się za ich śmierć żadną krwawą zemstą. Czy to sprawiedliwe?

– Oczywiście, że nie, ale najstraszniejsze jest nasilenie tych ataków – tłumaczy Daria, pełna poczucia winy. – Nigdzie już nie można czuć się bezpiecznie.

– W Tossa de Mar nic nam nie będzie grozić. – Mężczyzna zmierza do sedna i nie pozwoli, żeby panika kochanki zburzyła jego misterny plan. W końcu są bliżej niż dalej. – Nie masz pojęcia, jak tam jest pięknie – mówi rozmarzonym głosem.

– Tam też już byłeś? – Młoda kobieta znów przy okazji czegoś się o nim dowiaduje.

– Jak się mieszka w Europie, to przecież się po niej jeździ. Czy ty myślisz, że ja nosa poza mgliste, wietrzne i mroźne Wyspy nie wyściubiałem?

– To co jeszcze zwiedzałeś? W Dubaju mieszkałeś, to pewnik. – Daria śmieje się, rozbawiona swoim małym śledztwem i spostrzegawczością, co wcale nie wprawia w dobry humor jej faceta. – Paryż też nieźle znasz, bo jeśli wykonywałeś tam jakąś zleconą pracę, to zapewne nie pierwszy raz.

– Zleconą pracę… Ładnie to brzmi – powtarza rozbawiony John, bowiem to nie jemu się zleca, ale on planuje, koordynuje i nadzoruje.

– Po Barcelonie poruszasz się bez żadnej mapy czy przewodnika. Wsiadasz w odpowiedni autobus, idziesz jak po nitce do celu, nawet najbardziej ukrytego przed okiem przyjezdnych. A w jednej knajpce z tapasami właścicielka dała nam gratis *cavę* i patrzyła na ciebie jak sroka w gnat, co wcale mi się nie podobało. – Kochanka siada mu na kolanach. – Gdyby bezpłatnie serwowała musujące wino każdemu jednemu turyście, to poszłaby z torbami, nieprawdaż?

– Ależ z ciebie mała zazdrośnica! – Mężczyzna bagatelizuje jej słowa. – Po prostu wpadłem podstarzałej babie w oko, bo niezły ze mnie przystojniak.

– I jaki skromny! – Daria czule przejeżdża ręką po jego czuprynie i patrzy mu wymownie w oczy. – Teraz Tossa de Mar, a co później? – pyta, bo bardzo już tęskni za mamą i Marysią. Nie ma z nimi żadnego kontaktu, choć nadal w ukryciu trzyma komórkę od Muhamada. Wie, że jakby wysłała im jakąkolwiek wiadomość, to zaraz by do niej wydzwaniały i zdekonspirowały jej sekret.

– Potem finiszujemy w obiecanym Egipcie – ogłasza John z dumą, bo jeszcze w połowie ich trasy sądził, że jego scenariusz nie wypali i nie dotrą do końca razem, i to w takiej komitywie.

– Mogłabym wysłać maila do mamy i Marysi? – pyta niepewnie Daria, na co cała czułość i pogoda Johna znikają jak za dotknięciem czarodziejskiej różdżki.

– A możesz mi powiedzieć po co? – podnosi głos. – Nie rozumiem cię! Z jednej strony wyglądasz jak dorosła kobieta, a z drugiej zachowujesz się jak małe głupiutkie dziecko. Masz mnie! Nie wystarczy ci?!

– Ależ oczywiście, że tak! Tylko że ja mam jeszcze rodzinę, którą też kocham – tłumaczy dziewczyna, żałując, że wyskoczyła z tym pomysłem. – Ty nie utrzymujesz kontaktów ze swoimi rodzicami? Masz jakichś braci czy siostry. Nigdy o nich nie mówisz, a ja nie pytam, bo nie chcę być wścibska i cię urazić.

– I niech tak pozostanie – odburkuje groźnie, zrzucając ją z kolan. – Zbieraj się, bo za godzinę wychodzimy. – Trzaska drzwiami i znika.

W małym porcie w kurorcie Santa Marina Daria i John okrętują się na przepięknym jachcie motorowym, którego nie powstydziliby się nawet bogacze z Zatoki Perskiej. Łajba jest wykonana z najwyższej jakości materiałów, przestronna i trzypoziomowa. Na dziobie i rufie znajdują się kajuty do spania, każda z oddzielną łazienką, na pierwszym poziomie mesa i kambuz, które bardziej przypominają salon w pięciogwiazdkowym hotelu i kosmicznie wyposażoną kuchnię w apartamencie, na górze zaś są dwa pokłady słoneczne.

– Witam w moich skromnych progach – rozlega się tubalny męski głos z mocnym arabskim akcentem. Oczom Darii ukazuje się wyglądający na stuprocentowego Araba prawie dwumetrowe potężne chłopisko z pogodną, uśmiechniętą twarzą dziecka. – Rozgośćcie się i czujcie jak u siebie.

Kiedy John wita się z nim czule, wygląda w ramionach olbrzyma jak kruszynka.

– Kopę lat! – Brytyjczyk klepie go po plecach. – Widzę, że Europa ci służy. Kwitniesz!

– Oczywiście! Klimat, jedzenie, kultura, wszystko jest tu wspaniałe. – Arab aż klaszcze w dłonie. – No i oczywiście gorące dziewczynki – szepcze Johnowi do ucha. – Ale widzę, że ty już sobie jakąś przygruchałeś.

– To nie tego typu znajomość, jak myślisz… Coś innego… – wyznaje niespodziewanie nawet dla samego siebie John.

– Nie wierzę ci, ty kłamczuchu! – Wielki facet znów chwyta go w objęcia i miażdży w uścisku.

– Lepiej uwierz – ostrzega kumpel, patrząc mu poważnie w oczy.

– Anwar jestem! – Gospodarz wyciąga do Darii wielką jak bochen chleba dłoń, a następnie przyciąga ją do siebie i mocno przytula do swojego wielkiego cielska.

– Ależ pan ma tu pięknie! – zachwyca się oszołomiona dziewczyna, która niczego z ich konwersacji nie usłyszała, bo podziwia łajbę, morze i otulający ich zachód słońca. – Tak to można żyć!

– Nie narzekam. Proszę się rozgościć. Zróbcie sobie sesję na tle bezkresnego horyzontu, a ja zaraz zaserwuję kolację. – Mężczyzna okazuje się gościnnym potulnym misiem.

– Może w czymś pomogę? – oferuje Daria.

– Ależ, moja droga! Wszystko mam gotowe w lodówkach, więc o nic się nie martw. Ty tylko dolewaj sobie wina i ciesz się chwilą.

Kobietka zostaje ulokowana na wiklinowym leżaku ze zroszonym kieliszkiem musującej hiszpańskiej *cavy* w dłoni, a cała butelka chłodzi się w kubełku z lodem tuż obok niej. Panowie zaś udają się do kambuzy, by zająć się kolacją. Tego Darii było trzeba. Spokój i cisza, przerywane jedynie uderzeniami fal o burtę, relaksujący widok i olśniewająca feeria barw. Powoduje to, że powoli zapomina o stresie ostatnich tygodni, o zagrożeniu i niepewności. Wszystko od niej odpływa, odzyskuje równowagę psychiczną i spokój ducha. Nie analizuje, nie gryzie się niczym i nie wnika. Nie planuje i nie rozkłada przeszłości na czynniki pierwsze. Jest teraz i tutaj i tę wspaniałą chwilę chciałaby zatrzymać na zawsze.

Kolacja na górnym pokładzie upływa im w miłej atmosferze, dowcipkują, śmieją się i nie poruszają żadnych stresujących tematów. Kiedy nastaje ciemna noc i lekki wietrzyk chłodzi ich ciała, decydują się na odpoczynek. Daria, wyczerpana ostatnimi przeżyciami, usypia, nie doczekując przyjścia Johna. Mężczyźni pozostają na deku i szeptem rozmawiają jeszcze długi czas. Kiedy nastaje północ, dokonują ablucji, zmieniają nowoczesne ubrania na tradycyjne muzułmańskie szaty i oddają się modlitwie, kierując się w stronę Mekki i bijąc czołami pokłony przed Allahem. Kiedy kończą, szepczą namiętnie:

– *Allahu Akbar!* Bóg jest wielki! *Allahu Akbar!*

* * *

Daria nie spodziewała się, że te wakacje będą takie wspaniałe. Myślała o zwykłym wyjeździe ze swoim ukochanym – o zatrzymywaniu się w maksymalnie czterogwiazdkowych hotelach, zwiedzaniu aż do upadłego i nudnym, leniwym odpoczynku nad basenem czy brzegiem morza. Wszystko jednak potoczyło się inaczej, a obecna sytuacja przerasta jej najśmielsze oczekiwania. Pobyt w Tossa de Mar jest cudowny, po prostu jak z bajki. Rezydencja Saudyjczyka mieści się na jednym ze wzgórz i rozciąga się z niej fantastyczny widok. Jest to pałac, jakich w okolicy niewiele, ale ukryty przed okiem ciekawskich za wysokim na cztery metry murem i otoczony licznymi drzewami. Ogród jest wielki, zadbany i przeważają w nim drzewa i krzewy regionu śródziemnomorskiego, a bugenwille nadają białym murom budynku ciepła i uroku. Posiłki można spożywać nad wielkim basenem, na tarasie lub w altanie wśród zieleni. Właściciel urządził swoje gniazdko z przepychem, ale i najwyższym smakiem. Darii brakuje tu tylko życia – rodziny i dzieci.

Prawie tydzień spędzają w niewyobrażalnym luksusie na jachcie lub w ekskluzywnej rezydencji. Niczego im nie brakuje, cieszą się swoją obecnością, a młoda już nie marudzi, kiedy zostaje pozostawiona samej sobie, bo ma co robić: może bez ograniczeń rozkoszować się bogactwem.

– Jutro rano wyruszamy dalej – pewnego wieczoru po obfitej, ale lekkiej kolacji oznajmia John. – Dość już tego leniuchowania, bo zanudzimy się na śmierć.

– Ja tam nie narzekam. – Dziewczyna mogłaby tu zostać do końca życia. – To co teraz? Według planu czy coś uległo zmianie? – pyta, bo już wie, że z Johnem wszystko jest możliwe, ale jako że idzie ku lepszemu, już się nie zżyma i nie boi nowych wyzwań.

– Egipt oczywiście. Będzie tak, jak ci obiecałem. Piorunujące i niezapomniane wakacje. – Mężczyzna przytula ją czule, bo znów pragnie jej ciała i poddańczej uległości.

– Będę miała co wspominać do końca życia – wyznaje Daria, tuląc się do niego z miłością. – Jestem taka szczęśliwa.

– Będziesz jeszcze szczęśliwsza, choć może nie w takich warunkach – mówi John, a ona nie dziwi się jego słowom, bo przecież nie stać ich na taki zbytek; wiadomo, że obecna ekstrawagancja jest jednorazowa i nie może trwać wiecznie.

– Z tobą wszędzie będzie mi dobrze – oświadcza i oddaje mu się z radością i uwielbieniem.

Nazajutrz John znów zaskakuje swoją kochankę. Najpierw płyną jachtem do mariny, a następnie przesiadają się do limuzyny Anwara, który tutaj żegna się z nimi.

– Bawcie się dobrze i niczego sobie nie żałujcie – życzy. – Pamiętajcie, że nie ma rzeczy niemożliwych, a marzenia, nawet te najbardziej niewyobrażalne, mogą się spełnić. – Darii na jego słowa wykwita rumieniec, bo pragnęła właśnie takiego życia i takiej bliskości z Johnem jak teraz. – Niech was Allah prowadzi.

Po czułym pożegnaniu i wymianie przez mężczyzn jeszcze paru słów na osobności Daria i John wsiadają do wielkiego komfortowego rolls-royce'a i ruszają do niedalekiej Barcelony.

Na lotnisku nie podjeżdżają pod halę odlotów i nie przepychają się przez tłum turystów, lecz kierowca kieruje auto do specjalnej, VIP-owskiej strefy, gdzie czeka już na nich prywatny odrzutowiec.

– Co?! Niemożliwe! – Daria aż podskakuje z radości, a jej facet jak zawsze jest rozbawiony dziecinną reakcją.

– Mój przyjaciel powiedział ci przecież, że wszystko jest możliwe, tylko trzeba tego bardzo chcieć i zmierzać do celu pomimo wszelkich przeciwności losu. – Robi poważną minę i mentorsko kiwa głową.

– Od dzisiaj też tak będę postępować, to może kiedyś dorobię się takiego samolociku – żartuje uradowana młódka i rozpoczyna wspinaczkę po stromych schodkach na pokład.

Cała odprawa paszportowo-bagażowa przebiega poza nimi. Dają tylko swoje dokumenty, a do walizek nikt nie ma ochoty im zaglądać. *Tak to można latać!*, podsumowuje w myślach dziewczyna. *Chociaż z drugiej strony moglibyśmy tu przewieźć z tonę narkotyków lub nawet bombę*, dziwi się takiemu brakowi ostrożności. Długo jednak sobie tym głowy nie zawraca, bo postanawia wykorzystać otaczający ją luksus do cna.

Przez całą podróż piją francuskiego szampana, przegryzając go czerwonym i czarnym kawiorem serwowanym na cieplutkich grzankach. Przed lądowaniem zaś zostaje im podana deska najlepszych dojrzewających serów wraz z winem w kolorze głębokiego rubinu. Daria wysiada z samolociku na miękkich nogach, zwłaszcza że alkohol wzmógł w nich libido i wielokrotnie uprawiali seks na miękkich skórzanych sofach, rozkładanych fotelach, a nawet w dużej pokładowej łazience. *Co za życie!*, raz za razem wzdycha dziewczyna, wspierając się na ramieniu swojego mena. *A ja, głupia, chciałam uciekać! Co za idiotka ze mnie! Nie potrafię znosić kryzysowych sytuacji i potem rozpaczam, że nie doświadczam wspaniałych rzeczy. Wszystko w życiu się przeplata i trzeba umieć się godzić z niepowodzeniami, by potem doceniać czasy, kiedy jest lepiej.*

Z lotniska odbiera ich czarny mercedes z zaciemnionymi szybami i wiezie przez zatłoczone ulice Kairu na ekskluzywną wyspę Zamalek, gdzie mieszczą się prawie wszystkie ambasady, nowoczesne biura i filie zagranicznych przedsiębiorstw oraz najlepsze hotele w mieście. Podjeżdżają pod Hiltona, a Daria tylko robi rozanieloną minę. *Ciąg dalszy mojego niewiarygodnego snu*, przelatuje jej przez głowę. John wynajął apartament prezydencki, z którego roztacza się oszałamiający widok na Nil, zwany rzeką życia. Dziewczyna nie może oderwać wzroku od najdłuższej rzeki na świecie i rozkoszuje się chłodną bryzą na ich prywatnym tarasie. Młode serce jednak wyrywa się z jej piersi i już chce biec, by zobaczyć wszystkie zabytki, o których tyle słyszała.

– Od czego zaczynamy? – pyta Johna, który zmęczony pada na łóżko i marzy jedynie o odpoczynku. – Suk Chan al-Chalili? – Aż przebiera nogami, gotowa do drogi.

– Kobieto! Czyś ty zwariowała? Jest samo południe, najgorętsza pora dnia, a ty chcesz się pchać na najbardziej zatłoczony bazar na świecie? – Kochanek macha na nią ręką, obraca się na bok i zapada w sen sprawiedliwego.

Pomimo drzemki jego mózg ciągle pracuje, bowiem ma swoje szczególne zamiary co do tego kraju. Cała akcja niby jest dopięta na ostatni guzik, ale John wie, że musi sam dopilnować sprawy. Kiedy powiedzie się jego plan, to i tak już nieliczni zagraniczni turyści zrezygnują z odwiedzin tych stron, w następstwie czego gospodarka Egiptu całkiem padnie, a wtedy jego przyjaciel z Bractwa Muzułmańskiego[1] i brat w Allahu ponownie przejmie władzę. Właśnie tego im wszystkim trzeba – islamskiego Egiptu z silnym fundamentalistycznym rządem, który będzie przedmurzem ich kalifatu. A potem to już pójdzie gładko, bowiem Afryka Północna od wieków średnich była bramą dla islamu rozprzestrzeniającego się na Europę.

Po półgodzinie John budzi się rześki i żwawy. Skacze na równe nogi, bierze prysznic i jest gotowy do działania. Jego organizm nad wyraz szybko się regeneruje, co on sam tłumaczy tym, że Allah ma go w swojej opiece.

– Jeszcze niegotowa? – pyta swoją dziewczynę, łapiącą na tarasie ostatnie promienie słońca. – Przecież chciałaś gdzieś wyjść, nieprawdaż?

[1] Bractwo Muzułmańskie zostało założone w 1928 r. Początkowo było egipską organizacją młodzieżową, której celem była islamska moralna i społeczna reforma kraju. W latach 30. XX w. Bractwo ulegało stopniowemu upolitycznieniu. Stworzyło tajne grupy paramilitarne. Od początku swego istnienia sprzeciwia się świeckim tendencjom w krajach muzułmańskich, odrzuca wpływy zachodnie oraz żąda powrotu do zasad Koranu i szariatu. Po arabskiej wiośnie w Egipcie w 2011 r. Bractwo Muzułmańskie przejęło władzę w kraju z prezydentem Muhammadem Mursim na czele. Jego rządy zostały obalone w zamachu stanu w 2013 r., a przywódcy Bractwa zostali aresztowani. Motto Braci Muzułmanów brzmi: *Allah jest naszym celem. Prorok naszym przywódcą. Koran naszym prawem. Dżihad naszą ścieżką. Śmierć na ścieżce Boga jest naszą jedyną nadzieją.*

– Poszedłeś spać, a ja rozkoszuję się widokiem i spokojem. Ależ tu jest cudnie. Czuję się bezpieczniej niż w Europie, mówię ci! – Z rozanieloną miną Daria wyciąga do niego ramiona.

– Pokażę ci inne wspaniałe miejsca w tym kraju…

– Suk Chan al-Chalili? – wchodzi mu w słowo, już się zbierając. – Piramidy? Luksor i Dolinę Królów i Królowych? Może popłyniemy Nilem aż do Asuanu?

– Na taki program trzeba by mieć z miesiąc, a nasz urlop niedługo się kończy. – John śmieje się, choć drażni go takie konsumpcyjne podejście do życia.

– Szkoda. Już nawet cię nie pytam, kiedy konkretnie chcesz wracać, bo jest mi z tobą tak dobrze... – Robi żałosną minkę.

– Już wkrótce będziemy razem w domu – stwierdza mężczyzna, myśląc o zupełnie innym miejscu na ziemi niż to, które wyobraża sobie Daria. Dla niego domem zawsze była i będzie Syria. Nawet gdy jeździ po szerokim świecie, jego serce zostaje tam. Wszystko robi dla swojego islamskiego państwa, które niedługo będzie miejscem szczęśliwości dla muzułmanów, czystości religii i obyczajów oraz dobrobytu. Kalifat już jest, a teraz trzeba go tylko umocnić. Pieniędzy na ten cel im nie brakuje, bo ISIS jest samowystarczalne, gdyż zarabia miliony dolarów dziennie na sprzedawaniu ropy z zajętych terenów. – Na pewno ci się spodoba – dorzuca po chwili.

– Ale co? Powrót do Saudi czy zwiedzanie Egiptu?

– Zwiedzanie oczywiście. – Mężczyzna otrzepuje się z marzeń, bo cały czas musi mieć sytuację i słowa pod kontrolą. W końcu jest perfekcjonistą. – Dzisiaj wieczorem jesteśmy umówieni w ekskluzywnym klubie Dżazira z wybitnymi osobistościami tego kraju.

– Daleko mamy? – Daria zupełnie nie jest zainteresowana tym, z kim będzie się widzieć, bo przecież i tak nikogo tu nie zna.

– Za miedzą, też na Zamalku. Ale jak zaraz nie zaczniesz się zbierać, to na pewno się spóźnimy – popędza John, bo bardzo mu zależy na tym spotkaniu.

Do klubu sportowego, który jest bardziej miejscem elitarnych spotkań niż wyciskania potu, zawozi ich czarna limuzyna. Przechodzą przez ogromny oświetlony hol i udają się do ogrodu. Tam czeka już na nich umyślny, który prowadzi ich długą, wyłożoną kamieniami drogą, na której Daria omalże nie traci obcasów i nie wykręca kostki. Na koniec wchodzą do altany ukrytej w gąszczu drzew i krzewów bugenwilli, które pną się po ażurowym murze otaczającym przybytek. W środku przy dużym stole siedzi już z dziesięć osób, które wstają na ich powitanie.

– Witam, ekscelencjo. – John uniżenie schyla głowę przed obalonym egipskim prezydentem Muhammadem Mursim, który nie wiadomo czemu nie siedzi w więzieniu w oczekiwaniu na wykonanie na nim i na jego stu trzydziestu braciach kary śmierci.

– Daj spokój z tytułami, jesteśmy *ichłan* i to jest najważniejsze. – Mężczyzna odwzajemnia uścisk dłoni. – Kochanie, weź panią na drinka, my chwilę pogadamy o męskich sprawach, które zapewne was nie za bardzo interesują.

– Macha na arabską piękność w wieku Darii, a dziewczyna zastanawia się, czy to jego córka, czy nałożnica.

– Jak tam? Podoba się Egipt? – pyta znudzona orientalna lalunia, nawet się nie przedstawiając. – Mam się tobą jutro zająć, bo chłopy nie lubią chodzić na zakupy, a tym bardziej na nasz suk. – Robi zblazowaną minę, a Daria stwierdza, że John znów wykręca się od jej towarzystwa.

– Okej, niech tak będzie. – Teraz przyjmuje to z pogodą, bo Egipcjanka jest głupia i wulgarna, ale i tak dużo sympatyczniejsza od wrogo do niej nastawionej Jasmin. – Podaj godzinę, to będę gotowa.

– Człowiek by się chciał wyspać, ale jak nie pojedziemy rano, to zdechniemy w tym upale, więc powiedzmy tak o dziesiątej. – Egipcjanka wykrzywia usta, jakby miała zaraz zwymiotować.

– Dobra, podam ci adres…

– Nie trzeba. Mój stary raczej będzie wiedział. Pij wino. – Podsuwa Darii kieliszek, który barman uzupełnił bez pytania. – Przy tamtych to nie za bardzo – pokazuje głową na salę konferencyjną. – A sok winogronowy, którym oni się zapijają, nie zastąpi nektaru bogów. – Wychyla swoje szkło jednym tchem i odstawia na ladę, pokazując palcem, że życzy sobie dolewki.

Daria na zakupach i włóczeniu się po Kairze spędza z Basmą, bo tak ma na imię jej towarzyszka, długie i wyczerpujące dwa dni. Mogą samopas bezpiecznie poruszać się po szesnastomilionowym mieście tylko dlatego, że jak cień podążają za nimi umięśnieni ochroniarze. W innym przypadku samotna dziewczyna, tym bardziej w skąpym ubraniu, takim jak szorty i podkoszulek, nie może czuć się tu bezpieczna. Daria oczywiście o tym nie wie, bo nigdy nie interesowała się zgwałconymi na ulicach Kairu nie tylko cudzoziemkami, ale nawet koptyjskimi Egipcjankami, więc nie czuje żadnego lęku czy choćby stresu. Jest na totalnym luzie i dobrze się bawi. Okupuje się do nieprzytomności na największym w północnej Afryce bazarze, gdzie Basma targuje każdą cenę z zawziętością tygrysicy i wszystko dostają dosłownie za półdarmo. Płatności ich nie interesują, bo na koniec jeden z goryli po prostu załatwia te sprawy w kasie. Po wyczerpującej trasie kobiety siadają w przyjemnej kafejce niedaleko Uniwersytetu Al-Azhar i zamawiają aromatyczną pyszną kawę arabica.

– Kurzysz? – Basma wyciąga paczkę papierosów i częstuje nową koleżankę.

– Możesz tak całkiem swobodnie palić w publicznych miejscach, pić wino, chodzić w wyzywających ciuchach i mieć taki agresywny makijaż? – Daria nie może się nadziwić. – Ale jesteś wyzwolona!

– To pozory, moja droga. – Egipcjanka poważnieje i robi skwaszoną minę. – Tylko pozory. Jestem jedyną córką swojego sławnego ojca, który przymyka oko na to i owo, a ja gram mu na nosie, ile wlezie – wyznaje szczerze.

– To nieładnie! Musi cię bardzo kochać, jeśli pozwala ci na to wszystko.

– Na swój sposób mnie kocha – śmieje się ironicznie. – Co miesiąc zaprowadzają mnie do ginekologa, żeby sprawdził, czy jeszcze jestem dziewicą, więc zaufania do mnie nie ma żadnego i traktuje mnie jak zwykłą kurwę.

– To poniżające! – oburza się Daria.

– Właśnie. Wiele bym dała, żeby być normalną młodą dziewczyną. Taką jak ty! Jeździsz sobie przez pół świata z facetem, który nie jest twoim mężem, śpicie razem w hotelach… W ogóle śpicie ze sobą! Mój Boże! A ja mogę ewentualnie dać komuś dupy i to dosłownie, albo brać w gębę – oświadcza ordynarnie, ale emanujący z niej smutek łagodzi ostre słowa.

– Może to się zmieni…

– Tak, jak wyjdę za mąż, ale kto by mnie chciał?! Żaden prawowierny muzułmański chłop mnie nie weźmie, zresztą o to mi chodzi. Wolę być dziewicą do śmierci, niż zadawać się z takimi oszołomami.

– Przecież są wśród arabskich mężczyzn porządni, normalni faceci – przekonuje pół-Polka.

– Nie w otoczeniu mojego papcia i mojej rodziny. Może kiedyś zmyję *kohl* z oczu, obetnę te cholerne czarne kędziory, zrzucę drogie ciuchy i ucieknę stąd razem z tysiącami uchodźców, co teraz walą do Europy. – Basma zwierza się ze swoich najskrytszych planów i Daria dochodzi do wniosku, że w sumie lubi tę nieszczęśliwą dziewczynę.

– Nie nadajesz się do obozów dla uchodźców – wylewa na nią jednak kubeł zimnej wody. – Jak ty byś mogła mieszkać w hangarze i stać w kolejce po biedazupkę? To nie dla ciebie, Basmo.

– Wolałabym to niż moje obecne życie. Znaleźć zwykłego gościa, bez jakichś popierdolonych ideałów w głowie, zakochać się, wyjść za mąż, mieć z nim dziecko…

Mogłabym żyć w najbardziej zapyziałej norze i pracować przy frytkach w McDonaldzie. Wierz mi! – wykrzykuje Egipcjanka.

– To zaryzykuj i zrób to – doradza Daria. – Kto nie ryzykuje, ten w kozie nie siedzi.

– Tutaj żadnej kozy by nie było. Prędzej straciłabym mój ufryzowany łebek.

– Jak to? Kto niby miałby ci to zrobić?

– Mój papcio kocha mnie na zabój. – Basma gasi papierosa i wstaje od stolika. – A ty uważaj z tym swoim facetem. Nie łudź się, że on jest taki nowoczesny. Pozory mylą. Nie daj się wpuścić w maliny, bo jeszcze wdepniesz w jakieś śmierdzące gówno – chichocze z zabawnej gry słów.

– Co masz na myśli?

– Ty nie jesteś z tej bajki, a on jest zakumplowany z moim tatą, więc wierz mi, że to partner nie dla ciebie – ostrzega poważnie. – Jak nie masz forsy, to ja ci kupię bilet do Europy i zwiewaj stąd – szepcze jej na ucho z szalonym błyskiem w oku.

– O czym ty mówisz? Mój John jest może trochę ekscentryczny, ale to dobry i porządny człowiek. – Daria mówi to z taką wiarą, że Egipcjanka smutno na nią patrzy i już więcej się nie odzywa.

– Mam nadzieję, że jeszcze kiedyś się spotkamy w bardziej dogodnych warunkach, lepszych czasach i normalnych okolicznościach, Darin. – Na pożegnanie mocno przytula ją do siebie. – Pilnuj się, proszę!

– Ty też. I zmyj ten makijaż, bo jest okropny. – Obie wybuchają młodzieńczym śmiechem, choć wcale nie jest im wesoło, bo tak jednej, jak i drugiej ta rozmowa dała wiele do myślenia.

Daria przez moment duma nad tym, że Basma powiedziała jej dokładnie to samo, co Pakistańczyk Muhamad, lecz poważne myśli szybko pierzchają jej z głowy. Powoli zbliżają się do ostatniego etapu ich podróży. Teraz lecą do Hurghady, gdzie w pięciogwiazdkowym wypoczynkowym kompleksie mają spędzić pięć dni. Dziewczyna bardziej przeżywa fakt, że potem będzie musiała wrócić do Saudi i znów mieszkać z dala od Johna, niż że coś złego mogłoby ją przy nim spotkać. Jest przekonana, że z jej ukochanym czeka ją tylko miłość, przyjemność i radość. A ludzie niech gadają, co chcą.

– Już wystarczy tego gnicia na słońcu! – Dziwnie podminowany John po dwóch dniach męczy się nieróbstwem. – Musimy się gdzieś ruszyć!

– No coś ty! – oponuje Daria, zachwycona miejscem, pogodą i otaczającym ją przepychem. – Gdzie ja znajdę taką drugą afrykańską Wenecję na pustyni? – Pokazuje na połączone ze sobą rozległe baseny, nad którymi wiszą artystycznie wykonane kładki z drewnianymi poręczami. – Ja stąd nie wyjeżdżam! Nie ma mowy! – Udaje rozkapryszenie, ale naprawdę jest jej przykro i serce jej się kraje. *Jak ja przywyknę do mojej codziennej rutyny, do zwykłego, nudnego świata, pracy, nauki, sprzątania i gotowania?*, zastanawia się. *Jakże łatwo człowiek przyzwyczaja się do zbytku...*

– Mam dla ciebie propozycję nie do odrzucenia. – John postanawia jednak czymś ją zająć.

– Co takiego? Pamiętaj, że znad basenu wołami mnie nie ruszysz!

– A jak bym ci powiedział, że masz wykupiony pakiet SPA na cały dzień z odnową biologiczną, masażami, depilacjami, pedikiurem i manikiurem i czym tam jeszcze dusza zapragnie? – pyta niewinnie mężczyzna, ale już widzi błysk w oku kochanki i wie, że ten dzień będzie miał dla siebie.

– Na terenie resortu? – upewnia się jeszcze mały leniuszek.

– Tak, tuż za rogiem głównego budynku.

– Na którą?

– Zdążysz wziąć zimny prysznic, chwilę ochłonąć w pokoju pod klimatyzacją, zaliczyć ze mną ostry szybki numerek, a potem to już musisz pójść – żartuje zadowolony, bo czuje, że jego plan się powiedzie.

Daria spędza ten dzień w sposób, o którym kobiety mogą tylko pomarzyć. Krąży nad nią z pięć specjalistek: od skóry, paznokci, depilacji, włosów, makijażu, a na koniec Egipcjanki zabierają się do wykonania wzorów z henny na dłoniach i stopach zrelaksowanej klientki. Cały czas ją dokarmiają, przynosząc owoce, słodkie smakołyki, a na lunch wykwintną sałatkę. *I niech mi ktoś powie, że John o mnie nie dba*, podsumowuje wniebowzięta młoda kobieta. *Że nie myśli o moich przyjemnościach! Takiego chłopa to ze świecą szukać!* Przymyka oczy i rozkoszuje się swoim szczęściem.

– Może już wystarczy tego tatuażu? – wzbrania się, kiedy specjalistki zaczynają pokrywać kwiatowymi wzorami jej przedramiona. – Dla hecy na dłoniach jest okej, ale tak po całości to nie za zbytnio – tłumaczy, na co Arabki robią zdziwione miny.

– To pakiet dla *arusy*[1], więc robimy, co należy – wyjaśniają.

– Może był na tyle atrakcyjny, że mój przyjaciel go dla mnie zamówił, ale... – Daria marszczy czoło i już sama nie wie, co o tym myśleć. John nie mówi jej o wszystkim, a w zasadzie mówi o niewielu rzeczach. Cały czas robi tajemnice, nazywając je niespodziankami, więc może szykuje dla niej jeszcze jakąś atrakcję? Krwisty rumieniec wykwita na jej młodej buzi i już się nie wzbrania, poddając temu, co przyniesie los.

– Och, ależ z ciebie zrobiły Arabkę! – Kiedy tylko Daria przekracza próg pokoju, John zachwyca się efektem pracy wizażystek. – A mówiłem, że swojego pochodzenia nie ukryjesz! – Ustawia ją przed dużym lustrem i dopiero teraz kobieta widzi, co te kretynki z niej uczyniły. Gdyby nie cienka letnia europejska sukieneczka, rzeczywiście wyglądałaby jak z arabskiego żurnala. Pokryta fluidem twarz wygląda jak maska, oczy mocno podkreślone *kohlem* nabrały migdałowego kształtu, a ich kolor przeszedł z brązowego w czarny, ufarbowane henną włosy mają odcień ciemnej oberżyny, a barwnik na rękach i nogach kontrastuje z jej miodową karnacją. – Piękna z ciebie kobieta, Darin – wyznaje John, a ona już się nie wścieka, bo przecież tak lubi sprawiać mu przyjemność.

[1] *Arusa* (arabski) – oblubienica, panna młoda.

Zamiast jak zwykle zaciągnąć ją do łóżka, mężczyzna wręcza jej pięknie zapakowane duże pudło. Kiedy Daria je otwiera, aż brak jej słów i nie wie, jak ma to rozumieć. W środku znajdują się tradycyjne szaty panny młodej w bordowo-złote pasy, a na wierzchu leżą długi aż do pasa złoty naszyjnik, kolczyki i liczne bransolety na nadgarstki i kostki u stóp.

– Znów bawimy się w przebieranki? – pyta szeptem kochanka.

– Na ślub każdy się przebiera. Nie widziałem jeszcze, żeby ktoś na tę uroczystość szedł w szortach i podkoszulku albo w plażowym kostiumie.

– Na czyj ślub? – Słowa ledwo przechodzą jej przez ściśnięte ze wzruszenia gardło.

– Nasz ślub, moja *arusa*. – Mężczyzna bierze ją delikatnie w ramiona, całuje w czubek głowy i patrzy wymownie w oczy.

John sam nie wie, czemu jest tak podekscytowany, bardziej niż podczas niejednej niebezpiecznej militarnej akcji czy wykonania wyroku śmierci. Czemu serce bije mu jak szalone i nie może oderwać oczu od tej niewiernej, nieczystej dziewczyny? *Ona jeszcze wejdzie na drogę prawdy i wtedy stanie się moją prawdziwą żoną*, tłumaczy się sam przed sobą. Jego pomysł zagrania na nosie mediom i światowej opinii publicznej trochę ewoluował. Przedtem chciał jedynie pokazać, że islamski bojownik bierze sobie europejską kobietę, która dobrowolnie przyłącza się do ich sprawy i islamskiego państwa, ale nie przewidział, że po drodze naprawdę się w niej zakocha.

Nastał ostatni dzień pobytu Darii i Johna w rajskim resorcie w Hurghadzie. Dziewczyna już bez namawiania maluje codziennie oczy *kohlem*, układa włosy i stara się wyglądać na Arabkę. Jeśli to sprawia jej mężowi taką przyjemność, a przecież wzięli ślub przed szejkiem, to czemu ma się przed tym wzbraniać? Tłumaczy sobie, że jest to niewinne dziwactwo, bo przecież faceci każą się swoim dziewczynom przebierać w ciuchy z sex-shopu czy męskie stroje i dopiero wtedy są szczęśliwi.

Jako że ma dość czasu, bo John jak zawsze chodzi własnymi ścieżkami, zaprzyjaźnia się z urlopowiczami, którzy, tak jak ona, rozkoszują się słońcem, pięknem miejsca i cudowną pogodą. Słońce świeci nieustająco, ale łagodnie i nie pali ich bladych europejskich ciał na skwarkę. Są to przeważnie ludzie o dwadzieścia, trzydzieści lub nawet więcej lat starsi od dziewczyny, bo to sezon dla emerytów, którzy pragną wygrzać swoje stare kości w cieple, młodym pozostawiając spędzanie Wigilii i sylwestra w mrozie i szusowanie na nartach po śniegu. Dzieci jest jak na lekarstwo, co wszystkich cieszy, bo nad basenami panuje spokój, jedynie delikatna orientalna muzyczka dobiega z głośników ukrytych w murawie czy na drzewach.

– Nie boicie się jeździć do krajów arabskich po zamachach w Paryżu? – pyta Daria miłych Francuzów, w sąsiedztwie których wyleguje się na swoim rozkładanym plastikowym leżaku. – To tak jakby wchodzić w paszczę lwa.

– Kochana! – Mężczyzna siada i widać, że przygotowuje się do dłuższej prelekcji. – Przeżyliśmy atak na „Charlie

Hebdo", choć w tym czasie byliśmy dosłownie parę przecznic dalej, schwytano zakładników w kawiarni, w której nie raz pijaliśmy kawę, a w klubie Brasiliana byliśmy już chyba ze cztery razy, bo bardzo nam smakuje latynoskie grillowane mięsiwo i kochamy występy capoeiry.

– Przeznaczenie, moje dziecko – potwierdza słowa męża szczuplutka Francuzka.

– A co oni niby mieliby tu atakować? Co by im to dało? – zastanawia się jednak szpakowaty pan. – Bez sensu zabijać turystów.

– Pod świątynią Hatszepsut koło Luksoru ładnych parę lat temu terroryści zaatakowali jednak autobus z niemieckimi turystami i wszystkich zamordowali – przypomina sobie Daria. – Nawet dobili ciężarną kobietę.

– Byłaś wówczas jeszcze dzieckiem i pamiętasz takie rzeczy?

– Tak, bo mieliśmy wtedy opłaconą wycieczkę do Egiptu, na którą się napalałam jak Arab na kurs pilotażu – żartuje, a towarzystwo wybucha śmiechem. – Moja zawsze ostrożna mama zadecydowała, że nie jedziemy. Było mi strasznie przykro.

– Wtedy Bractwu Muzułmańskiemu chodziło o osłabienie kraju i przejęcie rządów w swoje fundamentalistyczne łapska. Ale teraz działa Państwo Islamskie, które nie wiem, co chce osiągnąć z wyjątkiem terroru i zastraszenia.

– Tak więc co komu pisane, na tego bęc – wygłupia się siwy Brytyjczyk, który przysłuchiwał się ciekawej dyskusji. – Zresztą rozejrzyj się, moje dziecko. Co komu po takich starych zgredach? Nikt by za nas ani centa okupu nie dał!

W miłej atmosferze, wśród śmiechu i wygłupów, spędzają leniwe wakacyjne przedpołudnie, zwilżając gardła lodowatym piwkiem i chłodząc się w cudnych basenach.

– Chodź, ustaw się do zdjęcia! – John, który pojawił się przed godziną lunchu, woła Darię na kładkę łączącą oba brzegi basenów. – Nakręcę też krótki filmik! Chciałaś być uwieczniana, to proszę bardzo! – śmieje się, a dziewczyna zrywa się z leżaka i pędzi na złamanie karku.

– Wyślemy to mamie i Marysi? – pyta. – Chciałabym, żeby wiedziały o moim szczęściu!

– Pewnie! Cały świat się dowie! – oświadcza z szelmowskim uśmieszkiem dżihadysta.

Daria pozuje do zdjęć, a na koniec John nagrywa parosekundowy filmik.

– Jest wspaniale! Cudownie! Rewelacyjny resort, pogoda, ludzie… – wyznaje Daria ze szczęściem emanującym z jej twarzy. – Kocham cię, John, mój mężu, i dziękuję, że mnie tu przywiozłeś.

– Spadamy stąd! – Mężczyzna poważnieje, widząc chłopaka z obsługi wchodzącego na mostek i niosącego pod pachą przeciwsłoneczny parasol.– Już! – Mocno chwyta swoją młodą żonę za rękę i ciągnie do budynku.

– Ale ja zostawiłam na leżaku ręcznik! – Daria zapiera się nogami, wyrywa i chce biec w stronę basenu. – Muszę go oddać, bo jeszcze pomyślą, że ukradłam.

– Ani mi się waż! – John chwyta ją mocno w pasie i prawie unosi ze sobą.

– Co ty znowu wyprawiasz? O co ci chodzi?! – Do oczu dziewczyny napływają łzy, kiedy nagle całkiem z bliska rozlegają się pierwsze strzały.

Młody egipski fundamentalista, stojący na drewnianej kładce, puszcza jedną serię z karabinu maszynowego za drugą, kierując ogień w stronę niczego niespodziewających się zagranicznych turystów. Bezbronnych ludzi ogarnia straszliwa panika. Jedni od razu zrywają się do ucieczki, inni krzyczą i stoją jak zamurowani w miejscu, a jeszcze inni pochylają się nad tymi, którzy już zostali zabici. Jest piękny słoneczny dzień, bezchmurne błękitne niebo, a w rajskim miejscu zapanował chaos, istna Sodoma i Gomora. Poszarpane kulami ciała bądź leżą nieruchomo, bądź drgają w przedśmiertnych skurczach. Krew, która z nich wypływa, ma kolor jasnej czerwieni, a po chwili zastyga w rubinowej kałuży. Białe plażowe ręczniki szybko nasiąkają posoką, a woda w basenach barwi się na różowo. Nastał dzień sądu ostatecznego – dla jednych czas krzywdy i cierpienia, a dla drugich czas zwycięstwa ich chorych ideałów. Zwycięstwa okupionego krwią niewinnych ofiar w imię Boga, którego imię tutaj i teraz zostało zbrukane.

* * *

Daria trzyma się kurczowo plastikowego uchwytu nad drzwiami samochodu, który z piskiem opon wchodzi w zakręty i ślizga się po jezdni. Ona i John pędzą na lotnisko w Hurghadzie, a tam bez zbędnych formalności i utrudnień wskakują do małego odrzutowca Egyptair, w którym jest raptem ze dwadzieścia osób. Szybko siadają, zapinają pasy i samolot zaraz startuje.

– John, czemu zginęli niewinni turyści, a my nie? Czemu morderca nas nie tknął, a gdy mijał, to jakoś tak dziwnie na ciebie spojrzał? – indaguje drżącym głosem Daria. – Dokąd lecimy, co? Czemu znowu jesteś tak ubrany? – zarzuca go lawiną pytań, lustrując przy tym bacznym okiem. Widzi wytarte stare dżinsy i znoszoną koszulkę polo, tak niepodobne do tego, co ostatnio na co dzień nosił jej kochanek.

– Cicho siedź, kiciu. – Mężczyzna nachyla się, miażdżąc w uścisku jej delikatną dłoń. – Chyba że chcesz być oskarżona o współudział, to pyskuj jeszcze głośniej! – straszy zjadliwym szeptem, a młoda kobieta wybałusza tylko swoje naiwne oczy.

– Że jak? O co mianowicie oskarżona?

W tej chwili John chwyta ją za drobną szczękę i boleśnie ściska, patrząc na nią z taką pogardą i nienawiścią, że Darii aż brakuje tchu.

– Nie widziałaś, co się działo, mała? Tępa z ciebie krowa! Ale właśnie taka jest mi potrzebna.

O mój Boże! W co ja się wpakowałam?! Więc jednak! Jestem głupsza od mojej siostry i naiwnej mamy! Dziewczyna wygina usta w żałosną podkówkę i stara się szybko coś wymyślić, lecz im bardziej się zmusza, tym gorzej jej to wychodzi. Szumi jej w głowie. *Myśl, myśl, myśl,* pogania się. *Jak zaraz nie wpadnie ci coś do głowy, to już po tobie!*

– To dokąd lecimy i co dalej, John? – powtarza pytanie, widząc złe błyski w oczach swojego jeszcze nie tak dawno ukochanego mężczyzny.

– Żaden John, tylko Jasem Alzani! Pamiętaj! – słyszy w odpowiedzi. – Jeszcze raz wymówisz to parszywe brytyjskie imię, to cię zabiję!

– Więc jednak jesteś Arabem?! Nigdy bym w to nie uwierzyła, choć tak wiarygodnie wyglądałeś w arabskim przebraniu. – Młódka nie może się nadziwić własnej głupocie. – Zostaw mnie w Kairze, proszę. Odbierze mnie moja rodzina. – Delikatnie dotyka jego umięśnionego ramienia. – Nie będę ci stała na drodze…

– Jesteś moją żoną i pojedziesz tam, gdzie mąż ci każe. – Facet patrzy na nią ze wstrętem.

– Nie poślubiałam Araba, ale Brytyjczyka! Johna! – Daria znów podnosi głos, ale zaraz sama chwyta się za usta.

– *Dżihadiego* Johna. W domu, w Syrii, możesz mnie tak nazywać, ale tylko w tym połączeniu, moja ty *zoudża*[1].

– Nie zgadzam się! – Dziewczyna chce wstać z siedzenia, lecz świeżo poślubiony mąż trzyma ją jak w kleszczach. – Po co ja tobie? – szepcze, trzęsąc się jak osika.

– Dla propagandy, kruszynko. Im więcej białych chrześcijańskich twarzy do nas dołącza, tym bardziej rośniemy w siłę. Niedługo cały świat stanie dla nas otworem i będzie przed nami srał w gacie!

– Na pewno nie! – Jeszcze śmie wątpić, lecz mężczyzna tylko kpiarsko na nią spoziera.

– Oj, Darin, Darin, czy ty jesteś ślepa?! Popatrz, jak nam się dobrze wiedzie! Do Europy walimy tysiącami, zapełniamy ulice i szkoły naszą młodzieżą. Ha! – Z radości aż klaszcze w ręce. – Osiągnęliśmy stan, w którym media

[1] *Zołdża (zołza)* (arabski) – żona.

piętnują tych, co na to nie chcą pozwolić. Wznosimy potężne meczety w największych miastach świata, podczas gdy inne symbole religijne wycofywane są ze szkół. Robimy przerwy w pracy, by się modlić, a inni muszą prosić o pozwolenie albo oszukiwać, żeby napić się kawy lub zapalić papierosa. Weszliśmy do waszych firm, szkół, na uniwersytety, do waszych więzień, szpitali i ośrodków wypoczynkowych.

– Tak jak dzisiaj w Hurghadzie? Niezłe mi wejście! – Daria już nie wytrzymuje tych peanów na cześć islamskiej ekspansji.

– *Uskut*[1]! – wykrzykuje po arabsku John, bo na taką arogancję nie może pozwolić. – Zmusiliśmy was nawet, żebyście przygotowywali nasze muzułmańskie posiłki, szanowali i akceptowali święta w naszym kalendarzu, nauczali islamu kosztem waszej wiary. Osiągnęliśmy też to, że artyści boją się ilustrować książki o naszym proroku, długo też nie zobaczymy żadnej jego karykatury. W gazetach czy w telewizji nie ma żadnych dowcipów o proroku Muhammadzie, podczas gdy roi się od szyderstw na temat Jezusa Chrystusa i chrześcijan, nie wspominając o powszechnych dowcipach o Żydach. A przyjrzyj się, co się wyrabia z waszymi krzyżami, waszą wiarą, papieżami, świętymi, księżmi pedofilami, katedrami i Biblią. Istna farsa!

– My nikogo nie zabijamy za to, że jest innego wyznania. – Daria nie poddaje się, choć powoli musi przyznać rację niektórym wysuwanym przez mężczyznę argumentom,

1 *Uskut* (arabski) – Cicho!; Cisza!

szczególnie tym dotyczącym ekspansji islamu. – Wiarę się wybiera, a nie narzuca. W Koranie jest napisane: „Nie ma przymusu w religii"[1].

– Dobrze, że znasz naszą świętą księgę, jeszcze ci się to przyda. Ale powiem ci, moje dziecko, że o szacunek trzeba walczyć, czasami siejąc strach. Dzięki temu idziemy naprzód. Niezauważalnie dla was zaczęliśmy naszą krucjatę i teraz już trzymamy was w garści. Dzięki waszym demokratycznym prawom dokonaliśmy inwazji w białych rękawiczkach, a dzięki naszym prawom religijnym, naszemu prawu szariatu, zdominujemy was. Wszystko nam sprzyja. Petrodolary, które wypływają z ziemi w krajach islamskich, pozwalają nam budować meczety i ośrodki kulturalne dla muzułmańskich emigrantów w krajach chrześcijańskich. Nawet u was, w Polsce, mamy parę takich przyczółków, w Janikowie czy Olsztynie. Najlepsze jest to, że nam się nie spieszy, bo machina już ruszyła i sama się toczy po wyznaczonych torach. Chcieliśmy odtworzyć kalifat i już go mamy. Teraz tylko musimy rozszerzyć jego granice, ale to kwestia czasu, którego my, ludzie Wschodu, zawsze mamy pod dostatkiem. Kiedyś, i sądzę, że to będzie w niedługiej przyszłości, rządy muzułmańskie zapanują we wszystkich krajach i powstanie społeczeństwo idealne, sprawiedliwe, kierujące się boskim muzułmańskim prawem. Wyzwolimy islamskie święte miejsca skolonizowane przez Zachód. Będziemy wieść rozsądną politykę, gospodarkę i religię, bo islam jest jedyną słuszną drogą.

[1] Koran, sura II, wers 256, PIW 1986, tłumaczenie J. Bielawski.

Politykę terroru i upodlenia, a wasza religia z islamem ma niewiele wspólnego, dopowiada w myślach Daria.

– Po zbrodniczych akcjach w Paryżu, samobójczym zamachu w Tadż Mahal, bombach w Libanie i sama nie wiem gdzie jeszcze już wam tak łatwo nie pójdzie ze zdobyciem Europy i świata – konkluduje na głos, bo nie może się oprzeć krytyce. Nie wie jeszcze, że jest ona dla niej niebezpieczna, bowiem jej kochanek jest nie tylko zwolennikiem barbarzyńskiej organizacji, ale przede wszystkim zabójczym i śmiertelnie groźnym terrorystą. – Te akty ludobójstwa wszystko zgrzebały, i to przez waszą pychę i pewność siebie!

– Dalej głupio gadasz. Europa już jest nasza, bo nie odeśle przecież prawie miliona uchodźców donikąd – ironicznie chichra mężczyzna. – Jeśli idzie o wymienione przez ciebie operacje, to tym razem nie chodziło o podbój, ale o to, by niektórym dżihadystom nie wpadło do głowy porzucenie naszych błogosławionych ziem. Wystarczy tych mięczaków, co już uciekli, a następni przez zagęszczone sito kontroli do Europy się nie przecisną.

– Ha! Więc o to biega! Będziecie mieć kalifat, ale bez poddanych. Nikt nie chce żyć w kraju terroru, opanowanym przez wojnę i fanatycznych przywódców. – Do dziewczyny nagle dochodzi celowość ostatnich działań.

– Nie słyszałaś, mała, ilu chętnych bojowników można znaleźć u was? Zasilimy nasze szeregi nowymi, zapalonymi do naszej idei duszami.

– Dziećmi? Kobietami? Narkomanami? Bezdomnymi pokurczami, wygrzebanymi ze śmietnika? – W młodym chrześcijańskim sercu Darii pojawia się nadzieja. – Nam zostawicie setki tysięcy porządnych arabskich obywateli, którzy przed wami, zwyrodnialcami, uciekli, a od nas weźmiecie odpadki... – Na te słowa dostaje w twarz tak mocno, że krew puszcza jej się z nosa. – Było cacy, pokojowo – zdesperowana, postanawia wygarnąć mu wszystko do końca – ale wam zachciało się wojny w Europie! Zobaczysz, co oni zrobią z waszym siedliskiem szatana, z pieprzonym Państwem Islamskim i samozwańczym kalifatem! – Śmieje się przez łzy, które strumieniami płyną z jej oczu. – Zjednoczone światowe siły zrównają twój kraj z ziemią, a potem dobrzy ludzie z Syrii i Iraku powrócą na ruiny, żeby je odbudować. A my im w tym pomożemy! I to nie tylko chrześcijanie, ale też inni muzułmanie, żydzi, hinduiści – wszyscy! Bo nie pozwolimy wam zniszczyć naszego świata. To będzie największa krucjata w dziejach ludzkości! Obyśmy tylko przetrwali takich opętańców jak ty, popierdoleńców jak Jasmin, Muhamad czy obalony egipski prezydent Mursi. Oraz wszystkich wam podobnych.

Teraz już ma pełną jasność sytuacji i widzi, że człowiek, na którego sama się skazała, jest obłąkany. *Boże, że ja go nie wyczułam*... Ściska zęby i próbuje powstrzymać łzy, które bezwiednie wypływają jej spod powiek.

– Muszę iść do łazienki. – Wpada na jedyny pomysł, który jest jeszcze do zrealizowania, bowiem w tylnej kieszeni dżinsów ma swoją bezcenną tajną komórkę, o której perfekcyjny, wszystko przewidujący John nadal nie ma pojęcia.

– Nie wiem... – waha się mężczyzna.

– Co nie wiesz?! Mam się tutaj zeszczać?! Nie ma tam okna, przez które mogłabym ci uciec, a przez kanalizę się nie przecisnę.

– Okej, ale szybko.

– Popierdoliło cię?!

– Lot trwa tylko godzinę, więc zaraz będziemy lądować. Mówię, że masz dwie minuty i ani sekundy dłużej.

Daria przechodzi pomiędzy siedzeniami i wchodzi do toalety. Szybko zamyka za sobą drzwi, opuszcza deskę klozetową, wyciąga telefon i siada, trzymając go w dłoni. *Spadniemy czy nie?*, zastanawia się. *Zakaz używania elektroniki to zwykła bujda czy naprawdę zakłóci to odczyty lotu?*, myśli intensywnie, marszcząc gładkie młode czoło. *Co mi zależy?*, pyta samą siebie. *Co mam do stracenia? I tak jestem zgubiona, więc…* Zdecydowanym ruchem włącza aparat i z szybko bijącym sercem czeka na dźwięk inicjacji jego pracy, bojąc się, że pomimo huku ktoś może go usłyszeć.

– Szybciej, kurwa, szybciej! – Potrząsa telefonem, jakby to mogło w czymś pomóc. – Jest!

Błyskawicznie uruchamia internet, nie dbając już o zagrożenie, bo wydaje jej się, że sytuacja, w jakiej się znalazła, nie może być gorsza.

– Najpierw wyślę SMS-a, a potem dla potwierdzenia jeszcze maila. Tekst powinien przejść bezboleśnie.

O dziwo, zasięg ma znakomity. Zrozpaczona, pisze: „Marysiu, ratuj! John to nie Brytyjczyk, lecz syryjski fundamentalista, ksywka dżihadi John. Nazywa się Jasem Alzani. Maczał palce w dzisiejszej zbrodni w Hurghadzie.

Porywa mnie przez Kair do Syrii. Odbijcie mnie!!! Ty, Hamid, Karim... Liczę na was! Nie mów mamie!!!".

Nagle rozlega się gwałtowne pukanie do drzwi.

– Wychodź! Lądujemy! – Daria słyszy wściekły głos Johna i widzi zapalającą się lampkę informującą o konieczności zapięcia pasów.

– Już idę! – drze się na całe gardło, po czym przełącza się na swoją skrzynkę mailową i wkleja wiadomość. Błyskawicznie znajduje adresata i klika „wyślij". Z trwogą patrzy na kręcące się kółko, a kiedy znika, wyłącza aparat, chowa go do majtek, spuszcza wodę, tak jakby spuszczała zasłonę na całe swoje dotychczasowe życie, i wychodzi, wpadając prosto w łapska swojego fałszywego męża.

Jedyna nadzieja w rodzinie, myśli, a spanikowane serce tłucze się w jej młodej piersi. *Jedyna nadzieja, że Marysia poruszy niebo i ziemię, żeby mnie ocalić. Znam ją i wiem, że tak będzie.*

* * *

Dwa dni po tragicznej nocy w Paryżu Hamid Binladen otrzymuje zaszyfrowanego maila z Emiratów, w którym przesłano mu zdjęcia i filmy z kamer przemysłowych w Burdż al-Arab z zapytaniem, czy o tego Brytyjczyka i jego partnerkę mu chodziło. Opieszałość arabskiego wywiadu doprowadza mężczyznę do furii, bowiem uważa on, że są kwestie życia i śmierci, w których nie można sobie pozwolić na żadne opóźnienia i tłumaczyć ich uciążliwym klimatem czy temperaturą plus czterdziestu stopni

Celsjusza. W takich momentach trzeba działać na wysokich obrotach, tak jak wszystkie służby wywiadowcze w każdym jednym kraju. A szczególnie teraz, kiedy inwazja dżihadystów trwa i może ujawnić się w każdym punkcie na ziemi. To już nie są przelewki! Aktualnie walka toczy się na całym świecie i stanowi o egzystencji wszystkich ludzi na kuli ziemskiej. Ognisk zapalnych jest już tyle, że trudno zliczyć.

Marysia i Hamid powrócili jednak do Arabii Saudyjskiej, gdyż ich gonitwa za *dżihadi* Johnem stała się bezsensowna i bardzo ryzykowna. Mężczyzna stwierdził, że lepiej, aby robił to, co najlepiej umie, czyli śledził sprawy na odległość i analizował je swoim ścisłym umysłem przy biurku. Na bojowe akcje niech chodzą młodsi, wyszkoleni w zabijaniu żołnierze, komandosi, którzy nie boją się śmierci, bo przeważnie niewiele mają do stracenia. On teraz ma do stracenia bardzo dużo, gdyż odzyskał swoją ukochaną żonę i córkę, ma zwykłą, normalną rodzinę.

Coraz więcej rzeczy znów ich łączy, rodzą się nowe wspólne przeżycia i wspomnienia, wspólnie rozwiązują problemy i przedyskutowują sprawy. Uczą się być ze sobą i cenią teraz tę miłość, jak nigdy dotąd. To Bóg musiał im ją zwrócić, to on doprowadził do tego, że znów są razem. Owszem, po drodze ponieśli wiele strat, zdobyli dobre, ale i złe doświadczenie, lecz obecnie nic się nie liczy oprócz ich małego ciepłego gniazdka. Marysia usiłuje kontynuować studia, choć nie za bardzo ma do tego głowę, gdyż Nadia czuła się tak zagubiona i porzucona w obcym domu podczas ich krótkiej nieobecności, że popadła w dziecięcą depresję i nie chce mamy od siebie puścić. Adil jest żywym chłopaczkiem, na którego ciągle trzeba mieć oko, a i o wielki dom trzeba dbać, bo Marysia nie jest już młódką i wie, że to należy do jej obowiązków, które teraz dają jej niewypowiedzianą przyjemność. Starają się z Hamidem dotrzeć swoje dojrzałe charaktery i nabyte upodobania oraz zwyczaje. W każde piątkowe południe muzułmański mężczyzna zabiera Adila do meczetu, lecz wcześniej pyta Marysię, czy jej to nie przeszkadza. Oczywiście, że jej nie przeszkadza! Bóg jest jeden, a obie religie, muzułmańska i chrześcijańska, wyrosły na tym samym gruncie i są sobie bliskie. Ona za to czyta Nadii Biblię dla dzieci, ilustrowaną pięknymi obrazkami. Polski tekst tłumaczy na arabski, by cała rodzina rozumiała i później mogła o tym porozmawiać. Książeczka tak spodobała się Adilowi, że wyrwał i zjadł ze smakiem całą kolorową stronę, co spotkało się z rozbawieniem pozostałych.

– Pójdę dzisiaj do Krysi w odwiedziny – informuje Marysia pewnego ranka. – Odbiorę Nadię ze szkoły i razem pojedziemy, dobrze?

– Oczywiście! Ja mam całe góry pracy w pracy – żartuje Hamid – więc nie musisz się spieszyć. Jak chcesz, to mogłabyś do niej częściej zaglądać, by pomogła ci w nauce.

– Tak trzeba będzie zrobić, jeśli w ogóle mam skończyć te studia. Sama nie dam rady, bo ani talentu, ani zdolności we mnie.

– Nie przesadzaj. – Ubrany już do biura w służbową białą *tobę,* Hamid mocno obejmuje ukochaną i całuje ją w czoło.

Jak co rano cmoka też swoje dzieci na do widzenia, na co Adil zabawnie się wyciera, a Nadia z zadowoleniem nadstawia policzek, bo wprawdzie ten jej papa nie jest taki czuły, zabawny i roześmiany jak Karim, ale dziewczynka czuje jego miłość i odwzajemnia mu tym samym.

Marysia umówiła się z Krysią na prośbę Karima, który chce sfinalizować ich sprawy. Sama nie ma zamiaru pozostawić ich w zawieszeniu, by mogli normalnie i uczciwie urządzić sobie życie.

– Witaj! – Polska starsza koleżanka już na progu wyciąga do niej ramiona. – Mówiłam ci, żebyś bez względu na swoje sprawy osobiste nie zrywała ze mną kontaktu. – Żartobliwie grozi jej palcem. – Damsko-męskie hocki-klocki nie mogą zniszczyć naszej przyjaźni.

– Krysiuniu! Ty nawet nie wiesz, przez co ja ostatnio przeszłam! – wykrzykuje Marysia, wchodząc do domu przyjaciółki jak do siebie i ciężko padając na kanapę.

– Oprócz porzucenia męża, rzeczywiście nie mam pojęcia – ironizuje starsza pani. – Dobra już, dobra, obojgu wam wyszło to na zdrowie, bo ten wasz związek był jakiś niedorobiony – przyznaje szczerze. – Nie powinno się wychodzić za mąż bez wielkiej, szalonej miłości, ot co!

– Tak, ale ta sprawa to teraz mały pikuś – wzdycha Marysia.

– Nadiu, zjesz pierożki w telewizyjnym, dobrze? – Krysia, jako dobry pedagog, nie chce, żeby dziecko było świadkiem poważnej rozmowy dorosłych. – Co się stało? – pyta, kiedy już dziewczynka znika.

– Daria…

– No właśnie! Co z nią? Czemu do mnie nie zajrzy?

– Posłuchaj, co ta mała zmalowała...

Marysia zdaje ocenzurowaną relację z tego, co wydarzyło się w ostatnim czasie w ich życiu, a Krysia coraz bardziej poważnieje i ani słowem nie przerywa opowieści.

– Musisz powiadomić matkę – oświadcza autorytatywnie dopiero po długiej chwili ciszy. – Musi dowiedzieć się tego od ciebie!

– Ale jak mam jej to powiedzieć? Źle zajmowałam się siostrą, nie upilnowałam jej, to wszystko moja wina! – Marysia zaczyna żałośnie zawodzić, lecz po chwili zatyka usta ręką, by nie zaniepokoić Nadii.

– Bzdura! – oburza się gospodyni. – Dziewczyna jest już dorosła i podejmuje własne decyzje. Nikt nie był w stanie jej powstrzymać, choć myślę, że Dorota swoim prestiżem jeszcze mogła coś wskórać. Ale teraz to już jest musztarda po obiedzie.

– No właśnie...

– Trzeba to zgłosić jakimś służbom! Zadzwonić do Interpolu! Wynająć detektywa! – wykrzykuje Polka. – Nie rozumiem, czemu z Hamidem sami rzuciliście się na jej poszukiwania.

– Wiesz... – Marysia zdaje sobie sprawę, że jeśli ma być szczera wobec tej kobiety i otrzymać od niej chociażby psychiczne wsparcie, to nie może podawać jej okrojonej wersji wydarzeń, choć próbuje trochę ją ocenzurować. – Wszystkie służby już ich szukają, a my z Hamidem towarzyszyliśmy im jako... konsultanci.

– Ty konsultantką?! Co ty bredzisz?!

– Hamid od lat walczy z terroryzmem i działa w międzynarodowych organach wywiadowczych – wypala w końcu Marysia, na co Krysi wydłuża się twarz i już nie odzywa się ani słowem.

Nagle drzwi się otwierają i do mieszkania wpadają Andrzej i Karim w lekarskich zielonych uniformach.

– Włączcie telewizję! Dajcie jakiegoś tableta! – krzyczą jeden przez drugiego.

– Co się dzieje?! Jezus Maria! Rewolucja w Saudi? – niepokoi się Krysia, biegając po pokoju.

– Zamach w ośrodku wypoczynkowym w Egipcie! Straszne rzeczy! Bez skrupułów strzelali do ludzi na leżakach! Co oni wyprawiają, skurwysyny jedne! – Andrzej nie przebiera w słowach, a Karim tylko patrzy zaniepokojony na Marysię.

– Co się stało? – Kobieta czuje, jak dławi ją w gardle, i serce chce jej wyskoczyć z piersi. Widzi w oczach swojego byłego męża smutek i rozpacz. – Mów!

We wszystkich telewizyjnych wiadomościach na cztery strony świata o niczym innym się nie trąbi. Oburzenie międzynarodowej społeczności jest ogromne, nawet większe niż po zamachu w Paryżu. Strzelać do bezbronnych odpoczywających turystów?! Pojawiają się kadry z miejsca zbrodni, gdzie widać krwawe plamy nad basenem przykryte białymi ręcznikami. Zagraniczni urlopowicze płaczą, krzyczą i szaleją, a egipscy funkcjonariusze pokornie pochylają głowy i gryzą ze wstydu wargi. Nagle Marysia marszczy brwi i skupia wzrok na scence umieszczonej na YouTube – nakręconej telefonem komórkowym na sekundę przed atakiem.

– Jest wspaniale! Cudownie! Rewelacyjny resort, pogoda, ludzie... – tylko słyszy głos swojej siostry, bo przez napływające do oczu łzy nie jest w stanie jej zobaczyć. – Kocham cię, John, mój mężu i dziękuję, że mnie tu przywiozłeś.

Wszyscy w pokoju milkną i wstrzymują oddech.

– To ciocia Daria! – Ciszę przerywa dźwięczny jak dzwoneczek głosik małej Nadii, która nie wiadomo w którym momencie weszła do pokoju.

Marysia pada bez tchu na dywan. Nie słyszy sygnału przychodzącego na jej telefon SMS-a.

IV

UCHODŹCY

Nie będziecie przelewać krwi! Nie będziecie się wzajemnie wypędzać z waszych domostw! Wy jednak zabijaliście się wzajemnie; wypędziliście część z was z własnych domostw, spiskując przeciwko nim w grzechu i wrogości. Otóż wypędzanie ich było wam zakazane. A zapłatą dla tych spośród was, którzy to czynią, będzie hańba w życiu tego świata, a w Dniu Zmartwychwstania będą skierowani ku najstraszniejszej karze[1].

[1] Koran, sura II, wers 84–85, PIW 1986, tłumaczenie J. Bielawski.

Codzienność Damaszku

Daria nie pamięta, jak znalazła się w Damaszku. Mieli krótki przystanek na lotnisku w Kairze, gdzie poszła do toalety, a potem John dał jej do wypicia colę. Od tamtej chwili albo lewitowała, albo spała snem człowieka odurzonego. Mężczyzna, bojąc się, że będzie mu sprawiała kłopoty po szoku, jaki przeżyła w Hurghadzie, przedobrzył z ilością środka uspokajającego i tylko młody organizm dziewczyny mógł to wytrzymać. Kiedy prawie wnoszono ją do kamienicy w Damaszku, uchyliła tylko na chwilę jedno oko i zauważyła tabliczkę na drzwiach z napisem: „Prof. Ibrahim Elkurdi". *Będą mieszkać u profesora?*, przeleciało jej przez głowę. *Nie jest aż tak źle.* Później już tylko spała, czasami budziły ją odgłosy kłótni zza ściany, a potem znów zapadała w sen. Nie wie, jak długo to trwało.

– Otwórz drzwi i wypuść tę kobietę! – słyszy w końcu już bardziej wyraźnie. – Chcesz, żeby umarła, to wywieź ją za miasto i tam zostaw, a nie w mieszkaniu, które wynajmujesz pod szyldem mojego dobrego i cierpliwego męża!

– Nie wtrącaj się do spraw, które cię nie dotyczą, kobieto! – Daria rozpoznaje podenerwowany głos Johna.

– Jaka kobieto?! Jestem twoją matką! Niestety! – Po tych słowach rozlega się świst i pacnięcie, lecz nie powstrzymuje to przebojowej rozmówczyni. – Jedną już zabiłeś, więc rozochociłeś się i chcesz zabić następną?! – Nie poddaje się ni ordynarności, ni przemocy. – Gdzie jest moja córka, Aida, co?

– Tam, gdzie jej miejsce. – W męskim głosie brzmi rozbawienie. – Smaży się w piekle razem z wszystkimi rozpustnymi grzesznicami.

– A jakim prawem ty ją tam wyprawiłeś? Bawisz się w Boga?! Istnieje wymiar sprawiedliwości…

– Sprawiedliwość wymierzana kobietom w Saudi jest właśnie taka, najbardziej czysta i najbliższa naszej świętej księdze, Koranowi.

– Jeśli Koran nakazuje zabijanie bezbronnych, zgwałconych kobiet, to ja pieprzę taką świętą księgę! – bluźni muzułmanka, nie mogąc pogodzić się z niesprawiedliwością i bezprawiem. – Teraz słychać już tylko razy, a potem na długo zapada cisza. – „Cudzołożnicy i cudzołożnikowi wymierzcie po sto batów, każdemu z nich obojga! W imię religii Boga, jeśli wierzycie w Boga i Dzień Ostatni, niech nie powstrzyma was żadna względem nich pobłażliwość. I niech pewna grupa wiernych będzie obecna przy ich karze”[1]. – Po chwili słychać szept: – Nie ma mowy o zabijaniu…

[1] Koran, sura XXIV, wers 2, PIW 1986, tłumaczenie J. Bielawski.

– A co z naszym honorem? Co z honorem twojego męża? – oburza się John. – Ktoś musiał o niego zadbać i zmazać hańbę z naszego rodu.

– Lepiej się czujesz, będąc honorowym zbrodniarzem niż kochającym przyrodnim bratem pokrzywdzonej przez los ofiary? – pyta kobieta, szlochając, lecz po tych słowach do Darii dochodzi jedynie głuchy pogłos zadanego ciosu i łoskot padającego na podłogę ciała.

– Dziewczyno... Dziewczyno – pewnego ranka zza drzwi dochodzi szept. – Żyjesz tam jeszcze?

– Mhm... – Jedynie na takie potwierdzenie stać Darię, bowiem wargi ma zlepione z pragnienia, a język stoi jej kołkiem.

– Spróbuję dostać się do ciebie przez okno i podać ci wodę i *chobzę*, dobrze? Dasz radę wstać?

– Tak... – ledwo charczy to krótkie słowo, a od wypływającego dźwięku gardło boli ją, jakby je nożami cięli.

Młoda wstaje jak na zwolnionych obrotach, ale od razu pada z powrotem do barłogu. Po chwili jednak, gdy najsilniejsze zawroty głowy ustają, znów usiłuje przyjąć pion. Teraz już ostrożniej, zgięta wpół i podpierając się na nielicznych w pokoju sprzętach, dociera do okna. Z wielkim trudem otwiera je na oścież i obserwuje spokojną, całkiem ładną uliczkę na porządnym osiedlu willowym. Nagle zza różanych krzewów na zadbanym trawniku wychyla się uśmiechnięta twarz starszej pani. Na widok Darii od razu poważnieje.

– To jest niewysoki parter, więc dawaj nogi przez parapet i zeskocz tu do mnie – instruuje Arabka. – Nie możesz w takim stanie dłużej siedzieć w tej norze. W ogóle to powinnaś pójść do lekarza.

– Gdzie on jest? – pyta Daria i obie doskonale wiedzą, o kogo chodzi.

– Polazł gdzieś. Diabeł go wie i miejmy nadzieję, jak najszybciej zabierze do siebie.

– A jak wróci? – Boi się zmaltretowana i zniszczona psychicznie kobieta.

– To wszystko wezmę na siebie. W końcu jestem jego matką i muszę ponieść odpowiedzialność za to, na jakiego potwora wyrósł mój syn. – Daria patrzy pięknej kobiecie prosto w oczy, widząc pod jednym zapuchnięcie, a pod drugim potężny wylew. Czoło i policzki ofiara przemocy także ma w sińcach, więc widać, że synek nie szczędzi nawet własnej rodzicielki. – On jest szalony, więc musisz się jak najszybciej pozbierać i zwiewać stąd, gdzie pieprz rośnie. Nie pozwolimy mu skrzywdzić kolejnej dziewuszki!

Za winklem, przestępując z nogi na nogę, stoi przygarbiony elegancki pan w białej *tobie*, ten sam, który jeszcze miesiąc temu był zażywnym mężczyzną w sile wieku, tryskającym energią i nad wyraz gadatliwym. Po ostatnich wydarzeniach postarzał się i zobojętniał. Przestał się odzywać i angażować w cokolwiek, jednak zachowanie pasierba w stosunku do jego ukochanej żony boli go niepomiernie, a gorycz i nienawiść zbierają się w jego spokojnym i dobrym sercu, choć mężczyzna nie potrafi dać im ujścia. To go najbardziej deprecjonuje w jego własnych oczach.

– Chodź, chudzino. – Saudyjczyk wyciąga rękę, chcąc podtrzymać ledwo stojącą nieszczęśnicę. – Nie będziemy tu stali, żeby nas ktoś zobaczył i doniósł. Nie wiadomo, co dla nas gorsze: Jasem i jego kolesie fundamentaliści czy rządowe wojsko i syryjska policja. Jakby co, to każdy z nich zabiłby nas bez mrugnięcia powieką.

– Fajnie. – Daria po raz pierwszy od długiego czasu uśmiecha się, ciesząc się, że nie jest sama. – Może nam wszystkim wspólnie uda się uciec z tego piekła? – proponuje słabym głosem, podniesiona na duchu.

– Najpierw postarajmy się pod jednym dachem z Jasemem przeżyć choć miesiąc. – Matka z rezygnacją macha ręką. – A nie zanosi się na to, przynajmniej w moim wypadku. Ciekawa jestem, czemu ten skurwysyn tak nienawidzi kobiet? – zastanawia się na głos, prowadząc pod rękę osłabioną dziewczynę. – Zapewne to moja wina, więc i ten kielich goryczy muszę wypić.

Powoli, krok za krokiem przemierzają krótki dystans, wchodzą do mieszkania i zamykają się na klucz.

– Oto mój mąż, porządny chłopina, Saudyjczyk, historyk i filozof, Ibrahim Elkurdi. A ja jestem Munira Alzani, Syryjka, mamusia naszego oprawcy – przedstawia ich już za zamkniętymi drzwiami, w długim ciemnym korytarzu potężnego apartamentu.

– Nazywam się Daria Nowicka. Jestem pół Polką, pół Arabką. – Dziewczyna wyciąga ramiona do życzliwej kobiety, a ta tuli ją do siebie, jakby przygarniała do serca swoją zamordowaną córkę Aidę.

– Skąd on cię porwał, moje dziecko? Gdzieżeś mu weszła w drogę? – zasypuje pytaniami miła kobieta, prowadząc Darię do łazienki. – Ibrahim, daj ubrania Aidy, bo dziewczynki mają taki sam rozmiar. Takie same dwie kruszynki... – Przytula się do szczupłych pleców obcej i szlocha bezgłośnie.

– Dziękuję, matko. – Darii też chce się płakać, ale połyka łzy, bo wie, że jak zacznie, to długo nie będzie mogła skończyć.

– Napuszczę ci wody, ale tylko troszeczkę, bo w mieście są limity i czasami w ogóle nie ma w czym rąk umyć. Podłączyłam bojler, to powinna już być ciepła. – Krząta się, chcąc czymś zająć, bo nie wie czemu, ta dziewczyna tak przypomina jej zabitą córkę. Może dlatego, że obie są szczupłe, bardzo młode, mają ten sam wyraz zagubienia na twarzy i we dwie zostały skrzywdzone przez tego samego okrutnego człowieka, przez podłego bezwzględnego sadystę, jej syna. – Z mydłem też są kłopoty, ale mąż ma jeszcze trochę pieniędzy, więc kupujemy na czarnym rynku.

Daria zrzuca śmierdzące ciuchy, które czadzą zatęchłym potem i ekskrementami. Zastanawia się, czy John celowo zostawił ją zamkniętą, żeby zdechła w tej norze, czy chciał ją tylko złamać. Kiedy słyszy płynącą wodę i czuje jej ożywczą moc na swojej skórze, rzuca się i pije jak zwierzę, nabierając pełnymi garściami, krztusząc się i dławiąc.

– Kochana! Nie wolno tego pić! Tutaj już żadne oczyszczalnie nie działają! – Kobieta odciąga ją od kranu. – *Wallahi!* Nawet wody ci nie dawał? Co za potwór!

– Nie wiem, nie pamiętam…

– Co wieczór szykowałam dla ciebie kolację, którą on zanosił do zamkniętego pokoju.

– Nie pamiętam, czy coś jadłam. Nie mam pojęcia, co mi zaaplikował i jak bardzo było to mocne i zabójcze, ale nadal kręci mi się w głowie i czuję słabość w członkach. Wydaje mi się, jakbym była tutaj, ale nie do końca. Tak jakbym stała za szklaną szybą i obserwowała, co się ze mną dzieje – tłumaczy Daria, mrużąc oczy i krzywiąc twarz, bo delikatne promienie słońca przebijające się przez drewniane żaluzje w oknie rażą ją.

Munira wymyka się z łazienki i za drzwiami zalewa łzami, lecz błyskawicznie nad sobą zapanowuje – wyciera napuchniętą twarz, odbiera kolorowe ubrania Aidy z rąk męża, który trzyma je jak najcenniejszą relikwię, i wraca do swojej nowej córki.

– Musimy trzymać się razem – oświadcza mocnym głosem. – Nie damy mu się, kochanieńka – pociesza.

– Tak, tak będzie. Moja mama i siostra nie z takich opresji wychodziły. Teraz moja kolej, żeby pokazać, że płynie w nas ta sama krew. Też jestem silna i mocna, też się nie poddam… – Ostatnie słowa Daria wypowiada już słabym głosem, bo nie wytrzymuje dłużej presji i stresu. W końcu cicho szlocha. – Moja Marysia by mu jaja wybrała! – dodaje, kiedy już się uspokaja.

Kobiety siedzą w łazience dobrą godzinę. Starsza pomaga doprowadzić się młodej do porządku, myje jej włosy, a następnie długo szczotkuje. Daria, jakby pękła w niej tama, opowiada towarzyszce niedoli o kolejach swojego losu i o swojej rodzinie.

– Miriam Binladen? Toż ja ją poznałam w Ikei w Rijadzie! – W pewnym momencie wykrzykuje Munira. – Ależ byłam wtedy dla niej niegrzeczna i oschła. – Żałuje poniewczasie. – Tak się bałam o moją małą Aidę. Uważałam, że jest za młoda na romansowanie, a o spotykaniu się z chłopakiem to w ogóle nie było mowy. Przecież to Saudia! – Chwyta się za głowę. – Gdybym wtedy inaczej postąpiła, gdybyśmy zaakceptowali tego młodzieńca… – Widać, jak bardzo gryzą ją wyrzuty sumienia. – Co by było gdyby!

– Nie obwiniaj się, matko. Chciałaś dla córki jak najlepiej – pociesza Daria. – Jak każda mama.

– Nie wierzę, że on ją zgwałcił. Nie ma mowy! Czytaliśmy maile i wiersze, które do niej pisał. – Uśmiecha się smutno. – Może to niełądnie, że wściubialiśmy nos w jej prywatne sprawy, ale ona miała dopiero szesnaście lat. Śmialiśmy się z Ibrahimem z ich romantyzmu, a ja nawet robiłam mu wyrzuty, że nigdy takich rzeczy mi nie mówił.

– Ale co się z nią stało? John ją zabił? Dlaczego? – Dziewczyna składa w całość zasłyszane wcześniej fragmenty kłótni.

– Bo jest mordercą, ot co! – Kobieta uderza pięścią w brzeg wanny. – I lepiej przyzwyczaj się, że on jest Jasem. Tutaj twój wyimaginowany John nie istnieje – podsumowuje. – Chodźmy do kuchni, bo on może lada chwila wrócić, a łazienka to nie najlepsze miejsce na bój z tego typu człowiekiem. Choć to bardziej zwierzę niż człowiek – poprawia się, zaciska usta i wychodzi.

Daria czuje się jak nowa i siły znów jej wracają. Młodość jest wspaniała – daje możliwość błyskawicznej regeneracji i nadzieję wyjścia z najstraszniejszych opresji. Dziewczyna obchodzi wielkie mieszkanie, naciska klamki kolejnych drzwi, lecz większość jest zamknięta. W końcu wchodzi do trzydziestometrowego, jasnego i pięknie wyposażonego pokoju rodziców Johna, lecz widząc Ibrahima, pochylonego nad biurkiem, przeprasza i szybko się wycofuje. Z korytarza wiodą jeszcze wejścia do łazienki, oddzielnej toalety z prysznicem, pralni z suszarnią i spiżarki. Lokum jest komfortowe, lecz jego mieszkańcy czują się tu jak w ekskluzywnym więzieniu. Na koniec kieruje się do kuchni, skąd dochodzi odgłos tłuczenia garnków i sączy się przyjemny zapach.

Gospodyni stawia przed nią na stole talerz z *mezze*[1] oraz pitą. Daria uwielbia wszystkie te arabskie przystawki. Zaczyna jedzenie od humusu[2], potem sięga po *baba ghanusz*[3], *falafil*[4], grillowany ser *halloumi*[5], a wszystko to przegryza czarnymi i zielonymi oliwkami.

Nagle kobiety zamierają, bo słyszą szczęk zamka w drzwiach, trzaśnięcie i ciche kroki w korytarzu. Daria ledwo łapie oddech, lecz jej opiekunka staje za nią dla

[1] *Mezze* (perski) – smak; przekąska; przystawka.

[2] Humus (arabski) – dip lub pasta z gotowanej, zmiksowanej ciecierzycy z dodatkiem pasty tahina (z nasion sezamu) z czosnkiem i cytryną.

[3] *Baba ghanusz* lub *mutabbal* (arabski) – grillowane, zmielone bakłażany zmieszane z drobno pokrojonymi warzywami, takimi jak pomidory, pietruszka, cebula, zalane oliwą z oliwek.

[4] *Falafil* (arabski) – placki smażone na głębokim oleju ze zmiksowanej/zmielonej ciecierzycy lub zielonego bobu.

[5] *Halloumi* – ser cypryjski, rozpowszechniony w krajach arabskich, składający się z mleka owczego lub mieszanki mleka owczego, koziego i krowiego; cechuje się dużą elastycznością i wysoką temperaturą topnienia.

kurażu, postanawiając bronić tej nieszczęśnicy własną piersią.

John, wyglądający już jak stuprocentowy Arab Jasem, w brązowej galabii i arafatce owiniętej dookoła głowy, wchodzi do kuchni z dużym zawiniątkiem w gazecie, rzuca je na stół i lustruje kobiety. Nic nie można wyczytać z jego twarzy, która jest jak maska, jedynie ciemnozielone oczy rzucają błyski gniewu i nienawiści.

– Jak wylazła? – Pochyla się nad Darią i nieświeżym czosnkowym oddechem dmucha jej prosto w nos. – Kto pozwolił?

– Ja. – Ibrahim staje w drzwiach i ozięble patrzy na pasierba, który traci rezon, widząc zjednoczonych przeciwko sobie domowników. – Ile ją tam chciałeś trzymać? Aż umarłaby z głodu i pragnienia? – pyta spokojnie. – Za co takie katusze?

– To chrześcijanka – dołącza Munira. – Nie masz prawa przywozić jej tutaj wbrew jej woli.

– To moja żona i mam prawo robić z nią, co mi się zechce! – odpowiada John podniesionym gburowatym głosem. – A wy jeszcze się doigracie!

– Nas też tu wywiozłeś, mamiąc możliwością ocalenia Aidy. Mówiłeś, że masz układy, że wyciągniesz ją z więzienia, a potem z Saudi i przeczekamy tu tylko przez jakiś czas. Jesteś kłamcą, ale czego się spodziewać po kimś, kto jest mordercą. – Matka sięga po ciężkie działo, bo w końcu ileż można się bać.

– Licz się ze słowami, kobieto! Jestem bojownikiem w imię Allaha i wykonuję swoją powinność. – Młodzian dumnie podnosi głowę, a cała trójca jedynie obrzuca go pogardliwym spojrzeniem.

– Swoimi zbrodniczymi czynami obrażasz uczciwych prawowiernych muzułmanów i kalasz ich imię na całym świecie. Ot, co robisz! – podsumowuje ojciec i już chce odejść, lecz młody przyskakuje do niego, jakby miał zamiar go uderzyć. Widać jednak tkwi w nim jeszcze resztka szacunku, bo rezygnuje i znów zwraca się do swojej zniewolonej żony:

– Kto ci pozwolił wyjść, ty suko?! Masz siedzieć w pokoju! – Chwyta Darię za wychudzone ramię, miażdżąc je w swojej silnej dłoni. – Jak ty jesteś ubrana?! – wrzeszczy z obłędem w oczach, bo chyba musi na kimś wyładować złość i urazę.

– Normalnie! – Daria usiłuje się wyrwać, lecz Jasem trzyma ją jak w kleszczach. – O co ci znowu chodzi?

– Masz nosić *abaję* i zasłaniać włosy! Jest tu niespokrewniony z tobą mężczyzna!

Na te słowa Daria, Munira i Ibrahim robią zdziwione miny, wyginają usta i patrzą na oszołoma z niedowierzaniem.

– Czyś ty całkiem oszalał?! – pyta Munira. – Chyba coś ci się z głową stało. Cóż cię opętało, synu?! – Głos jej się trzęsie, bo sytuacja, w jakiej się znalazła, to dla matki największa tragedia, może nawet większa niż śmierć dziecka, kiedy jej potomek, krew z krwi, istota, którą nosiła pod sercem, okazuje się mordercą, potworem i zagrożeniem dla całego świata.

– Gotuj kolację, i to prędko, bo będzie sporo osób – rozkazuje Jasem, po czym chwyta jeszcze mocniej Darię i ciągnie ją do zamkniętego pokoju.

– Nie jestem twoją służącą, żebyś mną komenderował, gnojku! – Matka ma już dość, a ojciec nie wie, co zrobić, i niezdecydowanie stoi w miejscu. – Zatrudnij sobie jakąś kucharyję albo znajdź niewolnicę!

– To mój dom i ja będę decydował, co kto będzie robił i jak żył! Zamknij się w końcu, bo rozwalę ci ten twój wyszczekany pysk! – Widać Jasem polubił damski boks i ma na to ponownie ochotę.

– Spróbuj tylko! – Arabska buńczuczna krew wychodzi w końcu z Ibrahima. Chwyta leżący na stole nóż i pruje nim przez policzek pasierba. – Jeszcze jedno plugawe słowo do twojej matki, a poderżnę ci gardło! To jest ostrzeżenie! – Rzuca kozik na ziemię, obraca się na pięcie i kieruje do swojego pokoju. – Ja jestem *mahramem* tego domu i tych kobiet, bo płacisz za wszystko moimi pieniędzmi, ty łachmyto! – wykrzykuje na koniec przez ramię. – Forsą, którą mi ukradłeś, ty islamski kundlu! Wszystkie klucze mają trafić do mnie, a dziewczyna ma zostać uwolniona! – oznajmia autorytatywnie, trzaskając drzwiami.

– To moja żona i nic ci do tego! – Jasem musi mieć ostatnie słowo, ale w końcu puszcza Darię i kieruje się do toalety, by opatrzyć krwawiącą ranę. – Zrobić mi dobrą wieczerzę i posprzątać w końcu ten cuchnący pokój. – Rzuca w kierunku kobiet klucz, a przybrana córka z matką patrzą tylko na siebie z triumfem. Odniosły pierwsze zwycięstwo i obiecują sobie, że nie ostatnie.

Biedaczki nie zdają sobie jeszcze sprawy z tego, że Jasemowi czy *dżihadiemu* Johnowi nie wolno tak stanowczo się przeciwstawiać, bo jest to śmiertelnie niebezpieczne dla buntownika, nawet jeżeli jest to najbliższy krewny. Ten mężczyzna nie ma żadnych sentymentów.

Od tego dnia rozpoczyna się rytuał ciężkiej kobiecej harówki i codziennych spotkań zbirów spod ciemnej fundamentalistycznej gwiazdy w eleganckiej dzielnicy willowej Damaszku, w mieszkaniu pod szyldem uniwersyteckiego profesora, szanowanego człowieka i znanego intelektualisty. Kto by się w takim miejscu spodziewał wysoko postawionej elity Państwa Islamskiego? Jasem jest zadowolony, bo w końcu ma idealną przykrywkę i alibi. Nie wszyscy domownicy są jednak dla niego wygodni i to go denerwuje.

– Po co dałaś tyle nakryć? – pyta matkę już pierwszego wieczoru. – Mówiłem, że będzie nas ośmioro.

– A my nie dostąpimy zaszczytu zjedzenia z tobą kolacji? – ironizuje kobieta.

– Kobiety żrą w kuchni. Tam jest ich miejsce.

– Widać dobrze się o nas troszczysz, tak jak jest napisane w Koranie. Ale co ja ci będę mówić, przecież to ty jesteś znawcą świętej księgi. Ojca też nie uwzględniasz?

– Z wrogami nie jadam – informuje Jasem. – I nie prowokuj mnie, matko! – Groźnie przystępuje do kobiety, lecz nie widząc poddańczego lęku w jej oczach, wycofuje się i idzie do wielkiego salonu, połączonego z jadalnią, urządzoną w pięknym półkolistym wykuszu. – Darin! – drze się do żony. – Posprzątać mi tutaj!

Kiedy przychodzą goście, Ibrahim siedzi zamknięty w swoim pokoju, a Munira i Daria uwijają się przy garach.

Żeby nikt ich nie widział, gospodarz zamyka drzwi, więc upał w kuchni jest nie do wytrzymania. Gotowe dania mają stawiać na stoliku przed salonem, pukać, a następnie prędko odchodzić, by swoim widokiem nie obrazić niczyich uczuć religijnych. Zza ściany słyszą najpierw żarliwe modły, a później szczęk łyżek o talerze, mlaskanie i siorbanie.

– Co za chlew – podsumowuje Daria z kpiarskim uśmieszkiem. – Moja siostra od samego początku uważała go za chama i gbura, a do mnie dopiero teraz to dochodzi.

– Twoja siostra to mądra kobieta. Oby ci pomogła i wyciągnęła cię stąd.

– Musiałaby najpierw wiedzieć, gdzie teraz jestem. Syria to duży kraj.

– Nie mamy telefonu, komputera, tabletu, internetu ani gotówki. – Mało optymistycznie reasumuje Munira. – Ale coś wymyślimy.

– Mnie też obrabował do cna. Pierwszy raz w Dubaju, kiedy jeszcze mu wierzyłam i łyknęłam kłamstwo bez najmniejszych podejrzeń, a później w drodze do Syrii – młoda informuje popleczniczkę. – Zdążyłam jedynie wysłać krótkiego SMS-a. Matko Boska, w co ja się wplątałam! Jakaż ze mnie idiotka! – Oczy zachodzą jej łzami, co ostatnio dzieje się notorycznie, bo płacze dniami i nocami, ale i to nie daje jej ukojenia.

– Powolutku, *szwejja*, *szwejja*, jak mówią starożytni Arabowie – pociesza ją Munira, przytulając do siebie, a Daria Bogu dziękuje, że Jasem podstępem ściągnął tu również swoich rodziców. Wie, że bez nich zginęłaby marnie.

– Co to za jedzenie?! Mięso twarde jak podeszwa! – Rozwścieczony gospodarz wpada do kuchni, a kobiety odskakują od siebie, jakby popełniły najgorsze przestępstwo. – Żadna nie potrafi gotować?! Proszę, do czego prowadzą zwyczaje płynące ze zgniłego Zachodu!

– O co ci znów chodzi, człowieku? – Matka w typowo arabski sposób cyka językiem o podniebienie. – Jakie produkty, takie jedzenie. Kupiłeś starego capa zamiast jagnięcia, więc nie oczekuj cudów. Następnym razem daj nam pieniądze i wypuść z domu, to załatwimy porządny towar – kuje żelazo, póki gorące.

– Wy dwie jesteście bezużyteczne! – kończy mężczyzna.

Ziarenko jednak zostało zasiane. Po paru dniach Daria i Munira dostają w garść trochę gotówki, Jasem nakazuje im włożyć *abaje* i chusty i w końcu otwiera bramy ich więzienia.

– Będzie dobrze, córuchna! Będzie dobrze! – cieszy się kobiecina, bo obdarowała całą miłością swego matczynego serca, krwawiącego po stracie Aidy, tę biedną, krzywdzoną przez jej syna dziewczynę.

– *Ahlan wa sahlan!* – Słychać gwałtowne pukanie do drzwi, a potem radosne głosy. – Przyszłyśmy przywitać nowe sąsiadki – tłumaczą uśmiechnięte nieznajome kobiety, kiedy Jasem lustruje je surowym wzrokiem.

– Tak się należy. Już i tak długo zwlekałyśmy. – Cudzoziemski akcent mocno brzmi w arabskiej wypowiedzi jednej z nich.

– Moje kobiety są zajęte – odszczekuje opryskliwie mężczyzna. – Mają dużo roboty w kuchni i w domu – dodaje już trochę łagodniej, bo przecież żeby nie budzić podejrzeń, musi być uprzejmy.

– Właśnie zauważyłyśmy, że nigdzie nie wychodzą, i bardzo nas to zaniepokoiło – dorzuca już poważnie rodowita Syryjka.

– Dziękuję, kochane, żeście przyszły! – Munira prawie biegnie długim korytarzem, bo podczas zmywania góry naczyń nie usłyszała pukania i boi się, że syn zaraz odeśle przybyłe.

Daria tymczasem leży w swoim pokoju, upokorzona kolejną straszną nocą ze swoim katem i kochankiem w jednej osobie. Jest załamana psychicznie i fizycznie wycieńczona, bowiem jej mąż wieczorami i nocami notorycznie ją gwałci i dotkliwie bije, tłumacząc swoje haniebne zachowanie cytatami z Koranu. Jego ulubiony to: „Wasze kobiety są dla was polem uprawnym. Przychodźcie więc na wasze pole, jak chcecie, i czyńcie pierwej coś dobrego dla samych siebie"[1]. *Dżihadi* John w przeszłości obdarowywał doczesnymi, bezużytecznymi według niego dobrami i pozwalał na wiele swojej metresie, ale już wtedy obiecał sobie zrobić z niej dobrą uległą arabską żonę w Syrii i teraz właśnie to czyni. Funduje więc sobie przyjemność tyle razy, ile chce, i w chory sposób, jaki przynosi mu satysfakcję. Wcześniej Daria tłumaczyła częstotliwość ich stosunków tym, że jej ukochany tak jej pożąda i ma niezwykły, godny pozazdroszczenia potencjał, a styl ich intymnego współżycia – nowoczesnością i doświadczeniem mężczyzny. Wszystko

[1] Koran, sura II, wers 223, PIW 1986, tłumaczenie J. Bielawski.

to wydawało jej się cudowne do czasu, kiedy uważała, że kieruje nim miłość, a akty seksualne były kochaniem, a nie rżnięciem do upadłego. Teraz jednak mąż po prostu bierze to, co uważa, że mu się należy, bez najmniejszego śladu uczucia, nie wspominając o czułości. Kiedy Daria ma już dość i mu odmawia, to on i tak ją posiada, wykorzystując swoją fizyczną przewagę. Jej ciało w obtłuczonych miejscach mocno pulsuje, a najbardziej głowa, w której kotłują się coraz gorsze myśli. Lecz teraz, słysząc głosy, postanawia się zwlec, bo widzi kolejne światełko w ciemnym tunelu jej niewolniczego życia i nie pozwoli, aby zniknęło.

– Wejdźcie, moje panie! – zaprasza Munira, a Jasem tylko zaciska usta i znika za drzwiami salonu, głośno nimi trzaskając.

– Może nie w porę?

– Dajcie spokój! Gość w dom, Bóg w dom! Moja synowa bardzo się ucieszy… – zapewnia kobiecina, ale wciąż stoi bezradnie w miejscu, nie wiedząc, gdzie mogłaby je zaprosić.

– Ciasteczka dla was, świeżo pieczone. – Sąsiadka wręcza dużą tacę z *bahlawą*. – Może spotkamy się w ogródku i tam sobie spokojnie chwilkę pogadamy? – postanawia wybrnąć z niezręcznej sytuacji. – Przyniesiemy herbatę i słodkości. Przyjdziecie? – Rozgląda się z niepokojem, a kiedy widzi wyglądającą jak siedem nieszczęść Darię, stojącą na progu jej sypialni, milknie i zawstydzona spuszcza oczy. *Co to za dom? Co to za ludzie? Może niebezpiecznie jest się z nimi zadawać? Ale nie możemy zostawić tych dwóch biednych kobiet na pastwę losu,* postanawia Syryjka.

– Za dziesięć, piętnaście minut widzimy się w babskiej samotni – decyduje jej towarzyszka, która też widzi, że coś tu jest nie w porządku. – Mam na imię Maria Fatima – przedstawia się. – A to moja szwagierka Salwa. Czekamy na was.

Z tymi słowy na ustach wymykają się cicho, nie wiedząc, czy robią dobrze czy źle. Ich czyste serca, pełne złych przeczuć, nie ulękną się jednak. Muszą wyciągnąć pomocną dłoń do potrzebującego. Zwłaszcza do kobiety.

Munira zostawia swoje gary, Daria orzeźwia się lodowatą wodą, nakłada na twarz grubą warstwę fluidu, bo to jedyny kosmetyk, którego Jasem nie zabrania jej używać, i po włożeniu nieodłącznych czarnych *abai* i chust idą na paluszkach do ogrodu. Jest to w zasadzie głęboka studnia pomiędzy czteropiętrowymi kamienicami, gdzie mieszkańcy zazwyczaj organizują zielone miejsce do odpoczynku, które w obecnych, wojennych czasach w Damaszku jest tym bardziej komfortowe, bo bezpieczne. Na środku postawiono małą fontannę, ale nie ma już w niej kropli wody, dookoła jest parę drewnianych ławek i kamiennych blatów, w kącie stoi huśtawka, obok piaskownica, a wszystko to znajduje się jakby pod baldachimem z gałęzi potężnej morwy, w której ptaki buszują od świtu do zmierzchu, zajadając się słodkimi czarnymi owocami.

– Siądźcie, panie. Częstujcie się – zachęca Maria Fatima, spod oka bacznie lustrując zmasakrowaną twarz Darii. – Naleję herbaty.

Pół-Polka ledwo jest w stanie utrzymać filigranową filiżankę w słabych dłoniach i błyskawicznie odstawia ją na stół. Pyszne domowe ciastka też nie przechodzą jej przez gardło, więc siedzi tylko cicho, rozkoszując się świeżym powiewem wiatru i namiastką wolności.

– Skąd przyjechałyście? – zaczyna rozmowę Salwa.

– Ja to w zasadzie wróciłam, bo wyjechałam z Syrii do Arabii Saudyjskiej dwadzieścia pięć lat temu – wyjawia Munira, chcąc podtrzymać uprzejmą wymianę zdań. – A moja synowa jest tu nowa, ale wcześniej też mieszkała na Półwyspie Arabskim.

– Czemu masz na imię Maria, a nie Miriam? – Daria wreszcie odzyskuje głos. – Moja siostra tak samo się nazywa. – Gdy wspomina rodzinę, znów chce się jej płakać.

– Nie jestem Arabką, tylko Hiszpanką, i nigdy nie przeszłam na islam – oświadcza kobieta. – To nie było konieczne, bowiem Arabowie mogą żenić się z chrześcijankami. Kiedyś uważali nas za równoprawnych mieszkańców tej planety, a dopiero od niedawna przez niektórych oszołomów jesteśmy traktowani jako niewierni – mówi zupełnie zwyczajnie, a na jej słowa nowym znajomym serce rośnie, bo widzą, że trafiły na odważne i nowoczesne kobiety.

– Dobrze powiedziane – potakuje Munira. – Ja to w ogóle pochodzę z rodziny komunistycznej i jakoś to mojemu mężowi, wahabickiemu Saudyjczykowi, nie przeszkadzało – śmieje się, a miłość do Ibrahima aż z niej emanuje. – Jak ktoś jest uczciwym, mądrym człowiekiem, to wszystkich traktuje na równi, dając szansę, żeby wykazali się swoim charakterem i pokazali, co sobą prezentują. Nie wolno nikogo prześladować, nawet jeśli jest niewierzący.

– My w Syrii mamy od wieków tyle nacji i religii, że aż trudno się w tym połapać, nieprawdaż, matko? – dorzuca Salwa. – Przez to zawsze byliśmy tolerancyjnym narodem. Do czasu… – wymownie zawiesza głos.

– Podróżowałam kiedyś po całym waszym pięknym kraju z rodzicami – cicho odzywa się Daria. – Zwiedziłam Busrę, Homs, Damaszek, Palmirę, dojechaliśmy aż do Aleppo. Moja mama zaszalała na tamtejszym suku i kupiła chyba z kilogram srebrnej biżuterii.

– Teraz już tak łatwo się tam nie dostaniesz, a bazar, tak jak i całe miasto, jest zrujnowany – smutno konstatuje Maria Fatima. – Nawet na obrzeża Damaszku niebezpiecznie jest się zapuszczać, a i w samym mieście są groźne rewiry. Bogu dzięki, że w naszej dzielnicy ci zwyrodnialcy się nie osiedlają.

Na jej słowa Darię i Munirę aż ściska w gardle, ale nie mogą przecież puścić pary z ust, bo mogłoby to być ryzykowne już nie tylko dla nich samych, ale też dla tych szczerych i prostolinijnych kobiet, które się z nimi zadały.

– Opowiedzcie mi zatem, jakim to kulturowym tyglem jest Syria. – Daria szybko zmienia temat. – Będąc dzieckiem, jakoś się tym nie interesowałam, a później też żadne ciekawe opracowanie nie wpadło mi w rękę.

Maria Fatima dziwi się trochę, bo ona, wychodząc za Syryjczyka, nie dość że była orientalistką z wykształcenia, to przeczytała chyba ze sto różnych książek i opracowań, chcąc poznać prawdziwe życie w arabskim kraju, jednak tłumaczy sąsiadkę, bo może po prostu nie zalicza się ona do osób dociekliwych.

– Dziwny to kraj, zwany wielkim skrzyżowaniem dróg historii – zaczyna Salwa. – Deptały go armie prawie wszystkich państw i narodów, jakie zna historia od czasów starożytnych aż do chwili obecnej: Sumeryjczycy, Babilończycy, nomadowie z Półwyspu Arabskiego, Egipcjanie, Hetyci, Hyksosi, Asyryjczycy, Persowie, Grecy, Rzymianie, Mongołowie, Turcy, Francuzi, Anglicy i Amerykanie. Dosyć chyba jak na jedno niezbyt duże państwo.

– Ale jesteś oblatana! – Munira podziwia młodą dziewczynę, widząc w niej nie tylko inteligentkę, ale przede wszystkim lokalną patriotkę.

– To mój zawód. Jestem historykiem sztuki i archeologiem, ale teraz z wykopalisk i pracy w terenie musiałam niestety zrezygnować i byłam zmuszona przenieść się do miasta w bezpieczne miejsce. I tak wegetuję pod skrzydłami mojej, notabene ukochanej, rodzinki.

– Nie jest tak źle – dodaje Maria Fatima. – Ma przyjemną pracę w szkole i wbija do małych główek dzieci i młodzieży ogromną wiedzę, którą posiada.

– Przy takich zawieruchach to już dawno tej waszej Syrii powinno nie być – podsumowuje Daria, którą rozmowa odrywa od nurzania się we własnej tragedii i cierpieniach.

– Zmieniały się narody zamieszkujące nasz kraj, niszczone lub wypierane przez nowych przybyszów, ale każdy z nich pozostawiał jakąś cząsteczkę swego dorobku, jakieś cechy charakteru narodowego, a nawet kolor skóry i rysy twarzy.

– Tak, mój mąż Jasem nie wygląda na Syryjczyka – potwierdza zniewolona kobieta, bo przecież sama tak łatwo dała się nabrać na europejską urodę swojego oprawcy.

– Wygląda, tylko trzeba znać naszą nację. Popatrz na *saidę* Munirę. Toż to piękność rodem z amerykańskiego wodewilu! – wykrzykuje Salwa, na co wszystkie się podśmiechują, a matce wykwita rumieniec na niegdyś pięknych policzkach i błyszczą jej oczy.

– Dajcie spokój, dziewczynki! Peszycie mnie! – Czule klepie je po policzkach.

– Oprócz niejednolitych cech fizycznych należy jednak pamiętać o naszym różnorodnym i niesamowicie zróżnicowanym dorobku kulturowym – archeolożka kontynuuje wykład, bo widać, że to jej konik, i dawno nie miała tak wdzięcznych dorosłych słuchaczy. – Większość najeżdżających nas nacji to ludy o starej, niezwykłej kulturze, której ślady zostawili i u nas, ale na tereny Syrii przybyli też koczownicy, zwyczajni prymitywni biedacy. Jak wiadomo, osiadłe życie, jakie od wieków myśmy wiedli, daje bogactwo i zażywność, a wędrowne – biedę i dzielność. Przyszli oni z bezmiernej pustyni Półwyspu Arabskiego, miejsca spalonego słońcem, jałowego, wrogiego ludziom, a jednocześnie wylęgarni nomadów, ubogich i dzikich plemion, które mnożyły się i wzrastały w siłę, tkwiącą nie tylko w ich ilości, ale także w charakterze. Byli to ludzie zahartowani na ciężki klimat, ruchliwi i zaprawieni w bojach. Tak więc wojownicza bieda Półwyspu Arabskiego podbiła bogactwo, lecz uległa jego wpływom kulturalnym. Militarni zwycięzcy przegrali na innych polach z pokonanymi. Nie wiem, czy na świecie jest drugi kraj, którego kultura byłaby tak bardzo składkowa jak syryjska.

– I to zawsze stanowiło o uroku tego miejsca – przerywa jej Maria Fatima. – Studiowałam w Madrycie arabistykę, a specjalizowałam się właśnie w historii i sztuce Syrii, które mnie zauroczyły i porwały.

– Prawie tak jak twój mąż, a mój brat – dorzuca Salwa. – Jak go poznała, to już przepadła z kretesem – żartuje, a zawstydzona mężatka spieka raka.

– Czemu w takich ciężkich czasach nie mieszkacie w Europie, tylko tutaj, na beczce prochu? – dziwi się Daria. – Co chwilę słychać wybuchy, wprawdzie z oddali, ale jednak. Prawie codziennie są przerwy w dostawach prądu, brakuje wody, jedzenia, a przede wszystkim nie ma tu swobody i bezpieczeństwa. Nie wiem, co z internetem i telefonami komórkowymi, ale nie widziałam jeszcze nikogo gadającego przez telefon na ulicy.

– Masz rację, Darin. Nasze miejsce nie powinno być tutaj. To jednak długa historia i ani ciekawa, ani chwalebna. – Hiszpanka pochmurnieje. – Zły los sprzysiągł się przeciwko nam.

Na chwilę między kobietami zapada niezręczna cisza.

– Nie ma co płakać nad rozlanym mlekiem. – Maria Fatima pierwsza otrzepuje się z przygnębienia. – Trzeba myśleć pozytywnie! Mam okazję do napisania jedynej w swoim rodzaju, niepowtarzalnej historii współczesnej Syrii. To będzie bestseller! – wykrzykuje łamiącym się głosem. – Siedzieć w samym centrum niebezpiecznej akcji i relacjonować wydarzenia to prawie jak praca korespondenta wojennego, którym kiedyś, jeszcze jako zbuntowana nastolatka, chciałam być.

– Dasz radę – pociesza ją szwagierka.

– Przy twojej pomocy na pewno. Jesteś chodzącą żywą historią swojego kraju, niedoścignionym źródłem informacji – Maria Fatima chwali młodą kobietę. – Ja do tego dołożę mój talent pisarski – zabawnie kłania się na boki – oraz obiektywizm i spożytkujemy ten ciężki czas na dzieło, w którym będzie się rozczytywać potomność, siedząc sobie bezpiecznie w domach lub w ulicznych kawiarniach i pijąc piwo w samym centrum nowego, odrodzonego Damaszku. Od niechcenia i z niedowierzaniem przerzucą parę kartek mojej książki, którą cały spragniony sensacji świat będzie chłonął i połykał od deski do deski.

– Dość już tych marzeń na jawie! – Salwa patrzy na zegarek i gwałtownie wstaje. – Czas iść po dzieciaki do szkoły, bo przecież nie mogą same wracać. Dzięki obecnej sytuacji mamy zagwarantowany codzienny godzinny spacer. Patrzcie, jak fajnie! – drwi sobie, bo młodość i energia rozpierają jej serce.

– A ty masz dzieci? – Hiszpanka pyta na odchodnym Darię.

– Nie, jeszcze nie – odpowiada zagadnięta, a w duchu ma nadzieję nigdy nie zajść w ciążę z tym potworem, z którym przyszło jej żyć. Będzie to trudne, gdyż oczywiście nie ma mowy o używaniu jakichkolwiek środków antykoncepcyjnych i dziewczyna co miesiąc przeżywa katusze, czekając na upragniony okres.

Pozostawionymi przez dobre sąsiadki ciastkami interesuje się Jasem, bowiem do głowy wpada mu wspaniały pomysł. Wchodzi do pokoju, który zawsze jest zamknięty i do którego prawo wstępu ma tylko on, wynosi stamtąd małą buteleczkę z ciemnego szkła, przekłada parę ciasteczek na mały talerzyk, skrapia je jakimś płynem, a następnie puka do pokoju ojczyma.

– Mam dla ciebie coś dobrego na zgodę. – Wyciąga rękę, patrząc na Ibrahima łagodnym i ufnym wzrokiem.

– Dziękuję, synu. Zawsze wierzyłem w twoje dobre serce. – Bez najmniejszych podejrzeń Ibrahim sięga po *bahlawę*.

Kiedy matka z synową wracają po miłym spotkaniu z sąsiadkami w ogrodzie, okazuje się, że ojciec nagle zaniemógł. Ma boleści brzucha i mięśni, straszliwy ból rozsadza mu też czaszkę, a po dwóch godzinach dopadają go mdłości. Leży w łóżku i wygląda, jakby czas pędził dla niego w zawrotnym tempie – od rana postarzał się o co najmniej dziesięć lat. Ni stąd, ni zowąd jego szpakowate włosy całkiem posiwiały i wychodzą mu dosłownie garściami, twarz nabrała koloru białej ściany i faktury bibuły, a pod oczami pojawiły się wory i czarne cienie. Jego ciało pokrywa zimny pot i wstrząsają nim dreszcze.

– Trzeba jechać do szpitala! – Przerażona Munira podnosi głos, kiedy widzi obojętną minę swojego syna, który bacznie lustruje ojczyma. – Może złapał amebę albo inną zarazę!

– Zwykła grypa żołądkowa – oświadcza autorytatywnie Jasem. – Nie będziemy z przeziębieniem wlekli się na ostry dyżur. Wyrzucą nas stamtąd.

– Jak możesz?! Daj mi na taksówkę, to sama go zawiozę! – Matka wyciąga jak po prośbie rękę, ale ten tylko pogardliwie się uśmiecha i przecząco kręci głową.

– Poczekamy do jutra, a teraz zaaplikuj mu aspirynę – doradza. – Swoją drogą, czy masz już coś przygotowane na kolację? Fajnie było tyle godzin się lenić, to teraz do roboty! – burczy na nią.

– Nie jestem twoją służącą, a jeśli ty otworzyłeś sobie tu garkuchnię, to albo sam gotuj, albo znajdź sobie kucharkę. Już ci to mówiłam! – Tym razem kobieta postanawia być twarda i nie ugiąć się pod presją.

Na te słowa Jasem łapie za kark stojącą w kącie przerażoną Darię, obraca w stronę korytarza i kopniakiem wpędza do kuchni.

– Jak jedna się wypisuje, to druga będzie musiała popracować za dwie! – oświadcza ze złym błyskiem w oku. – Nie będę tolerował w swoim domu darmozjadów! Rolą i powołaniem kobiety jest służyć mężczyźnie i basta! – Na odlew uderza skuloną, pochlipującą żonę.

– Normalni synowie pomagają matkom. – Munira nie odpuszcza. – Ale ty nigdy nie byłeś normalny, zwyrodnialcze! – Noga za nogą podąża za synową. – Jak już wszystko przygotujemy, to dasz nam na taksówkę do szpitala? – Nie doczekuje się odpowiedzi, bo Jasem zamyka się w swoim tajnym pokoju, którego progu nikt z rodziny nigdy nie przekroczył.

Po kolacji rozbawione i nażarte jak bąki męskie towarzystwo wychodzi na miasto. Syn oczywiście nie spełnia prośby matki, której pozostaje jedynie stosować doraźne środki zaradcze i modlić się, by silny organizm męża zmógł chorobę.

– Czy jadłeś coś pod moją nieobecność? – pyta chorego szeptem, choć przecież nie ma nikogo, kto mógłby ich podsłuchać. Przewrażliwiona kobieta boi się jednak, że ściany mają uszy.

– Tak... – odpowiada słabo Ibrahim.

– Co takiego? Skąd to wziąłeś?!

– Jasem poczęstował mnie *bahlawą*... Przyszedł do mnie... Myślałem, że chce się pogodzić... – Oddech ma urywany i o dziwo, czuć w nim czosnek. – Pić, Muniro kochana, pić...

Po ostatniej scysji pasierba z ojczymem żona przewiduje najgorsze. Podaje Ibrahimowi mleko z nadzieją, że zwiąże ono truciznę i nie pozwoli jej rozprzestrzenić się po organizmie, hamując dalsze toksyczne działanie. Osobiście nie wierzy w wyciągniętą na zgodę dłoń ze strony Jasema, zastanawia się jedynie, jakiej toksyny użył i w jakiej ilości – czy chciał tylko postraszyć, czy naprawdę zabić. Pociesza się, że to pierwsze, bo przecież otrucie człowieka w centrum miasta, przy oddziałach policji i funkcjonariuszach Gwardii Narodowej, dniem i nocą przemierzających ulice stolicy, nie mogłoby mu ujść na sucho i ujawniłoby jego idealną kryjówkę. To już nie pustynia czy inne odludzie, gdzie bezprawnie rządzi kalifat i jego obłąkani poplecznicy. Tutaj dżihadyści z Państwa Islamskiego są ścigani, więzieni lub zabijani na miejscu. W Damaszku muszą się ukrywać – tak jak Jasem Alzani, zwany *dżihadim* Johnem.

Kochająca arabska żona, czystej krwi Syryjka, obiecuje sobie, że jeśli jej mąż umrze, to nie będzie już miała żadnych skrupułów i wyda swojego syna zbrodniarza, choćby miała przypłacić to własnym życiem.

Jasem postanawia trochę poluzować swoim kobietom pęta, choć jest z tego powodu bardzo niezadowolony i zaniepokojony. Wyobrażał sobie, że będzie wiódł tu czyste życie muzułmanina, tak jak jest opisane w Koranie i hadisach, gdzie mężczyźni wszystkim rządzą, bo przecież są ponad kobietami, a one pokornie im usługują. Ojczyma nie bierze w ogóle pod uwagę, bo to on jest bojownikiem, przywódcą, a tym samym głową domu i *mahramem*. Nie podoba mu się też postawa Darii, bo sądził, że tę młódkę złamie błyskawicznie. Może i jest zaszczuta, bo w jej oczach widzi strach i ból, jednak przede wszystkim okazała się uparta jak muł, a swoją hardość, według niego, ukrywa pod maską słabości i wiecznego smutku. Kiedy bierze ją w akcie seksualnym, który jemu nie ma dawać żadnej przyjemności i rozkoszy, a służyć jedynie prokreacji, to Daria ma martwe spojrzenie, które czasami znika za warstwą łez, a powinna przecież być szczęśliwa, że ją użyźnia i chce dać jej dziecko. Gdy usiłuje pokazać jej dobrą drogę prawdziwej muzułmańskiej żony, stosując karę chłosty, ta kuli się jak zwierzę i zamiast szybko naprawiać swoje błędy, izoluje się od całego otaczającego ją świata pod płaszczykiem nieobecności, co jej męża doprowadza do szewskiej pasji. Przecież w świętej księdze, którą dżihadysta czytuje rano i wieczorem, jest napisane: „I napominajcie te, których nieposłuszeństwa się boicie, pozostawiajcie je w łożach i bijcie je! A jeśli są wam posłuszne, to starajcie się nie stosować do nich przymusu. Zaprawdę, Bóg jest wzniosły, wielki![1]". Jasem jest rozgoryczony, bo zupełnie inaczej wyobrażał sobie życie swojej rodziny w wymarzonym kraju z dzieciństwa, w cudownej Syrii.

Munira z Darią w końcu wychodzą z domu, trzymając w garści pieniądze od Jasema, który jednak zdecydował się przerzucić na nie obowiązek zakupów żywności. Dochodzi do wniosku, że kobiety i tak nie mają dokąd uciec, a donosu na niego nie złożą, bo same na siebie wydałyby wyrok.

– Ależ tu pięknie! – Daria pomimo strachu obserwuje otaczający ją nowy świat. – Zupełnie nie czuje się wojny, która targa tym biednym krajem od prawie pięciu lat. Jakiż duży park jest między dwoma stronami ulicy! A kamienice, przeplatające się z luksusowymi rezydencjami, są takie eleganckie!

Dom, w którym mieszkają, tak jak i pozostałe jest solidny i zadbany, a wille dodatkowo mają ogródki z frontu i zapewne większe wolne przestrzenie na tyłach. Skwer jest pełen przyciętych drzew, ma przystrzyżoną trawę i stoi tam sporo ławek. Jedno zastanawia – nie ma na nim żywej duszy – ludzie jednak boją się wychodzić na otwarty teren.

– Tak, to dobra dzielnica, strzeżona przed fundamentalistycznymi zbójami. – Munira uśmiecha się z przekąsem. – Nie dochodzi tu do strzelanin i jest w miarę bezpiecznie.

[1] Koran, sura IV, wers 34, PIW 1986, tłumaczenie J. Bielawski.

A Damaszek, moje dziecko, to jedno z najpiękniejszych miast na Bliskim Wschodzie. Żebyś ty widziała te zabytki, starożytności, które ostały się tu po poprzednich historycznych epokach! Cuda! Suk Hamidijja jest wielki i zawsze tętniący życiem, a meczet Omajjadów wiecznie pełen ludzi. Każdy może wejść do środka, choćby po to, żeby odpocząć od zgiełku miasta i trudów codziennego życia.

– Nie tęskniłaś za swoją ojczyzną przez tyle lat? – pyta Daria, słysząc w głosie rozmówczyni głęboki żal.

– Oczywiście, że tęskniłam. Ale odcięłam się od rodziny, która zawsze była trochę dziwna – szczerze wyznaje Munira. – Prawie wszyscy byli ateistami, a mój najstarszy brat popierniczonym muzułmańskim ortodoksem. Myślę, że to on zasiał ziarenko zła w sercu młodego Jasema.

– Czemu nie wzięłaś go ze sobą? Marysia, moja siostra, walczy o każde swoje dziecko jak lwica.

– Bo jest dobrą, prawdziwą matką, która przedkłada miłość rodzicielską nad własne potrzeby i przyjemności. Ja byłam egoistką, a że mój pierworodny od zawsze sprawiał kłopoty, to zostawiłam go pod opieką rodziny. Chciałam w końcu być szczęśliwa i wieść normalne życie.

Pochyla ze wstydem głowę, bierze mocno pod ramię swoją synową i idzie pewnym krokiem w sobie tylko znanym kierunku. Daria już o nic nie pyta, bo i tak sporo się dziś dowiedziała. Nigdy nie ma tak, że ktoś jest zły od urodzenia. To życie kształtuje ludzkie charaktery, a jeśli mały Jasem, potrzebujący matki jak powietrza, został przez nią porzucony, to może szukał uczucia i zaspokojenia w różnych miejscach i u różnych osób, niekoniecznie prawych.

Zły los, który zgotowała mu rodzicielka, ukształtował jego charakter, a że trafił, jak widać, na podatny grunt, uczynił z niego zbrodniarza. Darii w głębi serca robi się go trochę żal. Chcąc nie chcąc, pamięta cudowne chwile, które z nim przeżyła. I dałaby sobie rękę uciąć, że w oczach tego zagubionego mężczyzny widziała miłość, którą być może zepchnął w najgłębsze, najlepiej strzeżone pokłady swojej jaźni.

– W pobliżu nie znajdziemy dobrego sklepu, jedynie małe markeciki z gazetami, papierosami, wodą czy świeżą *chobzą* – tłumaczy matka. – Musimy wyjść na główną ulicę, gdzie po obu stronach jest od zatrzęsienia jarzyniaków, masarzy czy spożywczych. Postaramy się też znaleźć bankomat, choć nie mam pojęcia, czy jeszcze jakieś tu działają.

– Masz kartę bankową? – Serce Darii zaczyna szybciej bić, bo znów pojawia się w nim iskierka nadziei.

– Pewnie! Jasem od razu pozbawił nas telefonów komórkowych, mówiąc, że je doładuje, a później kłamiąc, że zostały mu zarekwirowane. Dom Ibrahima sprzedał jak swój, bo ten uczciwy człowiek po raz kolejny mu zaufał i zostawił swoje pełnomocnictwo. Pieniędzy za niego nigdy nie zobaczyliśmy. Na dokładkę portfel ojca ponoć się zgubił, tak sam z siebie… – Kobieta zawiesza głos i sapie wściekle. – Ja go jednak znam i co nieco schowałam bardzo dokładnie.

– To dobrze. – Dziewczyna nie ma śmiałości prosić nawet o jeden grosz, bo przecież ci ludzie też są w patowej sytuacji i będą potrzebowali pieniędzy na uratowanie własnego życia.

– Przede wszystkim muszę natychmiast kupić lekarstwo czy jakąś odtrutkę dla męża, a potem zabrać go do lekarza. Albo w odwrotnej kolejności, mniejsza z tym. Wyglądaj swoim młodym okiem jakiegoś sklepu z telefonami, to nabędziemy nawet byle jaki złom, byle dało się z niego zadzwonić czy wysłać SMS-a. A kiedy już złapiemy kontakt z rodziną czy z przyjaciółmi, to przyjdzie nam jedynie uzbroić się w cierpliwość i czekać na ocalenie. Przy okazji nie możemy dać mu się zabić. – Zupełnie na chłodno i bez emocji Munira wspomina o takiej możliwości, o śmierci z rąk własnego syna, na co Daria dochodzi do wniosku, że w ładną rodzinkę i niezłe gówno wdepnęła.

– Paniusie kochane! Nie tak prosto teraz z bankomatami. Jest ich jak na lekarstwo. – Miły, uśmiechnięty i szczerbaty rzeźnik wszystko chętnie im mówi. – Trzeba przejść wiszącą kładką dla pieszych na drugą stronę jezdni, pójść z dwieście metrów i na rogu o tej tam wysokiej kamienicy – pokazuje brudnym paluchem – jest mały bank, a w środku ATM. Nawet jak kartę zeżre, to oni ją będą mogli wyłowić, bo mają klucze od tej hajcmaszynki. – Chichra zabawnie.

– Darin, dokończ zakupy u miłego pana, a potem leć do warzywniaka. Wróć pierwsza do domu i zacznij obróbkę produktów na obiad, a jakby Jasem się pokazał, to powiesz mu, że zapomniałyśmy o pietruszce, która jest konieczna, i musiałam jeszcze raz podskoczyć do sklepu – knuje przebiegła kobieta.

– Dobrze – zgadza się dziewczyna. – Oby tylko się nie pojawił, bo on ma jakiś szósty zmysł i jak znam życie…

– Nie kracz! Musimy zaryzykować i spróbować się stąd wyrwać, bo inaczej wcześniej czy później wszystkich nas zamorduje. Ja jestem druga w kolejce, zaraz po Ibrahimie, i choć mam wielkie wyrzuty sumienia, to jednak taka kara byłaby dla mnie zbyt ciężka. Ciesz się, że do ciebie ma jakiś sentyment, chociaż przy jego chorym umyśle to i tak na dłuższą metę niewiele ci da.

– Ładnie mnie pocieszasz.

– Trzeba wiedzieć, na czym się stoi, córuchna. – Munira poklepuje młodą pocieszająco po plecach, a potem zmyka załatwiać sprawy, które mogą uratować im życie.

Daria szybko zaopatruje się we wszystkie niezbędne produkty i z dwiema wyładowanymi po brzegi siatami rusza w powrotną drogę do domu. Co chwilę jednak się zatrzymuje, bo obecny styl życia osłabił ją niezmiernie i nie ma siły nieść takich ciężarów. Przy okazji raz po raz rzuca okiem na damasceńską ulicę. Pomimo południowej pory nie ma na niej wielu pojazdów, a te, które się pojawiają, są zrujnowane i wyglądają na co najmniej trzydziestoletnie. Taksówek jest jak na lekarstwo – możliwe, że są limity paliwowe, o czym dziewczyna nie ma pojęcia. Nie ma tłumów pieszych, które pamięta ze swojej wycieczki do Syrii, przeważają biednie ubrani mężczyźni, a kobiet prawie w ogóle nie widać. Jeśli się jakaś pojawi, to cicho przemyka pod ścianami budynków. Żadna nie jest ubrana w zachodnim, nowoczesnym stylu – zasłaniają głowy białymi lub kolorowymi chustami i noszą płaszcze. *Oj, jak bardzo ten kraj się zmienił!*, konstatuje Daria. *Może John też jest tu nieszczęśliwy, bo inaczej to sobie wyobrażał, i teraz robi wszystko na siłę i wbrew sobie, co powoduje, że coraz bardziej tonie w bagnie i jest coraz gorszy?* Ciągle jednak próbuje usprawiedliwić mężczyznę, dla którego straciła serce i rozum. Nienawiść i niechęć do niego zrodziły się w Hurghadzie i powoli ugruntowują w Damaszku, jednak jeszcze nie do końca zawładnęły uczuciami młodej kobiety.

Zziajana, w końcu wchodzi do mieszkania, stawia zakupy na kuchennym stole, ściąga znienawidzoną *abaję* oraz chustę i kieruje kroki do pokoju rodziców. Bardzo martwi ją stan Ibrahima, jednak wciąż nie może uwierzyć, że jego pasierb próbował go otruć. Po prostu nie mieści się jej to w głowie.

– Co ty tu robisz?! Czego chcesz? Nie masz zajęcia w kuchni? – Jasem aż podskakuje, kiedy widzi Darię stojącą w drzwiach.

– A ty co tu robisz? – odpowiada dziewczyna pytaniem na pytanie, widząc w jego ręku szklankę z jakimś mętnym płynem, który wlewa bezwolnemu ojcu do ust.

– Mówiłem, że załatwię lekarstwo?! Co ty sobie myślisz, że rzucam słowa na wiatr?

– To dobrze – stwierdza uspokojona i dochodzi do wniosku, że to Munira jest nienormalna, bo nienawidzi swojego syna, a on jest tylko ofiarą wstrętnej matki i złej rodziny.

Przecież nie mógł zabić swojej siostry!, dywaguje, zabierając się do przygotowania posiłku. *To niemożliwe! Na pewno zabili ją w więzieniu, ot co! To wina systemu i prawa szariatu. Nie strzelał też do turystów w Egipcie, ale zrobił to jakiś obłąkany młody chłopak. Nie walczy z bronią w ręku i nie morduje ludzi. To, że popiera szaloną działalność fundamentalistów, utożsamia się z organizacją terrorystyczną, to jeszcze nie przestępstwo. Namieszali mu w głowie!*, stwierdza i postanawia, że to ona wyciągnie mężczyznę z tego szamba. Nie ma pojęcia o aktach mordu, których Jasem dokonywał własnoręcznie – z dużą satysfakcją i zapałem, bo nie widziała przecież w internecie filmiku, na którym z dumą ścinał głowy bezbronnych, niewinnych ludzi. Do tej pory Munira nie do końca uświadomiła synową, z kim ma do czynienia, bowiem boi się, że ta mogłaby zwariować ze strachu lub wpaść w głęboką depresję, z której często nie ma już wyjścia.

Tej nocy po raz pierwszy od przyjazdu do Syrii Daria oddaje się swojemu mężowi z namiętnością i uczuciem, a on jest pełen nadziei, że jeszcze zrobi z niej dobrą arabską żonę.

Sąsiadki ustalają sobie pewien miły rytuał. Codziennie rano szybko wykonują swoje obowiązki, by później w ciągu dnia przynajmniej na dwie godzinki spotkać się w ogrodzie i beztrosko porozmawiać, choć czasami tematy, które poruszają, nie są miłe ani wesołe. Ale cóż zrobić? W takich czasach przyszło im żyć, muszą się z tym pogodzić i spróbować przetrwać.

– Mój mąż ostatnimi czasy bardzo ciężko się pochorował – szepcze któregoś razu Munira, a kobiety pochylają się ku niej jak kury na grzędzie. – Myślałam, że nie przeżyje, ale jakoś się udało. – Oddycha z ulgą. – Ma silny organizm.

– Czemu nie pojechałyście do przychodni czy szpitala? – pyta zdziwiona Salwa. – Te ośrodki jeszcze całkiem sprawnie działają, bo w czasach wojny stoją na drugim miejscu ważności. Zaraz po wojsku i śmiercionośnej broni. – Smutno się uśmiecha.

– Miałyśmy dużo domowych zajęć i się nie dało – tłumaczy oględnie Munira.

– To pani syn powinien zająć się ojcem, jeśli wy dwie ciągle harujecie w domu! – wykrzykuje oburzona Maria Fatima. – Takie traktowanie kobiet wywodzi się prosto ze średniowiecza. – Matka i Daria patrzą na siebie smutno, a następnie, zawstydzone, spuszczają głowy. – Mój Abbas w życiu by mnie na siłę w chałupie nie zatrzymał – ciągnie kobieta. – Ale jako że rok po roku urodziły nam się dzieci, to z dobrej nieprzymuszonej woli zajęłam się ich wychowaniem. A później to już jakoś przyschło – wyjaśnia swoją sytuację. – Poza tym z chłopcem i dziewczynką, ich szkołą i pozalekcyjnymi zajęciami zawsze jest dużo roboty. Jeśli jednak ty nie masz potomstwa, to…

– Jasem jest tradycjonalistą, ale jak tylko mój mąż stanie na nogi, to wracamy do Arabii Saudyjskiej, gdzie jest nasze miejsce – informuje rzeczowo Munira. – Możliwe, że nasza synowa pojedzie z nami, bo też ma tam swoją rodzinę.

– A co z twoim ślubnym? – indaguje Salwa, patrząc prosto w oczy młodszej sąsiadki.

– Dołączy do nas, bo w Rijadzie miał intratne zajęcie. Ten przyjazd tutaj był dość nieprzemyślanym krokiem. – Po ostatnich wydarzeniach i upojnej nocy Daria taką właśnie ma nadzieję. – Wy też powinnyście wyjechać, jeśli nie do Europy, to gdziekolwiek. Syria nie jest aktualnie dobrym i bezpiecznym miejscem do życia.

– Tak, masz rację – potakuje zasmucona Hiszpanka. – Mąż dostał ofertę pracy w Rijadzie, ale my z Salwą bałyśmy się tego wahabickiego kraju. Jesteśmy przyzwyczajone do wolności i własnego zdania, a tam kobiety są zniewolone.

– To stereotypy, moja kochana! – Munira wybucha kpiarskim śmiechem. – Darin i jej siostra studiują medycynę na ogromnym uniwersytecie dla kobiet, a Saudyjki pracują coraz liczniej jako lekarki, prawniczki, nauczycielki czy nawet w bankowości, nie wspominając o robieniu własnych biznesów. Jedną z najbogatszych kobiet na świecie jest właśnie Saudyjka!

– To muszę porozmawiać z mężem. – Maria Fatima zamyśla się. – Co ty na to, Salwa?

– Trzeba stąd spierniczać! Cały czas wam to powtarzam! – podenerwowana Salwa ostro wypowiada swoje zdanie. – Dlaczego mój brat jest takim dumnym człowiekiem, że nie chciał ewakuować się z wszystkimi, kiedy miliony uchodźców uciekały na początku tej gehenny? Tego nigdy nie zrozumiem!

– Wiesz doskonale, że nie utożsamia się z tą hałastrą, z tymi śmieciarzami i pastuchami, którzy pod płaszczykiem politycznego exodusu wyważają drzwi do Europy. – Sąsiadki zaczynają kłótnię, tak jakby były same, ale Munira i Daria przysłuchują się jej z zainteresowaniem.

– Co za durne podejście! – wykrzykuje młoda buńczuczna Syryjka. – Przecież wtedy wyjeżdżali ci, co mieli łeb na karku i dobry zawód, bo jeszcze na początku mogli z łatwością zdobyć pracę, dostać mieszkanie i wszelką pomoc.

Teraz to jest już po herbacie, bo wszyscy są umieszczani w obozach dla uchodźców i mają przegwizdane. Zanim zostaną sprawdzeni, prześwietleni i uzyskają status, to będą koczować jak bydło, i to niejednokrotnie z największymi ortodoksyjnymi rzezimieszkami do towarzystwa.

– No widzisz! Sama mówisz, kto między tą rzeką biednych, ale porządnych i uczciwych ludzi się wymyka. – Hiszpanka nie daje za wygraną. – Dżihadyści z Państwa Islamskiego – szepcze, zasłaniając usta dłonią. – Ci, którzy zdezerterowali, bo mają dość koczowania i zabijania w imię chorej *idée fixe*[1], albo tacy, którzy jadą z myślą realizacji islamskiego dżihadu wśród chrześcijańskich krajów stabilnego Starego Kontynentu. Słyszałam, że wśród zamachowców *szahidów* podczas ataku w Paryżu było trzech obywateli Syrii, którzy przecisnęli się przez sito kontroli i jednak wjechali do Europy.

– Nadal uważam, że siedzenie tutaj jest bez sensu i należałoby przekonać Abbasa do wyjazdu, a najlepiej możesz to zrobić ty! – Młoda pokazuje na szwagierkę palcem. – Tylko że też musiałabyś zmienić swoje podejście.

– Może ten Rijad? – zastanawia się ostatecznie Maria Fatima.

– A jaki zawód ma twój mąż? – pyta w końcu Daria.

– Jest chirurgiem kardiologiem.

– Kobieto! To przed nim cały świat stoi otworem! – Munira aż klaszcze w ręce.

[1] *Idée fixe* (francuski) – natrętna myśl, pomysł stale zaprzątający umysł; chorobliwe opanowanie psychiki przez nawracającą myśl, ideę prześladowczą.

– Doktorat zrobił w Madrycie i tam się poznaliśmy, mówi po arabsku, hiszpańsku, angielsku i francusku – wymienia znakomite umiejętności ślubnego.

– To co wy tu jeszcze robicie?! – zgodnie wykrzykują kumy. – Po co ryzykujecie życie własne i na dokładkę waszych dzieci?

– Macie rację... – Hiszpanka zawiesza głos, bo dochodzi do wniosku, że rzeczywiście postępują głupio i nieodpowiedzialnie. – À propos, może Abbas mógłby po pracy spojrzeć na pani męża, droga Muniro?

– W jakim sensie?

– Przyszedłby z wizytą domową. Oczywiście w ramach dobrosąsiedzkiej nieodpłatnej pomocy – szybko tłumaczy, obawiając się, że może kobiety nie mają pieniędzy, choć wynajmowanie apartamentu w tej dzielnicy nie należy do najtańszych.

– Musiałabym zapytać syna. – Munirze głupio odmawiać, ale boi się Jasema i woli mu się nie narażać. – Mógł już umówić wizytę w ośrodku zdrowia.

– Dziękujemy za propozycję, jednak widziałam, że Jasem kupił już lekarstwo, które na pewno pomoże. – Daria stara się złagodzić odmowę matki.

– Jutro damy znać, jak Ibrahim się miewa, i zdamy relację z wszystkiego – obiecuje ostatecznie starsza kobieta.

– A ty nam powiesz, jaką podjęliście z Abbasem decyzję, okej? – nalega Daria.

Tak ona, jak i jej teściowa czują się nieswojo, słuchając szczerych zwierzeń dobrych sąsiadek, podczas gdy same skrywają w sercach prawdę o porwaniu, haniebnym zniewoleniu i tragicznej sytuacji, w jakiej się znajdują. Munira zdaje sobie sprawę, że jeśli pisnęłaby choć słówko o działalności swojego syna, mogłoby to być zgubne w skutkach dla niewinnych kobiet. Daria zaś podejrzewa, że jeśli rzeczywiście jej mąż jest bojownikiem w imię dżihadu, to nie zawahałby się przed niczym, bo życie ludzkie nie ma dla takich zwyrodnialców żadnej wartości, a odebranie go nie stanowi problemu.

* * *

Maria Fatima wraca do domu z silnym postanowieniem odbycia poważnej rozmowy z mężem. W końcu będą musieli podjąć tę ciężką decyzję i opuścić jego ojczyznę. Jeśli już nawet on sam zastanawia się nad pracą w Arabii Saudyjskiej, to musi być mocno zdesperowany. Jako dobra żona postanawia nie odwodzić go już od pomysłu wyjazdu, a wręcz nakłonić do jego zrealizowania. Wprawdzie od lat pragnęli osiedlić się w Hiszpanii, którą Abbas pokochał i uważa za drugi dom, jednak lata temu zawalili sprawę i teraz nie ma już odwrotu. Głupie nieprzedłużenie karty stałego pobytu w terminie zaowocowało wystawieniem wilczego biletu, Abbas nie ma więc możliwości mieszkania w tym pięknym kraju. I nie pomogło im hiszpańskie obywatelstwo Marii Fatimy, zaświadczenia rodziny i przyjaciół o nieposzlakowanej uczciwości Syryjczyka, pisma z uczelni, na której robił studia doktoranckie i jednocześnie wykładał, poparcie samego dyrektora szpitala, w którym pracował, jak i ordynatora oddziału, uwielbiającego doktora z powołania, jakim był i jest do dnia dzisiejszego. Nic już nie mogło mu pomóc. Klamka zapadła. Wtedy dobra żona podążyła za swoim wydalonym mężem do Damaszku. Myśleli, że jakoś przetrzymają te pięć lat, a potem znów będą aplikowali, lecz na ich nieszczęście wybuchła arabska wiosna, a następnie wojna domowa, która targa tym nieszczęsnym krajem już od czterech lat i nie zanosi się, żeby szybko się skończyła.

– Poznałyśmy z Salwą bardzo miłe sąsiadki z parteru – zagaja Maria Fatima, kiedy zmęczony mąż przychodzi wieczorem do domu po dwudziestoczterogodzinnym dyżurze w szpitalu.

– Znasz ich rodzinę? – pyta Abbas, jako typowy Arab, bo to nie sam człowiek, ale cała jego familia świadczy o uczciwości i dobrych zamiarach.

– Nie, ale co z tego? – Kobieta nadal dziwi się takiemu podejściu.

– Wynajęli mieszkanie po porządnych ludziach, którzy jak głupki zwiali z Syrii, zostawiając dobytek i swoją ojczyznę na pastwę wilków.

– Co ty gadasz?! – oburza się, bo widzi, że będzie miała ciężki orzech do zgryzienia, chcąc przekonać męża do przynajmniej czasowej emigracji. – Po prostu nie chcieli narażać ani siebie, ani swoich dzieci. Zwykli ludzie, choćby nie wiem, jak byli uczciwi, nic nie wskórają ani nie pomogą w walce z fundamentalistami. Jedyne, do czego mogą doprowadzić, to do własnej śmierci.

– Kochana! Kraj właśnie teraz potrzebuje dobrych lekarzy, profesorów, bankierów, wykładowców… – Abbas aż się zasapał i podenerwowany odsuwa talerz z parującym kuskusem. – Ja może już nie robię operacji na otwartym sercu ani skomplikowanych przeszczepów zastawek, ale nie masz pojęcia, ilu rannych i poszkodowanych przywożą codziennie do szpitala. I co? Mam się na nich wypiąć? Zostawić ich i wyjechać do Europy, gdzie będą mnie traktowali jak bydło, żeby w najlepszym wypadku pracować jako magazynier i z trudem zarabiać na biedazupkę?! – podnosi głos.

– Mówiłeś coś o Arabii Saudyjskiej. – Hiszpanka postanawia nie kontynuować kwestii uchodźstwa, bo widzi, że na tym polu z mężem nie wygra, ale przedstawić inną możliwość, z której sama wcześniej zrezygnowała.

– Ty i Salwa w Saudi? Przecież nie chciałyście!

– Dlatego mówię ci o naszych sąsiadkach, bo one właśnie przyjechały tu z Rijadu – dochodzi do meritum sprawy. – Opowiadały, że wcale nie jest tam tak źle, a kobiety są coraz bardziej wyemancypowane.

– To czemu przeniosły się do ogarniętej wojną Syrii? Hm?

– Tego mi nie powiedziały. Ale jak tylko mąż jednej z nich wyzdrowieje, to na pewno tam wrócą.

– A co mu jest? – automatycznie pyta lekarz. – U nas teraz kiepsko z lekarstwami, więc jakby czegoś potrzebowały, to mów. – Łagodnieje i powraca do jedzenia.

– Nie wiadomo, na co choruje, bo jeszcze nie byli u lekarza… Może ty w wolnej chwili byś go obejrzał?

– Nie ma sprawy, powiedz tylko kiedy. Uważam jednak, że nie powinnaś się zadawać z niesprawdzonymi ludźmi.

– Nadal martwi się o żonę. – W obecnych czasach nie wiesz, kto jest kim i czy nawet w naszej dobrej i zamożnej dzielnicy jakiś zbir się nie ukrywa.

– Nie bądź już taki podejrzliwy – śmieje się Maria Fatima, bo przecież zna się na ludziach i widzi w oczach nowo poznanych kobiet uczciwość i prawość. – Jutro mają mi powiedzieć, jaki jest stan jego zdrowia.

– Jeśli idzie o jutrzejszy dzień, to uważam, że totalną głupotę wymyśliła ta moja nierozważna siostrzyczka. – Abbas chyba nie zje w spokoju dzisiejszej kolacji.

– O co chodzi? Co masz do niej?

– Jak można organizować wycieczkę szkolną na obrzeża Damaszku w takich niebezpiecznych czasach?! – oburza się. – Salwa zachowuje się tak, jakbyśmy nie byli w stanie wojny, i na domiar złego chce ciągnąć uczniów w rewiry, gdzie siły rządowe ciągle wyłapują opozycjonistów czy terrorystów.

– Nie gadaj głupot! Przecież tam też mieszkają ludzie, funkcjonują szkoły, ośrodki zdrowia, sklepy, działają meczety! – Maria Fatima aż się trzęsie, kiedy myśli o zagrożeniu własnych dzieci. – Mają iść zwiedzać cytadelę i obejrzeć starożytne mury razem z dzieciakami z tamtejszej podstawówki. Czy myślisz, że wszyscy nauczyciele, włącznie z dyrektorem szkoły, są takimi ryzykantami, żeby narażać ich życie?

– No nie wiem… może jestem przewrażliwiony… – wycofuje się mężczyzna, ale wciąż ma złe przeczucia.

– Oprócz Salwy będą tam jeszcze trzej inni pedagodzy, a dziewczyna jest kreatywna i po prostu chce biednym zaszczutym dzieciom pokazać dorobek kulturowy ich wyniszczanego, ale wspaniałego kraju. Te maluchy obecnie nie mają przecież żadnych rozrywek!

– Na pewno masz rację, ale może by naszych jutro po prostu nie puścić do szkoły? – z prośbą w głosie proponuje kochający ojciec.

– Masz obsesję! Wiem, że zdarza się, iż do twojego szpitala przywożą poranionych ludzi, ale może zostali postrzeleni w prywatnym zatargu albo przywiezieni z pola walki z północy kraju? Nie przenoś swoich uprzedzeń i lęków do domu, bo wszyscy zwariujemy i zaczniemy w ogrodzie kopać schron przeciwatomowy. – Maria Fatima obejmuje męża i całuje w czoło. Tak bardzo go kocha, ale wie, jaki potrafi być przeczulony na punkcie bezpieczeństwa swojej rodziny. – A jeśli idzie o ten wyjazd do Rijadu, to zacznij go dogrywać. My z Salwą jesteśmy za, a na dokładkę od razu będziemy miały dwie dobre koleżanki, Munirę i Darin, które nie są żadnymi terrorystkami, tylko fajnymi babkami z sąsiedztwa. – Maria Fatima chichocze radośnie, bo kamień spadł jej z serca na myśl, że wkrótce stąd wyjadą i będą żyli może nie w idealnym, ale na pewno w spokojnym miejscu.

Abbas wyjątkowo długo nie wraca z pracy, a Maria Fatima nie może się z nim skontaktować, bo przecież w mieszkaniach prywatnych nie ma podłączonych telefonów stacjonarnych, a komórki, które mają dobrze sprawdzeni i odnotowani w rejestrach wybrańcy, właśnie tego dnia nie działają. Wie, że dużo ludzi przywozi sobie niezawodne telefony z zagranicy i opłaca abonamenty w Egipcie, Jordanii czy Turcji, lecz jej prawy mąż nigdy by się na coś takiego nie zgodził. Teraz Hiszpanka odchodzi od zmysłów, bo zapada zmierzch, a ani Abbasa, ani Salwy z dziećmi wciąż nie ma w domu. Chodzi po mieszkaniu i próbuje czymś się zająć. Nagle słyszy pisk opon gwałtownie hamującego przed domem samochodu. Przyskakuje do okna, a gdy zauważa karetkę pogotowia, od razu dochodzi do wniosku, że widać pogorszyło się mężowi Muniry. Szkoda jej człowieka i nie może pojąć, dlaczego jego syn tak długo zwlekał z zawiezieniem ojca do lekarza. *Może jest zajęty?*, od razu tłumaczy nieznajomego. *Może haruje tak samo ciężko jak mój Abbas?*

Dochodzą do niej odgłosy z klatki schodowej i ciekawość popycha ją w stronę drzwi, które nagle gwałtownie się otwierają. W progu staje blady jak śmierć Abbas, a za nim sanitariusze niosący dwie pary noszy. Znajdują się na nich małe ludzkie ciałka zawinięte w *szyrszaf abjad*[1]. Maria Fatima wstrzymuje oddech. Za tragiczną karawaną ledwo trzyma się na nogach prowadzona przez pielęgniarkę Salwa – z aparatem tlenowym przy zasinionych ustach.

To był taki piękny dzień. Pomimo wczesnej wiosny słońce mocno przygrzewało od samego rana, niebo było bezchmurne, a ptaki, oszalałe z radości z powodu ocieplenia, urządzały głośne trele. Abbas postanowił odwieźć swoją siostrę Salwę, synka Mohameda i córeczkę Fatmę do szkoły na zbiórkę,

[1] *Szyrszaf abjad* (arabski) – całun; biała tkanina, w którą zawija się zwłoki przed pochówkiem; nie stosuje się trumny i chowa zmarłego w całunie bezpośrednio w ziemi.

skąd mieli szkolnym autobusem pojechać już z wszystkimi uczniami na całodzienną wycieczkę. Nauczycielka i mali turyści byli bardzo podekscytowani, za to zadumany ojciec całkowicie nie miał humoru. Nie wiedzieć czemu, nie spał całą noc, a po głowie krążyły mu tysiące tragicznych scenariuszy. Nigdy nie opowiada w domu, z jakimi przypadkami spotyka się na co dzień w szpitalu, nie chce bowiem straszyć rodziny. Nie są to jednak sporadyczni ranni, o jakich mówiła Maria Fatima, lecz całe ciężarówki zmasakrowanych ludzi. Spośród nich często dają mu uratować tylko tych, których jeszcze chcą przesłuchać, a później ich ciała i tak nie nadają się do żadnej terapii.

– Braciszku! Nie marszcz czoła! – śmieje się Salwa, choć na widok pochmurnej miny Abbasa robi jej się zimno na sercu. – Czemu ty musisz do wszystkiego podchodzić tak pesymistycznie?

– Żyjemy w czasach wojny i nie ma za bardzo z czego się cieszyć – odpowiada Abbas poważnym tonem. – Nie wiem, na jakim świecie wy z Marią egzystujecie. Rzeczywistość odsuwacie nawet nie na dalszy plan, ale w ogóle ją negujecie.

– Oj, braciszku...!

– Rozejrzyj się, dziewczyno! Zobacz, jak wygląda nasze miasto, choć niby tu jest w miarę bezpiecznie. – Puszcza kierownicę i pokazuje ręką za okno. – Damaszek jest wymarły, i to nie tylko dlatego, że naszą ojczyznę opuściły ponad cztery miliony ludzi. Ci, którzy zostali i mają deko rozsądku, chowają się w domach i nie wystawiają na niebezpieczeństwo.

– Przecież my wychodzimy tylko po to, żeby dostać się do szkoły. Czy ja mam zrezygnować z pracy, a dzieci z edukacji tylko dlatego, że gdzieś tam, na północy, w Aleppo, toczą się walki?

– Tatusiu! Nie! My chcemy się uczyć! – krzyczy mała Fatma, obejmując Abbasa za szyję.

– Ja już całkiem zwariuję bez kolegów! – oświadcza poważnym głosem Mohamed, bo pod względem charakteru jest podobny do ojca i serio podchodzi do większości spraw. – Najlepiej od razu zamknij nas w więzieniu, choć nasz dom jest dla mnie właśnie czymś takim.

– Niedługo stąd wyjedziemy, to będziecie wiedli normalne życie – obwieszcza nowinę ojciec.

– Wreszcie! Prawie wszyscy nasi przyjaciele już dawno to zrobili – oskarżycielsko burczy ośmiolatek.

– Uważaj na nich i na siebie – na pożegnanie Abbas prosi Salwę. – A wy nie oddalajcie się od grupy, nie szwendajcie po wąskich uliczkach, zaliczcie tę cytadelę i wracajcie bezpiecznie do domu. – Delikatnie całuje siostrę w czoło i ściska dzieci.

Syryjka, pomimo że miała radosny nastrój i cieszyła się na wyprawę, bo sama też dusi się w czterech ścianach, teraz jest mocno zestresowana. Żałuje, że wpadła na pomysł zorganizowania wycieczki i tak uparcie o nią walczyła, przekonując wszystkich nauczycieli i dyrektora szkoły, którzy jak jeden mąż byli temu przeciwni.

Jak zawsze przesadzają!, stwierdza w duchu, prowadząc swoją bratanicę i bratanka do gmachu lokalnej szkoły. Różni się ona od tej w centrum miasta, do której uczęszczają dzieci.

Uważnym okiem Salwa spostrzega nie tylko zrujnowane, zagrzybione budynki z łupiącym się tynkiem, ale nawet dziury po kulach w murze otaczającym kompleks. *Cholera!*, przeklina w duchu, co jest dla niej wyjątkowo nietypowe. *Może Abbas miał rację?* Lokalni uczniowie, biegający czy siedzący na szkolnym podwórku, również kontrastują z tymi, z którymi na co dzień ma do czynienia nauczycielka. Ubrani są biednie i w większości tradycyjnie, chłopcy noszą brudne, obszarpane galabije, a dziewczynki mają na sobie długie do ziemi sukienki, wszystkie też zasłaniają głowy kolorowymi lub białymi chustami. Świadczy to o tym, że mieszka tu niezbyt zamożna, konserwatywna ludność, czyli dobry grunt dla fundamentalistów. Obiecują oni prymitywnej biedocie gruszki na wierzbie, a ci we wszystko wierzą, byle w łatwy sposób osiągnąć to, co tak naprawdę można zdobyć tylko dzięki ciężkiej pracy i wykształceniu bądź dobremu urodzeniu.

– Tutaj jesteśmy! – Koleżanka Salwy, nauczycielka języka arabskiego, macha do nich ręką. – Czekamy w środku!

– Chcecie się pobawić z nowymi kolegami i koleżankami? – Ciotka zwraca się do swoich podopiecznych, obserwując tłumek dzieciaków. Zbierają się dookoła nich, z namaszczeniem dotykają eleganckiej granatowej krótkiej spódniczki Fatmy i białej wyprasowanej koszuli Mohameda.

– Nie za bardzo – odpowiada zdegustowany chłopczyk, patrząc na rówieśników krytycznym okiem, a dziewczynka nie puszcza pary z ust, tylko tuli się do opiekunki.

– W takim razie idziemy do szkoły. Zobaczymy, w jakich klasach uczą się wasi koledzy.

Wewnątrz głównego gmachu nie jest lepiej niż na zewnątrz. Ubóstwo i zaniedbanie wyzierają z każdego kąta. Ściany są brudne i niemalowane od lat, sale małe, ciemne i śmierdzące pleśnią, a ławki wręcz się rozlatują.

– Postoimy sobie tutaj, bo na dworze jest za gorąco – wymyśla bajeczkę kolejna pani pedagog, która ze strachem rozgląda się wokół.

– Proszę pani! My chcemy do domu! – Nieliczna grupka uczniów z centrum trzyma się razem i wcale nie ma zamiaru integrować się z tutejszymi dzieciakami.

– Ja nie chcę nic zwiedzać. – Mała dziewczynka z dwoma kucykami związanymi czerwonymi kokardkami ma oczy pełne łez. – Chcę do mamy!

W tej samej chwili z dworu dobiega donośne trąbienie i wszyscy rzucają się biegiem, żeby zająć dobre miejsce w autobusie, który zawiezie ich prawie pod samą bramę cytadeli. Dyrektor szkoły zadecydował, że nie pozwoli swojej młodzieży spacerować po takiej dzielnicy, więc mają zostać jak najbezpieczniej dotransportowani na miejsce i jak najszybciej stamtąd wrócić. Kiedy szkolny żółty autobus, pamiętający chyba lata sześćdziesiąte ubiegłego stulecia, przepycha się pod górę wąskimi uliczkami, młodzież z centrum przylepia nosy do szyby i z zapartym tchem obserwuje toczące się tu życie. Małe sklepiki znajdujące się na parterze niskich zabudowań wystawiają podstawowe towary, a sprzedawcami i kupującymi są wyłącznie mężczyźni, ubrani w galabije i z głowami zawiniętymi pomiętymi kawałkami brudnego materiału. Patrzą oni spode łba na intruzów, bo niejednokrotnie muszą zebrać lub przesunąć lady swojego handlowego stoiska, żeby szeroki autobus mógł się przepchnąć. Budynki wzdłuż drogi wyglądają strasznie – obłupane, podziurawione czy ewidentnie zniszczone od wybuchu, pod murami zaś zalegają gruz i góry śmieci, w których buszują na zmianę bezdomne koty ze szczurami. Nauczycielki nie odzywają się, bo czują, że wyjątkowo głupio postąpiły, wybierając się tutaj i nie sprawdzając wcześniej na policji lub w ministerstwie spraw wewnętrznych, czy ta dzielnica jest bezpieczna i kto ją zamieszkuje. Ślady wojny widać dookoła, więc zapewne jest to lub było siedlisko rebeliantów bądź – co gorsza – dżihadystów.

– Panie kierowco kochany! – pierwsza mityguje się Salwa, która wymyśliła całą tę ryzykowną eskapadę. – Jak tylko będzie możliwe, to niech pan zawróci. Bardzo pana proszę!

– Tak, wszyscy prosimy! – entuzjastycznie popierają ją nauczycielki i uczniowie. – Błagamy!

– A kto mi zapłaci za skrócony kurs? – niezadowolony gburowaty mężczyzna pyta o jedyną kwestię, która go obchodzi.

– Dostanie pan tyle, ile było umówione – obiecuje Salwa. – Niech pan nawija!

– Jak tak, to tak. – Teraz już facet zgadza się bezproblemowo i usiłuje znaleźć na tyle szeroką boczną uliczkę, żeby mógł w niej wycofać i jak najszybciej ruszyć z powrotem. – Po coście się w ogóle tu pchały, moje panie? – indaguje, zaciekawiony. – Przecież w tym rejonie ledwie ustały walki i mogą się zacząć w każdej chwili. Co za głupota! – Kręci głową na boki.

Nagle, pomimo hałasu dobywającego się ze starego rzężącego silnika, słychać odgłos wirnika helikoptera, a zaraz potem rozlega się głuchy wybuch. Wycieczkowicze sztywnieją, a miejscowe dzieciaki z przerażeniem kulą się w sobie. W powietrzu unosi się delikatny zapach owoców, co jest nawet miłą odmianą po smrodzie spalin dostających się do wnętrza zdezelowanego autobusu. Szofer gwałtownie hamuje, a potem wciska się w zaułek, rysując karoserię, i jak wariat mknie drogą na dół.

– Zmoczcie wodą chusteczki i zasłońcie nimi usta i nos! – drze się do sparaliżowanych ze strachu pasażerów. – Byłem w wojsku i wiem, co to może być!

– Co takiego? Nic nie widać! Co pan ma na myśli? – przekrzykują się opiekunki.

– Sarin[1]! To bezbarwna i prawie bezwonna bardzo trująca substancja – informuje podczas karkołomnej jazdy. – Już wcześniej wojska rządowe używały jej parokrotnie, ale w małych ilościach, tak dla postraszenia i otumanienia.

– *Wallahi!* Boże, miej nas w swojej opiece! – Kobiety tulą do siebie przerażone dzieci.

– Miejmy nadzieję, że walnęli tylko we wzniesienie, a szkołę oszczędzą, jednak gaz się unosi, no nie? – dorzuca na koniec kierowca, jakby chciał śmiertelnie przestraszyć

[1] Sarin – silnie toksyczny fosforoorganiczny związek chemiczny, stosowany jako bojowy środek trujący, zaliczany do grupy środków paralityczno-drgawkowych. Sarin to bezbarwna, bezwonna ciecz, łatwo mieszająca się z wodą i rozpuszczalnikami organicznymi. Wnika do organizmu przez skórę i drogi oddechowe. Kilkanaście miligramów sarinu powoduje śmierć po kilku minutach. Przyczyną zgonu jest zwykle paraliż mięśni oddechowych i mięśnia sercowego.

swoich i tak zastrachanych pasażerów. – To nie bomba, która niszczy tylko to, na co spadnie. Sarin zbiera szersze żniwo!

Gdy tylko pojazd zatrzymuje się przed szkołą, wszyscy z niego wyskakują i biegną ku zamkniętym drzwiom solidnego budynku. Kiedy wchodzą do środka, orientują się, że wyjątkowo głupio postąpili, lecz nie ma już dla nich drogi odwrotu, bo sprytny i doświadczony w boju szofer od razu wziął nogi za pas i odjechał, kierując się do centrum miasta. Syryjskie nauczycielki ze swoimi uczniami pozostają więc w szkole, gdzie na podłodze, kaszląc i ledwo łapiąc powietrze, leżą już pierwsze niewinne ofiary śmiercionośnej broni chemicznej.

– Uciekajmy! – wrzeszczy Salwa. – Może gdzieś po drodze złapiemy taksówkę!

– Zwariowałaś?! Taksówka na dwadzieścioro dzieci i nas cztery? Do żadnego samochodu osobowego taka brygada się nie zmieści, a autobus właśnie nam uciekł – zjadliwie informuje ją starsza koleżanka. – Chyba że chcesz zostawić swoich podopiecznych i sama wziąć nogi za pas. – Patrzy na nią oskarżycielsko.

– Też coś! – oburza się Salwa i aż trzepie z podenerwowania głową. – Trzeba poszukać piwnic! – wpada na pomysł. – Może tam się nie przedostanie to coś, czego nie widać, a od czego coraz ciężej się oddycha. – Wzburzona organizatorka zaczyna cicho szlochać, lecz zaraz się opanowuje, bo teraz w tej tragicznej sytuacji musi pomóc swoim wychowankom, przede wszystkim bratanicy i bratankowi, a nie rozczulać się nad sobą. – Najpierw jednak zmoczymy jakieś materiały i pozakrywamy nimi twarze! – dyryguje, biegnąc korytarzom i wypatrując toalet. Po drodze ściąga z głowy białą chustkę i pomagając sobie zębami, targa ją na mniejsze kawałki.

Kiedy znajdują szkolne lazarety, nie zważając na brud i smród panujące w tym miejscu, podbiegają do umywalek. Nauczycielki pomagają uczniom w wykonaniu prowizorycznych masek, zmywają niewidoczną substancję z ich twarzyczek, ramion i szyi. Jednak na ratunek dla wielu z nich jest już za późno, zwłaszcza że organizmy dzieci są delikatniejsze od organizmów dorosłych, a ich organy słabsze i bardziej wrażliwe. Zaczynają delikatnie pokasływać, by już po chwili nie móc złapać tchu. Ślina cieknie im z ust, lecz nie mogą jej wytrzeć, gdyż ich członki ogarniają gwałtowne skurcze. Parę pierwszych maluchów z powodu paraliżu mięśni oddechowych i niemożności dostarczenia tlenu do płuc obsuwa się nieprzytomnie na podłogę. Ich ciałkami wstrząsają drgawki. Inni, trzymając się za brzuch, bezwiednie oddają mocz i stolec, ze wstydem patrząc na to, co im się przydarzyło. Uczniowie padają jeden za drugim, a bardziej odporne i silniejsze nauczycielki z rozpaczą patrzą na to, czego dopuścił się największy ludobójca dwudziestego pierwszego wieku, morderca dzieci i kobiet, który nie kąsa w otwarty sposób – na polu walki, lecz niszczy swój naród z ukrycia, i to takimi środkami, przed którymi nie ma ucieczki. Ani się ich nie widzi, ani nie czuje, wedrą się wszędzie i dosięgną każdego, kto znalazł się na drodze rażenia.

– Oto nastał dzień Sądu Ostatecznego... – szepcze Salwa zsiniałymi wargami. – Oto Sodoma i Gomora...

Bierze na ręce swoich już nieprzytomnych małych krewniaków i noga za nogą posuwa się do wyjścia. Tam wpada na człowieka, który został poinformowany o tragedii i pierwszy pojawił się na miejscu zbrodni. Pomimo maski przeciwgazowej, zakrywającej prawie całą jego twarz, rozpoznaje w nim swojego przewidującego brata Abbasa. Wtedy pada zemdlona w jego ramiona[1].

[1] 21 sierpnia 2013 r. w kilku miastach na wschód i południe od Damaszku oraz na obrzeżach syryjskiej stolicy doszło do ataku rakietowego. W głowicach rakiet umieszczony był trujący gaz – sarin. W ciągu godziny pochłonął on setki ofiar. Ostrzał prowadzony był z wojskowych baz należących do dywizji sił rządowych syryjskiego prezydenta Baszara Asada. Według raportu amerykańskich służb specjalnych w ataku z użyciem broni chemicznej zginęło 1429 osób, w tym 426 dzieci, z kolei niezależna organizacja medyczna Lekarze bez Granic informowała o 3600 zatrutych osobach. Pierwsi o użyciu broni chemicznej informowali lekarze. Do punktów medycznych były zwożone zwłoki i porażeni z rozszerzonymi źrenicami, zimnymi kończynami, pianą na ustach, kłopotami z oddychaniem i postępującym paraliżem ciała. To typowe objawy działania gazów bojowych. Szpitale polowe były przepełnione, lekarzom brakowało specjalistycznego sprzętu medycznego i leków, szczególnie atropiny, do ratowania duszących się, zatrutych sarinem ludzi. Większość ofiar zginęła w agonii, nie mogąc zaczerpnąć powietrza wskutek zwiotczenia mięśni odpowiedzialnych za pracę płuc. Był to najbardziej tragiczny atak przeciwko cywilom z użyciem broni chemicznej od czasu ataku gazowego w irackiej Halabdży, przeprowadzonego na polecenie Saddama Husajna w 1988 r., kiedy zginęło ok. 5000 osób.

Zbrodnia w antycznym teatrum

Z wyjątkiem pierwszej chwili, kiedy dowiedziała się prawdy o losie i sytuacji swojej kochanej Darii, Marysia nie reaguje już w typowo babski sposób. Nie mdleje na wieści o aktach terrorystycznych i straszliwych wydarzeniach w ogarniętej wojną Syrii, nie płacze i nie rwie włosów z głowy. Jest zwarta i gotowa oraz w pełni skoncentrowana, bo zdecydowała się za wszelką cenę pomóc swojej małej naiwnej siostrzyczce. Informacje o użyciu broni chemicznej w dystrykcie Ghouta na przedmieściach Damaszku i o zabiciu tysięcy cywilów, w tym setek dzieci, wstrząsają jednak nie tylko nią, ale całym światem.

– Jak oni mogą wyprzeć się tak oczywistej zbrodni i jeszcze bezczelnie nazywać ją propagandową zagrywką opozycji! – oburza się kobieta. – To ludobójstwo w biały dzień! Baszar Asad powinien stanąć przed trybunałem w Hadze i zawisnąć na stryczku.

– Najpierw trzeba mu to udowodnić, bo inaczej zaczniemy się zachowywać jak jaskiniowcy. – Hamid stara się ją uspokoić. – Na miejscu jest komisja ONZ, która zbiera dowody.

– Cała społeczność międzynarodowa jest winna, bo milczy na temat syryjskiej wojny domowej i ma to wszystko głęboko w dupie. W Libii od razu interweniowali, choć tamtejsza wojna to była dziecięca zabawa w porównaniu z tym, co się wyprawia w Syrii.

– Przestań już tak namiętnie przeglądać te zdjęcia. – Mężczyzna zabiera Marysi tablet, na którym od godziny kobieta lustruje umieszczone w internecie fotografie z miejsca zbrodni i leżących pokotem zabitych cywilów. Nie może oderwać oczu od rzędów drobnych ciałek dzieci, zawiniętych w białe całuny.

– Wypatruję Darii – wyznaje szeptem, a w oku kręci się jej łza.

– Zwariujesz za chwilę! Daj spokój!

– Napisała przecież, że ten zbój wywozi ją do Syrii...

– Po pierwsze, miejsce ataku to tereny zamieszkane przez opozycjonistów rządu Asada, a nie fundamentalistów z ISIS. Nie należy tego utożsamiać, choć syryjski prezydent właśnie w takim świetle chce nam to przedstawić – tłumaczy cierpliwie fachowiec. – Po drugie, nie wyleciał z Egiptu nikt o nazwisku Alzani ani Salimi, ani tym bardziej Nowicka. Możliwe, że jeszcze są w Kairze, gdzie służby wywiadowcze przekopują każdą dziurę i każde podejrzane miejsce.

– Sam wiesz, że ci opętani, ale sprytni i dobrze wyszkoleni ludzie produkują lewe paszporty na potęgę. Czy Egipcjanie nie mają kamer przemysłowych, a tym bardziej na lotniskach? Nikt ich nie zauważył?

– Współpracujemy ze wszystkimi wywiadami na świecie, ale nie możemy się wpieprzać w ich robotę z powodu jednego faceta. To nie jest globalna akcja, tylko wewnętrzne sprawy Egiptu. *Dżihadi* John zniknął, a z relacji świadków wiemy, że nie on dokonał aktu terroru w Hurghadzie. Przy rozpracowywaniu siatki organizującej tę zbrodnię nigdzie się nie pojawia, więc musiał to przygotowywać ktoś inny. Obecnie jest sporo takich drani, którzy lubują się w zbrodniach. Mnożą się jak ulęgałki, ale czemuż tak się dzieje? – zadaje sobie pytanie.

– Plenią się na nieprzychylnych ludziom piaskach pustyni, w biedzie i nędzy, wśród niewykształconych prymitywów – stwierdza z nienawiścią Marysia.

– Tutaj jesteś w błędzie. Twojej teorii zaprzecza już choćby postać Johna-Jasema. Wykształcony, zdolny, z dobrego domu, nieźle sytuowany… Mam wymieniać dalej?

– To wyjątek, który potwierdza regułę...

– Niestety, nie i w tym tkwi ich siła. Mózgiem i sterem tej organizacji są ludzie na wysokim poziomie intelektualnym, świetnie sytuowani, o koneksjach na najwyższym szczeblu.

– Cóż… A sprawdzał ktoś, gdzie podziali się rodzice Johna? – ni z tego, ni z owego pyta Marysia.

– Zniknęli, a dom za półdarmo sprzedał ich syn. Miał notarialne pełnomocnictwo od ojczyma, więc wszystko jest prawnie uregulowane.

– A może oni też gdzieś wylecieli? Na przykład do Syrii? Jego rodzice raczej nie ukrywaliby się pod fałszywymi papierami. Może to tradycjonaliści, ale też uczciwi i porządni ludzie.

– Myślisz, że byłby w stanie ściągnąć ich do siebie, do swojego kalifatu? Po co? Przecież to nie fundamentaliści!

– Hamid kręci głową. – Mamy notatki z wykładów Ibrahima Elkurdiego i powiem ci, że nauczał samych prawych rzeczy.

– Może jakoś ich zaszachował? – zastanawia się kobieta. – To tylko luźna myśl, jakiś ślad… Nie wiem.

Marysia woła Nadię i Adila, bawiących się przy nich na dywanie, i mocno tuli ich do siebie. Po obejrzeniu setek zdjęć ukazujących otrute sarinem dzieci w Damaszku jej serce krwawi, a kiedy wyobraźnia podsuwa myśl, że mogłoby ich to spotkać, cała drży.

– Kochacie mamusię? – pyta swoje maluchy.

– Oczywiście! – Nadia wskakuje jej na kolana i mocno ściska za szyję, a mały Adil z trudem wdrapuje się na kanapę i też wyciąga swoje pulchne rączki.

– Mami! Mami! – wykrzykuje zabawnie.

Hamid patrzy na ten obrazek i nadal nie może uwierzyć we własne szczęście. To, co negował i odpychał od siebie tyle lat, znów wróciło. Nie dość, że ma przy sobie najukochańszą kobietę pod słońcem, to jeszcze razem z ich dzieciaczkami. Czasami myśli, że taka idylla nie może trwać wiecznie, ale zaraz zagłusza pesymistyczne wizje i cieszy się dniem dzisiejszym. Zdaje sobie jednak sprawę, że mieszka z Marysią nielegalnie i jeśli wyszłoby to na jaw, w saudyjskich warunkach mogłoby to się zakończyć tragicznie.

Z sielanki wyrywa ich dzwonek do drzwi. Patrzą na siebie zdziwieni, bo na nikogo nie czekają.

– Pan Al-Nadżdi z żoną – informuje służący. – Mają wejść?

– Oczywiście!

Spodziewają się ujrzeć starego sąsiada, którego Marysia spotkała tylko raz po przyjeździe do Saudi, a Hamid ostatnio przy interwencji w sprawie Omara i Aidy. Staje przed nimi jednak młody Karim al-Nadżdi wraz z Afrą, ambitną lekarką ze Szpitala Gwardii Narodowej, jego koleżanką po fachu. *Żona?*, zastanawia się Marysia. *Straszny bajzel zrobiliśmy z tego naszego życia. Najwyższy czas, żeby to naprostować*, podejmuje decyzję ostatecznego i niezwłocznego rozwiązania ich niefortunnego związku. *Po co on nas odwiedza?*, zastanawia się w końcu.

– Siadajcie! – gościnny Hamid zaprasza ich do środka. – Czego się napijecie? Kawy? Herbaty?

– Piwa – śmieje się jak zawsze uroczy Karim, a po jego wygładzonej i zrelaksowanej twarzy widać, że po odejściu Marysi odżył. Wprawdzie czuje ukłucie w sercu, kiedy widzi świętą rodzinkę siedzącą z dziećmi w salonie, ale już dawno doszedł do wniosku, że on w życiu tej pięknej kobiety pojawił się jedynie po to, żeby pomóc jej odzyskać tak córkę, jak i męża.

– Nie ma sprawy! Może być piwko! – Hamid poklepuje dobrego kolegę z lat młodości po plecach, podchodzi do służącego i coś mu szepce na ucho. – Wyskoczy do monopolowego i zaraz przyniesie – kontynuuje żarty. – Zechce pani ściągnąć *abaję*? – pyta Afrę, a ta po chwilowym wahaniu oddaje mu nakrycie, zostając jednak w chuście na głowie, ale już bez zasłony na twarzy.

– Jak wam się wiedzie? – zagaja Karim. – Widzę, że wszyscy jesteście w dobrym zdrowiu.

– Byłoby w porządku, gdyby Daria była z nami – od razu wypala Marysia. – A jeszcze bardziej w porządku, gdybym dostała w końcu od ciebie podpisane papiery rozwodowe.

– Właśnie w tej kwestii do was przychodzę. – Mężczyzna sięga do czarnej teczki, która kontrastuje z jego białą *tobą*, i wyciąga z niej gruby plik dokumentów. – Wszystko podpisane i zarejestrowane, gdzie trzeba. Jesteś wolna, Miriam – oświadcza spokojnym głosem.

– Mam nadzieję, że rozstajemy się bez gniewu? – pyta uspokojona kobieta i wzdycha ciężko, bo dokładnie pamięta krótkie chwile, kiedy byli szczęśliwi, ale jeszcze dokładniej te kiepskie, które zdominowały ich życie pod koniec trwania związku.

– Oczywiście! – Mężczyzna uśmiecha się serdecznie, jak zawsze wszystkich tym rozbrajając. – Tak się dobrze złożyło, że poznałem Afrę, z którą mamy wiele wspólnego. – Wskazuje na Saudyjkę, a ta czerwieni się jak dziewczę i skromnie spuszcza wzrok.

– Bogu niech będą dzięki, bo już miałem ciężkie wyrzuty sumienia, przyjacielu! – Hamid przykłada złożone ręce do serca. – Niech wam się dobrze wiedzie.

– Chcemy pojechać do Syrii z organizacją Lekarze bez Granic – ujawnia Afra. – Dlatego też wzięliśmy szybki ślub. Karim mógłby oczywiście się tam zaangażować, ale ja, jako saudyjska samotna kobieta, nigdy. Trudno, żebym jako mojego opiekuna ciągnęła za sobą na wojenną misję ojca czy brata – chichocze w kułak.

– To tylko dlatego za mnie wyszłaś?! – Pół-Indonezyjczyk udaje oburzenie, a jego żona znowu się peszy.

– Oj, daj spokój!

– To może teraz w końcu my po raz kolejny się pobierzemy? – Hamid znów w nietypowy sposób oświadcza się Marysi.

– Czas najwyższy. – Kobieta czule bierze swojego mężczyznę za rękę.

– Będziesz moją pierwszą i zarazem trzecią żoną! – Wygłupia się Saudyjczyk i stwierdza, że z tą kobietą nie da się nudzić.

W tej chwili do pokoju wchodzi lokaj, dźwigając na ciężkiej srebrnej tacy zakazane napoje: piwo dla panów i różowego szampana dla pań.

– Musimy wypić za nasze nowe i stare szczęście! – Hamid wznosi toast.

– Oby nam się wszystkim wiodło! – dołącza Karim, obejmując swoją młodą żonę, która pomimo skromności patrzy w niego jak w obrazek.

– To jak ja teraz do was mam mówić? – nagle odzywa się naburmuszona Nadia, siedząca w kącie kanapy i obserwująca dwóch rozradowanych mężczyzn. – Do którego tato, a do którego wujku? Co?!

Na taką interwencję i pretensję wszyscy dorośli wybuchają śmiechem, ale kiedy widzą powagę i łzy w zagubionych dziecięcych oczach, panowie zgadzają się, żeby zwracała się do nich, jak chce i jak jej dyktuje serce. Na koniec zgodnie ustalają, że będzie tata Hamid i papa Karim. Jak za dotknięciem czarodziejskiej różdżki zmienia się humor Nadii, bo uważa się za niezwykłą szczęściarę, mając aż dwóch ojców. Pogaduszkom i wygłupom nie ma końca, a obie pary oddychają z ulgą, że teraz już będą mogły uczciwie i po bożemu żyć.

– Karim i Afra zaprosili nas na kolację pożegnalną, którą wydają dla nich dziś wieczorem Krysia i Andrzej. – Hamid dzwoni koło południa, kiedy tylko kończy rozmowę z azjatyckim kolegą.

– Chcesz iść? – Marysia jednak nie czuje się do końca komfortowo, mając przy sobie dwóch swoich mężów.

– Czemu nie? Kiedy nas odwiedzili, było bardzo sympatycznie. Kamień spadł mi z serca, że wszystko sobie wyjaśniliśmy, uregulowaliśmy sprawy formalne i na dokładkę nadal jesteśmy przyjaciółmi.

– W zasadzie to racja…

– Ciągle masz jakiś żal do Karima? – pyta zaniepokojony. – Wyrządził ci kiedyś jakąś krzywdę?

– Skądże znowu! Przecież to najlepszy człowiek pod słońcem! Uczciwy, dobry, oddany, przyjacielski…

– Już wystarczy, bo wpadnę w kompleksy! – woła mężczyzna ze śmiechem. – Zatem nie widzę powodu, żeby się z nimi nie spotkać. Zwłaszcza że ten skłonny do poświęceń człowiek zaangażował się całym sercem w odnalezienie Darii.

– Niemożliwe! Naprawdę?! – Marysia nie może się nadziwić.

– Taki właśnie jest Karim al-Nadżdi – poważnie oznajmia jej mąż. – Zawsze był i zawsze będzie. Zastanawiam się, czy czasami nie zdecydował się na tę misję, żeby nam pomóc, bo pierwotnie miał jechać jedynie do obozów dla uchodźców w Jordanii, a teraz nagle się okazuje, że pod egidą i opieką ONZ ma dotrzeć aż do Damaszku.

– Myślisz, że ją znajdzie? Żadne służby nie namierzyły ani Darii, ani Johna od czasu zamachu w Egipcie. Sam mówiłeś, że zapadli się pod ziemię. – W głosie kobiety słychać rezygnację.

– Pogadamy wieczorem. Zbieram dane. Może tym razem idziemy dobrym tropem. – Bez zbędnego tłumaczenia Hamid kończy rozmowę, a Marysia chce wyskoczyć ze skóry, bo nie wie, o co chodzi.

Co za tajemniczy gość z tego mojego męża, złości się. *Przecież wszystko utknęło w martwym punkcie, a jedyne, co się rozwija, to zasięg wojny w Syrii. Jeśli Daria znalazła się w tym kraju, to nie wiem, jak ta moja malutka siostrzyczka sobie poradzi*. Pomimo hartu ducha Marysia zadręcza się cały czas. Non stop oskarża się, że to jej wina, bo mogła się uprzeć, postawić na swoim i nigdzie Darii nie puścić. Ale jak można by tak postąpić z dorosłą i zabójczo zakochaną osobą? Związać ją czy trzymać w piwnicy? Wiadomo, że to nierealne! Brakuje jej burzliwych dyskusji, a nawet kłótni z siostrą, choć teraz najbardziej brakuje jej szczerych rozmów z mamą i jej wsparcia czy porady. Wszyscy dookoła mówią jednak, że Dorota zachowa dobry stan zdrowia jedynie wtedy, gdy będzie żyła w sprzyjających warunkach, a to oznacza brak stresu, więc nie wolno jej o niczym informować. Matka jakoś ostatnio nawet nie naciska, żeby Daria się z nią skontaktowała, tak jakby całkiem odizolowała się od problemów swoich córek. Kiedy Marysia z dumą mówi jej najpierw o rozwodzie z Karimem, a po chwili o ponownym ślubie z Hamidem i swoim wielkim szczęściu, kobieta nawet tego nie komentuje. Widać człowiek chory oddaje wszystkie swoje zmysły wsłuchiwaniu się we własne ciało, a jego jedynym pragnieniem jest utrzymanie zdrowia i pozostanie wśród żywych tak długo, jak tylko się da. Marysia samotnie snuje się więc po domu, dogląda Adila, odbiera Nadię ze szkoły, zjada z dziećmi lekki obiad, odrabia lekcje, buduje wieże z klocków i całkowicie oddaje się nudnej rutynie, na którą zawsze jako mężatka narzekała, ale teraz właśnie tego pragnie. Na uczelni nie pojawiła się od czasu obejrzenia w internecie filmu z Darią w roli głównej. Stwierdza, że ma w nosie naukę, bo pragnie jedynie chwytać każdy szczęśliwy moment z najbliższymi, a szczególnie ze swoimi dziećmi. Wie już, że fortuna kołem się toczy i jest ułudna jak mydlana bańka, która może w każdej chwili pęknąć i zniknąć.

– Jakie dane ty znowu zbierasz? – naskakuje na Hamida, gdy tylko się spotykają. – Czemu nic mi nie powiedziałeś, tylko trzymasz mnie w niepewności i niewiedzy?

– Będę musiał załatwić ci szyfrator, jeśli chcesz gadać o tajnych sprawach przez telefon – żartuje mężczyzna i obejmuje ją ramieniem, a ona bierze parę głębszych oddechów i uspokaja się. – Najpierw idziemy do Karima i Afry, żeby otwarcie porozmawiać, bo niekoniecznie musimy w nasze sprawy wprowadzać jego polskich przyjaciół.

– Karim teraz mieszka tutaj? Na kampusie przyszpitalnym? – dziwi się Marysia. – Przecież na osiedlu Texas miał rewelacyjne warunki.

– Swoją willę ponoć wynajął od ręki, i to za gigantyczne pieniądze, a jako saudyjskie małżeństwo dostali tu niezły domek – opowiada Hamid, prowadząc żonę w zupełnie nieznaną jej część wielkiego ogrodzonego terenu.

– To oznacza, że cudzoziemscy najwyższej światowej rangi specjaliści, lekarze geniusze, mieszkają tutaj w chatkach, a obywatele królestwa w pałacach? – Kobieta nie pochwala takiego traktowania ludzi.

– Cóż… – Hamid tego nie komentuje, bo sprawiedliwość jest rzadkością, o czym oboje doskonale wiedzą.

Willa nowożeńców wielkością dorównuje rezydencji Binladenów, choć od frontu nie olśniewa ani stylem, ani wykończeniem. Jest jednak przestronna, elegancko urządzona, a z tyłu budynku, w całkiem sporym ogrodzie znajduje się basen.

– Wejdźcie, kochani! – Karim tym razem jest ubrany na modłę europejską, a jego żona nosi wprawdzie skromne, ale kolorowe ciuszki i oczywiście nadal zakrywa włosy, lecz już nie czarną, tylko wielobarwną chustką. – Zaprosiłem na naszą rozmowę również mojego nowego przyjaciela, ordynatora oddziału, na którym pracuję, wraz z jego żoną Ziną, również lekarką. To światli Saudyjczycy i można z nimi szczerze o wszystkim rozmawiać.

– Niemożliwe! – Hamid aż podnosi brwi. – Zdarzają się tacy?

Podśmiechując się, witają z nowymi znajomymi.

– To Mustafa będzie przewodził naszej międzynarodowej misji, bo wszystkie leki oraz sprzęt medyczny zostały zakupione z saudyjskiej królewskiej szkatuły.

– Słyszałam, że jedziecie aż do Damaszku – podenerwowana Marysia od razu przechodzi do meritum.

– Będziemy przemieszczać się w ogromnym konwoju, a pomoc humanitarna będzie zapakowana w tirach. Przygotowaliśmy dla potrzebujących namioty, śpiwory, koce, ubrania, a przede wszystkim parę ton medykamentów, których tragicznie tam brakuje.

– Dlaczego nie polecicie samolotem? To też niebezpieczne, ale nie tak bardzo, jak przeprawa drogą lądową przez kraj ogarnięty wojną.

– Kochana, wszystko jest zapięte na ostatni guzik – spokojnie tłumaczy Mustafa, choć po twarzy jego żony widać, że wcale nie jest tego taka pewna. – Piętnastu lekarzy różnej narodowości, jadących w specjalnym kuloodpornym, militarnym wozie, będzie eskortowało rządowe wojsko z czołgami i tankietkami, a nad całym tym majdanem będą latały helikoptery i samoloty bojowe.

– Opozycjoniści również potrzebują naszej pomocy, więc na czas przejazdu ogłoszone ma być zawieszenie broni – pociesza się smutna Zina. – Zresztą przecież to nie druga wojna światowa, ale walka podjazdowa, działania nie trwają non stop, bo inaczej po pięciu latach Syria dawno zniknęłaby z map świata.

– Akcje partyzanckie są najgorsze, bo nie wiadomo, kiedy należy się ich spodziewać, i nikt nie jest w stanie nad nimi zapanować – Marysia wspomina swoje przejścia z arabskiej wiosny w Libii. – Poza tym oprócz wojsk Asada mamy tam również opozycję, a co najgorsze – dżihadystów z Państwa Islamskiego, których nie należy utożsamiać z przeciwnikami reżimu. Czy oni również akceptują wasz przejazd i dadzą wam bezpieczną furtkę przez swój chory kalifat?

– Jesteś nieźle oblatana w polityce. – Ordynator dziwi się, a reszta towarzystwa słucha z zapartym tchem.

– Trochę się ostatnio doszkoliłam ze względu na moją siostrę – tłumaczy kobieta.

– Nawet fundamentaliści muszą zaakceptować naszą obecność, ponieważ według planu po drodze będziemy się zatrzymywać na postój w osadach, wsiach czy miasteczkach i przynajmniej doraźnie leczyć miejscową ludność. – Mustafa twardo stoi przy swoim.

– Walczące strony nie mogą chyba chcieć zagłady własnego narodu? – dołącza Karim, patrząc zaniepokojony na wystraszoną Afrę.

– Po ostatnim ataku gazami bojowymi nadal jesteś tego taki całkiem pewien? – w dalszym ciągu przedstawia swoje racje Marysia.

– Prezydent Asad za wszelką cenę chce się z tego oczyścić i zrobi wszystko, żeby przedstawiciele ONZ bezpiecznie tam dotarli i wydali pozytywny dla niego werdykt. – Karim nie czuje strachu, bo zaangażował się w ten wyjazd całym sercem. – Po akcie ludobójstwa bombardował dzień i noc te tereny, chcąc zatrzeć ślady.

– Wspominałem już Marysi, że nie można jednoznacznie zweryfikować jego winy. – Hamid nie jest stronniczy i zawsze wnioskuje na podstawie zebranych dowodów. – Są doniesienia, że fundamentaliści również mają sarin.

– Oni rabują wszystko w tym kraju! – Marysia znów się wścieka. – Począwszy od sprzętu, broni, paszportów, pieniędzy z banków, a skończywszy na polach naftowych, z których czerpią niewyobrażalne zyski, wykorzystywane następnie do swoich chorych celów. W ten sposób z prędkością światła rosną w siłę i dlatego powinien zostać utworzony międzynarodowy sojusz do walki z kalifatem.

– Mustafa… Jedziemy czy nie? – Karim zaczyna wątpić w ich pokojową misję. – Uwielbiam pomagać ludziom, ale nie za cenę własnego życia.

– Może jednak znów polecimy do Jordanii? – pyta proszącym głosem Zina. – Tam są tysiące ludzi, którzy też potrzebują opieki medycznej i wsparcia.

– Kochani, podpisałem umowę i jestem szefem medycznym konwoju – oświadcza surowo Saudyjczyk. – Jeśli się teraz wycofam, to tak, jakbym był lekarzem prowadzącym podczas skomplikowanej operacji i ze strachu, że się nie uda, zrezygnował po otwarciu klatki piersiowej pacjenta.

– Jadę z tobą, mój mężu. – Zina uśmiecha się, ale w jej oczach widać powagę. – Kto powiedział, że nasze posłannictwo ma być zawsze łatwe i przyjemne? Ale taka jest nasza praca i takie powołanie.

– Słowo się rzekło, kobyłka u płotu – uśmiecha się Karim. – Działamy zespołowo i tej operacji nie pozwolę ci beze mnie przeprowadzić. – Zastanawia się przez chwilę. – Ale może nasze żony rzeczywiście poleciałyby do Ammanu i w Jordanii zajęły się uchodźcami? Ta misja nie jest dla kobiet.

– Co?! I ty to mówisz?! – Afra aż podskakuje, a Marysia i Hamid z zainteresowaniem przysłuchują się dyskusji, nie chcąc ingerować w ich decyzje. I tak pół-Polka zasiała ziarno niezgody, a zarazem rozsądku i rozwagi w ich głowach, a co z niego wykiełkuje, to przyszłość pokaże.

– Twierdziłeś, że jesteś za emancypacją saudyjskich kobiet, i przysiągłeś mi, że nigdy nie będziesz mnie niewolił! A teraz najchętniej wysłałbyś mnie do garów!

– Dajcie spokój! Już postanowiliście i za dwa dni macie lecieć, a dzisiaj przyjemnie posiedzieć przed największą przygodą w waszym życiu. – Hamid czuje, że musi wziąć sprawy w swoje ręce i załagodzić zaognioną przez Marysię sytuację.

– Zawsze jednak lepiej zrezygnować, niż wpieprzyć się w jakiś kocioł bez wyjścia! – Pół-Polka niemiło podważa jego słowa. – Będąc młodą dziewczyną, w taki właśnie nieprzemyślany sposób wylądowałam w samym centrum libijskiej rewolucji – ponownie straszy towarzystwo. – I nie byłam w stanie się z niej wyrwać przez bardzo długi czas.

– Zaś ja, moja droga, dobrowolnie pojechałem do Libii z konwojem pomocy humanitarnej – przypomina jej mąż. – Akcja była perfekcyjnie zaplanowana i nie dość, że w dużej mierze się powiodła, to jeszcze odnalazłem ciebie, kochanie. – Czule przytula ją do siebie i patrzy wymownie w oczy, mając nadzieję, że się więcej nie odezwie i nie postawi kolejnej kropki nad „i".

– Będzie tak, jak zechce Allah – podsumowuje Afra.

– *Sza'a Allah! Sza'a Allah!* – powtarzają zebrani, po czym przez pewien czas w milczeniu i ciszy skupiają się na piciu herbaty.

Są to dojrzali, inteligentni ludzie, więc doskonale zdają sobie sprawę, jakie ryzyko podejmują, choć nikt z nich nie był w ogarniętej wojną Syrii i ich wiedza opiera się jedynie na doniesieniach prasowych i zapewnieniach organizatorów, że wszystko będzie dobrze i misja zakończy się sukcesem. *Ale czy na pewno?*, zadają sobie teraz pytanie. *Czy warto tak ryzykować dla obcych ludzi, obcego narodu, kiedy mogliby wieść spokojne i szczęśliwe życie w bezpiecznym kraju?* Widać jednak jest im to pisane, bo taką wybrali drogę życiową – służyć innym. Po chwili więc podnoszą rozchmurzone twarze i już wesoło patrzą na siebie z błyskiem w oku.

– Nie ma co! Jedziemy! – Afra przybija piątkę Zinie, a pełni dumy mężczyźni pochylają się nad swoimi odważnymi żonami.

– Pewnie, że tak! Jak by mogło być inaczej! – popierają je całym sercem.

Znów zapanowuje radosna atmosfera, jak przed każdą podróżą. Tyle że te cztery dzielne osoby nie jadą na wakacje – ich misja jest dużo ważniejsza od odpoczynku i laby.

– Jeśli już będziecie w Damaszku, to może i nam zdołalibyście pomóc? – enigmatycznie zaczyna Hamid, ale nie musi im nic tłumaczyć, bo wszyscy domyślają się, że chodzi o zniknięcie Darii.

– Przecież mówiłeś, że moja siostra najprawdopodobniej nadal jest w Egipcie, i nawet nie wiedziałeś, w jakim mieście! Kairze, Aleksandrii, Hurghadzie czy zapyziałej beduińskiej dziurze?! – Kiedy jest mowa o porwanej, Marysia nie potrafi panować nad nerwami i podnosi głos.

– Przeoczyliśmy bardzo istotną sprawę, na co zwróciłaś mi ostatnio uwagę – z opanowaniem odpowiada Hamid. – Czasami jest tak, że profesjonalista rozbiera na czynniki pierwsze wszystkie skomplikowane przypadki i czepia się bzdurnych detali, a najprostsza, oczywista i banalna rzecz mu przy tym umknie.

– A mianowicie? – Wszyscy słuchają z zainteresowaniem, jakie to nowe fakty pojawiły się w kwestii biednej dziewczyny.

– Nie pomyśleliśmy, że rodzice *dżihadiego* Johna mogliby dołączyć do syna w Syrii. Po tym, jak zabił on swoją siostrę, dokonując chorej zbrodni honorowej, szczególnie jego matka powinna nie chcieć go więcej oglądać.

– Więc? – Marysia w napięciu wyłamuje sobie palce i zaciska wargi.

– Dżihadysta wysłał ich do Damaszku rano tego samego dnia, w którym po południu zamordował swoją przyrodnią siostrę Aidę – relacjonuje Hamid zimnym głosem. – Najpierw polecieli do Ammanu, by stamtąd udać się do stolicy Syrii.

– Co? Jak to możliwe? To jakieś chore! – oburzają się słuchacze.

– Z nagrania na przemysłowych kamerach na lotnisku odczytaliśmy z ruchu ust jego ojczyma słowa: „Przywieź ją do mnie. Już dość się nacierpiała".

– Mój Boże! – Afra aż chwyta się za głowę.

– Munirze oczywiście widać jedynie oczy, ale nie patrzy ona na syna z ufnością i miłością, lecz raczej z lękiem i goryczą. Spodziewała się po nim najgorszego, ale chyba nie miała innego wyjścia, jak mu zaufać.

– Gdzie oni teraz są? Nadal w Damaszku? Odnaleźliście ich? – padają szybkie pytania.

– Syryjski wywiad potwierdził, że wylądował u nich zamożny, szanowany Saudyjczyk. Oczywiście przybył pod swoim prawdziwym imieniem i nazwiskiem. Ibrahim Elkurdi otrzymał etat na uniwersytecie damasceńskim, a jego żona Syryjka przy okazji miała odwiedzić rodzinę. – Zapada głęboka cisza, której nikt nie przerywa. Wszyscy z zapartym tchem czekają na ciąg dalszy. – Profesor wynajął mieszkanie w spokojnej, ekskluzywnej i świetnie strzeżonej dzielnicy, jednak przebywają w nim więcej niż dwie osoby. Obserwatorzy odnotowali jeszcze jedną arabską parę kwaterującą w tym lokalu. Oto zdjęcia. – Mężczyzna rzuca na stół plik fotografii, które Marysia natychmiast przechwytuje. Wytrzeszcza oczy, bo nie może uwierzyć w to, co widzi.

– Zmusił ją do noszenia *abai* i nawet zasłaniania twarzy... – Jedynie te słowa jest w stanie wyszeptać, bo serce bije jej jak młotem, niemal rozsadzając młodą pierś.

– Oczywiście obserwowani nic nie wiedzą o inwigilacji? – pro forma indaguje Mustafa, co Hamid potwierdza skinieniem głowy. – Za jakiś tydzień dotrzemy na miejsce. Co wtedy?

– Skontaktuje się z wami pewien człowiek, a gdyby tak się nie stało, to podam ci, Karimie, namiary na niego, których nauczysz się na pamięć. – Saudyjski szpieg dopina na ostatni guzik tajną akcję. – Kiedy Johna nie będzie w domu, oczywiście w asyście obstawy, udacie się na miejsce. Przeważnie wychodzi on rano, a wraca późnym popołudniem lub wieczorem z całą bandą swoich kumpli, którzy w tym świetnie zakamuflowanym lokalu mają codzienne spotkania i żrą tam kolację przygotowaną rękami dwóch zniewolonych kobiet.

– W porządku – potwierdza Karim. – Bułka z masłem. – Ocenia trudność operacji.

– Następnie pod egidą ONZ wywieziecie tych przetrzymywanych przez terrorystę biedaków z Syrii i przywieziecie do domu – kończy zadowolony z planu organizator. – Jeśli tylko bezpiecznie dotrzecie do Damaszku, to cała reszta będzie już rzeczywiście dziecinnie prosta.

Lekarze bez Granic przekraczają granicę z Syrią od strony Jordanii i powoli jadą w konwoju, kierując się na Damaszek. Ich skład pomniejszył się o dwie osoby. Doktor Mustafa tuż po wylądowaniu w Ammanie nieoczekiwanie się rozchorował. Zdiagnozowano u niego amebę, która w krajach arabskich jest bardzo powszechna. Pomimo to za wszelką cenę chciał jechać, lecz czterdziestostopniowa gorączka, wymioty i biegunka zwaliły go z nóg. Jego żona Zina zdecydowała, że zostanie z mężem. Mają straszliwe wyrzuty sumienia, że namówili zaprzyjaźnioną parę na niebezpieczną wyprawę, choć w zasadzie nie trzeba ich było zbyt mocno nakłaniać. Kiedy tylko młodzi usłyszeli o takiej możliwości i o humanitarnej misji, od razu zechcieli się do niej przyłączyć. Karim zostaje zatem kierownikiem zespołu medycznego, a Afra jest odpowiedzialna za pomoc kobietom w ogarniętym wojną kraju. Wiadomo bowiem, że również w Syrii panie mogą być badane tylko przez lekarki, bowiem zasada ta obowiązuje we wszystkich krajach muzułmańskich. Czasami w ramach wyjątku, kiedy od tego zależy ratowanie ludzkiego życia, dopuszcza się kontakt chorej z medykiem mężczyzną, co w Syrii jest możliwe, a w wahabickiej Arabii Saudyjskiej nadal bardzo, bardzo rzadkie. Młoda para jest z siebie zadowolona i tryska dumą z powodu awansu. Pozostali doktorzy – Francuzka i Hiszpanka, obie arabskiego pochodzenia, Pakistańczyk, Tunezyjczyk, Egipcjanin, Niemiec i Amerykanin – chętnie oddają się pod kierownictwo Karima, który jest spokojnym i zrównoważonym człowiekiem oraz doświadczonym i wszechstronnym medykiem. Ma najwyższe kwalifikacje i najdłuższy staż pracy, więc nikogo nie dziwi jego nominacja. Pół-Saudyjczyk stara się wyglądać na opanowanego, choć po przekroczeniu granicy włosy stają mu dęba i z niepokoju drży serce. Błyskawicznie zmienia się jego nastawienie i w duchu klnie w żywy kamień, że ryzykuje życie nie tyle swoje, ile młodej i naiwnej Afry. Przez małe okienka wielkiego, sześciokołowego, stuningowanego i przystosowanego do celów wojskowych rosyjskiego UAZ-a obserwuje straszliwy, czasem dosłownie księżycowy krajobraz. Kiedy mijają miasta i wioski, widzą zniszczenia, a często też unoszący się nad zgliszczami dym. Opuszczają tereny walk z duszą na ramieniu i zanurzają się w syryjską pustynię, gdzieniegdzie tylko zazielenioną i zaludnioną. Sporo ludzkich osad zieje pustką i widać, że ich mieszkańcy porzucali swój dobytek w pośpiechu.

– Mieliśmy się zatrzymywać, żeby pomagać ludności cywilnej, tylko że chyba wszyscy zdążyli już uciec – konkluduje Karim. – Miejmy nadzieję, że kiedy miniemy

Damaszek i pojedziemy na północ, w stronę Aleppo, to jeszcze kogoś tam znajdziemy.

– Stąd jest blisko do granicy, więc Syryjczycy ewakuowali się nawet na piechotę – informuje go kolega po fachu. – Nie widziałeś zdjęć w internecie? – dziwi się. – Te drogi były pełne, wędrowały nimi tysiące ludzi!

– Niedługo nikt tu nie zostanie – podsumowuje Afra, której coraz mniej się podoba ta wyprawa, bo jej misja pomocy spełznie na niczym, kiedy nie będzie miała pacjentów.

– Będą mieli kalifat bez poddanych – stwierdza Egipcjanin, który już lata temu przeniósł się do Europy i wykonuje swój zawód w Niemczech. – Ciekaw jestem, jak wtedy będą walczyć i z kim? Z wiatrakami? Ich teorie o dżihadzie i zabijaniu niewiernych już i tak dawno padły, bowiem mordują muzułmanów na równi z chrześcijanami.

– To są zwyczajni zbrodniarze! – oburza się Amerykanin, który wygląda bardziej na wojskowego czy sportowca niż na medyka, gdyż lekarz nie ma tyle czasu, żeby spędzać go godzinami na siłowni, facetowi natomiast koszula aż pęka w szwach, a muskuły prześwitują przez zmoczony od potu materiał. – Musimy jednak pamiętać też o opozycji, która nie opuszcza swojej ojczyzny i walczy o lepsze jutro dla tego kraju. Kiedy zapanuje tu demokracja…

– Przestań pieprzyć! – Karim robi się zły, słysząc takie głupie gadanie. – Demokracja i prawo szariatu panujące w krajach muzułmańskich się wykluczają! Nie są w stanie współistnieć. Nie wiem, czemu wy, Amerykanie, ubzduraliście sobie możliwość stworzenia utopijnych arabskich państw.

– Co ty, człowieku, mówisz?! – podnosi głos jankeski liberał.

– To, co słyszysz, człowieku! – odparowuje gromko Karim. – Syria potrzebuje uczciwego rządu i prawego prezydenta o twardej ręce. Może nie monarchy absolutnego ani dyktatora, choć czasami jest to optymalne rozwiązanie dla tej kultury – przedstawia swój pogląd, a cudzoziemcom wychodzą oczy ze zdziwienia. – Spójrz na Bliski Wschód i przykładowo na Arabię Saudyjską. Czemu tam jeszcze jest spokój? – zadaje retoryczne pytanie.

Nagle całkiem niedaleko rozlega się dźwięk nadlatującego samolotu, więc wszyscy pasażerowie milkną, postanawiając odłożyć drażliwą dyskusję na później. Długi jak wąż konwój z oznakami czerwonego krzyża i półksiężyca na dachach i bokach tirów oraz wszystkich transportowych samochodów zjeżdża z asfaltowej drogi i kieruje się w głąb lądu. Lekarze mają nadzieję, że taki był plan, choć ewoluuje on z minuty na minutę pod wpływem zmieniającej się sytuacji. Liczą, że rządowe lotnictwo ich ochroni i nie będą zmuszeni uciekać przed bombami, bowiem wzdłuż trasy miały przecież zostać wstrzymane wszelkie działania wojenne. *Ale czy ktoś o ich misji poinformował również dżihadystów z Państwa Islamskiego?*, zastanawiają się przestraszeni lekarze. *Czy oni także zaniechaliby walk, żeby przepuścić zagranicznych przybyszy? Czy czasem dla nich konwój z pomocą humanitarną nie jest również symbolem ingerencji w sprawy wewnętrzne ich kraju i ich kalifatu? Czy według nich nie przebywa bezprawnie na tym terenie?* Na razie jednak bojownicy ISIS czekają, przyczajeni na pierwszy ruch niewiernych, a lotne brygady sił kalifatu, rozproszone po całym kraju, ciągle zbierają krwawe żniwo lub agitują chętnych spośród pokrzywdzonej, tak przez rząd, jak i opozycję, ludności cywilnej.

– Tutaj zatrzymamy się na postój i spędzimy noc w tej oazie – syryjski generał informuje swoich cennych podopiecznych. – Wskażcie, w którym miejscu rozbić szpital polowy i gdzie chcecie zamieszkać. Sugerowałbym lazaret umiejscowić na majdanie[1], a namioty mieszkalne w gaju palmowym. – Udaje, że czeka na ich wskazówki, choć już dawno wszystko ma zaplanowane. – Od strony drogi ustawimy nasze dwa tiry, przed nimi czołgi i tankietki, a wyrzutnie rakiet na tym tam wzniesieniu. – Pokazuje palcem, a ludziom niezaprawionym w żołnierskim życiu i działaniach bojowych skóra cierpnie ze strachu. – Chwilę odpocznijcie, zapalcie sobie, pogadajcie, napijcie się herbaty, a za godzinę będziecie mogli przyjąć pierwszego pacjenta.

Obserwatorzy ONZ, a także wysokiej rangi wojskowi konsultanci z krajów koalicji, która ma zaprowadzić pokój w Syrii, lustrują wszystko bacznym okiem. Jak dotąd dobrze to wygląda i doceniają syryjskie starania, przygotowanie i profesjonalizm. Okazuje się, że samolot krążący nad ich głowami to rządowa jednostka inwigilująca teren i dbająca o ich bezpieczeństwo. Wszyscy trochę się rozluźniają, zwłaszcza że mogą w końcu odetchnąć świeżym powietrzem i nie gnieżdżą się w metalowym

[1] Majdan (arabski) – plac.

zbrojonym wozie, w którym można dostać klaustrofobii. Ledwo jednak lekarze rozprostowali kości, już widzą, że będą mieli tu sporo pracy i czeka ich nieprzespana noc.

– Jak długo tu zostaniecie, panie? – Wieśniaczka, zawinięta w tradycyjny beduiński długi kawał materiału w bordowo-szare pasy, patrzy na Karima z nadzieją w oku. – Mamy dużo chorych… – zawiesza głos. – Bardzo dużo. Opatrzycie ich? – pyta, zdenerwowana.

– Oczywiście! Nie wiedzieliście, że do was zawitamy?

– Skądże znowu! Nas się o niczym nie informuje. Nawet o tym, że będą nas obrzucać rakietami z gazem, po którym ludzie dusili się lub padali bez zmysłów i do tej pory w takim stanie pozostają – mówi o tym z głębokim żalem i nieskrywaną złością.

– Tutaj też użyli broni chemicznej? – pyta Karim szeptem. – Widzieliśmy po drodze zbombardowane miejsca, więc domyśliliśmy się, że toczyła się regularna walka między opozycją lub dżihadystami a rządowymi siłami. Nieprawdaż?

– Prawda wygląda zupełnie inaczej. – Kobieta zaciska pomarszczone wargi. – Najpierw nas zagazowali, a potem, żeby zatrzeć ślady, zaczęli zrzucać w te miejsca bomby.

– Są z nami przedstawiciele ONZ. Mogliby pobrać próbki?

– Takie tam farmazony to mnie nie obchodzą, panie! – Beduinka jest przebojową osobą. – Czy będziecie się ciągać po sądach, pisać trele-morele w waszych gazetach i dyskutować, naszego losu to nie zmieni. Straciłam dwóch synów na wojnie, a synowa i jej dzieci zostali zatruci i leżą jak te rośliny. Tylko to mnie interesuje! – wykrzykuje, wyrzucając ręce do góry.

– Nie dziwię się. – Karim bierze ją za spracowaną dłoń i współczująco patrzy prosto w oczy.

– Ja widzę, że pan uczciwy człowiek, więc kiedy zrobi się ciemno, to zaczeka na mnie przy studni, a ja zaprowadzę do naszej kryjówki. Tam dużo chorych, doktorze. – Widać, że kobieta ledwo panuje nad łzami.

– Czemu nie przywieźć by ich tutaj? Dżihadystów nie ma, więc bez obaw. A za to będzie profesjonalny szpital, będą lekarstwa.

– Są syryjscy rządowi wojacy… Nasi rodacy są naszymi największymi wrogami.

Po tych słowach wieśniaczka odwraca się i szybko odchodzi, a Karim stoi jak skamieniały. Teraz widzi, że w tym kraju nie tylko dochodzi do aktów ludobójstwa, lecz co gorsza – brat zabija brata. Nie można już powiedzieć, tak jak w stosunku do dżihadystów, że atakujący ludność cywilną postradali zmysły, są pod wpływem szalonych imamów i źle interpretowanej religii, zdominowani i manipulowani przez opętanych przywódców. Zbrodni przeciwko ludzkości dokonuje się tu na co dzień, z zimną krwią i wyrachowaniem, a ich wykonawcami są także ci, którzy powinni dbać o ten naród, zapewnić mu spokój i dobrobyt. Karim dochodzi do wniosku, że w tej wojnie również nie będzie wygranych, bowiem arabska wiosna rozpętała w krajach muzułmańskich piekło, otworzyła puszkę Pandory, z której wyszły najgorsze cechy i przymioty. Takie, które wydawało się, że dawno już zostały wyplenione, że zabiły je czas i postęp, lecz teraz widać, że były jedynie uśpione. Doktor nie ma jednak czasu na dłuższe przemyślenia, bo szpital polowy już stoi, a kolejka pacjentów powoli się ustawia.

– Wszystkie kobiety, które odważyły się do mnie przyjść, są w takim stanie, że od razu powinny zostać wysłane do szpitala – załamana Afra zwierza się mężowi podczas krótkiej przerwy.

– Dlaczego? Nie możesz im pomóc? Nie potrafisz?

– Są okaleczone! – wykrzykuje młoda lekarka.

– W jakim sensie? Ktoś dokonał na nich obrzezania? To jest zabronione! – oburza się Karim.

– Nie o to chodzi. Porody odbiera u nich znachorka akuszerka lub wydają na świat potomstwo bez żadnej pomocy, na przykład w polu, przy studni czy pod palmą. Ostrym kozikiem lub żyletką pseudopołożne robią nacięcie, a ranę zaszywają zwykłą igłą i bawełnianą nitką. Kiedy łożysko nie zejdzie w całości, ale tylko kawałek, to kto by się tym przejmował. Nie dość, że krocza tych biedaczek są zmasakrowane i zaszyte na okrętkę, to wszystkie mają stan zapalny przewodów rodnych, a w niektórych przypadkach zaatakowane są już trzewia. One gniją od środka! I tak strasznie śmierdzą… – Kobieta kropi perfumami wierzch dłoni i przytyka ją do nosa.

– Trzeba o tym poinformować wyższe instancje. Niech przyjadą tu ambulanse i zabiorą te kobiety na hospitalizację do najbliższego szpitala – podsuwa pomysł Karim. – Ty nie masz ani możliwości, ani warunków, żeby przeprowadzać operacje pod pełną narkozą.

– Człowieku! Na jakim świecie ty żyjesz?! To jest Syria! Kogo obchodzi los umierających żon, matek czy babć?! Poza tym one nie zostawią swojego gospodarstwa, zwłaszcza że mężczyzn stąd wymiotło.

– Rzeczywiście, masz rację. Gdzie są chłopy? Do tej pory stawiło się u mnie paru starców lub dzieciaków z mlekiem pod nosem. Nawet nastolatki nie przyszły.

– Są na wojnie, mój mężu. Nie pomożemy im. Ta misja jest jakimś jednym wielkim oszustwem – podsumowuje Afra. – Pic na wodę fotomontaż! Rząd syryjski chciał pokazać, jaki jest otwarty, pozwolić na kontrolę uzbrojenia, udowodnić, że żadnej broni chemicznej nie ma i nie używa, a przy okazji dostać za darmo trochę leków i sprzętu medycznego. Ale to wszystko będą wykorzystywać oczywiście tylko dla swoich.

Sfrustrowani, rozchodzą się do swoich zajęć – Karim do leczenia żylaków, czyraków i krost oraz wyrywania zębów, a Afra rozpaczliwie usiłuje zachować przy życiu przynajmniej kilka zakażonych kobiet, robiąc im drobne kosmetyczne zabiegi i aplikując antybiotyki. Namawia też swoje pacjentki na wizytę w szpitalu, lecz kobiety patrzą na nią jak na głupią, bo wiadomo przecież, że w życiu tam nie dotrą.

Po zmierzchu Karim z amerykańskim lekarzem, którego wziął ze sobą bardziej ze względu na obstawę niż na pomoc medyczną, czekają na Beduinkę w umówionym miejscu przy studni.

– Pst! – słyszą głos dobiegający z ciemności. – Tędy, za mną. – W oddali miga cień kolorowej szaty, więc podnoszą swoje ciężkie torby lekarskie i podążają za przewodniczką.

– Może zaświecę latarkę? – pyta Amerykanin, lecz szybko rezygnuje z tego pomysłu, widząc oczekujących na nich trzech mężczyzn pod bronią. Nie mają oni mundurów, lecz beduińskie stroje, więc wiadomo, że należą do opozycji. Karim ma nadzieję, że nie są to dżihadyści, lecz jest już za późno na rezygnację. Tłumaczy sobie, że jest lekarzem i musi pomagać każdemu, więc nie powinno to dla niego stanowić różnicy, jednak idzie przed siebie z duszą na ramieniu.

Przyjezdni mężczyźni nie przywykli do spacerowania w nieznanym terenie w egipskich ciemnościach, więc co chwilę się potykają i tracą równowagę. Po paru minutach jednak przywykają do gęstego mroku, który rozjaśnia jedynie księżyc. Oddalają się od osady, szybkim krokiem zmierzając w stronę niedalekiego wzniesienia, by później jeszcze dobre pół godziny przedzierać się przez gęste chaszcze w wyschniętym *wadi*. Na horyzoncie, tam, gdzie kończy się słabo widoczna ścieżka, odcinają się od nieba strzeliste palmy. Widać znajduje się tu ukryta przed okiem ciekawskich oaza. Mijają ją jednak, kierując się w prawo. Po chwili ukazuje się małe jeziorko pełne kumkających żab.

– Daj, panie, rękę, bo kark skręcisz – oferuje pomoc jeden z żylastych wojaków.

– Dam radę. – Karim nie chce, by traktowano go jak dziecko.

– Zatem my bierzemy torby, a wy postarajcie się nie poślizgnąć na skałach.

Idą wąską, mokrą półką, dosłownie przyklejając się do wzniesienia. Jest to karkołomny wyczyn i łatwo o wypadek, lecz już po paru krokach ścieżka się poszerza i pada na nią delikatny snop światła wydobywający się z jaskini.

Lekarze dochodzą do wniosku, że bojownicy znaleźli idealnie zamaskowane schronienie.

– Oto nasz prawdziwy lazaret. – Stara babka, która zorganizowała dla swoich pobratymców fachową pomoc, zatacza ręką w powietrzu. – Bez leków i medyków chłopaki jednak niedługo pożyją.

Karim i Amerykanin z przerażeniem rozglądają się dookoła. We wnętrzu jaskini na słomianych matach na podłodze leży na oko setka rannych mężczyzn. Niektórzy są przytomni i walczą z postępującą niemocą, inni majaczą w malignie, a paru w ogóle się nie rusza, jakby już umarli. W powietrzu można zawiesić siekierę, bo nora jest oświetlana olejnymi kagankami, ogrzewana płomieniem ogniska, a do tego wszyscy chorzy są brudni, a rany na ich ciałach gniją, wydzielając typowy dla gangreny odór.

Lekarze zakasują rękawy i zabierają się do pracy. W ustronnym miejscu pod ścianą został dla nich przygotowany drewniany stół nakryty białym prześcieradłem. Jest też niska ława na narzędzia. Obok stoją wiadro i miednica z wodą, prawdopodobnie z pobliskiego bajora. Mężczyźni najpierw robią obchód i wskazują osoby, którym mogą pomóc.

– Pójdę po dodatkowe narzędzia, to może jeszcze tych dwóch zdołamy uratować – Karim tłumaczy ochroniarzom, którzy ich tu przyprowadzili.

– Jakie narzędzia? – pyta z niedowierzaniem chłopek.

– Piłę chirurgiczną i specjalny tasak. Trzeba dokonać amputacji nogi i stopy, a tego cienkim lancetem nie zrobię. Jeśli ich nie zoperuję, ci ludzie umrą – ostrzega z powagą.

– Trudno – godzi się, bo widać los dwójki chorych niewiele go obchodzi. – Bóg tak chce – wypowiada ulubioną formułkę, która usprawiedliwia każde zachowanie.

– Masz tu, panie, co robić do rana, więc odpuść sobie niemożliwe. – Drugi bojownik wykazuje się zdroworozsądkowym podejściem.

Karim przyznaje mu rację i razem z kolegą robią, co mogą, żeby ocalić jak najwięcej ludzkich istnień.

– Czemu nie przywieźliście rannych do naszego szpitala? – pyta nad ranem, już w drodze powrotnej.

– To byłby wyrok – odpowiada przewodnik. – Lepiej, żeby umarli w spokoju niż na torturach.

– Przecież my jesteśmy z pokojowej misji. Nikt by was nie skrzywdził! – Amerykaninowi nie mieści się w głowie takie podejście.

– Eskortuje was nasze kochane rządowe wojsko, które pozwala wam się plątać po prowincji jedynie w celu wytropienia rebeliantów, jak nas nazywają. A my nie jesteśmy żadnymi wywrotowcami, tylko po prostu opozycjonistami do tej wrednej władzy i patriotami, którzy chcą jedynie spokojnie i uczciwie żyć we własnym kraju.

Prosty syryjski Beduin wygłasza tyradę, na co medycy nie zabierają już głosu. Cichcem przemykają się do obozu, na palcach wchodzą do namiotu i wskakują do śpiworów, chcąc przynajmniej na godzinkę zamknąć oczy.

Wczesnym rankiem konwój rusza w dalszą drogę, bo chce jak najszybciej dotrzeć do Damaszku. Tiry z samochodami transportowymi i obstawą powoli kołują przez pustynię, aż w końcu wracają na asfaltową drogę. Jeden wóz bojowy i ciężarówka wypchana żołnierzami zbaczają jednak z trasy i jadą nad oazę nad jeziorkiem, gdzie całą noc medycy ratowali ludzkie życie, cerując podziurawione kulami przeciwników ciała. Do zdekonspirowanej jaskini zostaje wystrzelona niewielka rakieta, a tych opozycjonistów, którzy znajdują się na zewnątrz, rządowi żołdacy ścinają jak drzewa seriami z karabinów maszynowych. Lekarze bez Granic niczego nie zauważają, bo są zajęci rozmową na temat biedy, nędzy i upadku tego niegdyś pięknego historycznego kraju. O dziwo, nikt też nie zwraca uwagi na fakt, że równolegle do nich pojawia się jadący po piachu nieoznakowany wóz z wyrzutnią pocisków na dachu, który nagle zatrzymuje się na otwartym terenie i oddaje w ich kierunku strzał. Jako że są teraz bezbronni, gdyż ich ochrona zabija bezsilnych, rannych i chorych antagonistów, to idealny moment do ataku. Dżihadyści mają dobrych planistów i całkowicie bez strat własnych przechwytują humanitarny transport, a tych, którzy nim jechali i przeżyli napaść, biorą jako zakładników. Karawana zbacza z głównej drogi i zmierza pustynnym traktem w stronę Palmiry, która właśnie została zdobyta przez Państwo Islamskie, by następnie dotrzeć do stolicy kalifatu w miejscowości Rakka nad rzeką Eufrat.

* * *

W środku nocy Jasem wpada do mieszkania, chwyta za ramię śpiącą Darię i patrzy na nią z niepohamowaną nienawiścią.

– I widzisz, co żeście z moją głupią matką narobiły?! – krzyczy. – Musimy natychmiast uciekać! Wyjeżdżamy!

– Dlaczego?

– Ktoś mnie podkablował! I śmiem sądzić, że to ty i mamusia, dwie wredne kretynki! – Z wściekłości toczy pianę z ust. – Liczę tylko, że zrobiłyście to bezwiednie i przez głupotę.

– W życiu byśmy na ciebie nie doniosły! – zaprzecza przerażona Daria. – Niby komu i co miałyśmy powiedzieć?

– Ja już wiem i wyrównałem rachunki, a ty rusz dupę!

– Dokąd jedziemy?

– Gówno cię to obchodzi! – odszczekuje Jasem, wymierzając żonie siarczysty policzek, po czym kieruje się do drugiego pokoju, gdzie przy łożu zmarłego tej nocy męża klęczy zrozpaczona Munira.

– Jedziesz z nami czy zostajesz? – Jasem patrzy z pogardą na swoją rodzicielkę.

– Dokąd? – pyta drżącym głosem kobieta.

– Obojętne dla ciebie. Jeśli zostaniesz, to wiedz, że nie będą się z tobą patyczkować. Nie dość, że oskarżą cię o fundamentalizm i przynależność do organizacji terrorystycznej, to jeszcze o współudział w zabiciu nadgorliwego doktorka z sąsiedztwa.

Facet uśmiecha się z pogardą, a kobietom brakuje tchu, kiedy zdają sobie sprawę, że to one wydały wyrok na niewinnego człowieka, prosząc go jedynie o bezinteresowną pomoc. Darii nadal nie chce się to w głowie pomieścić, ale czuje, że jej zaufanie do Johna dokumentnie słabnie, bowiem całkiem już zdominował go Jasem, wredny i zabójczo niebezpieczny dżihadysta.

Munira zastanawia się, komu jest teraz bardziej potrzebna: swojemu zmarłemu mężowi czy nieszczęsnej Darin, która wpadła w łapska jej syna zbrodniarza. Podejmujc decyzję – musi pomóc tej młodej, zaszczutej kobiecie i wyrwać ją ze szponów nieobliczalnego człowieka. Ciężko podnosi się z klęczek, zasłania całunem poczerniałą już twarz otrutego Ibrahima i podąża w nieznanym sobie kierunku za najbardziej znienawidzoną przez siebie osobą, za swoim pierworodnym – Jasemem.

Kiedy przed świtem opuszczają Damaszek, reflektory samochodu oświetlają znajdujące się po obu stronach szosy wzgórza i skały. Ma się wrażenie, że są one zalane krwią, bowiem barwią się na głęboko czerwony kolor. Następnie auto zagłębia się w rozległą, lekko pochyloną równinę, rozgarniającą na dwie strony łańcuchy górskie, których szczyty pod wpływem porannej poświaty stają się coraz to bardziej fioletowe. Szosa wije się jak wąż i odbija żółty blask słabych samochodowych świateł. Daria zauważa na poboczu tablicę i teraz już wie, że zdążają na północ, w stronę Aleppo, czyli tam, gdzie toczą się najcięższe walki. Jazda jej się dłuży, bo przebiega w większości przez pustynię. Jedyna roślinność to rachityczne topolki, wielbłądzia trawa, porastająca nawet kamienie, oraz kłęby zbitych wyschniętych krzaków, które czasami odrywają się od podłoża i gnają jak wielkie szeleszczące kule, wpadając nawet na jezdnię. Mijają szeregi zrujnowanych zbiorników na ropę, których pilnują żołnierze i strażnicy. Widać któreś z nich muszą wciąż jeszcze nadawać się do użytku. W wioskach czy osadach białe domy, otoczone wysokimi murami, wyglądają na wymarłe. Po ulicach nawet nie przebiegnie zbłąkany pies czy kot, nie widać dzieci bawiących się przy drodze. Daria z przerażeniem obserwuje teren, zdając sobie sprawę, że z tego pustkowia nigdy nie uda się jej uciec. Samochód wjeżdża na rozległą równinę i posuwa się w kierunku koryta Eufratu. W oddali ukazują się we mgle dwa ponure, ciemnogranatowe łańcuchy górskie: Antyliban i Dżebel Abiad. Pustynia, zarówno piaszczysta, jak i kamienista, rudo-różowa, spękana i poorana szczelinami, zagarnia cały teren i otacza drogę z obu stron. Bez napraw i konserwacji piaski niedługo całkowicie ją pochłoną. Im dalej na północ, tym tereny upraw rzedną, osiedla ludzkie rozpraszają się, a szosa jest coraz gorsza. Kiedy wstaje słońce, dwa górskie wzniesienia, które towarzyszą im już od paru godzin, nabierają coraz to nowych barw. *Ależ tu pięknie!*, myśli Daria. *Gdyby nie moja sytuacja i wątpliwe towarzystwo, mogłaby to być ekscytująca wyprawa. Tak jak siedem lat temu z rodzicami i Adasiem. Dobrze, że przynajmniej mam przy sobie Munirę. To biedna, a zarazem dzielna kobieta!*, podziwia matkę ich oprawcy. *A ja ją odsądzałam od czci i wiary, nie chcąc uwierzyć, że to mój parszywy mąż jest na wskroś złym człowiekiem...*

Daria ma dość czasu na przemyślenia, które nie są dla niej ani miłe, ani przyjemne. Dopiero teraz widzi jak na dłoni swoją naiwność i łatwowierność. Nie przyjmowała do siebie oczywistych faktów, nie widziała niegodziwych czynów Jasema, nie wyciągała oczywistych wniosków. Tłumaczy sama siebie, że jeszcze podczas ich romantycznej wyprawy z Bliskiego Wschodu do Europy, a potem do Afryki Północnej miała prawo dać się nabrać. Ówczesny John w Dubaju zachowywał się w naturalny dla siebie, ordynarny i egoistyczny sposób, lecz potem zmienił taktykę i stał się najbardziej uroczym, szarmanckim i szczodrym dżentelmenem, jakiego młoda dziewczyna znała w swoim krótkim życiu. Jego adoracja była dla niej niezwykła i cudowna, a kiedy obdarzał ją uśmiechem i czułością, traciła zmysły. Małe zgrzyty czy drobne dąsy nic dla niej nie znaczyły. Zawsze wszystko wychodziło na prostą i John był tym dobrym i kochającym, a ona czuła się jak rozkapryszona dziewczynka. Aktualnie wszystko do niej dochodzi i nie znajduje już wytłumaczenia dla zachowania tego przebiegłego, zabójczo niebezpiecznego mężczyzny. Oddając się ponurym dywagacjom, przymyka oczy i zapada w nerwowy, męczący sen. Budzi się, dopiero gdy dżip gwałtownie podskakuje na koleinie. Samochód zjeżdża z głównej przelotowej drogi i zaczyna karkołomną przeprawę po zdewastowanej wiejskiej jezdni, w której aż roi się od dziur. Daria szeroko otwiera oczy i lekko trąca drzemiącą przy niej Munirę.

– To starożytna Palmira – szepcze jej do ucha. – Arabski Tadmur. Byłam tu z rodzicami i bratem za młodu.

– A ja z wycieczką szkolną – wyznaje nie mniej zdziwiona matka. – Nasz przyjazd w to niezwykłe miejsce może oznaczać tylko jedno: to centrum kultury i jeden z największych i najwspanialszych starożytnych zabytków w Syrii znajduje się teraz w łapach dżihadystów.

– Mój ty Boże! Dlaczego? Może po prostu Jasem ma tu znajomych? Nie spodziewajmy się najgorszego.

– Pożyjemy, zobaczymy. Nie układajmy scenariuszy, tak będzie lepiej. – Matka postanawia zdać się na swój los i nie zadręczać.

– Co on planuje? Co zamierza? – Daria jednak drąży temat, a starsza kobieta jedynie wzrusza ramionami, nerwowo ściskając dłonie. – Jasem, powiedz mi, co będziemy tu robić? – Młoda nierozważnie postanawia dowiedzieć się, o co tym razem chodzi. Pochyla się do przodu auta i wciska głowę między przednie fotele, na co w odpowiedzi dostaje fangę w nos i zalewa się krwią.

– Córuchna! – Munira usiłuje zatamować krwotok. – Nie narażaj się, kochana. Siedź cicho, jakby cię nie było.

– Czy on naprawdę jest taki podły? – szepcze Daria przez łzy. – Nie mogę w to uwierzyć! Nie mogę... – rozpaczliwie szlocha, wtulając się w obfitą pierś Syryjki, a matce kraje się serce, bo widzi, że ta kobieta kocha jej syna, który nie jest wart nawet tego, by na niego splunąć, a jedyne, na co zasługuje, to na najcięższą i najwyższą karę za swoje grzechy i wszystkie zbrodnie, których się dopuścił.

Samochód zagłębia się w wąskie uliczki Palmiry, która wygląda na wymarłą. Kiedy Daria i Munira z rozpaczą i trwogą wyglądają przez okno, widzą leżące na ulicach posypane wapnem zwłoki – przede wszystkim kobiet i dzieci. Są w szoku, że nikt nie zaopiekował się ciałami. Pozostawiono je bez pochówku, wystawione na publiczny widok, co jest całkowicie niezgodne z muzułmańskim prawem szariatu, chyba że chce się, by zmarli nie zaznali wiecznego spokoju i by ich rodziny zostały upokorzone. Trupów jest całe mnóstwo i pomimo prowizorycznego zabezpieczenia w powietrzu unosi się smród rozkładających się ciał, pomieszany z zapachem spalenizny, dochodzącym z tlących się jeszcze pożarów. Na ulicach nie ma żywej duszy. Kobiety jeszcze przed chwilą zastanawiały się, dlaczego Jasem je tu przywiózł, ale teraz już jasno zdają sobie sprawę, że zrujnowane miasto jednak zostało przejęte przez dżihadystów i należy teraz do kalifatu. Jest to straszne, gdyż fundamentaliści znani są z dewastowania i niszczenia wszelkich starożytności, które wpadną im w ręce. Co się da, demontują i sprzedają na nielegalnych aukcjach, zdobywając w ten sposób fundusze na cele kalifatu, a obiekty stałe, takie jak świątynie czy amfiteatry, których nie da się wynieść i zrabować, często równają z ziemią za pomocą ładunków wybuchowych czy buldożerów.

W końcu auto zatrzymuje się przed jednym z całkiem dobrze zachowanych budynków, Jasem wysiada i zamyka swoje kobiety w środku, niczego im nie tłumacząc.

– Matko, jak to możliwe, że twój syn zabił doktora Abbasa? Powiedz mi?! – Daria musi potwierdzić tę informację, bo chce wreszcie poznać wszystkie nikczemne czyny swojego męża, by móc przygotować się na najgorsze. – Sam się przyznał, ale… Ja tego nie rozumiem… – Drżą jej wargi i znów jest bliska płaczu.

– Przepraszam, kochana, że ci nie powiedziałam. Nie uprzedziłam... – Munira również ma oczy pełne łez. – Mój pierworodny jest mordercą… Boże, jak strasznie to brzmi! – Chwyta się za głowę, ale zaraz zapanowuje nad sobą. – Bałam się, że kiedy się dowiesz, nie przetrzymasz tego i zwariujesz, więc trzymałam to w tajemnicy.

– Dlaczego miałabym oszaleć?!

– Dlatego, że wciąż widziałam w twoich oczach miłość do niego – szczerze wyznaje. – Coraz rzadziej, ale jeszcze się pojawiała.

– Nie dopuszczałam do siebie oczywistych faktów. Sama siebie okłamywałam. Ależ ze mnie kretynka! – Pomimo emocji Daria jest nad wyraz spokojna i poważna.

– Nie kretynka, tylko młoda, zauroczona przystojnym facetem dziewczyna. On potrafi czarować, ale jest jak kameleon i to najbardziej boli. – Matka zna syna jak zły szeląg. – Raz cię głaszcze i kocha, by po chwili stłuc do nieprzytomności.

– Czy już kiedyś kogoś uśmiercił? – Daria szeptem zadaje to kluczowe pytanie.

– Tak, moja droga. Jeszcze w Saudi pokazano nam krótki, parominutowy filmik, który zamieścił w internecie. Ścinał na nim głowę niewinnemu mężczyźnie. Rozpoznałam go. To był on… Na pewno on… – rzuca krótkie, a tak bardzo bolesne zdania.

– Kto ci pokazywał? Sąsiedzi?

– Agencje wywiadowcze. Wszyscy szukają Jasema czy *dżihadiego* Johna, a on od lat bawi się z nimi w kotka i myszkę. Woził cię po całej Europie i go nie złapali. To wręcz niemożliwe!

– Jeśli jest tak, jak mówisz, to może namierzą go tutaj? – Nadal jest naiwna jak dziecko.

– W Damaszku było łatwiej, ale tutaj, na tę dziką prowincję, raczej nikt za nim nie podąży.

– Może zatem to nie doktor Abbas doniósł na niego, bo przecież co on wiedział? Twojego męża Ibrahima każdy mógł otruć, mógł nieopatrznie zetknąć się z trutką na gryzonie albo z tym cholernym sarinem, którym zagazowano ostatnio tysiące ludzi, w tym biedne dzieciaczki naszych uroczych sąsiadek – zastanawia się na głos Daria. – Może to właśnie wywiad syryjski czy jakiś inny, jak Interpol, CIA czy FBI, depczą mu po piętach?

– Weź pod uwagę fakt, jakie on ma układy i wtyczki, że go ostrzeżono. – Munira twardo stąpa po ziemi i wie, że kiedy *dżihadi* John trzyma je pod kluczem, to tak łatwo mu nie uciekną. – Przedstawiciele kalifatu są wszędzie, a popleczników mają niewyobrażalne tabuny.

– Jestem skończoną idiotką, że nie napisałam maila do Marysi z kafejki internetowej w Damaszku, kiedy dał nam deko wolności i mogłyśmy wychodzić z domu...

– Obie jesteśmy niepoprawnymi optymistkami, bo myślałyśmy, że będzie lepiej, i nie spodziewałyśmy się, że z nim może być tylko gorzej. Zamiast zamawiać kartę SIM do telefonu z Egiptu, trzeba było dać facetowi w garść i wziąć cokolwiek, żebyśmy miały kontakt ze światem.

– Czemu po prostu nie kupiłaś telefonu? Nie wnikałam i nie naciskałam cię, ale przez to jesteśmy ugotowane. W Syrii ludzie też mają komórki i dostęp do sieci. Przecież tak właśnie działa Państwo Islamskie – rekrutuje chętnych przez Twittera, Facebooka czy inne portale społecznościowe.

– Oczywiście, że Syryjczycy mają telefony, ale żeby go uczciwie kupić, to musiałabym się wylegitymować, a przecież od wieków nie mam tutejszego dowodu osobistego – tłumaczy rzeczowo Munira.

– To teraz, mamo, jesteśmy w czarnej dupie! – wykrzykuje Daria. – I na dokładkę tam, gdzie diabeł mówi dobranoc!

– Konkretnie na środku Pustyni Syryjskiej, wśród trupów i pustkowia, w łapskach ambitnego i bardzo aktywnego działacza kalifatu. – Kobieta kręci na boki głową, bo sama nie może uwierzyć w ich tragiczne położenie. – Ale zawsze trzeba sobie powtarzać, że może być jeszcze gorzej, i o tym pamiętać.

Milkną, kiedy widzą powracającego Jasema, zmierzającego w ich kierunku.

– Jedziemy! – Zadowolony mężczyzna, sadystyczny mąż i syn uśmiecha się do nich, na co przechodzi im dreszcz po plecach. Potem siada za kierownicą, ostro zawraca i znów kieruje się poza miasto.

– Dokąd jedziemy? – gwałtownie indaguje niepoprawna, przerażona Daria, nie mogąc zapanować nad strachem.

– Do naszej bazy. Tam będziecie bezpieczne i nie znajdzie się nikt, kto by na mnie doniósł – mówi z przekąsem oprawca.

Okazuje się, że w historycznym forcie, znajdującym się na wzniesieniu tuż za Palmirą, była baza wojskowa sił rządowych, a kiedy przegrali oni ofensywę dżihadystów, pozostawili po sobie nieźle wyposażoną i urządzoną metę, z idealnym punktem obserwacyjnym całego płaskiego piaszczystego terenu, zapasami broni i wieżą nadawczą. Kobiety zostają ulokowane na drugim poziomie fortecy, skąd roztacza się oszałamiający, przepiękny widok. Cieszą się w sumie, że są daleko od miasteczka, w którym w każdej chwili może wybuchnąć epidemia zarazy z powodu gnijących ciał, obgryzanych przez szczury, dzikie psy i koty. Przez małe strzelnicze okienko obserwują działania bojowników w ich centrum dowodzenia oraz ruch między mieszkalnymi zabudowaniami. Widzą, że coś się szykuje, bo co chwilę wjeżdżają i wyjeżdżają stamtąd ciężarówki, a następnie kierują się do ruin antycznej Palmiry. Po drugiej stronie wzniesienia, ukryte przed oczami mieszkańców, stoją dwa wielkie tiry ze znakami czerwonego krzyża i półksiężyca na metalowych kontenerach.

– Zrabowali transport zapewne z pomocą humanitarną – szepcze Daria. – Ciekawa jestem, co się stało z ochotnikami jadącymi na pomoc Syrii.

– Jak to co? Jeśli mieli szczęście, to zginęli od razu, a jeśli przeżyli, to nie chciałabym być w ich skórze. – Munira postanawia już nie oszczędzać dziewczyny, bo w ten sposób zahartuje ją i przygotuje na najgorsze.

Matka i synowa mieszkają razem w prowizorycznej izbie, która powstała przez umieszczenie grubych płacht arabskiego namiotu pomiędzy historycznymi ścianami fortu w jednej z wnęk. Dodatkowo rzucono na twarde kamienie kilka słomianych mat, pledów i poduszek. Nie ma tam żadnych udogodnień – elektryczności, wody czy toalety. Prowizoryczny wychodek urządzono dla nich za zasłonką w wykuszu i składa się on wyłącznie z metalowego wiadra. Kiedy wiadro się zapełnia, zawartość, jak w średniowieczu, chlusta się do fosy. Myją się natomiast w blaszanej miednicy, w zimnej wodzie, przywożonej im w plastikowych dwudziestolitrowych kanistrach. Te prymitywne warunki byłyby jeszcze do zniesienia, gdyby nie przenikliwe zimno panujące w nocy i hulający po kątach wiatr.

– Dzisiaj mamy wielką uroczystość w antycznym teatrum. – Jasem pojawia się po raz pierwszy po dwóch dniach od przyjazdu. Emanuje radością i dumą, kobiety zaś kurczą się i drżą pod wpływem przeszywającego mrozu.

– Czujcie się zaproszone – informuje zniecierpliwionym głosem, lustrując je od stóp do głów. – Przyślę po was umyślnego, więc ubierzcie się, jak należy.

– Znowu zaczynasz z tym ubieraniem?! – Daria nie ma już sił dłużej znosić takiego upokorzenia. – Możemy w ogóle nie iść, więc daj sobie spokój. Wcale nam nie zależy... – Znów jej nierozsądna, buńczuczna natura bierze górę i odpyskowuje mężowi bez obaw, na co zapalczywy mężczyzna przyskakuje do niej, jak zawsze się odwija, lecz hamuje cios i jedynie chwyta ją w miażdżący uchwyt.

– Po to cię za sobą ciągnąłem przez pół świata, wyrzucałem na twoje fanaberie grube pieniądze należące do braci w Allahu, żebyś dziś znalazła się tam, gdzie twoje miejsce – oznajmia lodowatym tonem, patrząc na Darię z pogardą i nienawiścią, a jej nogi mięknął, bo teraz spodziewa się po nim już najgorszego.

Kiedy mężczyzna znika im z pola widzenia, młoda żona krzyczy histerycznie:

– Zabije mnie! To koniec! Mój Boże! Mamusiu! Marysiu! – Szlochając, osuwa się na ziemię. – Ratujcie mnie!

Kobiety czynią tak, jak kazał im Jasem. Zakładają czarne *abaje*, szczelnie zasłaniają włosy długimi chustami, a twarze kwefem. Widać im tylko wielkie oczy, emanujące przerażeniem. Munira godzi się już ze swoim losem i spokojnie szykuje na śmierć, zwłaszcza że po zabiciu przez syna jej ukochanej córki Aidy i dobrego męża Ibrahima nie chce jej się dłużej żyć. Darii serce drży, bo jest zbyt młoda, żeby żegnać się z tym światem. Chciałaby jeszcze zobaczyć swoją rodzinę, za którą bardzo tęskni, pragnie być szczęśliwa i mieszkać w bezpiecznym miejscu w otoczeniu najbliższych. Czuje też, że coś dziwnego się z nią dzieje, jej organizm jakoś inaczej funkcjonuje, a ciało zmienia się z dnia na dzień. Młoda nie dopuszcza jednak do siebie myśli o tym, co jest oczywiste.

Munira i Daria podjeżdżają pod starożytny amfiteatr. Pomimo słonecznego dnia jest rzęsiście oświetlony, a w wielu miejscach ustawiono nagłośnienie i profesjonalne kamery, jakby miało się tu odbyć artystyczne show. Kobiety nie wierzą własnym oczom, bo wiedzą przecież, że dżihadyści ściśle przestrzegają średniowiecznych zasad wynikających z Koranu, według których wszelka rozrywka, w tym muzyka i śpiew, jest surowo zabroniona.

Ubrany na czarno nieznajomy mężczyzna prowadzi je do pierwszego rzędu i usadawia tuż przed kamienną galerią oddzielającą widownię od placu dla gladiatorów lub tancerzy, zwanego dawniej orchestrą, oraz podwyższonej sceny, na której w starożytności występowali aktorzy. Za tym jest już tylko ściana z półkolistymi wykuszami, otoczonymi kolumnadą, zasłoniętymi teraz brudnymi samochodowymi plandekami. Pomiędzy nimi, na środku, wieki temu wykuto w kamieniu wielkie drzwi zadaszone strzelistym portykiem. Kobiety siedzą w milczeniu, czekając na swoje przeznaczenie, bo według zapowiedzi Jasema Daria ma być główną postacią antycznej tragedii.

Widownia powoli zapełnia się lokalnymi mieszkańcami, którzy uszli z życiem podczas rzezi. Nie przychodzą oni jednak na tajemniczy występ dobrowolnie, wśród śmiechów i radości, lecz są dowożeni pikapami lub półciężarówkami jak bydło. Nie słychać głośnych rozmów, nie ma krzyków ani dziecięcej bieganiny – wszyscy zachowują się cicho, spodziewając się czegoś strasznego. Mężczyźni mają ponure miny i patrzą spode łba, a nieliczne kobiety ubrane są tak samo jak Daria i Munira. Oznacza to, że prawo kalifatu już zawładnęło tą do tej pory wesołą i wyzwoloną turystyczną miejscowością.

Nagle w wielkich głośnikach coś chrobocze, strzela i pika. W końcu rozlega się z nich wezwanie do modlitwy: *Allahu Akbar! Allahu Akbar! Allahu Akbar!* Widzowie nie za bardzo wiedzą, jak mają się zachować, więc siedzą nieruchomo jak słupy soli i niepewnie się rozglądają. Na scenę wychodzi wysoki, dobrze zbudowany mężczyzna w czarnym stroju dżihadysty, z głową zawiniętą w turban i twarzą okrytą jego jednym końcem. Zawój na wysokości czoła otacza czarna opaska z godłem kalifatu. Lustruje on zebranych, a jego ciemnozielone oczy podkreślone *kohlem* wydają się palić ich na wylot, tak by każdy czuł się winny i napiętnowany. W jednej ręce trzyma długi i zapewne ciężki metalowy arabski miecz. Wzdłuż kolumnady za jego plecami zapalają się pochodnie, a przerażeni widzowie, spięci do granic możliwości, wydają tylko głośne westchnienie. Mężczyzna zbliża się do zasłoniętego materiałem wykuszu, szarpie go i oczom wszystkich ukazują się przykute do ściany, spętane grubymi łańcuchami trzy kobiety. Ich ciała i włosy nie są zasłonięte, tak żeby było widać nieskromność i rozpustę, lecz audytorium odnotowuje również sińce i krwawe rany na ich kruchych, wzbudzających litość ciałach. Jedną z nich, Saudyjkę, Daria zna z widzenia z Rijadu, dlatego pochyla głowę i niczego więcej już nie chce oglądać. Nie docierają do niej nawet obelżywe słowa Jasema pod adresem uwięzionych, dzielnych lekarek, które według niego nie przyjechały tu, aby pomagać chorym Syryjczykom, ale by deprawować wierny muzułmański naród.

Wtem prosto na twarz kochanki i żony *dżihadicgo* Johna pada ostre światło, a operator profesjonalnej telewizyjnej kamery robi jedno zbliżenie za drugim. Nie jest jednak zadowolony, bo przecież z powodu kwefu nic nie widać i nie da się ustalić tożsamości Darii, która może być każdą arabską kobietą. Nie o to chodziło Jasemowi i młody filmowiec czuje, że jeśli czegoś nie zrobi, to będzie go to kosztowało głowę.

– Pst! *Saida!* – zwraca się do zadumanej kobiety w pierwszym rzędzie, która w ogóle nie reaguje na jego zaczepkę. – Pst! Pst! *Ja saida* Munira! – Nie wiadomo skąd zna imię matki swojego szefa. – Niech ta pani ściągnie zasłonę, proszę. – Patrzy jak wierny pies na starszą kobietę, która tylko pogardliwie wygina wargi.

– Nie, gnoju! Żebyście później mogli ją ukamienować za rozpustę? W życiu! – Munira bierze mocno pod rękę swoją synową i postanawia iść razem z nią na najgorsze, nawet na śmierć, na której obfite żniwo się tu zanosi.

W międzyczasie Jasem zdziera plandekę z następnej kolumnady, odsłaniając białego mężczyznę, wielkiego jak Goliat, który został ukrzyżowany. Silny organizm wciąż walczy o życie i jeśli nie zazna prawa łaski, jakim może być tylko śmierć z ręki szalonego zbrodniarza, Amerykanin będzie się jeszcze długo męczył. Na scenę wybiega z dziesięciu innych dżihadystów, ubranych tak samo jak główny aktor i tak samo ukrywających swoją tożsamość. Nie mają w rękach żadnej broni, lecz niektórzy dzierżą pochodnie, a inni arabskie bębny, w które zaczynają rytmicznie uderzać. W przerwach między łoskotem wykrzykują znów: *Allahu Akbar!*, a słowa te jakby wprowadzają ich w trans. Po długiej jak wieczność chwili głównym, a zarazem jedynym wejściem na scenę zostaje wprowadzony słaniający się, kulejący mężczyzna w pomarańczowej galabii i na bosaka. Ma na sobie taki sam strój, jak wszystkie ofiary bezprawnych wyroków wykonywanych przez dżihadystów na niewiernych. Daria podnosi skamieniały, zszokowany wzrok na ofiarę i już go nie opuszcza. Nie może złapać oddechu, powietrze pali jej gardło i rozsadza płuca. Zrywa z twarzy kwef, bo czuje, że za chwilę się udusi. Jej mąż, wpadając w ekstazę, dosłownie pląsa po scenie, wykonując jakby tradycyjny arabski taniec z szablami, to zbliżając się, to oddalając od więźnia. Bierze rozmach wielką metalową szablą i zatacza szeroki krąg nad głową klęczącego mężczyzny, który nagle spośród widzów wyławia znajomą twarz. Jego pełne trwogi, a zarazem współczucia oczy już nie rozstają się z oczami Darii. Tą drogą krzyczą do siebie o ratunek, wołają o pomoc. *Karim... Karim...*, zbielałe wargi Darii poruszają się bezgłośnie. *Karim, ty dobry człowieku!* Jasem wykonuje kolejny taneczny krok do przodu i bierze ostatni zamach, po którym głowa niewinnego spada ze sceny na kamienny plac. Z jego szyi bluzga czerwona spieniona krew, ale ciało przez niewyobrażalnie długie sekundy utrzymuje jeszcze pion, by w końcu paść wśród grobowej ciszy tłuszczy, wstrzymującej z przerażenia oddech.

– *Allahu Akbar!* – wykrzykuje zabójca. – Taka śmierć należy się niewiernym! – wygłasza nic niewartą, obłudną sentencję.

– Ty kłamco! Ty szalony oszuście! – Daria zrywa się na równe nogi i potrząsa w powietrzu zaciśniętą pięścią, a chusta przykrywająca jej włosy spada, odsłaniając ciemnoblond kosmyki. – Jaki niewierny?! W żyłach tego uczciwego człowieka płynęła arabska, muzułmańska najczystsza krew! Ty skurwysynu! – Nadal wygraża mu wyciągniętą do góry ręką, co zadowolony kamerzysta kręci z dużym zapałem i satysfakcją.

– *Allahu Akbar!* – kontynuuje nawoływanie Jasem, a jego asystenci bębniści dołączają do niego, wybijając równy rytm.

Tłuszcza siedząca za Darią nie słyszy jej słów, ale ze strachu, idąc za jej przykładem, zrywa się na równe nogi, skandując wezwanie i tak samo jak ona wymachując ramionami. Jasem jest uradowany jak nigdy w życiu. Nie spodziewał się aż takiego materiału propagandowego. Już za pół godziny cały świat będzie mógł zobaczyć białą kobietę w starożytnej Palmirze, zażartą zwolenniczkę kalifatu, uczestniczącą w słusznym akcie gniewu skierowanego przeciwko niewiernym.

Na twarzy Darii widać jedynie zażartość, a w jej oczach maluje się obłęd.

Drogi ucieczki

Zabójczy spektakl w starożytnym teatrum w Palmirze nie kończy się na jednym mordzie. Na scenę są wyprowadzani coraz to nowi nieszczęśnicy, których dżihadyści już nie mogą traktować jako niewiernych, bo to ich rodacy, Syryjczycy. Ich grzechem jest przeciwstawianie się kalifatowi i zagładzie, którą szerzą jego przedstawiciele. Są więc wśród ofiar zarówno opozycjoniści wobec obecnej władzy, jak i przedstawiciele panującego rządu, schwytani podczas inwazji wojskowi, ale też cywile. Krew leje się równym strumieniem, a jej słodki zapach unosi się nad sceną i kamiennym placem, gdzie zrzucane są śmiertelnie okaleczone szczątki. Do Darii już niewiele dociera. Siedzi jak zahipnotyzowana, ze wzrokiem wbitym w ziemię. Munira trzyma ją za rękę, czując, że dzisiejsza tragedia jeszcze się nie skończyła.

Po kolejnym ścięciu, wykonanym przez dumnego dziesięcioletniego chłopca, szkolonego w ten sposób do największych zbrodni i okrucieństwa, którego ofiarą jest przedstawiciel ONZ, przybywający tu z pokojową misją w humanitarnym konwoju, Daria po raz pierwszy oddaje zawartość trzewi. Później mdłości targają nią przez długi czas. Na koniec kładzie głowę na ramieniu matki i zapada w letarg. Budzi się jedynie, kiedy siedząca za nimi kobieta, jedna z nielicznych, która słyszała, co Daria tak naprawdę wykrzykiwała, podaje jej butelkę z zimną wodą. Pół-Polka spogląda na nią nieprzytomnie i widzi czarne, żarzące się, pełne nienawiści i złości oczy. Nie wie, jak ma to rozumieć, ale teraz nie ma to dla niej znaczenia.

Kiedy zapada mrok i z tego padołu łez i goryczy znika ponad trzydzieści ludzkich istnień, dżihadyści, pełni radości i satysfakcji z dobrze spełnionego obowiązku, zamykają teatrzyk, rozganiając wszystkich do domów. Na koniec jeszcze manifestacyjnie wydzierają się, chwaląc Allaha pod niebiosa, lecz nie doczekują się już zbiorowego aplauzu. Mieszkańcy miasteczka, którzy przyszli tu ze strachu, teraz są w podobnym stanie marazmu i zobojętnienia jak Daria. Widzą, że jedynym ratunkiem dla nich i ich rodzin jest ucieczka z ich kochanego kraju, opuszczenie własnych domów. Ucieczka, która wcale im się nie uśmiecha, bo dokąd, za co i jak mają uciec? Poza tym porzucenie swojego miejsca, ukochanego, znanego, może nie bogatego i nowoczesnego, ale własnego, nie jest łatwą decyzją. Nigdzie nie będą się budzić przy tak ostrych promieniach upalnego słońca i świergocie niestrudzonych ptaków, nigdzie nie będzie ich kołysał do snu odgłos cykad. Tylko tu co dnia otoczeni są przez cudowne starożytności, tylko tu codziennie wieje wiatr od pustyni, przynosząc świeży oddech lub ukrop jak z pieca. Ich życie w małej mieścinie

nie jest łatwe, ale od pokoleń jakoś dają sobie radę i są dumni ze swojego jakże starego rodowodu.

– Ruszaj się! – Darię wyrywa z otępienia wściekły głos Jasema. – Masz zamiar spędzić tu noc? – śmieje się szyderczo. – Kobieta usiłuje wstać, lecz jej członki są jak sparaliżowane, a nogi odmawiają posłuszeństwa, więc pada z powrotem na twardą kamienną ławę. Munira z przerażeniem spogląda na swoją synową i podtrzymując ją pod ramię, ciągnie do góry. Nie daje jednak rady i koniec końców siada przy niej bezradnie. – Co to do cholery ma znaczyć?! – Dżihadysta traci cierpliwość, bo ta baba ewidentnie chce mu zepsuć ekscytujący wieczór. – Rusz swoją chudą dupę albo się z tobą policzę!

– Zostaw ją! Nie widzisz, że się źle czuje? – interweniuje matka. – Niezłą rozrywkę jej zapewniłeś! – mówi oskarżycielskim tonem. – Tak zresztą jak i wszystkim tu zebranym. Coś pięknego! Dobrotliwy i wybaczający Allah na pewno jest uradowany twoim postępowaniem. – Munira ma już dość i tymi słowy chce przyspieszyć to, co nieuniknione. Nie ma siły dłużej walczyć i ma gdzieś, jak zareaguje jej syn. *Może i lepiej dla tej miłej dziewczyny, żeby też skrócił jej męki?*, zastanawia się, patrząc na zapłakaną, bledziuteńką twarz Darii. Mocny policzek otrząsa matkę z apatii. Kobieta instynktownie zasłania twarz przed następnym, lecz ciosy nie spadają już na nią, tylko na młodą, załamaną kobietę. – Zostaw ją! Czego od niej chcesz?! – Ochrania ją własnym ciałem, lecz Jasem odrzuca rodzicielkę, pragnąc wyładować całą złość i niezadowolenie na swojej żonie, która jak widać, nigdy nie nada się na jego partnerkę.

– Już cię, niewierna suko, do niczego nie potrzebuję! – drze się, a echo niesie jego głos aż po ostatnie ławki teatru. – Spełniłaś swoją rolę, choć kosztowało mnie to niepomiernie wiele wysiłku. Ty dziwko!

Przy tych słowach, nieprzytomny z wściekłości, powala ją na ziemię i kopie z całych sił po brzuchu, krzyżu i plecach. Gdzie popadnie. Jest oburzony. Tyle jej dawał, tak wiele oferował, był taki dobry, a ona, niewdzięczna, odpłaca mu pięknym za nadobne. Musiał ryzykować i grać, grzeszyć, pijąc alkohol, i jeść przeklęte świńskie mięso, aby to ścierwo omamić i przywieźć tutaj, gdzie zagrała tak, jak chciał, a nawet jeszcze lepiej. Rozgoryczenie na jej niewdzięczność zalewa jednak jego serce i mężczyzna nie może nad sobą zapanować. Chce ją zabić, zlikwidować, wymazać ze swojej pamięci i już nigdy nie widzieć. Przez chwilę przemyka mu przez głowę myśl, że może dałby ją swoim żołnierzom dla uciechy, ale egoizm i samolubność wygrywają. *To moja żona, niewierna i niearabska, ale moja*, mówi sobie. *Nikt nie będzie brukał moich rzeczy. Nie chcę jej, ale nikt inny mieć jej nie będzie!*

– Pozwól jej odejść, jeśli już nie potrzebujesz! – krzyczy przerażona Munira, bo widzi, że tragiczny koniec Darii jest bardzo blisko.

– Nigdy! Przenigdy! – odpowiada sadysta między jednym silnym kopniakiem a drugim. – Niech zdycha, suka!

– Nie może być chora? Ona ci się nie przeciwstawia, jedynie nie ma siły się ruszyć – kobieta tłumaczy mu jak dziecku, chwytając za ręce. – Przecież to twoja żona, matka twoich przyszłych dzieci – uderza w najczulszą dla arabskiego mężczyzny strunę. – Przyszłych synów! – dorzuca, kując żelazo póki gorące, bo na jej słowa agresja Jasema trochę zelżała.

– Masz ją dotransportować do fortu – oznajmia oprawca zdyszanym głosem, ocierając pot z czoła, bo widać zatłuczenie kogoś na śmierć jest bardziej męczące niż obcięcie głowy. – Jeśli nie dotrzecie na czas, dołączycie do tych tam… – Pokazuje na zakrwawione ludzkie zwłoki leżące dosłownie tuż przed nimi.

– Jak mam… – Munira bezradnie rozkłada ręce. Bezpańskie psy i wściekłe wilki wyją na niedalekiej pustyni, czując jeszcze ciepłą krew i odór stygnących ciał.

– Kierowca was zawiezie. Ale obcy mężczyzna nie będzie nosił tej wywłoki.

– A ty? Nie obcy? Mąż? – Syryjce struchlałe serce łomocze, bo kobieta wie, że sama nie da sobie rady, a jeśli tu zostaną, to niechybnie czeka je gorsza śmierć niż ta, która spotkała wszystkich zaszlachtowanych biedaków. Zostaną rozszarpane przez dzikie zwierzęta, które od paru dni mają w Palmirze darmową i niezwykle obfitą wyżerkę.

– Szofer będzie czekał na was jeszcze góra pięć minut, więc zwlecz dupę, szmato, i do auta! – Jasem pochyla się nad leżącą Darią i wrzeszczy jej prosto do ucha. Dziewczyna, będąca w psychicznym szoku, przez ból ogarniający całe jej ciało przytomnieje, ale skatowana nie może ruszyć ani ręką, ani nogą.

– Córuchna! Wstań, bo inaczej czeka nas straszny koniec! – Po odejściu Jasema Munira znów rozgląda się z przerażeniem. Przez chwilę wydaje jej się, że widzi w oddali płonące oczy dzikich głodnych bestii. – Kochana moja! – szlocha coraz głośniej, lecz Daria pomimo prób nie może podnieść się z kamiennej posadzki. Znów łapią ją torsje. Podpierając się rękami, staje na czworaka, brudząc dłonie i *abaję* w oddanej treści żołądka. Czuje, że upadła tak nisko, iż niżej się nie da, a najgorsze jest to, że nie ma już ochoty się podźwignąć. Niestraszne jej kły wilków czy psów, niestraszna jej śmierć, bo najgorsze, co może ją spotkać, to zniewolone życie przy Jasemie, jej arabskim szalonym mężu.

– *Saida! Saida!* – Nagle na kamiennych płytach słychać cichutkie tupanie. – *Wallahi!* Co za nieszczęście was spotkało? Jakeście wpadły w łapska takiego mordercy? – indaguje kobieta, która podczas dramatycznego przedstawienia wyciągnęła do nich pomocną dłoń. Teraz ma odsłoniętą, okrągłą i sympatyczną twarz, a wyraz jej oczu zdecydowanie złagodniał i jest pełen troski.

– Moja droga przyjaciółko! – Munira oddycha z ulgą. – Od urodzenia mnie ten demon prześladuje. Widać moje mleko miało w sobie piołun, że wyrósł na takiego rzezimieszka – mówi szczerą prawdę, bo ma dość ukrywania i oszukiwania uczciwych ludzi.

– Zabierajmy tę biedną niewierną – ironicznie uśmiecha się znajoma. – Może pojedziecie do nas?

– W życiu! – Matka aż wyrzuca ręce do góry i chwyta się za głowę, spanikowana. – Mieszkamy w forcie i on nigdy nas stamtąd nie wypuści.

– Trzeba użyć fortelu! – sugeruje spryciara. – Kobiety mają wiele sposobów na facetów, choć nie wiem, czy to działa na dżihadystów – poważnie się zastanawia.

– Już ja wiem, jak go podejść, bo dzięki moim słowom Darin wciąż żyje. Choć obawiam się, że nie będę musiała kłamać, obwieszczając mu wspaniałą nowinę.

– Współczuję. – Kobieta poklepuje pocieszająco Darię, znów cucąc ją wodą i obmywając spuchnięte obtłuczone policzki.

– Szkoda, że zamiast się cieszyć z takich wspaniałych boskich darów, wyrażamy kondolencje. – Munira ma łzy w oczach, bo już kocha swojego wnuka czy wnuczkę, a jednocześnie nikomu nie życzy narodzin w takim podłym świecie.

– Gdzie mieszkasz, wybawicielko? – Daria odzyskuje głos, bo znów widzi światełko w tunelu i możliwość ratunku.

– Mamy mały domek przy hotelu Zajnab, który jeszcze nie tak dawno należał do nas. Możecie albo zatrzymać się w nim, bo parę pokoi jeszcze udało nam się doprowadzić do stanu używalności, albo zająć willę po komisarzu policji, którego z całą rodziną zamordowali ci tam… – Kobieta pokazuje brodą w stronę fortu. – Jak tylko trochę okrzepną, to będą chcieli luksusu i na pewno zajmą najlepsze rezydencje w mieście. – Mieszkanka Palmiry zna obyczaje zdobywców.

– Więc dzisiejszą noc spędzimy jeszcze wśród rzezimieszków w koszarnianych warunkach, ale jak najszybciej postaramy się przenieść do miasta – postanawia Daria.

– Palmira pod ich rządami i tak nie będzie nadawała się do życia, bo kiedy wprowadzą swoje prawa, tak jak w stolicy kalifatu Rakce, to zaorzą wszystko, a mieszkańców będą starali się zniewolić – otwarcie mówi znajoma.

– Niestety, jest to niszcząca siła – przyznaje Munira.

– Planujecie stąd wyjechać? – pyta Daria.

– Tak, i to jak najszybciej. Będę o was pamiętała i zajmę dwa dodatkowe miejsca w ciężarówce – żartuje wybawicielka, podnosząc je na duchu.

– Cóż, najwyższy czas wrócić do domu – wzdycha pełna nadziei cudzoziemka, którą życie zbyt doświadczyło jak na jej młody wiek. Wszystkie swoje cierpienia i ból zawdzięcza tylko temu, że obdarzyła uczuciem niewłaściwego mężczyznę, nie spodziewając się, że może trafić na aż tak złego i podłego człowieka.

Epilog

Daria wiele by dała, żeby mężczyzna, którego nieopatrznie wybrała i który zmarnował jej młode życie, tak emanował miłością, gdy jeszcze go kochała. Znając go jako Johna, ekscentrycznego Brytyjczyka, pragnęła jego uwielbienia i czułości. Teraz ni to Syryjczyk Jasem, ni Brytyjczyk John, przyszły ojciec jej dziecka, nagle zapałał do niej ogromnym uczuciem, które tak długo skrywał w swoim twardym sercu. Niezbadana jest natura ludzka i kiedy wydaje się, że coś jest niemożliwe, to nagle się staje. *Dżihadi* John coraz to spoziera swoimi zazwyczaj lodowatymi zielonymi oczami w twarz Darii, a kobieta po raz pierwszy widzi w nich zagubienie i rozpacz. Lecz zbyt wiele przeszła, zbyt wiele upokorzeń i udręki zaznała, by odwzajemnić namiętność. Nie chce już ani jego, ani jego miłości. Jedyne, czego sobie życzy, to śmierci tego nikczemnika, parszywca i łachudry, wyrafinowanego zabójcy. Zna go zbyt dobrze, by prócz żalu i nienawiści w jej sercu mogło jeszcze pozostać jakieś inne uczucie. Wie o nim wszystko i już nigdy więcej nie da się oszukać.

Nie pomoże przeprowadzka do pięknego domu w Palmirze, który bezprawnie przejmuje Państwo Islamskie w osobie Jasema, jego znakomitego bojownika. Nic nie da, że teraz Munira i Daria opływają w dostatki, bo obie doskonale wiedzą, że wszystkie te rzeczy pochodzą z rabunku. Swobody nadal mają niewiele, ale jednak na tyle, żeby dokładnie zaplanować i przygotować ucieczkę i zwiać sprzed nosa niczego niespodziewającego się zbrodniarza, wrednego syna, podłego męża i niechcianego przyszłego ojca. Każda kobieta wie, że piękna płeć ma swoje sposoby, żeby usidlić faceta, a w tym wypadku chodzi o to, by przynajmniej osłabić jego czujność.

Pewnej nocy Munira zostaje w domu przyjaciół, współkonspiratorów i przyszłych uchodźców, a Daria ma spędzić ze swoim mężem, a zarazem katem ostatnie godziny.

Mężczyzna kładzie się koło niej, nadal posiniaczonej i obolałej, delikatnie obejmuje i składa głowę na jej piersi. Po chwili opiera się na łokciu, obejmuje ją silnym ramieniem, przyciąga do siebie i namiętnie całuje. Daria na początku nie odwzajemnia jego pasji i uniesienia, lecz kiedy zamyka oczy, pojawiają się wszystkie wspomnienia, wspomnienia chorej miłości i jej zaślepienia, złych czynów i nieświadomości ich popełniania. Widzi go jeszcze oczami wyobraźni – eleganckiego, w markowych ubraniach, w Burdż al-Arab, kiedy szarmancko bawił ją rozmową i śmiał się beztrosko, na luksusowej łodzi w Hiszpanii, gdy z saudyjskim bogaczem i sponsorem Państwa Islamskiego dolewali jej szampana. Pamięta potajemny, romantyczny ślub w Hurghadzie i swoje niewypowiedziane szczęście.

Lecz w tamtych czasach zupełnie nie znała tego człowieka, wielbiła tego, którym chciał na chwilę się stać, nieprawdziwego i udawanego. Jego prawdziwe oblicze poznała dopiero później, a tu, w Syrii, przejrzała go już na wylot. Lecz leżąc teraz przy jego boku, w jego ramionach, nie może opanować uczucia, które tli się na dnie jej serca, choć myślała, że całkiem wyrzuciła je z siebie, że spłonęło, znikło pod wpływem strasznych przeżyć i okrucieństwa, które spotkało ją i innych z jego ręki. Łkając bezgłośnie, zalewa się łzami i otwiera przed namiętnością swojego parszywego kochanka i okrutnego męża. Ich wargi spotykają się, miażdżą, ząb uderza o ząb, a języki penetrują drugie usta, gryzione aż do krwi w pasji i uniesieniu.

– Darin... – szepcze Jasem. – Darin...

Ich ciała splatają się w uścisku, dłonie penetrują wszystkie zakamarki, a żądza i miłosne szaleństwo otwierają dawno zamknięte rewiry. Czułościom nie ma końca, spełniają się wielokrotnie, mężczyzna z ogromną satysfakcją, której nigdy nie doświadczył, traktując żonę jako swoją własność i niewolnicę, kobieta zaś z rozpaczą, nurzając się w jego uczuciu, bo wie, że jest to ich ostatni raz.

Nad ranem, kiedy pierwsze ptaki zaczynają swoje delikatne trele, a ukryta pod podłogą cykada odzywa się nieśmiało, Daria uważnie rozgląda się dookoła, a potem na palcach wymyka z pokoju. W korytarzu zarzuca *abaję* i zasłania włosy i twarz chustą. Cichuteńko otwiera metalową ciężką ogrodową furtę skradzionym Jasemowi kluczem.

Biegnie bez tchu przed siebie. Na rogu sąsiedniej ulicy widzi wypchaną ludźmi półciężarówkę, która rusza powoli.

Kobieta nie może zatrzymać ich krzykiem, bo jeśli Jasem usłyszałby ją, to na pewno ruszyłby w pościg. Podnosi więc czarny płaszcz i pędzi, ile sił. Auto zatrzymuje się, a z paki wychylają się do niej przyjazne braterskie twarze i ręce. Wciągają ją do środka i teraz już wie, że jest prawie uratowana. Byle dotrzeć do granicy, byle znaleźć się w obozie dla uchodźców. Byle być dalej stąd, jak najdalej od terrorystów i *dżihadiego* Johna – jej męża, ojca jej nienarodzonego dziecka, największego zbrodniarza wszech czasów.

Słowniczek obcych słów, zwrotów i nazw

A. *Abaja* (arabski) – wierzchnie tradycyjne okrycie w krajach muzułmańskich; szeroki, luźny płaszcz noszony przez kobiety i mężczyzn

Ach, ichłan (arabski) – brat, l.mn. bracia; oznacza też bractwo

Adżnabija (arabski) – cudzoziemka

Afłan (arabski) – Przepraszam

Ahlan (arabski) – Cześć

Ahlan wa sahlan (arabski) – Cześć, witaj

Alejkum as-Salam – Z tobą (także) pokój (odpowiedź na powitanie)

Al-Kaaba (arabski) – sześcian, kostka; świątynia i sanktuarium w Mekce, najważniejsze święte miejsce islamu

Al-Kaida (arabski) – dosłownie baza; sunnicka organizacja posługująca się metodami partyzanckimi czy terrorystycznymi, początkowo miała się przeciwstawiać radzieckiej inwazji na Afganistan, z czasem przekształciła się w panislamskie ugrupowanie, którego głównym celem stało się zwalczanie wpływów Izraela, USA i szeroko pojętego Zachodu w krajach muzułmańskich

Allahu Akbar! – Allah jest największy! Bóg jest wielki!; zwrot ten stanowi *takbir* – muzułmańskie wyznanie wiary; często powtarzany w wielu codziennych sytuacjach

B. *Baba* (arabski) – tata

Baba ghanusz lub *mutabbal* (arabski) – grillowane, zmielone bakłażany zmieszane z drobno pokrojonymi warzywami, takimi jak pomidory, pietruszka, cebula, zalane oliwą z oliwek

Bahasa (indonezyjski) – dosł. język; często używa się tej nazwy w formie skrótu od *Bahasa*

Indonesia – język indonezyjski; od 1949 r. urzędowy język indonezyjski, powstał na bazie jęz. malajskiego. Sztucznie skonstruowany jako zlepek dialektów (z przewagą jawajskiego) z licznymi zapożyczeniami z języka holenderskiego, malajskiego i arabskiego (30%). Zapisywany za pomocą alfabetu łacińskiego

Bakszysz (arabski) – łapówka

Betel (indonezyjski) (pieprz żuwny) – rodzaj używki stosowanej w krajach Dalekiego Wschodu przeważnie przez kobiety (mężczyźni palą głównie papierosy, co w Indonezji wśród kobiet nie jest przyjęte). Ma działanie orzeźwiające, lekko podniecające (przy dużej ilości – otumaniające) i lecznicze – zabija pasożyty i odkaża przewód pokarmowy. Ubocznym skutkiem jest barwienie zębów na czarno, a śliny i ust na czerwono. W wyniku regularnego żucia mogą też wypadać zęby i następuje sztywnienie szczęki. Betel zwiększa ryzyko zachorowalności na raka jamy ustnej, astmę i podnosi ryzyko ataku serca

Bismilla (arabski) – krótka formuła modlitewna wypowiadana przez muzułmanów przy wielu ważnych okolicznościach, takich jak narodziny, śmierć, ślub

Bupati (indonezyjski) – starosta

C. *Chalati* (arabski) – moja ciotka

Chanzira (arabski) – świnia

Chobza (arabski) – chleb

Czador (perski) – zewnętrzny strój noszony przez muzułmańskie kobiety (gł. Iran, Pakistan); połówka dużego koła z materiału, noszona otwarciem z przodu, nie ma otworów na ręce ani zamknięć, jest utrzymywany na ciele za pomocą rąk lub zębów albo przez owinięcie końcówek wokół pasa.

D. *Dżambija* (arabski) – zakrzywiony nóż, w Jemenie tradycyjnie noszony za pasem

Dżihad (arabski) – walka w imię propagowania islamu, zarówno poprzez akcję zbrojną, nawracanie niewiernych, pokojowe działania, jak i wewnętrzne zmagania wyznawcy; często rozumiany przez Zachód tylko jako święta wojna

E. Eid al-Adha (arabski) – muzułmańskie święto ofiarowania; największe święto w islamie na pamiątkę ofiarowania przez Abrahama swojego syna Izaaka w imię miłości i wiary w Allaha, który zamienił ofiarę na baranka;

obchodzone podczas miesiąca *zu al-hidżdża*, w którym odbywa się większą pielgrzymkę do Mekki – tzw. *hadż*

F. *Falafil* (arabski) – placki smażone na głębokim oleju ze zmiksowanej/zmielonej ciecierzycy lub zielonego bobu

Fatwa (arabski) – opinia wysokiego uczonego-teologa muzułmańskiego, wyjaśniająca kontrowersję teologiczną, teologiczno-prawną lub czysto prawną, jest wydawana wyłącznie na piśmie. Czasem zawiera konkretne wskazania w indywidualnej sprawie. Zakres terminu fatwa jest bardzo szeroki i nie należy utożsamiać go wyłącznie z klątwą czy wypowiedzeniem świętej wojny

Fisa (arabski) – szybko

Full service (angielski) – pełny przegląd

G. Galabija/dżalabija (arabski) – męski lub damski strój w formie długiej sukni/płaszcza z rozcięciem pod szyją

Gazebo (indonezyjski) – dosł. balkon; tradycyjny podest na palach, charakterystyczny dla indonezyjskiego pejzażu; stawiany z drewna, ma zadaszenie i czasami specjalne zasłony; na podium kładzie się maty lub materace i poduszki; miejsce odpoczynku

Ghutra (arabski) – noszona przez mężczyzn chusta na głowę – biała, w biało-czerwoną lub czarną kratę

H. Hadis (arabski) – opowieść przytaczająca wypowiedź proroka Muhammada, jego czyn lub milczącą aprobatę. Każdy hadis składa się z tekstu i łańcucha przekazicieli. Hadisy tworzą sunnę (tradycję). Jest to najważniejsze po Koranie źródło muzułmańskiego prawa szariatu

Hadż (arabski) – obowiązkowa dla każdego muzułmanina pielgrzymka do Mekki, jeden z filarów islamu; pielgrzym

Hadżi (arabski) – pielgrzym

Halloumi – ser cypryjski, rozpowszechniony w krajach arabskich, składający się z mleka owczego lub mieszanki mleka owczego, koziego i krowiego; charakteryzuje się dużą elastycznością i wysoką temperaturą topnienia

Hidżab (arabski) – noszona przez kobiety muzułmańskie kwadratowa chusta, zakrywająca włosy, uszy i szyję, ale nie ramiona i twarz, może być kolorowa

Humus (arabski) – dip lub pasta z gotowanej, zmiksowanej

ciecierzycy z dodatkiem pasty tahina (z nasion sezamu) z czosnkiem i cytryną

I. *Idée fixe* (francuski) – natrętna myśl, pomysł stale zaprzątający umysł; chorobliwe opanowanie psychiki przez nawracającą myśl, ideę prześladowczą

Igal/iqal (arabski) – obręcz pleciona z czarnego sznurka, którą umieszcza się wokół głowy, by przytrzymywała chustę

Ihram (arabski) – stan pełnego uświęcenia

Ikat (indonezyjski) (dosł. – wiązanie) – specjalnie barwiony materiał; tradycyjnie nitki niefarbowane lub farbowane na inny kolor obwiązuje się łykiem

Imam (arabski) – w tradycyjnym znaczeniu słowem imam jest określana osoba, która przewodniczy rytualnej modlitwie muzułmańskiej, czyli salatowi. W ogólności może to być osoba świecka bądź przełożony meczetu

Imszi barra (arabski) – Zjeżdżaj, zmiataj, wynocha

Imszi bejt (arabski) – Idziemy do domu

Iqama (arabski) – legitymacja, ID

J. *Ja achi* (arabski) – Mój bracie! (wołacz)

Jalla (arabski) – Chodź, wychodź, w drogę

Ja said (arabski) – Panie! (wołacz)

Ja saidu (arabski) – Pani! (wołacz)

Ja ustaza (arabski) – Nauczycielko! (wołacz); w przenośni oznacza człowieka mądrego, wykształconego

K. *Kampung* (indonezyjski) – wieś; osada

Keifa huleki (arabski) – Jak się masz?

Kohl (arabski) – barwnik do oczu zawierający wyselekcjonowane mieszanki ziół, dobrane tak, że nie tylko służą do upiększania oczu, ale również naturalnie je pielęgnują. Działa leczniczo na zapalenie spojówek, jęczmień czy jaglicę

Kullu tamam (arabski) – Wszystko w porządku

Kwef (francuski – „coiffe" oznacza czepek, nakrycie głowy) – zasłona na twarz noszona przez muzułmanki

L. *Lounge* (angielski) – foyer, hol, lobby, poczekalnia; część lotniska przeznaczona do odpoczynku

M. *Mabruk* (arabski) – Na szczęście

Mahr (arabski) – wiano narzeczonej, które otrzymuje od przyszłego męża. Dzieli się na dwie części: pierwsza – tzw. *Muqaddim* – zostaje wypłacona żonie bądź zaraz po podpisaniu kontraktu małżeńskiego, bądź, w ostateczności, przed nocą poślubną. Druga część zwana *muachchar* jest zabezpieczeniem dla kobiety w razie porzucenia przez męża lub jego śmierci – kwota ta jest znacznie wyższa od pierwszej

Mahram (arabski) – męski opiekun muzułmańskich kobiet; ojciec, brat, kuzyn, dziadek

Majdan (arabski) – plac

Medina (arabski) – miasto, stare miasto

Mezze (perski) – smak; przekąska; przystawka

Mie goreng (indonezyjski) – zasmażany makaron z kurczakiem, rybą, owocami morza lub warzywami. W *warungu* kosztuje ok. 1 dolara

Mudżahedin (dosł. święty wojownik) – uczestnik ruchu religijnego, społecznego lub wyzwoleńczego w krajach muzułmańskich lub zamieszkanych przez muzułmanów. Zwani są bojownikami

Mutawwa (arabski) – funkcjonariusz policji obyczajowo-religijnej

N. *Nasi goreng* (indonezyjski) – ryż smażony – podstawowe danie kuchni indonezyjskiej; może być z kurczakiem, rybą, owocami morza lub warzywami; kupiony w *warungu* zawsze będzie zawierał śladowe ilości mięsa. Obecnie porcja kupiona z wózka na ulicy kosztuje ok. 1 dolara

Nikab (arabski) – tradycyjna muzułmańska zasłona zakrywająca twarz kobiety i odsłaniająca jedynie oczy, czasami kawałek czoła; używany głównie w Arabii Saudyjskiej i Jemenie

R. *Reisefieber* (niemiecki) – gorączka podróżna

Ruteng (indonezyjski) – rattan; liana z rodziny palm o wiotkich pędach

S. *Saida* (arabski) – pani

Salam (arabski) – pokój

Salam alejkum – Dzień dobry, witaj (dosł. Pokój z tobą)

Sza'a Allah (arabski) – Allah tak chce; Jak Bóg da

Szabani (arabski) – starzec, dziadek; *ja szabani* – wołacz

Szariat (arabski) – dosł. droga prowadząca do wodopoju; prawo kierujące życiem wyznawców sunnickiej i szyickiej odmiany islamu. Islam nie uznaje rozdziału życia świeckiego i religijnego i dlatego reguluje zarówno zwyczaje religijne, organizację władzy religijnej, jak i codzienne życie muzułmanina. Szariat opiera się na założeniu, ze prawo musi dostarczać wszystkiego, co potrzebne dla duchowego i fizycznego rozwoju jednostki. Wszystkie czyny muzułmanina są podzielone na pięć kategorii – konieczne, chwalebne, dozwolone, naganne oraz zakazane. Podstawą określenia czynów koniecznych jest pięć filarów islamu

Szarmuta (arabski) – dziwka

Szukran dżazilan (arabski) – Bardzo dziękuję

Szyrszaf abjad (arabski) – całun; biała tkanina, w którą zawija się zwłoki przed pochówkiem; nie stosuje się trumny, a zmarłego chowa się w całunie bezpośrednio w ziemi

T. *Tasbih* (arabski) – muzułmański różaniec o 33 koralikach, niejednokrotnie wykonany z kamieni półszlachetnych lub szlachetnych

Toba (*thoba*) (arabski) – rodzaj długiej do ziemi męskiej koszuli, z tradycyjnym kołnierzykiem lub stójką i manszetami, zapinana na guziki tylko do pasa

U. *Ulem* (arabski) – muzułmański teolog i uczony zwany mufti lub imam. Ulemów określa się również mianem znawców szariatu. Ich główną siedzibą były meczety. Są strażnikami muzułmańskiej tradycji oraz nauczycielami. Stanowią konserwatywną część muzułmańskiej ludności państw arabskich

Ummi (arabski) – Mamo!

Umra (arabski) – mała pielgrzymka

Uskut (arabski) – Cisza, cicho

Ustaza (arabski) – nauczycielka; w przenośni oznacza kogoś mądrego, wykształconego

W. *Wadi* (arabski) – koryto wyschniętej rzeki

Wahabizm (arabski) – islamski ruch religijny i polityczny powstały w XVIII wieku na terenie Arabii. Opiera się na fundamentalizmie – głosi powrót do źródeł: pierwotnej czystości islamu, prostoty i surowości obyczajów. Za podstawy wiary wahabici uznają Koran i hadisy, interpretowane dosłownie. Nazwa „wahabizm" pochodzi od imienia twórcy tego ruchu, muzułmańskiego teologa Muhammada Ibn Abd al-Wahhaba. Wahabizm jest szczególnie popularny w Arabii Saudyjskiej, gdzie w XVIII wieku wahabici zawarli sojusz z dynastią Saudów, co wywarło znaczny wpływ na późniejszy kształt tego najbardziej konserwatywnego z państw muzułmańskich. Ponieważ wahabici sprzeciwiali się zazwyczaj wprowadzaniu innowacji technologicznych i modernizacji, od dziesięcioleci trwa w tym państwie spór między ortodoksyjną i reformatorską frakcją elit saudyjskich. Wahabizm uznaje wyższość islamu nad wszystkimi religiami oraz potrzebę uzyskania dominacji nad nimi

Wallahi (arabski) – Na Boga! Na Allaha!

Warung (indonezyjski) (wym. uarung) – mały rodzinny biznes, restauracja, kawiarnia, sklep; często wózek na kółkach oferujący sprzedaż owoców oraz dań kuchni azjatyckiej. W Indonezji, Malezji i Tajlandii nieodzowna część życia i element kultury

Z. *Zaharid (arabski)* – okrzyki kobiet przypominające jodłowanie

Zołdża (zołza) (arabski) – żona

Tragiczne żniwo arabskiej wiosny

Minęło pięć lat od potężnej fali protestów, które rozpoczęły się w Tunezji, a następnie przetoczyły przez kraje Afryki Północnej i Bliskiego Wschodu, dając początek arabskiej wiośnie. Protesty doprowadziły do ustąpienia wieloletnich prezydentów w Tunezji i Egipcie, obalenia libijskiego dyktatora Muammara Kaddafiego oraz do wybuchu krwawej wojny domowej w Syrii, która pochłonęła już ponad dwieście tysięcy ofiar, z czego niemal połowa to cywile. Masowe demonstracje w krajach ogarniętych rewoltą w 2011 r. były z uwagą śledzone przez świat zachodni, który spodziewał się demokratycznej transformacji arabskich państw, nie przewidując zmian i krwawych wieloletnich wojen, jakie później nastały i wyniszczyły region. Arabska wiosna miała mieć podłoże społeczno-ekonomiczne i polityczne, a dopiero później, w jej trakcie, okazało się, że faktycznym celem większości opozycjonistów były zmiany na tle religijnym i chęć zdominowania ogromnego regionu przez frakcje ortodoksyjno-fundamentalistyczne.

Przez lata modelem rządów panującym w państwach arabskich była monarchia absolutna lub autokratyczna dyktatura prezydenta. Systemy polityczne charakteryzowały się rządami twardej ręki, ograniczeniem swobód obywatelskich i rozbudowanym aparatem bezpieczeństwa. Gwarantowały one jednak pewną stabilność wewnętrzną, stanowiąc jednocześnie zaporę przed islamskim fundamentalizmem. Dlatego też kraje Zachodu przez lata tolerowały taką sytuację, wspierając sympatyzujących z nimi dyktatorów, takich jak szach Mohamed Reza Pahlavi w Iranie, prezydenci Ben Ali w Tunezji, Hosni Mubarak w Egipcie czy Muammar Kaddafi w Libii, przymykając oko na totalitarny charakter ich rządów.

Jaśminowa rewolucja w Tunezji

W Tunezji narastające społeczne niezadowolenie z kiepskiej sytuacji ekonomicznej, wysokiego bezrobocia, braku poszanowania swobód obywatelskich i praw człowieka czy wszechobecnej korupcji w końcu znalazło ujście. W wielu miastach zaczęło dochodzić do demonstracji i zamieszek, a brutalna odpowiedź sił bezpieczeństwa używających ostrej amunicji wywołała oburzenie międzynarodowej opinii publicznej, krytykującej tyranię reżimu, choć wtedy jeszcze nikt nie wiedział, do jak wielkiego rozlewu krwi dojdzie w innych arabskich krajach pod wpływem arabskiej wiosny. W konsekwencji tunezyjski prezydent Ben Ali w styczniu 2011 r. – po dwudziestu czterech latach rządów – został zmuszony do ucieczki z kraju. Udał się do Arabii Saudyjskiej, która zapewniła mu azyl.

Z Tunezji szybko wzięły przykład inne kraje. Niepokoje społeczne miały miejsce w większości państw Afryki Północnej i Bliskiego Wschodu, a już w lutym doprowadziły do upadku kolejnej głowy państwa, prezydenta Egiptu – Hosniego

Mubaraka, który tymczasowo przekazał władzę w ręce armii. W Libii i Syrii natomiast antyrządowe protesty dość szybko przekształciły się w krwawe wojny domowe.

Zmiana nastawienia Zachodu

Gwałtowny rozwój wypadków sprawił, że Zachód, zwłaszcza Stany Zjednoczone, musiał się ustosunkować i zmienić swoją politykę wobec państw regionu. Dotychczasowe podejście, polegające na podtrzymywaniu długoletnich sojuszy z reżimami krwawo tłumiącymi prodemokratyczne protesty, straciło rację bytu. Ostatecznie demokratyczny rząd USA opowiedział się za protestującymi w Tunezji i Egipcie, przede wszystkim ze względu na obawy amerykańskiej administracji o utratę wpływu na przebieg wydarzeń w tych krajach w przypadku sukcesu rewolucji.

W Libii i Syrii rewolucjoniści mieli również poparcie międzynarodowej opinii publicznej. W obliczu możliwej porażki rebeliantów w Libii NATO – przy akceptacji Rady Bezpieczeństwa ONZ – w marcu 2011 r. rozpoczęło naloty na pozycje lojalistów. Trwająca siedem miesięcy operacja przechyliła szalę na korzyść rebeliantów i pomogła ich siłom w odniesieniu zwycięstwa, czego symbolem było schwytanie i zabicie przez nich Muammara Kaddafiego w październiku 2011 r.

W Syrii sytuacja była bardziej skomplikowana. Siłom antyrządowym nie udało się zdobyć znaczącej przewagi w walkach z dobrze wyszkoloną i nieźle wyposażoną rządową armią syryjską, co sprawiało, że żadna operacja militarna państw Zachodu na ograniczoną skalę (jak w Libii) nie była możliwa. Ponadto Rosja i Chiny skutecznie blokowały wszystkie działania wymierzone w syryjski reżim. USA próbowały wywierać presję na Baszira Asada, wprowadzając przeciwko Syrii sankcje i bezskutecznie wzywając jej przywódcę do odejścia. W sierpniu 2012 r. prezydent Barack Obama ogłosił, że użycie przez reżim broni chemicznej będzie dla USA ostatecznym impulsem do interwencji. Kiedy rok później pojawiły się doniesienia o użyciu sarinu przeciw rebeliantom, Obama znalazł się w sytuacji patowej, zwłaszcza że operacja militarna w Syrii nie miała poparcia wśród amerykańskiego społeczeństwa. Wtedy Syria w ostatniej chwili zaakceptowała propozycję ze strony Rosji, polegającą na przekazaniu kontroli nad syryjskim arsenałem chemicznym społeczności międzynarodowej, a następnie na jego zniszczeniu. Ta pokojowa oferta była na rękę wszystkim zaangażowanym stronom, bo żadna z nich nie chciała na długie lata utknąć w sytuacji wojny domowej, wciąż wspominając niefortunne interwencje w Afganistanie czy Iraku.

Wyboista droga ku arabskiej demokracji

Po pierwszych sukcesach rewolucji szybko się okazało, że demokratyczna transformacja nie jest prostym zadaniem. W Egipcie po obaleniu prezydenta doszło do głosu Bractwo Muzułmańskie, radykalna religijno-polityczna organizacja, która za czasów Mubaraka była zdelegalizowana. Jego kandydat, Mohammed Mursi, odniósł zwycięstwo w pierwszych wolnych wyborach prezydenckich w czerwcu 2012 r. Obejmując urząd, był postrzegany jako umiarkowany polityk, jednak swoimi antydemokratycznymi działaniami szybko zraził do siebie naród, a zwłaszcza wojsko, które w lipcu 2013 r. usunęło go ze stanowiska i przejęło rządy. W wyniku przewrotu władza trafiła w ręce głównodowodzącego armii, gen. Abdel Fataha el-Sissiego, który w maju 2014 r. zwyciężył w wyborach prezydenckich. Niezwykle brutalnie rozprawił się on z opozycją, ponownie delegalizując Bractwo Muzułmańskie, więżąc i prześladując jego zwolenników. I znów władza w tym państwie wróciła w ręce autorytarnego przywódcy, który rządzi silną ręką i może dzięki temu odnotowuje się tam powrót do normalności, bezpieczeństwa i względnego spokoju.

Od czasu obalenia Kaddafiego rząd centralny miał wielkie problemy z objęciem kontroli nad całym terytorium Libii. Nie udało się rozbroić licznych lokalnych milicji, pojawiły się napięcia pomiędzy Benghazi a Trypolisem, czyli Cyreneiką i Trypolitanią – dwoma od dawna antagonistycznymi regionami w państwie. Społeczeństwo jest podzielone, a brak silnych ogólnokrajowych organów bezpieczeństwa sprawia, że w kraju tym panuje chaos i panoszą się terroryści. Nadal wykonywana jest wendeta na zwolennikach upadłego reżimu Kaddafiego, walczą między sobą wrogie plemiona i frakcje. We wrześniu 2012 r. w terrorystycznym ataku zginął ambasador USA Christopher Stevens. Sytuacja w Libii wciąż jest niezwykle trudna, bo po upadku twardego rządu stał się on wylęgarnią terrorystów i siedliskiem dżihadystów z Państwa Islamskiego.

W Syrii natomiast zbrojna rebelia przeciwko opresyjnemu reżimowi została niestety z czasem zdominowana przez radykalnych islamistów i bojowników, którzy przyjeżdżali tu z całego świata, by walczyć o wprowadzenie nowego porządku, opartego na prawie szariatu. Narodziło się ISIS, Państwo Islamskie (Islamic State of Iraq and Syria) – nowa, niezwykle groźna organizacja terrorystyczna, która opanowała część terytoriów Syrii i Iraku, a następnie proklamowała utworzenie na podbitych terenach kalifatu. Państwo Islamskie jest samowystarczalne, zarabia miliony dolarów dziennie na sprzedaży ropy naftowej z zajętych terenów i słynie z brutalności, którą potępia nawet Al-Kaida. Jest również sponsorowane przez zwolenników z całego świata, którzy chcą destabilizacji, zastraszenia i zwycięstwa islamu nad całym światem. Obecnie międzynarodowa koalicja prowadzi naloty na pozycje ISIS, lecz z marnym skutkiem. Nie wiadomo, kiedy sytuacja w Syrii ustabilizuje się na tyle, że kraj ten będzie się nadawał do bezpiecznego życia, a jego obywatele nie będą musieli bać się o siebie i swoje rodziny.

Jedynym krajem, w którym sytuacja wydaje się zmierzać w dobrym kierunku, jest Tunezja, od której rozpoczęła się arabska wiosna. Pomimo trudności w styczniu 2014 r. w końcu udało się przyjąć nową, dość liberalną konstytucję, na co fundamentaliści błyskawicznie odpowiedzieli atakiem terrorystycznym w Sousse, zabijając europejskich turystów na hotelowej plaży. W tym wypadku władze okazały się nad wyraz stanowcze – nie dały się zastraszyć i nadal zmierzają wytyczoną drogą, zwalczając wszelkie przejawy islamskiego fundamentalizmu na terenie kraju. Tunezja może być przykładem dla innych arabskich państw, jednak ogólny krajobraz w regionie jest bardzo niepokojący. Pokazuje on, jak ciężko jest przenieść nasze demokratyczne doświadczenia na arabski grunt i jak daleko im do realizacji. Można też wysnuć wniosek, że kraje arabskie, zwłaszcza te, w których dominuje muzułmańskie prawo szariatu, nie są dobrym gruntem pod ten rodzaj rządów.

Najgroźniejsze organizacje terrorystyczne XX i XXI wieku

BRACTWO MUZUŁMAŃSKIE

Motto Bractwa Muzułmańskiego:

Allah jest naszym celem. Prorok naszym przywódcą. Koran naszym prawem. Dżihad naszą ścieżką. Śmierć na ścieżce Boga jest naszą jedyną nadzieją.

Bractwo Muzułmańskie zostało założone w 1928 r. Początkowo było egipską organizacją młodzieżową, której celem była islamska moralna i społeczna reforma kraju. W latach 30. XX w. Bractwo ulegało stopniowemu upolitycznieniu i stworzyło tajne grupy paramilitarne. Od początku istnienia sprzeciwiało się świeckim tendencjom w krajach muzułmańskich, odrzucało wpływy zachodnie oraz żądało powrotu do zasad Koranu i szariatu.

Bractwo zaczęło rozszerzać swoje wpływy podczas II wojny światowej. Obiecało na piśmie, że zorganizuje powstania, aby pomóc generałowi Rommlowi, i doprowadzi do tego, że żaden angielski lub amerykański żołnierz w Kairze czy w Aleksandrii nie pozostanie żywy.

Mieli nawet swojego reprezentanta w Jerozolimie. Był nim Wielki Mufti Jerozolimy, Haj Amin al-Husseini, który udał się do Niemiec i pomagał rekrutować międzynarodowe oddziały SS złożone z muzułmanów. Mufti przyczynił się do powstania pułku Mussulmanischen SS Neu-Turkistan. Trzonem tej formacji mieli być członkowie batalionów wschodnich (kolaboranckie jednostki z obszaru ZSRR), głównie muzułmańscy Turkmeni. Uzupełniano ją potem stopniowo muzułmanami pracującymi jako przymusowa siła robocza w Niemczech. Jednostka uczestniczyła m.in. w tłumieniu powstania warszawskiego i powstania na Słowacji. Pod koniec II wojny światowej członkowie Bractwa Muzułmańskiego byli ścigani za zbrodnie wojenne, a ich niemieccy współpracownicy z wywiadu zostali schwytani w Kairze.

Po II wojnie światowej Bractwo brało udział w wielu akcjach terrorystycznych, zwłaszcza przeciwko rządom króla Faruka. Po jego obaleniu Bracia początkowo popierali świeckie rządy rewolucyjnej rady Nasera. W grudniu 1948 r. jeden z nich zabił egipskiego premiera, za co w 1949 r. nakazano rozwiązać organizację. Sam zamachowiec Al-Banna został zabity przez agentów rządowych w Kairze w lutym 1949 r.

W 1954 r. jeden z członków organizacji, której pozwolono ponownie działać, usiłował zabić Nasera podczas jednego z wieców w Aleksandrii, za co po raz kolejny Bractwo zostało zdelegalizowane, a ponad 4 tys. jego członków zostało uwięzionych, w tym Said Kutb – czołowy intelektualista tej grupy. Wielu z nich uciekło do Jordanii, Libanu, Arabii Saudyjskiej i Syrii. W 1964 r. Naser po raz kolejny zalegalizował działalność Bractwa i wypuścił wszystkich więźniów politycznych.

Przyniosło to jednak odwrotny skutek i falę zamachów na prezydenta. W 1966 r. przywódców Bractwa skazano na śmierć, a pozostałych ponownie osadzono w więzieniach.

Następca Nasera Anwar Sadat obiecał reformy, w tym wprowadzenie szariatu. Podpisanie przez niego traktatu pokojowego z Izraelem jednak bardzo rozgniewało Bractwo Muzułmańskie. I to prawdopodobnie oni przyłożyli rękę do jego zamordowania w 1981 r. Trzy lata później władze Egiptu znów zezwoliły Braciom na działalność, ale tylko jako organizacji religijnej. Pod koniec lat 80. XX w. za sprawą Gama'at Islamija (Towarzystwo Islamskie) tysiące ludzi ulokowały swoje oszczędności w prowadzonych przez członków Bractwa domach inwestycyjnych, które zbankrutowały, zostawiając Egipcjan bez pieniędzy.

Z Bractwa wyłoniły się bardziej radykalne ugrupowania. Jedno z nich, At-Takfir wa al-Hidżra, zyskało złą sławę po atakach na butiki i kluby nocne podczas zamieszek w 1977 r. Inna frakcja utworzona w Egipskiej Akademii Wojskowej zaplanowała zamach stanu, który jednak stłumiono w zalążku. Najsłynniejszą i najskuteczniejszą było ugrupowanie Al-Dżihad, które zorganizowało zamach na Sadata i planowało rewolucję w Asjut w 1981 r.

W 2011 r., po arabskiej wiośnie w Egipcie, która obaliła dyktatora Hosniego Mubaraka, Bractwo Muzułmańskie przejęło władzę w kraju, z prezydentem Muhammadem Mursim na czele. Jego rządy zostały obalone w wyniku zamachu stanu w 2013 r., a przywódcy Bractwa aresztowani. 23 września 2013 r. sąd egipski orzekł zakaz wszelkiej działalności na terenie kraju Bractwa i wywiedzionych z niego organizacji oraz przepadek ich majątku. 25 grudnia 2013 r. sąd egipski uznał Bractwo Muzułmańskie za organizację terrorystyczną.

AL-KAIDA

Al-Kaida (arab. dosłownie „baza") to sunnicka organizacja posługująca się metodami terrorystycznymi, stworzona w 1988 r. przez Abd Allaha Azzama. Początkowo Al-Kaida miała na celu przeciwstawianie się radzieckiej napaści na Afganistan, lecz z czasem przekształciła się w pansunnickie ugrupowanie, którego głównym celem stało się zwalczanie wpływów Izraela, USA i szeroko pojętego Zachodu w krajach muzułmańskich. Działa jako sieć ugrupowań terrorystycznych na całym świecie.

Mówi się, że obecnie Al-Kaida liczy kilka tysięcy członków, zakonspirowanych głównie w krajach arabskich i muzułmańskich, jednak konkretna liczba osób należących do organizacji nie jest znana. Współpracuje ona z wieloma grupami fundamentalistów islamskich, a sama jest tylko siecią luźno powiązanych lub zbiorem w ogóle niezwiązanych ze sobą ugrupowań uznawanych za Al-Kaidę. Jej charakterystyczną cechą jest zdecentralizowana struktura, zabezpieczająca przed zniszczeniem organizacji z chwilą rozbicia którejkolwiek jej komórki.

Osama bin Laden twierdził, że organizacja ma trzy niezależne, niepowiązane ze sobą sieci ekonomiczne, w tym przynajmniej jedną opartą na przepływach finansowych z ręki do ręki, bez udziału banków. Nie wiadomo, czy to prawda, jednak po ataku na World Trade Center wszystkie konta bankowe na całym świecie należące do osób i instytucji choćby tylko podejrzanych o współpracę z Al-Kaidą zostały zablokowane.

Brak przekonujących informacji o liczbie osób należących do organizacji jest powodem budzącym wątpliwości co do faktu, czy rozpowszechnione informacje opisujące Al-Kaidę oddają jej rzeczywistą strukturę. Zasięg i natura Al-Kaidy dostarczają tematów do dyskusji.

Od czasu zamachów bombowych na ambasady amerykańskie w Kenii i Tanzanii uznaje się znaczący rozwój organizacji. Liczebność Al-Kaidy szacowana była wtedy na 3–5 tys. osób, z których większość walczyła w Afganistanie u boku talibów przeciwko Sojuszowi Północnemu. Ludzi tych określano mianem Brygady 055. Dysponowała ona obozami w Choście, Mahavia, Kabulu, Dżalalabadzie, Kunarze, Kandaharze oraz magazynami w Tora Bora i Liza. Bin Laden werbował do swojej organizacji przede wszystkim osoby z dużym doświadczeniem wojskowym.

O zakładanie komórek operacyjnych, składających się z komandosów i podległych Al-Kaidzie, oraz o wsparcie oskarżano obywateli Włoch, Niemiec, Wielkiej Brytanii, Kanady, USA, Tanzanii, Kenii, Jemenu i Albanii. Niektórzy uznają ich istnienie także w prawie pięćdziesięciu innych krajach, w tym w Somalii, Erytrei, Sudanie i na Filipinach.

Zamachy

Niektórzy przypisują organizacji Al-Kaida część lub wszystkie z następujących zamachów:

- 1993 – eksplozja furgonetki bomby w podziemnym garażu World Trade Center.
- 1996 – zabicie 19 amerykańskich żołnierzy w Arabii Saudyjskiej.
- 1998 – zamach na amerykańskie ambasady w Nairobi (Kenia) i Dar es-Salaam (Tanzania). Po zamachach na ambasady

Amerykanie dokonali ataków rakietowych na bazy Al-Kaidy w Sudanie i Afganistanie i wymusili na władzach w Chartumie wydalenie bin Ladena, który udał się do Afganistanu, gdzie wspierał rząd talibów.

- 2000 – uszkodzenie w Jemenie amerykańskiego niszczyciela USS „Cole".
- **11 września 2001 – zamach na World Trade Center i Pentagon** oraz nieudany zamach najprawdopodobniej na Biały Dom. Samolot z zamachowcami rozbił się na polach Pensylwanii. Zginęły 2973 osoby (12 wciąż uznaje się za zaginione).
- **12 października 2002** – zamachy bombowe w kurorcie Legian na **Bali** w Indonezji. 202 zabitych, w tym 99 australijskich turystów oraz polska dziennikarka Beata Pawlak.
- 28 listopada 2002 – zamach na hotel i próba zestrzelenia samolotu w Mombasie.
- 15 listopada 2003 – zamach w Stambule: dwa samochody pułapki prowadzone przez zamachowców eksplodowały przed dwiema synagogami. Zginęło 25 osób, a ponad 300 zostało rannych.
- 11 marca 2004 – zamachy bombowe w **Madrycie**, na stacji kolejowej Atocha. Zginęło 191 osób, a ponad 1900 zostało rannych. Wśród ofiar było czworo Polaków.
- 7 lipca 2005 – zamachy w metrze i komunikacji miejskiej w **Londynie**. Zginęły 52 osoby, 700 zostało rannych, wśród ofiar były trzy Polki.
- 23 lipca 2005 – zamach bombowy w egipskim kurorcie Szarm el-Szejk.
- 9 listopada 2005 – zamachy bombowe w hotelach w stolicy Jordanii – Ammanie.

- 11 kwietnia 2007 – zamachy bombowe w Algierze.
- 27 grudnia 2007 – zamach na Benazir Bhutto.
- 21 września 2008 – zamach na hotel Marriott w Pakistanie.
- 25 grudnia 2009 – nieudany zamach na samolot Airbus A330 linii Northwest Airlines, lecący z Amsterdamu do Detroit.
- 28 października 2010 – nieudany zamach na USA, w samolocie UPS znaleziono dwie paczki bomby, wysłane z Jemenu do USA.
- **7 stycznia 2015 – zamach na redakcję „Charlie Hobdo" we Francji.** Zginęło 12 osób, a 11 zostało rannych.

Kwestionowanie istnienia Al-Kaidy

Sceptycy uważają, że nie ma wiarygodnych zeznań świadczących o istnieniu Al-Kaidy, a istnienie organizacji terrorystycznej o charakterze globalnym, podobnej do tej opisywanej przez Biały Dom oraz większość amerykańskich mediów, jest niemożliwe. Zwracają oni uwagę, iż tajne bazy Osamy bin Ladena nie zostały nigdy zlokalizowane, podobnie jak broń masowego rażenia Saddama Husajna. Według niektórych politologów globalny terroryzm, w tym Al-Kaida, jest sztucznym wytworem specjalistów od fikcji propagandowych. Owo zmyślenie miałoby na celu uczynić opinię publiczną bardziej przychylną planom neokonserwatystów, pragnących umocnienia wpływów USA na Bliskim Wschodzie.

Sama nazwa Al-Kaida miała powstać od nazwy bazy danych wywiadu USA, która zawierała nazwiska i dane ludzi opłacanych przez CIA podczas wojny radziecko-afgańskiej.

PAŃSTWO ISLAMSKIE (PI)

29 czerwca 2014 r. jest datą proklamowania Państwa Islamskiego (ang. Islamic State, IS). Przed tym dniem używano nazwy i skrótów Islamskie Państwo w Iraku i Lewancie (ang. Islamic State of Iraq and Sham, ISIS). Później nazwy stosowano zamiennie.

Jest to salaficka organizacja terrorystyczna oraz **samozwańczy kalifat** ogłoszony w 2014 r. na terytorium państwowym Iraku i Syrii. Państwo Islamskie to nie tylko ugrupowanie, to również dżihadystyczne quasi-państwo. Jego nazwa i idea są szeroko krytykowane i potępiane przez ONZ, różne rządy, jak i liczne grupy muzułmanów.

Celem ugrupowania, które jest spadkobiercą sunnickich ekstremistów z okresu okupacji Iraku przez siły USA i ich koalicjantów, jest ustanowienie rządów opartych na zasadach szariatu (prawa koranicznego) na terytorium państwowym Iraku, Syrii oraz Libanu. 29 czerwca 2014 r. ugrupowanie proklamowało na ziemiach okupowanych powstanie kalifatu pod nazwą Państwo Islamskie.

Szacowano, iż w sierpniu 2014 r. ugrupowanie zrzeszało 80 tys. bojowników, w tym 50 tys. walczących w Syrii i 30 tys. w Iraku. Państwo Islamskie prowadziło aktywną kampanię rekrutacyjną wśród zwolenników dżihadu i kalifatu na całym świecie. W związku z tym w bojówkach walczyło i walczy wielu muzułmanów mieszkających na stałe w krajach europejskich, USA i Australii. Większość członków ISIS oprócz Irakijczyków to Saudyjczycy, Jemeńczycy, Libijczycy i Algierczycy.

Islamskie Państwo w Iraku

Ugrupowanie powstało podczas interwencji USA w Iraku w 2003 r. Początkowo organizacja skupiała sunnickich terrorystów i zagranicznych ekstremistów. Była de facto odnogą Al-Kaidy w Iraku. Ugrupowanie to podczas wojny partyzanckiej w 2004 r. zasłynęło przede wszystkim z przeprowadzania zamachów samobójczych, a także z brania do niewoli zagranicznych zakładników i wykonywania na nich egzekucji poprzez ścięcie, co wstrząsało opinią publiczną. Terroryści z tej organizacji są odpowiedzialni m.in. za uprowadzenia, tortury i morderstwa.

Od października 2004 r. organizacja wypowiedziała wojnę nie tylko państwom interweniującym w Iraku, ale także przeciwko szyitom.

Od 2006 r. ugrupowanie przyjęło nazwę Islamskie Państwo w Iraku. Nadal prowadziło wojnę partyzancką z państwami zachodnimi stacjonującymi w Iraku, dokonując licznych ataków terrorystycznych. Organizacja, której apogeum terroru przypadło na lata 2006–2007, została rozbita w latach 2008–2009, a jej przywódca zabity w 2010 r., podczas operacji irackich i amerykańskich sił lądowych.

Po wycofaniu się amerykańskich żołnierzy w grudniu 2011 r. Islamskie Państwo w Iraku rozpoczęło nową falę aktów terrorystycznych. Regularne ataki wymierzone w szyitów doprowadziły Irak na skraj wojny religijnej. Ponadto eskalujący konflikt wyznaniowy w sąsiedniej Syrii wpłynął na działania militarne sunnickich ekstremistów w Iraku.

Działalność Islamskiego Państwa w Iraku i Lewancie

Islamskie Państwo w Iraku zmieniło nazwę na Islamskie Państwo w Iraku i Lewancie w 2013 r., kiedy jego przywódca – Abu Bakr al-Baghdadi – ogłosił połączenie się z syryjskimi ekstremistami z Dżabhatan-Nusra przynależącymi do Al-Kaidy. Ugrupowanie to walczyło przeciwko syryjskiemu prezydentowi Baszarowi Asadowi, dążąc do jego obalenia i ustanowienia kalifatu islamskiego. ISIS prowadziło wrogą politykę również wobec Wolnej Armii Syrii, opozycyjnej armii zmagającej się także z Asadem. Do zaognienia relacji w syryjskiej opozycji złożonej z umiarkowanych bojowników i dżihadystów doszło w 2013 r., po zabójstwie głównodowodzącego opozycjonistów.

ISIS w Syrii przystąpiło do walk z Kurdami na północy kraju. Wypowiedziało wojnę także wszystkim chrześcijanom, profanując krzyże i świątynie oraz porywając ich i zabijając. Wypowiedziało Przymierze Umara z VII w., które regulowało wspólne życie chrześcijan i muzułmanów w Syrii.

Podczas wojny domowej radykalni islamiści skupieni wokół Islamskiego Państwa w Iraku i Lewancie oraz Islamskiego Frontu Syryjskiego dokonywali czystek etnicznych na chrześcijanach, alawitach, szyitach, Kurdach, a także na umiarkowanych sunnitach. Fala przemocy w ich wykonaniu rozpoczęła się masakrą chrześcijan w Ad-Duwajr w maju 2013 r., kiedy to wymordowano niemal wszystkich mieszkańców wsi. W czerwcu islamiści dokonali zbiorowej egzekucji na 60 szyitach, a pod koniec lipca porwali 200 osób, którym ścinano głowy, dopóki kurdyjscy partyzanci nie uwolnili lidera czeczeńskich sprzymierzeńców z ugrupowania.

W międzyczasie ISIS dokonało masakry po zajęciu Chan al-Asal, kiedy to zabito 51 żołnierzy.

W sierpniu 2013 r. dżihadyści dopuścili się największej jak dotąd zbrodni, mordując 190 alawitów. Następnie zaatakowali historyczne dla chrześcijan miasto Malula. Po jego zajęciu palono i grabiono kościoły oraz mordowano ludzi, którzy nie godzili się na konwersję na islam. Czystkom zapobiegła armia syryjska, która przepędziła fanatycznych rebeliantów z miasta. W październiku 2013 r. ISIS toczyło zacięty bój o chrześcijańskie miasto Sadad, który ostatecznie zakończył się ich klęską. W tygodniowej bitwie zginęło 100 żołnierzy oraz 80 islamistów, którzy zamordowali 45 cywilów, co nazwano masakrą chrześcijan. Oprócz tego łupiono i grabiono domostwa, kościoły i inne miejsca kultu chrześcijańskiego.

Taktyka wojenna dżihadystów wymusiła na przedstawicielstwie syryjskiej opozycji odcięcie się od islamskich ekstremistów i potępienie przypadków pogwałcenia praw człowieka – w tym porwań, morderstw i masowych egzekucji. 11 października 2013 r. syryjska opozycja zadeklarowała wolę przestrzegania prawa międzynarodowego i obiecała wydanie w ręce sprawiedliwości zbrodniarzy, oskarżając jednocześnie instytucje międzynarodowe o brak działania. Umiarkowani rebelianci dostrzegli tym samym zagrożenie ze strony radykalnych islamistów.

W 2013 r. powstał Front Islamski, będący sojuszem ugrupowań bojowników islamskich, sprzeciwiających się działalności ISIS na terytorium Syrii. Znacznie przewyższał on liczebnie Wolną Armię Syrii i był odpowiedzią na rosnące w siłę Islamskie Państwo w Iraku i Lewancie. Wraz z początkiem 2014 r.

na terenach opanowanych przez rebeliantów rozpoczęła się otwarta wojna między Islamskim Państwem w Iraku i Lewancie i syryjską opozycją zbrojną. Przeciwko ISIS wystąpiły Front Islamski, Wolna Armia Syrii i jej brygady satelickie oraz Al-Kaida, która ogłosiła, że nie ma żadnych powiązań organizacyjnych z ISIS i nie ponosi odpowiedzialności za jej działania. Syryjscy rebelianci oskarżali ISIS o łamanie zasad boskich, szerzenie przemocy i rozlew krwi.

Ekspansja terytorialna i proklamowanie Państwa Islamskiego

W 2014 r. Islamskie Państwo w Iraku i Lewancie podjęło insurekcję w irackich prowincjach, dokonując przy okazji zbrodni wojennych, oraz prowadziło szeroko zakrojoną ofensywę w Syrii. W trakcie kampanii irackiej i syryjskiej, 29 czerwca 2014 r., pierwszego dnia ramadanu, Islamskie Państwo w Iraku i Lewancie ogłosiło powstanie kalifatu pod nazwą Państwo Islamskie na ziemiach przez siebie kontrolowanych. Na czele kalifatu stanął wybrany przez szurę lider ugrupowania, szejk Abu Bakr al-Baghdadi – jako kalif Ibrahim ibn Awwad. Według ISIS stał się tym samym przywódcą wszystkich muzułmanów na świecie. Władze USA ogłosiły, że deklaracja suwerenności Państwa Islamskiego nie ma znaczenia, organizacje islamskie zaś odrzuciły deklarację o utworzeniu kalifatu, argumentując, że „gang Al-Baghdadiego żyje w świecie fantazji", a deklaracja suwerenności to jedynie element „wojny psychologicznej".

Dżihadyści, niczym się nie przejmując i z dnia na dzień rosnąc w siłę, skierowali swoje uderzenie na bazy wojskowe sił syryjskich. Podczas walk zginęły setki syryjskich żołnierzy, których mordowano poprzez ścięcie głowy, a następnie zwłoki rozrzucano po ulicach miast.

W sierpniu 2014 r. Państwo Islamskie usiłowało rozszerzyć swoją strefę wpływów na Liban, jednak po kilku dniach walk siły libańskie opanowały sytuację, wypierając dżihadystów.

Międzynarodowa interwencja przeciwko Państwu Islamskiemu

Na początku sierpnia 2014 r. Państwo Islamskie wznowiło kampanię w północnym Iraku, dopuszczając się masakr na jazydach i chrześcijanach, co spowodowało podjęcie lotniczej interwencji USA. W odwecie za bombardowania, na terenie Pustyni Syryjskiej, dżihadyści dokonali egzekucji na amerykańskim reporterze wojennym – Jamesie Foleyu, a później na Stevenie Sotloffie. Mimo nalotów amerykańskich w północnym Iraku PI wdało się w walki z kurdyjskimi jednostkami. Podczas trwania kampanii irackiej, na zajętych terytoriach w Syrii, w sierpniu 2014 r. dżihadyści dokonali egzekucji na 700 członkach plemion zamieszkujących pustynne tereny, przeciwstawiających się ekspansji Państwa Islamskiego.

We wrześniu 2014 r. do operacji lotniczej wymierzonej w Państwo Islamskie przyłączyły się Francuskie Siły Powietrzne. Rozpoczęła się kampania lotnicza na terytorium Syrii. W nalotach oprócz USA udział wzięły Katar, Arabia Saudyjska, Bahrajn, Zjednoczone Emiraty Arabskie, Jordania oraz Wielka Brytania, Australia, a później także Kanada. Równolegle z działaniami lotniczymi przez szereg państw zachodnich i arabskich prowadzona była operacja humanitarna polegająca na pomocy uchodźcom, w szczególności jazydom. Ponadto wiele krajów zadeklarowało gotowość wsparcia militarnego w postaci zbrojenia kurdyjskich sił zbrojnych Peszmerga, walczących z Państwem Islamskim.

Do koalicji w 2015 r. przyłączyła się Rosja. Od września Rosjanie wykonują nawet 90 lotów bojowych dziennie, podczas każdego z nich testując nowe rodzaje uzbrojenia, jak choćby pociski do niszczenia bunkrów. W ciągu jednego dnia atakują w Syrii więcej celów niż koalicja pod wodzą USA w ciągu miesiąca. Jest to największa operacja logistyczna wojsk rosyjskich na Bliskim Wschodzie od lat 70. XX w.

W grudniu 2015 r. Bundestag wyraził zgodę na udział Bundeswehry w działaniach zbrojnych przeciwko Państwu Islamskiemu w Syrii. Głównym powodem decyzji rządu w Berlinie o włączeniu się do walki z dżihadystami była solidarność z Francją po zamachach w Paryżu 13 listopada 2015 r.

Państwo Islamskie w Afryce

Oprócz Syrii i Iraku Państwo Islamskie zajęło tereny we wschodniej Libii, wykorzystując tamtejszy chaos i rozbicie kraju na dwie części. W lutym 2015 r. tamtejsi dżihadyści w pobliżu miasta Derna dokonali egzekucji na 21 Egipcjanach, porwanych na przełomie grudnia 2014 i stycznia 2015 r. w Syrcie. Po publikacji nagrania wideo ze ścięcia zakładników egipskie siły powietrzne, za zgodą uznanego przez arenę międzynarodową rządu w Tobruku, rozpoczęły naloty na stanowiska Państwa Islamskiego w Libii. Obecnie USA rozważają interwencję militarną w obawie przed przejęciem kontroli nad tym państwem przez PI, które szuka nowego miejsca działania zamiast dotychczasowych w Iraku i Syrii.

Od 2009 r. Nigeria była areną islamskiej rebelii ugrupowania Boko Haram, które przysięgło wierność Państwu Islamskiemu i rozpoczęło działania zbrojne pod jego sztandarem. Wobec poważnego zagrożenia dla Afryki Zachodniej na początku 2015 r. uformowała się międzynarodowa koalicja wojsk Nigerii, Nigru, Czadu i Kamerunu, które interweniowały na początku lutego 2015 r. w północno-wschodniej Nigerii i odbijały z rąk dżihadystów kolejne miasta i ziemie. Interwencja powietrzna i lądowa sił sprzymierzonych zniszczyła potencjał bojowy Boko Haram, a 27 marca 2015 r. międzynarodowa koalicja odbiła Gwozę – stolicę samozwańczego kalifatu Boko Haram.

Akty terroru w wykonaniu ekstremistów z Państwa Islamskiego

- W listopadzie 2012 r. w odwecie za amerykańską operację lotniczą wymierzoną w Państwo Islamskie islamiści dokonali egzekucji na **amerykańskim fotoreporterze Jamesie Foleyu**, porwanym w Syrii. Zostało to uwiecznione na nagraniu wideo opublikowanym w sierpniu 2014 r.
- Oprawcy zażądali od Baracka Obamy zaprzestania bombardowań, grożąc egzekucją kolejnego zakładnika, Stevena Joela Sotloffa, porwanego w 2013 r. Wideo z egzekucji **Stevena Sotloffa** zostało opublikowane przez Państwo Islamskie we wrześniu 2014 r.
- W sierpniu 2014 r. dżihadyści opublikowali wideo z egzekucji pojmanego kurdyjskiego bojownika, która odbyła

się na ulicy przed meczetem w Mosulu. Był to odwet za kontrofensywę Peszmergi.

- Po egzekucji Stevena Sotloffa dżihadyści zagrozili śmiercią brytyjskiego pracownika humanitarnego **Davida Hainesa**, jeśli Wielka Brytania nie przestanie wspierać amerykańsko-kurdyjskiej koalicji. Film ze ścięcia Hainesa został opublikowany we wrześniu 2014 r. Wówczas oprawca Hainesa, prawdopodobnie Brytyjczyk, który wcześniej ściął dwóch Amerykanów, zagroził straceniem kolejnego obywatela Wielkiej Brytanii – **Alana Henninga**.
- Państwo Islamskie za pomocą samochodów pułapek notorycznie dokonuje zamachów samobójczych. W ich wyniku zginęło już ponad 110 osób.
- W sierpniu 2014 r. zamachowiec samobójca **wysadził się w szyickim meczecie w Bagdadzie**, w efekcie czego śmierć poniosło co najmniej 30 osób.
- W 2014 r. islamiści przeprowadzili liczne egzekucje na liderach plemiennych oraz na bojówkarzach wspierających rząd, porywając jednocześnie 50 byłych żołnierzy oraz policjantów i milicjantów organizacji proamerykańskiej Sahwa.
- Wybuch samochodu pułapki w pobliżu szyickiego sanktuarium **imama Musy al-Kazima** i jego wnuka, a następnie detonacja 12 pocisków moździerzowych. W wyniku ataku zginęły co najmniej 23 osoby.
- W sierpniu 2014 r. dżihadyści dokonali egzekucji na 700 członkach plemion zamieszkujących pustynne tereny w Syrii.
- W maju 2015 r. dżihadyści zabili ok. 400 osób w starożytnej Palmirze. Wśród ofiar były przeważnie kobiety i dzieci.

- Rok 2015 był kolejnym rekordowym dla aktów terroru. 10 października w Ankarze zginęło 97 osób, 31 października w rosyjskim samolocie nad Synajem zginęły 224 osoby, 12 listopada w Bejrucie terroryści zabili 41 osób, 13 listopada w Paryżu śmierć poniosło 129 osób.

Podsumowanie

Od 1970 r. terroryści zabili ok. 310 tys. osób w ponad 130 tys. zamachów na całym świecie. Liczba ofiar szybko rośnie. W 2013 r. było ich 22 tys., a w 2015 r. już 43 tys. Ogromny wpływ na to mają krwawy konflikt w Syrii oraz tląca się wojna na wschodzie Ukrainy, ale nawet nie licząc ich, statystyki są przerażające.

Dżihadyści z Państwa Islamskiego niedługo prześcigną w rankingu talibów, którzy są na pierwszym miejscu listy najgroźniejszych terrorystów. Obecnie Państwo Islamskie uważane jest za najbardziej niebezpieczną organizację terrorystyczną na świecie. Pod wieloma względami przypomina Al-Kaidę, ma jednak własną strategię. Bojownicy PI mordują każdego, kto stanie im na drodze, także muzułmanów wyznających inny odłam islamu. Pozbawiona wszelkich zahamowań przemoc, w tym wobec szyitów, jest częścią morderczego planu sunnickich ekstremistów.

Tam, gdzie pojawia się Państwo Islamskie, pozostawia za sobą spaloną ziemię. Terroryści PI dopuszczają się masakr na ludności, mordują dzieci, gwałcą kobiety. Swoje barbarzyńskie praktyki filmują, a nagrania wideo służą im do celów propagandowych i werbowania nowych dżihadystów. Potencjalni bojownicy zjeżdżają z całego świata do Syrii i Iraku, gdzie przyłączają się do terrorystów PI. Organizacja ta dysponuje siecią kontaktów na całym świecie i w coraz większym stopniu działa także za granicą.

Złotego środka na poradzenie sobie z tą sytuacją nie ma. Efektywne powstrzymanie ekspansji Państwa Islamskiego jest możliwe tylko przez połączenie międzynarodowych sił, interwencję z powietrza i na lądzie oraz stabilizację sytuacji politycznej państw, takich jak Syria, Irak czy Libia.

Spis treści